Maior que o mundo

Reinaldo Moraes

Maior que o mundo

Volume 1

Grafia atualizada segundo o Acordo Ortográfico da Língua Portuguesa de 1990, que entrou em vigor no Brasil em 2009.

Capa
Celso Longo

Preparação
Fernanda Mello

Revisão
Renata Lopes Del Nero
Adriana Bairrada

Os personagens e as situações desta obra são reais apenas no universo da ficção; não se referem a pessoas e fatos concretos, e não emitem opinião sobre eles.

Dados Internacionais de Catalogação na Publicação (CIP)
(Câmara Brasileira do Livro, SP, Brasil)

Moraes, Reinaldo
Maior que o mundo : volume 1 / Reinaldo Moraes.
– 1ª ed. – Rio de Janeiro : Alfaguara, 2018.

ISBN: 978-85-5652-078-4

1. Ficção brasileira I. Título.

18-20285 CDD-869.3

Índice para catálogo sistemático:
1. Ficção : Literatura brasileira 869.3

Maria Alice Ferreira – Bibliotecária – CRB-8/7964

EDITORA SCHWARCZ S.A.
Praça Floriano, 19, sala 3001 — Cinelândia
20031-050 — Rio de Janeiro — RJ
Telefone: (21) 3993-7510
www.companhiadasletras.com.br
www.blogdacompanhia.com.br
facebook.com/alfaguara.br
instagram.com/editora_alfaguara
twitter.com/alfaguara_br

Pra Marta, por tudo e mais alguma coisa.

Meus agradecimentos a:

Marcelo Ferroni, que botou providencial lenha nessa fogueira.
Matthew Shirts, estimulante leitor de primeira hora.
Eliane Robert Moraes, pela mais que generosa leitura crítica.
Maria Emília Bender, por seus toques preciosos no capítulo 2.
Maura Leal e André Opipari, pela fraterna guarida entre araucárias.
Ana Kehl de Moraes, Dora Garcia Moraes e Laura Garcia Moraes, porque são minhas queridas absolutas.

1

"Um cara vai pela rua falando num velho gravador portátil de fita cassete. Pensou, falou, essa é a ideia. A perfeição seria falar sem pensar. A linguagem verbal que se articule num discurso coerente, ou poeticamente incoerente, sem a intervenção dos pensamentos. É aí que a fala humana se torna mais interessante. Prum psicanalista, seguramente. Prum surrealista da velha guarda também. Livre associação de palavras, memórias, ideias. Linguagem dos sonhos. O inconsciente no comando: ato falho, devaneio, déjà-vu, troca-troca distraído de palavras e sentidos, brancos súbitos, erupções emocionais, lembranças que parecem saídas da vida de outra pessoa e te sobem pela medula feito espiroqueta da sífilis pra espoucar na consciência como uma bombinha de São João, das de quinhentorréis.

Putz.

Então.

Vapor metálico, por exemplo.

Mesmo sem compreender a natureza técnica da luz produzida pelo vapor metálico, acabo de assistir ao momento exato em que ela se acendeu sobre a cidade. Eu olhava distraído pro ponto de fuga da ladeira quando vi a explosão silenciosa do vapor metálico a se lux-fazer no corrido de luminárias à minha frente. Não ouvi clique, zumbido, estalido nenhum. Nem daria pra ouvir nada assim tão sutil no meio do rush estagnado duma sexta-feira, inda mais com essas manifestações na Paulista.

E viva o vapor metálico que esclarece as trevas do planeta ao pôr do sol, se bem que, do sol, não vi a cara hoje. Lua, estrela, cometa, meteorito, vagalume, fogo-fátuo, incêndio na floresta: a natureza sempre se virou pra iluminar a noite. Daí, inventaram fogueira, archote, candeeiro, vela, lampião a querosene, a gás. Meu pai gostava de dizer que tinha nascido no ano em que apagaram o último lampião a gás em São Paulo: 1936. Desde criança eu ouvia isso. Achava que, junto com o meu pai, tinha saído um vento forte da barriga da minha avó, e o vento tinha apagado o último lampião a gás.

Vapor metálico. Imagina o viaduto Santa Efigênia virando vapor. Você lá, no meio do viaduto, a caminho do largo de São Bento, ou, ao contrário, rumo à igreja de Santa Ifigênia, e, do nada, o ferro art nouveau do viaduto vira vapor luminoso. E te leva junto, você, o infeliz que teve o azar de escolher o viaduto errado, na hora errada pra cruzar o Anhangabaú por uma ponte trazida da Bélgica.

Ideia até que poética, essa, dum cara virar luz de vapor metálico quando o viaduto que ele atravessa se vaporiza e leva de roldão os transeuntes: *vosh!* Feito bomba termobárica: hipercalor, superpressão, seres e coisas se evaporando na atmosfera.

Mas por que transeuntes de carne e osso se vaporizariam junto com o viaduto de ferro? Por que não despencariam lá pra baixo ao sentir que o viaduto lhes faltava sob os pés? Quinze, vinte metros de queda livre até o esborracho final no asfalto do Anhangabaú, ou por cima duns carros e motoqueiros. Talvez por causa dos sais minerais do corpo humano, potássio, cálcio. Mais o manganês da alma, o chumbo da consciência, o mercúrio do coração, o aço da vontade, o ferro do tesão.

Eita. Acho que eu tô engrenando aqui. Manhê! Olha pra mim! Tô livre-associando! Sem as mãos!

Começo a desconfiar que vapor metálico pode ser um nome genérico pro vapor de sódio. E de mercúrio. Sódio e mercúrio: proparoxítonas luminosas. Metálicas.

Se eu fosse um poeta de Cubatão publicaria com máxima urgência um livro de sonetos com esse título: *Vapores metálicos — Poesia metalitúrgica*.

Livre associação é dar *on* no gravador e mandá bala. Uma coisa é mais ou menos certa: difícil achar assunto mais desinteressante que vapor metálico.

Caminhando e catando ideias no aluvião rivernirvânico da mente-livre-em-progresso-errático. Cromoferrite, palavra que não me sai da cabeça. O cromoferrite da fita cassete garante que as palavras, e as ideias dentro delas, não escorreguem pro limbo, como de hábito. Ideias pra romance. Isso não falta. Por exemplo, um sujeito acorda de manhã e se dá conta de que virou uma barata ou qualquer outro ser achatado e asqueroso. O que a família vai dizer quando ele passar por debaixo da porta do quarto e der bom-dia a todos na mesa do café da manhã? E as pessoas na rua, no ônibus, no trabalho, como vão reagir? E a noiva dele? Vai topar um cineminha à noite na companhia duma barata? E, mesmo que tope, não é improvável que as mulheres em volta gritem horrorizadas — uma barata! — e algum macho mais intrépido esmague seu noivo com a biqueira da sola do sapato. E trepar, então, com uma barata e suas seis pernas espinhentas? Vai saber como é o pau duma barata macho. Espinhento como as pernas, na certa. Beijar na boca, resistir às cócegas causadas pelas antenas longas e inquietas, passar a mão pelo peitoril segmentado da barata, nada disso deve ser muito fácil pruma garota normal.

Se alguém já teve essa ideia antes de mim, paciência.

Outra ideia: um garoto de família burguesa, já meio marmanjo, não dorme enquanto mamãe não vem lhe dar um beijinho. Um Édipo em formação. O pai, patriarca trovejante, se insurge contra 'essa viadagem'. Mas o coração da progenitora também não sossega enquanto ela não for lá dar o beijinho no piá. Talvez aproveite pra regalar o filhote com um boquetinho, coisa rápida, trinta segundos, tempo máximo que o Edipinho demora até inundar a boca da mammy com seu sêmem afoito. O pai, claro, não desconfia desse conceito estendido de beijo que sua esposa aplica no menino. Imagina só se descobrir. Capaz de matar a mulher e o filho. Ou então passará a exigir da mulher, ele também, a sua cota de sexo oral antes de dormir. Primeiro o filhinho. Depois o papai. E nenhum dos dois se lembrará de aplicar uma minete na mamita?

Podem não ser ideias originais, talvez não passem de decalques delirados de ideias de romances famosos, mas são ideias, afinal. E plágio pode ser crime, mas não é pecado. Se bem que eu me lembro bem da minha própria e única mãe vir me dar beijinho e contar história antes de dormir. E do vazio escuro que se fazia quando ela ia embora e apagava a luz. Em algumas noites esse momento inaugurava um terror que me punha tremendo na cama, de bater o queixo. Nas outras apenas sentia uma angústia que não me largava nem nos sonhos, que sempre desandavam em pesadelos.

Teodoro Sampaio arriba, gravador em punho, colhendo material 'pra trabalhar em cima', como se diz por aí. E trabalhar embaixo, não vale? Vou sentar em cima desse material e soltar uns peidos pra ver como ele reage.

Descrever enche o saco. Ler descrições é ainda mais sacal. Por isso que a literatura perdeu terreno pra tudo que é mídia, cinema, televisão, computador, celular. Vá você descrever uma cena que se passa no Partenon. Primeiro tem que descrever o próprio lugar. Eu teria que olhar uma foto do negócio pra descrever aquilo. Teria que fazer um curso sobre arquitetura grega clássica. Quantas colunas tem aquele bagulhão, pra começo de conversa? De todo jeito, mesmo uma descrição completa e competente do templo grego pode fazer o livro cair da mão do leitor, em obediência à única lei que rege a literatura, segundo Cortázar: a lei da gravidade. A descrição minuciosa do templo viraria, ela mesma, um mármore pesadíssimo na cabeça do leitor.

Se eu tivesse uns óculos phonokinográficos digitais com um software capaz de transformar a visão e a audição num texto instantâneo, em tempo real, não precisaria quebrar a cabeça pra descrever o que vejo agora. Com os óculos phonokinográficos, ficaria o visto e ouvido registrado automaticamente em palavras, o preto no branco, arial, corpo 12, como eu prefiro. Apenas a minha presença nas situações já transformaria todas elas em cenas de cinema, com a descrição de cenários, personagens, diálogos, ações, inações, tudo. Com alguns retoques, e a inserção de umas pensatas de ocasião, já viraria literatura.

Sei lá se já não inventaram um troço desses. Sei que existem programas de computador que transformam voz em texto. Coisa antiga, aliás. E não vai demorar muito até inventarem um chip que, instalado no cérebro, faça o mesmo com os pensamentos e as emoções, despejando tudo em forma de palavras na tela. Por ora, me contento com o gravador e a minha própria voz narrativa. Não é a mesma coisa que os óculos phonokinográficos, mas já é alguma coisa. Falar é mais fácil que escrever, embora a canseira descritiva seja a mesma. Acho que dá menos trabalho reinventar a realidade. Sentado na escrivaninha do seu quarto, comendo batata frita de pacote, você pode descrever em minúcias batalhas ocorridas no Peloponeso há cinco mil anos.

Luz! Mais luz!, pedia o poeta alemão ao ver chegar a escuridão da noite definitiva. That long black cloud is coming down, tremeu o bardo americano ao som da guitarra elétrica. Aufklärung tenta se impor ao Dunkelheit, pra descarregar aqui um pouco do meu escasso alemão dos seis meses de curso que fiz no Goethe Institut. Aftasardendöem und hemorroidas idem.

É de graça sonhar com o triunfo do iluminismo sobre o obscurantismo. No sonho, vem um espírito esclarecido, liga o comutador geral do planeta e todas as mentes se banham em vapor lúcido, racional e libertário num piscar de mercúrio. Ou de sódio. E o mundo, no instante seguinte, passa a conhecer a verdade, a justiça e a beleza. E, de quebra, também o luxo, a calma e a volúpia. O ópio e o haxixe ficam por conta do Baudelaire. Burroughs se encarrega dos opiáceos. A coca, eu mesmo podia providenciar até uns anos atrás, consumidor devoto que era da farinha andina. A birita — bourbon, vinho e cerveja — o Bukowski traria. Debaixo dessa luz redentora de todos os obscurantismos, o mais truculento PM chacinador de moleques da perifa virava um didata humanista.

Poderosa luz metálica, que adere à pele dos seres e das coisas — exclamação: !

Cidade não combina com escuridão. Alguma coisa tem que alumiar os caminhos: archote, lampião a gás, lâmpada elétrica, vapor metálico, LED. E é debaixo dessa luz artificial que você se apaixona, se entedia, compra e toma drogas, enche a cara, se desespera, se suicida, tenta escrever seu segundo romance, não consegue, se suicida novamente. Enquanto isso, a mesma luz metálica alumia latrocínios, chacinas, estupros, atropelamentos, trombadas, males súbitos que nunca vêm para bem. Última palavra em iluminação pública. Ou penúltima. A última é o LED, Light Emitting Diode. Lait Emítin Dáioud. Bacana.

Outro dia comprei uma lanterna LED no chinês do 1,99 que me custou vinte e cinco paus. Entrei pra comprar pilha pro meu gravador e acabei levando a lanterna também. Perguntei pra chininha do caixa: Vem cá, não é pra tudo custar 1,99 aqui? Ela argumentou que 'pleço aumenta pala nóis, fleguês tem que pagá, né?'. Mas ressaltou que muita coisa ainda custava 1,99 na loja. Uma pilha-palito custava isso. Um copo de plástico mole estampado com brasão de time de futebol também. Um Alpino podia adoçar sua boca pelo mesmo preço. Um saquinho plástico com dois botões de camisa, uma agulha e um pouco de linha, idem. Tinha até camisinha chinesa por 1,99, com duas unidades. Examinei o envelopinho. Sanitex, era o nome do negócio. Se você considerar que a população chinesa já tá a caminho do bilhão e meio, duvidei um pouco da eficácia da camisinha chinesa.

Levei só as pilhas e a lanterna LED.

A lanterninha é muito boa. Não precisa de pilha, tem uma bateria que você carrega na tomada. De menino, eu vivia com uma lanterna na mão. Um agente-mirim do Iluminismo. Sempre que rolava um corte de luz lá em casa, era eu quem tirava a pátria da escuridão com minha lanterna rayovac. Era meu facho de luz que alumiava o caminho até a gaveta do armário da cozinha onde ficavam as velas.

O manual da minha nova lanterna de bolso, made in China, com distância focal ajustável, explica como é que o diodo, ao ser energizado por uma corrente elétrica, emite uma luz intensa. Simples assim.

Coisa de doido esse diodo. Não sei se eles iluminam o entorno da baía da Guanabara com LED, mas sei que, vista a 350 km de altura, de uma nave espacial, a orla da baía é um bico de maçarico aceso na noite sul-americana. Tá la no Google Earth.

E Paris, então? Cidade que me seduz, onde a água vira vinho e a noite vira luz. Não sei se ainda é o ponto mais luminoso da Europa. Talvez seja. Mas deve ter lugares em Paris que nem o vapor metálico nem o LED conseguem iluminar. É ali, nessas quebradas trevosas, que moram os mistérios de Paris. São Paulo não é a Cidade-Luz, mas aqui, ao meu redor, a cidade luz.

Palavras, palavrório, palavrões. Fonemas, morfemas, enemas, ipanemas...

São Paulo, vista da Estação Espacial Internacional, no site da Nasa, parece uma teia de luz com alguns pontos de brilho mais intenso. Devo estar num desses pontos agora. Um pernalta que tenta se ver pelos olhos de um astronauta.

Em São Paulo tem a Luz, pobre e soturno bairro. Fica a vinte minutos de caminhada lá de casa. Muita gente mora na Luz. São duplamente luzitas: moram numa cidade que reluz e no bairro da Luz. Muitos dos luzitas da Luz são, na verdade, os trevosos zumbinoias da Cracolândia. Trevícolas da Luz, é o que eles são. Mesmo quando pipam sua pedra de crack debaixo de um poste de luz de vapor metálico, o que a luz da luminária clareia é só o negror do destino apagado de suas vidas mortas. Crack! Onomatopeia da existência rachada ao meio.

As pessoas me olham de relance. Algumas prolongam um pouco mais o olhar se perguntando o que tanto falo nesta geringonça. Um biruta loquaz.

Las Vegas é o ponto mais luminoso da Terra, dizem com eloquência as imagens que os astronautas e os robôs espaciais captam do planeta à noite. Na real, o que se vê de Las Vegas é principalmente a luz feroz de uma só avenida, a Strip, o ponto mais brilhante do planeta noturno. The Strip, a faixa reluzente, a tripa feérica recheada de jogatina e shows de stripitísi, vinte e quatro horas por dia. A turma toda acordada o tempo todo, no carteado, na roleta, na putaria, debaixo dum dilúvio de fótons. Em Las Vegas a pessoa tem que ligar artificialmente a escuridão se quiser fugir da luz. Tem que vedar janelas e portas externas, pois, se você abrir a janela à meia-noite, te entra um tsunami de luz artificial no quarto. Nos cassinos, não existe dia ou noite. Não há janelas, pátios abertos, nenhuma comunicação com o exterior. Só existe o tempo do jogo e da grana. E do prejuízo, como a maioria não demora a descobrir.

Nunca fui pra Las Vegas, mas já tive a fantasia pop-romântica de me mudar com minha máquina de escrever pra lá. Fantasia antiga, essa, por isso a máquina de escrever. Quase fui, uma pá de anos atrás. Deve ter sido em 87, 88. Eu era um garotão explodindo de testosterona e projetos literários. Tinha feito um frilaço pra Pirelli, por um cachê das arábias. A agência de publicidade queria 'o produto' pra ontem, por isso a grana alta. O produto: um coffee table book todo feito pra louvar em fotos esplêndidas e textos encomiásticos a saga do fabricante mundial de pneus. Copidesquei esses textos, escrevi alguns, traduzi o que precisava do inglês, organizei a iconografia, botei legendas nas fotos, trabalhei dezoito horas por dia durante um mês. Trampo insano, mas ganhei ali o que não ganharia num ano normal. Podia muito bem ter ido pra Las Vegas.

O plano era me fechar num quarto de hotel de cassino, de preferência na Strip, ponto mais luminoso do planeta, vidraças vedadas com papel alumínio, feito a penthouse que o Elvis Presley mantinha no topo dum arranha-céu por lá, segundo li numa biografia dele. Não penetrava nenhuma luz externa ali, natural ou artificial, só a que ele acendia lá dentro. E ar, só o filtrado por condicionadores silenciosos. Temperatura constante, imperceptível. Outro planeta, o planeta Elvis. Era pra lá que eu queria ir. Me abasteceria de quanta química ilícita eu pudesse arrumar, pó, ácido, maconha, mais beer & bourbon à vonts. Solidão refrigerada num ambiente anódino, cabeça atochada de paraísos artificiais na cidade mais artificial do planeta. Mahagonny: *O show me the way to the next whisky bar... I tell you we must die... I tell you, I tell you, I tell you we must die...*

Daí, era só escrever e escrever e escrever feito uma mula sem cabeça até me sair a porra dum romance. Faria parte desse pacote ter um caso caliente com uma garçonete dum *steak & beer* fuleiro. Uma latina morena, uma húngara ofuscante de loira, uma africana esguia e musculosa, uma asiática de olhar horizontal e buceta vertical. Essa garçonete multiétnica seria aluna de pós-graduação em literatura brasileira na Elvis Presley University of Las Vegas. E o Strumbicômboli, meu primeiro e único romance, seu livro de cabeceira, como ela me confessaria estarrecida por encontrar o autor em Las Vegas, em disponibilidade total.

Olha só o nível do meu delírio juveniloide: uma garçonete imigrante, intelectual acadêmica, apaixonada por mim e por meu primeiro e único romance — em Las Vegas! Era só ir lá pra Las Vegas e achar essa figura. Mais fácil achar o Elvis Presley vivo passeando de andador pela Strip.

Mas acabou que eu não fui pra Las Vegas. Drogas, álcool e putaria eu tinha de monte em São Paulo. Só com garçonetes exóticas, doutorandas em literatura brasileira, é que nunca cruzei por aí. Perdularizei minha pequena fortuna pirelliana por aqui mesmo. Comprei um Uno Mille zero. Ni qui a grana do frila chegou a zero, vendi o Uno. E fiquei mais uns meses essencialmente a vadiar. Não escrevi uma linha sequer de merda de romance nenhum. Nem tentei cravar a primeira frase. Mas foi divertido. A vida é sempre mais divertida se você não faz nada além de se divertir.

Enquanto a primeira frase do romance não vem, e nem eu vou a Las Vegas, me deixo estar estando por aqui mesmo, como diz o outro, debaixo do vapor metálico luminoso que o astronauta vê daquele tanque espacial em que orbita o planeta. E vai saber se o cara não tem um dispositivo de captação de som à distância com tradutor instantâneo em qualquer língua do planeta, o que lhe permitiria ouvir essas merdas que derramo aqui no gravador.

Isso, de naves espaciais captarem a voz humana na Terra, pareceria mais crível se eu tivesse um espertofone rastreável, e não uma bostinha dum minigravador analógico do século passadíssimo. Mini pros padrões dos anos 70. Agora parece um trambolho onde caberia um supercomputador da Nasa. Meu burrofone até possui uma função gravador, mas a gravação fica uma merda e a bateria acaba logo. Então vou de Sony analógico mesmo. O cromoferrite dá conta da conversa mole, numa boa.

A pergunta que não quer calar aqui é: algum dia terei saco pra transcrever essas fitas? Tenho mais três de noventa minutos repletas do mais infrene blá-blá-blá, além desta que inauguro hoje. Ou pra instalar o tal do aplicativo que o Park falou, que converte voz gravada em texto? Se eu conseguir poupar alguma grana posso contratar uma digitadora analógica, de carne e osso. Não consigo pensar num digitador pra esse trabalho. Tem que ser uma digitadora. Pouquíssimas têm cultura suficiente pra escrever direito coisas como weltanschauung, wishful thinking e amiúde Gertrude tangia o alaúde. Uma vez transcritas essas fitas, o texto já vai tá mais ou menos pronto. Eu já meio que falo como escrevo. E penso como sonho. E vivo como bronho neste universo bisonho.

2

E cadê a primeira frase do meu romance? Sem primeira frase, não tem romance. O Strumbicômboli tem uma puta primeira frase: 'Bom dia, ele disse à meia-noite em ponto'. Puta primeira frase de romance. Pode não parecer, se não tiver um romance debaixo dela, como tinha no Strumbi. Mas era uma puta frase fertilizadora. Desde então persigo uma primeira frase com esse mesmo punch. Ó primeira frase do quinto caralho do apocalipse, em que canto tu te escondes, porra?

E segue o andarilho a ruminar frases que despeja numa fita de cromoferrite. Uma delas talvez seja a frase-maná, que, em se grafando, tudo dá.

Cromoferrite. Parece nome de doença: cromoferrite nefrocorrosiva purulenta. O cara que fabricava essa porra deve ter ido à falência com o advento da tecnologia digital. O que será que ele fez com os estoques encalhados de cromoferrite na passagem do mundo analógico pro digital? Deve ter jogado tudo no mar e intoxicado um monte de peixes, crustáceos e moluscos.

Se vou seguir com esse lance do gravador, preciso me acostumar a me ver como personagem de mim mesmo. Uma primeira pessoa que se vê com os olhos de uma terceira. Nada mais que o velho truque de se ver de fora, como quem não tem nada a ver com seu próprio peixe. Ao decidir virar escritor, encanei de narrar em terceira pessoa, esse abantesma onisciente que não suja as mãos com as misérias e orgasmos alheios. Só dá baixa na vidinha dos e das personagens, machistas homofóbicos, feministas militantes, reacionários a céu aberto, revolucionários da boca pra fora, santos, criminosos, grandes filhos e filhas duma puta ou pérolas de generosidade, tolerância e compaixão. Ricos, uns poucos. Pobres de marré-marré, a maioria.

Só que, olha só, ao suspender as mãos sobre o teclado, o que me saía era a primeira pessoa tagarela, esse eu-mesmo solipsista — e fajuto, ainda por cima. Um eu-mesmo que só existia naquelas folhas de papel.

Ó tu que vens de longe, ó tu que vens casada...

Como fui me lembrar desse verso antigo, de um soneto lido numa antologia dum velho poeta gaúcho que ganhei há milênios duma poetinha gaúcha que zanzava por São Paulo mascateando em bares e antessalas de cinema de arte e teatros a brochurinha de poemas compostos e impressos por ela mesma. Não lembro dos poemas, mas lembro da poeta. Vinte e poucos anos, baixinha mignon, com aquele sotaque porto-alegrense que sempre achei tão suave e sensual. Era também grande fã do Strumbicômboli, essa menina, fato que nos aproximou. Ela tinha um nome, que eu, Fanfarrão Amnésio, não lembro agora. Sei que a gaúcha tinha um namorado em Porto Alegre, outro strumbicomboliano devoto.

Ele tá lá agora? — perguntei pra ela de gaiato.

Tá.

Ótimo. Tá em Porto, tá alegre.

Ela riu e me deu esse livrinho do 'Ó tu que vens casada' que trazia na bolsa. Passei a bagana que a gente fumava pra ela, abri numa página qualquer e li em voz alta o soneto. Ela disse: 'Só que eu não sou casada, só namorada'. Corrigi: 'Ó tu que vens namorada... mas que o namorado tá em Porto Alegre, bem longe daqui...'. A gente não tinha trepado ainda, o que não demorou a acontecer. Aí tive uma surpresa das mais surpreendentes, por sinal. Bom, sempre é uma surpresa a primeira vez que se trepa com alguém. Nesse caso, a surpresa era o grelão da mina instalado numa buceta cabeluda donde emanavam uns feromônios de brócolis refogados no alho, com ligeiro retroacento de sardinha fresca. Era vegetariana a... Teka! Esse é o nome dela. Se lembrei do cheiro da buceta, como não me lembraria do nome de sua dona? Nunca tinha visto uma coisa daquelas e nunca mais vi nem senti nada igual. Que puta grelo aquele: uma piroquinha tesa no meio do matagal de pentelhos. Dei umas lambidas, ensaiei um boquetinho clitoriano ali, mas achei meio esquisito. Ela achou ótimo. Acabou que eu me concentrei foi na xota mesmo, um aquífero vaginal.

Nunca fodi uma buceta tão lubrificada. Finalizei a transa, daquela primeira vez, comendo ela por trás, na xota, mas sem contato com o maxigrelo. Aquele grelão, sei lá, é o tipo da coisa que deve demorar um tempo até você se acostumar. Quanto tempo, só o namorado dela lá em Porto Alegre pode responder. Ela parecia não esquentar muito com isso nem com nada. A gente tinha bebido, fumado maconha e só queria se divertir e, se possível, gozar.

Um dia, depois de uma noite intensa de copos e fodas, acordei na minha cama vazia de mulher. A Teka tinha deixado um bilhete em cima do travesseiro no qual dizia ter tido um 'sonho forte' naquela noite e que, por isso, acordou cedo e se mandou pra rodoviária. Deu saudade do namoradinho, decerto, misturada com alguma culpa. Ele devia ser mesmo o cidadão mais preparado pra dar conta daquele grelôncio. Bá, tchê. Bye-bye.

Lembrei do nome do poeta daquele verso da mulher casada que vem de longe: Alceu Valmosy. Seria uma ode ao adultério, aquele soneto? Se eu tivesse um smartphone, checaria isso agora mesmo no Google. Ôpa: tem uma lan house logo ali. E se eu fosse lá tentar caçar esse poema do gaúcho Valmosy? Tempo tenho de sobra. Pour quoi pas? Bora lá.

Tem umas cinco baias, só uma ocupada. Me instalo na baia três e clico no Google Chrome. Boto Alceu Valmosy no campo de busca e — ha! — não é Valmosy, é Wamosy. Quase acertei. Ainda bem que esse Google não se intimida com imprecisões ortográficas. A garota do caixa me olha com precavida curiosidade. Que tanto esse maluco fala nesse estranho aparelho enquanto navega pela internet?

A ver, a ver... Taqui: Alceu Wamosy nasceu no fim do século XIX e morreu em 1923 dum tiro que levou numa revolução que teve por lá. Antigamente os gaúchos é que estavam sempre dando ou levando tiro. Hoje são os cariocas. Logo encontro o soneto da mulher casada que surge de repente na vida do poeta. Ele diz pra ela que 'a minha alcova tem a tepidez de um ninho'. Ou seja, vamos lá pro meu ninho, baby, dar umas bimbadas tépidas antes do nascer do sol e do corno do teu marido acordar. Daí, 'quando a luz do sol dourar, radiosa, essa estrada sem fim, deserta, imensa e nua, podes partir de novo, ó nômade formosa!'.

É isso aí, gata, faz um bidezinho rápido e volta logo pra casa, que tu mora longe pra caralho e... peraí. Que história é essa de nômade?

Quá-quá-quá: não é 'ó tu que vens casada'. É 'ó tu que vens *cansada*'.

É cansada, não casada. Li e decorei errado a porra do verso do gaúcho. Vai ver foi porque a gauchinha corneava alegremente o namorado dela, que, por sua vez, vai saber o que aprontava lá pelos pampas na sua ausência. Mas pode ser que a edição que ganhei de presente contivesse um pastel gráfico. Porra, passei mais de vinte anos citando errado o verso do gaúcho, cujo sobrenome eu também errava. A musa do poeta é uma nômade *cansada* que vem de longe, não uma biscatinha comprometida que mora na perifa e veio sortá a franga e o grelão na cama tépida do poeta bacanudo, a exemplo do que a minha gauchinha de ocasião viera fazer em São Paulo, nos anos 90.

Levantei feliz do computador. Eu tinha corrigido um erro histórico da maior importância: Ó tu que vens cansada...

Quanto deu? — perguntei pra garota do caixa, sem saber se devia ou não informar a ela que o poeta Wamosy tinha morrido de tiro numa guerrinha civil, lá no Rio Grande do Sul.

Dôi real, sinhor, ela me respondeu, em sua ignorância quanto ao destino terrível do poeta gaúcho.

A garota ficou lá no caixa. Eu embarco de novo no fluxo da Teodoro e da minha consciência em disponibilidade.

Ó eu que venho de longe, ó ele que vem de longe, ó tu que vens de longe. Que voz narrativa eu deveria usar no meu romance?

Que romance?

Esse que vai sendo gravado aqui no cromoferrite, porra. O suporte é antiquado, mas o romance vai ser bem moderno. É só passar a falação da fita pro papel. A primeira frase gravada aqui vai ser a primeira frase do romance, e ponto final. Nem lembro qual é essa frase. Como também não tenho certeza se vou me dar ao trabalho de transcrever essa falação. É só uma ideia. Há ideias demais na literatura. Não sei se alguém já teve a ideia de escrever um romance sem ideias. O leitor que tenha suas ideias, se fizer muita questão de ideias. E o que um romance poderia ter no lugar de ideias? Ritmo, ação, emoção, tesão. Samuel Fuller.

Mas eu falava de vapor metálico, três pontinhos.

Sim, vapor metálico. E daí, que mais? Daí que a pujança do capitalismo num determinado lugar do globo pode ser medida pela intensidade da luz que emite pro espaço. São Paulo tem mais grana no bolso que o resto do país e da América do Sul, e, portanto, muito mais luminárias acesas, dentro e fora das casas. Nada que se compare à Strip de Las Vegas, claro. Aquilo é o farol mais brilhante do globo a celebrar o maior estoque de capital acumulado num só país em todas as eras. É um dispêndio estridente de fótons a foder com a noite no deserto do Mojave. Os fantasmas de índios e caubóis que vagam no deserto devem sentir doída nostalgia das noites profundas iluminadas somente pela luz licantrópica do luar refletida nos olhos dos lagartos e das cascavéis, e pela poesia ideogramática das estrelas, ao som do uivo distante dos coiotes de gibi de caubói solitário, do tipo que eu devorava na primeira adolescência.

As luzes modernas, como o vapor metálico, iluminam, mas não esquentam. Até esfriam o visual da paisagem. No verão, numa noite abafada, é uma vantagem. No inverno, bom seria se tivesse aquecedores luminosos pendurados nos postes. É o que deviam providenciar em lugares gelados como o Alaska, com k.

Tudo vai melhor com K, afirma Kabeto, nome pelo qual me conhecem.

De blazer e uma malha por cima da camisa de flanela xadrez com camiseta por baixo, me sinto um personagem do Jack London no Yukon invernal, que fica no cu gelado do Alaska. Se bem que o Jack London usava um anorak de pele de urso, como se vê numa famosa fotografia dele. Meu blazer, pelo menos, é de legítima lã de carneiro, e foi comprado em Montevidéu. E não por mim, que nunca fui a Montevidéu, mas sim pela Maria João, que me deu o blazer de aniversário. E a etiqueta, pregada sobre a borda do bolso interno do blazer, diz que é made in Italy. Me sinto um cidadão do mundinho burguês com esse blazer aqui.

A noite cai rápido, sem margem pra muito crepúsculo. Noite frigorífica, atenuada pelo número reconfortante de pizzarias à disposição na cidade. À disposição de quem puder pagar por uma boa pizza. Ou por uma pizza ruim, não importa. Pizza ruim é como sexo ruim: melhor do que nada. Pizza é pizza até debaixo d'água. Não deve ficar tão boa de comer debaixo d'água. Sexo debaixo d'água é bem melhor que pizza naufragada. Já fiz sexo debaixo d'água em piscina de motel e na praia. Não é muito prático, ferra com a lubrificação vaginal da parceira. Mas a redução do peso corporal dos fodedores é uma evidente vantagem. Faz tempo, aliás, que não dou uma bimbada aquática. Pizza, fora d'água, comi outro dia. Dentro d'água, nunca experimentei.

Ê falta de assunto do caralho.

Mas, falando em pizza e Alaska, com quantas pizzarias uma pessoa pode contar no Alaska? Quantos motoqueiros circulam por Fairbanks, Junot, Nome — *Nome*, que nome! — com pizzas no baú do jet ski de neve pra entregar numa típica noite branca de inverno? Deve ser foda entregar pizza num frio de trinta graus negativos. A sensação térmica, pro entregador, deve ser de menos sessenta graus. Aqui em São Paulo, motoqueiro entregador de pizza é mato, seja no frio ou no calor. Li outro dia que as pizzarias paulistanas assam novecentas mil pizzas por dia, em média. Cacete. Quase um milhão de pizzas. A mesma matéria de jornal dizia que, em São Paulo, são devoradas pouco mais da metade do total de pizzas que se assam no país. É pizza pa caraio, mano. Se empilhar, dá um pico do Jaraguá de pizza por dia. Um Everest por mês. Agora, converta toda essa pizzaiada em bosta pra ver só. Dá todo um Himalaia de bosta de pizza por ano. Sou capaz de sentir neste exato instante o caudal espesso de novecentas mil pizzas em estado fecal a fluir pela rede de esgoto debaixo dos meus pés rumo ao Tietê. Aquilo deve tá que é só bosta de pizza. Água pastosa de muzzarella a caminho do interior do estado, em vez de seguir pro litoral, *rio que entras pela terra e que me afastas do mar... é noite, e tudo é noite...* Mário de Andrade nunca mencionou as pizzas paulistanas em prosa ou verso. Mas deve ter comido muita pizza no Brás.

Assim que eu chegar no Farta, vou mandar um pedaço de calabresa e um de muzzarella, a dupla dinâmica de Pizzaland, vulgo São Paulo. Nunca é demais render homenagem à pizza, base da dieta lúdica dessa brava gente adiposa que perambula pelo Planalto Piratininga, herdeira mitológica dos bandeirantes apresadores de índios daquela escultura do Brecheret no Ibirapuera. Os índios não se deram bem na senzala, ao contrário dos negros, que também estão representados naquela escultura, se não me engano. Quer dizer, os negros também não se deram muito bem na senzala, debaixo de chicote. Mas estavam muito longe de suas casas africanas e tiveram que aguentar toda uma vida de dores e horrores, antes que a princesa abolisse a escravidão e abrisse pra eles, de par em par, o portal da pobreza e da miséria. Bacana, essa princesa.

Já falei do Park? Se não falei, falo agora. Amigo meu, bem mais jovem: pouco mais que metade da minha idade. E magro, bem magro. O Park é coreano, nascido em Seul, cara triangular e angulosa de oriental, cabelo raspado nas laterais e abundante no cocuruto formando um topete trapezoide inspirado na arquitetura capilar do seu patrício do norte, o Kim Jong-un, que Park classifica como o maior hipster de toda a Ásia. 'O Kinzinho é o ditador que mais comeu hambúrguer e hot dog na história de toda a península da Coreia, desde o rei Taejo, no século XIV', diz o Park. Comeu inclusive na Disneylândia, quando era só o filho do ditador-herdeiro, o Kim Jong-il.

O Park é um personagem literário pronto. É só pegar e enfiar num romance, conto, qualquer coisa. Acho que ainda vou falar muito do Park em tudo que eu vier a escrever. Bom, já comecei a falar, parece.

O Park nasceu no começo dos anos 80, em Seul, como acabei de dizer. Veio com menos de dois anos pra cá, onde se alfabetizou e floresceu em versos na língua de Camões, que, se calhar, ele conhece melhor do que eu, lusófono que sou e mais lido que ele, até por ser mais velho.

O pai do Park, o seu Parkão — na Coreia o sobrenome vem antes do nome, se entendi bem a coisa —, tinha uma pequena confecção em Seul e não aguentava mais viver sob uma ditadura militar, com os generais e meia dúzia de famílias arquibilionárias no comando autoritário do país. E ainda por cima com a porção inimiga da Coreia, ao norte, ameaçando a cada quinze minutos lançar um ataque arrasador contra o sul. A toda hora rolavam grandes manifestações contra a ditadura, violentas, de parte a parte. Numa delas, o pai do Park tomou uma cacetada na cabeça que deu com ele no hospital, em coma. Assim que as ideias se rearranjaram no crânio rachado do seu Parkão, ele decidiu cair fora daquela merda, com a família na bagagem. O Park nem tinha completado dois anos. Seu destino foi São Paulo, onde viviam uns primos do pai e onde já existia uma colônia coreana, no Bom Retiro escravizada pelos judeus. Isso bem antes dos coreanos, por sua vez, virarem patrões de hordas de bolivianos imigrantes ilegais em suas confecções, caso do seu Parkão. Aqui também tinha milico no poder, mas seus parentes lhe garantiram que havia um processo de abertura política em curso e a barra já estava bem mais leve. Nada comparável à Coreia do Sul. E muito menos ainda à do Norte. E que, apesar da economia ser uma bagunça, com inflação demencial, baixo nível técnico da mão de obra e corrupção comendo solta, havia leis protecionistas que barravam os produtos estrangeiros e garantiam o mercado pros produtores locais. Dava pra fazer um bom dinheiro por aqui, pois pra tudo se dava algum jeito ou jeitinho.

Mas deixa o Park pra lá. Devo encontrar o figura daqui a pouco, de modo que — pizza! Não consigo evitar esse arredondado tema recoberto de molho de tomate, muzzarella, calabresa, azeitonas, com uma discreta chuva de manjericão fresco por cima depois de sair do forno. Até a Coreia me trouxe de volta à pizza paulistana, veja só. E tudo vira bosta, como já disse. E nem precisava ter dito, pois o que mais as novecentas mil pizzas consumidas por dia em São Paulo iriam virar? Caviar russo? E, mesmo que virassem, caviar russo vira bosta do mesmo jeito. Aquelas ovas de esturjão, em vez de eclodirem em peixinhos a nadar no mar, são devoradas em cima de bolachinhas com manteiga, digeridas e transformadas em merda da mais fétida qualidade, a ser expelida na primeira oportunidade pelo cu de quem comeu. A alta e a baixa gastronomia têm um encontro marcado no rio Tietê. Ou no rio Volga, sei lá.

E pense na montanha diária de caroços de azeitona chupados que as pizzas deixam pra trás. Uma pizza tem pelo menos uma azeitona em cada pedaço, certo? Se eu fosse pizzaiolo, jamais teria a mesquinhez ou a incúria de deixar um pedaço de pizza sem ao menos uma azeitona. Digamos que haja umas seis azeitonas em média por pizza. Multiplicadas por novecentos mil, resultam em cinco milhões de caroços de azeitona descartados por dia. Agora, multiplique isso por trezentos e sessenta e cinco. Deve esbarrar no bilhão de caroços de azeitonas de pizza por ano.

Caceta, esse deve ser o melhor agronegócio do capitalismo contemporâneo: azeitonas. Além das bilhões de azeitonas das pizzas, ainda tem o azeite de oliva, que consome mais alguns bilhões de azeitonas. Sem falar nas azeitonas servidas de tira-gosto nos botecos e no couvert dos restaurantes. E nas azeitonas das empadinhas e dos dry martinis. Caralho, é todo um universo de azeitonas.

E eu aqui, numas de escrever romance, em vez de abrir uma pizzaria ou plantar oliveiras, negócios de retorno garantido em Pizzaland. Devo ser mais burro do que supunha. E os caras que editam romances, mais estúpidos ainda. Por que não trocam suas editoras por olivais, negócio muito mais seguro e lucrativo? Será que o caroço da azeitona não pode virar papel? Madeira compensada? Ração de gado, fertilizante agrícola, munição pra estilingue — tanta coisa. A azeitona e seu caroço podem salvar o país, mais do que o petróleo e o nióbio, e ninguém se deu conta.

O Beloni me apareceu um dia no Farta pra tomar uma comigo. Isso antes daquela história idiota envolvendo a mulher dele, e que fudeu com a nossa amizade. Foi o Beloni, aliás, quem editou o Strumbicômboli, que eu chamo de romance só porque romance é qualquer coisa que você chamar de romance. Uma rosca espanada é um romance. Uma caixa de fósforos cheia de palitos queimados é um romance. Um sapo atropelado pode ser o protagonista de um romance, desde que bem atropelado. Tudo pode virar, tem virado e ainda vai virar romance.

O Beloni era editor sênior da Letra Brasil. Hoje toca a própria editora, moderninha e com boas perspectivas de crescimento, se essa tal crise, que, dizem, vem por aí, não foder mais uma vez com o país, como das outras tantas vezes. Só implico com o nome da editora, Vício & Verso, de um trocadilhismo juvenil meio boboca. Enfim. Rico o Beloni não vai ficar, mas tem conseguido se segurar de algum jeito num mercado todo feito de papel. Qualquer crise econômica bota fogo nisso com a maior facilidade.

Por que mesmo eu fui lembrar do Beloni? Ah, sim, aquele dia no Farta. Então. Uma hora lá na mesa veio à baila o assunto da primeira frase messiânica que daria o start pro meu segundo romance. Era assunto velho, esse, tanto pro Beloni quanto pra patota amiga. Mas nesse dia ele se lembrou dum negócio que tinha acabado de ler n'A peste, do Camus. Parece que tem lá um personagem chamado Grand que encanou de escrever um romance, mas não consegue, porque vive empacado na maldita primeira frase.

Você tem a síndrome de Grand! — diagnosticou Beloni naquela noite, entre cervas, cachaças e gargalhadas. E steinhaegers, no meu caso. Ele insistia:

É isso, cara. É o que você tem. A síndrome do escritor que encasqueta com a primeira frase e não vai pra frente. A síndrome de Grand!

O Beloni exultou com o próprio achado, como um médico que acaba de formular a sintomatologia de uma nova doença: a síndrome de Grand.

Bom, respondi. Pelo menos minha neurose tem um nome grandioso: Grand.

Riu-se moderadamente na mesa. Mas o Beloni falava sério. Ele achava que eu devia procurar um terapeuta cognitivo-comportamental: Na opinião dele, eu tenho um TOC que me aprisiona na ideia fixa da primeira frase epifânica, semente poderosa da qual germinaria uma frondosa árvore de palavras encantadas e histórias encantadoras. Transtorno obsessivo-compulsivo é assunto pra tarja preta, meu velho, me disse meu atual ex-amigo.

Ex-amigo é pior que inimigo. Um sentimento positivo que vira o seu contrário da noite pro dia é veneno pro espírito. Essa história minha com a mulher dele, como já disse, foi uma bobagem. A idiotinha me jurou que tava separada do Beloni. Mas era só uma briga feia de casal, dessas que ele ou ela saem porta afora com os olhos injetados de sangue e com sede de vingança. Nada mais fácil que encaçapar o primeiro amigo bêbado que encontrar pela frente — eu, no caso. Mas, no que deu sua vingadinha, ela já sentiu arrependimento, culpa e saudade do parceiro traído. Não saquei isso na hora, bêbado e de pau duro na minha kíti, com ela igualmente bêbada e pelada na minha cama. Não passou disso, uma foda bêbada dum bêbado com a esposa vingativa de um amigo. E não é que a cretina foi lá e contou pra ele em meio a uma DR de reconciliação? Caraio. Mulheres são feras de cetim e coxas, como bem disse o Murilo Mendes.

Acabo de passar por uma pizzaria na esquina da Capote Valente, o velho Degas. O forno a lenha fica na frente da pizzaria, separado da rua por uma vitrine. O pizzaiolo prepara uma bolota de massa que vai se alinhar ao lado de outras na bancada. Vão virar pizzas daqui a pouco. No princípio era a bola. Depois veio o disco da pizza. Vontade de entrar lá e mandar: 'Diz lá pro dono desta prestigiosa pizzaria que o degas aqui quer dar umas dicas fundamentais sobre a arte napolitana de confeccionar pizzas'.

O funcionário haveria de pensar: Que tipo de maluco temos aqui? Veria que sou um cinquentão bem vestido. Sem excessivo apuro, mas bem vestido. O gerente e o pizzaiolo de plantão viriam falar comigo, o que poderia render alguma cena dramática, cômica ou absurdista. E ensejaria automaticamente uma história, com personagens, diálogos e tudo mais. É uma ideia, hein? Porra, se não é uma ideia. Quase entrei lá e pedi uma pizza. Com esse frio e com essa fome, é o que eu devia ter feito. Eu ouvia muito meu pai dizer: O degas aqui, que não é bobo nem nada, correu pra encher o tanque no posto antes do aumento da gasolina. Ninguém passa a perna no degas aqui. O degas aqui vai tirar o domingo pra ver futebol na TV e cochilar no sofá. O degas aqui não nasceu ontem.

'O degas aqui' daria um título curioso de romance.

Frio da porra. Fez zero grau na Cantareira na madrugada de ontem. A previsão é que a temperatura caia ainda mais de hoje pra amanhã. Frio de alaskar. Trocadalho de lascar. Já foi. Ninguém ouviu. Só o gravador em sua complascência infinita.

Atravesso a rua. As caranga, os buzão, tudo parado na Teodoro. Só motociclistas avançam pelos corredores entre as filas de veículos. Ando, logo existo em cima das minhas pernas descongestionadas, com a alegria sádica do andarilho que não depende de condução. Milhões de cavalos de potência estagnados nas ruas, e eu tranquilo de sapatênis no meu passinho de urubu malandro. Só tomar cuidado pra não ter as pernas prensadas. Foda é moto. Carro para no trânsito, moto não. Eles inventam trilhas por onde não passa um alfinete. E que se foda o que vier pela frente.

Não estou longe da avenida das Clínicas e do necrotério. No HC, a pessoa normalmente entra viva, e, com sorte, sai viva também. Quer dizer, se não rolar um óbito numa mesa de cirurgia. No Instituto Médico Legal a pessoa entra morta e não costuma sair em muito melhor estado. Eu, hein? Esse é o trecho final e mais íngreme da Teodoro. Descrevo, logo existo: loja de móveis, banco, casa lotérica, loja de roupas, de instrumentos musicais, outra loja de móveis, mais uma de instrumentos musicais, uma portinhola de grade de ferro que dá acesso a um corredor estreito por onde uma velha, uma guria de uns cinco anos e um cachorro preto caminham em fila indiana rumo à rua. Mó pinta de ter um cortiço nos fundos desse corredor.

Na calçada estreita apinhada de gente dou uns dribles no pessoal, com direito a esbarrões de baixo impacto num ou noutro sujeito e até mesmo numa mulher:

Perdão, eu rogo.

Eu ainda peço perdão. Até pra homem. Ninguém mais pede perdão nas ruas. Sou um homem do século passado, com mentalidade do retrasado. Fim de expediente, muitos trabalhadores sobem a Teodoro em direção ao metrô e à avenida Doutor Arnaldo. Ninguém a passeio. Sou o único ser assemelhado a um flâneur nas imediações, alguém que também acabou de largar o batente, mas tem o privilégio de se encaminhar com distraída determinação a um bar situado a uns quatro quilômetros de distância dali com o firme propósito de encontrar um amigo, quem sabe alguma mulher transável, ou ao menos conversável, e encher um pouco a cara.

Falta que me fazem aqueles óculos phonokinográficos pra descrever as cenas banais que presencio ou das quais participo como coadjuvante no palco das calçadas, ao lado de atores e atrizes anônimos. O Caran D'Ache étnico na Teodoro varia de algum grau de negritude até esparsos exemplares de loirinhas caucasianas vindas de prováveis santacatarinas ou paranás, se não mesmo dos pampas profundos. Vejo uma nítida peruboliviana e até uma muçulmana com o xador a lhe emoldurar a cara levantina. Síria, libanesa, iraquiana, palestina, turca, egípcia. Allahu akbar!

Boa parte das mulheres, garotas e maduras, porta cabelo pintado, de loiro, de laranjada elétrica, de pavão imperial, de cinza meia-idade. Os caras quase todos de boné, de aba curta, de aba longa, de aba curva, de aba reta, de aba pra frente, pra trás, pro lado. Várias mulheres calçam botas de cano alto. Quase todos os homens usam tênis em suas infinitas variações.

Estou em vias de passar por uma senhora baixa e gordota, com o corpo num curioso formato de barril, o que me desperta a imediata vontade de tomar um chope. Madame du Barril porta duas sacolas plásticas de supermercado, imensas e carregadas de trecos. O que pode ter ali dentro? Detergente, molho de tomate, cebola, macarrão, pepinos, laranjas, berinjelas, bananas de dinamite, dildos de sex shop, tijolinhos de maconha prensada, cabeças de macaco mumificadas. A realidade toda em duas sacolas.

A gorda-do-barril sustenta uma cabeleira basta e aramiça, verdadeiro bombril capilar. Ela se prepara pra iniciar a travessia da Teodoro: analisa o trânsito, calcula tempos e espaços disponíveis. Mesmo com o engarrafamento estático a travessia naquele ponto é bastante aventuresca, sobretudo por causa das motos. Imagino a mulher atropelada, o conteúdo das sacolas espalhado pelo asfalto, sob as luminárias de vapor metálico que muito atropelamento já alumiaram nesta cidade, talvez naquele mesmo trecho da Teodoro. Não vou esperar pra ver o triste fim dessa personagem transitória na minha vida de flanador.

Aliás, taí uma ideia: um romance inteiramente tocado a personagens transitórios, efêmeros, desimportantes, sobre os quais o narrador nada sabe. Apesar de engatar uma terceira pessoa pra narrar, ele não faz uso de sua onisciência. Mas, se não faz questão de saber nada sobre os seus personagens, por que haveria de escrever uma história com eles? Questão interessante. Vou refundar o nouveau roman com essa ideia idiota. Definitivamente, o que eu preciso é de um bom personagem pra chamar de meu. Mas que não seja eu. Um personagem como Odisseu, que todas as ninfas da Antiguidade comeu.

O bom personagem, cabe lembrar, pode ser uma pessoa muito má. Aliás, o bom personagem moderno tem que ser capaz de vilezas, maldades, invejas, ressentimentos e mesquinharias tremendas. Além de bobeiras e chatices variadas. Mas o filho ou filha da puta do ser humano em questão tem que ter algo de positivo pra resgatá-lo da vilania ou da mediocridade absolutas. Alguém que, apesar de ter torturado, estuprado e matado crianças, velhos e mulheres, algumas delas grávidas, ou, ao contrário, passado a vida aprisionado na mesmice tacanha de uma baia de repartição, arrisca essa mesma vida ao sair pela janela de um vigésimo andar pra resgatar um gatinho extraviado num parapeito externo do prédio, sendo que o felino pertencia a uma velhinha que não conseguiria viver nem mais um dia sem o seu bichano de estimação.

Fico aqui a mirabolar teorias sobre personagens, como se tivesse grande experiência no ramo. No começo, o Strumbicômboli era apenas nomes masculinos e femininos lançados no papel. Daí, aos poucos, passei a atribuir ações e pensamentos a esses nomes. Funcionou. Os nomes se transformaram em personagens e o livro fez um puta sucesso entre malucos letrados. Eu mesmo passei a acreditar que aqueles nomes pertenciam a pessoas reais e não a seres de existência meramente verbal. Notei também que, a certa altura da escrita, você já sabe um monte sobre os seus personagens. E eles sobre você. Claro, pois na construção dos personagens ocorre muita infiltração de material psíquico oriundo do sótão e do porão da sua cachola. Talvez alguns deles saibam mais sobre você do que você sobre eles.

Porra, eu devia ter virado crítico literário. Bem mais fácil do que escrever romances.

3

Tem gente me olhando. Me olhando enquanto estou falando. Enquanto estou falando sobre quem está me olhando. Não tenho como explicar pros outros por que me empenho em andar pela rua falando num gravador. Como chegar nessa garota que vem de frente pra mim apertada numa legging colante que lhe espreme a xota e lhe vinca a racha, e dizer: Olha aqui, meu bem, eu não tô louco, não, tá ligada? Sou apenas alguém que anda pela rua e fala aqui nessa geringoncinha que parece um celular RCA a válvula da primeira metade do século passado, na esperança de gerar material pro meu segundo romance, tá ligada? Assim que me vier a porra da primeira frase, a porra do romance sai também, tá ligada? Aliás, você tá ligada ou desligada, minha filha?

Minha ideia aqui é ver se eu consigo ativar a região ficcionalizante do cérebro. Do meu, no caso. Essa é a ideia. Pros filósofos gregos peripatéticos, como Vulcabrás de Éfeso e Congão do Baixo Peloponeso, andar era pensar. Quem pensa anda. Sou também um patético peripateta. Aposto como Aristófanes, Eurípedes, Sófocles, esses gregos proparoxítonos todos, bolaram suas tragédias e comédias, igualmente proparoxítonas, como Édipo Rei e Lisístrata, enquanto gastavam sola de sandália proparoxítona Antiguidade afora, a recolher personagens pelo caminho, do mesmo jeito que faço agora. Só me falta a toga e a coroa de louros. E a lira. Essa é a primeira pergunta que as musas drummondianas te fazem ao ver que estás metido com a escrita literária: trouxeste a lira?

Por falar nisso, um gorro e um cachecol seriam bem mais úteis nesse frio da porra do que uma lira. E personagem, se for ver, é o que não falta por aí tudo nesse mundão narrativo. Nesse ponto de ônibus em frente à pastelaria, por exemplo, tá cheio de personagem.

Dentro da pastelaria outros personagens devoram pastéis fritos com garapa ou refri. Personagens entalados no buzão estancado no engarrafamento. Personagens na lotérica, ao lado da pastelaria, em fila pra pagar contas e fazer uma fezinha com uma chance em um trilhão de ganhar alguma coisa. Difícil é varar esse bolo de personagens em torno do ponto. Uma gordona de meia-idade — da minha idade, eu podia dizer — me olha com suma desconfiança. Esse carinha de chapéu diplomata, cigarro na boca, pastinha sem alça debaixo do braço no ponto do ônibus, não tira o olho da bunda da garota à sua frente. De fato, é uma bunda notável, embalada a vácuo num jeans com apliques cintilantes no bolsos traseiros. O carinha do chapéu diplomata é mulato. A menina é o que chamaríamos no Brasil de branca. Nos States seria classificada de latina.

E eu? Como me definir aqui? Um branco meridional que se compraz em aplicar carimbos étnicos aos personagens anônimos que vê nas ruas: esse é preto, aquela é mulata, morena, caucasiana, o senhor ali é asiático, provavelmente chinês, se não for coreano, a moça do lenço é levantina, a outra é latina. Haveria alguma chance dessa minha sanha descritiva dos fenótipos das pessoas na rua não ser um evidente sinal de racismo semienrustido? É foda abrir a boca nesses tempos-que-correm: você sempre vai pisar no calo de alguém.

A verdade antinaturalista é que ninguém por aqui na Teodoro tem cara e jeitão de quem daria um bom personagem. Não prum romance que eu quisesse ou pudesse escrever. Não conheço ninguém aqui, não sei quem são essas mulheres, esses homens, de onde vieram, o que fazem, pra onde vão, se vão de van, a pé, de metrô ou de buzão. Também não sei o que comem, quem fodem, se é que fodem. Todos em volta têm um corpo erótico, mas não sei quantos aqui, de fato, fazem uso recreativo da própria genitália e demais apêndices auxiliares em prol desse erotismo. Não devem ser muitos ou muitas. O que ninguém por aqui deve ter é muita grana, inclusive eu. Um estatístico do IBGE, só de olhar, diria: 78% dessa turma é de classe média baixa, pessoas que ganham até cinco salários por mês, 12% é classe média-média, e 0,5% é beleléu de rua, como aquele molambo humano que arrastava um carrinho de feira desengonçado cheio de trapos e trecos dentro e só com uma rodinha no eixo, que eu vi agora há pouco. Já eu devo estar na faixa dos 2% que já passaram por uma universidade, mesmo sem se formar, como é meu caso. E devo ser também o único exemplar do 0,000000001% dessa gente toda em volta que já escreveu um livro de ficção.

Foda-se a estatística. Não é com números que se encontra um personagem no meio da multidão. O que eu poderia fazer é selecionar ao léu uma pessoa qualquer, seguir essa pessoa, a garota da bundinha cintilante, digamos, e descobrir onde ela mora, trabalha, estuda. Ir atrás da família, das amigas, amigos, namorado, ex-namorados, e entrevistar essas pessoas, como faria um biógrafo. E contratar um hacker pra invadir o computador dela, e, se possível, também o celular, pra acionar clandestinamente a câmera e flagrar desde a vida profissional, social e afetiva dessa garota até suas mucosas mais íntimas. Trepada, siririca, cagadas e mijadas, banhos. Depois, fazer o mesmo com um cara. Se sobrar tempo.

Por conta desse papo de personagem, lembrei duma paródia de novelinha infantil que escrevi faz uma porrada de tempo, umas vinte páginas de word, espaço 1,5. O ponto de partida foi uma encomenda do Beloni, que ainda era funcionário da Letra Brasil. Ele queria uma historinha pra crianças e com crianças de personagens, pruma coleção infantil. Cada livro da coleção tinha um tema, e o meu seria a amizade. Sentei ao computador e mandei ver, estimulado por doses de uísque, beques, marlboros e pó, muito pó, que eu ainda mandava direto na época. Minha história fofa se passava, em grande parte, no intestino duma menininha órfã chamada Fiofó que morava na casa de uma tia velha, solteirona e deprimida. O caso é que, dentro das tripas da menininha, viviam dois helmintos: uma jovem lombriga toda viscosinha e uma tênia de cinco metros de comprimento. Depois fiquei na dúvida se tênia e lombriga não seriam o mesmo bicho anelídeo, mas isso não tem mais nenhuma importância, pois a história nunca foi publicada.

Sempre que a menininha cagava, uma delas punha a cabecinha pra fora do cuzinho da Fiofó. E foi assim que ela conheceu as hóspedes que viviam em suas tripas, alojadas em merda morna. A lombriga, a menininha batizou de Lolô Brígida, e a tênia de Tetênia. Logo as três se tornaram muito amiguinhas. Fiofó dizia que Lolô e Tetênia eram as suas 'vermininas'.

Fiofó já tinha ouvido os adultos chamarem esse tipo de animalzinho de 'solitárias'. Acontece que Fiofó também se sentia a mais solitária das menininhas do mundo. A única amiguinha que teve na vida, vizinha de bairro que ela via no parquinho, a Lory, sua tia decidiu que ela não podia mais ver nem falar nem nada, 'porque descobri coisas sobre aquela menina de que até Deus duvida! Aquilo não presta', disse a tia. Mas o que não prestava era a solidão, pensou Fiofó. De modo que ela se identificou de cara com aquelas outras duas solitárias, que, no entanto, tinham a companhia uma da outra nos intestinos da Fiofó. Agora teriam também a companhia dela, a menina humana, e ela a das vermininas.

Acontece que a tia deprimida, que não perdia chance de implicar com ela, deu de achar a barriga da sobrinha muito inchada. E se alarmou com suas diarreias frequentes, seguidas de dias a fio de prisão de ventre. Sem falar na peidaria desbragada que nem as broncas e palmadas da tia davam conta de inibir, e na mania que Fiofó tinha adquirido de enfiar a mão entre as nádegas pra coçar o olho do cu.

A tia — não lembro o nome dela nem se tinha nome —, que, apesar de deprimida, autoritária e pobretona, cuidava o mínimo necessário da sobrinha, levou Fiofó ao pediatra do posto de saúde. O cara receitou pílulas de um potente vermífugo capaz de dissolver as solitárias do intestino da guria nas próprias fezes em que viviam. Uma vez evacuadas, as fezes levariam embora os despojos das solitárias.

Fiofó abriu o berreiro ao ouvir isso. Suas melhores e únicas amiguinhas, Lolô Brígida e Tetênia, corriam seriíssimo risco de vida. Imagine só que triste fim: morrer dissolvido na merda dentro do intestino da mais amável das hospedeiras. Sem contar que a Fiofó achava uma delícia aquela coceirinha no cu, tão gostosa de coçar. De coçar e, depois, de cheirar a ponta do dedo coçador, em geral, o médio. Às vezes ela se empolgava e introduzia uma falangeta lá pelas internas da coceirinha. Além de aliviar a coceira, a intrusão anal lhe proporcionava um bizarro e viciante prazer. Sua amiguinha Lory já tinha falado algo a respeito daquele prazer tão fácil de provocar.

A tia comprou o remédio e o administrou à sobrinha, que teve a manha de só fingir que engolia o pilulão, escondido debaixo da língua. A menina não queria alarmar suas amiguinhas com o lance do médico e do vermífugo. Assim, quando as duas punham as cabecinhas pra fora do seu cu pra papear com ela, Fiofó puxava só assuntinhos leves e engraçados. O principal assuntinho era o cardápio das refeições da menina. A lombriga Lolô, uma vegana convicta, gostava mais de cereais sem glúten e verduras orgânicas, por causa das saudáveis fibras, enquanto a tênia Tetênia apreciava carnes em geral, de porco, em particular. Pra menina Fiofó, aquelas conversinhas à borda da privada representavam a única fuga pra sua penosa solidão de criança órfã trancada na casa de uma tia velha, macambúzia, neurótica e hipervigilante que lhe impunha disciplinas chatas pra tudo na vida, do estudo ao banho, das refeições às brincadeiras. Cagar era uma das únicas tarefas não administradas diretamente pela tia. E agora, com o advento das vermininas, se tornava sua maior alegria.

Nessa altura, providenciei uma bela reviravolta na história. Primeiro, a tia descobre que a menina não engole as pílulas do vermífugo. A velha tem um acesso de raiva tempestuoso, senta-lhe umas palmadas cruéis na bundinha e tenta enfiar o remédio assassino goela abaixo da coitadinha. Já está com os dedos dentro da boca aberta da menina quando — pá! — a tia tem um AVC fulminante e cai dura no chão.

Com a morte da tia, e à falta de outros parentes próximos, Fiofó vai parar num orfanato de freirinhas de uma espécie de ordem sadomasoquista medieval. Avaras e mesquinhas, além de sinistras, as freiras se deleitavam em atormentar as crianças, com descrições apavorantes do inferno que aguardava as crianças más, pecadoras e desobedientes. E havia os castigos físicos exemplares, sempre aplicados diante de um pequeno público, espécie de prévia do que seriam os do inferno para quem não se comportasse direitinho em vida. Freiras e internas se reuniam para apreciar os castigos, sempre de terço na mão, a gozar secretamente em Cristo crucificado, amém. E ainda rolava de algumas freiras forçarem as internas mais velhas e taludas a irem com elas pra cela. Isso significava, entre outras coisas, levar chicotadas na bunda e ter a xotinha e o cuzinho varados pelo cabo rombudo do chicote, por dedos e outros objetos intrusivos, como estatuetas de santos. As namoradinhas das freiras eram também forçadas a lamber e sugar longamente o bucetão de suas abusadoras, na maioria umas velhas corocas com incontinência urinária e pouco apreço pela higiene íntima. Algumas meninas, depois desse repasto indigesto, desenvolviam repulsa patológica à comida, seguida de anemia profunda. Algumas não resistiam e entregavam o corpo à terra e a alma a Deus.

No orfanato, a amizade entre Fiofó, Lolô e Tetênia se estreitou ainda mais. Fiofó passava longas horas na privada de papo com as amiguinhas. Por conta disso, logo adquiriu fama de possuída pelo demônio. Tal fato, agravado pelos surtos incontroláveis de flatulência que se faziam ouvir e cheirar por todo o orfanato, em especial à noite no dormitório, e mais aquela compulsão de coçar o cu e cheirar o dedo a toda hora, tudo aquilo reforçou nas freiras a desconfiança de que Fiofó pudesse ter mesmo parte com algum tipo de Belzebu anal. Inteirada do assunto, a madre superiora diagnosticou possessão demoníaca entereológica e convocou o confessor das freirinhas, um dominicano chamado frei Mastruccio, pra submeter Fiofó a um exorcismo em regra.

Durante a longa hora e meia que durava o exorcismo anal — o filho da puta do frei Mastruccio enrabava Fiofó, eis no que consistia o exorcismo —, a madre superiora e sua madre assistente, peladonas as duas, tratavam-se às chicotadas e futucadas ginecoproctológicas, enquanto entoavam ladainhas pornolitúrgicas em sermo vulgaríssimus. No fim, era sempre a madre superiora quem se encarregava de higienizar a bundinha da Fiofó sodomizada. Ela se ajoelhava atrás da menina ainda de quatro sobre a tábua do assoalho, e, de boca e língua afainosas, sorvia quanta porra esmerdeada saísse de dentro daquele cuzinho exorcizado. Era tanta a força de sucção daquela boca sequiosa de excremento e sêmen em amálgama sublime que Lolô um dia se viu sugada pra fora do cu da Fiofó, e já ia sendo engolida pela superiora, se a Tetênia não se enrolasse na ponta do rabo da amiga no último instante e a puxasse de volta pro reto da hospedeira. As vermininas se espantaram, no início, com aquela intrusão peniana repetida várias vezes, a intervalos de poucos dias. Mas logo se acostumaram, achando tudo muito divertido, sobretudo a parte final, com o banho de gosma quentinha que o intruso despejava nelas. Só tinham que escapulir rápido pros segmentos superiores do intestino da hospedeira depois desse banho, de modo a não serem sugadas pela superiora.

A historinha seguia em frente com mais detalhes primorosos de sórdidos. Fiquei puto que o Beloni não quis publicar a minha historinha, cujo título era 'Os infortúnios de Fiofó', homenagem ao Marquês de Sade, com epígrafe do Mirisola: 'A infância pode ser sórdida pra quem sabe aproveitar'. Com boas ilustrações, ficaria do caralho — do caralho do frei Mastruccio.

Mas o caretão arregão do Beloni disse que ele nem precisava lembrar que menininha que fica amiga de lombriga e tem seu cu arrombado por um caralho eclesiástico sob o pretexto de exorcisar um demônio abrigado em seu intestino, mais o lance da freira sadomasô que etcétera e tal, tudo com ilustrações apavorantes, aquilo ia dar um baita processo por incitação à pedofilia e por atacar o cristianismo católico. E ele, Beloni, seria despedido sumariamente por justa causa da Letra Brasil. Beloni insinuou que não seria má ideia eu me consultar com um psicólogo ou mesmo com um psiquiatra pruma avaliação do estado geral da minha cachola. E encerrou a questão.

No final da minha historinha recusada, Fiofó provoca um incêndio no orfanato, no qual morre um monte de gente, a superiora chupa--rabos e o exorcista anal entre eles, e ela cai no mundão sem Deus pra se virar como putinha de pedófilos, ao lado da sua amiga Lory, que ela acaba reencontrando. Uma puta duma historinha fofa do caralho.

4

Mulher assoa o nariz do filho gripado num pedaço dobrado de papel higiênico que tirou da bolsa. Buzinas e escapamentos em surto sinfônico acompanhado do fumacê de combustível fóssil carburado. Ronco pesado de helicópteros com os logos da Globo, da Bandeirantes, da Jovem Pan e da polícia, fora os que não trazem logo algum, todos voando baixo rumo à Paulista. Aqui na Teodoro ninguém protesta. Todo mundo tocando a vida, eu, inclusive, que tento fazer literatura oral com a ajuda desse tijolinho analógico recheado de pilhas AA, quatro delas. É uma velharia obsoleta, mas cabe no bolso lateral do paletó e é fácil de guardar e puxar, feito um revólver no coldre. E vou que vou só na livre associação. Ligo e desligo o Sony quando me dá na telha. Sempre fui adepto de introduzir o aleatório na obra de arte, o erro, a falha, o hiato, o nonsense. Numa dessas, acabo topando com um personagem, uma história e tudo mais que integra a receita de um romance. Um romance é a história de um destino completo, como disse o Macedonio Fernández. Destino = história, enredo, plot, trama. Ou entrecho, como dizem na USP. Ninguém precisa saber mais do que isso pra começar a escrever. Não precisa nem saber nada disso, na verdade. Precisa só ligar o computador. Porque, pra começo de conversa, o problema não é a falta de história. Isso é o que não falta, dentro e fora da minha cabeça. Histórias pululam por aí. Histórias e seus personagens. É só olhar em volta: tem trabalhador, estudante, mano, mina, homem feito, coroa, velho, velha. Passam uns caras de boné, calça e camiseta com mochilas às costas. Mó pinta de black blocs. Devem ter corrente, barra de ferro e coquetéis molotov dentro das mochilas. Na certa vão pra Paulista com a ideia de quebrar umas vitrines de banco e dar porrada nos coxinhas.

Não tenho inclinação pra passeata. Fui numa em 78, no centrão. Eu tinha uns dezessete pra dezoito anos e fazia um cursinho pra direito na Barão de Itapetininga. Saí de uma aula e me vi no meio do corre-corre. Tive uma overdose de gás lacrimogêneo. Vomitei as tripas, fiquei enjoadíssimo por três dias. Não vou mais gastar meu tempo com uma merda dessas.

Tô ficando didireita. Deve ser porque estou na calçada da direita de quem sobe a Teodoro. Se eu atravessar a rua, viro imediatamente disquerda. Uma questão me assalta à mão armada: será que antes do personagem, e mesmo da história, não tinha que vir uma ideia? Um grande tema, um assunto genérico que conduzisse os personagens a seus destinos completos?

E.g.: adultério.

Abundam e abucetam histórias de adultério. E sempre vão abundabucetar, pelo menos enquanto a monogamia for a regra hipócrita no planeta conjugal. Um só macho, uma só fêmea, juntos pro resto da vida, que puta ideia de jerico. Um arranjo desses, aplicado a um animal volúvel pela própria natureza como esse primata humano, só podia dar em adultério. O.k., pular cerca é dos mais deleitosos delitos que pode haver. Mas eliminar a cerca seria bem mais sensato, em prol da felicidade geral dos povos. Casamento não combina com modernidade. Devagar com esse andor, Leonor, casamento é muito caro. O Itamar Assumpção é que entendia do assunto.

Em todo caso, e de volta à vaca fria a pastar na literatura, acho mó papo furado essa crença psicomístico-filosófica na 'ideia'. Uma cólica intestinal pode ser mais decisiva que qualquer grande ideia no curso de uma história, real ou ficcional. Nenhuma putideia conhecida ou ainda por emergir no meu bestunto vai me livrar dessa inhaca que ficou na moda chamar de bloqueio criativo. Acho que já falei isso, e torno a falar. Ideias proliferam feito bactérias na minha cabeça. Melhor mesmo era desistir de escrever outro livro. Pra que outro livro nas estantes da humanidade? Quem precisa de outro romance, meu ou de quem quer que seja? Aqueles manifestantes lá na Paulista, será que algum deles tá erguendo agora um cartaz com os dizeres: 'Exigimos que aquele filho da puta daquele escritorzinho bloqueado escreva logo a porra dum novo romance'?

Na cadência dos meu passos, até que a coisa oral flui ao gravador. O texto anda com as minhas pernas e se deixa escrever com as minhas cordas vocais. Mas tá cada vez mais claro que não dá pra ficar só na parolagem solitária à espera de que, sozinha, ela se torne literária. Tenho que fazer isso virar um método de trabalho. É preciso ser mais proativo, como se diz agora, ensejar esquetes espontâneos nas ruas e lugares públicos. Afivelar minha mais cascuda cara de pau e mandar ver. Se eu tiver o registro oral dessas performances numa fita de cromoferrite, vai ficar muito mais fácil dar a partida prum novo romance, relato, novela, o que for. Menos conto. Conto é pra contista, da mesma forma que poesia é pros poetas e dente pros dentistas. Por enquanto, só consigo usar o teclado pra trabalhar nas revistas customizadas da Tônia. Pode ser a da associação dos médicos forenses do estado ou a da federação paulista de muay thai. Ou a dos fabricantes de retentores para veículos automotores, essa com matérias cheias de fotos sobre os ágapes animados que eles promovem a toda hora, com bailes e jantares em clubes e restaurantes. E tem a revista da Igreja Mãe Gaia da Redenção Universal, sempre com uma seção sobre culinária orgânica. Ou aquela da CMD, Congregação Maçônica Darwiniana, que prega a evolução geneticamente controlada da espécie humana. Fora isso, são os tais livros institucionais de todo tipo de empresa. O último que eu fiz foi prum tradicional escritório de advocacia em comemoração dos cinquenta anos da banca. Um catatau de trezentas páginas, de capa dura, recheado de imagens e textos, alguns de minha competente lavra, estabelecendo o contraponto entre a história do escritório e a do Brasil em cada período. O resto eram as louvaminhas em estilo grão-bacharelesco aos ilustres causídicos que ali assistem ou que por ali passaram, escritos por seus colegas, num mutirão autocongratulativo, com todos a ejacular elogios pra cima de todos.

E assim transcorrem previsíveis e modorrentos meus dias profissionais, sempre a escrever, traduzir, corrigir e adaptar essas merdas sobre os assuntos mais chatonildos do universo. O pior é copidescar os artigos escritos pelos semianalfabetos que militam nas empresas e associações que patrocinam as revistas e livros institucionais. Às vezes mal dá pra entender o que o imbecil imagina que pretende dizer ali, se é que ele mesmo sabe.

No começo, eu mesmo tinha que fazer as reportagens pras customizadas, mas com a chegada de novas revistas, nos anos Lula, a Tônia chamou a Clarissa, uma japinha duns vinte e poucos anos que cursa o último ano de jornalismo na PUC. Ela virou a repórter de campo da casa. Um azougue essa menina. Ainda não acabou de soar o gongo da luta final do campeonato de muay thay que ela foi cobrir, e a Clarissa já tá mandando a matéria pra editora. O texto dela é uma coleção incomum de lugares-comuns e vastas platitudes. Mas é isso mesmo que se espera dessas revistas boçais. E é uma simpatia, essa Clarissa. Baixinha, magrela, peiticos miúdos e pontudos sempre livres por baixo de blusas e camisas. Nunca viram um sutiã, aquelas peitolas. Eu não jogaria a japinha pras carpas do imperador Hiroíto, mas nunca pintou o menor clima entre nós. Melhor assim. Onde se ganha o pão não se come a carne. Se bem que às vezes tiro umas lasquinhas do carnão da dona da editora, mas deixa pra lá.

Queria ver só se o Flaubert tivesse que trampar de frila fixo pruma editora de revistas customizadas. Na Tônia Feltrinelli Edições Especiais, por exemplo. Estaria até agora tentando escrever *Madame Bovary*. A Tônia tem o mesmo sobrenome da famosa casa editorial italiana, mas é mera coincidência. Levanto ali uma grana que mal e porcamente dá pra viver. Até daria com certa folga, se, como diz minha mãe, eu não gastasse tanta grana em vícios e bobagens. Com uma poupancinha, até poderia me pendurar na classe média remediada do Belenzinho, onde mora a velha, ou do Mandaqui de baixo, bastião da tia Almerinda, irmã do meu falecido pai. Teria um carro 1.0 de segunda mão espremido entre as colunas da garagem do prédio no subsolo. E, claro, um cachorrinho de alguma raça enfezada que eu levaria pra mijar e cagar na rua duas vezes por dia. Teria também um seguro-saúde decente e juntaria uma graninha pra viajar a Paris ou Nova York a cada três ou quatro anos. Ou, vá lá, a Buenos Aires uma vez por ano.

Esse é um projeto de vida totalmente compatível com o meu nível de renda, se a gente considerar que sou arrimo só de mim mesmo e não me incluo mais entre os clientes dos cocaleros bolivianos. Daria pra economizar alguma coisa. Seria conveniente também desistir duma vez por todas dessa porra de literatura. Que consiste no quê, exatamente? Lá vem mais uma das minhas deletabilíssimas subteorias: a literatura consiste em nascer, mamar, cagar, gozar e morrer, tudo por escrito. É mais ou menos o que falei do Macedonio Fernández: a história de um destino completo. Alfabetizar-se, em algum momento, é recomendável, mas não imprescindível. A literatura consiste também em andar, que nem eu aqui na Teodoro, enquanto a turba multa ulula na Paulista contra os vinte cents da passagem de ônibus. De todo modo, pra fazer a porra da literatura é preciso ter acesso ao ócio. O Camus dizia que a sorte da humanidade foi ter havido na Grécia antiga condições pra que um bando de ociosos ilustrados se dedicasse à especulação filosófica e científica, à poesia, ao teatro e à gandaia. Não fosse o santo ócio, seríamos ainda bárbaros entre bárbaros, imersos na mais ampla e demencial barbárie. Otium cum dignitate. Não ter porra nenhuma pra fazer, ou ter e decidir não fazer, à la Bartleby é a precondição pra alguma coisa que preste brotar na porra da sua cabeça. Da minha, digo.

Por falar em porra e ócio, é bom lembrar que dou início hoje à minha quinzena off trampo. Abaixo o batente, viva il dolce, anche pòvero, far niente.

Acabei de sair da TF. Computador, internet, textotextotexto, dicionário eletrônico, tela iluminada o tempo todo diante do meu nariz com as matérias das customizadas e dos books institucionais — fico longe disso pelos próximos quinze dias. Paradise now. Nem internet vou ter. Fiz um plano de quinze dias on, quinze off no provedor, de modo a coincidir com meus períodos de trabalho e de folga na editora. É o único provedor pré-pago que existe. Teranet, recomendo. E o mais barato da praça. Funciona por sinal de rádio. Às vezes dá pau, o sinal cai, a caixa postal engasga, mas tudo bem. Qualquer coisa, posso usar a internet da TF, a qualquer hora do dia ou da noite, pois tenho a chave do sobradinho da editora.

Mantenho o sinal on durante minha quinzena de atividade editorial pra poder trabalhar em casa parte do tempo. Venho a Pinheiros pra reuniões ou só pra mudar de ambiente, se não é só para usar o computador deles. Nas minhas duas semanas mensais de folga quero distância do mundo conectado. Essa porra te suga o cérebro de canudinho, mano. Nessa última quinzena de trabalho, me cortaram o sinal em casa por falta de pagamento. Era minha semana on, de trampo, mas esqueci de pagar a porra do boleto. Como continuei sem pagar, eles me offaram: off with his head, disse a rainha do espaço digital. Vai daí, tive que ir todo dia na editora, inclusive sábados e domingos. Ida e volta a pé, bom exercício de uns 45 minutos. Tudo bem. Qualquer hora, quito a porra e eles religam o sinal no dia seguinte. Acho bom ficar um tempo mais prolongado sem essa praga de internet ao alcance da mão. Tenho um celular pré-internético que manda e recebe SMS. E ainda por cima funciona como telefone. E é também relógio, calculadora, despertador e sei lá mais o quê. Tá de bom tamanho pras minhas necessidades tecnológicas. É burrofone mas me serve muito bem. Esqueci, aliás, o bichinho em casa hoje. Me sinto mais livre sem essa coleira eletrônica.

Lá na TF, fico confinado numa salinha da edícula suspensa do sobrado. Fica em cima duma garagem, também utilizada como escritório. Dá pra fumar um, dormir, bater punheta. E trabalhar, nos bons dias. Queria mesmo era comer a Marluce, a secretária, recepcionista, telefonista e moça do café.

Essa Marluce, vou te contar. Uma graça de menina. Dona de uma bundinha apreciável espremida sempre em calças de tergal preto. Não tem como um sexista compulsivo com mais de cinquenta anos na cacunda deixar de babar por aquele corpo cheio de promessas que nunca se realizarão. Não pra mim, pelo menos. Moreninha sestrosa, é o rótulo automático que me vem à cabeça pra descrever a Marluce. Só por um milagre rolaria sexo comigo e a sestrosa Marluce.

Rôlo e rôla é o que rola é ca patroa dela e minha, a Tônia, titular da TF. Rola na edícula, meu espaço vital, num sofá de dois lugares não muito confortável para dois seres fornicantes, mas que, com um pouco de criatividade trigonométrica, quebra um galho. Só não dá pra se deixar estar nele no pós-coito, a ver se mordisco um bis-coito. Quase me casei com a Tônia num passado não muito remoto. Ela queria ser minha patroa conjugal, mas virou só profissional. Coisas da porra da vida. A Tônia não é a única ex com quem ainda dou bimbadas ocasionais nessa mesma vida da porra. Rola também com a Mina, outra fêmea da espécie que também correu o sério risco de virar minha esposa. A diferença é que a Mina é uns dez anos mais nova que a Tônia. As duas transam livremente por aí, a Tônia em luta constante contra a menopausa que lhe chegou precoce e brabeira aos quarenta, com todos os sintomas eclodindo no corpo de um dia pro outro, conforme ela me descreveu a coisa. Logo partiu pra reposição hormonal, que lhe suavizou os sintomas, como os fogachos, a montanha-russa emocional, a insônia constante, o tesão declinante. O preço mais alto nem foi o dos caríssimos hormônios. O que pode sair caro pra ela é ter sido jogada pela reposição hormonal numa faixa de risco de câncer mais alta, até por já ter tido miomas. Hoje, a Tônia me parece tão saudável e fogosa quanto aos trinta e cinco, quando tivemos um causo sério, eu seis anos mais velho que ela. É que a Tônia se cuida, alimentação, *acadjmia*, pouco álcool, só uma taça de vinho em jantares especiais. A merda, diz ela, é ter de cumprir o ritual de exames a cada seis meses, sangue, ultrassom, ressonância, mamografias torturantes com seus peitos esmagados por tenazes radiológicas. Ela me contou que rumina, todas as noites, antes de dormir, sobre o que aqueles hormônios todos podem estar tramando contra ela dentro do seu corpo naquele instante. É aterrorizador. Mas, se parar de tomar estrogênio e progesterona, volta ao inferno dos sintomas diabólicos que fazem dela uma onça com dor de dente. Ela já estourou em quase dois anos o prazo de segurança pra tomar os hormônios. Não sei o que vai ser dela no dia em que for obrigada a parar e aguentar o tranco só no ansiolítico e no antidepressivo, dois remédios que ela detesta.

'Vocês homens não têm menopausa, né, seus putos', ela veio desabafar outro dia, com amargura supostamente humorística. 'Só perdem cabelo, criam barriga, ficam mais deprimidos, nada de muito grave. E ainda tem as pilulinhas pra ajudar o pau a dar conta do tesão. A natureza é injusta.' Eu ia arrolar as mazelas masculinas da idade, o câncer de próstata, a testosterona no chinelo, a pança, a depressão, sem falar de todo o cortejo de horrores da velhice de um modo geral, infarto, AVC, diabetes, osteoporose, e o cacete a quatro. Mas isso teria o efeito de rivalizar com ela pelo primeiro lugar no campeonato de sofrências impostas pela idade. E ela tem um nítido orgulho em erguer essa taça.

De qualquer jeito, com hormônio novo em folha e o velho tesão, a Tônia tá no jogo. A Mina idem, essa ainda longe da menopausa, me parece. Gosto de dizer que, de minha parte, dei entrada na fase da menos-pau. Umas mulheres dão risada dessa tirada pífia. Poucas. As mais safadas me olham com uma cara de *duvido...* Gozado é que, com minhas duas ex-mulheres de fato, a Mag e a Estela, nunca mais rolou nada. Com minhas duas quase ex-mulheres, a Tônia e a Mina, ainda rola. Vai entender.

Vou, qualquer dia.

A Tônia. Eu não devia gastar fita pra falar da Tônia. Mas, já que comecei, vamo lá. O escritório da editora que ela abriu na cara e no risco faz uns anos fica num sobrado de vila, na Oscar Freire de cima, perto da confluência da Doutor Arnaldo com a Heitor Penteado. Gosto da Tônia. Como patroa, me paga cachês que estão no teto da faixa de mercado e têm me segurado o básico da existência material. Antes do mês acabar, já tô no vermelho porque sou um gastão incorrigível, mas não passo fome, nem sede de cerveja com steinhaeger. A maconha também tá garantida. Na época do pó era diferente. Brincando, brincando, ia um terço da minha grana pra mão dos trafica. Os outros dois terços ficavam nos bares onde eu ia fritar os últimos neurônios disponíveis no cu da madrugada. Cocainômano é perdulário pra cacete, pelo menos enquanto tá de pó.

A Tônia, passado seu furor conjugal, chegou a me propor sociedade na editora. Mas logo saquei que esse papo de sociedade só ia aumentar minha carga de trabalho por um salário fixo mixureba, mais seis por cento sobre o faturamento da editora, descontados os custos fixos, ou seja, o ótimo salário de executiva que a Tônia se outorga, o salarinho da Marluce, os frilas da Clarissa e da Lúcia, a guria que faz todo o design eletrônico da parada, a diária da faxineira, IPTU, luz, água, internet e o aluguel do sobrado. O lucro líquido que sobra não enche um dedal de grana. Seis por cento disso mais o tal salário fixo dariam quase a mesma coisa que eu ganho hoje. E eu ainda teria que trabalhar o dobro. Sem falar que o meu precioso regime da quinzena mensal free cairia por terra. Eu seria obrigado a baixar na editora o mês inteiro no horário comercial. A Tônia ficou de cara comigo por uns tempos. Comecei a sondar outro jeito de ganhar a vida. Mas, um dia, ela subiu lá na edícula num fim de tarde prum papo e uns pegas no meu charo, o sofazinho gemeu e tudo clareou entre nós.

Com a Tônia pacificada pelos hormônios suplementares, minha vida profissa ficou mais fácil. Mas, na minha quinzena on, é trampo direto, pesado, porrilhões de páginas das customizadas pra fechar, de segunda a domingo, dez horas por dia em média. Mas sou dono dos meus horários, em casa e na editora. Gosto de sair da kíti, não dá pra ficar fechado lá o tempo todo. Vou de ônibus, pela Consolação ou pela Augusta, volto a pé. Na editora, vejo a Marluce, tomo café, como bolo de fubá, uso o computador da edícula, muito mais poderoso que o meu notezinho Dell de reles 2 giga de RAM. E, vez por outra, ainda dou um gás na patroa, que se aproxima dos cinquenta sempre fogosa e elegante, graças ao pilates e à reposição hormonal. Pra conseguir comprimir um mês de trampo em quinze dias, fiz um planejamento minucioso, de estrategista militar. Sincronizei a carga de trabalho e os prazos de fechamento com alto grau de precisão, o que me obriga a uma pauleira insana. No fundo da minh'alma lírica mora um capataz de campo de trabalhos forçados na Sibéria. Se for somar o número de horas que passo no eito digital, talvez dê mais tempo que um funcionário regular trabalha, no duro e à vera, durante o expediente regular de oito horas diárias, cinco dias por semana, quatro semanas por mês. Porque numa empresa burocratizada, metade das oito horas oficiais são gastas em cafezinho, reuniões sonolentas e meramente litúrgicas, fofocas, complôs, hora do almoço, faltas abonadas por conta de caganeiras e gripes, e as eventuais escapadas desapercebidas pela chefia. E comigo não tem fim de semana nem feriado. São quinze dias de trampo de cabo a rabo, na solidão da minha edícula na editora ou da minha kitinete. O que me faz aguentar essa toada meio insana é a perspectiva de quinze dias inteiramente livres das customizadas e da Tônia, com seu mandonismo matriarcal menopáusico. É como tirar férias todos os meses. Meio louco esse regime de trabalho, mas tem dado certo pra mim.

No começo desse arranjo, eu aproveitava minha quinzena off pra pegar traduções em outras editoras, em especial numa dedicada à infrassubliteratura, livrecos com capas ilustradas num estilo neorrealista soviético, nas quais se veem heróis musculosos, heroínas gostosas, vilões satânicos, todos eles inseridos em cenários paradisíacos ou em conflitos aventurescos com ameaças nucleares e biológicas e uma abundância de helicópteros, caças supersônicos, submarinos, lanchas, mísseis, esse tipo de merda visual a sugerir tramas de amor, sexo, suspense, furdunço bélico. O velho esquema besta-célere de produção de best-sellers estrangeiros: a besta do autor escreve rápido, a besta do tradutor chuta o original pro português sem nem piscar, a besta do editor publica a toque de caixa e a besta do leitor lê mais ligeirinho ainda. Fazia isso com o pé nas costas, durante duas horas por dia, no máximo. E ainda me permitia mudar o texto original ao meu bel-prazer, só de farra. Dava pra matar vinte páginas por dia, em aura de maconha e quase sem recorrer a dicionários. Era impossível qualquer tradução feita nas coxas resultar num texto pior do que o original. Isso, de alguma forma — a pior forma possível —, me mantinha ligado à literatura.

Mas já faz um tempo que eu não corro atrás de tradução. Melhor assim. Se penso em escrever um novo romance, preciso de todo o tempo disponível pra mim. E o tempo tá lá à minha espera, quinze dias a cada mês. Na real, tenho usado essa minha quinzena de ócio pra fazer meticulosamente nada. Digo, nada além de correr atrás de mulher, bar e companhia pros copos. Leio também de tudo, deitado na minha cama king-size, o ônfalo do meu universo intelectofodobronhocanábico. Alterno a king com o ssg: o sofá-so-good improvisado com dois colchões de solteiro empilhados e recobertos por um pano de um azul desbotado que faz as vezes de uma colcha-lençol e, por cima de tudo, meu edredom vermelho, de casal, que, de certo modo, compensa a estreiteza do colchão.

A TF faz grana suficiente pra manter a Tônia e seus dois filhos no limiar inferior da classe média alta. O primeiro e até agora único marido da minha patroinha era um bosta que sumiu no mundo e nunca lhe deu um puto pra nada. De modo que é a TF que paga bons colégios pros garotos, férias na Europa, nos States e até na China e na Índia nos bons anos que parecem cada vez mais distantes. O mais velho tá numa faculdade de propaganda e marketing com mensalidade igual ao salário duma família de classe média baixa. O mais novo termina o ensino médio num colégio de elite com nome de santo, igualmente caro pra chuchu, e quer fazer medicina. Garotos espertos. A Tônia diz que venderia um rim se preciso fosse pra pagar uma boa educação pros filhos. Boa educação, pra ela, significa, sobretudo, conviver com os rebentos da burguesia — 'da elite', como ela se ufana. Com a tal da boa educação 'você tira o pé da ralé', diz ela, com alto senso arrivista e aliterativo. 'Educação é tudo na vida', eis o clichê que ela não cansa de repetir, enquanto cabeças em volta abanam em tediosa aprovação.

Cada vez que o Kabeto ouve a Tônia repetir essa ladainha elitista, penso na escola pública onde estudei ao lado de todo tipo de gente, embora noventa por cento da galera fosse da média-média pra baixo. Penso também na educação sentimental e sexual que me foi ministrada na velha e incabulável escola da vida. As mulheres se destacam com louvor no corpo docente dessa escola. Havia as de fato doces e as generalas cruelonas. Foram sobretudo elas que me ensinaram a controlar minimamente o troglodita que vive em relativa latência no porão do meu ser-aqui com emergências esporádicas, cada vez mais raras, desde que virei cinquentão.

Lanço de novo o alerta a mim mesmo: se pretendo transformar esse blá-blá-blá em literatura tenho que ficar de olho na tal da voz narrativa. Um discurso todo em primeira pessoa é sempre sacal. Você quer ouvir outras vozes multiplicando as personalidades e os pontos de vista em ação no texto. Posso alternar a primeira com a terceira e até mesmo com a segunda pessoa, essa bem menos usada por escritores, até onde eu sei. Gosto da segunda pessoa do singular: tu chegaste, tu falaste, ela te perguntou, tu respondeste, ela ficou pelada, tu ficaste de pau duro, ela abriu as pernas, tu lhe meteste a estrovenga, e assim tu segues teu errático percurso em eterno descompasso com a humanidade, filho meu. É, na verdade, a primeira pessoa disfarçada de segunda e já abrindo as portas pruma terceira dar seus pitacos.

O legal mesmo seria descobrir uma voz narrativa inédita, que ninguém ainda usou. Uma voz do além, quem sabe.

Tô aqui num ligo-não-ligo pra Tônia. Podia ter marcado uns copos com ela pra depois da peça que ela foi assistir na escola do filho. Senti que ela tava me dando mole naquela conversa que tivemos há pouco lá na edícula. Nessa noite, com esse frio todo, vinha a calhar um corpo feminino pra aquecer a alma e drenar as gônodas com a dose possível de amor e carinho. Mas lá no Farta não sei se vai rolar muita coisa. Mais provável é que não pinte nada pro meu pinto. Melhor não ligar. Nosso relacionamento é meio esquizo. Ficamos meses a fio numa distância profissional. Isso nos períodos em que ela tá de caso com alguém. Não pergunto nada, ela pouco me conta. É sempre meio estranho manter uma relação formal com uma pessoa cuja vulva você já lambeu e cuja boca já sorveteou seu pau, provou do seu sêmen. Não menos estranho é o tesão voltar com tudo, depois de meses de relações funcionais: 'Bom dia! Tudo bem? Já fechou a dos retentores? E a dos maçons darwinianos? Tão tá, té amanhã'. Daí, do nada, vem cá, seu ogro, me dá um beijo, e tácale pau, buceta, bocas, línguas e dedos em ação litúrgica, arrasando barreiras de toda ordem. Até que, jogo jogado e gozo gozado, barreiras todas se reconstituem com espantosa facilidade. O que fica, no nosso caso, é um travo de foda desencantada, de masturbação que usa o corpo do outro de sex toy durante algumas horas ou minutos. Parafraseando Fernando Pessoa, o sexo é que é o tudo que não é nada.

Mas chega de Tônia por hoje. Chega de revistas customizadas. Acabei de fechar a porra da revista dos retentores e a dos produtos orgânicos, não quero mais ouvir falar disso pelos próximos quinze dias. Eu podia explicar aqui o que são retentores, mas deixa pra lá. Eu devia era agradecer aos fabricantes de retentores, e aos plantadores de mandioca orgânica, aos maçons darwinianos, aos lutadores de muay thai e demais congregações patrocinadoras das customizadas que me dão o pão, a breja, o steinhaeger e a diamba de cada dia. Morar em casa própria, mesmo numa kitinete, com IPTU e condomínio baixos, é o que permite a um escritor bloqueado realizar a proeza de se manter na porra da classe média.

Nessa última quinzena on nem trampei muito, pra falar a verdade. Estamos com menos customizadas pra fechar na TF. Como eu ganho por fechamento, quer dizer que estou com menos grana no bolso já não era muita, agora ficou pouca. A cada mês uma customizada resolve dar um tempo. Ou diminuir a periodicidade: em vez de quatro edições por ano, só duas. Ou só uma, caso da revista dos fabricantes de porcas e parafusos, que tem o singelo e ilustrativo título de *Porcas & Parafusos*. Só se fala na tal da crise que já tá na soleira da porta com seu saco de maldades às costas. Até o ano passado era comum eu ralar até meia-noite, ou além, na última sexta-feira da minha quinzena laboral, de modo a não deixar nada pendurado. Dessa vez, às cinco e meia da tarde eu desliguei o computador. Caralho. O que eu vou fazer da vida se a editora da Tônia levar a breca?

Nesse papinho que tive com ela, depois de fechar a última customizada da minha quinzena de trampo, ela reclamou da retração dos negócios e do clima geral do país, de total pessimismo com a política e a economia e o cacete. E me perguntou se eu ia à manifestação.

Que manifestação? — provoquei. A dos vinte centavos? Ou a do fora Dilma? A do salve as baleias ou a da demarcação das terras indígenas?

Ela riu e disse que eu sou um cínico alienado. Dei de ombros:

Se rolar manife a favor dos cínicos alienados, tô dentro. 'Abaixo o engajamento. Alienados no poder!'

Ela riu. Devolvi a pergunta:

E você, vai?

Não, vou ver uma peça de teatro na escola do Ninho. Ele é ator e toca guitarra na peça. Quer ir comigo?

Devo ter feito uma cara engraçada, porque ela riu e cravou:

Nem que a vaca tussa, né, Kabeto?

É... quer dizer... manda um abraço pro Ninho. E outro pra vaca que tosse. Diz que eu estimo as melhoras.

Aposto como você nunca foi a uma peça de teatro da sua filha.

Acho que a Maria João nem fazia teatro na escola. Não que eu soubesse, respondi.

Ela deu uma risadinha chocha. Fez um trejeito sem jeito de ombro e me deu uma olhada de fianco. Senti aquela ambiguidade da fêmea que ensaia um joguinho de sedução pra ver se colhe um olhar interessado do macho, mesmo sem estar ela mesma muito interessada em sexo com ele. É só um pequeno teste do seu poder de sedução. Combinamos de jantar 'um dia desses'.

A Tônia se despediu de mim com castos beijinhos de bochecha e a recomendação marota de 'Juízo, hein!' nos próximos quinze dias.

Estava de bom humor, a patroinha. Sem dúvida tá firme nos hormônios. Meu amigo Marcão, que é médico, me disse outro dia que a testosterona do homem, depois dos cinquenta, cai pro chinelo, é normal. Repor o bagulho é uma boa opção. Mas pode dar câncer de próstata. Por enquanto me viro com o azulzinho mesmo, se calha de eu ter o bagulho à mão antes duma trepada. Depois que a Tônia saiu da minha saleta, dei uns pegas num beque zero-bala, mijei no banheiro que fica embaixo da edícula suspensa e me mandei pra rua com meu gravador no bolso do paletó. A Marluce já tinha ido embora. Pena. Gosto de trocar beijinhos de despedida com ela, sempre cheirosa, a exibir sua dentição perfeita em sorrisos encantadores. Pra onde vão as Marluces ao cabo do expediente de uma sexta-feira? Pra minha cama é que não vão, infelizmente.

O.k., mas e a primeira frase?

Meu caro Kabeto, você acredita mesmo nessa cascata de primeira frase fecundadora? Ou é só um bordão do seu bloqueio criativo, uma forma de metaforizar essa longa estiagem mental que te acometeu. Seja honesto. É meio chato ser honesto, mas seja e reconheça: você caiu pra valer nessa lenda da primeira frase pra justificar sua atual falta de saco pra sentar e escrever. É ou não é?

Pode que sim senhor, pode que não senhor, e pode ser o contrário disso, como pode não ser nada disso. Pode ser qualquer coisa, não importa. O fato é que te secou a fonte do verbo encantado. Tu foste ao tororó beber água e não achou. Achou a fonte seca e morena nenhuma pra te consolar. Há vinte anos você faturou um puta romance. Pelo menos a turma acreditou que aquele troço esquisito era um puta romance, fodástico, inovador. Teu bloqueio é simplesmente a perda de conexão metafísica com a escrita. Teu lema não é mais scribo ergo sunt, Kabetonis. Nada de usar tua semana off trampo pra se amargurar porque não consegue escrever. Sai dessa vida, mano. Vai pescar, leia poesia, tome seu steinhaeger, fume sua diamba. Não se deixe massacrar pelo sucesso do seu primeiro romance. Ele leva a vida dele, você a sua.

Sim, o Strumbicômboli deu certo pra cacete, ninguém há de negar. Sim, ninguém há de negar. Negar, ninguém há-de. E vice-versa.

Você virou o malditinho oficial dos convescotes literários, dos programas culturais de TV que passam tarde da noite quando até o traço do Ibope já foi dormir, dos cadernos e revistas de cultura com falta de assunto. E tudo isso com esse título estrambótico que fisga de imediato a orelha das pessoas: Strumbicômboli. É um mantra, esse título. Por isso pegou. Teve crítico que viu nele uma homenagem ao Rossellini do Strômboli, com uma pegada do Pasolini mais sadeano dos *120 dias de Saló*. Um romance sumamente cinematográfico, o cara escreveu. Prosa vulcânica, strombólica, advinda do magma criativo das entranhas do planeta. Na verdade, sua grande influência outro filme, esse bem maluco, que você viu na época em que começou a escrever o Strumbi. O filme era brasileiro e também tinha um título bizarro: Holisticofrenia. Acho que só você viu aquela porra. Você e o montador. Acho que nem o diretor viu. Quem assiste àquilo hoje? E quem ainda lê o Strumbicômboli? A fila dos malditos anda, meu filho. Tem mil romances e filmes da pá virada despejados na praça todos os anos. Daqui a cem anos você talvez volte a ser uma novidade arqueológica. Tente se manter vivo até lá pra checar isso, seu veinho safado.

Sim, mas e a primeira frase?

5

Gravandôôô!

Só aqui na sola, no trecho final da Teodoro, a um passo do IML. Se me cair um raio na cabeça agora me levam pra lá com o corpo ainda fumegante. Sempre que passo por aqui sinto o cheirinho de açougue com má refrigeração. No verão é bem pior, mas até mesmo nessa noite de inverno brabo, com esse ar saturado de CO_2, sinto cheiro de carne humana em decomposição. Esse é o pior trecho do caminho. A coluna apita, os pulmões querem escapulir pela boca. Preciso de mais exercício. Não adianta só levar minha escoliose pra passear, de carona com a minha cifose de redator que vive debruçado sobre um teclado alfanumérico. Teria que tentar o pilates, coisa que a Mina insiste pra eu fazer: 'Senão, cê vai acabar pior que o Corcunda de Notre Dame'. Entretanto, sigo o meu caminho, evitando subir no campanário da torre, de onde um jump teatral do tipo fatal encerraria minha história pessoal — uau!

Língua solta pela Teodoro acima, à la recherche do meu oásis etílico do outro lado da Paulista, com cascatas de cerveja, riachos de steinhaeger, amigos e amigas, onde o tempo é trucidado em longas noitadas de relativa insânia e total inutilidade, como compete à boemia clássica. Fica a quarenta e cinco minutos a pé do ponto que estou agora, mas é bem perto da minha casa, numa microrregião desértica à noite, embutida numa área de bares, botecos, restaurantes e teatros, dois cineclubes Na semana passada, uma correição de black blocs em fuga da polícia passou pela minha rua. Não vi acontecer, mas testemunhei o rescaldo do furacão ao voltar pra casa de madrugada: imundície espalhada na rua, estilhaços de garrafas, lixeiras públicas arrancadas do poste, orelhões detonados, fogueiras feitas de lixo e do que mais acharam pra queimar. Anarchy in SP. No fucking future here.

Plano de voo: falar até a fita de noventa minutos acabar, o que vier primeiro. Não sei quanto tempo me resta de fita, nem de vida. Tenho um amigo, o Tchelo, que descobriu um câncer linfático do tipo mais agressivo. Ao ser pilhado devorando seu fígado, o câncer já tinha enviado emissários pro pulmão, rim, cabeça. O médico abriu o jogo: arruma tuas coisas, mano velho, passa tudo pra tua mulher, tua filha, tuas amantes, que, no máximo em três meses, tu já era. E receitou tabletes de morfina pra ele tomar em casa. O Tchelo desfrutou da morfina à vonts, mas achou o médico um desgraçado dum pessimista e passou a garimpar na internet casos de sobrevida excepcional em casos iguais ao dele. Chegou à conclusão de que teria pelo menos mais um ano. Com sorte, um ano e meio. Com muita sorte, dois. Por que não três? Teria todo esse tempo pra se deleitar com a morfina. E sem medo de se viciar ou ter uma overdose.

Pouco menos de um mês depois do prognóstico do médico, o Tchelo, debilitadíssimo pelo câncer e por um festival de infecções oportunistas, entregou seus quarenta quilos ao chão, depois de já ter pesado mais de noventa em dias de saúde alimentada à base de porres diários e comidas pesadas. Morreu bem antes do previsto, prova de que o médico era, afinal, um otimista. Teve tempo de mocozar umas ampolas no forro do blusão de couro dos Anormais, uma gangue de motociclistas montados em Harleys de 1200 cc. Explicou que queria ser enterrado com ela. 'Pra viagem', justificou. Tinha a minha idade, o Tchelo. A gente era amigo desde os dezessete. Fomos irmãos em armas no meu longo ciclo de bebedeiras cocaínicas. Mas, um belo dia, eu parei de vez com o pó. Bebo um pouco além da conta em bar ou festas, sobretudo na minha quinzena off, puxo meu fuminho, but that's all, folks. Assim é a vida, como disse o outro. E também a morte, por falar nisso. O lado A da fita já vai pela metade. Eu devo estar no último terço do lado B da minha vida.

Tô um pouco ofegante de escalar o cume da Teodoro, o que só a fita aqui registra. Arf-arf. Escalar o cume cansa. Só as motos do cume escapam pelos corredores estreitíssimos entre os outros veículos. Tô fora de forma. Banhas exorbitam da fôrma, pulmões rangem na rampa. A vida no cume pesa. A poluição do cume sufoca. Também não sei por que dei de andar rápido. Até sei: quero chegar logo no Farta. O bar não é meu, mas é o meu bar. É a reação natural do meu corpo às muitas horas de bunda na cadeira diante dum computador, encurvado como o corvo do Poe grasnando seu nevermore. Energia represada. Estase. Gozada, essa palavra. É o contrário de êxtase. Energia contida versus gozo transcendente.

'Toda palavra é tão profunda, Leopold', diz ou pensa Molly Bloom no Ulisses, já nem lembro.

Falo e arfo de boca no Sony. No topo do cume sai um vendaval de palavras. Logo mais farei meu personagem virar à direita na Doutor Arnaldo e seguir até a Paulista. Dali, ele vai pegar a Augusta à esquerda, rumo ao centro. Ou então a Bela Cintra, se o reboliço no Masp e na Fiesp se espalhar pras bandas de cá como tem acontecido. Gosto mesmo é de descer pelo Baixo Augusta, percurso bem mais divertido que a Bela Cintra, que só vai até a Antônia de Queiroz. Pela Consolação, nem pensar. Avenidão sem a menor graça, com cemitério, corpo de bombeiros, garagem, oficina, colégio estadual, casarões em ruínas, posto de gasolina, cursinho. Pouca gente andando a pé. Além de que virou corredor oficial das manifes que começam na Paulista e escorrem pro centro. O Baixo Augusta ainda é o que há. Lá embaixão, pouco antes do muro do Des oiseaux, ainda você vê umas putas, puteando com toda a calma rebolante. Ali já tô perto da kíti, do Farta, do coração selvagem.

Não vou entregar o paradeiro do Farta Brutos, meu oásis etílico de estimação, nem pra minha própria fita de cromoferrite. Único boteco em São Paulo sem música sertaneja escrota nem TV sintonizada em programa policialesco fascistoide, novela, futebol, talkshow e o eterno futebol. A maioria dos botecos oferece esses dois flagelos à clientela, ao mesmo tempo. Minhas pernas machadianas sabem evitar o tumulto estulto desse tipo de inferno audiovisual e me levam direto pro Farta Brutos.

Na real, nem preciso transcrever essa papagaiada. Basta botar na internet, num podcast, por exemplo, feito uma espécie de novela radiofônica. Muito escritor dita seus textos prum gravador, alguém transcreve, ele revisa depois, e um abraço. Se sexo oral é tão bom, tanto o recebido quanto o aplicado à genitália desejada, por que também não seria boa uma literatura oral espontânea, colhida na rama do gogó? É só digitalizar essa fita e tacar na internet. Arranjo alguém pra fazer isso pra mim. A própria Mina, por exemplo, que é craque de redes sociais. O blogogog do Kabetog. Pronto. Nem precisa transcrever nada, muito menos gastar séculos de trampo em cima do texto depois, com notório agravamento da minha cifose.

Assim que der, vou acender essa bituca que trago numa caixa de fósforo, aqui no meu bolso direito. Não, no esquerdo. Quinze dias de ócio com relativa dignidade. E dessa vez, na lona. Não vai dar pra convidar muitas odaliscas pra tomar banho de champanhe jacuzzi lá de casa. Até porque não tenho porra de jacuzzi nenhuma na minha kíti. Vou receber só no fim dessa quinzena d'ócio que ora se inaugura. Torrei quase todas as minhas economias com um tratamento de canal e uma geladeira nova que tive de comprar, que a outra pifou e saía uma nota pra consertar. Foi tudo mal calculado dessa vez. Costumo inaugurar a quinzena sabática — duas semanas feitas só de sábados — com uma reserva financeira mais consistente no bolso. Dessa vez bobeei e durango fiquei, e com um furo na conta. É o juro mais alto do universo. Por que não fazem manifestação contra os banqueiros? Preferem fazer esse estardalhaço todo por causa do aumento de vinte centavos na passagem de ônibus. Tudo bem, os vinte cents viraram só o estopim pra descer a lenha nessa bosta de governo, de todos os governos, municipal, estadual, federal, universal. Mesmo assim, vinte centavos a mais ou a menos na passagem não me comovem. Porra, é só não pegar transporte público, ora. Pé-dois, bicicleta, patinete, jegue, teleportação, há muitas alternativas pra pessoa se deslocar pelo espaço urbano. Aliás, é o recado que a Maria Antonieta poderia mandar à plebe rude amotinada: Não podem andar de ônibus? Andem de limusine.

Num cridito no que eu ouço agora: *... sem lenço, sem documento, nada no bolso ou nas mãos...* Vem de um desses carros parados no in--trânsito. Voz do Caetano, num remix que tascou uma batida forte à música, tum-ts tum-ts tum-ts, um tipo de funk, sei lá. Fodeu com a marchinha do Caetano. Será que ele autorizou isso? Só pode ser pirataria. Mesmo assim, a canção orna com essa pura e besta sensação de liberdade anárquica e disposição pra mais irrestrita libertinagem que me toma no meu primeiro dia de alforria quinzenal, como se todas as coisas fruíveis por via oral e sexual do universo estivessem ao meu alcance imediato, a qualquer hora do dia e da noite.

Vai sonhando, mano.

Vou, ora bolas. Vou e volto sonhando. É digrátis. Nada no bolso é que é meio foda. Numa das mãos tenho um gravador obsoleto. A outra se esconde do frio no bolso do jeans, onde guardo um lenço de papel. No bolso de trás, trago uma carteira, com uns pixulés que logo se volatizarão em álcool dentro do meu organismo. Também trago documentos na mesma carteira, rg, cpf, cnh vencida há anos. E trago sempre uma caixa de fósforos com uma bagana, na qual dou uns pegas ao longo do dia pra manter o equilíbrio homeostático do meu organismo solitário. O que mais? Chaves, no bolsinho da algibeira. Chaves de casa. É uma kitinete, mas é minha kasa. Com k, logicamente. A kíti-kasa do Kabeto.

A fita gira e a cabeça roda. Eu falo e o meu falo cala. A vida passa e o meu cu pisca de medo. Medo de quê. Da vida, ora bolas.

Medo da vida? Como, se me sinto tecnicamente feliz? É que me sinto inseguro ao me pilhar feliz. Me dá um puta medo do que tá por vir, que só pode ser, pela lei universal das implacáveis compensações, a negação simétrica dessa felicidade. Cagaço dialético.

Xô.

Cinco minutos atrás, passou por mim um cortejo de viaturas e ônibus do choque lotados de meganhas. Mais adiante, fui eu que passei por eles, estagnados no trânsito, mesmo com suas sirenes a mil. Ainda vai demorar um bom tempo até eles chegarem no bochicho da Paulista pra dispensar aos contribuintes rebelados cacetadas na cabeça, bombas de gás lacrimogêneo e balas de borracha, algumas bem no olho deles e delas. É pra isso que são pagos com a grana dos contribuintes. Quase acenei prum ônibus daqueles, como se fosse um normal, de linha. Se abrisse, eu perguntaria pro meganha ao volante se aquele buzão descia a Consolação. Me deu uma gana insana de fazer isso. Se tivesse alguém pra filmar minha performance eu me arriscaria. Os gorilas não iam fazer nada comigo. Não desceriam do ônibus pra me massacrar de cacetada. Não pareço um bléqui blóqui, não carrego cartaz, não grito palavras de ordem nem de desordem. Seria meu pequeno ato político dadaísta nesses dias de rebelião.

Pelo visto, o pau vai comer legal na Paulista hoje. Falando em pau, o meu tá inquieto na cueca, louco pra comer legal, ele também. Sexta à noite, mano. Quinze dias de far niente que mais dolce ficaria com una donna a tiracolo e mais dindim na caçamba do meu caminhãozinho. Mas é o que temos, então foda-se-me.

Polícia e ambulância. Alguém sifu, lá vem o Samu. É de trucidar os tímpanos dum surdo de nascença. O HC, destino natural das emergências proletárias, fica perto da escola de medicina da USP, por onde o caçula da Tônia logo poderá ser visto de jaleco branco e estetoscópio pendurado no pescoço. Não vai pagar um tostão pra estudar na melhor faculdade de medicina do país, depois da mãe ter gasto uma pequena fortuna por sua eficiente educação numa escola particular da elite paulistana.

Olho pra trás e vejo que a sirene desesperada não é de ambulância, nem da polícia. Quer dizer, é um tipo de ambulância, digamos, mas é preta e atende pelo nome de rabecão. Leva um paciente que esbanja paciência entre todos os demais pacientes que convergem pras Clínicas em ambulâncias de sirene esgoelante. O destino do paciente dessa ambulância preta é o IML, portal burocrático do Hades pintado de um amarelo sujo que, pra mim, sempre foi a cor da morte, desde criança, quando a gente morava em Pinheiros e eu subia a Teodoro de bonde no colo da minha mãe. O rabecão da sirene esganiçada é novinho em folha, um reluzente furgão Ford Charon, de caçamba quadrada. Deve caber muito presunto lá dentro. O tal do médico legal vai ter trabalho logo mais, rasgando o peito dos pacientes num Y invertido, de onde colherá vísceras e órgãos e tudo mais que encontrar lá dentro, teco de chumbo, veneno, ponta de faca.

Duas viaturas da PM escoltam o rabecão, uma à frente, a outra na retaguarda. Ambas de sirene e giroflex ligados. O giroflex aquarela de vermelho, azul e amarelo a noite gelada. O morto tem pressa, deve ter algum compromisso aí no Hades municipal. Que tanto estardalhaço por causa de carne morta. Deve ser algum pica-grossa da alta bandidagem finalizado pelos próprios meganhas daquelas viaturas, no que eles chamam de auto de resistência, também conhecido como execução sumária. É provável que tenha mais de um presunto naquele rabecão. Toda uma quadrilha, quem sabe. Foram assaltar um banco e se deram mal. Fizeram reféns, que acabaram mortos no confronto com os hómi. O gerente da agência e a mais bonita garota do caixa podem estar nesse rabecão também, junto com os bandidos. História ali não deve faltar.

Por que eu não desguio lá pro IML pra xeretar o caso? É o que eu faria se fosse um Dashiell Hammett, nos tempos em que ele trabalhava na Agência Pinkerton como detetive, e só pensava em virar escritor. Como todas as evidências da realidade sensível apontam pra absoluta impossibilidade de eu ser, ou vir a ser, ou mesmo querer ser um Dashiell Hammett, desisto de antemão da ideia de ir fuçar a desgraça alheia lá no IML. Me basta ouvir as sirenes que anunciam com suficiente pompa tal desgracêra. Muita sirene pros ouvidos dum flâneur só. Prefiro as sirenas do mar Egeu, melodiosas e melífluas a seduzir o errante navegante. Quem sabe não encontro alguma lá no Farta? Sou o cara mais seduzível do planeta nesta noite.

#Me vejo agora diante da parede de vidro fronteiriça de uma loja da Teodoro, parte da qual é uma vitrine. A outra parte, à direita, é a porta da loja. Porra, cadê meus óculos phonokinográficos pra dar conta dessas descrições banais? Só kinográficos já quebravam um galho.

É uma loja de roupas para profissionais da área médica, MODAMED, com a clássica cruz vermelha dentro do O. Bom nome. Passei por aqui uma pá de vezes e nunca reparei nessa loja. Fica no térreo de um velho sobradinho desfigurado por zilhões de reformas.

Não sei direito como explicar esse fenômeno ótico, mas o jogo de luzes entre o interior da loja e a rua favorece o efeito reflexivo do vidro fronteiriço, o que inverte sua função original: em vez de se deixar olhar através, o vidro reflete o lado de fora. Quem vê a vitrine vê a si mesmo antes de mais nada. Boto meus óculos de Eurico, o presbíope, dois graus e meio, adquirido num camelô ali mesmo na Teodoro, e me contemplo em minha malha azul-bebê por baixo do paletó de tweed que me dá um ar de professor universitário da área de humanas. Sociólogo, historiador, filósofo talvez. Vejo as duas asas da gola da camisa de flanela quadriculada escapando da gola careca da malha. Da-de-da-da. Volto a dizer: que saco é descrever as coisas visíveis. Pra começar, você precisa de um caminhão de preposições. Comprei essa camisa faz uns dez anos já. Foi na época em que lancei meu romance, meados dos anos 90. É uma camisa de escritor, portanto. De escritor do século passado, bloqueado no atual.

Foi só eu ficar parado que o cheiro de morte no ar ficou bem mais perceptível. Me concentro na minha careta refletida na vitrine, como se fosse a cara de outra pessoa, alguém que eu conheço, mas na qual não faço questão de me reconhecer. A velha história do moi c'est un autre — frase dum chiquê ontológico danado. Pareço, de fato, outro cara falando essas merdas que saem da cabeça dele, não da minha. Quem em mim sente e pensa é o meu reflexo na vitrine.

Já tive essa mesma sensação de estranhamento ontológico diante de outros espelhos: ser ou não ser esse sujeitinho com essa cara e esses olhos que me olham como se me vissem pela primeira vez? Porque não sou só eu que não me reconheço no meu reflexo no espelho. O reflexo também parece não me reconhecer. Quem é esse tagarela que me olha do lado de fora da vitrine? Que entradas e bandeiras são essas que avançam pelas laterais do couro cabeludo dele, já não tão cabeludo a essa altura. Chegarei careca aos sessent'anos? Foda-se. Não preciso de tanto cabelo. Farei o que os carecas modernos fazem: máquina zero pra ficar parecendo uma glande com olhos, nariz e boca. Uma glande falante.

Ni qui eu sair da frente desse espelho, minha imagem ficará entranhada no vidro. Há uma velha crença agnóstica segundo a qual os espelhos guardam pra sempre as imagens que refletiram em sua vida útil. Mas o contrário também pode acontecer. Quem muito se mira num espelho pode acabar invadido pela alma de alguém já falecido que, em vida, ali impregnou sua imagem e quer voltar à ativa. Body snatcher. Esse é um dos grandes riscos do narcisismo. Vejo pela última vez a imagem que ficará arquivada no vidro dessa vitrine. Já não me pertence mais, e sim à vitrine-espelho. Embolso o gravador e tiro os óculos. Prefiro ser imortalizado sem meus óculos de camelô. A santa presbiopia disfarça um pouco minha idade ao me olhar no espelho, pois torna quase invisíveis rugas e manchas dérmicas. Melhor assim. Mas continua lá o arredondado do ventre nutrido à base de petiscos de boteco e enxurradas de cerveja batizada com steinhaeger. Minha pança ainda se mostra mais ou menos discreta, sobretudo se eu a chupo pra dentro da calça, como faço agora pra sair melhor no reflexo que o vidro mágico arquivará. Bom, não tão discreta, tenho que admitir. Tenho umas fases em que me obrigo a umas abomináveis abdominais diárias, puxo uns pesos que tenho em casa, subo uma vez por dia os dezessete andares do prédio, tento diminuir o consumo de pizza, coxinha, doces de padaria — o sonho é a minha eterna perdição e jamais acabou na padaria que eu frequento. E mais amendoim e outras tranqueiras calóricas. Mas já tô há uns três meses parado, de boca aberta pra todas as gordices. Essa pancetina que vejo aí é a grande bandeira do meu relaxo físico. Toneladas de macarrão com vinho, as sacrossantas pizzas, churrascos, feijoadas de botequim acompanhadas de malévolas caipirinhas, muito pastel de feira com copázios de caldo de cana. Não tem anatomia que não exorbite de si mesma numa tal dieta, e só não exorbita ainda mais porque sou um andarilho compulsivo.

Mas, porra, chega desse antinarcisismo culpabilizante. Forço a vista agora para enxergar através do espelho da vitrine. Tá lá um manequim sem cabeça vestido de enfermeiro, todo de branco, de camisa de manga curta, com esse frio todo, coitado. Ao lado dele, sua companheira maneca, também acéfala, vestida de tailleur, calça de vinco impecável, camisa e paletozinho, tudo branco, imaculado. Tem uns peitos empinados muito bons, a doutora, desses que peitam qualquer doença, qualquer manha do paciente. Um casal acéfalo: o casal perfeito.

Forço a vista e foco de novo a superfície especular da vitrine e me vejo me vendo mais uma vez. Difícil me reconhecer nessa cara riscada a vícios e suplícios psíquicos, aí incluídos rancores em lenta e inexorável fermentação. Por outro lado, sabemos, eu e o cara do espelho, que, mesmo com essa atual cara de sátiro cansado de guerra, nunca nos foi muito difícil arranjar mulher, e mesmo agora, cinquentões em flor que somos, ainda rolam orifícios humanos decentes onde alojar a nossa compartilhada rôla. Sempre tem — ou tinha, até outro dia — alguma sujeitinha disposta a partir pra gerontofilia aplicada conosco. A Mina, por exemplo.

A Mina é sempre uma possibilidade no meu horizonte erótico, um horizonte com pentelhos, grandes e pequenos lábios flácidos, e um grelo fácil de achar e dedilhar. Hoje, se não rolar nada melhor, é com essa que eu vou sambar até cair no chão. A Mina, em seus trinta e muitos anos, é um espécime do gênero feminino em ótimo estado de desfrutabilidade sexual, diria um tipo como o dr. Sante Cazzone, o machista onírico do Cidade das Mulheres, um dos mais tocantes personagens fellinianos.

E chega de espelho. Deixo de uma vez por todas minha enigmática humanidade arquivada na vitrine do casal acéfalo, e sigo minha trilha existencial, que vai do nada a lugar nenhum. Será que eu ligo já pra Mina e garanto um xibiu caliente pra essa noite? Ou seria muito açodamento da minha parte? Melhor deixar quieto, por ora. E, talvez, nem precise ligar. Hoje é sexta, ela deve aparecer no Farta, se estiver na ativa. Se rolar, vai ser de boa. Tudo suave, sem afoitezas, como sempre. Mesmo na hora da pele e do pelo, da pila e da pepeca. Eu não faço o modelito touro indomável, nem ela é uma destruidora de caralhos. Tendemos ambos à malemolência. Com a Mina não há mais perigo de incorrermos em patologias amorosas. Isso ficou pra trás. Sobrevivemos mais ou menos incólumes àquele arremedo de paixão de um passado imemorial, do qual ainda tenho viva memória. E, com certeza, ela também. Arremedo, que eu digo, foi da minha parte. Da parte dela, era paixão pra valer e doer. Eu só brincava e tratava de afogar o ganso em termos amigáveis. Já ela sucumbiu a uma paixonite aguda por mim. É o tipo do fenômeno emocional que costuma estragar a farra. Na época, calculei mal a intensidade dramática da coisa toda no coração dela. Mina já tinha me falado dum caso longo com um cara antes de mim que também pulou fora ao ser pressionado a viver junto, ter filhos, almoçar na sogra aos domingos, abrir crediário em loja de eletrodomésticos. Pra ela, foi um grande desastre emocional. Agora, o mesmo desastre ia se repetir comigo. Ni qui ela exigiu uma definição da minha parte, olhei pro lado e disse que não estava muito a fim de assumir nada muito sério. Torrentes de lágrimas mancharam os tacos encerados do meu assoalho, um copo voou contra a parede da kíti. Por sorte, era um ex-copo de requeijão. Não ia fazer falta. Ela chegou a falar em se matar, mas não se matou, nem me matou, pelo que lhe fiquei agradecido. Um mês e meio depois da nossa separação já estávamos amiguinhos de novo. E trepando. Mina jura que não guardou mágoa de mim, espécie de proeza sentimental a que ela se obrigou, pois não queria me perder pra sempre. Mas, não tem jeito: dos freges amorosos desta vida toda gente sai um pouco chamuscada, se não mesmo carbonizada. Normal.

A Mina, pelada, é uma gostosura, vamos falar claro. De roupa, nem tanto, não sei bem por quê. Em parte, a culpa é dos figurinos que ela escolhe, tudo pro largo, esvoaçante, o que lhe dá um ar meio pro balofo. As pantalonas, túnicas e camisões do seu dia a dia não lhe fazem justiça. Ela devia usar roupas justas, que acentuassem seus voluptuosos volumes curvilíneos, bunda e peitos especialmente. A autoimagem é a pior conselheira duma pessoa. Ela se olha no espelho e não vê a mulher que eu vejo. Se visse, se vestiria de outra maneira. De todo jeito, é uma mulher interessante. Ela talvez odiasse ouvir isso. É como dizer que uma mulher é bonitona. Diga uma merda dessas pruma mulher e caia morto. Mina é a melhor companhia feminina que se pode ter num bar. Adoro mulher que bebe, tem bom humor e um amplo repertório cultural. Não é à toa que ela trabalha com divulgação numa editora. Só acho que ela devia pegar mais leve com a cafungation. É tanto pó e goró que dá dó. Ver a Mina na função me obriga a um duro exercício de contenção nasal, dado o meu passado cocaínico. Já tive umas breves recaídas, desde que desisti da minha carreira de cocainômano. É muito fácil voltar pro pó se você já foi do cafunguelê. Sem falar que, segundo a bíblia, todos voltaremos ao pó, mesmo quem nunca cheirou uma carreira na vida. O caminho de rato neural do vício tá traçado na sua mioleira. Mas, com o tempo, aprendi a pegar carona na pilha dos amigos cafungueiros. De qualquer forma, se estamos só os dois, no bar ou em casa ou seja lá onde for, ela cheira bem menos ou nem cheira. Não me casei com ela, mas dou minha contribuição pra sua saúde. Grande Mina. Recomendo.

Recomendo pra quem, cara pálida? Praquele senhor de blazer que eu deixei arquivado na memória da vitrine da MODAMED, nos altos da Teodoro. E recomendo porque ela é a melhor fêmea do estreito universo do possível numa noite gelada de sexta-feira junina, ao menos prum cara como aquele cavalheiro da vitrine, que costumava ser eu mesmo, salvo engano. Imagino que eu também tenho sido mais ou menos isso mesmo pra ela, o macho possível numa noite fria ou quente sem grandes opções fodais, como a de hoje. Chego a sentir ciuminhos ao ver Mina dando mole pra outros machos da espécie. Mas fico na minha. Deixa o outro lá dar prazer pra minha gordinha, ora bolas.

Nesses últimos três, quatro anos, tenho trepado mais com a Mina do que trepava, por exemplo, com a Estela, minha segunda e última mulher, que, além de loira natural, de pele trigueira — adoro 'pele trigueira', é tão Eça de Queiroz —, era meio intelectual, meio de esquerda, como diz o Antônio Prata. E meio junky também. Bem menos que a Mag, no entanto. E mais que a Estela, que não ia atrás do bagulho, não era freguesa de nenhum traficante, mas, se lhe apresentassem pó, ela não recusava. No caso, quem cumpria esse papel corruptor era eu. Ela cheirava e ficava horas falando sem parar de filme, livro, peça de teatro, política. Muita política. Além de fã da brisa era também fanzoca do Brizola, vê se pode. 'Perdas internacionais', 'reformas de base', 'crise de hegemonia' e 'abaixo a política de conciliação' eram mantras que eu ouvia a três por quatro em nossas parolagens turbinadas pela coca. No dia que o Brizola morreu, ela queria porque queria ir ao Rio pro velório no Palácio Guanabara. Não foi, nem lembro mais por quê.

Com todo esse esquerdismo demodê, a Estela ainda conseguia ter um curioso lado arrivista. Me enchia o saco pra gente alugar um apê maior, em Higienópolis, bairro onde ela cresceu. E tinha uma acentuada tendência a ignorar as contas da casa, dos restaurantes, das viagens. Pousada, hotel, aluguel de carro, nada disso era com ela. E ainda pousava de ferrenha crítica da moralidade pequeno-burguesa, boçal, mesquinha, reacionária etc., o que talvez a fizesse esquecer de todos os meus aniversários, donde eu nunca ter ganho um presente de aniversário dela, embora eu lembrasse religiosamente dos seus aniversários, sempre com um presente na mão. Mas eu gostava da Estela, claro que gostava, sentia tesão por ela, gostava de passear, viajar, ficar em casa bestando, bebendo, cheirando com ela. A iniciativa na cama era sempre minha. Eu é que tinha de gramar pra ter acesso à bucetinha cheirosa de madame. Tinha que jogar todo dia pelo menos um galão de gasolina na fogueira daquela vaidade de mulher bonita. Ela fazia parecer que elogios intelectuais lhe causavam maior gozo narcísico que aquele 'nossa, como você tá bonita!'. Mas ai de você se ela botasse um vestidinho pra sair e você não disparasse o mais espontâneo 'uau!'.

Que foi? Não gostou do meu vestido?

Eu não disse nada.

Justamente. Não disse nada porque não gostou.

Uma idiotice dessas podia melar qualquer programa.

Mas não foi pra falar da Estela que eu saí na rua de gravador em punho. A Estela, ainda hoje, bate um bolão. Vi a figura de longe num cinema de shopping, não faz muito tempo. Ela saía duma sala, eu entrava em outra. Tava com um cara, marido talvez. Eu, com a Mina, minha companheira cinematográfica predileta. Me veio à cabeça na hora: esse sujeito, um careca grisalho nas laterais, pode ser o fodão que for, mas aposto como nunca comeu o cu da Estela. Nem eu, por falar nisso. Porque a Estela era cheia dos interditos. Eu adoro meter enquanto chupo os peitos da mulher, por exemplo, mas com a Estela isso era quase impossível, pois, antes de mais nada, ela me fazia siriricar seu grelo, com o dedo ou a língua, até se desfazer num primeiro gozo agoniado. Como se precisasse 'tirar o grosso' pra iniciar os trabalhos. E eu que me virasse na punheta pra manter alguma ereção básica enquanto trabalhava o seu orgasmo. Não que fosse uma tarefa desprovida de interesse libidinoso, mas era sempre o mesmo protocolo: o gozo dela em primeiro lugar. Juntos, jamais, muito menos o meu antes do dela.

Estela toujours on my mind. Se ela tivesse gostado um pouco mais de mim, eu teria gostado muito mais dela, e a gente teria tido filho, e tudo mais. Talvez ainda estivéssemos casados. Eu curtia os nossos rituais luxuriosos. Era tudo um pouco repetitivo, com poucas variações, como já disse, mas era o que se tinha, e era bom. Quer dizer, eu ficava de pau duro, ela molhadinha, e a gente mandava bala, daquele jeito que eu falei: primeiro ela, depois eu. Na fase sirirical da fodelança ela até gostava de ter os peitos bolinados e sorveteados. Mas, depois de gozar no grelo hiperestimulado por meus dedos ou língua, interditava qualquer novo toque nas tetas. 'Me dá aflição', ela explicava. Sua vagina estava liberada pra meteção, mas a peitaria, necas de pitibiriba. Vai daí que foder e mamar ao mesmo tempo era impossível. E olha que a Estela gostava dum pau, isso era claro. Nas preliminares, antes da siririca protocolar, ela também me chupava com gosto. Só não aceitava levar porra na boca. Esse era o problema com a Estela: tudo tinha um limite. Era uma libido regrada pelo departamento de trânsito sexual, com aquelas placas todas de proibido fazer isso e aquilo, entrar ali, virar pra cá, estacionar nesse ou naquele lugar. Mesmo assim, bebadinha e cheirada admitia algumas variações clássicas, como o meia-nove. Ela nunca ficava de fato muito bêbada ou travada. Parava sempre na soleira do excesso. Algum mecanismo de autocontrole dentro dela, acho que derivado da sua monumental autoestima, a impedia de atolar o pé na jaca. E cu, nem pensar. Nada adentrava aquele roscofe, nem uma reles falangeta untada de cuspe, quanto mais um caralho 'grossinho', como ela classificava o meu.

Lembro da frase de sublime elegância e superior sabedoria proctológica com que a Estela tratou de atochar uma rolha definitiva na questão anal: 'Cu é pra cagar. O meu, pelo menos, é'. A Estela, de fato, não perdia tempo com metáforas e eufemismos. E me provocou indagando se o meu cu também era só pra cagar ou se eu me comprazia em enfiar lá dentro dedos, dildos e caralhos. 'Não, né?', ela mesma respondeu. 'Tô ligada que você não gosta. E por que eu teria que gostar? Tô fora.'

No fim das contas, de tanto me policiar pra esquecer o inacessível ânus de madame, acabei por esquecer também a buceta. E o nosso amor minguou por falta de tesão, dos dois lados. Trepar virou um estorvo. O casamento, afinal, é que era um estorvo.

Porra, já tô de pau duro só de lembrar desses detalhes tão pequenos de nós dois. Nesse dia em que vi a Estela no cinema, lembro agora, voltei meio puto pra kíti porque a Mina não quis subir comigo, tava cansada e o cacete. Tava puta também porque encanou que eu teria olhado pra Estela com baba de lobo lúbrico. Acho que ela tava só a fim de me encher o saco. TPM, na certa. Ela seguiu no táxi e me deixou de pau duro na calçada. Fiquei bem puto. O.k., eu não quis me casar com ela e agora tava puto porque ela não quis subir pra trepar comigo na minha cama king-size do tamanho de um por cento do território da Bélgica. Fingiu um ciúme que deveras não sente.

De sua mesa na portaria, Jesus viu minha cara de bosta ao entrar no saguão do prédio e se animou a puxar papo, enquanto eu esperava o elevador. Contei pra ele que tinha acabado de levar um pé na bunda duma mina. Duma mina chamada Mina, mas isso eu não disse pro Jesus.

É ruim! — ele se solidarizou.

Cê é casado, Jesus?

Tô ca sexta.

Porra. Benza-deus, hombre.

E ocê, Kabeto? Já teve mulé, filho?

Tive duas patroas. A primeira, e logo depois a segunda, nessa ordem. A segunda morou aqui comigo um tempo, mas você ainda não trabalhava no prédio. E tive uma filha, por fora, com outra mulher.

Tô ligado.

E você, Jesus? Quantos filhos?

Uns oito.

Parabéns.

Brigado.

Pelos oito filhos e pelas cinco mulheres que se apaixonaram por você.

Seis, ca de agora.

Meia dúzia de mulheres apaixonadas por você! Nada mal. E você também se apaixonou por elas? Foi recíproco?

Foi o quê?

Você também ficou ligadão nas mulé? Você é um cara romântico, Jesus?

Eu? Tá louco? Só entrei c'o pau. Elas que fôro besta de gostá di mim e querê casá.

No elevador, saquei que o Djízãs tinha acabado de dar o diagnóstico definitivo das minhas ralações com as mulheres. Relações, digo. 'Elas que fôro besta de gostá di mim e querê casá.' Ou isso, ou não tinham coisa muito melhor à mão.

Mina. Essa também não me sai da cabeça. Saudade de ver, pegar e beijar aquela bundinha morena, de pele um pouco mais clara que o resto do corpo. A Mina já trepou com Deus e toda a hierarquia dos anjos, mais os doze apóstolos, os quatro cavaleiros do apocalipse, os trezentos de Esparta e as torcidas do Corinthians e do Flamengo, homens e mulheres. Com a Mina já rolou alguma enrabation, sempre sob o efeito liberalizante da cocaína. Insinuei uma vez, de brincadeira, e ela topou, no cuspe mesmo. Teve uns repetecos mais precavidos, com K-Y a postos e o meu pau de galocha pra evitar que alguma *Escherichia coli* sorrateira pulasse do cu dela pra minha uretra e, dali, pra bexiga, como já tinha acontecido comigo com outra parceira, uma puta, na verdade, o que me valeu uma infecção difícil de debelar, com quarenta graus de uma febre que demorou uns quinze dias pra passar.

Mas eu dizia que... o que mesmo?

Ah, sim, que a Mina, recém-entrada na balzaquianidade, é a típica mina que gosta de foder. Problema é que ela gosta também de se apaixonar e é capaz de sofrer de amor por um mané que lhe passou a pingola com afinco e deu no pé. Um assunto, aliás, que ela nem gosta de chegar perto é o do seu único casamento, grávida, com um ex-colega do colégio, ela com dezenove, ele com vinte e um. O filho nasceu, viveu uns dias e morreu. Tinha uma válvula defeituosa no coração. Mas o jovem marido, que trabalhava com o pai numa distribuidora de revistas, era um serial fucker que nem fazia muita questão de ocultar suas pulações de cerca. O garotão cultivava uma horta de cornos na cabeça da patroinha.

E a horta só fazia aumentar, como ela me contou. 'Eu ia chupar o pau dele, sentia o gosto da camisinha que ele tinha acabado de usar sei lá com quem. Um dia senti um cheiro de merda. Comeu o cu duma vagaba e não usou camisinha, o puto. Na mochila dele, flagrei, uma vez, uma embalagem de camisinhas de seis unidades, mas só tinha três lá dentro. Matutei lá cos meus cornos: será que ele usou as três camisinhas com a mesma vagabunda, prova do imenso tesão que teve por ela, ou será que ele comeu três biscates diferentes, prova de que eu era traída em escala industrial? Só me meto com traste', ela me disse numa tristeza resignada. É óbvio que ela me considera um deles. A Mina se separou do maridinho infiel com pouco mais de um ano de casados. Uma semana depois, viu o garotão aos beijos com outra num bar.

Já peguei minha amiga vertendo grossas pitangas lacrimais, desenganada e bêbada, por causa de um caralho efêmero que passou rápido por sua vida e deixou agudas saudades físicas. Várias foram as vezes em que lhe ofereci meu ombro amigo pra ser inundado de lágrimas e ranho, e também meu pau-pra-toda-obra, que ela sempre aceitou de bom grado, apesar de pau não ter ombro. O meu, pelo menos, não tem.

O Park é outro freguês regular das carninhas amigáveis da Mina. O coreano tem metade da minha idade, como já devo ter dito. Um jovem, pra todos os efeitos. Tá tudo certo, ninguém é de ninguém, mas já me flagrei com ciúme do filhadaputa do coreano, com o efeito colateral de açular meu tesão pela Mina, no que deve ter muito de viadagem enrustida, como bocejaria qualquer psicanalista amador que me ouvisse agora.

Mas sem essa de autoanálise peripatética. Todo autoconhecimento é má notícia, já disse o outro. Estou a ponto de vencer o último quarteirão da Teodoro antes da Doutor Arnaldo, e ainda sinto vagos eflúvios de putrefação humana vindos do IML. Será o Benedito? Vai ver o coitado do Benedito foi assassinado e tá lá na mesa de aço escovado com um ralo no meio, de peito aberto em Y. É dele que emana esse bodum de carne faisandé. Mas isso pode ser apenas uma peça que o meu olfato sugestionável tenta me pregar. Em qualquer cidade, se você apurar bem o olfato, vai sentir um cheirinho de podridão. Porque a merda e todo tipo de dejeto, rejeito, lixo, cadáver de bicho e de gente não param de ser vomitados pelas retortas da humanidade. A podridão paira no ar o tempo todo. É o perfume básico da civilização.

Eu falava da Mina. Podia falar também da Mag, minha primeira consorte, antes da Estela, que usava mais o nariz pra cafungar do que pra respirar. Essa também era loira, bem mais loira que a Estela, mas pintava o cabelo de um negro mais preto que as asas da graúna, o que realçava barbaramente seus olhos azuis. Era neta de alemães por parte de mãe. Magnólia, seu nome, que eu achava tão mais bonito que o apelido. Mas ela odiava: 'Magnólia é nome de vovozinha, porra'. A Mag falava 'porra' pra caralho. Eu achava isso o máximo.

Conheci a Mag no Rio, na casa do amigo dum amigo meu, num carnaval. Bagunça, cafunguelê, lança, pileques emendados dia e noite. A gente acabou transando cheiradaço com algum tipo de batuque de fundo musical. Ela era uma paulistana à toa no Rio, como eu. Voltamos juntos, no mesmo avião da ponte, e continuamos a nos ver. E a foder. Ela era nove anos mais velha que eu, mas parecia mais nova. E era bonitinha demais da conta com aquela carinha de boneca levada da breca. Tinha tatuagens na espádua, lomba, braço, coxa, canela. Peitinhos mínimos, de mamilos salientes, chupetosos, que faziam a minha delícia oral. A Mag tinha um jeitão meio andrógino, pegava umas garotas também, não recusava uma surubinha multigênere. E era meio trambiqueira. Seus dedos frequentavam amiúde a minha carteira, sem aviso prévio.

Na época em que a gente se cruzou, a Magnólia era sócia de outra maluca numa loja de coturnos e casacos de couro numa galeria da Augusta de baixo que a moçadinha alterna começava a chamar de Baixo Augusta, por influência do Baixo Leblon, Baixo Gávea, Baixa dos Sapateiros, Baixa Lisboeta, e outros baixios famosos. Elas ficavam na loja, entre carreiras e shots de vodka, vendendo coturnos, casacos de rebelde sem causa pra punks de butique e putas descoladas, cintos irados, calças e até biquínis de couro. A Mag trampava também como produtora freelance de filme de publicidade. Era bem requisitada pelas pequenas produtoras e levantava uma graninha até que razoável com as duas atividades. A tal sócia da Mag, a Dri, era uma 'gordinha-esquema', como dizia a Mag, metida em vestidinhos de boneca com decotes abismais pra realçar sua volumosa peitaria. Nos pés, invariáveis coturnos fashion. E o cabelo sempre tingido de cores interplanetárias. A Dri 'mexia com pó', segundo a Mag, pra complementar o apertado orçamento doméstico, pois tinha duas filhas adolescentes matriculadas em escola particular. Portanto, mexer com droga não era tráfico, era complementação orçamentária doméstica, a popular COD.

Quando resolvemos juntar os trapinhos, a Mag e eu, aluguei a minha kíti toda montada prum amigo recém-separado e fui morar na casa dela, um sobrado numa ruela da Vila Madalena. Logo que me mudei pra lá, comprei uma máquina de lavar roupa cheia das funções e comandos eletrônicos, pois a outra era uma velharia caquética que dançava uma polca maxixada pela área de serviço cada vez que centrifugava a roupa. A nova máquina chegou e foi instalada. Mag carregou o tambor com as roupas sujas que encontrou pela casa. Isso, no mesmo dia em que a Dri tinha pedido pra Mag guardar uma boiada de pó, coisa de uns cinco contos em grana de hoje. Uma fortuninha. A Mag era sócia na parada, pois tinha contribuído com uma parte do investimento. A Dri não queria guardar o bagulho na casa dela por causa das filhas, que xeretavam tudo. A partida de pó estava dentro dum saco de plástico, acondicionado, por sua vez, numa bolseta de fumo de enrolar Drum. A Mag mocozou o Drum estufado de droga no bolso de um jeans velho, que ela jogou num armário.

No dia seguinte, veio a faxineira bem na hora que a Mag tava saindo pruma gravação. A patroinha elétrica, sempre atrasada pros compromissos, mandou a mulher pegar tudo que é roupa suja que ainda estivesse pela casa e jogar no tambor da nova máquina. Eu, que ainda estava em casa, ouvi perfeitamente essa recomendação. A mulher começou por organizar os armários e catar roupas, lençóis e toalhas que lhe pareciam candidatos a estrear a linda e virgem máquina de lavar, cujo manual tinha consultado antes com a minha entediada ajuda. Não foi difícil. Logo a máquina soltava seus esguichos internos, seguidos de gemidos, gorgulhos e murmúrios harmoniosos. Aquilo, segundo o cara da Casas Bahia, era tecnologia doméstica de ponta. Acho que, bem programada, a máquina de lavar era capaz de fritar bife, levar criança na escola e, quem sabe, chupar um pau com bastante espuma.

A Mag voltou pra casa, tarde da noite, moída de cansaço por conta da pauleira que tinha sido o trampo na locação. Eu fumava unzinho sossegado vendo um filme de vampiro na TV a cabo, enquanto ela tirava a roupa ainda na sala, como era seu hábito, antes de mergulhar num banho de banheira regenerador. Sua nudez desviou minha atenção do filme bem na hora em que se acendiam as retinas vermelhas e despontavam os caninos fatais do vampiro diante dum padre idiota que sempre mereceu ter sua jugular sugada até a última gota de sangue em todas as vezes que vi pedaços daquele filmeco padrão C. Ao notar meu olhar taradinesco, a bela Mag veio me enlaçar num beijo com sabor de cigarro, sanduíches e salgados do catering da filmagem, e de mais algum goró que tinha tomado junto com as cafungadas de praxe. Me lembro bem de ter dedilhado a xota dela, só pra conferir o cheirinho de buceta marinada no suor, na labuta e nas muitas mijadas ao longo do dia. Aspirei e dei a nota felliniana: oito e meio. Ela riu e saltou do meu colo, me ofertando a plena visão daquela bundinha de coração, a caminho da escada do sobrado. Mal tocou o primeiro degrau, mudou de ideia, e resolveu dar um pulo na lavanderia nos fundos do quintal, pra ver no varau a primeira fornada de roupa lavada na nova máquina. O vampiro acabava sua refeição no pescoço do padre, quando ouvi o mais animalesco berro de horror vindo do quintal. Fulminado por uma descarga brutal de adrenalina, corri pra lá em tempo de ver a Mag em prantos segurando uma bolsa plástica de fumo Drum amolecida na mão e uma calça jeans ainda molhada jogada no chão. Aconteceu foi que a faxineira abriu o guarda-roupa, achou que o jeans jogado ali com displicência era roupa suja e o depositou no cesto em que recolhia todas as peças que iam estrear a nova máquina, sem checar se tinha algo nos bolsos. Mais de um vizinho, que, alertado pelo grito, tinha aberto sua janela do quarto dos fundos, viu a Mag pelada, aos prantos, com aquele plástico azul mole na mão. 'Dois mil dólares foram pro ralo', ela se lamuriava. 'Era do puro! Ia render o triplo! E agora? E agora, meu Deus?!'

A Mag trepava com muita fome de pau, e me punha uns cornos também, como ela nem fazia muita questão de esconder. Eu me esforçava por parecer que não atribuía grande importância à fidelidade conjugal, até porque também dava minhas castimbadas por aí. Era um casamento aberto não assumido, aquele nosso. Um casamento safado, tendendo ao negligente. No auge da pozeira, ela dava uns sumiços que podiam durar dias. Bem verdade que ela se dava ao trabalho de me ligar com álibis variados. 'Tô aqui na casa da Dri', era o seu mais usual. Outras vezes, ao sair de casa com sua mochilinha, avisava: 'Vou pra Campinas rodar um comercial. Se eu não voltar amanhã, volto depois de amanhã'. Ou seja, alguém ia ter sua piroca bem chupada pelas próximas vinte e quatro horas ou, com sorte, quarenta e oito.

Eu tentava fazer o modelito corno cool diante da libélula liberada, a cuja qual também não fazia muita questão de saber o que tanto eu fazia na rua até as seis da manhã ao me ver entrar na cama. Mesmo assim a gente acabava por se engajar em brigas explosivas, com muita gritaria, sopapos, empurrões, coisas atiradas no chão, nas paredes, pela janela ou contra mim. O pugilato rolava quase sempre de madrugada em meio à exasperação cocaínica e alcoólica, e, muitas vezes, terminava numa trepada épica não menos ruidosa. Os vizinhos, sei lá o que pensavam disso, mas eu, uma hora, achei que, porra, caralho, que faço eu aqui nessa bosta desse casamento de merda? Ela devia pensar a mesma coisa. Bonita, descoladérrima, muito juvenil nos seus trinta e tantinhos, ela podia arranjar coisa melhor do que eu, e, de fato, uma vez separada de mim, logo tirou o dono duma produtora da mulher dele e foi morar com o cara. Era simpática e divertida, a Mag, a seu modo destrambelhado de ser. Tinha muita minhoca na cabeça e na xota. *Oi taratá, criolá de taratá… terrá que tem minhoca eu gostá de cavucá…* E não era por completo desprovida de luzes. Tinha cursado dois anos de letras na PUC. 'Faculdade é uó', era como ela resumia a vida acadêmica. 'Não vou gastar minha beleza ouvindo um monte de merda durante cinco anos. Pra quê? Pra ter um papel pendurado na parede?'

Separar da Mag foi quase tão fácil quanto mudar de calçada. Peguei minhas coisas e me mandei, primeiro pra casa da minha mãe durante uns meses antes de reaver a kíti do amigo inquilino. Fez bem pra minha saúde. Com a Mag por perto, eu cheirava bem mais do que o costume. De duas a três vezes mais. Eu não podia ter aquela porcaria o tempo todo ao alcance do nariz. Insistia pra ela dar um tempo, e ela até dava, uma semana e meia, no máximo. Daí, chovia pó de novo na nossa horta, e muita Stoly, que ela não deixava faltar na casa.

Estimulados pelo cloridrato de cocaína, a gente nadava de braçada na vodka russa com cerveja. Talvez por isso passei a beber steinhaeger ao me ver de novo solteiro: pra esquecer a Mag e a Stolichnaya.

E chega de Mag.

Uns três meses depois de me separar da Magnólia, engatei com a Estela. Saí duma flor pruma estrela. Eu já conhecia a Estela, que também era casada. Até já tinha dado uns fudecos com ela na moita, ainda na gestão Mag. 'Eu ia me separar mesmo do Tavinho', a Estela me disse depois de um mês de namoro, nós dois já morando na kíti. 'Se não fosse você, ia ser algum outro.' Ela talvez tivesse a intenção de me desculpabilizar por ter roubado a mulher dum cara. Mas fiquei meio assim ao ouvir isso. Então quer dizer que qualquer outro gabiru a teria sequestrado dos braços do marido? Só tinha calhado de ser eu. Mais uma pá de cal na cova do romantismo, pensei. Bom, que se foda o tal do outro que ficou a chupar o dedo sujo dele. Me refiro ao outro com quem ela teria ficado se eu não tivesse aparecido antes, e também ao abandonado, que eu só conhecia de vista e não sei que fim levou.

Mag & Estela. Não tive filho com nenhuma das duas. Fui ter com outra maluca, de pura bobeira, quando ainda morava com a Estela. Falo da Renata, mãe da Maria João, minha filha única. Tinha vinte e quatro aninhos, a Renata, um ano a mais que eu. Gata riponga, alta, ovelha negra da família, chegada em ácido e maconha, tinha sido caroneira de estrada em suas trips pelo nordeste praiano, e dava pros caminhoneiros por esporte e aventura. Foi zanzar na Califórnia, na Holanda, na Índia, por rotas alternativas, orgânicas e místicas, sempre com o apoio fundamental do dindim paterno, complementado por um discreto tráfico de ácido, de *crystal met*, como ela chamava as metanfetaminas, e também de ecstasy, logo que esse bagulho estreou na praça. Conheci a peça num caixa eletrônico, num dia de chuva, vê se pode. Eu estava do lado de fora, ela dentro. Abriu a porta e me convidou pra entrar, numa inusitada mostra de confiança num desconhecido, como se a minha cara irradiasse honestidade. Engatamos um papo, a chuva passou, saímos do caixa eletrônico, pegamos um táxi, fomos beber no Pé pra Fora, no começo da avenida Pompeia. Várias caipirinhas com cerveja e meio ácido cada um depois, fomos trepar no quarto dela numa comunidade instalada num velho casarão do Pacaembu. Foi assim que começou a ser concebida a Maria João.

6

Puxar os fios soltos da memória, tensionar um por um, ao máximo. Belo exercício literário prum cinquentão em disponibilidade com um gravador na mão e nenhuma ideia digna desse nome na cabeça. Falar das mulheres resulta inevitável. O grande desafio aqui seria tentar me ver pelos olhos delas, numa espécie de antinarcisismo, pois não tem nada mais crítico no universo que o olhar de uma mulher — especialmente, como é óbvio, daquelas com quem se tem intimidade, a mãe, em primeiro lugar. Daí vêm as tias, vizinhas, primas, colegas, namoradas e esposas. Minha mãe, por exemplo, não diz uma frase em que não me dê ao menos uma mijadinha moral, senão nas palavras, no tom.

Braço direito cansado de segurar esse gravador. Dei de falar até da minha mãe, cacete. Passo o Sony pra mão esquerda. E, já que estou falando de mulher, continuo. É o único assunto que interessa no momento a um coroa carentão em perfeita liberdade, como eu. Tô sem mulher, mas tenho um gravador analógico, mais amigo e fiel que um cachorro, sendo que ele não late nem caga na calçada. Não sei o que mr. Sony aqui acha do que estou a lhe dizer em estrita confiança. Mas fico grato por seu silêncio obsequioso, pontuado só pelos clics e clecs das teclas. É o servo perfeito. Nada exige, além de pilhas e uma fita cassete na qual possa exercer seu nobre métier com eficiência, ainda que por meios obsoletos.

Baixa em definitivo a coisa fria também chamada noite aqui na Teodoro. Pena não lembrar desse poema inteiro. Podia abordar as pessoas aí na rua, boa noite, por acaso você, a senhora, o senhor, saberia de cor um famoso poema do Drummond que fala da coisa fria também chamada noite que baixa de repente, e coisa e tal?

Na certa vão me mandar catá coquinho em pleno solstício de inverno, iluminado pelo vapor de mercúrio. Gosto da Teodoro, dessa feiura defumada em petróleo queimado, desse ar de pobreza remediada que a rua não consegue deixar de ter, desde a época em que Pinheiros era um bairro de classe média baixa. Hoje Pinheiros vem nesse processo de gentrificação inacabada, mesmo destino da Vila Madalena, sua vizinha. Mas a Teodoro, principal rua de Pinheiros, não perde esse jeito encardido de ser. Aqui em cima já nem é mais Pinheiros, é Cerqueira César. Mas muita gente ainda diz que é Pinheiros. Ninguém sabe quem foi Cerqueira César. Se calhar, foi amigo do Lopes Chaves, que o Mário de Andrade, envergonhado, também não sabia quem era. Na real, a gente nunca sabe quem são as pessoas, de fato, e eu me incluo folgadamente nesse 'as pessoas'. Não sei quem sou. Se me encontrarem a vagar por aí sem sequer lembrar do meu próprio nome, me levem imediatamente ao Farta Brutos, peçam uma cerveja e um steinhaeger e me deixem em paz. Só no meu bar predileto eu sei quem sou e faço algum sentido. Agora, se encontrar o Cerqueira César por aí, fuja no ato. Trata-se de um fantasma. Ou de um impostor. Ou, ainda, de um fantasma impostor, o pior tipo de fantasma que há.

Tenho esse prazer sadomasô de caminhar à margem de congestionamentos, eu mais rápido que os carros. Eles dão tímidos espasmos à frente numa imitação grotesca de movimento, liberando o bafo poluente de seus intestinos de aço recheados de fósseis líquidos inflamáveis. Ao volante, vai gente de carne, osso, sangue, hormônios, secreções, excrementos, segredos. Carne é destino. Em alguns restaurantes é churrasco. Me pongo metafísico e gastronómico esta noche, carajo viejo. Deve ser la hambre. De pizza, churrasco, pastel de feira. Na frente daquele ponto de ônibus tinha um boteco-pastelaria, desses que trocam o óleo do wok a cada três anos. Segurei no talo a vontade de entrar ali e traçar um pastel-bomba daqueles. El mondo fué y será una porquería já lo sé... Nas minhas vidas passadas quero ter sido Carlos Gardel.

E agora? Falar o quê sobre o quê? Fiquei sem assunto. Podia atravessar a rua pra ver se encontro assunto na calçada oposta. Um assunto oposto. Os pentelhos da Marquesa de Santos. Os culhões do Touro Sentado. O olho solitário do Camões.

Merda. Vou cruzar logo mais com esse beleléu molambento que vem descendo a Teodoro. Mais um traste humano no meu caminho. Já sinto o bodum azedo de bebum pirado que mija, caga e dorme sem tirar a calça. Fuliginosa e guedelhuda figura, de idade e cor indefinidas, ele arrasta com enorme dificuldade um saco de aninhagem encardidérrimo cheio dos badulaques achados na rua. Não tem onde cair morto. Nem vivo.

Quem sabe se esse infeliz não tem na ponta da língua infecta a primeira frase que há de me salvar desse naufrágio mental que me acomete a cada vez que me sento diante da tela vazia do computador. Síndrome de Grand, disse o Beloni. Era um sarro do meu ex-amigo, mas pode ser que tenha tudo a ver. Vai que é mesmo de fundo neurológico esse negócio. E se eu tomar uns eletrochoques numa clínica psiquiátrica? Uma lobotomia maneira. Ou uma cerebrotomia radical logo duma vez: extirpar a mioleira toda. O cérebro pode ser um estorvo na vida duma pessoa. Tem dia que só serve pra destilar más lembranças e propósitos sinistros.

Passo de nariz tapado ao redor do mindingo. Tem aumentado o número deles em São Paulo ou é só nesse trajeto cotidiano meu? Ele não me olha, mas sua presença diz tudo. Ele sabe o profundo asco que sua figura provoca nos outros. Não me pede nada. Apenas me olha enquanto revira uma lixeira grudada no poste. Um vira-lata sarnento, é o que ele é. Nem a morte quer papo com ele, mon semblable, mon frère. Talvez ele saiba como burlar a síndrome de Grand. Volta e meia alguém me sugere esquecer a primeira frase e começar a escrever a partir da segunda. Isso virou piada de mesa no Farta, contada e recontada milhões de vezes, sobretudo na presença de estranhos à nossa curriola, gente que não conhece nosso folclore particular. Mas isso tudo é firula mistificadora, conversa pra boi e bebum dormir. Meu pobrema, dotô, é que tá tudo travado aqui dentro da minha moringa, feito esse trânsito aí da Teodoro. No sexo, o sintoma da impotência é o pau mole. Na literatura é a página em branco. A página em branco é o pau mole da literatura. Boa frase, boa frase, parabéns, tá gravada.

* * *

Meu reino por um pedaço de pizza e uma cerveja. Preta. Amarga. Isso que eu sinto é fome ou larica? Vem junto com um tesão difuso que sobe da planta dos pés, passa pelo joelho esquerdo, pelo pau, pelo cotovelo direito, até eletrificar os lóbulos das orelhas. Mas a fome tem precedência sobre o tesão. Ninguém morre de tesão, e, se morrer, se engana, como mais ou menos disse Luiz Melodia. De fome se morre todo dia, desde que o dia é dia no planeta. Agora mesmo, entre uma frase e outra que eu deito aqui na fita de cromoferrite, morre alguém em consequência da inanição nas ruas e periferias de milhares de cidades, desertos, campos e florestas da África, da América Latina, da Ásia, do Oriente Médio, da putaqueupariu. O tesão é fome que pode ser resolvida com a própria mão. A fome de comida, não. A menos que você corte a mão e sapeque ela no fogo com sal grosso. Em algum momento vou saciar minha fome de citadino safo da miséria que conta com o melhor prato possível na sua mesa logo mais, um vinho razoável ou uma boa cerveja temperada com steinhaeger. E companhia: amigos, amigas, flertes, namorada, esposa. Essa é a fome saudável que não causa angústia e só antecipa os prazeres da alta ou da baixa gastronomia. Já o tesão, vou te contar. Se não me rola uma xota amistosa e eu não tô na vibe de batê uma punheta ou pegá uma putinha, daí, sabe o que que eu faço? Chamo uma breja e um steinhaeger, se estiver num bar. Fumo um beque, na rua mesmo, e vou pra casa, onde soco, afinal, aquela velha bronha de sempre.

Fome, fome, fome. 'Não tenho *fômme*', dizia meu avô materno portuga, com esse ô fechado e esse ême quase mudo, enquanto se entupia de bacalhau, galinha ou cabrito que a minha avó punha na mesa. Ele dizia isso pra parecer que fazia à velha o maior dos favores ao provar da sua comida. 'Só vou beliscar uma coisinha pra acompanhar o vinho', acrescentava seu Marujo, como o chamavam. Ou vovô Marujo, como eu o chamava. E se empanturrava feito um frade beneditino de ilustração. Marujo era o sobrenome dele. Minha mãe, de solteira, era Linda Aurélia Marujo. Depois de casada, lançou o Marujo ao mar e botou o Castanho do meu pai no lugar. De modo que não herdei o Marujo. Nem o barco do primeiro Marujo dessa irônica dinastia de pobretões da Riba do Mouro, em Trás-os-Montes, Portugal, donde sequer se avistava o mar, mas pra onde o bacalhau ia ter, morto e salgado, a pedir azeite e batatas, itens produzidos por ali mesmo, assim como o vinho. O Marujo ancestral navegava em lombo de mula as montanhas onduladas da sua terra.

Ao contrário do vô Marujo, eu digo, alto e bom som, que tô cheio de *fômme*. Nem almocei hoje. Tomei café da manhã tarde, na kíti, um finzinho rançoso de suco de goiaba de pacote, nescafé e bolacha de água e sal com margarina velha. Como tinha uma banana, foi a glória completa. Eu podia ter descido pra padaria e forrado o bucho com suco de laranja batido com mamão, pão francês com manteiga na chapa, uma boa média, e umas bolotas de pão de queijo que o chapeiro sempre te oferece de brinde por lá. Mas me deu preguiça de botar roupa, pegar elevador, sair no frio, e acabou que fiquei na kíti até umas dez, terminando coisas no computador pra levar na TF num pen drive, de modo a finalizar o trabalho por lá. Na editora, comi um pedação de bolo de fubá comprado no vizinho da vila, que deu de fazer e vender bolos pra ajudar a pagar as contas. Pra não ficar sem pão, faz bolos. É a crise, que tá no ar, tá no bolo de fubá. Comido com goles de café, é divino, inda mais ainda quentinho, recém-saído do forno. Se Maria Antonieta e aquele babaca peruquento do Luís XVI tivessem mandado distribuir algumas toneladas de bolo de fubá com café quente pra turba revoltada às portas de Versalhes, não tinha rolado a Revolução Francesa. Se tivessem oferecido também uma manteiguinha pra passar no bolo quente, ou, ao menos, uma margarina, o absolutismo monárquico ainda vigoraria na França.

Fome, fome. Preciso encher logo o bandulho pra mudar de assunto. Só lembro de coisas ligadas a comida. E a sexo. Mina de novo on my mind. Meu leque de opções fornicativas se estreitou tanto que, daqui a pouco, não consigo mais enfiar o pau em nenhum buraco amador decente. Vou ter que apelar pros buracos profissionais indecentes. Nem me lembro quanto tempo faz que não pego uma puta. Aliás, devo passar por algumas putas logo mais. Elas nunca abandonaram totalmente o Baixo Augusta gentrificado. Já perto da praça Roosevelt, depois de uma fieira de barzinhos de pleiba, ainda tem lá umas putinhas na calçada. Já disse isso? Digo de novo. De qualquer jeito, não vai ser hoje que eu vou pegar puta nenhuma, com a minha atual escassez de numerário. Nessa última semana de trabalho, paguei um monte de conta atrasada, de condomínio a contador. Fui a restaurantes, tomei vinhos caros pro meu bolso, comprei maconha a quatro-pra-um, paguei a última prestação do dentista que me tratou o canal, me fodi geral. Faltou planejamento pra não me ver durango bem na minha semana de ócio. Já falei isso também? Provável. Depois, ao transcrever a fita, eu limo isso.

Lembrar da Mina tem a ver com sexo e também com rango. Minha amiga vive a eterna batalha por uma silhueta menos renascentista, especialmente na barriga e na papada. Os peitos, as coxas e a bunda, pro meu gosto, podem ficar do jeito que estão. Ela tem uma bunda grande, duas esferas perfeitas, com poucas estrias e quase nenhuma celulite, e um rego profundo que me deixa de pau duro só de olhar. Os peitos, lânguidos melões, descaem pros lados quando ela deita de costas, como a pedir mãos que os sustentem e os tragam de volta ao lugar ideal pra serem acariciados, lambidos, mamados, do jeito que a diaba gosta. Fêmea trescalando sexualidade madura, é a frase meio metida a besta que formulo aqui pra definir a Mina. Uma vez, lá na kíti, depois duma bela foda, ela no marlboro, eu no meu beque, madame soltou essa:

Gosto tanto de trepar com você, Kabetucho! Me sinto uma menininha abusada por um tiozão de pau grosso. E numa kitinete do centro, ainda por cima! Não tem nada mais vicious que isso.

Víchious? — Kabeto repetiu. Vou te bater com uma flor ao som do Lou Reed, minha flô.

A Mina me devolveu aquela risada só dela, com um ataque inicial agudo seguido de cacarejos mais graves. Ela não toca no assunto, mas tá na cara, nas tetas e no útero que, já mais próxima dos quarenta que dos trinta, anda cogitando em ter ou desistir duma vez por todas de ter filho. Vai que ela emplaca um baby e um casório com outro cara. Aí eu danço legal. Porque eu só sirvo pra sexo alcoolizado, recreativo e eventual. Sexo de amantes. Mina só tem me provocado ultimamente quando não tem nada melhor no radar. Com ela casada e de filho pendurado nas tetas, eu teria que dar adeus às deleitosas fucking nights com a minha mineirárabe de estimação, filha de descendente de libanês com mineira de Pouso Alegre, onde nasceu. Talvez seja por isso que pousar com a Mina, na minha kíti ou na casa dela, seja sempre uma alegre pousada.

Também já disse, acho, que eu poderia ter me casado com a Mina, anos atrás. Teria sido impossível evitar um filho com ela. O casamento não ia durar muito. Já estaríamos separados e, quem sabe, inimigos. Ou indiferentes um ao outro, como sói acontecer com casais separados. E ainda por cima com um ser humaninho pra cuidar. Já não cuidei direito da minha primeira e involuntária filha, que dirá de um segundo piá igualmente indesejado. Perrengão grosso que ia ser. Gozado que, num casal separado, o cara nunca é tachado de 'ex-homem'. Ele continua sendo homem, mesmo descasado. Só vira ex-marido. Dessa eu escapei. E a Mina também, ora bolas. Pra mim, ela não é ex-mulher, é só mulher, agora e sempre.

A Mina me disse, um dia, que, se a gente tivesse casado, ela me faria escrever meu segundo romance 'na marra'. E que eu já estaria agora no terceiro ou quarto. As mulheres são muito prepotentes. Empoderadas, como deram de dizer agora. A meta delas é serem tão poderosas, atrabiliárias e truculentas quanto os homens, o que acontece sempre que se veem com a faca, o queijo e o próprio cartão de crédito na mão. Independentes e fodonas. E com a lei e a razão a seu lado, dentro do espírito dos novos tempos.

Minha amigamante costuma sumir da noite por uns tempos. Hiberna, como ela diz. Quando esses períodos detóxicos da Mina coincidem com as minhas quinzenas de trampo, mal dou pelo sumiço dela, pois pouco caio na night, eu também. Ficamos um, dois meses sem nos ver. Mas assim que me vejo livre pra zoar, como nos próximos quinze dias, é nela que eu penso em primeiro lugar ao pôr o pé na calçada do ócio. Quero a companhia da Mina, o corpo confortável da minha amiga especial. Quero aquela alegria sacana que é só dela. Não quero isso todo dia, muito menos com exclusividade. Mas preciso saber que ela tá na área, ao alcance de um encontro casual ou combinado. Sem a Mina a circular entre as estrelas, o Farta Brutos vira o

Farta-a-Mina. E se torna mais rude, além de tantas vezes infrutífera, a tarefa de achar uma parceira pra passar umas horas, uma noite ou mesmo engatar um casinho maneiro, algo que não rola na minha vida já nem lembro há quanto tempo.

Acabei de mandar uma mensagem de texto pra Mina avisando que estarei à espera dela no Farta de coração intumescido e artérias dilatadas de desejo. Ela me respondeu: 'Consulte um cardiologista. rs!'. Grande Mina.

Quando ela começou com esses rehabs periódicos, faz uns aninhos já, eu ligava, insistia, inventava as cantadas mais criativas, até acertar uma que a fizesse rir, suspirar e conceder um 'Vai, vem'. Ela, então, me recebia em casa prum vinho, um charo, uma trepadinha. Nos últimos tempos, sumiram esses hiatos no regime de sobriedade e castidade que ela se impõe, pelo menos pra mim. Não sei se ela tem aberto a porta e as pernas pralgum outro felizardo ou zarda nesses períodos de resguardo. Acho que não. Prefiro acreditar nisso, embora não seja problema meu se ela se mantém casta e sóbria, ou se vira uma serial fucker drogadaça longe dos olhares dos amigos. Bom, drogadaça é que não, pois ao emergir das catacumbas terapêuticas está sempre mais esbelta e jovial do que da última vez que a vi. E com a xota triscando de tesão, como ela mesma diz e eu pude várias vezes atestar.

Sei de boa fonte que ela já está nos últimos dias da sua mais recente temporada detóxica. Ou seja, a qualquer momento a fera tá de novo solta na selva. Ela bem que podia fazer sua rentrée na vida airada nesta noitinha de frio na cidade. Na verdade ela já deu umas sassaricadas por aí, pelo que me disse uma amiga comum que encontrei, dia desses, no Bar do Araçá, outro reduto da boemia hard core da noite paulistana, com rock'n'roll de garagem ao vivo, logradouro onde fui essa única vez, levado pelo Park. Ela teria sido vista ali, pardieiro que nunca soube que ela frequentava. Nem meus amigos mais jovens vão muito no Araçá, que não passa duma espelunca barulhenta, do tipo que surge e morre em São Paulo com a velocidade do bater de asas de um beija-flor. No Farta, que eu saiba, ela ainda não deu as caras. Podia dar hoje — as caras e aquela xota peluda pra mim.

Tô louco pra ver a Mina peladinha, depois dessa última temporada fitness dela, dormindo e acordando cedo, dieta controlada, pilates, power-ioga, ginástica-balé, de segunda a sexta, às sete da manhã, antes de encarar o trampo na editora. No sábado, se encafua na casa da mãe, na Cantareira, de onde só volta no domingo à noite. Na Cantareira faz longas caminhadas por trilhas na mata, descansa e lê os livros que tem de divulgar. Ela mesma se carimba de 'freirinha aeróbica' nesses períodos saudáveis e produtivos. Ao emergir do claustro, a Mina apresenta o corpo mais satisfeito de si que se pode ter na cama, com uma voracidade total por todos os vícios e bulícios e estrupícios que lhe passarem pela frente, por trás, por cima, por baixo, de todos os jeitos e maneiras.

Durante seu período clean, a Mina tem a divertida companhia dos personagens das cutrocentras séries americanas que ela assiste em DVD. E parece que já existe um serviço de filmes e séries baixáveis pela internet sem que você precise ter brevê de hacker pra acessar. É só conectar o computador na TV, e adeus locadora. E o serviço custa uma merreca por mês. A cada dia descubro uma novidade na internet que já existe há anos. 'Série tem uma química de roteiro que te deixa viciada', Mina me disse. 'É gancho e surpresa a dar com pau, diálogos incríveis e um puta ritmo narrativo. Não tem como largar.' Ela garante que eu sou uma besta por não assistir, por exemplo, a Mad Men, Família Soprano, Breaking Bad, The Big Bang Theory, e sei lá mais o quê. E insiste que ver séries me tornaria um pouco menos antiquado na vida. Ela sempre usa 'antiquado' pra me definir, de modo a não me chamar de velho purfa, ou coisa pior. Mas a verdade é que me sinto mais inatual que antiquado ou por-fora da modernidade. Como o Nelson Rodrigues, modestamente. Me regozijo em segredo com a pretensão de pertencer a uma época fora do tempo e do espaço. Uma época particular, só minha. É uma fantasia narcísica que me permito cultivar sobre mim mesmo e que se dissolverá no ar qualquer dia, quando meu espelho se negar a refletir minha imagem por falta de matéria humana reflexível, situação em que terei atingido o auge da inatualidade.

O saxofone merencório ao fundo pode parar, obrigado.

Da última vez que fui à casa dela, a seu convite, era pra ver uns episódios dum tal de Veep, que ela pronuncia com todos os is: V*iiii*p. A estrela é aquela menina do Seinfeld, a não-sei-que-lá Dreyfus. O Seinfeld foi uma das duas únicas séries modernas que eu assisti. A outra é a Absolutly Fabulous, com aquela dupla de inglesas junkies piradas cínicas e engraçadas pra caralho. A gente tinha saído do Farta de táxi, tortaços, os dois, ela dando teco na ponta da unha do mindinho, providencialmente crescida pra servir de colherinha pra cocaína, eu mamando numa lata de cerveja e pegando nos peitão dela por baixo da blusa. No quarto, a gente na cama dela, um colchão de casal sobre um estrado no chão, cheio das almofadas em torno das paredes em ângulo, mocó muito do confortável, a Mina já sem a blusa, caí aos beijos naquelas enormes aréolas que parecem solidéu de bispo com a chupetinha saliente no centro, enquanto a Dreyfus na tela, de tailleur, fazia um discurso pruns engravatados, sem som, no que parecia ser a Casa Branca. Daí, ela tirou o resto da roupa e eu meti nela, em posição de chupar seus admiráveis tetões. Já disse que gosto de foder e chupetetar ao mesmo tempo a companheira. Diz o vulgo que as três melhores coisas que tem na vida são cagá fumando, peidá mijando e metê mamando. Esse vulgo só diz merda. Mas concordo total com a parte do metê mamando. Mijar peidando pode ser problemático. A flatulência colorretal sempre gera alguma turbulência no jato urinário, como já sabia Hipócrates de tanto mijar e peidar na Antiguidade. Se não tomar muito cuidado, você vai regar as bordas da privada, o chão em volta, seus sapatos, sua calça. Mijar peidando requer prática e habilidade. Quanto a cagar fumando, eu não fazia isso nem quando carburava um marlborão e meio por dia, antes de me livrar de vez do cigarro. Gosto de cagar logo, sem rodeios, subterfúgios e acessórios, como jornal, cigarro e celular. É tchblof, tchblum, e vinde a mim o jatinho vertical do bidê. Ficar enrolando na privada dá hemorroida. Se a bosta não sai por bem, assopro com força as costas da mão até expelir o cagalhão relutante, método indicado também para parturientes.

Meter mamando, repepipito, é o que mais me atrai nessa tríade do libertino fisiológico. Meter mamando une as pontas do inconsciente: enquanto o pau trafega pelo mesmo tipo de via por onde se veio à luz, a boca e a língua se esbaldam nos montes mamários que foram a principal fonte de alimento e erotismo infantil. Não são os mesmos peitos nem a mesma vagina da sua primeiríssima infância, por supuesto, mas, graças ao mecanismo psíquico da sublimação, é como se fossem a xota e as mamas da mamma, diz o Freud, que entendia um pouco do assunto. Meter mamando é das viagens mais regressivas que se pode ter ao admirável mundo dos desejos infantis reprimidos.

Minha mãe diz que eu só desmamei com três anos e meio, e que foi um custo me desgrudar dos peitos dela, pois eu abria o berreiro até perder o fôlego e me recusava a pegar a mamadeira. Quase morri de inanição em protesto pela falta da nutriteta materna quando ela resolveu me desmamar de vez. 'Esse foi meu erro', se recrimina dona Linda aos amigos, que se resumem ao seu velho pastor-alemão e a uma vizinha quase centenária que não sabe se está viva ou morta, bem como à tia Almerinda, irmã do meu pai, uma nonagenária muito orgulhosa de ainda estar viva e lúcida. 'O Cássio Adalberto achou que a vida é fácil demais. Eu devia ter desmamado o menino muito antes.'

Bom, eu não penetrava minha mãe ao sugar o leite de suas tetas. Não que eu me lembre. Ou que ela se lembre. Coma a sua mãe enquanto ela ainda é jovem, recomendava o Paul Éluard. Agora que dona Linda tá com oitenta e quatro aninhos, cedo a vez ao Éluard.

Caralho, tô de pau duro só de pensar na Mina. Tenho ficado de pau duro só de pensar em qualquer mulher. Carência pura e dura. Ajeito o pau na cueca, cabeça pra cima, e sigo pensando na Mina, em meter mamando na dileta amiga. A Mina também tem as tarinhas dela. Aquele dia do drops, por exemplo. Dia, não, noite. A gente tinha enchido a cara de saquê num japa da Liberdade. No táxi, a caminho da casa dela, nas Perdizes, o motorista nos indicou um pocket de redinha atrás do banco do passageiro, com balas e uma embalagem de hall's. Tinha da verde e da preta, essa com um intense cool extra strong menthol flavor. A Mina mandou uma black hall's, que fez girar dentro da boca em sucções agônicas, por causa da sensação picante da menta na língua e nas mucosas da boca. Seus olhos marejaram. Ao beijar sua boca, também senti a ardência da bala.

Pelados na cama, dez minutos depois, ela procedeu ao trabalho de sopro inicial, ainda com a bala na boca. Senti o geladinho elétrico da menta na glande. Aquela boca gelada envolvendo a minha chapeleta em brasa compunha um profiterole às avessas: quente por dentro, gélido por fora. Profiterrôla. Vi logo que ia ser uma noite diferente.

Hora lá, eu por cima dela, carcando-lhe de missionário na racha e trabalhando seus peitos com a língua, ela pega e cola sua boca na minha e me passa o que restava do halls black, já mais oblongo que quadrado agora. E sugeriu:

Enfia no meu cuzinho...

Tive um espasmo metafísico:

Enfiar no...? ... o quê?...

Primeiro, a balinha... — ela sussurrou ao me empurrar pra fora dela de modo a se pôr de bruços, bundão oferecido pra cima.

O.k., pediu, levou. Entuchei-lhe o halls chupado esfíncter adentro com ajuda do dedo médio untado de cuspe, que aproveitei pra enterrar até o nó mais grosso. Ela gemeu em ré maior no vestíbulo do amor anal, diria um parnasiano de ocasião, e tornou a gemer mais forte ao sentir a picância extra cool da menta no reto. Eu nunca tinha enfiado um supositório no cu de ninguém, muito menos um halls intense cool extra strong menthol flavor. Ficou uma leve fragância de merda mentolada no ar, outra absoluta novidade olfativa pra mim. Daí, me intimou:

Agora, vem você...

Colhi na mão todo o cuspe algodoento que tinha na boca, untei a chapeleta, reservei um pouco da saliva visgosa pra lubrificar a rosca mentolada da Mina e dei início aos trabalhos sodomíticos. Emboquei o cabeçote e forcei caminho com a delicadeza possível, que não era muita. Forçava, enterrava. Ela gania, entre o incômodo e uma hipótese de prazer. Minha chapeleta rombuda não facilita muito as coisas nesse particular. Botar camisinha já é uma luta. No caso, eu tava de pica nua. Naked pika. Ao tocar o drops com a ponta do cacete em algum ponto do reto dela, senti na glande um formigamento gélido. Nunca tinha expugnado um cu extra cool. *Cu-cool, cu-cool, cu-cool,* cantava meu passaralho dentro dela.

Não demorou, gozei. Banhei o cool da Mina coa minha porra quente. O amor é sempre meio estranho.

Quero ver a Mina hoje, de qualquer jeito, quero ver a louca entornar dry martinis regados com cerveja e cheirar quilômetros de carreirinhas brancas, carburando marlboros em série. É o estado em que ela atinge seu esplendor orgiástico. As gordurinhas dela vêm principalmente daí, do álcool, que não é substância muito amigável com as mulheres, do ponto de vista anatômico. O mesmo se aplica aos homens, mas os homens não são as mulheres, certo? Não têm cinturinha de sílfide a preservar ou conquistar. Pra se manter mais enxuta, do jeito que ela emerge das temporadinhas detóxicas, a Mina teria de cortar mais da metade do álcool que ela manda e todo o pó. Porque a cocaína, na real, facilita a obesidade, pois no day after de uma noite de cafungação intensa, sem ter posto nada na boca além de birita e fumaça de cigarro, a pessoa tem a compulsão de abarcar todas as calorias do universo, em escala industrial. Toneladas de feijoada, pizza e pudins de leite são necessárias pra saciar toda a fome de uma boa ressaca de pó.

E assim caminha a Mina pela humanidade afora. Sexualmente, ela não passa, nunca passou necessidade. Como boa mulher, quer ter bons parceiros. Tenho a honra de me incluir nesse rol. Já fui até um dos mais requisitados, num passado recente, como já devo ter dito aqui. Num certo momento, devo ter sido o único da praça. Foi quando ela teve a controversa ideia de se casar comigo. Hoje, seu queridinho é o Park, vinte e tantos anos mais jovem que eu. Mas o Park tem outros interesses, um deles, fortíssimo, por uma diva absoluta, casada com um amigo dele e próxima também da Mina.

Faltou dizer que a Mina engravidou de mim naqueles dias de paixão destrambelhada. Me botou contra a parede. Queria o filho. Ou filha, como ela dizia preferir. Eu disse pra ela que, por mim, o.k. Se ela quisesse, tivesse. Eu contribuiria pra pagar o parto, na medida do possível. Só que, na real, eu não tava a fim de filho nenhum. Já tinha legado a miséria da minha carne a uma filha, só uns oito ou nove anos mais nova que ela, por sinal.

Disse-lhe tudo isso às claras, inclusive com a citação machadiana, que passou batida. A conversa desandou em choradeira, súplicas e xingamentos da parte dela, nessa ordem. Pra reforçar minha posição pró-aborto, deixei um cheque em branco na cômoda que tinha sido da vó dela. Serviria pro aborto ou pro parto, à escolha dela. Só me avisasse o valor depois. Prendi o cheque num dos pezinhos do porta-retrato da dita avó, mãe do pai dela, libanesa de nascimento, de óculos redondos, cabelos apanhados num coque invisível atrás da fisionomia austera. A Mina se parece muito com ela, mais do que com a própria mãe no retrato ao lado, posando com a Mina bebê no colo. O retrato da avó poderia ser o da própria Mina daqui a trinta anos. Duvido que eu ainda esteja por aí pra checar isso.

7

Avenida Doutor Arnaldo, médico emérito, informa a placa. Tenho a vaga impressão de que foi ele quem fundou essa faculdade de medicina, a primeira de São Paulo, uma das primeiras do Brasil. Não tinha médico nessa porra de cidade no século passado. Boticários, curandeiros, parteiras e charlatões em geral cumpriam esse papel. E dá-lhe chás, unguentos e pós miraculosos. Uma gripe mais forte virava pneumonia, fácil. Uma fratura mais grave dava em amputação ou deixava a pessoa torta, manca. Uma apendicite era morte certa e dolorosa ao extremo.

Qual teria sido a especialidade do dr. Arnaldo? Aposto que pneumologia. Mui utilitária especialidade pra quem vive nessa marofa de chumbo, enxofre e gás carbônico. Aliás, melhor parar de falar um pouco senão vou chegar na Paulista com cinco tumores malignos nos pulmões, em estágio terminal. O negócio é respirar o mais lento e pausado possível. Bonita essa faculdade de medicina. Prédio antigo, elegante. Vetusto. Velhusco e vetusto. Velhutusto. Parece um tipo de mosteiro manuelino, com um jardim bem cuidado na frente, cortado por alamedas por onde passam estudantes de avental branco. Imagem da perfeita serenidade acadêmica a um passo do inferno urbano e bem defronte ao cemitério, do outro lado da avenida. Do lado de cá, a cura. Do outro, requiescat in pace, baby. A Doutor Arnaldo tá ainda pior que a Teodoro. Como vos amo, pernas minhas. Ó, comuvuzamo.

Gravador, gravador meu, consegues me ouvir no meio desse charivari do Asmodeu? Não conheces o Asmodeu? Aquele que te fodeu? Meu próximo e improvável romance, assinado com pseudônimo, podia se chamar: Charivari em Barueri, de Asmodeu Akelekê Tiphodeu, polinésio nascido em Guarulhos. Esse Asmodeu me veio à cabeça do nada, como ocorre direto com todo flâneur. Donde vem o Asmodeu?

Vou acabar comprando uma porra dum smartphone só pra checar esse tipo de coisa no ato. Erudição eletrônica. Daqui pra frente não vou mais achar nenhuma lan house. Todo mundo de smartphone ligado na rede, pobres e ricos. Só eu continuo ligado apenas na minha cabeça barulhenta, inatual, antiga, obsoleta. A cabeça e todo o resto da carcaça.

Congestionamento total. Muita polícia de sirene ligada. Helicópteros rondam o plafond de nuvens cinzas sobre a Paulista, três ou quatro pelo menos. Cada segundo nesse trânsito demora intermináveis minutos pra passar, a uma velocidade média de cinco a oito centímetros por hora. Pra quem tá dentro dum carro ou buzão, um minuto pode demorar meia hora pra passar. É o horror, o horror... — diria o coronel Kurtz.

O furdunço, como de hábito, é lá pras bandas do Masp-Trianon e, um pouco mais adiante, na frente da Fiesp, ninho da corja patronal da indústria paulista. Os mesmos que ajudaram a financiar os paus de arara da repressão durante a ditadura. Mas não ouço alarido de batalha, tiros, nem as bombas imorais de efeito moral. Também não sinto cheiro de gás lacrimogêneo nem vejo nenhuma correria da turba em polvorosa. Não ainda. "Só ouço um burburinho distante de alto-falantes e megafones grasnando discursos contra alguma coisa, o preço da passagem, a corrupa da política, o desemprego, o salário baixo e a questão das mulheres, assédio, estupro, dupla jornada da mãe que trabalha e é dona de casa, desigualdades salariais, as merdas de sempre. As mulheres deviam parar de casar, de ter filho, de trabalhar. Não sei como iriam sobreviver, mas essa é outra questão. Pelo sim, pelo não, testemunho e dou fé do meu apoio amplo, geral e irrestrito às causas da turba sublevada, sejam quais forem, em especial às das mulheres. Isto, se eles e elas aceitarem meu apoio à distância. Porque agora eu vou é beber com meus amigos e amigas no Farta Brutos."

No fim da Doutor Arnaldo, me vejo na boca do túnel da avenida Paulista, à minha esquerda. O normal seria seguir por cima do túnel e atravessar nas zebras de pedestre. Mas resolvo atravessar a avenida fora da zebra pelo meio dos carros parados, para-choque contra para-choque, cometendo a porralouquice de pegar o próprio túnel que joga o trânsito do noroeste pro sudeste, e vice-versa, nada mais que um funil de concreto entupido de carro parado. Tenho que roçar meu ombro direito no paredão de concreto encardido do túnel pra conseguir me manter na calçadinha mínima, quase que só uma sarjeta, rente aos carros parados junto ao meu flanco esquerdo. Isto é São Paulo, uma vida comprimida entre o concreto intranscendente e o trânsito intransitivo, pra tentar uma frase de efeito.

A calçadinha desce túnel adentro até formar uma caverna onde, entre caixas de papelão e cobertores ensebados, se aninham uns craqueiros, três ou quatro, mais um cachorrinho preto, pipando cachimbinhos toscos de papel alumínio — menos o cachorrinho, que não deve ser cracudo. Malucos em calda de mijo e fezes, incensados pela fumaça do crack. Tem uma mulher entre eles, uma garota com a mesma idade fuliginosa de seus colegas. É a idade atemporal da miséria humana. Eles são 'o outro', antítese do eu. O outro não é chegado num saneamento básico. Dá pra sentir o fedor deles aqui. Ninguém parece interessado na minha pessoa, nem o cachorrinho, que parece mais bem alimentado e saudável que seus amigos humanos. Eles têm à mão o alimento da loucura. Quando acabarem as pedras e bater a fissura, se transformarão em predadores violentos a rondar as ruas atrás de bolsas, mochilas e celulares que lhes rendam alguma grana pra comprar as pedras. Tão cagando pras manifestações e pros vinte centavos a mais no preço da passagem, um pouco como eu, aliás, que nem preciso de crack pra me alienar.

A microcalçada volta a dar uma dramática estreitada na subida pra Paulista que esteve até agora sobre a minha cabeça. Por sorte o congestionamento torna quase impossível que eu seja atropelado. Posso firmar o pé esquerdo no asfalto pra seguir meu caminho, com a canela a milímetros das rodas dos carros. Se me esmagam esse pé, nunca mais voltaria a levantar da cama com o pé esquerdo, como se diz. Passando a me levantar só com o pé direito, talvez minha sorte melhorasse.

Passo por uma pinacoteca de grafites no paredão do túnel em que vou relando o ombro e o braço direito do blazer. São desenhos de alienígenas com olhos na ponta dos tentáculos que brotam de suas cabeçorras poliédricas. Eles correm de volta pro futuro, em fuga do presente conflagrado dos terráqueos. Vão pegar um táxi espacial na ponta da antena mais alta do prédio mais alto da Paulista e partir pra puta cósmica que os pariu, se conseguirem passar pela galera ululante do protesto e pela tropa de choque. Agora que eu tô mais perto do frege, ouço um alarido de corneta, bumbo e vozes em coro gritando palavras de ordem, que não distinguo muito bem. Mas tem a ver com o novelão político, movido a corrupa 'sistêmica', como se lê no jornal. Nêgo tá perdendo emprego. A situation tá esquisita. E quando não esteve? — indago ao léu. Mas ao léu parece tão desinteressado quanto eu no assunto.

Enquanto isso, já na Paulista, esquina com Haddock Lobo, excitado com a noite de sexta que me espera de braços abertos e pernas escancaradas, palmilho a calçada da direita de quem vai pro Paraíso. Em São Paulo você não precisa morrer pra ir ao Paraíso. Pode ir de ônibus, de metrô, de carro, de moto, de bicicleta, skate, patins, a pé, de ambulância, rabecão, carro fúnebre, de tudo quanto é jeito. Contemplo o cortejo estático de veículos na avenida engarrafada. O bafafá da manife come solto lá adiante, obrigando o trânsito a desviar pras ruas adjacentes, entupidas pelo sobrefluxo. Polícia pra caralho por toda parte. Ao emergir do túnel pra avenida, vi aquele cortejo de ônibus do choque que subia a Teodoro estacionando na confluência da Consolação com a Paulista, ao lado de caminhões da PM de caçamba aberta cheios de meganhas em seus trajes de samurai sentados num banco longitudinal com seus longos cacetes descansando entre as pernas. Os ônibus da meganhada chegaram ao mesmo tempo que eu andando a pé. O falo de borracha sólida dos caras vai comer solto logo mais. *Vivemos dias de rebelião.*

Rua Augusta à frente, onde, ao invés de entrar à esquerda e seguir pras bandas do centro, do Farta e da minha casa, como era meu plano, me ocorre quebrar à direita, direção Jardins, e descer dois ou três quarteirões até o Cinesesc pra assistir ao último filme do Cassavetes, que eu nunca vi. Big Trouble se chama o filme, com o Peter Falk, aquele ator de cara apatetada, o mesmo que fazia o seriado Columbus. Vi no jornal que só passa hoje, às sete e meia. Daqui a pouco, portanto.

Ir ou não ir ao cinema, that's the fucking question. Posso ligar pro Park dum orelhão, já que estou sem celular, e avisar que vou demorar. Nem sei mais como se faz pra ligar dum orelhão. Mas, se descobrir, ligo e falo pra ele tomar seu MD e ficar de boa no Farta até eu chegar. Mas não tô num mood cinematográfico. Tô é nesse pique peripatético-verborrágico protoliterário, digamos assim. De modo que vamos seguir o plano original: Augusta até o Centro, depois Farta Brutos. Después, sabrá Diós.

Acaba de passar por mim uma menina linda. Dou a solerte viradinha de cabeça pra flagrar aquele belo rabo apertado numa legging que delineia com generosidade sua anatomia glútea. Passaria horas beijando aquelas nádegas. Lamberia aquele rêgo, chuparia aquele cu com volúpia gastronômica. Saudade que me deu de chupar um singelo cu de moça. Cabeça vazia, oficina do libertino que leu Sade e Aretino e só pensa em sexo desde menino. Arre. E lá vou eu remando e rimando pela Paulista.

Monte de mulher que vai e que vem. Quando eu era moleque, anos 60, 70, não tinha tanta mulher assim pelas ruas, inda mais à noite. Elas devem ser a maioria agora. Se multiplicam sem parar, estão em todas as partes físicas e sociais da cidade, e já ameaçam dominar o mundo. Todas trabalham, todas transitam com desenvoltura máxima por esse frio do cão gelado, sem dar a menor pelota pros olhares caninos da macholândia boçal. Algumas devem ser lobas insaciáveis, eméritas fodedoras que gostam de homens com paus hiperativos e ideias bizarras sobre como obter prazer na cama com uma mulher. Essas, com certeza, são minoria absoluta. Todas, de qualquer forma, desfilam pela rua com um olhar ávido e insolente que diz 'ô abre alas, caralhada, que eu quero passar!'.

Fome e tesão. Ai ai. Anos atrás, um pó resolveria as duas demandas numa só cafungada. Porque, além de tirar a fome, cocaína já é sexo em pó, um tipo de sexo que deixa você erotizado e de pau mole. Na minha idade é pau ou pó. Se queres que o primeiro entre em ação, tens de evitar o segundo, mermão.

O mulheril loboral — ops, laboral — passa por mim: minas e coroas. Quais delas vão ter com seus homens logo mais? E quais dormirão sozinhas, inclusive várias das mais jovens e gostosas? Umas e outras vão ter primeiro que enfrentar esse trânsito insano pra chegar em casa. Daí, traçarão um jantarzinho mixureba com familiares, marido, filhos, irmãos, avó entrevada. Ajudarão na cozinha, verão a novela das nove, olharão o facebook durante os comerciais, darão bocejos de sono proletário depois de uma semana inteira de labutaqueupariu. Daí, xixi, escova de dente, pijama ou camisola, e cama, debaixo de três cobertores. Não poucas tocarão uma siririca até um orgasminho camarada, portal dos sonhos. Desperdício de buceta. E eu aqui ao gravador, só na punheta verbal. Que injustiça. Eu encarava, por exemplo, essa cheinha de minimantô à minha frente, de costas pra mim, suas coxas grossas, acondicionadas a vácuo num collant de malha grossa. Tem muita mulher de toda idade com esse tipo de collant ou legging ou slippers ou jeans agarradíssimo na bunda e nas pernas. Eu podia chegar nessa mina com o gravador e mandar, de sopetão:

Licença? Pesquisa Ibope. Por acaso há um pênis amante, amado e armado esperando por você no seu destino?

Se em vez de chamar a polícia no ato ela desse a devida atenção à minha cândida pergunta, e se a resposta fosse negativa — 'Não, meu senhor, careço de pênis hoje à noite' —, eu rebateria:

Pois então, faço saber à vossa deliciosa pessoa que a vossa deliciosa pessoa acabou de ser contemplada com um pênis avulso pronto para consumo imediato, prestes a completar cinquenta e quatro aninhos de existência e uns quarenta e dois de função sexual, posto que soquei a primeira bronha completa, com jubilosa ejaculação, aos onze, no dia exato em que a minha família, pai, mãe e eu, nos mudamos de Pinheiros pro Belenzinho. Me deixaram ir na carroceria aberta dum caminhão do exército, junto com uma parte da mudança, móveis, geladeira, fogão e caixas com a bagulheira doméstica miúda, pratos e copos embrulhados em jornal, os talheres numa caixa a tilintar feito sineta de coroinha. Eu nunca tinha cruzado a cidade naquela extensão, de oeste a leste, mais de uma hora de viagem, comigo excitadíssimo apreciando a paisagem urbana num longo travelling por ruas e avenidas. Lembro que era um sábado de manhã. Eu ia sentado numa das duas poltronas grandes da sala do nosso sobrado em Pinheiros. A certa altura, me vi de piroca dura. Mexi na dita dura por dentro da calça rancheira e logo esporrei num gozo frenético. Mão melada, cueca galada, a bordo dum caminhão do exército. Eu já tinha tido sonhos gozosos dos quais acordava com a calça do pijama melada. Também tinha brincado muito de médico e casinha com duas irmãs, vizinhas da gente lá na vila da rua Paes Leme, onde a gente morava, mas era tudo só de ver e mostrar, nunca de pegar, e menos ainda de enfiar e ejacular. Mas ali, naquele caminhão, cercado pela mudança da família, afofado naquela poltrona ambulante, bati a primeira punheta completa da minha vida, com esporrada abundante. Uma coisa tão doida de gostosa só podia mesmo ser pecado e conduzir o punheteiro pra porta do inferno, junto à qual socaria uma última, no capricho, antes de adentrar as chamas punitivas.

Não iria dizer nada disso pra moça, se tivesse mesmo na pilha de chegar nela. Não tô louco a esse ponto. Ultrapasso a mina, que, vejo agora, tá mais pra compacta que pra cheinha. Mulher robusta. Me olha de fianco, desconfiada. Será que pescou alguma coisa dessa minha papagaiada sexista ao gravador? Deve estar pensando: 'Esse babaca aí na minha frente acabou de avaliar as potencialidades eróticas das minhas carnes empacotadas em lã e agora remói suas torpes conclusões sobre a minha pessoa como objeto fornicável'. Deixa ela pensar o que quiser. Antes que se implantem chips no cérebro do macho interessado em mulheres e se possa castrar no nascedouro suas abjetas fantasias sexuais, não há nada que elas possam fazer a respeito. De qualquer maneira, eu já tô de olho na bunda saliente duma tipa esbelta de salto alto e tailleurzinho preto de calça comprida. A típica magra bundudinha, sacumé? Elegante e gostosa. Passo por ela. Não sei se ela reparou na minha pessoa. Acho que não.

As mulheres. Elas têm uma origem e um destino, como os outros seres que pererecam pelo planeta. E andam por aí carregando, além da já mencionada buceta, um monte de desejos insatisfeitos, broncas, ressentimentos históricos, planos pessoais e desejos tão íntimos que elas não confessam nem a si mesmas. Com os homens pode até acontecer algo semelhante, mas estamos a falar das mulheres, não dos homens, pá. Tudo isso é duma obviedade enfadonha. Mas, tudo bem, somos todos enfadonhos. Até Brigitte Bardot, no auge da sua juventude cinematográfica, devia ser enfadonha, além de enfadada ao extremo, o que só contribuía pro seu charme arrasador. O próprio universo inumerável é o lugar mais enfadonho que há, com todos esses mundos áridos, inóspitos, inabitáveis por seres humanos, mundos que explodem em gás luminoso e se canibalizam e se afogam na matéria escura e são tragados por infinitos buracos negros ao longo de trilhões de milênios, apenas um cisco de tempo, ou nem isso, nesse trajeto que liga o nada a lugar nenhum, quando tudo tiver virado merda em pó soprada pelo vento cósmico pros confins do infinito. E se for verdadeira aquela teoria viajandona do universo paralelo, formado por réplicas dos seres e coisas encontráveis no universo original, que vem a ser, supostamente, este em que vivemos, pífio e merdoso, o mais provável é que o universo paralelo seja tão pífio e merdoso quanto. Dificilmente seria algum tipo de paraíso. O céu não cai do céu, como disse o poeta, nem aqui nem no universo paralelo. Eu, por exemplo, nem tentaria a travessia fantasmática de um universo ao outro. Já imaginou que esquisito você topar com o seu doppelganger no universo paralelo cumprindo as mesmas chatices cotidianas e fazendo as mesmíssimas merdas que você faz dia sim, dia não, neste universão velho de guerra? O que eu diria a mim mesmo? E o que eu mesmo diria pra mim? O mais provável era um passar reto pelo outro, os dois fingindo não se reconhecerem, como ocorre nesses encontros casuais com conhecidos na rua, em que ambos viram as respectivas caras, um fingindo que não viu o outro, por absoluta preguiça de entabular um papinho de circunstância.

Enquanto eu gasto fita aqui, a mulherada continua indo e vindo a seu bel-prazer. Devem ter saído de lugares de trabalho e obrigação, escritório, consultório, loja, academia de ginástica, banco. Algumas saíram de alguma escola, outras vão entrar logo mais pras aulas do curso noturno. Bom, e daí? Daí que, sei lá, muitas aí vão agora pegar condução pra algum lugar. Vão ao encontro de namorado, marido, amante. E de filho. Sim, porque muita mulher que você fica filando na rua com esse olhar de múmia licenciosa, seu Kabeto, muitas delas treparam com homens e engravidaram deles, nem sempre por vontade mútua. Deram à luz, amamentaram e agora cuidam dos filhos. Fantástico. E olha uma grávida logo ali, falando nisso. Pelo barrigão, deve tá perto da hora. Se isso daqui não fosse apenas um gravador, se fosse um psicanalista, tão portátil quanto este Sony, eu confessaria o tesão que eu tenho por mulher grávida. Tive um caso com uma grávida. Durou dos quatro meses da gravidez dela até a véspera do parto, cinco meses depois. Ela tava comigo quando a bolsa rompeu. O marido, sei lá onde é que tava. A gente tinha acabado de fuder gostoso, com toda a delicadeza requerida. Me amarrei nos peitão bojudos de leite e nas aréolas expandidas com uma chupetinha no centro que eu mamilava com volúpia. O tesão que me acometia ao sentir o gosto do colostro enquanto metia nela não dá pra sequer tentar descrever. Na internet tá cheio de site especializado em putaria com mulher grávida. Mas nos idos de 1980, quando comi Madame XYZ, não tinha internet. Me achei um libertino de paladar raro. Um Édipo desreprimido que comeu a mãe em esfígie, na figura dessa grávida sobre a qual não vou dar mais nenhuma informação. Foi a única grávida com quem trepei na vida. Nem a mãe da minha filha eu cheguei a comer grávida. A gente mal se conhecia, eu não queria ter filho nenhum com ela ou qualquer outra. Ela me apareceu um dia dizendo que achava que tava grávida de mim. Fiz o teste de DNA e batata: era mesmo de minha autoria aquele feto. A essa altura ela já estava com outro. Mal vi a Renata durante a gravidez. Quer dizer, virei pai a contragosto e nem comi a grávida do meu filho. Filha, no caso. Nem isso. Presepadas do destino.

Acabei de ver uma garota do outro lado da avenida montando na garupa dum motoqueiro. A fulana esperava por ele num dos recuos da avenida, com sua mochilinha às costas. Motoca de 125 cc, sem baú. Ele deve ter deixado o baú no serviço. Os dois formam um casal de baixo orçamento. Ele passou a mochila das costas pro peito. Ela mete na cabeça o capacete extra que o rapaz lhe oferece, abraça a cintura do cara, seus peitos contra as costas de nylon dele. Momento fofo de afeto motociclístico. O carinha parte pro corte e costura no trânsito, no meio de bilhões de outras motocas. Trabalho com a hipótese de serem amantes no exercício do esporte dos deuses ociosos do Olimpo, o adultério. Vão prum motel barato na perifa, ou pra qualquer mocó onde dê pra trepar. Um drive-in, um *matel*. Quando chegarem em seus respectivos lares, daqui a umas três horas, dirão a seus cônjuges que devem esse atraso absurdo ao trânsito conturbado pelas manifestações. A esposa do motoqueiro estará vendo a terceira novela do dia, em meio ao choro e à balburdia da filharada. Já o marido da moça não terá chegado ainda, enroscado que está num boteco com os amigos, à espera de que o trânsito se normalize, sempre uma boa desculpa para dar em casa. Ela tomará banho antes de comer alguma coisa e se plantar diante da TV, à espera do maridão que chegará bêbado e a fim de sexo. Vai rolar um bate-boca, a jovem esposa adúltera mandará o mala dormir no sofá da sala e se trancará no quarto. Se é que já não estará dormindo quando ele chegar. O corno alegre baterá, então, uma triste punheta a meio-pau no banheiro em homenagem àquela menina rabuda que serve no bar, *ffff!*, que bunda, que petchos.

Porra, olh'eu aqui delirando adultérios populares, justo eu, que não ando comendo mulher casada nenhuma, nem tenho mulher pra ser comida por outrém, esse notório oportunista do caralho. Pelo sim, pentelho não, morte ao Outrem!

Cabou de passar por mim na larga calçada da Paulista, vinda de trás, uma adolescente de bicicleta, daquelas dobráveis, de selim alto e rodas de aro pequeno, configuração que dá um tom de sacanagem pedófila ao conjunto. As nadegotas da ciclista agasalham o selim estreito e comprido da bike, comprimidas numa bermuda branca de malha fina, que lhe cobre até metade das coxas. Pedala tão rápido quanto permite o trânsito humano no calçadão largo da avenida. Seu prazer é driblar as pessoas, e que se foda se provoca susto e indignação nelas. Maluca. Desviou no último segundo daquele cara grisalho de terno, malha e gravata que vinha de frente pra ela. O cara não gostou, virou-se pra dizer alguma coisa que eu não entendi, e seguiu caminho encolhido de frio no terno de pano fino. Pra contrabalançar a leveza da bermuda, a ciclista veste um blusão de nylon rosa-choque, de gomos inflados, sem mangas, que mais parece um colete salva-vidas. Tem atitude, a diabinha, sabe causar no palco permanente da calçada. Lembro dum negócio que eu li na internet sobre ninfetas e lolitas em geral. A Lolita do Humbert Humbert tinha doze anos e sete meses. A Julieta do Romeu, treze. Eugénie da Filosofia na alcova, quinze. A ciclista aí pode ter de catorze a dezesseis. Literariamente desfrutável, portanto, segundo Nabokov, Shakespeare e o Sade, sumidades em matéria de ninfetas.

Topo de frente com uma enxurrada de manos cavalgando skates. Evoluem com ousadia à minha volta. Para eles, sou apenas mais um estorvo a superar a bordo daquela tabuinha quadrirrodante, doa a quem doer. Filhos da puta. Delinquentes. Tenho o ímpeto de tascar uma cotovelada na orelha dum, pra ver o carinha se estatelar na calçada. Quero ouvir o estalido seco de uma fratura exposta, o baque surdo de um crânio se esfacelando contra o cimento. Viro um fascista provisório ruminando vinganças contra a juventude. Morte aos jovens. Aos jovens machos, bem entendido.

De frente pra mim, agora, outra mina veloz, de skate também, boné de aba pra trás, shortinho jeans, esfarrapado, e meia arrastão de trama larga esburacada em vários pontos, que mais exibe do que esquenta suas coxas magras. Veste uma grossa malha preta, mas de barra curta, que deixa seu umbigo de fora, onde brilha um piercing de metal polido. Ela passa por mim dando fortes patadas no piso com o pé direito pra tomar impulso. Rosto lindo. Com os cabelos escondidos pelo boné, parece máscara de porcelana com as bochechas rosadas de frio. Essa é um pouco mais velha que a di-menor da bike. Deve ter uns dezoito. Passou na vula, voltou, rolou mais uns metros de costas pra mim, manobrou com o skate no ar, usando a mão pra sustentar a prancha por um centésimo de segundo, e veio de novo às patatadas na minha direção. Se relar ni mim, dou-lhe um cascudo, derrubo a novinha no chão, pulo em cima dela, peço sua mão em casamento imediato, e meto-lhe a estrovenga nupcial em cima do skate a rolar pela Paulista.

Tô tendo umas ideias bizarras. Preciso de mais um pega no beque pra estabilizar o pensamento.

Atrás da skatista vêm outras garotas em movimento: uma patinadora que faz os transeuntes de balizas aleatórias pra executar arriscadas evoluções em zigue-zague randômico. Ôp! Caraio. Tirou a mó fina de mim. Tem uns puta peitão, essa aí. As tetas mais velozes da Paulista. Se eu desbloqueasse as mãos ao teclado do computador, do jeito que faço com a voz ao gravador, já estaria no meu quinto romance uma hora dessas. Todos sem dramaturgia. Tipo nuvô romã, tipo — como diriam, se soubessem o que é nouveau roman, esses tipos que falam *tipo* a rodo sobre rodas e rodinhas à minha volta. Já tive, agora há pouco, essa ideia de fabricar personagens que não têm o que fazer e não vão pra lugar nenhum. Seria uma estratégia pra lidar com o meu bloqueio criativo. Um jeito de reavivar a gana literária adormecida: Não lhe vem vontade de escrever? Não sabe sobre o que escrever? Te faltam bons personagens? Escreva sem vontade sobre nada, sobre ninguém. Construa uma narrativa seca, antidramática, não metafórica e paulificante ao extremo em seu esforço minucioso de descrever as ninharias do cenário físico e mental de antipersonagens inanes. Embaralhe vozes, assuntos, opiniões, estilo, tempo, espaço, até chegar à mais vertiginosa ilegibilidade. Encaixe umas palavras em mandarim, iorubá, alemão, basco, galego, bororo, inglês elizabetano, russo dostoievskiano, português quinhentista, catalão, napolitano, tupi-guarani. Saque da algibeira uma teoria pra sustentar essa baboseira toda, contrabandeie a bagaça pra dentro do próprio romance e saia por aí dizendo que se trata de um exercício de contrarrealismo autorreflexivo empenhado em denunciar os limites estreitos e ultrapassados do velho realismo pseudomimetizante que promove catarses a domicílio sob o alto patrocínio da Maison Flaubert e do Atacadão do Machado. Pronto. Publique essa merda e vá beber cerveja com steinhaeger no Farta. Eu acho inclusive que —

Ka-bé-tô!!!

Taqueopariu, tão me chamando. Só pode ser comigo. Que outro Kabeto teria por aí? Porra. Não tô a fim de ser chamado por ninguém. Mas que catso...

Ka-bé-TÔÔ!

Puta merda. Vem do lado de lá da avenida, justo pra onde eu tenho que me bandear se quiser descer a Augusta rumo ao Centro.

Kabeto?! Kabééété o?!

Voz de homem. Quem é esse filho duma sublime puta que ousa intervir nos meus artísticos devaneios? Vem de trás daquela fileira de ônibus. Não consigo ver quem é. Alguém, que eu não consigo ver, me vê. Acho que o meu sonar não tá funcionando direito. Dificuldade de localizar o som no espaço no meio dessa puta zoeira sonora.

Kabetôôô! Ô, Kabeto!

Será o vapor metálico me chamando? O astronauta em órbita usando um megafone espacial? Um dos alienígenas tentaculados dos grafites? Um oficial de justiça com uma intimação pra me entregar?

Não, não, acabo de ver o cara, por uma fresta entre dois buzungas. Não tô reconhecendo ele. Precisaria botar meus óculos pra longe, mas não vou me dar ao trabalho. Cai fora, pentelho, digo em voz normal. Ele não pode me ouvir. Têm mais decibéis estrugindo nessa avenida que dentro de um bumbo de fanfarra. Bumbo, aliás, é o que não falta lá adiante na Paulista. Ou serão as bombas de efeito moral do choque?

Ka-bé-tô!

Porra, quem é esse cara? Ele, do lado de lá, atrás da cortina de ferro do trânsito. Eu, aqui, no mesmo presente do indicativo que ele, mas na calçada oposta. Que fique por lá. Não quero papo com esse cara, seja quem for. Quero uma ciclista, uma patinadora, uma skatista insolente de dezesseis anos com brinquinho no umbigo.

De onde eu conheço esse mala, caralho? E por que catso de merda eu tive que conhecer ele? O cara veio do meu passado só pra puxar a minha perna. Se você responde aos apelos do passado, ele vira presente de novo, o que pode se tornar um pesadelo no seu futuro imediato. Dificilmente alguém vem do passado pra te tirar duma sinuca ou pra te abrir de par em par as portas de um futuro radioso. Entre o passado e o presente há toda uma avenida Paulista congestionada de lembranças dolorosas ou no mínimo incômodas que batem bumbo e bradam slogans contra você. Minha salvação é a rua Augusta, a via que me conduzirá ao meu oásis imediato, com amigos, cerveja, steinhaeger e, eventualmente, mulheres amistosas. Mas, pra pegar a

Augusta sentido Centro, tenho que passar pra calçada de lá, onde se acoita esse pentelho.

Ka-bé-tôôô!

Puta merda.

Ka-bééé-tôô!!!!

Putamerdíssima. Ele não desiste. Tô fudido.

Ô, Kabeto! Sou eu! Aqui!

Sou eu! Que 'sou eu' o caralho. Como esse mala pode ter tanta certeza de ser quem ele pensa que é? *Eu!* Que porra de *eu* é ele? Vai te catá, véi, você e o teu esgoelante *eu*.

Vejo bem ele. Traz um tipo de boina ou boné de aba curta na cabeça e um negócio cor de abóbora enrolado no pescoço. Uma píton-birmanesa a ponto de estrangular seu hospedeiro, é o que eu gostaria que fosse aquilo. Uma espécie rara de píton cor de abóbora que lhe caiu da copa duma árvore. Por que a boa constrictor não completa o serviço e acaba com a vida desse penta que ousa bradar meu nome no espigão da Paulista, bem na hora em que me acho imerso no mais efervescente solilóquio protoliterário? Tomá no cu.

Ele me acena com a mão espalmada, ordenando que espere por ele. Esse é o plano do mala: atravessar a avenida pra vir ter comigo e me matar de tédio. Não sei quem é esse merda, mas o vapor metálico denuncia na cara dele a solerte intenção de encher meu saco até o coitado explodir e inundar de porra entediada a Paulista inteira. Não pretendo ficar aqui plantado esperando o ataque do megamala, que só aguarda o verde do farol dos pedestres pra vir me dar seu bote fatal com a píton-birmanesa enrolada no pescoço.

Kaaaaabetôô!!! Tô aqui!!! Peraí!!!!

Que per'aí, o cacete. A Paulista toda ouvindo esse bostinha clamar por mim. Vão pensar o quê? Que ele é uma bichinha abandonada clamando histérica por seu macho amado do outro lado da avenida? Ele vai cruzar a zebra a qualquer momento. Puta merda, quem é esse cara?... Aquele amigo du...? da...?

Dubidubidu-dadá.

O nome dele, o nome dele, caralho... Não lembro da porra do nome dele. Foda-se. Melhor mesmo não lembrar. Mas acho que é um tipo de jornalista. Será? Sim, é ele. Jornalista blogueiro ambientalista socialista vegano, não sei direito em que ordem. Renê, Benê. Alê? Defende macaquinhos fotogênicos e tartaruguinhas fofas recém-nascidas de seus ovinhos depositados pela mamãe tartaruga na praia, e a pureza de mares, rios, florestas, geleiras e toda a natureza ameaçada por indústrias, mineradoras, petroleiras, madeireiras e agronegociantes que fodem a natureza e a camada de ozônio e superaquecem o planeta e grande o cacete a quatro. Porra se não é um papo chato desses que me espera em minutos se eu não conseguir me escafeder. Se eu não me escafeder vou-me cá foder. Morrerei atropelado ou sufocado pela poluição ou envenenado pelos agrotóxicos ou vítima de um melanoma superagressivo provocado pelos raios ultrafodões que a camada de ozônio destruída pelos gases mortíferos das chaminés e escapamentos não deu conta de filtrar, mas vou continuar achando esse papo ambientalista chato pra caralho. Inda bem que só você tá me ouvindo, Sony Boy. Meus amigos, sobretudo os jovens, me crucificariam de ponta-cabeça se me ouvissem falar isso, pra não mencionar meu 'machismo', outra acusação que tenho começado a ouvir em bases rotineiras das meninas, mulheres e senhoras das minhas relações, sociais e sexuais. Não bastasse a velhice chegando, ainda vejo meu sistema kabetocêntrico receber a pecha de machista. Vãopaputa.

Kabeto! Ô! Ei!

Lembrei que esse cara descolou meu e-mail, faz uns anos, e me intimou a escrever uma matéria pro blog ambientalista duma ONG aí, alguma Green Motherfuckers do caralho. E já foi dando a pauta: era pra eu falar com a minha 'costumeira verve' sobre a importância ecológica de um morcego frugívoro ameaçado de extinção na Mata Atlântica. A porra do morcego come frutas e caga as sementes em seus voos noturnos pelo mato, sem o que as árvores frutíferas não se reproduziriam. E, sem as novas árvores, milhares de pássaros ficariam sem ter o que bicar, inclusive várias espécies em extinção, e assim por diante, ao longo de toda uma cadeia alimentar e bioecológica extensa e complexa. Sem a chuva de merda de morcego, a Mata Atlântica ia virar um estacionamento ao ar livre, um deserto esturricado. O suposto Benê, Renê ou Alê ainda me passou por e-mail uma dúzia de longos artigos e ensaios, vários em inglês, sobre esse tema nada menos que fascinante: a ecobosta do morcego. A ideia dele era justamente tornar os artigos científicos do blog menos paulificantes, mais 'literários'. Me senti, de fato, muito distinguido: foi só o tema 'bosta de morcego' vir à tona que alguém já pensou em mim. Quanta honra. E por uma merreca de cachê 'simbólico', como ele se apressou em explicar, ou até sem cachê, o que faria de mim um militante honorário da causa ecológica, disposto a contribuir com meu tempo de trabalho e meu suposto 'talento com a escrita', como ele colocou. Não lembro que desculpa eu dei a ele, mas não escrevi matéria nenhuma sobre merda de morcego. Acho que prometi fazer e não fiz. Normal. Só falta esse cara vir me cobrar a porra da matéria agora. Os morcegos estão lá na Mata Atlântica ameaçados de extinção, e eu aqui de bobeira na Paulista, pensando em pizza, mulher e bebida. Vou sugerir que ele peça ao Batman vir de Gotham City pra dar umas cagadas sobre a Mata Atlântica, depois de comer bastante fruta com semente.

Kabetôôô!...

Tá aflito, o ecopenta. Louco pra ecopentelhar alguém. Deve ter percebido que eu parei de olhar pra ele, falando aqui num celularzão esquisito, com um cordãozinho preto que pende do aparelho. Celular com cordãozinho? Ele não deve tá entendendo nada. Melhor assim.

Kabeto dá um desligoff no gravador. Com o Sonynho ainda na mão, flagra o carinha com o pé na zebra, se mijando de aflição, à espera do verde pros pedestres. Ni qui o indigitado Alê-Benê-Renê estiver na boca de cruzar a avenida, eu escapulo aos pulos pra banda de lá, mas não pela zebra, lógico, pra não cruzar com ele. Vai ter que ser um pouco antes, pelo meio do engarrafamento, com os veículos de biombo. Se tudo der certo, ele só vai sacar minha manobra quando já tiver mudado de calçada, com o sinal dos pedestres vermelho de novo. Predadores urbanos, como esse cara, são uma praga moderna. Aquela serpente cor de abóbora enrolada no pescoço do baixote não traz bons augúrios. Deve ser amestrada pra atacar urbanitas sem consciência ecológica. Ela pula do pescoço dele pro teu e te estrangula até você se render à causa ambientalista. Ao lado das demais pessoas que esperam pra atravessar na zebra, fica patente o quanto ele é baixinho, o ambientalista. E aquela píton quilométrica no pescoço dele só faz acentuar sua baixura. É preciso cuidado com os baixinhos. A maioria é ressentida e metida a besta. Imagino que, se você é um tipo de anão, precisa ter o rei na barriga. Senão, como vai viver num mundo em que todo mundo é maior que você, o tempo todo?

Então, é isso: quando o baixinho iniciar a travessia da faixa, eu zarpo na direção contrária, entre carros, ônibus, motos, tanques de guerra e o que mais tiver na minha frente. Só preciso de um pouco de sorte e agilidade. Dou-lhe uma...

8

Tá lá o Kabeto de Sony em punho, no primeiro estágio da desmiolada aventura de atravessar a Paulista fora da zebra, segundos antes de abrir o sinal verde pros pedestres, entre eles o ecozumbi devorador de cérebros humanos, único tipo de carne que esses veganos militantes consomem. Kabeto arrosta com temerário dênodo neobacharelesco o semiestagnado e insalubre caudal mecânico da Paulista em direção à calçada da qual o ambientalista acabou de decolar. De lá aperto o passo e, em trinta segundos, tô na Augusta.

Enquanto o penta atravessa a zebra, Kabeto enfrenta o trânsito lento na direção contrária. Clic-on: Eis-me aqui feito uma anta temerária a enfrentar a morosa e traiçoeira torrente de lata fumegante que dá seus arranques repentinos pra logo estancar outra vez, com uma interminável procissão de motos azucrinando os ares com suas buzinas estridentes que os caras não param de disparar.

E lá vem moto. Por meio triz não deu com a roda da frente nas minhas pernas no primeiro dos corredores entre as três filas de veículos que se arrastam em cada uma das duas grandes pistas da avenida. Gravador na mão, Kabeto obriga um Corolla cinza a brecar abruptamente a um palmo de suas pernas. O carro tinha à sua frente dois metros inteiros pra avançar mas só percorreu meio metro, por culpa daquele biruta que não para de falar num aparelho que parece um celular dos Flintstones. Suprema frustração pra quem tá preso num trânsito como esse. Cada metro avançado desafoga um pouco a pressão. O cara do Corolla, de vidros fechados, solta um 'Pôrra!' inaudível de fora, mas perceptível pelo parabrisa.

Kabeto se prepara para enfrentar o segundo corredor entre veículos, por onde vem que vem outro motoboy numa 125 cc de baú na rabeira disposto a passar por cima de qualquer coisa que obstrua a faixa de asfalto por onde julga ter soberano e exclusivo direito de trafegar na velocidade que lhe apetecer. O da motoca não conseguiria brecar a tempo nem teria pra onde desviar se o Kabeto tentasse a travessia do estreito corredor, coisa de um passo e meio, não mais. Fica, portanto, onde está, apesar das buzinadas cada vez mais irritadas do cara do Corolla, que quer se apoderar logo do metro e meio de asfalto à sua frente que lhe pertence por direito divino, antes que algum aventureiro lance mão daquele espaço precioso. O motorista do Corolla acelera e dá uns avancinhos ameaçadores pra cima dele. Kabeto pode escolher entre ser atropelado por carro ou moto. Será que esse filho da puta não vê pelo retrovisor lateral a moto vindo à toda pelo corredor? Ele quer mais é que eu me foda. Então, foda-se, vai ter que me atropelar. O motoqueiro rasga o ar a centímetros do seu corpo, sacudindo o capacete em veemente desaprovação pela minha presença em local indevido. Em seguida, estica o dedo médio no ar pro pedestre incauto. Kabeto devolve a dedada, com a mão que segura o gravador, e retruca, banhado em suor frio e adrenalina quente:

Tomá no cu, viado!

Por fim, Kabeto desobstrui a passagem do Corolla que salta vitorioso rumo ao próximo carro parado à sua frente, a não mais que cinco metros. Kabeto flagra o pentelho ecossustentável parado agora na ilha que divide as duas pistas, ao lado do totem do farol central. O ecopenta olha pro lado errado e perde o espetáculo de ousadia pedestre que sua presa performatiza no meio da avenida numa fuga espetacular. O mico-leão-dourado não faria melhor. Tá complicada a vida do Kabeto neste instante. Além das motos que continuam a zunir pelo corredor, os carros começam a andar com um pouco mais de desenvoltura, o que aumenta bastante as chances de esmagamento de suas tíbias entre dois para-choques.

Kabeto vacila e avança, num raro intervalo no enxame de motos. De repente, já no meio da outra fileira de veículos, vem pra cima dele um Land Rover preto de vidros escuros. Recuar ou avançar significa encarar o último corredor entre veículos de quatro rodas, por onde flui mais uma fila de motoqueiros dispostos a matar e morrer. Sua sorte está nas mãos, ou melhor, no pé do motorista invisível do SUV, que breca a meio centímetro de seus joelhos, num breve guincho de pneus.

O vidro escuro da janela do motorista se abre, revelando a cabeça aloirada e puta da vida de uma quarentona classuda, nariz afilado, provável obra de um caríssimo bisturi:

Quer morrer, seu idiota?! Se mata sozinho!

Voz de grã-fina irritada. O quase-atropelado saca uma versão do velho samba do Ataulfo adaptada às circunstâncias:

Sei que vou morrer, não sei a hora... levarei saudades da senhora...

A mulher abana a cabeça enquanto o vidro fumê da janela sobe ligeirinho e blinda de novo sua alteza contra a barbárie paulistana. Um narrador onisciente poderia ouvir a bela coroa na solidão de seu encouraçado particular soltando o desabafo:

Que merda! Deus que me perdoe. Se não é assaltante, é louco varrido. Vou pra Miami e é já!

Uma buzinada mais forte, dirigida a ele, traz sua atenção de volta à travessia da última faixa que lhe resta transpor, a dos ônibus e táxis, até ganhar a segurança da calçada oposta. Pra isso, dá um grand jeté à Nureyev n'O Lago dos Cisnes pra escapar das motos do corredor e dum buzão irado que avança firme pra cima dele. Quer dizer, o filho da puta do motorista do ônibus, estressado com o trânsito insano, mal pago, com muitas horas de inferno ainda pela frente antes de ir pra sua casa quase miserável numa periferia esquálida e perigosa, onde o espera a patroa reclamenta, filhos barulhentos, a sogra viúva que não perde a chance de lembrar o quanto a filha casou mal, e uma janta mixureba requentada, o filho da puta do motorista do ônibus achou mais urgente avançar a qualquer preço do que evitar um atropelamento.

Puta que o pariu! — Kabeto impreca, ao plantar o pé direito no meio-fio da calçada bem diante de duas freirinhas em seus hábitos brancos cingidos na cintura por um terção de bolas pretas com a cruz de madeira pendendo de uma ponta do terço na lateral do hábito. Sobre os ombros, uma estola preta com uma cruz vermelha bordada de cada lado do peitoril, mais ou menos onde teoricamente se situam os seios das freiras, esmagados por algum sutiã de castidade. Na cabeça, ostentam chapéus-gaivota dum branco absoluto que o vapor metálico torna luminescente. Kabeto nota como a barra de cada imaculado hábito está a milímetros de varrer o chão da avenida. Não dá pra ver a ponta de seus sapatos. A impressão é que deslizam em rodinhas, elas também, pela calçada. As duas se sobressaltam em Cristo com a figura súbita do Kabeto na frente delas. Aquilo só pode ser uma solerte encarnação de Satanás que veio puxar as duas pro inferno. Santa misericórdia! — exclama em uníssono o olhar arregalado das freiras.

Sim, só pode ser ele, o inominável, Lúcifer já passadinho da meia-idade, senhor das trevas alumiadas a vapor metálico.

Donde saíram essas peças? — cogita Kabeto. Dum filme surrealista anticlerical do início do século XX. Daqui a pouco vão tirar os hábitos por cima das cabeças e sair dançando peladas pela avenida a gritar obscenidades. Ou então eu é que saí do século XXI pra cair no XIII, só mudando de calçada. Parecem irmãs de alguma ordem abastada, essas mulheres, se é que não são um par de alienígenas que acabaram de assaltar a Casa Teatral. Quando ninguém tá olhando, elas levantam voo com as asas de seus chapéus aerodinâmicos.

As santas senhoras entrelaçam os braços, apertam o passo e, numa bem coordenada coreografia, desviam do sulfuroso adventício, persignando-se em alta velocidade a caminho da salvação, se não da pátria, ao menos de suas esvoaçantes pessoas físicas.

Vade retro, saravá! — brada o coisa-ruim, às costas das freirinhas. Seu olhar foca o lado oposto da avenida, de onde acabou de escapulir. Logo enquadra seu perseguidor, atônito agora, o chicote do olhar de lá pra cá, sem entender como foi que o Kabeto pôde sumir desse jeito. O fugitivo se amoita atrás duma leva de ônibus em procissão estática e se deixa escoar pela Augusta abaixo, misturado ao caudal humano que escorre pro Centro. Suas pernas agradecem o suave declive da rua. Ele puxa o gravador, aperta de novo o rec, e solta o falatório. Transeuntes olham curiosos praquele coroa falando num aparelhôncio esquisito. Um mano de abrigo dos New York Motherfuckers emparelha com ele, a cabeça enterrada no capuz e os gambitos acondicionados numa calça de listras azuis e vermelhas do Tio Sam. O americamano dá uma espiada nele, de banda, a pergunta estampada na cara: Que porra é essa na mão do velhinho? Gravador? Celular? Barbeador elétrico?!

Adivinhando seus pensamentos, Kabeto esfrega o Sony na face. O mano ri mas acelera o passo, por via das dúvidas. Se esse aí tinha mesmo cogitado a hipótese do aparelho híbrido de celular com barbeador elétrico, conforme supõe o nosso narrador terceirizado, deve tá achando o mundo ainda mais esquisito do que sempre achou.

Mujeres. Uma ou outra lhe dedica um olharzinho mais demorado, nem elas mesmas saberiam dizer por quê, caso fossem abordadas por uma pesquisadora, do IBGE, dessa vez:

IBGE, boa noite — começaria a moça com um tablet na mão. Por que exatamente você está olhando de soslaio praquele senhor que fala incessantemente e quiçá insanamente naquele antiquado aparelho?

Eu?! Sei lá! — responderia a transeunte, em seu terninho-tailleur comprado numa liquidação da Collins ou da C&A. E acrescentaria, humilde: Nem sei o que é soslaio…

Difícil mesmo definir o que certas mulheres veem naquele tagarela solitário, um galã gauche sem os atributos físicos convencionais da galanidade moderna. Talvez tenha a ver com o bom talhe do seu blazer de pura lã de carneiro italiano, tão velhusco quanto o gravador que registra sua parolagem. Ou seria ele um 'macho súbito', como a Mina chama certo tipo de cara que volta e meia lhe aparece pela frente, um pra quem ela começa não dando muita bola, e, quando vê, tá aos beijos e amassos com ele, capturada pela aura sexual que o outro emite sem alarde. Eu acho que é o próprio olhar feminino que se encarrega de evocar essa aura sexual no macho súbito. Talvez a mulher já não estivesse tão indiferente assim à presença do sujeito desde o primeiro minuto. Talvez tivesse deixado escapar uma faísca inconsciente de interesse, e essa faísca acendeu o facho dele, que passou a emitir as emanações feronômicas que acabaram por atraí-la. O macho súbito é uma criação da mulher interessada por ele. Preciso conversar com a Mina sobre isso. Mas penso que, de todo jeito, o cara tem de contribuir com algum atrativo pra ser sagrado um macho súbito por mulheres como a Mina. Não é só que ela toma três dry martinis a mais e passa a achar qualquer poste o mais magnético macho da espécie, o que também não deixa de acontecer nas piores noites. Não é bem assim. Há também uma escolha da parte dela, um desidério nem sempre muito consciente. Sua libido dispara estímulos pras glândulas odoríferas, que se encarregam de produzir e soltar no ar os feromônios do tesão, que irão contaminar seu alvo. Nasce aí o macho súbito. Portanto, cuidado brotinhos e coroas, o macho súbito tá à solta no Baixo Augusta!

Falei alto demais. Atraí a atenção dessa garota negra à minha frente num terno-tailleur de bundinha arrebitada na calça justíssima e dread locks jorrando da cabeça. Roupa de recepcionista, de funcionária que lida com público. Ela se volta pra ver quem fala atrás dela. Vejo num flash que é linda de cara. Narizinho arrebitado. Lindinha mesmo. Adoro negras de nariz arrebitado. Pode ser uma forma de racismo, já que nariz arrebitado costuma ser traço fisionômico atribuído a loiras de olho azul, americanas de preferência: Grace Kelly, Doris Day, Scarlett Johansson. Se for isso, paciência. Depois eu removo o racismo da minha cabeça com algum solvente politicamente correto.

Ela tem zigomas salientes também, a Grace Black. Zigoma, coisa estranha de se ter bem na cara, e em dose dupla. Um rosto largo, de expressão franca, despachada e destemida, que essa menina tem. E uma pele lambida pelos deuses da cútis feminina. Não sei por que, mas eu apostaria que ela acabou de sair dum balcão de atendimento de uma operadora de celular, por exemplo, e tá indo pra casa. Ou prum curso noturno de qualquer coisa ligada a computação. Ou ao encontro do namorado. Não leva jeito de ser nenhuma hetaira, embora disponha de um patrimônio físico que lhe permitiria girar a bolsinha na esquina com grande êxito, aqui mesmo na Augusta. Ia arrasar. Mas não, nada disso. Tá na cara dela que a moça é o animal mais virtuoso e monogâmico que já trilhou a rua Augusta nos últimos quinze minutos. Jamais se prostituiria, se não fosse por uma nobre causa. Se lhe aparecer essa nobre causa na vida, e ela cair na viração, quero ter a sorte de passar pela esquina em que estiver exercendo seu métier. Serei um de seus mais fiéis clientes cativos. Porque estou cativado por ela. Grace Black só teria que piscar pra me ter a seus pés.

De todo jeito, a beldade me pareceu mais curiosa que assustada naquele fiapo de olhar que ela me deu. Não devo ter cara de estuprador a tocaiar as honestas moçoilas que saem aliviadas e distraídas do serviço numa sexta de inverno à noitinha sob a luz metálica da cidade.

Ou tenho?

Kabeto aperta um pouco o passo e a ultrapassa, gravador a postos: Essa garota tem menos de um segundo pra me propor uma cervejinha no bar da esquina.

Ou Kabeto tá vendo coisas com o canto do olho, ou a garota armou um esboço de sorriso, indecisa quanto à natureza do que acabou de ouvir. Menina linda demais, nossa. Leio o balão cartunesco sobre sua cabeça: 'Eu ouvi mal, ou esse senhor que me ultrapassa numa lentidão deliberada falando sozinho num aparelho esquisito, acaba de sugerir que eu o convide pra tomar uma cervejinha comigo?'.

Já de costas pra bela moçoila, a passo mais rápido que o dela, o verborreico andarilho se pergunta ao gravador se algum dia sua visão se verá liberta da libido, como Buñuel diz que lhe aconteceu ao emplacar oitentinha. Como seus improváveis oitentanos ainda estão meio longe, Kabeto continua a liberar sua visão pra colher instantâneos serendipitosos do movimento de pernas e nádegas femininas na Augusta. Tem outras coisas pra olhar aqui: prédios, lojas, bancos, restaurantes, lanchonetes, botecos. Nada que se compare às mulheres, única coisa que me interessa na paisagem.

Os passos kabéticos ralentam depois de dois quarteirões. Seus olhos escrutinam a cosmo-rua no seu movimento pós-crepuscular e pré-boêmio. Saudade das putas da antiga banda pobre dessa rua, ora rebatizada de Baixo Augusta. Eram tantas e tão desejáveis pernas e bundas e beiços batonadíssimos e peitos oferecidos na bandeja do decote generoso e alguns rostinhos realmente lindos. Como se sabe, e eu mesmo já disse, algumas delas ainda podem ser encontradas lá embaixo, no fim da Augusta, mas nada que se compare ao puteiro a céu aberto que era isso aqui até mais ou menos o fim do século passado. Agora, só dá hipster barbudo em busca de barzinho com decoração esperta, de teatro alternativo com show de stand-up a cargo dum imbecil praticando o humorzinho autodepreciativo e pródigo em preconceitos etnográficos e sexuais que a classe-média branca e hétero cultiva com descarada naturalidade, de clubes malditinhos com bandas malditinhas de rock malditinho a maltratar sem piedade os malditos ouvidos da plateia metida a malditinha. A putaria de rua que eu vi e vivi nos anos vinte e trinta da minha modesta existência virou pegação entre amadores de todos os sexos que existem e que ainda estão por inventar. Problema é que nenhuma dessas minas de calça rasgada, botinhas marcianas e cabeça repleta de feminismos agressivos quer saber de vadiar cum tiozão chapado, antiquado e carentaço que nem eu. Pagaria cenzinha pra várias delas por meia hora de fodelança e algum papinho num hoteleco das redondezas. Elas talvez pagassem duzentinha pra não ter que dar pra mim. Mas se me fosse possível anunciar minhas intenções de algum jeito amigável e não muito bandeiroso, sabe-se lá. Alguma aí, mais distraída ou liberal, até quem sabe, talvez, viesse a pensar no assunto, como aquela garota negra que acabo de ultrapassar.

É cruel envelhecer de pau duro.

Rua Augusta abaixo, noite adentro, coração afora, sexo em compasso de espera. Sexo, rua, noite, coração... quê quieu dizzzzzia mezzzmo?... — pergunta Kabeto ao gravador, que nada responde, sem saco pra perguntas retóricas.

Ah, sim. Eu dizia, e se não dizia, digo agora, que num futuro não muito distante a engenharia genética permitirá a criação de espécimes humanos com características customizadas, via clonagem. Papo meio velho, mas eu também tô meio véio e foi isso e não outra coisa que me veio à ideia agora. Pelo menos é um pouquinho melhor, como assunto, que vapor metálico. O futuro de ficção científica tá logo ali, virando a esquina. Pensa bem: mais dez anos de pesquisas em clonagem celular, e as pessoas vão poder gerar filhos com características sob medida. Qualquer um, homem ou mulher, poderá se reinventar do zero, corrigindo seus erros de nascença e introduzindo incríveis melhorias no clone gerado a partir de suas células, e só delas. Tamanho do pau, dos peitos, da bunda, do nariz, amplitude e tipo da inteligência, carisma pessoal, tudo isso vai ser desenhado com incrível precisão pelo geneticista mais próximo da sua casa.

Enquanto a ciência não dá esse passo final ao microscópio, um mendigo performático exibe passinhos de frevo briaco na esquina da Fernão de Albuquerque. Uma cartola carnavalesca verde-amarela coroa sua cabeça raspada provavelmente num abrigo da prefeitura pra matar os piolhos. Trocamos olhares. Até o olhar dele é sujo e fedido. Tento tirar sua miséria absoluta do meu campo de visão. Em menos de uma hora de caminhada, já vi todo um time de futebol de mendigos. Tá bom, por hoje. Determino ao meu aparato sensorial que apague do meu campo cognitivo essa imundície vagamente antropomórfica que apareceu no meu caminho, toda feita de loucura, miséria e fome crônica. Tento passar ao largo da criatura, mas a calçada é estreita, o farol fecha pros pedestres e eu fico à mercê do mendigôncio, de idade indeterminável, que vem até mim estendendo a mão suplicante habitada por todas as bactérias e substâncias visguentas que um hipocondríaco poderia imaginar. Não sei se me pede grana ou só quer me cumprimentar. Talvez seja isso mesmo, ele só quer me dar um aperto de mão e se sentir incluído na humanidade. Um beleléu cordial.

Ignoro a mão estendida e desvio o olhar pruma garota obesa na soleira de um prédio, do outro lado da esquina, absorta em seu celular, no qual digita com agilidade. Não quero que o beleléu pense que eu evito oferecer minha mão por nojo ou desdém. Prefiro que ele me ache distraído pela figura da gorda. Talvez eu a conheça. Talvez esteja apaixonado por ela. É o que eu quero que ele pense. Não quero ofender o cara, mas nem por uma buceta núbia al primo canto que eu vou dar minha mão pra ele, essa mesma com que levo comida à boca, bato punheta, limpo o cu e tento achar o clitóris das moças. Penso em lhe dizer alguma coisa, mas o farol abre, os carros que descem a Fernão de Albuquerque param, e eu sou o primeiro a atravessar a rua. O mendigo fica pra trás. Eu não teria nada a dizer a ele, de qualquer maneira.

Passo pela gorda que continua afundada no celular. Trago o cheiro azedo do beleléu entranhado nas narinas. Olho pra trás e vejo o desgraçado que cambaleia na esquina, tentando decidir que rumo tomar, se pra casa do caralho, se pra puta que o pariu. A gorda do celular com certeza tem um destino mais definido, acessível pelo celular. Lá, seja onde for, não hão de lhe faltar calorias e calor humano. Me pergunto se tais exemplares de Homo sapiens, o beleléu fetibundo e a obesa celularizada, haveriam de querer clonar seus próprios genes e botar no mundo sósias geneticamente idênticos a eles. Não vejo por que a gorda não haveria de querer se clonar, mesmo baixinha e com o dobro do peso que deveria idealmente ter. No problems. Ela terá a opção de programar sua clone pra ser uma diva de um metro e oitenta e eternos cinquenta e cinco quilos, sem papada debaixo do queixo e com um nariz que não tenha sido moldado a partir de genes de psitacídeos, como o dela. Já o mendigo biruta, se for capaz de um mínimo de reflexão, não vai querer gerar outro beleléu alcoólatra, maluco, piolhento e desgraçado ao seu feitio, a menos que ele possa alterar esses dados da sua carga genética. Mas vai saber se a miséria não é pra ele a suprema felicidade, seu estado ideal de ser e estar no mundo.

A ideia era continuar pela Augusta abaixo, mas Kabeto vira à esquerda na Matias Aires até a Haddock Lobo, onde quebra à direita e, um quarteirão depois, de novo à direita, na Antônio Carlos, em busca de um hiato de gente e carros que lhe permita acender a bagana guardada na caixa de fósforos. O barato do tapa que ele deu uma hora atrás lá na Tônia já virou uma losna pastosa. No único trecho da rua mais livre de gente tem um taxista num ponto, sentado no banco do quiosque, de olho na TV sem som acondicionada num compartimento com portinhola e tranca. Ele vê TV ao mesmo tempo que ouve um new sertanejo berrado pelos alto-falantes do seu carro estacionado junto ao meio-fio, com a porta do passageiro aberta. Kabeto aperta o foda-se e acende o charo. Aspira fundo e passa pelo taxista prendendo a respiração e torcendo pro cara não dar uma pala pelo celular pra viatura mais próxima. Taxista e polícia são unha e carne. Mas o taxista, um tipo genérico de calça de tergal e camisa pra dentro da calça, não tá nem aí. Quanto chibabeiro de baseado aceso ele não vê passar por aquele quarteirão da Antonio Carlos todo santo dia? — conjectura Kabeto, enquanto seus neurorreceptores mamam felizes o tetra-hidrocanabinol que, injetado nos pulmões, já lhe subiu pro cérebro. Zoeira, pequena vertigem seguida de suave euforia. É o barato suave, sem sobressaltos, dessa maconha prensada que se compra em tijolinhos por aí. Pra mim, tá de bom tamanho.

Maconha eu ia dizendo...

A bituca volta pra caixa de fósforos e eu volto pra Augusta, rumo ao âmago do ônfalo da vida. Ônfalo é uma tremenda duma palavra.

É o grande caralho cósmico em torno do qual se organiza o caos universal. Cada puta responsabilidade que a turma atribui a um simples caralho, cacete. Ao passar defronte a uma rara e nostálgica loja de CD's e vinis, Kabeto ouve uma velharia que ele curtia em meados dos anos 80: 'It's Friday, I'm in love', do Cure. Kabeto não resiste e se une em duo ao Robert Smith:

Monday you can fall apart
Tuesday, Wednesday break my heart
Thursday doesn't even start
It's Friday I'm in love...

Turbinado pelo cânhamo que queimou na rua vinte minutos atrás, Kabeto traduz os versos da canção à medida que se distancia da loja de discos:

Segunda sempre meio bunda,
terça, quarta, ó vida besta,
quinta-feira a vida afunda
paixão é só na sexta

É sexta, começo da noite, e nenhuma paixão à vista. Ninguém, por sua vez, se apaixonou por mim. Estamos quites, eu e ninguém.

9

Pega as mulheres, por exemplo, recomeça Kabeto, tirando assunto do ar fino e frio da noite invernal. Quer apostar como elas é que vão sair na frente nessa onda de clonagem? Serão as primeiras a querer se reproduzir sem sexo. Vão aposentar o pau, esse intruso fissurado por seus orifícios anatômicos, onde nos bons dias é até bem-vindo. E é nesse ponto que o personagem-narrador se vê diante duma academia de malhação, separada da rua por um painel de vidro que permite assistir ao espetáculo de caras e minas que se esfalfam lá dentro. TOTAL FITNESS é o nome do lugar, com todos os tês figurados como halterofilistas a levantar pesos, e os ésses como duas curvilíneas e musculosas garotas, eles e elas apenas silhuetados.

Tem mais mulheres que homens na malhação. O dobro, pelo menos. Todos de roupa esportiva, calção, moletom, bermuda, legging, camiseta, abrigo, tênis. Grifes populares a galope nas esteiras, nas ergométricas, nos pesos. Um ali se atraca com uma torre de exercícios de carga, puxando uma barra atada a um cabo de aço que passa por roldanas até se conectar a uma pilha de tabletes de ferro. Outro usa um par de pesos avulsos, bolotudos nas extremidades.

Numa espécie de espaço semi-isolado do resto do espaço comum da academia, duas minas e dois caras agacham e levantam com umas barras de ferro sobre os ombros, supervisionados por um primata hiperbombado, os alunos de costas, o treinador de frente pra vitrine, ou seja, pra mim, embora pareça não se dar conta da minha presença. Atrás do treinador há um grande espelho que reflete os agachadores de frente. Uma das girls é uma japa forte. Bem forte. Uma lutadora de sumô, eu diria, que mantém a potência de suas poderosas coxas delineadas pelo pano aderente da legging. O espelho mostra, invertido, algo escrito nas costas da regata preta do primata. Seriam caracteres cirílicos ou algum tipo de escrita cuneiforme? O primata-mor não parece notar minha presença. Ou já está acostumado com espectadores de olho na vitrine da academia e não lhes dá atenção.

Ah, bundinhas atléticas da minha cidade, vocaliza Kabeto ao gravador, de olho indiscreto nas jovens acadêmicas do clube do grelo suado, expressão que ouviu da boca infernal do Marcelo Mirisola, que há vinte anos manda um romance por ano e não faz ideia do que seja um bloqueio literário. Vos lamberia as xanas alagadas de suor, o vosso grelo luzidio e o meladinho merdoso do vosso cu suado tão logo saísseis dessa corrida infrene em direção a lugar nenhum tendo por chão um estreito piso rolante. E tudo pra quê? Pra se verem livres da velhice e da morte, ter saúde e beleza física eternas, certo? Desejo a todas e todos uma boa viagem pra Utopia. Sois os utopistas da autopista rolante, manda Kabetão parnassoide. Perseguir utopias dá um puta dum trabalho, sempre em vão, por princípio. Melhor entregar o corpo à voragem dos dias, rotinas, vícios, incidentes e acidentes. No fim, a vida pisa no breque, desliga o motor, sai do carro e não volta nunca mais.

Tá lá Kabeto diante da academia a tecer tais e quais considerações semieruditas sobre o espetáculo dos corpos na malhação, quando chega uma jovem genérica, agasalhada num abrigo de pano grosso, a mochila pendurada num ombro. A touca de lã sintética que traz enfiada na cabeça emoldura um rostinho interessante. Jovem, muito jovem. Por que uma pessoa tão jovem precisa de uma academia de ginástica? Não lhe basta a juventude que traz no corpo?

A guria se lança de mão espalmada contra a porta de mola, também de vidro, não tão rápido que não possa ouvir fragmentos da arenga pornomachista que o até que bem-apessoado senhor deita no bocal duma engenhoca estranha com jeito de gravador portátil de fita cassete das antigas:

Todas querem ficar gostosas — é o que ela consegue captar. Porque sabem que a mulher gostosa é a rainha dos animais e já devorou o rei, de boa.

A menina tem no máximo dezoito anos, como Kabeto vê melhor agora que ela lhe dá uma última olhada inquiridora: quem é esse tarado do gravador que espia descaradamente a mulherada na academia. Isso aí é uma forma de assédio sexual. Voyeurismo. Pelo menos o maluco tá do lado de fora. Continue aí fora, ela roga aos deuses. E que história é essa de rainha dos animais? Quer dizer que a mulher é um animal? Machista filho da puta.

Indiferente a essas possíveis conjecturas críticas formuladas pela garota que acabou de entrar, Kabeto segue no gravador:

As fêmeas, elas sabem que só arranjarão bons provedores e reprodutores se forem atraentes o bastante. É a lei da selva sexual. Com a vantagem de que, uma vez tidas e havidas por atraentes, poderão se dar ao luxo de ser burras, chatas, teimosas, birrentas, malucas, ignorantes, incompetentes, previsíveis, pentelhas a mais não poder, e ainda assim ser desejadas pelo macho, senão mesmo veneradas. É por isso que essa mulherada taqui.

Algumas dessas malhadoras parecem bem gostosas. Tô sem óculos, mas de longe ainda enxergo razoavelmente. Aquela falsa loira do collant vermelho na esteira, por exemplo, é dona da melhor bundinha do salão, pelo menos do meu atual ponto de vista. As gurias, como essa loira da bundinha, já entraram ali gostosas, ou pelo menos *comíveis*, segundo as mais hediondas categorias classificatórias da eugenia nazimachista ainda em voga por aí. Essas querem preservar ou aperfeiçoar sua gostosidade praticando esse atletismo narcísico num aquário de vidro às vistas da canalha que passa na rua, da qual sou lídimo e único representante no momento. Acontece, e isso é uma merda, mas acontece que algumas delas nunca ficarão realmente gostosas, mesmo que passem o dia inteiro nessa câmara de tortura coletiva a que dão o nome de academia. Aquela baixinha gordota de ancas retas e duras é um exemplo de tempo e esforço perdidos, se o objetivo ali for conquistar o tipo de beleza que deixaria boquiabertos os primatas inferiores, como eu. Essa pode passar a vida toda naquela esteira que nunca chegará nem perto da sombra calipígia da loira olímpica do collant vermelho que saltita num doce rebolado na esteira ao seu lado no ritmo do bate-estaca despejado no ambiente pelo sistema de som. Ela deve ter ajustado a velocidade da esteira pra sincronizar os passos com a batida da gororoba sonora massacrante. Alguém devia avisar essa turma que a genética é um dos grandes motores do destino, e é fruto do puro acaso. A bunda dessa loirinha lhe foi dada pela mão de Deus, não pelo gorila em chefe da academia, que ora rege o agacha--levanta na saleta ao lado.

O mesmo se aplica aos machos, alguns deles ogros irrecuperáveis, como aquele gordão quadrado pondo os bofes pra fora na ergométrica. Estou longe de ter um corpinho de Adônis marmóreo que dispensa exercícios, mas jamais entraria num lugar desses com a intenção masoquista de carregar peso, de levar meu coração a disparadas insanas a galope sobre um chão que caminha sozinho pra trás e não me leva a lugar nenhum, ou de pedalar numa bicicleta estática, ou, ainda, de agachar e me levantar cem vezes com uma barra de ferro sobre os ombros, a me encharcar de suor, e ainda por cima recebendo ordens dum gorila bombado de camiseta regata e bermuda de lycra colada às coxas troncudas.

Vou tranquilamente esperar que alguém invente uma máquina de exercícios que independa da minha vontade de me exercitar, que é nula. A máquina seria uma mistura de esteira rolante com torre de pesos, na qual meus membros seriam acoplados. Eu tomaria uma droga opiácea qualquer que me deixaria num estado sonambúlico, enquanto a máquina faria meus membros se exercitarem por conta própria, sem que eu experimentasse nenhum cansaço, fadiga ou tédio, e nem mesmo sentisse o tempo passar. Dez minutos disso todo dia bastariam prum bom condicionamento físico. Ao voltar à consciência plena, todo suado, de peito arfante, eu sentiria o cansaço satisfeito e a boa disposição endorfínica proporcionada pela atividade física regular, sem ter movido um músculo sequer — a máquina é que teria acionado meu corpo por mim, enquanto minha cabeça, a bordo do tapete mágico do ópio, sonharia com odaliscas em oásis amenos. Haveria a opção de plugar o pau numa buceta de silicone contrátil e aglutinante, de modo a drenar meu esperma em orgasmos alucinantes, o que muito contribuiria para a posterior sensação de cansaço esportivo.

Não, sem essa de musculação, ginástica aeróbica, alongamento. Me bastam as caminhadas diárias através das nuvens tóxicas do ar paulistano. Me encontro em perfeitas condições físicas para morrer, como qualquer nadador olímpico da ativa ou aposentado. E como a energética falsa loira do rabo rubro, aliás. Onde está escrito que vou morrer antes dela, mesmo com todo o tempo — e dinheiro — que ela gasta na Total Fitness? Se o Messias descesse agora de seu palácio celestial e entrasse de auréola, barbaça e camisolão na Total Fitness, certamente diria pra essas pobres mulheres: Engordai em paz, minhas filhas, que o reino dos céus é de todas, gordas, magras, jovens e velhas, morenas, loiras e falsas loiras, de bundinha sexy, bunda seca ou bundão gordo.

Kabeto segue apreciando o grande e variado espetáculo das vaidades suarentas, os belos e não tão belos glúteos sincronizados com os rabos de cavalo num balanço rítmico de ponteiro de metrônomo: pra lá, pra cá, pra lá, pra cá. Bundas que vos quero rabos, poetiza Kabeto, hipnotizado pelas nadegotas vibrantes da loirinha atlética em seu jogging acelerado, o suor do rego a lhe escurecer o tecido da legging vermelha entre as duas rotundas nádegas.

Vários dos atores da cena atlética assistida por Kabeto começam a olhar feio praquele voyeur do lado de fora da vitrine a falar num aparelho estranho. É agora ou nunca, se encoraja Kabeto. Vou que vou romper com este solilóquio pentelho e me abrir pra real. Luzes! Câmera!...

Kabeto, um sujeito que até poderia ser considerado meio tímido, empurra a porta de vidro, gravador a postos, e adentra o microambiente da academia, dominado por aquele som massacrante, do tipo que os acadêmicos do rêgo suado classificariam de 'pra cima'. Ele se detém um instante a refletir se vai mesmo protagonizar aquela presepada. Sobe uma rampa de ligeira inclinação, tendo à sua esquerda, num pavimento rebaixado, a fileira de esteiras, e, na parede à sua direita, rente à rampa, posters de atores malhados e esportistas esculturais, homens e mulheres.

Vejo aqui, ele começa, uma Jane Fonda quarentona de maiô, madura e exuberante, graças ao seu método da eterna juventude à venda nas livrarias e bancas de jornal. Ao lado dela, o Schwarzenegger, de Conan, o Bárbaro, com sua queixada de homem de Cro-Magnon, exibindo nos músculos hiperbombados toda a sua máscula estultice. A seguir, a loirésima Cameron Diaz de biquíni, com sua cara safada de maratonista sexual, a anta do Stallone em traje de boxeur com seu olhar de bagre morto, a Jessica Parker orgulhosa de sua esbeltez nova--iorquina acondicionada num macaquinho collant que a deixa mais nua do que se estivesse pelada, o Usain Bolt, super-homem do terceiro milênio, num sprint voador na pista de atletismo, os músculos de suas pernas espirrando em agonia pra fora dos ossos, uma saltadora de vara, brasileira, pelas cores do uniforme — a Maggi ou a Murer? —, de vara em riste, tomando impulso pra se lançar às alturas. Balotelli, na sequência, tensiona os músculos negros talhados a formão de escultor. Pra finalizar o panteon dos corpos ilustres, a divina Sharapova e suas coxas da mais totalitária perfeição pós-soviética a escapar do saiotinho, feito as colunas eternas de um Partenon erótico.

No fim da passarela das celebridades, uma rampa em declive suave conduz Kabeto ao salão dos aparelhos, minigulag de trabalhos forçados, onde volta a focar, num voyeurismo descarado, os detalhes anatômicos mais salientes da loira na esteira e também de uma gorda a galgar uma escada hipotética resumida a um pisador com dois pedais dotados de amortecedores. Essa aí é dona de um bundão considerável, que ela tenta secar um pouco.

Clonagem geneticamente controlada! — brada Kabeto ao gravador, pra quem quiser ouvir, e pra quem não quiser também, sobrepondo-se à decibelagem do bate-estaca. É isso aí, minhas jovens e não tão jovens associadas do mirisoliano clube do grelo suado, meus prezados perobões malhados que tanto gostam de levar ferro pesado!

Uma alegria bestial, próxima da demência, toma conta da K-beça falante assim que ele começa a romper os limites da civilidade careta, num script improvisado:

Mas não vos alarmeis, my dear romans, countrymen and lovers! Rogo vossa atenção para esta verdade positivista que vim trazer a este templo do suvaco, do rêgo, do saco e do grelo suado. Ouvi de coração aberto!

Cai fora, diz um sujeto inespecífico caminhando na esteira.

Dinhô?! — alguém mais chama.

Ô, Dinho! — outra voz reitera, feminina.

Di-nhô! — a garota da bundinha premium faz coro, faz eco.

Cadê Dinho? Onde se acoita Dinho? — Kabeto repercute ao gravador. Em que canto você se esconde, Dinho?

Uma risada involuntária de mulher faz eco aos trocadalhos do Kabeto. O riso da malhadora anônima estimula o pentelho falante:

Ninguém vê, ninguém viu, ninguém via Dinho.

Mais risadas, uma delas masculina.

Cai fora, maloqueiro! — dispara uma voz de homem.

Kabeto ignora:

Esteja em paz, esteja em graça, Dinho. Os moribundos suarentos invocam a sua presença! Sim, a sua, Dinho!

Polícia! Alguém chama a polícia, por favor? — suplica na esteira a magrela de cabelo grisalho. Ela sobra dentro do collant que não encontra carne suficiente pra colar.

O que faz essa anoréxica na esteira? — pensa Kabeto. Ela devia era correr até a pizzaria mais próxima e se entupir de discos de massa forrada de muzzarela e calabresa.

Não tem mais ninguém aqui da academia? E a moça da recepção? — reclama a gorda do step, dando uma panorâmica nos colegas, enquanto sobe a escada hipotética rumo à sonhada bunda mais enxuta.

Já se mandou, informa Kabeto.

A gorda se escandaliza com aquele comentário da parte do intruso, como se ele fosse assíduo frequentador ou funcionário da academia.

Vi a mesa vazia, ele explica. Acho que ela tava doidinha pra cair nos braços do namorado. Aliás, acho que vi a recepcionista subir na moto dele na Paulista, inventa Kabeto, juntando cacos reais da memória recente.

Quêêê!? — se esgoela agora a loira, em marcha rápida na esteira, de orêia na conversa. E clama: DI-NHÔÔÔ!!!!

Calma, gente, diz Kabeto com voz apaziguadora. Nem comecei aqui. Ó, cês vão suando o rêgo aí, que eu vou continuar minhas altas considerações. Seguinte...

Alguém aí pode fazer o favor de dar logo uma porrada nesse coroa ridículo? — diz a gorda pro ogro da ergométrica.

Mas o ogro não para de pedalar. Com toda a ogrice aparente, ele não parece muito inclinado às artes marciais.

Então, engata Kabeto. Nesse futuro aí que já bate à nossa porta, toc-toc-toc, as mulheres serão as primeiras sêras humanas, como diria a presidenta Dilma, a se valer da engenharia genética pra escolher a cara e a personalidade dos filhos que vão gerar por clonagem de suas próprias células. E vão levar enorme vantagem sobre os homens. Porque, pensa bem: elas têm os genes e uma incubadora no ventre. Já os homens vão precisar de barrigas de aluguel ou de um útero mecânico pra gestar seus embriões narcisistas, clonados a partir de seus próprios genes. E, de qualquer jeito, a maioria dos homens não teria paciência pra esperar nove meses até o negócio amadurecer na barriga deles. E as dores do parto, então? Ha! Tô fora!

Isso! Cai fora, maluco! — pontua o fofão da bici estacionária.

E como vai demorar muito até inventarem um útero mecânico, os homens continuarão dependentes das mulheres pra gerar seus clones, prossegue Kabeto. São elas, então, que assumirão o controle demográfico do planeta, podendo, se lhes der na telha, se negar à gestação de clones masculinos. Seria o triste fim da macholândia.

Que que esse doido tá falando aí?! — se impacienta uma voz feminina.

O que eu estou obviamente querendo dizer é que os clones humanos, masculinos e femininos, derivados de células femininas é que vão prevalecer na Terra. Serão mulheres fodonas pra caralho e homens essencialmente submissos. Sim, homens submissos às mulheres, pois nascerão programados pra ser autênticos gentlemen dispostos a deitar numa poça de lama pra mulher passar por cima. E como terão uma inteligência superior, resultado da manipulação genética de cromossomos e alelos, vão arrasar no mercado de trabalho. E vão trazer pro lar os fartos proventos de suas bem-sucedidas profissões. Tais clones masculinos e femininos gerados pela mulher vão substituir pouco a pouco os últimos exemplares de homens e mulheres nascidos do conúbio clássico entre macho e fêmea, no velho esquema das combinações genéticas aleatórias. A nova sociedade humana será, então, povoada por seres saídos majoritariamente dos genes da mulher e por ela redesenhados, no físico, na mente e no coração.

Soa um aplausinho irônico. Parece feminino também.

Ó-bré-gado! — faz Kabeto, imitando o Maluf.

Shshshsh! — sibila alguém.

Kabeto nota um arrefecimento na indignação geral. Uns mais, outros menos, todos começam a prestar atenção nas tonterías hipnóticas que Kabeto tira da cartola.

O King Kong do pedaço, o tal do Dinho, acaba de dar as caras, observa Kabeto ao gravador. Tá lá parado no fundo do salão principal, tentando entender o que acontece ali. Estava até agora na salinha adjacente com seus pupilos que se agachavam e se levantavam e tornavam a se agachar inúmeras vezes, sustentando a barra de ferro. Fosse eu ali, me poria a peidar estrepitosamente a cada agachamento. Talvez meus peidos até passassem despercebidos sob aquela pancadaria sonora, embora o mesmo não pudesse ser dito do cheiro que eles decerto espalhariam no ambiente.

Kabeto desembesta a falar alto de novo:

Ou seja... — múrmurios de desaprovação convidam o orador a calar a boca. Mas ele não cala:

Ou seja, repito, elas, as mulheres, aqui representadas por alguns dos mais jovens e exuberantes exemplares da espécie — e alguns dos menos também, como ele quase completou —, terão tempo hábil de vida pra pegar essa onda da engenharia genética avançada. Quando vocês tiverem setenta, oitenta anos, vão poder se reproduzir por clonagem, e até gestar o bebê, se vosso útero ainda estiver em boas condições de uso, do mesmo jeito que um setentão em forma pode engravidar uma garota de dezessete, se lhe cair uma de jeito nas mãos. Aquele vampiro septuagenário que o PT arranjou pra vice-presidente da Dilma, por exemplo, arrumou uma gata de vinte e poucos e tá lá se esbaldando com ela no palácio do Jaburu. Já fez até filho nela, graças ao viagra geriátrico que ele deve tomar. Pois então: as mulheres vão poder fazer a mesma coisa, tão ligadas?

Alguém bufa sua impaciência ainda bem-humorada:

Mas é doido, mêmo...

Dinho se aproxima devagar, solene como um imperador sem pressa em demonstrar toda a sua potência de predador no topo da cadeia alimentar. Para a alguns metros de distância. Me escaneia do sapatênis à cabeça falante, avalia o risco de uma abordagem direta, caso eu esteja armado, e termina por concluir que posso ser louco e tudo, mas não sou nenhum zé-mané pé de chinelo. Este blazer italiano de pura lã e a minha cabeleira grisalha impõem certo respeito. O problema, aos olhos desse Dinho, é que, mesmo que eu fosse o herdeiro do trono da Dinamarca, ainda assim continuaria a ser considerado um intruso vociferante a encher o saco dos malhadores da Total Fitness, o que faço por algum insondável motivo, que, de algum jeito, tem a ver com esse gravador analógico na minha mão. Dinho não sabe muito bem o que fazer comigo. Como se eu mesmo soubesse.

E dando seguimento à minha aula magna...

Se manda, porra! — encrespa o balofo da ergométrica, bem irritado agora. Ô Dinho, cê num vai fazê nada?

Tá doidão de droga, conclui uma mulher duns quarenta e tantos que cumpre uma penitência abdominal deitada num colchonete dentro duma estrutura circular de canos.

Tô mesmo, minha senhora, contra-ataca o Kabeto. Tomei cloridrato de lucidez nos canos antes de entrar aqui na esfalfolândia.

Falei que ele tá drogado! — replica, ofegante, a mulher do aparelho de supliciar barrigas.

Kabeto ergue o braço e o dedo professoral no ar, de olho no treinador:

Faltou lembrar o seguinte. É que, apesar de vocês, mulheres, terem só o cromossomo X, isso há de se resolver com uma simples injeção de cromossomo Y direto no óvulo. Dessa forma vocês poderão gerar os mais galantes, produtivos e submissos machos antimachistas que pode haver. E com um documento do tamanho que vocês desejarem, se me perdoam a crueza do detalhe. Quer dizer, as que apreciam o supradito detalhe.

É o fim da picada! — protesta uma voz feminina.

Dinho, o primata escultural, avança lento na direção do Kabeto, que serpenteia por entre as esteiras e segue em direção ao fundo do salão principal.

Meu senhor... — começa o fortão, respeitoso ainda, a uns três metros de distância. Começa e não acaba, porque Kabeto retoma a discurseira ao ganhar a pequena rampa por onde acabou de descer e que dá acesso tanto à sala dos agachadores quanto à passarela que reconduz à porta da rua.

O treinador escrutina o ambiente, a ver se não tem alguém filmando a performance daquele clown indecifrável. Sim, conclui o treinador, essa performance pode muito bem ser uma pegadinha de televisão. O próprio intruso pode ser o cinegrafista de sua performance, com uma minicâmera escondida na roupa. Logo mais as cenas estarão na internet. Ou num programa de auditório do SBT.

O ogro da ergométrica, de costas pra mim agora, gira o cachaço pra soltar a bronca:

Cai fora, ô xarope!

Os adeptos do agacha-levanta começam a surgir também lá no fundo do salão. As duas garotas parecem mais preocupadas. A mais encanada, a japa do sumô, ainda segura a barra de ferro dos exercícios, que mantém em posição de sentido, feito lanceiro em porta de palácio. Kabeto se inquieta um pouco com a possibilidade daquela barra entrar em modo de ataque contra ele. A outra é uma tipinha mignon, de shortículo me-fode-papito, minúsculo, quase uma calcinha cavada, estratégia que as baixinhas usam pra alongar suas pernocas na percepção alheia. Na do Kabeto, por exemplo, a estratégia funciona bem. Muito gostosinha, ele carimba. E sorri pra ela.

A baixinha sorri de volta. Aaahh... meu reino por essa baixinha, suspira Kabetôncio.

Àquela altura, mulheres e homens disparam cai-foras e até um anônimo 'vai se fudê, cuzão', em que Kabeto julga discernir o timbre da voz do monumental ciclista estático. Curioso é que ninguém interrompe o exercício, todos confiantes na supremacia do gorila em chefe pra defendê-los. Kabeto contempla com certa apreensão aquele torso exuberante semicoberto pela regata preta que lhe deixa à mostra braços e ombros nodosos de músculos turbinados na malhação, com ajuda dos suplementos vitamínicos e dumas prováveis injeções de esteroides anabolizantes. O sujeito vem embalado numa pele branca leitosa, na certa cevada em cremes hidratantes e óleos umectantes. Até a musculatura facial dele é bombada. Se é que não adquiriu aquelas calotas duras nas mandíbulas de tanto cerrar os dentes ao fazer força pra erguer pesos ou cagar todas aquelas fibras que ingere diariamente. Já li em algum lugar que uma dieta muito rica em fibras faz a bosta endurecer a ponto de arrombar um cu mais delicado de dentro pra fora.

Lá está o nome da academia estampado no diafragma da camiseta: TOTAL FITNESS, com o mesmo logo da fachada. Refletidas num espelho atrás do cara, Kabeto vê de relance as costas da camiseta com a tal palavra misteriosa: HƆAOƆ. Outros espelhos afixados pelas paredes também refletem, de outros ângulos, aquele HƆAOƆ. Que merda é essa?

Por favor, cavalheiro, queira se retirar, comanda o porta-músculos no limite da educação.

Kabeto confabula consigo mesmo:

Não é tão bronco, afinal, o troncuDinho. Enunciou direitinho a frase-padrão: Queira se retirar. É um símio evoluído. Não partiu de cara pra ignorância. É refinado, fala *por favor, cavalheiro*. Gostei do HƆAOƆ.

O símio-mor da academia finca os punhos nos quadris, sinal de que começa a se impacientar pra valer. A mensagem ali é: vaza, meu. Se demorar mais um minuto vai ser ejetado daqui com um pé na bunda e corre o sério risco de aterrissar de boca na calçada, com grave prejuízo para a saúde de seus dentes frontais.

Embora mal se reconheça naquele personagem performático que encarnou, Kabeto segue em fuga aleatória pelos espaços da academia, com a língua solta:

A nova mulher, minhas gatas calipígias, meus baitolões em flor, a nova mulher autoconcebida nas retortas genéticas da antiga mulher será absolutamente dona do seu nariz. A nova mulher já vai nascer programada pra dominar a macholândia com rédea curta e renque duro.

Novas risadinhas e outro aplausinho, um pouco mais entusiástico, de mãos femininas. Kabeto tira uma reta em direção à rampa da saída:

Já o novo homem, minha gente, saído das células da antiga mulher... o novo homem...

Kabeto faz repentina manobra que desorienta por uma fração de segundo o gorila atrás dele: parece que vai embicar pra rampa, mas quebra de inopino à esquerda, de volta ao território das torres de musculação. O HƆAOƆ tem um vacilo que faz a sola do seu tênis grudar no piso de linóleo, como se passasse uma rasteira em si mesmo. Toda aquela majestosa arquitetura de músculos quase vai ao chão. Alguém ri, como se diante de uma cena de pastelão. O HƆAOƆ olha puto na direção da risada, antes de focar sua ira visual novamente naquele senhor abusado que, num jogging clownesco, circula com agilidade de bailarino entre malhadores e aparelhos, a deitar sua falação infernal:

Pois então, tigrada, o homem novo, na versão fabricada com os genes da antiga mulher, esse novo homem terá uma anatomia parecida com a dos antigos homens das esculturas gregas: saradão, barriga negativa, músculos montanhosos, como os do nosso bombaDinho aqui. Esse vai ser o novo homem made in woman: um Davi de Miquelângelo, mais parrudo que o original, e cum bilal bem maior.

Olha aqui, amigo, irrompe Dinho. Perdi a paciência com você, tá ligado?

Chuta o rabo desse corno, Dinhô!

Dinho baixa o nível pela primeira vez:

Vaza, seu velho babaca!

O treinador estica o braço e chega a relar o dedo no ombro do blazer do Kabeto, que se escafede mais uma vez.

Se você encostar a mão em mim, eu vou te processar! — brada o perturbador da ordem pública. Não tô encostando a mão em ninguém aqui, tô? E, pra seu governo, sou advogado! — ele mente com suprema convicção. Advogado de direitos humanos! Estou aqui apenas e tão somente exercendo meu direito constitucional de encher o saco de quem eu quiser!

A palavra advogado surte algum efeito. O perseguidor ralenta os passos, enquanto o grilo falante, numa ginga inesperada, volta pra região das esteiras, dando um baile no fortão. Kabeto contorna a esteira da loirinha de bunda vermelha, que tem um sobressalto ao vê-lo a menos de um palmo de distância. Ela perde o passo no chão em movimento e tem que se segurar nas barras laterais do aparelho pra não ser arrastada pelo piso movediço debaixo de seus tênis.

Kabeto planeja dar mais uma volta completa no recinto, com o treinador atrás dele, até alcançar outra vez a rampa que o despejará na passarela das celebridades bombadas, e daí pra saída, sem nenhum arranhão, ele espera. Ofegante, sente que agora tem um público cem por cento atento às merdas que faz jorrar aos borbotões:

Então, minha gente. Esse novo homem, esse Adônis bem-dotado, de coração feminino, saído da prancheta genética da velha mulher, esse cara há de ser um companheiro amantíssimo, carinhoso, bom provedor, fiel feito um quero-quero e cem por cento tolerante com as puladas de cerca da companheira, sejam eventuais ou rotineiras.

Porque, essa é a verdade: o mulheril anda passando o rodo direto na rapaziada. Fala sério.

Assuada geral do mulheril. Mesmo as que xingam — 'Cai fora, machista filho da puta!' — claramente se divertem.

Minhas senhoras! — faz Kabeto. O machismo merece mais consideração. Estamos falando de algo com alguns milênios de tradição. Sem ele, o feminismo não faria o menor sentido. E é sempre bom lembrar que o mundo ainda é do macho alfa. Toda a civilização foi construída por ele, certo? Mais pro mal do que pro bem, mas foi. A aspirina, o antibiótico, o cinema, o automóvel, a escada rolante, a metralhadora, a bomba atômica, tudo foi inventado e produzido por homens! Até mesmo o anticoncepcional e o absorvente íntimo, que deram tanta liberdade pra mulher moderna.

Cala a boca, animal! — eclode uma voz masculina.

Encurralado num canto, Kabeto se rende ao todo-musculoso HƆAOƆ.

O.k., beleza, tudo bem, tô indo, tô indo, ele diz pra montanha de músculos à sua frente.

Kabeto segue pra rampa, com Dinho atrás dele, de escolta, disposto agora a algum tipo de violência se ele não cair fora logo. Eclode uma salva de palmas na assembleia de malhadores, não se sabe se devotada ao intrépido treinador ou ao desvairado orador.

Chuta esse mala pra fora, Dinho! — clama a gorda do step, galgando, degrau a degrau, seu calvário particular.

Enfia-lhe uma porrada! — sugere o ogro da ergométrica.

Kabeto sobe a rampa, percorre a passarela, dá uma piscada de adeus pra Jane Fonda na parede e se precipita pra porta de vidro. Ao puxar a maçaneta, sente-se gadunhado pela gola do blazer. O HƆAOƆ primeiro o puxa pra trás, pra dar espaço ao curso da porta. Em seguida, dá-lhe um vigoroso safanão que o lança pra calçada, onde dá passos atabalhoados pra não se estabacar no chão nem invadir o asfalto logo à frente, com seu cortejo de veículos doidinhos pra atropelar alguém. Superado o cai-não-cai, KABETO ouve a bronca terminal do treinador:

Se me botá os pé aqui de novo, adivogado ou não, vai tomá tranco, tá ligado. Legítima defesa. E ainda chamo a polícia!

Dito isso, ele volta suas monumentais espáduas pro Kabeto, que pode agora ler nas costas da regata preta a palavra COACH em tinta branca.

Altaneiro, Kabeto torna a locutar ao gravador, alto o suficiente pra ser ouvido dentro da academia através da porta de vidro aberta:

E esse novo homem criado pela antiga mulher, minhas amigas, meus camaradas, esse homem de alma feminina será um corno assumido que, mais do que manso, se mostrará radiante ao saber que sua mulher tá soltando a franga adoidado na praça.

Da calçada, Kabeto vê e ouve a academia estrugir numa gargalhada de deboche e alívio.

O, yeah! Esse novo ser humano vai chupar com devoção o grelo suado da mulherzinha malhadora dele. Suado e, eventualmente, galado por outro macho da espécie. Isso aí: grelo suado e galado. E quanto mais suado e galado, melhor! Por isso, vamo lá, meninada, vamo suá esse grelinho aí, que o maridão, o namoradão, o Ricardão e euzão aqui tamo à vossa espera pa chupá ocês tudinhas!

A zoada aumenta lá dentro. O gorilão fecha a porta de vidro e dá por encerrado o episódio. Kabeto recolhe a língua na boca e o gravador no bolso. De novo a passo flanador pela Augusta, deixa pra trás a turma do rêgo suado e seu cão de guarda da anabolizada raça HƆAOƆ. De gravador em punho, feito um repórter de campo orgulhoso de sua mais recente façanha jornalística, toda ela registrada no cromoferrite, Kabeto passa agora por um ponto de ônibus com um magote de gente em torno. Essa pequena plateia o estimula a retomar seu falatório:

O novo homem, minha gente, o homem novo, clonado pela antiga mulher, há de viver em permanente disponibilidade erótica ao lado da companheira...

A galerinha ouve aquilo em graus variados de interesse e apreensão. Quem mais se inquieta com o repentino ataque do mestre malucão é uma senhora baixota e robusta, grisalha, de coque e saião, sem dúvida uma devota pagadora de dízimos numa assembleia evangélica qualquer da perifa onde ela mora.

O novo homem, gerado a partir somente de células femininas, esse novo homem reagirá de pronto à mais leve insinuação desejante da parte de sua mulher, mesmo que ela seja um canhão da invencível armada, um dragão, uma irrecuperável barangomocreia da quinta porra do Belzebu. Com suas fabulosas e duradouras ereções, o novo homem fará a danadinha explodir em múltiplos orgasmos até desfalecer do mais desabucetado prazer!

Kabeto se arrepende do porra e do desabucetado, mas agora é tarde. Desliga e embolsa o gravador. Ninguém parece particularmente ultrajado, embora certas palavras, como erótica, ereções e orgasmos, talvez tenham despertado alguma curiosidade na plateia. A evangélica do saião resmunga em voz alta, com forte sotaque do agreste nordestino:

É brincadêra!

O resto da turma do ponto logo se desinteressa do pregador doidão, que, de todo modo, já se calou e embolsou o gravador. Chega um providencial buzão, que abre a porta de entrada e dá fuga pra boa parte da audiência, inclusive pra mulher do saião. O ônibus parte, Kabeto tira o gravador do bolso e continua a descer o longo e suave ladeirão da Augusta, rumo ao centro da Terra, firme em sua pregação desvairada:

Programado para agir como um amante ardente e al dente, o sempre esbelto e jovial companheiro vai se fartar à grande e à larga com tudo que pertencer ao corpo da sua soberana amada: rugas, verrugas, papadas e pelancas, estrias, celulite, pneus de banha na cintura, no culote, na bunda e nos peitos tombados em combate, joanetes protúberos nos pés, corrimentos fétidos e visgosos na xota, herpes, eczemas e furunculoses por todo o corpo, tpm's homicidárias, cabelos e pentelhos ralos e brancos, farta pilosidade auricular e nasal, hemorroidas floridas e outras mazelas da eclética decrepitude humana.

Sim, povo de Deus, continua Kabeto, tudo que vier da mulher soberana do matriarcado de Pindorama deixará o novo femin'homem encantado e cada vez mais excitado. Nem a mais extrema senilidade da velha esposinha abaterá seu eterno amor em riste. Nem a morte! Se a bem-amada idolatrada tiver deixado um documento no qual explicita seu desejo de ser embalsamada e necrofilizada, o dócil consorte não hesitará em violar alegremente o seu cadáver ao menos uma vez por dia lá no cemitério. Da feiura da mulher, da doença da mulher, da decrepitude da mulher, da chatice da mulher, das traições da mulher, de tudo que pode haver de pior numa mulher, o novo homem fará seu banquete amoroso, pra gáudio, gozo e alegria de sua dama! — perora Kabeto, chamando a atenção dum sujeito daqui, de duas amigas dali, até que se vê frente a frente com um jovem casal e seu bebê subindo a Augusta. O suposto marido empurra o carrinho com o filho adormecido debaixo de uma pequena pilha de mantas e cobertores. O rapaz veste um abrigo leve de capuz enfiado na cabeça, e uma bermuda que lhe deixa as gâmbias finas e peludas à mercê do frio navalhante da noite já plenamente instalada na cidade. Kabeto se aproxima deles de verbo solto e a passo lento pra dar tempo de escoar o falatório:

O novo homem clonado pela antiga mulher será uma verdadeira mãe pros filhos do casal. Uma babá masculina, que faz aviãozinho com a colher pro bebê manhoso comer sua papinha, um enfermeiro exemplar nos tombos e topadas, nas cólicas e golfadas, nas febres e diarreias do petiz. Um levador e buscador incansável da criança de toda parte pra toda parte: casa, creche, escola, médico, parquinho, cinema, circo, casa do amiguinho e da vovó. E, na hora de dormir, esse novo paizão, com sua paciência infinita, vai se revelar um ninador profissional, com vasto repertório de cantigas e historinhas tradicionais e modernas pra cantar e contar. E, na hora de estudar, lá estará o paizão a postos pra ajudar na lição de casa: álgebra, gramática, os afluentes da margem esquerda do rio Negro, os gabinetes do Segundo Império e todo o aluvião didático que as escolas tentam enfiar na cabeça das criancinhas indefesas.

O novo homem, amigas e amigos, o novo homem nascido só da mulher vai ser o tipo do pai que não perde nenhuma reunião na escola. Porque ele sabe que não basta ser pai, é preciso participar. Tal será o bordão do supernovo super-homem paternal criado pela antiga mulher, capaz de prover as crianças até de peito e amor de mãe, se for o caso! Sim, até o peito ele vai dar pro filho, pois terá sido programado pra ter glândulas mamárias que produzirão, ao ser devidamente solicitadas, o mais nutritivo e abundante leite paterno!

Daí que — clek. Acabou o lado A da fita. Minha impressão é de ter falado muito mais do que caberia nesses quarenta e cinco minutos. Mas é porque fiquei num clicon/clicoff aleatório. Talvez nem tenha gravado as melhores falas. Talvez tenha, algumas, pelo menos. Não tem importância: as partes que eu não gravei, invento na transcrição — se algum dia eu botar a mão nessa massa.

A jovem mãe da pequena família pedestre que sobe a Augusta é uma adolescente que não deve passar dos dezoito anos, como Kabeto avalia. Apesar de um tanto mirrada, porta uns peitões bojudos de leite perceptíveis por debaixo do anorak de nylon fino e vagabundo. É quem mais presta atenção em Kabeto. A mocinha parece aprovar o que pôde ouvir e entender daquela arenga feministoide, embora aquele senhor não tenha nada de feminino. É até meio bacanudo, o coroa. O jovem pai não acha nenhuma graça na arenga despejada por aquele sujeito num aparelho que pode ser um celularzão ou um velho gravador. O mano-pai chega a cogitar se o coroa pouca-tinta ali não tá tirando uma da cara dele, com aquela história de pai que faz isso e aquilo pelo filho e o caralho.

Indiferente à encarada que recebe do mano-pai, Kabeto toca adiante e abaixo pela Augusta. O velho escritor bloqueado percebe que tomou gosto por aquele teatrinho espontâneo. Ele vira a fita e vibra: Essa fita vai me render um puta livro. Aqui dentro pode estar escondida a epifânica primeira frase do meu romance. Há de estar. Há-de! Há-de! Êba.

10

Seguindo pelo mesmo quarteirão da Augusta onde acabou de topar com o jovem casal proletário e seu bebê, o pregador selvagem dá com a porta aberta do Salloon Mirella, 'cabelereiro unissex', como informa o letreiro no frontispício-vitrine de vidro transparente, a exemplo da Total Fitness. A coincidente transparência dum e doutro estabelecimento se justifica: são duas lojas voltadas pra duas vaidades básicas da freguesia, trocar banha por músculo, no caso da academia, e melhorar a estampa da cabeleira, das mãos e dos pés, especialidades do Salloon Mirella.

Kabeto puxa o Sony e se põe a ler em voz alta a espichada lista de serviços da casa num display luminoso afixado na parte interna da parede de vidro. O texto corre na horizontal, da direita pra esquerda: *... todo tipo de corte — escova progressiva e definitiva — hidratação — tintura e luzes — interlace — apliques — dreads — manicure e pedicure — maquiagem para festas — massagem facial — depilação de sobrancelha — produtos para a sua cútis...*

O Salloon Mirella é uma tripa de recinto, paralela à calçada, com quatro poltronas de costas pra rua, diante de um espelho horizontal corrido que devolve às clientes a visão da rua atrás delas, onde me acho plantado a voyeurizar o ambiente e suas ocupantes. Kabeto examina seu próximo público: a manipedicure, uma mulata triste, afundada na confortável cadeira da cliente no canto esquerdo do salão, folheia sem muito interesse uma revista enquanto espera a próxima vítima de seu aparador de cutículas. Ela traja uma calça jeans com rasgadinhos ornamentais nas pernas e uma blusa preta de mangas largas. Nos pés, um par de havaianas vermelhas com meias que lhe deixam uma faixa de canela morena exposta. De pernas cruzadas, tem o tique de bater palminhas com o chinelo no calcanhar do pé suspenso no ar. É jovem e tem uma bandana colorida enrolada na cabeça, um toque, afinal, alegre em sua figura. Deve ter uns cinco filhos, o primeiro parido aos quinze anos, mais um marido pedreiro que bebe e enche ela de porrada uma ou duas vezes por semana, antes de passar-lhe a vara, como ele próprio deve dizer.

Há duas cabeleireiras e um cabeleireiro em ação, todos jovens também. Uma das cabeleireiras é uma japa de minissaia kilt e meiões de futebol amarelos com a sanfona do cano na cor verde. É a segunda japa que encontro hoje num dos meus cenários performáticos, escolhidos ao acaso dos meus passos. Mais baixinha e delicada que a da academia, a japa cabeleireira, sem aqueles meiões horríveis, até seria uma gatinha. Ela trabalha a cabelama de uma gordinha modernette, na casa dos vinte, dona de umas bochechas infladas que lhe arredondam a cara. Essa traz argolinhas numa asa do nariz e no lábio inferior, além de uma profusão de piercings nas orelhas. A japa aplica no cabelo da cliente umas mechas artificiais de cores diferentes: amarela, azul, lilás, vermelha. Vai virar uma arara-canindé bochechuda, a modernette piercingolada.

A outra cabeleireira é uma punk de butique pobre, cabelo cor de laranja lisérgica armado em cocar sobre a cabeça. É meio feiosa, mas exótica, e pode ter qualquer idade entre trinta e quarenta. Sua cliente é uma morena bonitona, ou seja, uma mulher bonita já nos finalmente da maturidade, com aqueles quilinhos extras que não vão mais abandonar seu corpo dali por diante, mas que, por enquanto, contribuem para a voluptuosidade da sua figura acaboclada. Zigomas salientes, peitaria volumosa sustentada pelo sutiã por debaixo do pulôver dum tipo de banlon bordô. Uma quarentona serelepe, de morenice restrita à pele, pois pintou os cabelos de um terrível loiráureo, padrão Serra Pelada. Sua cabelama se submete sem chiar à tortura a que lhe impõe a cabeleireira punk com uma espécie de tostex ligado à tomada. Deve ser a tal da chapinha. Me pergunto se o calor do tostex não vai fritar o cabelo da cliente. Penso que não é impossível, nem de todo improvável, que, apesar de não ser lá muito jovem, a morenaça quarentona exerça a milenar profissão das esquinas e cabarés, e esteja dando aquele trato básico na figura antes de bater calçada na sexta à noite, no trecho da Augusta que vem a seguir, abaixo da Antônia de Queirós, onde ainda rola alguma putaria a céu aberto. Com aqueles peitões e um provável bundão de responsa sobre o qual se acha agora assentada, ainda dá bom caldo essa mulher. Ela conversa com sua tratadora capilar em largos e enfáticos gestos, como quem descreve enormidades. Jeitão despachado e autoritário que ela tem. Se calhar, milita também num dos dois ou três últimos inferninhos que sobraram na Augusta de baixo. Pela idade, estaria mais pra cafetina ou gerente de inferninho.

Mas devaneio. E, se devaneio, logo existo.

O cabeleireiro, floridamente gay, é um carinha magérrimo, com as encostas da cabeça raspadas a máquina zero e, no topo, um morrete de cabelos crespos. De cada orelha lhe pende um brinco diferente, um deles com penas coloridas. Veste uma calça saruel cor de tijolo, de pano muito fino pra esse frio. A menos que esteja de minhocão por baixo pra aquecer los gambitos. Mas não parece. Coisa mais absurdamente horrenda aquela calça, bufante no cavalo, apertadíssima nas canelas. Um cinturão largo, crivado de tachinhas prateadas e vidrilhos, cinge sua cintura. O adereço tem uma espécie de fivela de bronze em forma de escudo, que faz lembrar o cinturão dos campeões de boxe. A calça saruel dispõe de cintura elástica, visível por cima do cinturão, que é só chinfra da indumentária do cara. De pente e tesoura nas mãos, ele se ocupa da cliente, a mais velha das três, uma cinquentona na beira dos sessenta, eu diria. Sua cabelama exibe uma horta de papelotes brancos. Com os papelotes ela fica parecida com a rainha diaba da Tasmânia, algo assim. O da saruel lhe dá umas picotadas sutis nos tufos de cabelo soltos entre os papelotes. Que porra de penteado vai sair dali não consigo imaginar.

A quarta poltrona, vazia, ao lado de um capacete-secador de pedestal, a postos pra cozinhar a cabeleira e as ideias da primeira mulher que se dispuser a enfiar a cabeça naquela cumbuca elétrica. E se eu entrasse nesse salão, aliás, salloon, e me sentasse ali? Um plano simples: entro, dou um boa-noite geral. Daí, sento na poltrona vaga e peço um mise-en-plis nos pelos púbicos. Vou usar essas palavras: pelos púbicos. Quero ser atendido pela japinha. Se eu pagar um extra, será que ela me proporcionaria também um capacete bucal no carequinha enquanto enrola meus pentelhos em minibobes? Ela podia fazer isso, aliás, num meia-nove comigo, os dois pelados, a xotinha dela na minha cara, a olhota a me observar com sua costumeira neutralidade engrouvinhada, enquanto ela trabalha na outra extremidade.

Puta merda, livre-pensar é só ter fantasias onanistas ao despencar duma noite de sexta-feira diante do frontispício de vidro dum cabeleireiro popular. Mas, não, nada de entrar aí pra pedir mise-en-plis nos pentelhos nem capacete bucal no carequinha. A ideia é surpreender e provocar, não agredir. Talvez só peça pra me apararem os pelos das orelhas e do nariz. E uma ligeira depiladinha nas sobrancelhas, que andam muito bastas. Pode ser que eles sejam bons nisso, especialmente o cabeleireiro, com a tesoura-punhal dele. O carinha, aliás, apesar daquela calça de zé-cagão, dá pinta de ser gerente ou sócio do salão. Tem a desenvoltura de um mandatário. Poderosa.

O pessoal já me sacou aqui a espionar o salão, com essa engenhoca na mão onde esparramo minha loquacidade, da qual a turma lá dentro só pode fazer uma leitura labial. Minha presença zoiuda causa nítido desconforto no Salloon Mirella. Eles se escondem atrás duma parede de vidro transparente e ainda mostram desconforto porque um passante resolveu exercer seu pleno direito de parar e filar o espetáculo amplamente iluminado lá dentro?

Kabeto se vê outra vez como a mosca de olho prestes a pousar na sopa alheia, desta vez na das honestas trabalhadoras ali presentes, entre as quais incluo o cabeleireiro, claramente transgênero. E eis que o moscão falante irrompe no recinto como uma ráfaga de insânia verbal:

Negócio é o seguinte, pessoal!... — ele começa, ainda na porta que acabou de abrir, dando passagem a si mesmo e a uma corrente de ar gelado. Gritinhos de susto e arrepio da mulherada e do cabeleireiro.

O moscão engata:

As mulheres logo vão dispensar os homens pra efeito de fecundação, tão ligadas? O velho papo da clonagem. Então... ahn...

Todas se entreolham, mister Saruel incluso nesse 'todas', a ver se alguém tem a mais vaga ideia do que se passa ali. Antes que recuperem o fôlego, Kabeto retoma:

Elas serão as primeiras a se clonar pra fazer neném. Autoneném, no caso. Ou seja, uma réplica delas mesmas, porém com melhorias genéticas introduzidas no embrião.

Que porra é essa?! — deixa escapar a cabocla da chapinha.

Esse 'porra' reforça a minha suspeita de que ela seja, de fato, uma figura do bas-fond baixo-augustiniano. Prossigo:

É bom lembrar que vocês mulheres também poderão fazer homens. Sim, uma versão masculina de vocês, com a genética desenhada ao gosto da freguesa, o que, naturalmente, envolverá o tamanho e formato do pênis. Qual o modelo ideal do dito membro? Isso vocês mesmas terão que decidir, com base na própria experiência.

Risadinha. Uma só, e curta: a da modernette das mechas coloridas. Bom começo, avalia Kabeto.

Quanto às vossas filhas clonadas, elas hão de ser as mais lindas e livres e fodonas criaturas do universo conhecido. Empoderadas. Não é assim que se fala agora? E seus filhos, uns galãs bem-dotados e biologicamente programados pra serem cem por cento fiéis e submissos às suas namoradas, esposas e amantes, que os terão numa coleira permanente. O macho antimachista por excelência, tão ligadas?

Palminhas! Inacreditável. Novamente a bochechuda policromática. Já o restante da plateia permanece em suspenso, mas sem manifestações explícitas de repúdio à sua pessoa. Por ora, pelo menos.

O grande projeto de empoderamento das mulheres, segue Kabeto, é repovoar o planeta com os clones saídos do caldeirão genético de vocês mesmas, caras ouvintes. Ou seja, a ordem falocrática em que vivemos está prestes a se tornar o reino vulvocrático das mulheres, como nunca se viu na história da humanidade. Matriarcado de Pindorama, como queria o poeta.

Ô-ô-ô... — começa o da saruel, com o pente e a tesoura-punhal nas mãos, à procura do que dizer exatamente.

Mas Kabeto toca em frente:

Já os homens...

Olh'aqui, cara, ninguém tá na pilha de ouvir esse teu papo, não, tá ligado. Tchau, muito prazer, tudibom... — diz o cabeleireiro transgenérico, dando um tímido passinho na direção do adventício estrupício que entrou ali.

Apesar de discreto, o passinho é pra ser intimidador, como Kabeto percebe. Ele dá, por sua vez, uma pequena recuada em respeito ao galo gay do terreiro, que se anima e lança, galhofeiro:

Volta pro asilo, mona véia.

Mona véia é ótimo! — reage Kabeto, pensando: Vai ser viperino na puta que te pariu, viadinho do caralho. Um cabeleireiro de tesoura e língua afiada. Risadelhas ecoam no ambiente. O clima me parece de saudável galhofa. Prefiro essa plateia à da academia. Há um pouco mais de simpatia aqui pelo intruso. Vamos ver o quanto dura.

Não vejo graça nenhuma, diz mister Saruel, com os punhos na cintura, cada qual cerrado em torno da tesoura e do pente.

É que, em geral, me chamam de mano véio. Mona véia é a primeira vez.

Mano ou mona, o senhor pode estar se retirando, tá ligado? Tipo já.

E tem mais... — Kabeto tenta continuar — muito mais, de fato...

Cara, se você não vazá agorinha, eu vô chamá os hómi, tá ligado?

Qué qu'eu chame? — se prontifica a morena. Cadê minha bolsa? Pega o celular na minha bolsa...

A manicure desocupada faz menção de atender ao pedido da marafona morena, mas nem chega a se levantar, de ouvido atento ao que o coroa tá dizendo:

É justamente dos hómi que me falta falar aqui, emendo eu. Falo dos homens dotados de um falo vaginófilo, entidade ainda bastante em voga entre nós, embora sob inclemente artilharia feminista.

Cai fora! — engrossa o Ciro da saruel. Logo se forma um coro contra o palestrante:

Fora! Vai pra Cuba! Vai si fudê, seu!

A chapa tá quente. Querem que eu vá pra Cuba, por quê? Tenho cara de comunista castrista-bolivariano? Tento continuar, na calma:

Seguinte, minha gente: os homens do modelo antigo, como eu e você... — digo, olhando pro Saruel.

Eeeeuuuu?!?! — a bicha se arreganha. Me inclua fora dessa, si vu plé!

Ah, bon? Temos um francófilo a berrar nos desertos da América! — deixo escapar.

Riem as bochechas da garota das mechas coloridas. Do que exatamente ela riu? Acho improvável que ela tenha pescado a referência literária.

Ciro da Saruel sacode a cabeça, com uma risota involuntária:

Acuda, minha mãe! Dond'é que saiu esse E.T. da porra?

Acuda? Não seria ocuda? Ocuda minha mãe? — solto sem pensar.

Mas a ficha não cai no entendimento do Saruel. Inda bem. Não é hora de botar a mãe de ninguém na roda. Muito menos na roda da mãe de alguém.

Só pode ser pegadinha — aventa a punkeleireira, esquadrinhando a rua através da parede-vitrine.

Viajô na maionese, pontua, sem ênfase, a manicure ociosa, com a revista recheada de fotos de 'celebridades' aberta no colo, enquanto a japa e a punk voltam a oficiar suas habilidades na cabeça de suas clientes, um olho nelas, outro no óvni antropomórfico que entrou ali de carona com o vento gelado da noite.

Só dom Saruel, o Magnífico, mantém suas armas na mão, o pente e a tesoura, indeciso entre atacar as laterais do cabelo empapelotado da cliente ou a mim, o coroa impertinente que invadiu o salão — salloon, aliás. Ele tira os punhos armados da cintura e deixa os braços tensos ao longo do corpo, como quem poderia me atacar a qualquer momento. Aquela tesoura de lâminas finas e pontudas pode muito bem me furar a carótida. Falo pro gravador sem olhar pra ninguém:

Situação sob relativo controle. Câmbio.

Isso confunde meus ouvintes. Terei eu falado com alguém lá fora, por intermédio daquele aparelho antiquado que trago na mão e que parece ser um velho gravador analógico? Vai que é um tipo de walk-talk. Mais de uma cabeça se volta pra rua, através do frontispício-vitrine do salão. Uma onda de inquietação volta a engolfar o Salloon Mirella:

Que qui esse cara qué coa gente? — diz a morenuda aloirada. Com quem ele tá falando nesse negócio?

Pergunta pra ele, manda a véia dos papelotes.

Saruel se impõe:

O que q'cê qué coa gente, ô...?

É doido, concluem as bochechas da gordinha desencanada. Não dá pelota que ele vai embora. Só qué chamá atenção.

E aí, Ciro? — insiste a morena. Seu olhar duro, seu cenho franzido cobram uma atitude do chefe do salão.

Ciro?! — manda Kabeto. Você é o famoso Ciro da Saruel?

Sou. O Ciro da puta que te pariu — agride o cabeleireiro. E manda, depois dum suspiro teatral: Ai, Jesus! Quanto mais eu rezo, mais me aparece assombração!

Um pequeno ramalhete de gargalhadas fêmeas se faz ouvir. Kabeto reassume o púlpito:

Tá tudo certo, Cirão. Ó, o que eu tô querendo dizer é que o homem atual, e até mesmo o homem inatual do Nelson Rodrigues... manja o Nelson Rodrigues? Claro que manja. Quem não manja o Nelson Rodrigues? Então... o homem atual e o inatual, eles...

Porra, já deu, meu! Área! — encrespa Ciro da Saruel. Ele me indica a porta com a ponta da tesoura, mas sem conseguir esconder uma lentilha de interesse por aquele pentelho cult que entrou ali.

A mulherada olha angustiada pro manda-chuva, que lhes devolve um olhar tão aflito quanto, por não saber direito como lidar com a situação.

Kabeto aproveita o hiato pra engatar:

Pois é, caríssimas ouvintes, agora vem o outro lado da moeda: os homens atuais, concebidos de homem e de mulher, como eu e, suponho, o nosso amigo aqui também, os homens, eles também vão entrar numas de se clonar, a exemplo das mulheres.

Silêncio. Tô louco ou as pessoas ficaram interessadas? Na dúvida, Kabeto continua:

Ou seja, homens também vão poder ter filho ou filha sem ter que fazer sexo com mulher, se não quiserem. Pra nós e pra elas, já era o espermatozoide lotérico que fecundou um óvulo da mãe de todo mundo aqui. Só me pergunto quantos homens vão querer ter filho sem uma mulher por perto pra pagar de mãe do rebento. A maioria dos homens tem filhos porque casaram e a mulher quis ter filho. O bichinho, ao nascer, até pode despertar o pai adormecido neles. Mas não são muitos os homens que acordam de manhã a fim de ter filho. Você acorda de pau duro e quer trepar, se me perdoam o francês. O resto é decorrência aleatória. De modo que —

Machista, filho da puta, cospe a morena da chapinha.

Kabeto, sereno:

Filho da puta, talvez. Machista, não, por favor. Pois se acabei de dizer que as mulheres vão dominar o mundo. Quer mais feminismo que isso?

A suposta marafona vai retrucar, mas Kabeto saca mais rápido:

E sabe por que as mulheres vão dominar o mundo?

Não tô interessada, rebate a outra.

Por quê? — solta a bochechuda canindé, o que lhe vale um olhar de censura da morena da chapinha.

Kabeto pontifica:

Porque mais mulheres vão querer ser mães do que homens vão querer ser pais. Taí o porquê. Vai daí que os clones das mulheres é que vão dominar o mundo. Simples assim.

Se manda, ô, panaca! — diz a manicure. Ô Ciro, chama logo a polícia, pomba.

Vou chamar, vou chamar... — diz o Ciro, sem chamar ninguém.

Vejo mais curiosidade que medo na cara das pessoas, até do saruel. Acho que já entenderam que não vai rolar sangue nem assalto aqui. Então, mando ver a ópera toda:

É esperar pra ver, pessoal. A gente vai poder desenhar a cara, a mente e o coração dos filhos através da engenharia genética. Os homens, tanto os saídos das células femininas quanto os nascidos das masculinas, serão perfeitos em seus atributos viris: coragem física, pênis de bom talho e turgidez garantida, musculatura exuberante, facilidade com números, memória prodigiosa...

E bom caráter, não? — ataca de novo a morenona, o que demonstra seu envolvimento no assunto.

Sim, cara amiga, vai ser possível manipular também o cromossomo do caráter. Mas acho que muito homem vai preferir filhos inteligentes, espertos, competitivos, vorazes, egoístas, ególatras e até violentos na defesa dos seus interesses.

Que horror! — sentencia a cabocla.

Ah! — Kabeto se lembra. Os gays vão poder gerar filhos gays também. É só apertar o botão genético certo. Bichas e sapatas poderão fundar dinastias gays que se prolongarão pelos séculos a fio.

Que puta absurdo! — diz a gordinha das mechas coloridas, uma sapa, pelo visto.

Absurdo nenhum, rebate Kabeto. É a modernidade científica que bate à nossa porta. Quanto aos clones dos homens atuais...

Ciro, cê não vai fazer nada?! — provoca a morenosa

Vou... — murmura Ciro, sem mover um dedo, interessado, ao que parece, no que vou dizer. Então digo:

Pois é, a pergunta aqui é: que tipo de novo homem e de nova mulher o velho homem irá parir de suas entranhas? Resposta imediata: seu filho homem será um tipo de machista reciclado, tão ligadas? Um neomachista forgado, avesso a compromissos conjugais. Negócio dele vai ser rosetar pela vida afora. Pode até se casar umas dez vezes na vida. E pode até aceitar que a mulher solte a franga por aí, desde que cuide bem do lar, inclusive a parte da grana. Como diz aquela música que eu ouvi outro dia: Quer sair sozinha à noite, fique à vontade. Mas lave a louça primeiro, vadia.

As cinco mulheres presentes disparam quase ao mesmo tempo:

Machista filho da puta!

Kabeto aproveita a estupefação indignada do mulheril e engata:

É isso aí. Pro novo homem nascido do velho, caberá à mulher tocar a vida prática, mais ou menos como já rola na real, né? Filhos? Problema dela. Aluguel, condomínio, IPTU, IPVA, seguro do carro, o próprio carro, plano de saúde, mensalidade da escola dos filhos, supermercado, limpeza, INPS da empregada? É tudo com ela.

Vixe, santa! — se insurge a véia dos papelotes. — Ninguém vai fazer nada contra esse canalha que vem aqui sem ser convidado pra vomitar essas barbaridades no ouvido da gente?

Madame, muita calma nesta hora. Falta só falar mais um tiquinho das novas mulheres nascidas dos antigos homens.

Ninguém quer saber, manda o cabeleireiro. Manda um e-mail. O endereço taí no vidro. Tchau, querido.

Kabeto ignora:

Então, como vocês acham que vai ser essa filha clonada do antigo homem? Tãrãrãrã!...

Silêncio expectante no ambiente.

É! Como vai ser? — solta a dos papelotes, num tom de desafio que mal disfarça a curiosidade.

Pra começar, ela vai ser uma beldade. Uma beldade trabalhadeira — Kabeto responde. Cem por cento fiel e dedicada ao macho dominador.

Vaias, risadas chocarreiras e um 'Vai te catá!', proferido pela bochechildes das mechas coloridas.

Ciro da Saruel se sente de novo compelido a tomar alguma providência, a primeira das quais, pro seu gosto particular, seria pagar uma pêta praquele maluco. Doidinho, ele, mas gostoso. Machão maduríssimo exalando masculinidade. Aquende!

Kabeto vê a manicure, na outra ponta do salão, enrolar a revista que tem nas mãos. Parece improvisar um cassetete. Ela se põe de pé num ímpeto guerreiro com a clava de papel na mão, em postura de combate. Caralho, escapei da lança de ferro da japonesa da Total Fitness pra sucumbir agora sob as pancadas de uma borduna de papel na mão dessa proletária infeliz? A delicada maionese do convívio humano começa a desandar por aqui, Kabeto observa.

Com a tesoura sempre enroscada nos dedos da destra e o pente na sinistra, o cabeleireiro olha pro anteparo abaixo do espelho diante de sua cliente. E tem uma ideia. Larga tesoura e pente ali e cata um tubo de laquê, bico apontado pro Kabeto.

Cai fora, seu bofe quizumbeiro! — brada o da saruel, de arma apontada pro bofe.

Duas ou três gargalhadas. Kabeto se pergunta se o sujeito não vai puxar agora um isqueiro e improvisar um lança-chamas com o aerossol do laquê. Sem isqueiro por enquanto.

Bofe quizumbeiro é ó-te-mo! Muito bom! Mas o que eu quero dizer é que a nova mulher, saída das células do antigo homem... ahn... ela... que que eu tava...?

Não tava nada! Anda! Área! Vaza! — comanda o cabeleireiro em chefe do Salloon Mirella, num passinho à frente, de laquê em riste, muito decidido a acabar com aquela farsa.

A miniturba feminina apoia a investida do cabeleireiro com uma saraivada de Chega! Fora! Doido! Rua! Uuuuhhhh! Machista filho da puta! Dá um cacete nele, Cirô!

Kabeto recua até a porta, que ele mesmo abre. Já no limiar da calçada, vira-se pra plateia e se inclina numa irreverente reverência:

Agradeço e humildemente assimilo vossos reproches e opróbrios, minhas caras amigas, meu caríssimo amigo. Tá tudo devidamente registrado aqui no meu secretário japonês, o fiel mister Sony. Vossos apupos soam em meus ouvidos como uma ovação consagradora. Mas, antes de me apartar de tão ilustre quão vistosa companhia, devo dizer que que... que o seguinte... que... Ah, sim: que essa nova mulher saída do antigo homem se tornará uma escrava moderna do seu macho. Uma escrava feliz na sua servidão!

A mulherada agora urra e zôa:

Filho da puta! Escroto! Polícia! Policiááá!

Mais fora do que dentro do salão, Kabeto não desiste:

E sabem vocês o que mais? Essa nova mulher, idealizada pelo antigo homem, ainda vai se dispor a dar guarida e sustento pras piranhas que o maridão pescar na rua! E tenho dito!

Tem dito só merda! — urra lá de dentro a cabocla da chapinha.

Eis que o Ciro da Saruel, com hesitante coragem, avança pro Kabeto e, de tubo na mão, expele jatos de laquê contra a cara dele, que tenta se escudar com mãos e braços.

Triunfante, logra enxotar o coroa em definitivo pra calçada a golpes de spray de laquê. Fecha e tranca a porta de vidro, sob os aplausos das clientes do Salloon Mirella.

Kabeto ri, manda um beijo pra galera e retoma seu caminho Augusta abaixo. Acha um lenço de papel no bolso, que usa pra passar na cara melada de laquê. Essa cena vai ficar do caralho no romance, ele decide. Se alguma coisa parecida com romance sair dessa fita.

Ele dá uma olhada pra trás e vê uma pilha de cabeças femininas, mais a do cabeleireiro, despontando pela porta reaberta do salão. A caboclona dos cabelos fritos lhe estica o dedo médio com veemência. Ele devolve a gentileza jogando um beijo pra ela. E, com as mãos em megafone na boca, acrescenta:

Vão se clonar, suas vacas do caralho!

Uma velha de bengala sai da farmácia na esquina da Antônia de Queirós. Sobe a Augusta na minha direção. Em instantes vai cruzar comigo. Apesar da bengala, não parece uma véia capenga. É só uma véia de bengala. A bengala até lhe dá certa elegância, em parte atenuada pela sacola de supermercado que carrega na outra mão, donde desponta uma embalagem de rolos de papel higiênico. O asseio anal da véia tá garantido por uns dois meses, Kabeto calcula. Eu podia chegar nela com a pergunta: Minha senhora, boa noite. Quantos rolos de papel higiênico a senhora usa por semana? Estou aqui fazendo uma pesquisa pros fabricantes de papel higiênico. Eles querem saber qualé o consumo médio de papel higiêncio por cu, o famoso índice PH/PC.

Mas, ao se ver a uma distância auditiva da velha senhora, Kabeto apenas dá continuidade ao seu ensaio profético-genético-peripatético sobre a futura sociedade de clones antagônicos: homens e mulheres gerados a partir de células machistas em oposição aos homens e mulheres que herdarão os genes feministas:

De maneira que logo teremos um entrechoque de personalidades com os dois novos tipos de mulher e de homem. Do lado feminino, teremos a fodona poligâmica empoderada, saída do código genético da antiga mulher, ao passo que a mulher gerada a partir dos genes masculinos será linda de morrer e cem por cento submissa a um único macho.

A velha, que tinha ralentado os passos pra ouvir a cantilena daquele grisalho charmoso, solta, pra grande surpresa de Kabeto:

Ô, meu filho. Que história é essa de mulher linda de morrer dedicada a um homem só? Mulher bonita é pra quatrocentos talheres!

Demorô, vovó! — diz ele à macróbia, que segue seu caminho Augusta acima. E rumina, contente de si: Enfim, um espírito elevado, capaz de dialogar com absurdo.

Kabeto já bate os últimos quarteirões da Augusta, antes da praça Roosevelt. Já está bem perto do Farta e do bar. Topa no caminho com mais um beleléu que dorme na calçada em posição fetal, a cabeça descansando no braço dobrado. A seu lado, uma dentadura repousa no chão imundo. Do outro lado, uma garrafa pet com um resto dum líquido turvo no fundo, que, se não for alguma pinga pestilenta, deve ser algum solvente que o sujeito bafora pra ficar doidão. A garrafa e a dentadura são como fiéis mastins que velam a desgraça adormecida de seu amo.

Incomodado, como sempre, de ver alguém jogado na rua daquele jeito, feito lixo, Kabeto comenta com o gravador:

Caralho!...

Não chega a ser uma reflexão profunda sobre o fenômeno da exclusão social nas megacidades do capitalismo periférico, mas é tudo que ele tem a dizer no momento: caralho. Se algum dia chegar a transcrever essa fita, vai se deparar com esse caralho solto no áudio e, com certeza, já não lembrará do que o motivou.

Logo à frente, ele foca um casal de pm's plantado na esquina da Marquês de Paranaguá, diante de um bar-lanchonete. Pouco antes de passar por eles, Kabeto ativa sua verve linguaruda, de gravador ligado:

As fêmeas clonadas a partir das mulheres vão largar o maridão fiel em casa pra cair na night e pegar geral. E o babaca que dê conta da cozinha e dos filhos. Só que apenas os antigos homens e seus clones machistas é que vão querer saber delas, já que os novos homens desenhados geneticamente pela antiga mulher serão lancelotes e ivanhoés fidelíssimos às suas damas. E, se estiverem solteiros e disponíveis para um relacionamento, jamais tomarão a iniciativa de abordar uma mulher. Eles reagirão apenas e tão somente aos avanços da mulher, muito claramente sinalizados. A iniciativa será sempre delas.

A pm e seu colega olham com suma desconfiança pro Kabeto, que passa por eles e atravessa a Marquês de Paranaguá sem lhes dar a mínima. Mas ele percebe muito bem que os meganhas se perguntam se não deveriam abordar o falastrônico elemento. Vai saber se ele não tá tirando da cara deles, num flagrante desacato à autoridade.

Kabeto segue incólume pelo novo quarteirão, no meio do qual passa diante de um dos raros inferninhos ainda em atividade no Baixo Augusta, onde duas putas fumam, cada qual encostada num batente da larga porta de entrada, a espiar o movimento noturno da rua. Kabeto prossegue na discurseira ao passar por elas:

Na verdade, nem vai adiantar muito a nova mulher clonada pela antiga mulher feminista esfregar a buceta na cara do novo homem criado por elas próprias. Porque, se não for pra ter um relacionamento monogâmico sério, o babaca não vai querer nem papo com nenhuma cachorra na balada, pois o gene da galinhagem não vai constar do seu DNA. Vai daí que, se quiserem bagunça, as antigas mulheres empoderadas e suas clones liberadérrimas vão ter que apelar pro antigo homem e seus clones machistas, esses sim eméritos pegadores, pra alegria e glória das fêmeas no cio farrista. Ou seja: vai ficar tudo mais ou menos como já rola no mercadão sexual da humanidade.

Do ponto de vista das putas, vemos um chapliniano Kabeto descendo a rua em seu passo bonachão. Uma das meninas se vira pra outra:

Só doido. E num deu oito ainda.

Sua colega balança a cabeça, pensando em outra coisa, qual coisa jamais saberemos.

Ao cruzar a Caio Prado, logo à frente, quem eu vejo no último trecho da Augusta, apressadinho, num quase-jogging típico de quem perdeu a hora pruma reunião? O Lorenzzo! Ele imbica pra direita, em direção à Consolação e à rua Maria Antônia, onde, imagino, seja o seu destino. O Lorenzzo é um filósofo de carteirinha, professor universitário, musicista que se debruçou sobre Debrussy, ops, Debussy, traduziu e estudou a fundo a obra de Santo Agostinho e Hegel, e é um ensaísta brilhante. Ele é o cara mais simpático e erudito que se pode encontrar na rua em São Paulo. O Lorenzzo não me viu. Acho que não está vendo nada além dos seus passos, a cabeça remoendo alguma aporia intransponível enunciada no Tractatus Logico-Philosophicus, do Wittgenstein, ou tentando decifrar o papel da sétima aumentada nos acordes iniciais de L'après-midi d'un faune. Decido encarnar o mesmo papel daquele ecochato da Paulista, de quem escapei em manobra memorável, e grito:

Lorenzzo!

Ele dá mais uns passos não querendo acreditar que algum megapentelho vindo do jurássico inferior esteja a ponto de abordá-lo na rua. Torno a bradar:

Ô Lorenzzo! Per'aí!

Ele ergue os olhos e me vê. Não tem escapatória. Atravesso a rua driblando carros que ainda cruzam a Augusta com o farol já vermelho — tô ficando bom nisso — e vou ter com ele. Saco do bolso do blazer meu Sony e mando, sem dó:

Grande Lorenzzo! Rapidinho: o que que é, afinal de contas, a fenomenologia do espírito?

Oi, Kabeto! Como é que é? Fenomenologia do espírito? Você deu pra ler Hegel agora?

Não, em matéria de filosofia alemã, parei no steinhaeger. Mas tenho curiosidade em saber do que trata a fenomenologia do espírito.

Lorenzzo dispara sua luminosa gargalhada. Daí, põe-se muito sério e manda, em seu malemolente sotaque italiano:

A fenomenologia do espírito é... é tudo aquilo que passa pela sua cabeça.

Uaaau! Acabei de me doutorar em Hegel! Du caralho, mano!

Tchau, Kabeto. Prazer em te ver. Tô atrasadíssimo prum evento lá na Maria Antônia. É a vernissage duma exposição de fotos do Bob Wolfenson. Quer ir comigo? Só tem que apertar o passo.

Vou amanhã ou depois. Manda um beijo pro Bob.

Mando.

Tenho um appointment inadiável cuns bebum lá no Farta, explico.

Lorenzzo ri. Nos despedimos com um aperto de mão e um abraço. Sigo meu caminho ruminando aquela definição: fenomenologia do espírito é tudo aquilo que passa pela minha cabeça. Perfeito. Acho que aprendi alguma coisa aqui, de verdade. Só não sei pra que serve, como quase todas as outras coisas que aprendi na puta da vida.

11

Pouco antes do ponto em que a Augusta deixa de ter esse nome pra se chamar Martins Fontes, Kabeto entra na praça Roosevelt, por cima, vira a primeira à esquerda, dobra à esquerda de novo, quebra duas em seguida à direita, a próxima à esquerda, caminha por três quarteirões e meio, corta caminho por uma viela de pedestres que desemboca num cruzamento situado bem no centro dum pequeno núcleo de prédios comerciais. Uma das quatro esquinas do cruzamento abriga um velho casarão, único sobrevivente da chacina imobiliária que devastou o antigo casario da área ao longo dos últimos, sei lá, sessenta ou setenta anos, cedendo lugar àquele ramalhete de prédios comerciais espalhados por umas quatro ruas desertas.

O casarão, situado na diagonal da esquina do muro do velho colégio, exibe no frontão a data de seu nascimento: 1908. Mais de um século, portanto. É uma célula solitária em que está contido o DNA da antiga cidade deitada que já foi São Paulo, antes da verticalização agressiva de bairros inteiros. É nele que se instalou o Farta Brutos, botecaço de responsa do qual cabe falar um pouco, por nenhum outro motivo que a mera vontade de falar um pouco.

Por dentro, o imóvel já foi muito mexido por uma série de reformas ao longo de uma pilha de décadas. Mas mantém sua arquitetura externa, de um ecletismo inclassificável, e que eu tentaria classificar de neomanuelino mourisco apaulistanado, com balcões nas duas portas-janelas do andar de cima, onde deviam ficar os dois quartos principais da casa, molduras decorativas de cimento pintado de branco em torno de portas e janelas, um brasão de armas em alto-relevo na fachada e um telhado das antigas, de telhas francesas, velhusco mas bem conservado, com calhas dotadas de cantoneiras decorativas. O fato de ficar encrustrado num meandro comercial libera a zorra noturna dos boêmios e afins, pois não há ser humano algum tentando dormir nas proximidades acústicas do bar, fora algum beleléu jogado na calçada e os gatos que rondam a região em busca dos ratos.

Fica ali no casarão do Farta Brutos a sede sócio-recreativa do clubinho de amigos do qual ele é o tão estimado quão enxovalhado decano, tido e havido por machista folclórico, alienado nos melhores dias, reacionário nos piores, macho demodê na cama e ligeiramente homófobo. Outro dia mesmo, por falar nisso, Kabeto pegou uma poeta mineira de vinte e pouquinhos no Farta. Como se vê, o Farta é pródigo em poetas estaduais, visto que, anos antes, a poeta da vez tinha sido a gauchinha do grelão peniano.

O papo com a mineirinha saiu direto da mesa do bar pra kíti do Kabeto, sem que ninguém tenha recorrido a nenhum ardil florentino pra isso acontecer. Fazia tempo que nada assim rolava tão fácil. Nos anos 80, quando ele tangia a lira dos vinte anos, aventuras do tipo rolavam direto. Era a 'coisa de pele', o tesão imediato, sem muita cerimônia sociocultural, digamos. Em havendo a coisa de pele, havia, por conseguinte, a coisa de boca, de pica, de buça e, eventualmente, de cu. Foi assim com a Cleia do Rosário, seu nome, *née* Rosicleia, meio tristonha de cara, mas uma delícia de corpo. Levava um tempo pra você se acostumar com aquela carinha de sapoti maduro dela. Mas, de novo, que corpinho. A tal da coisa de pele rolou fácil ali. Tudo corria bem com a poetinha, com bom ânimo sacana de ambas as partes, até que o Kabeto, de missionário por cima dela, gadunhou uma nádega e deu uma chuchadinha no cu de milady com a ponta do dedo. Ela não demonstrou grande apreço por esse tipo de carinho, sobretudo quando tentei uma intrusão da falangeta do dedo médio. A poeta deixava claro que lhe parecia totalmente desnecessária tal manobra anal, uma vez que eu já estava com o pau enterrado na sua xota. Alguma forma de analidade tinha que rolar na cama, de acordo com a cultura reich-hippongo-tcheguevariana da qual peguei os estertores. Quer dizer, desde que o cu em pauta fosse o da mulher. Quanto ao meu próprio cu, bom, eu até tolero um fio terra, se a parceira estiver muito interessada no meu roscofe, mas não é a minha praia. Não consigo associar o peristaltismo que a intromissão anal me provoca a prazer sexual. Decerto, uma psicofalha grave num libertário que se quer libertino. Deixei o cu da poeta mineira em paz. O tão valorizado sexo 'transgressivo' de que eu ouvia tanto falar nos meus vintanos tá em baixa. Não é mais considerado a via régia que conduzirá à derrubada das barreiras de classe e ao cancelamento da propriedade privada, na contramão tanto da vida burguesa quanto da real politik da esquerda oficial castrossoviética e o grande caralho ideológico a quatro.

Parole, parole, parole... cantarolava Gigliola Cinquetti. Tão bonitinha essa Gigliola.

O Farta Brutos. Bar e restaurante com mesas repletas de copos, garrafas de cerveja, pratinhos de porcelana, travessinhas de metal com acepipes variados, saleiro, paliteiro, o porta-guardanapos chamado de televisão e os cotovelos irrequietos da moçada. Televisão, no recinto, só tem uma, e na parte interna do bar, sempre ligada em esportes, com destaque absoluto pro futebol, mas sem som, que só é aberto em decisão de campeonato, copa do mundo, essas merdas. E sem a famigerada música ambiente, o que é um luxo civilizatório sem par prum melófobo como eu. Nada de forró, new sertanejo, rap, funk, axé, pagode, sambão, e mais a tralha sonora toda estrangeira, na qual não distingo mais porra nenhuma. No Farta, você ouve só o burburinho de vozes e risadas, e o clangor de copos, pratos e talheres, com o zumbido distante da cidade ao fundo, quase imperceptível à noite.

O espaço vip do Farta Brutos, por assim dizer, é o terraço em L da esquina coberto por um toldo vermelho cansado de guerra, mas que ainda enfrenta com galhardia chuvas, trovoadas e bitucas de cigarro acesas que fumantes filhos duma grande puta fumacenta jogam durante o dia dos dois prédios comerciais que ladeiam o casarão do Farta, um em cada rua da esquina. Na primeira chuva, as goteiras denunciam os novos furos, que depois o Juvenal tapa com manchão de borracheiro. Mas faz um bom tempo que não chove. Já vigora um racionamento de água não assumido pela Sabesp. Eles simplesmente cortam a água por horas a fio em determinadas regiões da cidade. No Farta muitas vezes não tem água na descarga. Tem que ser na base do balde que alguém se encarrega de jogar de vez em quando nas privadas cheias de mijo e merda.

O terraço, nessa noite gelada, se acha emparedado por toldos verticais de plástico transparente. Dois aquecedores a gás de pedestal, espalhados pelas duas alas do terraço, se encarregam de expulsar o frio mais intenso. No salão interno, também em L, se acomoda quem não encontrou mesa no terraço. Nas duas calçadas em ângulo que cercam o bar, há sempre uma pequena multidão em pé fumando e mamando cerveja em long necks.

Farta Brutos, ou apenas Farta, não é o nome oficial do bar, só o apelido, que o próprio dono inicial lhe pregou, na impossibilidade de registrar o título, já propriedade de alguém no Brasil. Era português, o seu Justino, e até aceitava ser tratado por você, mas não apenas por Justino. Era *seu* Justino. Se um lá dizia 'Ô, Justino! Desce uma loira gelada', o portuga apenas fulminava o folgadinho com a mais ostensiva indiferença. Se o mané insistisse no 'Ô, Justino!', o olhar de ódio bíblico do portuga transformava o infeliz numa estátua de sal grosso.

Na juventude, Kabeto conviveu durante os últimos anos do seu Justino à frente do bar, da segunda metade dos anos 80 até 93, ano em que o portuga 'bateu os tamancos', como ele se referia à morte. Kabeto sabe tudo sobre seu Justino, pois, afora os quase dez anos de convívio, ainda fez uma célebre matéria de capa sobre o Farta e seu folclórico dono prum caderno especial de bares e restaurantes de uma revista de mulher pelada já extinta. Seu Justino ficou muito grato pela 'forcinha aí na mídia, ó pá', mas nunca aliviou sequer um steinhaeger da conta. Nem uma mísera cerveja. Pão-duro que só ele, o portuga.

O Farta, hoje na mão dos irmãos Umbelino, Juvenal e Petrônio, manteve layout, mobiliário e decoração originais, que conferem alma ao lugar, como eles tiveram a manha de sacar logo que compraram o bar dos filhos do finado portuga, nenhum deles interessado em manter o botecão. Os garçons, o pessoal da copa e da cozinha, e até o flanelinha da rua, foram mantidos, bem como o tradicional cardápio cronológico de boteco paulistano: na segunda, tutu de feijão mulato com seu cortejo de linguiça, bisteca, torresmo, farofa e a gloriosa couve ao alho sapecada na manteiga. Dobradinha na terça, generosa em costelinhas e linguiça portuguesa. Na quarta, a disputadíssima feijuca, rica em toletes de macia e desengordurada carne-seca, além dos paios e demais linguiças e toucinhos de boa cepa. *Di quiinta* sai o espaguete ao sugo com frango assado ou almôndegas recheadas de muzzarela, espécie de miniporpetones que levam o paladar da freguesia ao orgasmo desde a primeira garfada. O bacalhau, legítimo, é de lei na sexta, com duas versões ao forno, o gratinado com farinha de rosca e alho, nadando em azeite português, e o à Gomes de Sá, com batatas e ovos cozidos, além do azeite também em doses generosas. Mas há também a opção de filé empanado de pescada ao molho de camarão miúdo, com arroz e purê de batata.

No sábado, a feijuca strikes again, igualmente regada a caipirinhas inesquecíveis, se você não tomar mais de duas. A partir da terceira, você já começa a esquecer tudo. Elas saem das mãos do Peninha, o versátil dublê de faz-tudo e barman da copa. Sábado é o único dia em que os irmãos Umbelino trabalham juntos. Nos outros, é Petrônio de dia e Juvenal à noite. Ovídio, Virgílio, Luciano e Sêneca devem se esconder na cozinha, segundo Park, que acha engraçado esse cotê neoclássico do Farta. Tuchê, nosso garçom preferido, devia ser rebatizado de Ganimedes, o copeiro do Olimpo, e servir as mesas de saiotinho, sandálias de tiras e coroa de louros na cabeça. É quase sempre o Tuchê, aliás, quem atende as mesas do terraço, em especial a do Kabeto. O outro garçom, o Gordo, costuma ficar mais com as internas do Farta. Tem mais um garçom que cuida da parte de cima do casarão.

A fila de espera pra feijoada de sábado é de mais de uma hora. A esquina vira uma praia de pinguins, com a freguesia de pé a engurgitar cervejas e caipirinhas, beliscando linguiças e mandiocas fritas enquanto espera mesa pra almoçar. A zoeira bárbara dos hunos famélicos do almoço emenda com a avidez etílica dos visigodos noturnos, de modo que, aos sábados, ou se chega naqueles quinze minutos de transição entre a turba vespertina e a pós-crepuscular, ou não se encontra mais lugar no Farta até quase a hora de fechar, de madrugada.

Daí, o domingo pedia cachimbo até o ano passado. Mas o Juvenal já sacou que tem boa demanda pelo boteco no domingo depois das cinco, hora em que abre nesse dia. É gente sozinha ou farta da família, a fim de tomar uns tragos no fim da tarde pra espantar o spleen dominical e esquecer que o dia seguinte será uma implacável segunda-feira. Só que fecha às onze em ponto, como um pub inglês.

E não serve pratos, só sandubas frios e salgados da vitrine. Pra quem chegou entre cinco e seis, caso da maioria dos habituês, dá bastante tempo de encher a cara e ainda voltar pra casa num horário razoável pra ir deitar e desfrutar de oito horas de sono capotado.

O cardápio de petiscos do Farta, de inspiração luso-sertaneja, mistura as relíquias lusas da época do seu Justino, como pataniscas de bacalhau, rodelinhas de tentáculo de polvo marinadas e alheiras untuosas, com a mordiscaria sertaneja: sarapatel de bode, lascas de carne-seca salteadas na manteiga de garrafa com cubinhos de jerimum assado salpicados de coentro, palitos de queijo de coalho grelhado e um mocotó maravilhoso, tipo levanta-defunto, sem falar no sanduíche de pernil desfiado e nas linguiças artesanais flambadas em piras alimentadas por cachaça de cabeça, boa pra tacar fogo, um veneno se ingerida.

E tem ainda a alcatra em tiras com cebola na chapa, sem um pingo de gordura, uma carne mais saborosa que a picanha, na opinião de alguns, como Kabeto. Essa vem à mesa num réchaud. No inverno, é um alento prum peregrino faminto e tiritante de frio. Ah... e o casquinho — e não casquinha! — de siri com massa de pão velho e carne de siri desfiada e superbem temperada. É foda, essa casquinha. Digo, casquinho.

Outro petisco de primeira são as manjubinhas fritas, que Kabeto tem o luxo de comer com garfo e faca, separando cirurgicamente a carne da espinha e da cabeça, ao contrário de quase todo comedor de manjuba, que traça o peixinho inteiro, esturricado de frito. A quem o acusa de suprema frescura por isso, ele oferece seu pratinho repleto de espinhas com cabeça torrada, ao fim da degustação: 'Tá a fim?'. A visão dos esqueletos de manjuba provoca engulhos em quem acabou de comer exatamente aquilo envolto na carninha branca do peixe. Já o camarão cozido no bafo ou frito no 'alhiólio', como consta no cardápio, é honestíssimo, mas também caríssimo, pois é do rosa. No mais, são os pastelitos de carne, queijo ou palmito, e os croquetes finos, de casca sequinha e crocante. Croquete crocante, mais que uma aliteração, é uma delícia sem fim. E tem de carne e de camarão. Pra completar, kibes imensos e esfihas de recheio generoso, abertas e fechadas, de fabricação própria.

Caralho, devo tá mesmo cuma puta fome.

A cozinha se acha sob o comando da dona Lúcia, que chegou a trabalhar de ajudante na cozinha do Farta, ainda nos tempos do seu Justino. Depois, sumiu no mundo, casou, teve um monte de filho, foi trabalhar em padaria, boteco, casa de família, até que, viúva, cinquentona e avó de seis netos, caiu de novo no Farta, dessa vez no comando do panelório. Dona Lúcia funciona com duas filhas-ajudantes. A caçula é uma moreninha com cabelo preto e liso de índia, vinte e poucos anos, graça absoluta de matá o véio do coração, responsável pelas saladas. Essa tem sempre um sorriso pra mim. A maior é uma gorda curvilínea, de pele bem mais branca que a irmã e um tanto quanto macambúzia. Essa cozinha com a mãe no fogão. Aparecem também umas sobrinhas avulsas pra lavar e organizar pratos, travessas e talheres. Elas ficam numa área de trabalho cercada por tapumes de vidro transparente. Estão sempre de uniforme branco, touca na cabeça e luvas de plástico descartáveis. O Farta abre às onze e meia da manhã pro almoço e fica na função até o último bêbado sair trançando as pernas ao encontro de seja lá o que topar pela frente, o primeiro raio de sol ou um poste, o que vier primeiro.

Kabeto, que gravou toda essa descrição do Farta, desconfia que acaba de escrever uma peça promocional pro bar dos irmãos Umbelino, um release, uma matéria avulsa pra tentar emplacar no caderno de comida de algum jornal ou revista. Daria pra faturar ao mesmo tempo o cachê merreca do jornal e um jabá dos proprietários. Lembrar de transcrever logo isso e oferecer pro Juvenal, em troca da minha conta-fiado no bar, que tá pra mais de sei lá quanto.

Naquela longa entrevista que Kabeto fez com seu Justino pra revista das peladas, um ano antes da morte do portuga por infarto unânime do miocárdio, o portuga fez menção aos farta brutos da sua terrinha, nome genérico que se dava às tascas com toalha de plástico na mesa e apenas o prato do dia no cardápio escrito a giz numa pequena lousa. O vinho era o mais tosco, de garrafão. Mas era português, ora pois. Esse Farta Brutos que ele, menino, frequentava com a família em Alvalade, freguesia de Lisboa, ainda nos tempos do Salazar, tinha os talheres presos com fios de aço às mesas pra não serem roubados.

E pra que, em caso de briga, as facas não fossem usadas como armas. No que os fregueses de uma mesa saíam, vinha o moço com uma bacia d'água e esponja pra lavar e enxugar os talheres em cima da própria mesa. A mesma água era usada pra lavar muitos talheres.

No atual Farta Brutos paulistano, destaca-se um aviso logo à entrada: 'Aqui se mastiga'. O aviso tem suscitado o estro avacalhador de alguns fregueses que volta e meia grafitam nas portas dos banheiros frases como Aqui se caga. Aqui se mija. Aqui se cheira. Aqui se chupa. Aqui se fode. Uma das bossas da casa é justamente liberar as portas e paredes dos cagotes pra verve fescenina, poética ou filosófica dos fregueses. Eles até deixam uns crayons numa caixinha pra esse mister. De quando em quando limpam tudo, abrindo espaço pruma nova rodada de boçalidades verbopictóricas.

Seu Justino contou pra mim e pra este mesmo gravador Sony portátil de fita cassete, na época novo em folha, que tinha tido outro botequim, nos anos 60, na rua Aurora. Foi um bom negócio até entrar em decadência com o fim da putaria massiva nos entornos da avenida São João. 'No tempo das putas da Aurora não se via tanto dessa farinácea entorp'cente que vancês tanto se entopem de cheirar feito uns tamanduás do c'ralho', dizia seu Justino num sotaque luso já meio intencional, pois, àquela altura, tinha vivido muito mais tempo no Brasil que em Portugal.

Como acho que já disse aqui, comecei a frequentar o pedaço, no auge da pozeira, em meados da década de 80. Como bom comerciante que toma decisões na ponta do lápis, o portuga avaliou os riscos e vantagens de abrigar no Farta uma trempe de drogaditos, que ele também chamava de 'os cocas'. Acabou por dar de ombros: 'Fazer o quê? Chamar a pulícia pra prender os cocas? Proibir de entrar mais de um por vez na retrete? Se faço isso, me vai mais da metade da freguesia pros braços da concorrência. E aí, eu?'.

Esse 'E aí, eu?' era uma das marcas d'água da prosa justiniana. Ele soltava aquilo por qualquer motivo, mas sobretudo pra justificar sua regra áurea, pirogravada noutra plaquinha, esta ao lado do caixa: Aqui se bebe, aqui se paga.

'Com dinheiro não dô muleza', ele repetia. 'Púrque o dinheiro não dá muleza pra ninguém.' E dava sua lição de economia elementar: 'Já viu dinheiro fazer a cama pra alguém? Nunca de núncares. Alguém é que tem que fazer a cama pro dinheiro. Aqui, meu filho, aqui se bebe, aqui se mastiga, aqui se tudo, mas aqui se paga. Fiado só no dia em que a Portuguesa for campeã do mundo interclubes', ele anunciava, confiante de que não corria o menor risco de ter de honrar tal promessa. 'Tem que ser assim. Púrque, ao menor vacilo, isto cá vira o santo cu da mãe joana. Não ia me caber no espeto tanta conta espetada. E aí, eu?'

Pois é. E aí, eu?

É o que me pergunto todo dia ao acordar e olhar minha cara abestada de sono e preguiça no espelho da pia: E aí, tu, bostão?

Nos tempos em que seu Justino teve o bar da rua Aurora, a barra era bem pesada por lá, segundo o taverneiro. Ali era o coração da Boca, do bas-fond, como a imprensa ainda chamava a zona, território de putaria e bandidagem, onde, nos botequins, entre goles de cerveja, cachaça e conhaque rastaquera se tramava assalto, assassinato, corretivo a ser aplicado em algum devedor de jogo ou droga. Era também onde se celebravam os acertos entre os cafiolos e suas putas e os arreglos com os hómi. E lá nos fundos do salão era de lei um carteado ou jogo de dados a dinheiro. Era viração dia e noite, nas ruas, nos prédios, nos cortiços, um mar de mulher seminua pelas ruas e avenidas. Os gonococos e treponemas pálidos formavam blocos carnavalescos quase visíveis a olho nu. 'Tu pegavas uma gono, uma síf'lis só de olhar pra mulherada', seu Justino contava, às gargalhadas, sem revelar quantas vezes ele mesmo já tinha pego desses bichinhos na vida.

Na Aurora e ruas circunvizinhas florescia um comércio diurno de peças, motos, instrumentos musicais e aparelhos eletroeletrônicos, parte do qual ainda se vê hojendia. Na rua do Triunfo ficava o pessoal do cinema da Boca. Ao cerrarem as portas basculantes das lojas, escritórios, oficinas e produtoras no fim do expediente, as putas emergiam em massa de suas tocas, contava seu Justino, e entravam no 'Orvalho d'Aurora', a fim de tomar um coquetel de ânimo pra aguentar a viração, que consistia em café forte e melado de açúcar com uma dose dupla de conhaque Palhinha, 'o preferido das multidões', que de cognac só tinha o nome aportuguesado, pois não era um destilado de mosto de vinho, e sim de cana, puxado no gengibre. No banheiro, tomavam pico de pervitin, hipofagin, coca, de qualquer coisa que ajudasse a aguentar a barra. Só então saíam pra bater calçada na Aurora, Timbiras, Vitória, rua dos Gusmões, General Osório, no miolo do 'quadrilátero da perdição', formado pelas avenidas Ipiranga, São João, Duque de Caxias e Cásper Líbero.

Alguns habituês do Orvalho já fumavam sua maconha, sendo que volta e meia o portuga tinha que arrancar do banheiro a chutes e cascudos algum pascácio que tinha se metido lá pra queimar a erva fedorenta. Maconha, só na rua, e a pelo menos meio quarteirão de distância do bar. 'Porcaria que fede só me fode', resumia seu Justino, com alto senso melopeico.

Outra peça humana que seu Justino jamais tolerou, tanto no Orvalho quanto no Farta, é o bêbado amador, neguinho que derruba copo e garrafa, vomita, se estabaca no chão, arruma encrenca por qualquer bobagem. Kabeto viu mais de uma vez o portuga chutar um bebum desorbitado pra fora do Farta depois de fazer o carinha ou até a eventual mina pagar a conta, sob ameaça de polícia e porrada. Baixo, mas troncudo, seu Justino dava conta de impor sua lei no braço, se necessário, de modo que quase ninguém ousava confrontar sua autoridade, fossem empregados ou fregueses. O portuga, porém, tinha bons bofes e uma alma contábil, duas virtudes essenciais prum dono de boteco. Em meio à multidão que lotava seu estabelecimento todas as noites, ele sabia exatamente quem tinha consumido o quê. O infeliz que tentasse sair de fininho sem pagar não passava da primeira esquina, antes que um garçom, o segurança da porta ou o próprio seu Justino trouxesse o meliante de volta à fina força, onde pagava o que devia às vistas de todos e debaixo dum tonitruante esculacho verbal. Vi gente sem grana viva, cheque ou cartão, deixando em garantia relógio, blusão, documento e até o par de tênis que o canista usava.

A vida de taverneiro não era moleza. Certa vez, contava seu Justino, um desses encrenqueiros que havia sido chutado do Orvalho d'Aurora voltou armado uma hora depois, apontou o berro pro portuga e puxou o gatilho, acertando o pescoço dum garçom que passava atrás do seu alvo. O garçom não morreu por um triz, mas ficou mudo. A polícia prendeu o atirador no dia seguinte e convocou seu Justino à delegacia pra reconhecer o meliante. O portuga levou a continha em aberto da cerveja e do rabigalo que o mala tinha tomado.

Sem dinheiro ou relógio pra saldar a dívida, o bandidelho teve que ouvir o portuga xingá-lo de fio a pavio, antes de levar uma porrada que lhe esfacelou o nariz, com total anuência do delegado. O tiro no pescoço do garçom, o bostinha ia pagar no Carandiru, onde seria estuprado 'até a bandidagem se cansar daquele cu arrombado', nas palavras do fero luso.

Com a vertiginosa queda do movimento no Centro, ditada pelo fim súbito da putaria ostensiva da Boca por ordem do novo prefeito imposto pelos milicos da ditadura, seu Justino vendeu o búti da Aurora pra arrematar o casarão caidaço num leilão em hasta pública, onde viria a instalar o Farta Brutos. Desde o início, o novo estabelecimento foi 'de vento em poupa', como pronunciava o taverneiro, que adorava tirar sarro da própria 'inguinorância', em seu típico humor saloio. Outro bordão do seu Justino era: 'As mulheres, hay que metê-las e remetê-las', com esse hay espanhol. Kabeto tinha um amigo, o Giba, que adorava provocar essa frase na boca do portuga. 'E aí as mulheres, seu Justino?' — o Giba soltava. De trás do balcão, o taverneiro disparava: 'As mulheres hay que metê-las e remetê-las', pra alegria galhofeira da rapaziada. Eram tempos ainda mais toscos que os atuais, porém mais divertidos, penso eu.

O Farta, que já foi point noturno de marxistas universitários a partir do fim dos anos 60, espécie de bastião da 'buêmia sucialista', como brincava seu Justino, virou, dos anos 80 em diante, uma grande, difusa e confusa farra despiroquete. Sexo também começou a fazer parte do menu informal do boteco, praticado nos quatro cagotes do bar, dois embaixo, dois em cima, os masculinos com um adesivo do Jeca Tatu na porta, os femininos sinalizados por uma sereia. Na real, homens e mulheres começaram a entrar à vontade em qualquer um dos dois banheiros que estivesse vago na hora. E é assim, ora pois, que o Farta se mantém até hoje, para gáudio regalado de sucessivas e também concomitantes gerações de fiéis frequentadores, pois já se veem duplas de pais e filhos pelas mesas, e até de avôs e netos. De modo que — clek.

Lá se foi o lado B da fita de cromoferrite.

Ali estão, pois, Kabeto e seu amigo Park, sentados à mesa do costume, rente à mureta que separa o terraço da calçada, com vista plena pra toda a esquina através do plástico translúcido do toldo vertical que tenta deixar o frio do lado de fora. É a mesa da diretoria, da qual pelo menos um dos diretores tem que se apossar antes das seis, com o bar ainda mais ou menos vazio. Ou das cinco, às sextas. Aos sábados, esquece: quase impossível arranjar lugar, a qualquer hora. Hoje, sexta, foi o Park quem lá se abancou desde as cinco e meia, sozinho, a rabiscar seus poemas no caderninho enquanto esperava o Kabeto aparecer.

Bebem cerveja de copos americanos e destilados de minicopinhos que imitam o formato do americano, no caso da cachaça. Park vai sempre de pinga mineira acobreada, em geral uma Boazinha ou Nêga Fulô, enquanto Kabeto não abre mão do translúcido steinhaeger, servido num copinho mais alto e reto que o da cachaça, ao lado da sacrossanta cerveja. Os dois acabam de ouvir no gravador trechos da arenga kabetiana de agora há pouco na Augusta. A gravação já vai pelo fim:

A nova mulher, minhas gatas calipígias, meus baitolões em flor, a nova mulher autoconcebida nas retortas genéticas da antiga mulher será absolutamente dona do seu nariz. A nova mulher já vai nascer programada pra dominar a macholândia com rédea curta e renque duro.

Kabeto desliga o gravador, que fica em cima da mesa. A palavra, a rigor, estaria agora com Park. Mas o coreano parece entregue a uma longa mastigação mental das palavras que acabou de ouvir ao gravador, sem dar sinal de deglutir com facilidade aquela amostra das novas artimanhas verbais do amigo, já próximas de algum tipo de deliquescência neurológica. Foram, ao todo, uns vinte minutos de bebop falastrônico selecionados a esmo pelo próprio falastrão nos dois lados da fita.

Diante do silêncio do outro, Kabeto dispara:

E aí, porra? Achou tudo um bullshitaço do caralho, foi?

Quem disse isso? Eu não disse nada, se defende Park. Disse?

Kabeto ri:

Cuzão.

Achei que eu tinha só pensado.

Kabeto não reage à provocação. Park se retoma:

Sério, Kabeto. Não sei direito o que eu achei. Esse negócio de assediar as pessoas na rua com esse papinho de genética e clonagem e homem antigo que gera um novo homem mais medieval que ele e uma nova mulher programada pra ser escrava do macho dominador e a mulher antiga que gera uma nova mulher superempoderada e um homem submisso que, que... puta, meu. Donde cê foi tirar essa barafunda subcientífica do caralho?

Kabeto assimila o golpe. E pergunta, sereno:

Como assim, barafunda do caralho? Cê achou confuso?

Confuso? Tá mais pra insano.

Kabeto liga o modo defensivo:

Se tá insano, tá bom. É onde eu queria chegar. A ideia é sacudir as pessoas na rua, nos lugares públicos, nas situações do cotidiano, em que ninguém costuma pensar sobre a vida, sobre as coisas como elas são e... e, sobretudo, como elas não são... e... e tudo mais.

Sei.

Não importa o assunto, o tema do lero-lero. Qualquer coisa serve, desde que seja um papo surpreendente, instigante, provocativo e... e... e instigante e... provocativo.

Park emenda:

Instigante, provocativo e pentelho.

Isso. Pentelho. Incômodo. Tipo, a mosca que pousou na sua sopa. Viva a mosca. A mosca viva, não a morta. Porque a mosca que pousou na sua sopa morreu, né? Afogada na banalidade.

Kabeto aponta pro gravador:

Isso aqui é a mosca depois que pousou na sua sopa. A mosca morta. Boa companhia pras baratas mortas do seu guarda-roupa que virou guarda-poesia-morta.

Por que poesia morta? Você acha a minha poesia sem vida?

A poesia só vive se é lida. E, pra ser lida, tem que ser publicada de algum jeito. Mas você prefere entuchar seus poemas num cemitério de baratas mortas. Então, é como se a poesia também estivesse lá morta, enterrada, esquecida.

Kabeto se refere ao guarda-roupa que supostamente foi da avó do Park, onde, em vez de roupa, Park há anos guarda seus poemas garatujados em todo tipo de papel e folha avulsa. Não tem gavetas nem divisórias lá dentro. É só um espaço vazio onde o coreano joga há anos o papelório poético, e onde baratas ancestrais fizeram um movimentado ninho, antes de serem dizimadas por alguma hecatombe à base de naftalina e outros inseticidas. Só que, em vez de recolher os despojos mortais das baratas, o doido do coreano deixou suas carcaças se fossilizarem no fundo do armário, como um húmus capaz de fertilizar a poesia jogada lá dentro. Você puxa um papelucho de lá de dentro, é capaz de vir uma barata morta junto.

Kabeto alisa o gravador em cima da mesa, como se fosse um bichinho de estimação, antes de embolsar de novo sua memória auxiliar.

O.k., diz ele, perscrutando o bar e a rua em volta.

Se me permite o clichê... — recomeça Park.

Lá vem, pensa Kabeto. Mas diz:

Que clichê? Vai, martrata o véio, machuca, arrasa, detona. Meu coração de artista ma*r*dito se alimenta da rejeição do mundo cruel.

Acho que você devia repensar o seu processo criativo, Kabetôncio.

Processo criativo! Que merda é essa? Só conheço o processo procriativo.

Park fareja algo estranho no ar. Aproxima o nariz farejador do corpo do amigo. Kabeto encrespa:

Que foi, caralho? Tá fedendo o meu processo criativo?

Que porra de cheiro é esse, Kabeto?

Cheiro? Ah, é laquê.

Laquê! É isso! Cê deu de usar laquê agora, sua bicha véia?

Sofri um atentado com jatos de laquê. Lá no salão de beleza da Augusta.

Park se esbalda de rir:

Jura?!

Pode-se dizer que fui vítima de um ataque de armas químicas.

Bom, cê fez por merecer, né, seu maluco? Do que foi que o cabeleireiro te chamou mesmo? Bofe maconheiro?

Quizumbeiro.

Melhor definição da sua pessoa que eu já ouvi, Kabeto! Bofe quizumbeiro! A bichinha acertou na mosca. Na mosca que foi pousar na sopa dele.

Park toma um gole de cachaça e outro de cerveja, antes de continuar:

Só fica esperto, meu bróder, pra não acabar levando umas bordoadas. Ou coisa pior.

Kabeto ri:

Eu até contava com essa possibilidade. Ia ser engraçado...

Muito engraçado. Sexta-feira à noite, e você de cara estourada. Ou em cana.

Em cana, seria perfeito.

E o que você ia dizer pro delegado? 'Sabe, doutor, é que eu sou um escritor bloqueado tentando arranjar assunto na rua, de modo que...'

Ia ser o ápice da minha performance literária.

Aliás...

O quê?

Nada, desiste Park. Já falamos sobre isso.

Sobre o quê?

Sobre a ideia de você escrever sobre o seu bloqueio. Em primeira pessoa.

Deus me livre. Você leria uma porra dessa?

Não, diz Park, farejando de novo o ar em volta do amigo:

Caraca. O cabeleireiro esvaziou o tubo de laquê em você, mano? Tu vai virar uma múmia embalsamada em laquê. Tutankabeto.

Uma múmia bloqueada, murmura o escritor idem.

Isso: múmia bloqueada com a cabeça cheia de ideias mumificadas.

As ideias mumificadas são as que duram mais, argumenta Tutankabeto. As moderninhas logo vão pro lixo reciclável. Viram matéria-prima pra nova leva de ideias moderninhas recicláveis que vão durar cada vez menos.

E quem precisa de ideias mumificadas? Melhor ter milhões de ideias novas a se contradizer e se superar num ritmo vertiginoso. Isso é a vida moderna: movimento o tempo todo. Ninguém com um smatphone na mão sofre de tédio.

Sem tédio, não há literatura, pontifica o escritor bloqueado. E essa avalanche constante de novidades é a coisa mais entediante que há. Por isso que eu não tenho um espertofone.

Park vai dizer algo, mas é atropelado pelo tribuno em êxtase retórico:

Cara, o que eu tento promover com essa performance do gravador é um contato direto entre as palavras e as coisas. Eu sei, não tem nenhuma novidade nisso. Mas é o que me interessa no momento: aproximar a linguagem verbal da vida como ela é, por mais simplório e babaca que isso possa parecer.

Entendi, faz Park. Seu negócio é refundar o realismo. Em plena sexta à noite. Com o pau comendo solto na cidade. Que lindo: a realidade em chamas e o Flaubert do Baixo Augusta tentando botar as palavras no colinho da realidade.

O contrário: eu quero é botar a realidade no colo das palavras. Mas gostei da sua metáfora.

Obrigado.

E que pau que tá comendo solto na cidade? O lance dos vinte centavos? Cê acha que isso tem alguma importância civilizatória?

Porra, Kabeto, tudo bem que a gente não é a vanguarda do bolivarianismo na América Latina, mas, porra, meu, a chapa tá quentíssima, e você nem aí…

Como assim? Eu tô aqui, não tô? Ou virei um fantasma?

Você não é um fantasma, é um fóssil. Mas, deixa pra lá. Tá tudo certo. E que se foda a mula manca. E os vinte centavos da passagem de ônibus.

Essa tal de mula manca sempre se fode, coitada. Isso configura uma clara mulamancofobia, reflete Kabeto.

Park ri gostoso:

É isso aí. Também, quem mandou nascer mula? E manca, ainda por cima. Tem mais é que se fuder mesmo.

Kabeto parece disposto a cortar o pingue-pongue abobrinhesco pra retomar o outro assunto:

Isso que você falou aí, Park, de reinventar o realismo, acho que tem tudo a ver com isso aqui — diz Kabeto, batendo no bolso do gravador. É um realismo anárquico que eu tô a fim de fundar. O próximo passo é reinventar o surrealismo, que já é anárquico pela própria natureza. Daí, então, uma vez que —

Tudo bem, Kabeto, corta Park. Não tô te criticando, nem nada. Vai fundo na anarquia. Boa sorte, mano.

Valeu.

Agora, vem cá: e a memória, a imaginação, a linguagem? Não servem mais pra nada?

Kabeto pensa um segundo e meio. Daí:

O mundo tá hoje entulhado de memórias que não param de aumentar. Quanto à imaginação, difícil imaginar alguma coisa que já não foi imaginada. E escrita, filmada, encenada.

É verdade, chega de passado, de memórias. O que tanto tem pra se lembrar que valha a pena? As míseras trepadinhas que a pessoa deu na vida? Grande bosta.

Kabeto meneia a cabeça, em desalento:

Sabe que o meu bloqueio começou justamente quando eu tava tentando escrever uma cena de sexo?

Jura? Não sabia.

A sensação que eu tinha era justamente de cópia, redundância, repetição, banalidade extrema, irrelevância, sem-gracice. Minha cabeça brochou. Que interessa se o pau de alguém entrou na boca, na buceta, no cu de não sei quem?

Na real, até que interessa, pondera Park. Sobretudo se os genitais forem os seus. Mas, na ficção, realmente...

Kabeto meneia a cabeça, à beira de uma depressãozinha:

É foda...

Se bem que, no Strumbicômboli, tinha umas cenas bem legais de foda. Cê tava bem afiado, Kabetudo. Putaria em chave de pastelão. Humor encharcado de secreções e fluidos orgânicos e peles peladas se roçando sem descanso. Muito difícil misturar humor e sexo. Ali cê mandou bem, seu bofe maconheiro.

Quizumbeiro.

Bofe quizumbeiro. Yeah.

Park tira da carteira um minissaquinho de plástico no qual mete o dedinho com a ponta umedecida de cuspe. Passa o pó que grudou ali nas gengivas, chupa o mindinho e dá um trago na cachaça. É a porra do MD, Kabeto reconhece. A droga da moda que ele nunca fez questão de experimentar. Não dá pra ensinar vício novo prum cachorro velho. Só se o cachorro velho estiver interessado, o que não é meu caso.

A conversa míngua. Urge outro assunto. Mas nenhum outro assunto ruge nem mia na mesa. Kabeto faz um esforço:

Cê leu *As palavras e as coisas*, Parkão?

Do Foucault? Dei uma sapeada. Mas só lembro das coisas. Esqueci as palavras.

Kabeto ergue um brinde com seu copinho de steinhaeger:

Boa, Parkão. O que interessa não são as palavras, e sim as coisas, os gestos, as pulsões, os sentimentos e todas, absolutamente todas as sensações. Que se fodam as palavras. Tim-tim.

E as ideias?

Fodam-se as ideias também. Nem acento elas têm mais.

Park faz seu copinho tosco de cachaça se chocar com ênfase exagerada contra o copitcho alto, estreito, de vidro fino, da aguardente alemã do amigo.

Não é pra estilhaçar o meu copo, caralho.

Com um brilho vítreo nos olhos, Park engurgita sua cachaça. Kabeto faz o mesmo com o steinhaeger. Não há muito mais a fazer ali senão isso mesmo, beber. Park resolve fumar lá fora. Saímos juntos, depois de avisar o Tuchê. Que ninguém vá garfar nossa mesa. Na calçada, o coreano se enrosca num grupinho de girls & guys e acende um cigarro. Me dá vontade de fumar também, mas não do careta.

Kabeto caminha por uns bons cinquenta metros pra longe do Farta, distância mais do que regulamentar pra manter a moral. Nem precisava ir tão longe. Tô quase na outra esquina, a de cima, lugar absolutamente ermo. Incrível, esse lugar. Um deserto a dois passos da Roosevelt e do mundaréu de gente que circula pelos bares e teatros da praça. E a três passos do finalzinho da Augusta, já na embocadura da Martins Fontes, porta de entrada pro Centro. Estou também a um passo da Consolação e sua igreja medievaloide. Quase ninguém passa por aqui. Dá pra queimar esse beque sossegado. Daria pra bater uma punheta, assaltar, estuprar, matar alguém. Daria pra ter uma iluminação, um satori, um insight, uma epifania, um ataque do coração. Daria pra ver uma aparição de Nossa Senhora da Consolação, se ela frequentasse certas esquinas de São Paulo.

E olhaí: já não sou mais o único chibabeiro a desfrutar da solidão dessa ermida urbana. Vem vindo mais gente do Farta: duas minas e um carinha. Já chegam de beque aceso, mas param a uma distância respeitável de mim. Se virar uma barca ali na esquina agora, tamo fudido, eu primeiro, que tô mais perto da esquina. Os três ali talvez tenham tempo de mocozar o beque e voltar pro Farta, enquanto os hómi me enquadram. Mas talvez a barca despeje dois meganhas pra cuidar de mim, antes de saltar em cima do trio fumacê logo adiante. Sirene. Voz de prisão. Iremos os quatro em cana, no mesmo camburão. Pelo menos terei a companhia das duas minas, uma delas, pelo visto, despareiada, já que a outra tem com o carinha intimidades de namorada, como vejo daqui. Acabam de dar um beijo na boca, enquanto a outra suga o beque. Essa é que será minha noiva, então. Meio baixota. Mas, pra me fazer companhia enquanto somos processados pelo aparelho repressivo do estado por motivo ridículo e totalmente ultrapassado, tá de bom tamanho. O mesmo ela poderia dizer do cinquentão aqui: ainda quebro um galho razoável pras gurias carentes da noite maconheira. No camburão, enquanto sua amiga, trêmula, se aninha nos braços do namorado, a baixinha disponível, não menos trêmula, aceitará o conforto do meu regaço, e é certo que terei uma puta ereção no camburão: haja coração. Na delegacia, ficaremos de mãos dadas, sentados num banco duro, à espera de que se cumpram as formalidades de praxe. Só espero que os PMs não venham dizer que acharam uma boiada de droga com a gente pra nos enquadrar como traficantes.

Da delegacia, depois de assinar um termo circunstanciado e outras encheções de saco, sairemos direto pra kíti, eu e a baixinha, a pé, numa caminhada terapêutica pra desanuviar o peito e revascularizar o organismo. Lá em cima, acenderemos um beque de confraternização contemplando a cidade da sacada — 'Que vista incrível!', ela dirá, a exemplo de todas as piabas que vão à minha kíti pela primeira vez —, daremos uma puta trepada na cama king-size, fumaremos mais baseados, beberemos uns tragos do que tiver lá pra beber, uísque, talvez, ou vodka, aos beijos e gargalhadas, e daremos outra puta trepada. É possível que a gente venha a ter rápidos lampejos de paixão, eu e minha noivinha. Viveremos alguns desses momentos de felicidade plena que fazem a vida valer a pena.

Melhor coisa é pitar depois dum certo grau etílico no sangue, como agora. O fumo potencializa o álcool. É o booster natural da birita. Na volta pra mesa, vou maneirar na canjebrina. Não quero me arriscar a uma capotada súbita, o que tem acontecido duns tempos pra cá. Quer dizer, desde que virei cinquentão. Bebo, bebo mais um pouco e, sem aviso, vou à lona. Já me aconteceu numa mesa do Farta. Dobrei o braço de travesseiro em cima do tampo da mesa e saí do ar. Um tempo indefinido depois, alguém me botou num táxi e, não sei bem como, acordei na minha cama no dia seguinte, com uma puta ressaca do caralho.

De volta pro bar, passo pelo trio de fumetas. A minha baixinha me dá uma olhada. Não sabe ainda que seremos presos e teremos um tórrido relacionamento ao sair da delegacia.

De volta à mesa, cadê o Park? Também não vi o coreano lá fora. Me deixou aqui sozinho como um velho lobo solitário, sarnento, antiquado, inatual, obsoleto, alma descartável na inútil paisagem da modernidade, cercado de fêmeas que mal registram minha presença no mesmo espaço que elas. O homem envelhece, vai ficando invisível. Em que bar bebem as gerontófilas desta cidade? Ah, tá lá o Park no outro ângulo da esquina, de papo animado com uma garota. Riem muito, fumam, e riem mais um pouco. Ele deve ter aberto a torneira da sua verve tipicamente feminina, implacável, ferina e sedutora. Tenho pra mim que as mulheres farejam o cotê homô dele e ficam excitadas com isso. Da mesma forma que um homem advertido, um homem invertido vale por dois. É o que elas devem achar. As mais louquinhas e dadivosas, pelo menos. Quem é essa mina que tá com ele? Loirinha magra, de óculos de armação vermelha, cabelo espetado a gel pra todo lado. Um sujeito solteiro e rueiro de trinta aninhos, como o Park, vive atolando o pé em buceta. É o que acontecia comigo na idade dele. Sexo pra ele é uma festa, com direito a surubas rotineiras e até uns caralhos eventuais. Ou 'circunstanciais', como ele prefere dizer. Sinal dos tempos. Tô excluído dessa modernidade. Prefiro chupar o dedo sozinho num canto a ter que chupar um pau numa suruba. Sendo que, atrás do pau — ou em cima, ou embaixo —, tem sempre um cara. E eu não ia ter nada a dizer pra esse cara. 'Oi, tô aqui chupando seu pau só porque calhou de aparecer um pau bem na minha cara. Não é nada pessoal, viu.'

* * *

O que eu quero dizer é o seguinte, proclama Kabeto pro amigo, apresentando os sintomas clássicos da euforia etilcanábica: superego em declínio, voz alguns decibéis acima do necessário, frases em fila na glote esperando aflitas a ponta da língua vir pescá-las. E continua: O legal era pensar as coisas sem ter que abrir um dicionário na cabeça. E não tô falando de cinema, foto, pintura, o caralho. Tô falando de pensamento mesmo, a coisa que vem espontânea do centro autônomo da cabeça.

Park meneia a cabeça. Meneia, que eu digo, é esse movimento da cabeça de cima pra baixo. Expressa assentimento, mas também ironia pura diante de um absurdo ou de uma evidente falsidade. Impossível, em todo caso, saber o quanto de atenção o coreano presta à conversa. Ele pode tá meneando aquele topete absurdo só pelo prazer de menear. Entretanto, Kabeto tem um insight fulgurante:

Essa é a solução pro bloqueio literário, porra: O pensamento sem palavras, que produz uma literatura não vocabular. É o fim das horas sem fim diante de um teclado, de uma tela, de um papel em branco, em busca das putas das palavras.

Park meneia mais um pouco a cabeça oriental dele, com aquele corte de cabelo de hipster da Coreia do Norte. Esse aí patina em ringue de gelo próprio, no embalo do MD com álcool. Já nem sabe porque tá meneando aquela cabeça dele. Entretanto, abre a boca e declara:

Como já disse o grande filósofo neoclássico, Tuchê do Peloponeso, citando Aristóteles, Platão e Adoniran Barbosa, um gesto vale mais que mil palavras.

Grande sacada! — comemora Kabeto. É sua?

Não, é da sua mãe.

Kabeto mata o que resta do steinhaeger numa talagada cênica, seguida de um estalo de língua e um sopro de alívio, passada a gastura nas tripas provocada pelo álcool forte. E conclui:

Então, avisa a minha mãe que ela é um gênio. Aliás, cadê o Tuchê do Peloponeso?

E tem mais… — retoma Park, criando uma expectativa que morre no vácuo, pois ele se põe mudo.

Kabeto divide o olhar entre o amigo prestes a dizer algo e os entornos, a ver se acha o garçom. E diz, rindo:

Tem mais o quê, Park? Acorda, fiadaputa.

Sem resposta. Park caça fótons no espaço.

Deu branco, é?

O seguinte... — recomeça Park, empacando de novo.

Esse MD já comeu metade da sua mioleira, sentencia Kabeto, no tom mais neutro do mundo, como quem constata que a chuva cai. Pra sua surpresa, Park reage:

Um camarão estragado vale mais mil cagadas.

Kabeto ouve, meneia agora a sua própria cabeça, emite um *hum-hum* baixinho, levanta um pouco uma nádega e libera uma bufa risonha e franca, longa, seca, sonora: *frrprrlupf*.

Park, de novo em contato aparente com a realidade, olha em volta:

Acho que o pessoal da mesa ali ouviu. E já-já vai sentir também.

Foi um exemplo vivo de um discurso sem palavras, diz Kabeto.

Um peido é que vale mais que mil palavras, sentencia Park por debaixo da mão que lhe tapa nariz e boca.

Kabeto peida de novo, nada mais que uma trombetada curta e um tanto aquosa agora — *fluff*. O fedor vem redobrado: bomba de metano sulfídrico.

Park afasta a cadeira da mesa e se inclina pra trás. Tá mais conectado com a realidade do que parecia, o fiadaputa.

Porra, Kabeto, vai dar baixa nesse rato podre que cê tem na barriga, mermão.

Kabeto, rebate tranquilo:

Percebeu como o som e o cheiro descartam perfeitamente a palavra? Como é mesmo aquele poema do Baudelaire sobre perfumes, sons e cores que dialogam entre si e com ideias e sentimentos?

Correspondances, responde Park de bate-pronto: *Il est des parfums frais comme des chairs d'enfants, doux comme les hautbois, verts comme les prairies. Et d'autres, corrompus, riches et triomphants...* É o caso dos seus peidos: corrompidos, ricos e triunfantes.

Podicrê! Que puta memória sobre-humana você tem, cara.

Minha memória é normal. Digo, pra minha idade...

Eu é que tô velho e desmemoriado, né, seu puto? Foi isso que cê quis dizer?

Foi? Não sei. Um poeta nunca sabe ao certo o que quis dizer.

Foda-se. O que *eu* tô querendo dizer é que, no meu flato semiótico, som e cheiro prescindem da palavra. E da imagem também. Eles se conectam com as estruturas mais profundas e antigas da mente humana. Nem palavras, nem imagens. Só som e fedor, amalgamados num único sintagma pleno de significados sensoriais. Um peido polissêmico, rico em significados, como diria o Baudelaire se tivesse lido Ferdinand de Saussure, diz Kabeto, que aproveita pra mandar mais uma bufa silenciosa. São as piores, como ele sabe perfeitamente. Mas agora já foi.

Nossa!... — faz Park, de nariz tapado.

Olha só a reação imediata que o meu sintagma intestinal provocou em você. Que soneto provocaria uma reação dessas? Nem Dante, Camões e Shakespeare juntos, meu amigo.

Impassível, Park comenta:

De fato, Kabeto. Você acaba de dar uma desbloqueada legal, à margem da linguagem verbal. Descobriu a potência da linguagem anal. Em vez da boca e da escrita, se expressa pelo cu. Um escritor cuzão. Tem tudo a ver com você.

Quem tem cu vai a Roma, meu chapa, proclama Kabeto, provocando uma gargalhada no amigo, que volta a se aproximar da mesa, depois de testar o ar sem a máscara da mão.

No caminho pra Roma convinha você fazer um shitstop numa privada, Kabostão.

Positivo. Vou cagar.

Nova onda sulfídrica se insinua na atmosfera ambiente.

Pelo amor de Deus, faça isso, reforça Park, alçando o nariz em busca de moléculas de oxigênio não contaminadas com os sintagmas belzebuínos do amigo.

O personagem, com as tripas revolutas, se tranca no banheiro e só lhe resta tempo pra abaixar calça e cueca e se agachar em cima da privada repleta de mijo, onde solta o jato de merda. Diarreiazinha.

Pelo menos, papel tem bastante no rolão afixado na parede. Tenta dar a descarga, mas cadê água? Antes de voltar pro terraço, Kabeto se lembra de escrever a frase do Park a crayon na porta do banheiro: 'Um peido vale mais que mil cagadas'. Bem melhor que a frase surreal do camarão estragado. Prum boêmio, a ida ao banheiro serve pra outras coisas, além de dar baixa na fisiologia. Serve pra repensar as ideias, se ainda lhe sobrou alguma na cabeça. Pra dar um pega num bagulho qualquer, de preferência inodoro. Pra socar uma punheta, caso tenha tomado um viagra pra esperar uma gata que lhe deu o cano. Pra se isolar da humanidade por alguns minutos. Pra se matar, se for o caso. Vai dar a descarga, no automático, mas cadê água?

Na mesa, constata que Park saiu de novo pra fumar. Lá está ele na calçada de papo com uma menina. É a mesma loirinha de agora há pouco. Ou será outra? Há várias loirinhas mais ou menos com a mesma estampa dentro e fora do bar. Devem ser replicantes da mesma safra. Ôpa — ela me viu, me acenou. Oi! — parecem dizer os lábios dela borrados de um roxo escuro. Mortícia Adams em versão loira. Simpática. Bonitinha e desarvorada. Donde eu conheço essa mina, cacete? Esboço um sorriso endereçado a ela, que volta a acenar e sorrir. Vejo agora que não sou o alvo de seus gentis acenos e sorriso. Um pouco atrás de mim está seu interlocutor gestual, um hipster clássico de barba e birote. É pra ele que ela acena e sorri. Faço papel de bobo aqui. Ou seja, interpreto a mim mesmo.

Gastei uma fita de noventa minutos falando sem parar e ainda assim não amainou minha comichão tagarela. Isso acontece, em geral, quando passo o dia inteiro fechando revista customizada lá na Tônia, como hoje. A ultimíssima revista foi duma cooperativa de agricultores orgânicos. Ou foi a dos retentores? Já nem lembro. A dos orgânicos era mais divertida. Sexta, fim de tarde, véspera da minha alforria quinzenal, e eu lá, trancado numa edícula, soldado numa poltrona diante do computador, a discorrer sobre as propriedades fibrodigestivas do cará orgânico. E das virtudes anticancerígenas dos bagos da romã. E dos perigos apocalípticos dos agrotóxicos. Tomate, morango e abacaxi não orgânicos são os vilões, verdadeiras bombas de toxinas químicas. Enquanto isso, o melhor produto orgânico da praça, que atende pelo nome de Marluce, tava lá sentada sozinha na recepção, afundada no facebook pra matar as longas horas de tédio que ela enfrenta todos os dias naquele lugar. Tentei fazer essa menina ler Feliz ano velho, do Marcelo Rubens Paiva, história cheia de apelos emocionais e interesse histórico, num texto gostoso de ler, do tipo que empurra o leitor pra frente o tempo todo. Um mês depois ela me devolveu o livro, confessando que não tinha lido: 'Tô meio sem tempo. E num inteindi o título. Como assim, feliz ano velho? Se o ano já passou…'. Eu insisti: 'Lendo você vai entender'. E ela: 'Depois cê me empresta de novo?'. E quis me devolver o livro. Eu disse que era um presente. Ela ficou meio sem graça e me agradeceu. Isso, há um ano. Ela nunca mais tocou no assunto. Talvez seus anos, velhos e novos, não tenham sido muito felizes.

Dizem que as redes sociais chupam todo o tempo livre da pessoa. Antes, o que é que chupava? A TV, o rádio. As pessoas com mais grana iam muito a cinema e teatro, mas isso não sugava o tempo de ninguém. No meu caso, são as minhas fantasias sexuais que chupam todo o meu tempo, quase literalmente, já tem fantasia sexual que adora pagar um boquete pro fantasista. Quantas vezes Marluce não subiu aqui no meu mocó pra me levar uma térmica com café fresco e um pedaço do bolo de fubá ainda quentinho comprado da vizinha boleira, coisa que faz sempre que estou lá na TF à tarde, e aí, no que a Marluce real vai embora, a sua versão fantástica fica por ali com meu pau naquela boquinha carnuda, chup-chup no fubá, tcho-tchoc da minha mão no meu pau. Trago o corpo erótico da Marluce na palma da minha mão. Se ela soubesse o que se passa pela minha cabeça quando estou na editora, só aceitaria trabalhar lá portando uma arma de grosso calibre. Muito sêmen já derramei em sua homenagem. Marluce, a morena popular brasileira, a mpb dos meus sonhos, com aqueles peitinhos duros apontando pro futuro, no qual não me incluo. Nem no presente. Ai ai, Marluce.

Park dá um gole no copo de cerveja, aponta com o nariz pro bolso do meu blazer onde meti meu gravador, e manda:

Cara, transcreve logo isso aí. Dá um pau no texto e ponto final. Bola pra frente. Ou pra trás, pro lado, pra cima, pra baixo, pra onde você quiser. Mas faz a bola rolar, porra.

I'll do that, Odete, respondo com minha frase padrão para situações em que não sei direito o que dizer. Farei isso, assim que você calçar suas chuteiras e fizer uma seleção dos poemas do ninho das baratas mortas pra publicar. Ou me deixar fazer isso por você. Porque é um absurdo, aquilo, meu. Um guarda-roupa da vovó cheio de poesia, naftalina vencida e barata morta!

Park replica, num repentismo pseudopoético:

Baratas mortas e poesia. *É só isso meu baião, e não tem mais nada não*, ele entoa.

Sempre achei meio estranho ouvir certas citações musicais da boca do coreano, que faz questão de se mostrar o mais brasileiro dos coreanos da face da Terra. Nunca direi isso pra ele, mas acho que o Luiz Gonzaga não funciona direito na boca dum asiático. É só um preconceito como qualquer outro, mas enfim...

Park tá afiado:

Minha rotina, minha sina. E foda-se a naftalina. De tudo que sonho, o que sobra é o ranho na fronha. Se acordo no escuro de pau duro, cum tesão medonho, sozinho na cama, saco a pila e soco a bronha. Meu pau é a ibirapema donde nasce todo poema. Vamos todos pra Ipanema!

Gostei do ranho na fronha, aplaude Kabeto. Só podia mesmo rimar com bronha.

Merci.

Esse aí já foi pro ninho das baratas mortas?

Sim! Você tá começando a entender o espírito do guarda-roupa da vovó.

O ninho das baratas mortas.

Isso aí. Das baratas mortas e da poesia viva.

Isso dava um puta título pro teu inexistente livro de poemas: Ninho das baratas mortas.

Tinha pensado em Poesia barata.

Também é bom. Quer dizer, mais ou menos. E Poesias da vovó barata?

Park ejacula uma risada:

Deixa minha avó fora disso, Kabeto. E dá uma pausa teatral antes de emendar: Sabia que a minha avó foi escrava sexual dos japoneses na Segunda Guerra?

Brincou.

Foi. Mulher-conforto, eles chamavam. Tinha treze anos quando foi sequestrada pelos japas que ocupavam a Coreia. Treze! Era fodida por trinta, quarenta soldados por dia, sete dias por semana, a qualquer hora do dia ou da noite. Cada um mais tosco, sádico, fedido, escroto, sifilítico, gonorreico, baforento e brutamontes que o outro. Minha avó engravidou e abortou duas vezes num hospital de campanha. Fizeram o aborto sem anestesia. Tortura pura. E uma hora depois do aborto, ela já tava levando rôla de novo.

Quarenta japas de pau duro por dia? Aos treze anos? Dois abortos? Puta merda. Ela te contou isso?

A história rola no underground da família. Eu li vários livros sobre as mulheres-conforto. Na internet tem centenas de artigos com depoimentos das sobreviventes. A maioria era muito jovem na época. Tinha até criança de dez anos. Muitas ficaram três, quatro anos nessa vida, até acabar a guerra. É uma história-tabu na minha família. Muito foda. Todo mundo sabe, mas ninguém pia. Nem quando ela era viva, nem agora.

Caraca, diz Kabeto, impressionado. Putavó, a sua. Sem sacanagem…

Não é? — diz Park, orgulhoso da história que contou, talvez inventada, como Kabeto desconfia. O coreano é um paiero compulsivo. Mesmo assim, Kabeto sente um fascínio edipiano por aquele nome: mulher-conforto, que lhe evoca úberes fartos, um corpo dadivoso, acolhedor, cheiroso, caloroso, tesudo. Mulher de beleza mansa, bondade infinita, tolerância máxima. Gueixa feliz a serviço de príncipes delicados, é o que a mulher-conforto lhe evoca, nada a ver com escrava sexual de caserna nipônica da Segunda Guerra, buceta-penico pra soldadesca rude e suja se aliviar.

Você nunca tinha me contado isso antes.

E daí? Por acaso eu tenho a obrigação de te contar tudo sobre os meus ancestrais?

Ancestrais. Eu invoco com essa palavra, diz Kabeto. Cheira a sarcófago profanado.

É verdade. Palavrinha mais empoeirada.

Agora, essa história da vovó-conforto…

Que que tem?

Incrível...

Incrível, em que sentido? De que não dá pra acreditar?

É. Não... quer dizer...

Esquece a minha avó-conforto, Kabeto. E é o seguinte: minha vida de autor não se resume ao ninho das baratas mortas, tá ligado? Tenho as letras. De música. Essas não vão pro guarda-roupa.

As letras. Claro.

As letras vão pro palco, pros ouvidos do público. A galera vibra, canta junto. Poesia viva pra gente viva. Cultura pop, tá ligado?

Tô ligado que as suas letras saem do palco direto pros ouvidos entupidos de cera pop do público de rock.

Park ri:

Tomo isso como um elogio.

Pode tomar. Aliás, vamo tomá mais uma aqui.

Vamo.

Tuas letras são foda, Parkônis. Não lembro de nenhuma, mas sei que são do caralho. O que atrapalha um pouco é a música...

Park produz uma risada sarcástica:

Si fudê, Kabeto. A galera curte é a música, tá ligado? É o veículo excipiente das minhas letras. Cê já viu show dos Boleritos, não viu? Então, uma pá de gente sabe as letras e canta junto. Melhor que verso impresso em livro. Eu imprimo meus versos no tímpano das pessoas. Na cera pop do ouvido das pessoas, como diz você.

Taí um suporte inusitado pra poesia: cera de ouvido.

A música incandescente fura a cera e conduz a letra direto pro coração da galera. Me sinto um aedo de saiote tocando lira e cantando meus versos pela eternidade da poesia afora. Um aedo por procuração, já que outros é que cantam meus versos.

Kabeto pondera um instante antes de dizer:

Você não vai sair de saiote por aí, né, seu viaedo?

Vou, e sem cueca, pra empinar o saiote quando me der tesão.

Aliás, é aédo ou aêdo que se diz? Nunca ouvi ninguém falando essa palavra.

Sou a*é*do e minha poesia é um credo, jabeia Park. E sou a*ê*do, com um pau que mete medo.

E viva a musa que do teu pau abusa, rebate Kabeto.

A musa branca, negra ou cafusa, circula pela Terra, ungida pela poesia difusa que o a*é*do canta e berra. Só a rima arrima minha autoestima.

Kabeto aplaude a verve repentista do coreano:

Grande viaêdo! Ou viaédo.

Tem um poeta americano, diz Park, você deve conhecer, que diz que a poesia é a melhor parte da vida, desde que a vida seja a melhor parte da poesia.

O Ginsberg?

O Wallace Stevens.

Jura? Adoro esse cara. Ele era executivo duma seguradora, um puta coxinha.

Isso mesmo, surpreende-se Park, que não esperava que o véio conhecesse o Wallace Stevens. De fato, nada menos poético prum poeta fazer na vida que trabalhar com seguros. Mas não impediu que o cara mandasse bem pra caralho na poesia. Ele trabalha com a insegurança, com a impermanência, com o absurdo, com as maravilhas e com as trevas do ser e do mundo.

A insegurança e a impermanência, de certa forma, têm a ver com seguros.

Pode crer. Nunca tinha pensado nisso.

Você nunca pensou em muitas coisas, meu filho.

Park ignora e continua:

Tem um poema dele que diz que, quando se abandona a crença num deus, é dever da poesia ocupar o lugar vago, que é pra barbárie não se instalar.

E o romance? Não serve também pra lidar com a barbárie?

O romance é prosa. E a prosa é, por definição, intranscendente. É chã. É bárbara.

Ah, tá. Vai dizer isso pro Padre Vieira, pro Marcel Proust. Pro Guimarães Rosa.

São grandes prosadores, grandes inventores dentro da linguagem verbal. Mas não alcançam o mesmo nível de transcendência dos melhores poetas. O Strumbicômboli é quase uma exceção. Tem poesia saindo pelo ladrão naquela prosa. Poesia suja, agonizante. O contrário da poesia cerebrina dum João Cabral, por exemplo.

Merci pela parte que me toca. Mas não concordo com nada disso. Na poesia, tanto quanto na prosa, a forma é só o veículo que transporta a carga poética, pontifica o escritor bloqueado. Há poetas intranscendentes, como há prosadores que te fazem levitar.

Há quem diga que a poesia tá justamente na forma. E a forma--prosa não foi feita pra carregar poesia.

Quem decretou isso? Se liga, Parkão. A poesia tá dentro dela mesma. É um ser que só existe em si mesmo. A forma é acessório.

Porra, Kabetôncio, agora cê me pegou. Vou ter que pensar nessa em casa.

Kabeto tem um surto teorreico:

Prosa ou poesia, literatura è cosa mentale. Como sexo, aliás. No sexo, a carne só entra de veículo, do mesmo jeito que a forma na poesia e na prosa. Veículo do tesão, veículo das emoções primárias, dos sentimentos mais profundos. E sendo que tudo aquilo que entra na sua mente, seja palavra, imagem, cheiro, sensação, o que for, tudo se reflete no espelho impreciso e deformante da sua subjetividade. E vira linguagem.

Acuma?...

A literatura é um avião: a forma são as asas, o significado é a turbina que dá impulso à forma. O autor é o piloto e os passageiros são os leitores. Quando a literatura é ruim, o avião cai e mata todo mundo...

De tédio, emenda Park.

De tedium vitæ, confirma Kabeto.

Mas a literatura, como toda arte, é sonho, arrisca Park.

A própria vida é sonho, imposta Kabeto, raspando a garganta em seguida pra entoar: *Sonhei, părără-păpă... com a imagem tua, caguei na cama e joguei na rua. A bosta endureceu, passou um carro e furou o pneu — parără-păpă! Me levaram... pra prefeitura... analisaram e viram que era bosta pura. Me jogaram... no xadrêis... părără-pă-pă... de tão marrudo caguei trêis vêis. Pă-pă!*

Puta merda, que porra é essa? — diz Park, aturdido.

Nunca ouviu? É um clássico do surrealismo escatológico brasileiro. Paródia do hino do quarto centenário da cidade: *São Paulo, terra amada, cidade imensa, de grandezas mil, és tu, terra adorada, progresso e glória do meu Brasil!* A molecada do primário cantava isso.

Primário é você, Kabeto. Graças a Deus.

Depois de um segundo e meio Kabeto joga na mesa:

Falando em cagada, cu e bosta, por que será que a merda alheia é tão repulsiva? Muita gente gosta de uma mesma comida, mas o cheiro da merda alheia, gerada a partir dessa mesma comida, isso ninguém aguenta, seja uma feijoada, uma moqueca baiana nadando em dendê e leite de coco, um x-salada transbordante de maionese. A gente suporta só a própria merda, desde que fresquinha e dentro da privada. O mesmo vale pro peido, um deleite estritamente pessoal. A bufa alheia é insuportável.

Eu que o diga, diz Park, que acabou de inalar as emanações intestinais do amigo.

Kabeto se inflama e avança no tema:

Merda alheia, só aquela que você arranca do cu da pessoa desejada com o seu pau tinindo de tesão. Dessa merda, fetichizada pela sacanagem, se evola o mais regressivo dos perfumes eróticos. O mais potente, o mais inebriante, pelo menos naquela hora preciosa, com seu pau duro duro cavucando as entranhas merdosas do cu desejado...

Brilhante exposição, diz Park, divertido. Assino embaixo.

Com tesão envolvido no lance, prossegue Kabeto, o cu e tudo que sai do cu se erotizam num passe de mágica. E de gel lubrificante. Não é verdade? Você, que é um sodomita de carteirinha, deve saber disso melhor que eu.

Verdade, verdade. Agora, deixando o cu e a merda um pouco de lado...

O.k., deixemos o cu pra lá, assente Kabeto. Mas que fique bem claro: sempre haverá merda no fim do túnel.

Sempre, meneia Park.

Nada muito digno de nota nas redondezas, formula Kabeto em silêncio na mesa. Redondezas é o espaço em torno de qualquer ponto de vista, ele matuta. O mundo é todo feito de redondezas que giram em torno de um ponto de vista. Sendo que, se existem sete bilhões de pessoas no planeta, há sete bilhões de pontos de vista, portanto, sete bilhões de redondezas. É muita redondeza dando sopa por aí. E muito ponto de vista também. Até cego tem ponto de vista. Se te enterram vivo e tu acordas no caixão debaixo de sete palmos de terra, as tuas redondezas serão um tanto limitadas: nada além da escuridão confinada por pranchas de madeira um dedo acima do teu nariz e outro dedo, ou nem isso, nas laterais dos teus ombros. Só que vai estar tão escuro dentro do caixão que você não terá noção das redondezas. E o negror asfixiante à sua frente há de ser o portal do inferno. Difícil redondeza. Mórbidas reflexões. Cá está o bardo bi à minha frente. O bibardo. Seu amigo. Companheiro de boemia. Bissexual. Difícil pro Kabeto entender isso, ele, que tem amigos homo, mas não bissexuais. Ele acha mais fácil entender um homem que tem tesão por homens do que um homem que pega homem e mulher, alternadamente ou ao mesmo tempo. Coisas de uma cabeça-dinossauro como diriam os Titãs. É difícil, de qualquer maneira, entender a sexualidade alheia. Já disse alguém que a pornografia é o erotismo visto de perto. O curioso é que o Park jura que seu negócio erótico por excelência é com mulher, e que seus contatos com caralhos alheios são esporádicos — esporrádicos, no caso —, nada além de um 'polimorfismozinho lúdico e ocasional', como ele diz. E que, no caso do Pisano, o pau dele entra no lance por mera contingência: o cara é nada menos que o marido bissexual da mulher igualmente bissexual que ele ama & venera. Se você é fissurado por uma diva divina, mas casada, que só dá pra você com o marido boiola junto na cama, fazer o quê? Tem que dar conta do pau do outro pra chegar na buceta da dita diva.

Até acredito nisso, pelo menos nos dias liberais em que minhalma tosca e regressiva se dispõe à plena aceitação da diversidade humana. E acredito também que o Pisano enche a esposinha dele de pica todo dia, sozinhos os dois, ou acompanhados de xotas e pirocas coadjuvantes. Ela é apaixonada por ele, conta o Park, pelo pau dele, de porte 'importante', como avalia o coreano, talvez pra massacrar o ego do Kabeto, que não deve ter um pau de tão grande importância.

Não posso dizer o quão massacrado eu me sinto, pois, felizmente, nunca vi a pica do bandleader de los boleritos, de modo a poder compará-la com a minha. Tem isso, e tem também o fato de que eu jamais toparia me entrepirocar com o Pisano só pra comer a Melissa. Não acho que mulher alguma vale isso tudo. Tolero, no máximo, saber que a mulher que cê tá fodendo é a fêmea oficial de outro cara. Já fui comborço de caras que jamais suspeitaram de ter tal relação comigo. E, naturalmente, outros caras foram meus comborços sem que eu desconfiasse muito disso. Mas não suportaria viver com uma

Melissa, que arranja casos em escala industrial com homens e mulheres. Muita confusão prum caralho só. Aliás, quantas bucetas essa Melissa pensa que tem? O.k., tem um cu também, importante auxiliar em suas travessuras eróticas, pelo que sei através dos candentes relatos do Park. Mas mesmo assim...

Kabeto retoma o velho papo:

Park, eu adoro as tuas letras. E não tô puxando o teu saco, não. Quer dizer, tô, mas não é só isso. Tô a expressaire verdadeira admiração por teu estro puético, ó pá. A Melissa cantando letra sua é de parar o coração. Aquelas pernas dela... *fff*... com todo respeito pela sua digníssima amante. São as pernas dela que cantam. Pra não falar do resto. E que resto! É todo um coral anatômico cantando com ela.

Pó falá da Melissa à vonts, de boa. Ela é foda mesmo, diz Park, sem esconder seu orgulho de macho que tira monumentais casquinhas do melhor exemplar conhecido do gênero feminino na praça que eles frequentam.

Inveja do caralho que eu tenho de você, seu coreano viado fio duma puta, solta Kabeto. Não inveja do seu caralho, veja bem, mas sim do que ele anda comendo. Quer dizer, da parte feminina do cardápio dele...

Park sacode lento a cabeça, soltando um riso nasal de 'esse é o véio'.

Falando em caralho, du-caralho a letra que cê me mandou.

Que letra? Te mandei alguma letra?

Por e-mail. Cê devia tá muito chapado de MD e não lembra.

MD não deixa ninguém chapado.

Era sobre o John Fante, a letra. Em inglês. Não deixa?

O MD? Não. Quem fica chapado é maconheiro, como você. Te mandei essa letra, então, é? Bom, devo ter mandado, senão você não teria recebido.

Elementar, meu caro Parkson. Outra coisa que me parece elementar é que essa porra de MD tá fazendo sua mioleira virar um pote de amendocrem.

Do mesmo jeito que a sua virou uma plantação de fungo de cannabis, retruca o amendocoreano.

Mandou em inglês e português, Kabeto esclarece. Qual te veio primeiro à testa coroada de louros, meu bardo pop?

Em inglês.

Claro. Nem cheguei a duvidar disso.

A língua-mater do rock.

Lógico.

Mas a letra funciona nas duas línguas. É pra funcionar, pelo menos...

Não duvido. Como poesia tá do caralho. Agora, vem cá: tuas letras de rock todo mundo pode ouvir. Todo mundo que paga pra ir nos shows dos Boleritos, bem entendido. Mas a tua poesia, só os poucos e raros que te ouvem dizer seus poemas por aí, em geral quando cê tá bêbado e emedezado. Ouvi dizer que as bem-aventuradas criaturas que frequentam a sua cama são as mais privilegiadas. Ouvem récitas inteiras da sua obra. As mulheres, pelo menos.

É. Mas a pessoa tem que fazer por merecer ouvir meus poemas. Merecer na cama, digo. Quem te contou isso?

Uma passarinha promíscua.

Kabeto se refere a um único relato da Mina que, bêbada e cheirada, deixou escapar um lance de cama dela com o oriental. Ela chupando o pau dele e o Park lendo os poemas que ela mesma tinha pinçado aleatoriamente do ninho das baratas mortas da vovó-conforto. Uma loteria priápico-poética proposta pelo Park, que abriu uma das portas do guarda-roupa atulhado de papéis garatujados pra nossa amiga já em pelo. A Mina catou um punhado de papeluchos lá de dentro rezando pra não ser contemplada com nenhuma carcaça de barata morta, no que foi atendida pelas divindades. E diz que o bardo ainda teve a delicadeza de lhe tocar uma siririca enquanto lia em voz alta os poemas sorteados. Não perguntei como aquilo acabou, ardendo de ciúme do maldito oriental. Mas não duvido que ele tenha gozado na boca da sua ouvinte, que, por sua vez, gozou la*r*gado no dedilhar destro que o aedo lhe ministrava na xota molhada de tesão.

Kabeto engata, afastando o fantasma do ciúme:

Continuo sem entender por que tuas letras todos podem conhecer e os poemas não. O que acontece, Parkão? Tem mais poesia nas letras que nos poemas? É isso?

Park dá um tapa na testa:

Porra. Putz. Caralho. Buceta. Cu. Não tinha pensado nisso. Mas, acho que não. Será?

Não sei. Não conheço toda a sua obra poética. Aliás, ninguém conhece.

Bom, de qualquer maneira, letra de música tem outro tipo de apelo poético, diferente da poesia escrita. Pra começo de conversa, letra depende da música pra ganhar sentido, espessura...

Hum! Espessura! Trés chic — sarreia Kabeto, que arremata: Espessura de cu é rôla, meu. Como diria o Tuchê.

Park decide que não ouviu isso e segue teorizando:

Essa discussão é velha. Na real, sem a música, uma letra não vai muito longe. Já fiz muita letra em cima de música pronta. Aliás, gosto mais de fazer assim. A lírica começou com um aedo de saiotinho tangendo a lira e cantando os poemas. Mas só ficaram os poemas. Tipo: 'Efêmeros! Que somos? Que não somos? O homem é o sonho de uma sombra'.

De quem é isso? Do Estercorário de Efezes? Ou da Safodinha de Xupaxana?

Do Píndaro.

Píndaro Monhangaba?

Dum tio dele.

E desde quando cê sabe de cor poemas do Píndaro, seu coreano metido a neoclássico? Cê tem um google na cabeça, é?

E outro no celular.

E esse Píndaro, ele tinha uma banda? Boleritos do Monte Olimpo? Os Corifeus do Apocalipse?

Tinha: Com liras, flautas, sanfonas, zabumba, triângulo e percussão. Ele era o crooner da banda. Fez muito sucesso no agreste helênico.

E era chegado numa flauta doce, o Píndaro? — insinua Kabeto, em sua torpe homofobia.

Com certeza. Soprava pela boca e pelo cu. É isso que cê quer saber?

Kabeto volta rapidinho ao outro assunto:

Vem cá, Park, cê acha que as letras de rock vão ser lidas como poesia clássica daqui a três mil anos? Como esse poeminha do Píndaro?

Daqui a três mil anos a música continuará grudada na letra. Mas, se as gravações ou as pautas se perderem, as melhores letras, se forem impressas em livro, de papel ou eletrônico, vão virar poesia clássica. Aliás, você ouvia o que na sua juventude, Kabeto?

Gozado, me lembro mais do que eu ouvia menino ainda, aos cinco, seis anos. Era muita música italiana no rádio. Minha mãe adorava: *Io que non vivo piú de un'ora senza te...* E *Date me um martelo...* E *Amore scusa me...* Eu era ouvinte passivo. Ouvia também bandas militares de vários países, de uma coleção de discos do Reader's Digest que meu pai coronel tinha em casa. Ele empilhava quatro, cinco elepês da coleção no pinoco múltiplo do picápi Garrard. As bolachas pretas iam caindo umas em cima das outras e a casa toda parecia uma parada militar. Eu gostava dum desses elepês só de bandas militares escocesas com muita gaita de fole. Mas eu pirava mesmo era com a banda militar inglesa executando aquela música do filme: *Fiu-fiu... fiufiufiu-fiu!-fiu!-fiu!...*

Opa, faz Park. Essa eu conheço. Era trilha daquele filme de guerra antigo, né? Dos prisioneiros ingleses que eram obrigados a construir uma ponte pros japoneses...

A ponte do rio Kwai. Como cê sabe?

Velharia que eu vejo na TV a cabo, responde Park, enquanto esfrega e cutuca a tela do smartphone em alta velocidade. Txô vê aqui... ahn... É de 1957, esse filme. William Holden e Alec Guinness. Falando em rio, vou mijar, ele conclui guardando o celú no bolso, já de pé.

Kabeto desguia o olhar prum grupinho de três fêmeas da espécie que acabam de chegar e voam pra cima da única mesa vaga no terraço, perto dum aquecedor: a negra Fulana, a gordinha Sicrana e a bela indiazinha Beltrana que combinaram de levar as respectivas bucetas pra espairecer na noite vadia. Nossa! Daqui a pouco não consigo dizer nem mais pra mim mesmo uma merda dessas sem levar um esporro da minha consciência compulsoriamente pró-feminista — soliloquia Kabeto, vendo Park contornar as minas que, de pé, aguardam o Tuchê limpar a mesa que vão ocupar. Park não presta a menor atenção nas recém-chegadas. Nem na Beltrana, que é mesmo uma coisinha: morena indiática de franja reta no meio da testa e zigomas protuberantes, com um narizinho ao mesmo tempo achatado e arrebitado na ponta. Uma Iracema de lábios borrados de mel vermelho-sangue da Revlon ou da MAC. Jeans agarrados na bunda saliente, com um celular de capinha cor-de-rosa entalado num bolso traseiro. Soubesse o número, eu ligaria já praquela bundinha: Alô, bundinha? Tô cum puta tesão nocê! Tô sentindo teu calor. Que vontade de carimbar um beijão nocê, bundinha, lambrecar de cuspe teu rego depilado, roçar a íris rugosa do teu cuzinho asseado com a ponta da minha língua curiosa. A dona da bundinha puxa uma cadeira onde senta com o pink celú esquecido no bolso. Sente a pressão na bunda, levanta a nádega e puxa o aparelho, que bota à sua frente na mesa.

Mesa limpa, freguesas instaladas, Tuchê, acrobático-performático, sustenta na mão desmunhecada a bandeja carregada de vidros e porcelanas sujos, enquanto ouve os primeiros pedidos das freguesas ainda embaladas em casacos e cachecóis, que elas não se animam a tirar, mesmo com o aquecedor perto da mesa.

A gordinha Sicrana, a loira do grupo, deve ter nascido com cabelo castanho-escuro, como se vê pela rama da cabeleira. Nunca a vi mais magra. Pouca gente deve ter visto. Ela parece constitucionalmente gordinha. Aquela barrigota e o lipopneu inflando a cintura do vestido de lã preto vieram pra ficar em sua vida. A menos que ela saia daqui correndo, neste exato minuto, direto pra Total Fitness. Quem sabe o en*coach*aDinho ainda teja lá dando expediente, louco pra torturar uma jovem adiposa com abdominais e agachamentos cruéis, ao som do pior bate-estaca do planeta, no mais timpanocidário volume possível. Quando senta, barriga e pneu sobressaem ainda mais. É a menos gata das três, mas tem um sorriso gostoso, alegre e, a seu modo, sensual. Um sorriso desses vai longe, como diria certo Odisseu irlandês.

Fulana, a negra, parece a mais velha do grupo. Tem uns trinta e dois, eu diria. É volumosa mas não exatamente gorda. Fortona seria o termo pra rotular seu tipo: alta, ancas potentes, bundão, peitaria exuberante. Cabelo armado num capacete pixaim à la Angela Davis que vai bem com seu rosto de uma beleza afro-high-tech, com aqueles óculos de lentes estreitas, retangulares. Executivérrima. Sentou de perfil pra mim, e, quando se volta pra falar com a amiga sentada à sua esquerda, posso ver sua cara quase de frente. Suas bem agasalhadas e fornidas nádegas transbordam do vão da cadeira entre o assento e o encosto. Que bunda. Opulenta. Ombros de nadadora olímpica. Quem foi mesmo que disse que trocaria toda a cultura ocidental por uma nadadora olímpica? Céline. Acho que foi ele. Tá de salto alto e uma écharpe em tom de vinho, de padronagem indiana, que faz elegante pendant com o preto total de sua indumentária: tailleur, malha e meias. Sem falar na pele retinta, item fundamental da sua figura de mulher. Peixão, diria o finado coronel, pai do Kabeto.

Ou muito me engano, ou Beltrana, a linda Iracema do grupo, acabou de me conceder uma rápida pincelada ocular. Pode ter sido só um pequeno acidente de percurso panorâmico. Seus olhos deram com os meus, como poderiam ter dado com duas azeitonas marrons penduradas no ar. Uma trombada inconsequente de olhares. Mas não tem como a minha imagem não ter ficado, por uns segundos ao menos, impressa nas retinas dessa garota. E que peitinhos interessantes, alçados à glória por um sutiã meia-taça preto, visível pela seda bege da camisa, uma vez que ela teve a generosidade de puxar o zíper do casaco de couro sintético cheio das cintas, fivelas e zíperes, coisa kitsch, mas cara, pelo jeito. Ó filha da mata adentro dos sertões profundos dos meus brasis feminis! Se o frio inclemente congelar vossas tetinhas, chupá-las-ei com a mais calorosa volúpia até se transformarem em dois flans trêmulos de tépido prazer. Melhor pará de zoiá as mina, em todo caso. Quantos segundos você pode olhar uma mulher atualmente antes de se configurar assédio sexual passível de prisão preventiva?

Park, já retornado do cagote, só agora dedica alguma atenção às três girls da outra mesa, por cima do copo de cerveja que ele empunha e sorve com lentidão.

Foi você que escreveu no banheiro que um peido vale mais que mil cagadas?

Foi. Fui. Foi ou fui? A frase é sua, em todo caso.

Minha? Jura? Eu ia dizer que achei a frase genial, mas agora… a modéstia me impede.

Que será que essas minas fazem da vida? — especula Kabeto em voz alta. Secretárias? Vendedoras? Funcionárias do administrativo? Do RH? Atendentes de telemarketing?

Atendentes de telemarketing é que não, palpita Park. São bem mais classudas que isso. E, pelas roupas, ganham bem melhor que uma atendente de telemarketing.

São o quê, então? Protéticas? Contrabandistas? Pistoleiras?

Com certa preguiça de explorar esse assuntinho, Park começa:

Tem mil profissões novas no mercado, tá ligado? Ali pode ter uma gestora de ecorrelações, uma gerente de mídias sociais e uma trendhunter. Mas alguma delas pode ser também uma coaching de reposicionamento...

Coaching? De coach? — salta Kabeto.

Sim, o cara que faz coaching é o coach.

Que nem o inesquecível bombaDinho da academia do rêgo suado...

Quem?

O da fita.

Que fita?

Esquece.

Park segue enumerando:

Uma dessas minas pode ser operadora de eventos, por exemplo. A moreninha de franja tem cara de think designer. É a mais gostosinha, né?

Um tesão, reforça Kabeto, sugando à distância aquela boca beiçuda.

Park ignora e continua:

A negra chique pode ser uma assistente de mobile marketing, por exemplo.

Duvido que qualquer uma dessas novas profissões aumente sequer um microponto percentual no PIB.

Engano seu. Essas novas profissões, sobretudo as que têm nome em inglês, são um puta nicho de mercado. Muita grana rola por ali.

Porra, Park, desde quando poeta entende de nicho de mercado?

Tá tudo no ar. É o esprit du temps.

Cê tá ficando cada vez mais metido, Park. Esprit du temps de cu é rôla...

Como diria o Tuchê, emenda Park.

Isso.

Você é que tá cada vez mais por fora do espírito do tempo, *véio*.

Vou numa mesa branca pra ver se o espírito do tempo baixa em mim.

Se eu fosse você, começaria trocando esse teu burrofone aí, do tempo do Graham Bell. Já ouviu falar em whatsapp? É a última novidade cibernética da praça. Tá se expandindo que é uma loucura.

Kabeto puxa do bolso da calça seu burrofone Samsung, que ele cola na orelha:

Hello, mr. Graham? Help me! What's what? (...) O.k., bye bye! (...) Jingle bell for you too, mr. Graham!

Daí, passa o aparelho pra outra orelha:

Ô Cride, fala pra mãe i na venda e me comprá um Uatisápi!

Park dá um sorrisinho condescendente:

Seu anafalbetismo digital é tocante, Kabeto. Qualquer dia você não consegue mais nem acender a luz do quarto.

Kabeto repõe a velharia tecnológica no bolso livre do blazer e dispara:

Vem cá: esquece bits e bites e me diz de bate-pronto: o que é, afinal de contas, a poesia?

Vendo que Park levou um susto e se prepara pra responder a sério, Kabeto aproxima o gravador da boca do outro e dá play. O mecanismo trava, o lado B da fita acabou faz tempo. Mas a luzinha vermelha do on se acende assim mesmo. Park capricha, com certa solenidade:

O Wallace Stevens já disse que um poema é um meteoro. E eu digo aqui pro seu gravador: um poema é um artefato verbal, de materialidade sonora, visual ou alfabetográfica, ou qualquer tipo de mistura disso tudo, mas de natureza puramente mental. É um mecanismo que condensa, desloca, ressignifica as palavras ou signos, as frases ou sequências de signos, a sintaxe, a morfologia, a a...

Putz, baixô os Irmãos Haroldo, como diz o meu amigo Antônio.

Que irmãos Haroldo?

De Campos. Mas, e aí? Que mais?

Então, o poema, a poesia, é esse mecanismo aí que eu falei. Um mecanismo que produz na consciência do leitor, do espectador, algum tipo de transcendência, de surpresa epifânica, de excitação intelectual, emocional, lúdica, lúbrica. E revoguem-se as disposições em contrário.

Muito bom, Parkão. Nada como uma boa definição de seja lá o que for. Pode não servir pra nada, mas faz as pessoas acharem que estão entendendo melhor o mundo. Por sorte, suas doutas palavras estão armazenadas aqui, nesse aparelho analógico ultrapassado, à espera da eternidade e protegidas contra o esquecimento.

Kabeto dá um clicoff e guarda o Sony.

Tava gravando, mesmo?

O outro faz que sim.

Não acabei ainda.

Vai sair mais teoria daí? — diz Kabeto. Certeza? Tá no fim da fita...

Park saca seu celular e bota no modo gravador:

Eu mesmo gravo aqui e te passo depois por e-mail. Se te interessar.

Passa, passa.

Então... ahn... Tem poemas com versos controversos, no limite da prosa. E tem versos reversos que se infletem sobre si mesmos.

Caceta! Chique no ú*r*timo.

Park ignora:

E podem até ser até adversos, os versos. Muitos, de fato, são adversos pra caralho, desgracentos, agourentos, mórbidos, apocalípticos.

Sem falar nos poemas sem versos, arremata o coreano.

Esses são os melhores, manda Kabeto. Poemas sem versos e sem leitores. O leitor pode ser um problema pra literatura. O cara te lê com má vontade, em lugar barulhento, não entende direito o que tá lendo, larga a porra no meio e ainda diz no final que não gostou.

Park cavalga à rédea solta:

O poema sem versos não tem leitores mas tem visualizadores. O poema visual apela pra outro tipo de código de linguagem e de repertório na cabeça do visualizador. Tá cheio de poema sem versos por aí. É só prestar atenção. E não me refiro aos seus peidos, colega.

Kabeto olha pra New Iracema na mesa ao lado. Aquilo, sim, é um poema sem versos. Sem roupa, deve chegar à perfeição.

A poesia é uma aventura na selva da linguagem, sentencia Park. E o poeta é o herói da linguagem.

Também acho, balbucia Kabeto, embevecido pela figura da índia high-tech. Park continua empolgado consigo mesmo:

O poema é o trampolim prum mergulho de cabeça no desconhecido.

É bom tomar cuidado pra não estourar a cabeça, se o desconhecido for muito raso. Ou se afogar num mar de clichês, manda Kabeto.

Aliás, e se a gente, tipo, mudar de assunto, tipo?

O.k. Tipo.

Eles se calam. Nenhum assunto se apresenta, para alívio de ambos. Park tira o maço de marlboro do bolso e joga na mesa. Kabeto olha aquilo e sente bater o fantasma da fissura nicotínica. Ele parou de fumar há anos, há quase tantos quanto já leva sem cheirar. Nicotina, cocaína, maconha e álcool, vícios encadeados, o Quarteto Fantástico. Um puxava o outro, e todos te levavam pro caralho. Tão lá ainda, os dois primeiros em coma profundo. Não é impossível que cigarro e pó despertem de volta pra vida e pro convívio cotidiano com o hospedeiro obsessivo-compulsivo, dando suas ordens peremptórias: Cheira mais uma. Manda mais um shot, de vodka, uísque, steinhaeger, pinga, o que tiver. Mata essa linha logo e estica outra. E outra. E mais goró no gogó. Acende outro ciga. Abre mais uma breja pra lavá a serpentina. E mais um cigarro.

Os caminhos do excesso levam ao palácio do empapuço, como diria William Blake se privasse com o Quarteto Fantástico, dia sim, dia também, como eu por longos períodos. Sobraram a maconha e o álcool, Nhô Beque e Nhá Manguaça, a dupla de demônios domesticados que propiciam ameno convívio, no geral dos dias, com a ajuda fundamental da dipirona monossódica pra rebater a ressaca no dia seguinte.

Depois de mais um gole generoso de steinhaeger, Kabeto, do nada, se toca de alguma coisa que acontece no seu coração, nem tão longe da Ipiranga com a avenida São João:

Ando carente pra caralho, ele diz em voz alta.

Park olha com espanto pro amigo:

Tá falando sério?

Pior que tô.

Mas, assim, do nada?

É, do nada.

Há quanto tempo o seu caralho tá caralhente de caralhinho? Digo, de carinho.

Muito tempo.

Mas você não disse que comeu outro dia mesmo aquela poetinha, a mineira... a... como era o nome dela? Célia?

Cleia. Rosicleia. Faz séculos.

Quantos séculos? Uma semana?

Duas.

Ó o cara. Cinquentão rodadaço, cabô de pegá uma novinha e vem chorá que tá carente. Si fudê, mano.

Kabeto fica na dele. Park chuta:

Gostosa?

Razoável, prum cinquentão bem rodado, como diz você. Tentei um fio terra nela, não gostou.

Isso não quer dizer nada.

Quer dizer, sim. Quer dizer que eu não enfiei o dedo no cu dela como pretendia, redunda Kabeto, enchendo seu copo de cerveja, e o do amigo, que transborda de espuma. Ele acode de bico drenador num *chup!* vigoroso que quase esvazia o copo do outro.

Porra, Kabeto, se sobrar um dedinho de cerveja pra mim eu agradeceria.

É a carência, diz Kabeto, lambendo seu bigodinho de espuma enquanto despeja mais cerveja no copo drenado.

Carência de buceta você não tem, Kabeto. Faça-me o favor. O que você tem, sempre teve e terá, é fissura por buceta. Fissura é diferente de carência, que é um conceito passivo. A fissura é o estado proativo do desejo. E não só por buceta, mas pela mulher em si, a mulher total, a mulher ideal, a musa básica do romantismo machista tardio do qual você nunca vai se livrar.

Nem vou tentar, pontua Kabeto. Aliás, meu reino pela musa básica do romantismo machista vadio!

Tardio, corrige Park.

Tardio e vadio.

Bota a bunda na janela, bró. Sai à caça, pega, mata e come!

Kabeto entoa mariabethaniamente:

Carcarááá! Pega, matá e come! Putz, como cê foi lembrar disso, meu? Nem teu bisavô tinha nascido lá na Coreia quando a Bethânia gravou isso.

E digo mais, diz Park. Quem não carcô nem foi carcado, descarcaralhado está.

Quê?

O coreano puxa do bolso de trás do jeans seu caderninho de notas, com uma bic entuchada na espiral, e desata a garatujar mais ração poética pras suas baratas mortas. Kabeto não pode ver, mas aposta que ele anota o que acabou de dizer, só que empilhando as frases à guisa de versos.

Por que você não grava esses monumentais insights poéticos que você tem, ou que o MD tem por você?

Ahn?... — faz Park, absorto na escrita.

Kabeto vê a trinca de moçoilas da mesa ao lado se divertirem muito com as imagens que elas se exibem em seus celulares. Tento apurar o ouvido pra ver se pesco alguma coisa do falatório delas, mas a zoeira do bar é um scrambler que mistura todos os sons ao redor. E a minha audição também não anda grande coisa. O mais provável é que estejam metendo a boca em alguém, uma amiga, o ficante de uma delas que ficou pra trás sem ter fincado o que pretendia fincar, ou falhou ao tentar. As risadas que elas soltam têm o inconfundível tempero da maledicência.

E, ôpa: elas se levantam e saem com long necks e maços de cigarro nas mãos. Logo dá pra ver as três agrupadas na calçada, de papo e pito e golinhos no bico das longs. Kabeto registra o jeito com que elas se medem com as outras mulheres do terreiro, essa é trendy, aquela é peruete, a outra faz o bitch style. E tem as punkoides, as butiquentas, do tipo careta elegante, como elas mesmas. Algumas são gordas e as magras. E as quase gordas e as quase magras. E tem as gatas e gatinhas de qualquer estilo, as bonitonas e as exibidas. Todas elas enchem a vista dum macho vadio sozinho numa mesa de terraço de bar numa noite invernal de sexta-feira. As três representantes da nova economia não deixam de avaliar também os caras, qual daria mais caldo na mesa e na cama, jogando olhares pra cá, sorrisos pra lá. Suspiro fundo e mais uma vez reconheço o quão por fora eu tô desse mercado da carne jovem. Mas antes que eu tenha tempo hábil de me deprimir com tal constatação, uma voz familiar faz descarrilhar meu pensamento:

Emidê?

Quê?

Vai?

É o Park com o sacolé de MD entre o indicador e o polegar que tenta mais uma vez induzir o amigo velho a um vício novo. Ele não vai sossegar enquanto eu não mandar essa bosta na frente dele.

Kabeto, tenho certeza que esse teu romance encalacrado sai fácil-fácil se você der uns tecos no MD. Qué dizê, fácil-fácil não sai nada, né? Só bosta mole. Mas te garanto que sai. Há-de. Do verbo hadar.

Parkão, tô a fim, não. Tô bem na erva, na cerva e no mein liebe steinhaeger. Só me fa*r*ta as pe*r*va.

Park meneia gravemente aquele penteado trapezoidal dele, enquanto alça o copinho de cachaça à altura da boca, sem se decidir a entornar o que resta de líquido amarelado ali. Kabeto imagina que o amigo esteja em vias de ter uma iluminação de algum tipo, de vapor de mercúrio ficcional, de sódio poético, de LED romanesco ou de qualquer substância filosófica igualmente indutora de luminescência estética. Torna a descansar o copinho na mesa, abre finalmente o sacolé com o pó branco, cata um teco na ponta do dedinho molhada de cuspe, esfrega a substância debaixo da língua e nas gengivas, fecha a boca e os olhos, fica assim por um longo minuto, alheio a tudo que esteja fora da sua pele. Daí, arregala os olhos, guarda o MD na carteira, nem aí pra ninguém, joga o olhar na rua vazia, volta a fechar os olhos. Um sacerdote budista se preparando — ou se esforçando? — pra ter um satori.

Já vi outras pessoas de MD, ninguém fecha os olhos assim. Isso é onda do oriental pra cima de mim. Em todo caso, teatro à parte, o amigo viaja numa frequência mental que nunca experimentei. Quem tá dentro dele agora? Vejo um cara que se parece muito com o Park, o mesmo cabelo impossível dele, mas não é mais o mesmo Park de sempre. Tudo bem que, depois de três caipirinhas e cinco chopes, ninguém é mais o mesmo. Mas a bebedeira, normalmente, só amplifica os traços preexistentes da pessoa. Agora, esse MD parece criar um alienígena que domina e transforma de forma radical a pessoa. Eu devia experimentar pra ver como é. Mas encasqueto que não quero. É mais uma birra minha que um cuidado profilático com a minha saúde. Sei que não vou me viciar numa merda dessa. Se bem que, vai saber.

O Park abre os olhos de novo e solta:

Especial. Tipo.

O quê, o MD?

Ele faz que sim.

Sei. Batizado com Racumim, raspa de joanete e caspa de urubu. Tipo.

Negativo. Esse é chose fine. Larga a mão de sê véio, véi. Experimenta.

Qualquer dia. Assim que eu receber o diagnóstico de uma doença fatal e galopante que vá me matar em seis meses. Daí, aproveito pra tomá pico de herô também. Pó de manhã, pra arribá, MD de tarde, pra tardá, herô à noite, pra viajá. Mais maconha, cerveja e steinhaeger o dia todo. Isso, e uma dieta rigorosa de torresmo, camarão empanado, acarajé, pernil de javaporco, linguiça calabresa frita na banha de porco, pastel de feira, sonho de padaria, pudim de leite com chantili...

Enquanto você não recebe esse diagnóstico, fica só no MD.

Já paguei pau pra cocaína vinte anos da minha vida, exatamente dos vinte e três aos quarenta e três. Pra mim, deu.

MD não tem nada a ver com cocaína. Quantas vezes já te falei isso? É uma química muito mais refinada. Esse aqui quem faz é um professor de química da USP, com doutorado nos Estados Unidos, amigo dum amigo meu. State of the art.

Sem drogas acadêmicas numa sexta à noite. Só mato de preto véio e cachaça de alemão. E breja, claro. Tá de bom tamanho pra mim.

Kabeto, tu é um bostão memo. Cê precisa reconfigurar essa cabeça tua, senão tás fodido. Não sai romance, não sai porra nenhuma.

Tô precisando é duma boa mulher boa pra me reconfigurar a cabeça do pau. Eu, por acaso, fico enchendo o teu saco procê fumar maconha pra reconfigurar o olho do seu cu, seu oriental prejudicado?

Park ri da minha grossura.

Fumei muita maconha na adolescência, ele diz. E foi aqui no Ocidente mesmo. Se fiquei prejudicado foi por causa do fumo. Parei com essa merda.

Você parou com maconha. Eu parei com pó. Um dia vou ter que parar com maconha também. E você vai parar com MD. Vamos ter que parar com tudo. Inclusive de viver.

Enquanto seu lobo não vem... saúde! — brinda Park, erguendo o copinho de cachaça:

Kabeto bate o sino com seu steinhaeger, promovendo o congraçamento dos verdes canaviais brasileiros com os aloirados campos de centeio e cevada alemães. Ambos dão gorgulhantes talagadas, inaugurando o que parece mais um hiato de folga na conversação, uns minutos livres pros neurônios arejarem o saco. Kabeto bota um olhar distraído na fauna do bar, metade da qual se acha na calçada, fumando.

Park rompe o hiato:

Kabeto?!

Quê?! — o véio se alarma.

Park arrota curto e alto. Kabeto responde erguendo uma só nádega pra liberar um traque seco que soa como a tradução anal do arroto do outro.

Park olha por um instante o infinito. E puxa mais uma cerveja do balde que o Tuchê acaba de estacionar na mesa, com três ampolas geladas de 600 ml enterradas no gelo. É o que o garçom-figura faz quando vê que a fonte secou na mesa dos clientes mais sedentos.

Debalde o Tuchê enche o balde que logo se tornará baldio de cerveja, fraseia Park.

Tuchê se manda sem a viradinha de praxe, assoberbado demais pra dar trela pros bebuns contumazes. Park destampa a garrafa no abridor soldado na borda do balde e serve os dois copos americanos, o do Kabeto na mão dele.

Posso te falar uma coisa, Kabeto?

Melhor não, diz o outro, tentando captar o jorro de cerveja que acerta setenta e cinco por cento o alvo.

Foi mal, se desculpa um oscilante coreano.

Kabeto enxuga a mão num guardanapo de papel e comanda:

Vai, diz logo.

Diz o quê?

A coisa que você queria me falar. Só me poupe de verdades abrasivas.

Eu não ia te dizer nenhuma verdade abrasiva. Ou ia?

Espero que não. Já esqueceu o que ia me dizer?

Hummm… talvez fosse o seguinte: cê já experimentou sentar naquele computador e simplesmente escrever a primeira merda que te vier à cabeça?

Já.

E depois a segunda merda? E a terceira, a milésima, até sair alguma coisa daquele merdeiro todo?

Pensar, pensei. Mas não escrevi. É exatamente isso que chamam de bloqueio criativo.

O seu amigo Bukowski, que você adora, como cê acha que ele fazia pra escrever?

Enchia a cara, ia ao Jóquei, misturado à ralé, perdia ou ganhava uns pichulés, passava num bar sórdido qualquer, arranjava treta, dava umas porradas em alguém, levava outras tantas, pegava uma puta na rua, ia comer ela numa espelunca suja e perigosa, voltava pra casa bêbado, machucado, duro, com a vida de ponta-cabeça, angustiado pra caralho, cogitando suicídio. E escrevia. Escrevia até cair duro na cama.

E por que você não faz igual? Talvez pulando a parte do Jóquei e da treta no bar.

Sem jóquei e treta no bar, o Bukowski não seria o Bukowski. E nem eu quero ser o Bukowski. Foda-se o Bukowski.

Foda-se, nada. Você adora o Bukowski.

Eu gosto do Bukowski idiossincrático, confessional e antiliterário, do Mulheres, do Cartas na rua, e, sobretudo, das Notas de um velho safado. Gosto do Bukowski misantropo que diz 'Nunca me senti só. Gosto de estar comigo mesmo. Sou a melhor forma de entretenimento que posso encontrar'. Ou: 'Não, eu não odeio as pessoas. Só prefiro que não estejam por perto'.

Park abana a cabeça com um vago sorriso nos lábios orientais matutando se, na real, não seria esse o problema do amigo: ele não é um autêntico misantropo. A vidinha dele não tá de ponta-cabeça, como a do Bukowski. Ele não vive angustiado, louco e sem um puto no bolso, condições necessárias, mas não suficientes, pra ser o tipo de escritor que ele queria ser. Apesar de toda a panca de boêmio, dos porres no Farta, dos beques, das fêmeas da espécie que ele consegue levar pra cama nas noites mais propícias, dos eventuais períodos de duranguice, dos quais é invariavelmente salvo pela mãe ou pela filha, e do seu propalado culto ao ócio, apesar disso tudo, na real, o Kabeto tem uma vida até que bem certinha, perfeitamente equilibrada entre os quinze dias por mês em que trampa vinte e cinco horas por dia no computador pra editora daquela coroa que ele pega de vez em quando, e a quinzena de papo pro ar e boemia suave, que ele curte na companhia dos amigos e amigas ficantes. Tudo previsível, tudo regular e rotineiro na vida desse protobukowski frustrado. Ele precisava é que a vida lhe desse um pé na bunda sedentária. Daí, quem sabe lhe voltasse a gana de escrever e lhe brotassem os temas, os personagens, as histórias. Ou, então, ele podia simplesmente aposentar esse Bukowski que vive buzinando na cabeça dele e fazer uma literatura de gabinete, arrumadinha, com história baseada em pesquisas muito bem planejadas e realizadas, com narrativa fluente e questionamentos morais, políticos, histórico-sociopsicofilosóficos que deem relevância e profundidade aos personagens e às situações por eles vividas, com um texto elegante, expressões chiques, en passant, vis à vis, data vênia, a desoras, esse tipo de coisa. Ele tem as armas e as ferramentas pruma tarefa dessas. Se ele usar os quinze dias de folga que se concede todo mês, em doze meses ele escreve uma porra dessas. O Bukowski vomitaria lá no túmulo dele se lesse algo assim. Mas deixa quieto o Bukowski, que já morreu e virou pó. Um romance coxinha bem elaborado e politicamente correto é tudo o que o mercado editorial mais almeja hoje em dia. O problema é que o tiozão quer fazer literatura rebelde, suja, anárquica, a contrapelo do bom gosto oficial. E isso não combina com essa vidinha de boêmio pequeno-burguês que ele tem levado, sobretudo desde que largou o pó e as más companhias que giravam em torno da droga andina. Um MD ajudaria bem ali. Até voltar pra cocaína seria uma possibilidade, por que não? Mas não tem como eu ou qualquer outra pessoa dizer isso pro véio. Ele me mandaria à merda, mudaria de bar, se mataria ou entraria pruma ordem religiosa ou mística.

Kabeto nota que o amigo parece imerso em altas disquisições, nas quais talvez se ache implicado.

Tá ruminando o que nessa tua cabeça roída de metanfetamina, seu coreano lesado? Só pode ser merda, se não for bosta pura.

Tá mais pra porra nenhuma. Ou seja, eu pensava aqui com minhas baratas mortas se esse negócio de escrever e publicar não seria a mais tola ambição prum escritor, seja poeta ou prosador. Numa época da vida, você, Kabeto Castanho, teve essa ambição. Escreveu e publicou. Agora, não tem mais. Não é o talento que sumiu. Foi a ambição que miou. Normal.

Boa análise, doktor Park. Mas ainda tenho essa ambição. O problema é que ela é muito prejudicada pela preguiça.

Frase matadora, Kabeto. Só não se deixe matar por ela.

Não é minha, a frase. É do Buk.

Sempre esse traste do Bukowski.

Kabeto deixa escapar um longo bocejo. Melhor não dizer nada. Desnecessário defender o Bukowski ou quem quer que seja uma hora dessa.

Olha outra ideia pra levantar sua pena, continua Park. Que tal uma viagem em torno da sua kíti, que nem o francês lá fez pelo quarto dele, no século XIX? Ou foi no XVIII?

No finalzinho do XVIII, acho. Com algarismos romanos.

Lógico. Eu também falei com algarismos romanos.

Eu percebi.

Então, por que você não faz que nem o Maistre? Olhe pruma parede vazia e projete lá os principais lances da sua infância. Bote a bunda na privada e dê baixa nos amores da sua vida. Puxe um livro da sua estante e tente lembrar o que você fazia quando comprou o livro e o que foi que fez nos dias que levou lendo o livro. E escreva sobre isso. E, se não leu o livro, leia, seja o que for. Com certeza vai te dar alguma ideia muito foda, inesperada, original pra caralho.

Já li e reli o Xavier de Maistre. E tive a mesmíssima ideia de fazer uma viagem em torno da minha Kíti, com esse título, aliás. Só faltou pôr em prática. Aliás, por que não faz isso você mesmo? Até onde eu sei, não é proibido um poeta escrever prosa.

Proibido, não é, diz Park. Mas, podendo evitar…

Kabeto ri. Park dá um segundo e lança:

Hoje é o primeiro dia da sua quinzena off road, né?

Hoje ainda é o último dia da minha quinzena laboral que acabou de acabar. Trabalhei pra caralho, desde cedo. A folga começa oficialmente amanhã.

Te lanço, então, um desafio em nome das musas e das bucetinhas em flor.

Das bucetinhas em flor das musas, de preferência.

Seguinte: escreve uma história em quinze dias, tipo.

Tipo.

Isso, tipo. Uma quinzena de pauleira literária. Dez páginas barra dia. Saia da gandaia e trabaia, trabaia, nêgo. Gandaia, só hoje. Mas, a partir de amanhã, se tranca na kíti e mete bronca no teclado. Em quinze dias você tem cento e cinquenta páginas na mão.

Cento e cinquenta páginas do quê?

Da mais afiada prosa fiada. O que sair, saiu. Ponto-final. Pense que o mundo pode acabar se você não escrever dez páginas por dia. Pense que você pode morrer, que o seu pau nunca mais vai levantar. Tenho certeza de que vai render cento e cinquenta páginas da melhor prosa escalafokabética. Comece pela transcrição dessa fita aí. Uma coisa puxa a outra e a outra puxa um romance completo.

Kabeto só abana a cabeça, debicando seu steinhaeger com voluptuosa lentidão. Quantas vezes ele já se propôs a fazer esse tipo de maratona épica? A que durou mais tempo chegou a uma hora e quarenta e cinco minutos, tempo que ele havia programado no cronômetro do computador pro primeiro trecho da jornada. Daí saiu pra tomar uma cerveja e refrescar a cabeça. Na volta, às cinco da manhã, totalmente bêbado, leu na tela os dois parágrafos que tinha escrito naqueles cento e cinco minutos. O primeiro era uma bosta. O segundo era ainda pior que o primeiro. Deletou tudo e capotou direto. Prum plano desse dar certo, ele teria que pular da cadeira e xispar pra casa agora mesmo, sem pensar em mais nada. Seria a primeira batalha a enfrentar. Mesmo que pra escrever só por vinte minutos antes de cair na cama nocauteado. Já bebi bem hoje. Daqui a duas horas terei bebido pra caralho. E amanhã, fudeu. Puta ressaca, depressão, um leso intransponível. Pra ter alguma chance de um projeto desses dar certo eu teria que cravar dez páginas por dia, seja de transcrição da fita, seja o que for. Cento e cinquenta páginas em quinze dias.

Kabeto traz o esprito de volta pra mesa e repara no quanto o amigo parece espaceado agora:

Park?

...

Park!

O amigo olha pra ele com umas retinas vidradas. Kabeto tenta fisgar sua atenção:

E se acontecer d'eu ficar trancado por quinze dias na kíti me atormentando na frente do computador e não me sair nada? Vou ficar tão pinel que sou capaz de dar um jump do décimo sétimo rumo à posteridade. Tá me ouvindo, Park?

O coreano faz um esforço neurológico extra pra conseguir pongar no assunto:

Bota uma rede de proteção... no seu terraço...

Minha rede de proteção é a padaria lá embaixo. Quando acordo pensando em me matar, desço antes pra tomar um café da manhã. Minha última média, meu último pão com manteiga na chapa, meu último suco de laranja batido com mamão. Daí, vou na banca comprar o último jornal que lerei na vida. Volto pra kíti, prancho no sofá-so-good e leio as notícias, os artigos, as crônicas, o obituário, a previsão do tempo, as cotações das bolsas. Dou uma cochiladinha extra, duns vinte minutos. E acordo pensando em outras coisas.

Park se arranca da losna:

Faz assim, então: se não sair nada na primeira semana, desiste. Relaxa, vá tomar seu café na padaria, leia a porra do jornal, esquece a literatura. Se dê um ano inteiro só lendo, sem tentar escrever. Leia o Proust todo, leia aqueles russos que você não leu, acabe os sermões do Vieira, releia o Ulisses, aprenda italiano na Casa de Dante pra ler Dante no original. Fique só lendolendolendo. Vai ser o melhor ano da sua vida, um tempo pra recarregar as baterias mentais. Daí você decide se ainda quer escrever ou se prefere passar mais um ano só de leitura e gandaia. Lembre-se que você já escreveu o melhor livro da sua geração. Tá de bom tamanho, num tá?

Kabeto solta seu sorrisinho palatonasal:

Já tá me descartando como escritor, seu poetinha das baratas mortas?

Justo o contrário, mano. Tô dizendo é que você já tem seu lugar de destaque na literatura. Escritor é que nem homicida: matou alguém, é assassino até o fim de seus dias. Escreveu e publicou um romance, vira romancista pra sempre, até depois de morto. Você é indescartável como escritor, Kabeto. Não precisa mais bater cabeça na parede, sair pela rua falando merda no gravador, enchendo o saco das pessoas, e o cacete. Nem ficar atrás do santo graal da primeira frase. Fique na sua, mano, beba sua pinguinha alemã, fume sua maconha, faça a felicidade das poetinhas estaduais que caem na sua rede, e a sua, por supuesto. Deixe o escritor hibernando e volte a ser um bom leitor. Eu leio cinco mil vezes mais do que escrevo.

De fato, poeta não costuma ter tendinite, destila Kabeto. Só o Homero, o Virgílio e o Camões, que escreviam epopeia. O poeta moderno publica meia dúzia de haicais e já sai dando entrevista. Se desenvolve tendinite no punho é por excesso de punheta.

Poesia não dá tendinite, mas não é fácil escrever poesia. Parece que é, mas não é, mané. Um réles poema pode ser de uma complexidade intelectual absurda. De fritar os miolos. O romancista é o operário da linguagem. O poeta é o cientista. Quem trabalha são os neurônios, não os dedos. Aliás… inclusive…

Kabeto larga outro bocejo, cansado daquele papo. Park esquece ou desiste do que ia dizer. Os dois conferem a população de fumantes e bebedores de cerveja na calçada, sob um frio intenso. As três vizinhas de mesa que lá estão apagam suas bitucas no pé e voltam pro terraço por dentro do bar.

Quer saber? — Kabeto lança.

O coreano não parece muito interessado. Mesmo assim Kabeto declara:

Vô mijá.

Falô. E eu vou dá uns pega no marlboro lá fora.

Kabeto e Park se levantam juntos, um rumo à calçada, outro ao banheiro. Nesse trajeto, cruzam com as três supostas profissionais da nova economia. Qual das três será a subgerente administrativa de boquetes corporativos, ele especula, enquanto leva sua obsolescência física, moral e intelectual pra desaguar cerveja reciclada no cagote do bar.

12

Nada de mais aconteceu no banheiro. Kabeto puxou o pau pra fora e liberou o jato de urina sobre um cagalhão que se deixou regar feito um crocodilo boiando no caldo de mijadas comunais. A descarga ainda inoperante por falta d'água. O cocodilo continuou descansando em paz. Um aviso que alguém do bar tinha acabado de grudar na porta dizia: 'A Sabesp vem cortando nossa água. Já reclamamos e nada. Os incomodados com o estado das privadas dirijam-se às autoridades incompetentes'. A cada hora, mais ou menos, eles jogam na privada dois baldes da água estocada. Mas, em quinze minutos, ela pode se encher outra vez de merda e mijo e algum vômito nas horas mais tardias. A frase sobre o peido valer mais que mil cagadas ainda tá lá. Enquanto mijava, alguém carregou várias vezes na maçaneta, sinalizando sua urgência fisiológica. Kabeto se lembra que no andar de cima do casarão tem outros dois banheiros, de homem e de mulher. Mas você tem que subir uma escada de três lances com gente empoleirada nos degraus, de pé ou sentada, à espera de mesa. De qualquer maneira, os banheiros de cima devem estar em iguais condições, e disputadíssimos também. Minha impressão é que metade da vida social do Farta se passa dentro dos banheiros. No meio da mijada, Kabeto sente uma ligeira convulsão intestinal que, ele espera, seja apenas o prenúncio de um peido. Curiosamente, alguém rabiscou a crayon e em inglês na parede ao lado da privada: *Never trust a fart*. Dada a altura do grafite na parede, imagino que a pessoa devia estar sentada na privada quando lhe ocorreu escrever. Não é impossível que algum acidente tenha rolado quando, sentado em sua mesa, ou de pé na calçada, o carinha soltou o que deveria ser uma simples bufa e se deu mal, tendo que disparar pro banheiro pra não cagar de vez na cueca, o que já aconteceu comigo neste mesmo Farta. Jamais confie num peido.

De volta à mesa, Kabeto abre mais uma ampola de Serramalte. Park não tá à vista, o que é estranho, pois daquele cotovelo do terraço dá pra monitorar toda a esquina. Ele puxa o gravador do bolso do blazer pra se ouvir papagaiando na Augusta: ... *me pergunto quantos homens vão querer ter filho sem uma mulher por perto pra pagar de mãe do rebento. A maioria dos homens tem filhos porque casaram e a mulher quis ter filho. O bichinho, ao nascer, pode até despertar o pai adormecido neles. Mas não são muitos os homens que acordam de manhã querendo ter filho. Você acorda de pau duro e quer trepar, se me perdoam o francês. O resto é decorrência...*

Lambendo a cria, Kabeto? — soa a voz do coreano por trás dele. Kabeto dá um clicoff na fita:

Tem coisas legais aqui. Vou passar pro papel. Fechei com teu desafio das dez páginas por dia pelos próximos quinze dias.

Boa.

Os dois bebem. Os dois olham em volta. Os dois tornam a beber. Park reabre a conversa:

Quantas vezes você já fez isso, de sair pela rua de gravador na mão pentelhando todo mundo?

Sozinho, umas três, acho. Pentelhando todo mundo, só essa vez.

Que seja a última, né, Kabeto? Com essa fita você já deu sua contribuição à literatura cassete mundial. Cassete e cacete... Brincando.

Se eu não ganhar o Nobel pelo cassete, ganho pelo cacete.

Cara, cê devia ter um videoblog, tá ligado? O videoblogogog do Kabetog. O homem do verbo ligeiro, marrento, manhoso... antiquado...

Antiquado é o puto que te pariu.

E bonitão. Ainda.

Ó-bré-gado.

É só enxugar um pouco essa pança.

Acho que vou tentar escrever primeiro. Com pança e tudo. Além do mais, deixei minha imagem guardada na vitrine duma loja de roupa, na Teodoro.

Nem vou perguntar do que cê falando.

Não pergunte. Tá tudo certo. Minha imagem tá em boa companhia lá na vitrine: um casal de manequins acéfalos.

Manequins acéfalos. Sei. Ó, voltando à vaca fria, já te falei que tem um aplicativo que transforma voz em texto, num falei? Cê baixa de graça na internet e o bagulho roda até num PC paleolítico que nem o teu.

Já falou, diz Kabeto, de olho numa mina que tenta vencer o bololô de gente na porta do bar pra entrar.

Você só tem que ensinar o softer a reconhecer tua voz, tá ligado?

Como se fosse um cachorro...

Isso, como se fosse um cachorro eletrônico. Ele memoriza tua dicção, teu jeito particular de dizer as palavras e não esquece mais. Sendo que você não precisa dar ração nem levar o cachorro pra mijar e cagar na rua. E ele não late também, o que é o melhor da cachorrice eletrônica.

Ótimo, Kabeto balbucia, sorvendo seu steinhaeger como quem chupa um mamilo. A borda do copinho não se parece com nenhum tipo de mamilo que ele se lembre de ter chupado na vida. E essa cachaça germânica também não seria confundida com nenhuma espécie conhecida de leite — de vaca, de cabra, de mãe ou da mulher amada. Mas a comparação lhe parece boa pela luxúria envolvida nos dois atos. A mina que Kabeto viu entrar no bar aparece no terraço. Mais uma de legging preta ultra-agarrado nas pernas e na bunda. Vem na nossa direção. Quem é essa guria?

Daí, continua Park, também ele de olho naquele mulheraço em rota de colisão com a nossa mesa, daí é só dar um tapa no texto digitalizado... tipo...

A gata passa rente à nossa mesa, rumo à seguinte, na verdade duas mesas acopladas com meia dúzia de pessoas em volta, mais mulheres que homens. Ela é saudada com júbilo coletivo. Acho que é uma atriz que eu até já vi atuando em alguma coisa, mas não lembro o nome. É olhada por bastante gente por onde passa. Talvez seja atriz de novela. Park saca o caderninho e rabisca com rapidez espasmódica. Tá tendo um troço, o oriental? É possessão poética ou espasmo metanfetamínico? Ele dá mais umas estocadas no papel e, pra minha surpresa, me estende o caderninho. Busco nos bolsos meus óculos de leitura. E leio:

Quero porque quero
Uma mulher feliz
Boa de cama e de lero

Nem só meretiz
nem só mera atriz
quero uma mulher feliz

Porra, Park, que poeminha maneiro.

Brigado.

Se aquela mina lesse isso daria procê no mesmo minuto. Daria, casaria, qualquer coisa.

Cê acha que eu mostro pra ela?

Olho a menina sentando numa cadeira que puxam pra ela na outra mesa.

Não sei. Melhor cê fazer isso outro dia.

Ninguém diz mais nada na mesa. E o que se haveria de dizer? Só nos resta respirar e beber, que é para rimar. Vem cá: cê me ajuda a baixar essa porra de aplicativo que transcreve fita?

Tranquilo. Se o teu computador comportar o bagulho. Primeiro tem que digitalizar a fita.

E como faz isso?

Ah, isso não sei direito. Mas tem gente que faz. O engenheiro de som dos Boleritos deve saber. Deixa comigo.

E se o aplicativo não rodar no meu computador apoplético--caquético?

Aí tem que usar outro computador. Ou pagar uma digitadora culta que entenda as merdas eruditas que você fala.

Eu falo merdas eruditas?

Fala. Falo. Falamos, o tempo todo. L'esprit du temps, serendipity, döppelgang... strumbicômboli...

Serenpididipipi o quê?

Otchithórnia, spernacchia, tchongas de pitiribundas, continua Park, tirando do bolso interno do blazer um par de óculos escuros quadrados. Bota os óculos. Pura chinfra. O famoso poeta das baratas mortas no guarda-roupa da vovó-conforto. O trio de garotas ao lado registra o novo galã em cena. Iracema se demora mais no registro. Curiosidade pela figura pós-exótica do ditador da Coreia do Norte duas arrobas mais magro? Ou é a sereia que joga a isca pro pescador? Park joga pra ela um sorriso cafajeste de canto de boca. A gata máxima da mesa desguia o olhar com enfado talvez apenas aparente. Eu, a filhadaputa nem vê. Se eu entrar em combustão espontânea aqui nessa cadeira, feito a sarça ardente da bíblia, ela é capaz de acender o próximo marlboro em mim e continuar de papo com as amigas e de flerte com o coreano.

Gostei dessa ideia da digitadora culta, diz Kabeto. Podia ser uma aluna de qualquer coisa moderna na USP, relações transgêneres internacionais, por exemplo, vinte e dois aninhos, poliglota, penisglota...

Sabe que eu até conheço uma tremenda gata que faz justamente relações internacionais, só que na PUC. Posso falar com ela.

Hoje? Tipo, agora?

Tss-tss. Você é um caso perdido, Kabeto. Um vaso quebrado. Um raso profundo.

Um raso perdido, um caso quebrado, um vaso profundo. Isso aí dá samba.

Park concorda vagamente com a cabeça e seus absurdos óculos escuros.

Depois de um breve silêncio, Kabeto resolve virar o disco:

E a sua vovó-conforto, ele chuta de improviso pro amigo.

Que que tem a minha avó? Já deu, né, Kabeto? Tenha dó da minha vó.

É cascata essa história de vovó-conforto, né, não? Fala a verdade.

Park assobia uma ária genérica.

Ela é mãe do seu pai ou da sua mãe? — insiste Kabeto.

Park assobia mais um pouco, o suficiente pra deixar clara sua escassa vontade de falar sobre família. Mas, daí, responde:

Da minha mãe. Ela veio pra cá só depois que os meus velhos já tinham firmado pé no Brasil.

E como ela chamava?

Ismênia.

Porra, desde quando Ismênia é nome coreano?

É o nome ocidental que ela escolheu pra se naturalizar. Não sei de onde ela tirou. O nome em coreano era Sun Hee.

Que naturalmente quer dizer 'gota de orvalho no bico do beija-flor brilhando sob o primeiro raio de sol da primavera'. Né?

Mais ou menos isso.

Mas, vem cá, e você?

Eu o quê?

A gente se conhece faz uns dois, três anos já, e eu nunca perguntei seu nome completo.

Já perguntou, mas esqueceu. Fui naturalizado brasileiro como Joaquim.

Puta, é mesmo. Joaquim. Alguém te chama de Joaquim?

Ninguém, nunca. Mas é o que consta da minha identidade. O quim do Joaquim soa como o Kim coreano. E Kim é meu sobrenome, que vem antes do nome na Coreia. Kim Park Hoo, seu criado. O Hoo é do meu pai.

Joaquim... Os coreanos devem se perguntar que porra é esse Joa na frente do Kim. E, é engraçado que a sua vó é Hee, e você é Hoo. Hee-Hoo. Ha-ha.

Muito engraçado... Kagabeto.

Foi mal... Joaquim.

Eu preferia ser chamado de Kim. Mas o que emplacou foi Park. Acho que porque soa mais americano.

Tinha uma caneta-tinteiro antiga chamada Park. Tive uma.

Park também é nome de mulher. A presidente da Coreia do Sul se chama Park. É filha daquele general ditador que ficou um caralhão de anos no poder, tá ligado? Foi o tempo do milagre econômico coreano debaixo duma puta repressão, que nem no Brasil, mais ou menos. Grandes filhos da puta, lá e cá.

Tô ligado, diz Kabeto. Só que, lá, o país virou um capitalismo de ponta. Aqui, um capitalismo que desaponta. Mas, fala mais aí da dona Ismênia, a vovó-conforto. Ela morreu e te deixou uma grana, além do guarda-roupa?

Deixou.

Kabeto dá corda:

Muita grana, foi?

Deixou um estipêndio pros netos, uma grana mensal que cai na minha conta. Dá pro meu gasto. Se um neto morrer, os filhos dele ou dela continuam a receber o estipêndio, até acabar. Mas, aí, se o neto não tiver filho, nem esposa ou marido, o saldo da grana que correspondia à parcela dele no bolo vai prum asilo de caridade de coreano véio. Não fica pros sobreviventes.

Sábia, a sua vó, hein? Se o saldo se incorporasse ao bolo, os netos tratariam de assassinar uns aos outros. Começando pelos solteirões, como você.

Não seria impossível.

E os filhos e filhas da sua avó? Foram estipendiados também?

Minha vó deixou imóveis pra eles. Grana viva, nenhuma. Só mesmo pros netos. Mas ninguém da família tá passando fome.

Bão, né? Eu só herdei uma quitinete do meu pai. Você vai herdar um pequeno império da confecção, com senzala de escravos bolivianos e tudo mais.

Acho desnecessário comentar esse tipo de provocação babaca.

Estipêndio... — viaja Kabeto. Esplêndida palavra. Esplêndido estipêndio! Quisera eu ter um estipêndio pra chamar de meu.

Sua mãe te dá uma forcinha quando você precisa, não dá, Kabeto? Tipo um subsídio.

Donde cê tirou isso?

Cê me contou, uma vez. Bêbado.

Então não fui eu que falei, foi a garrafa. Garrafa diz muita merda quando esvazia.

Relaxa, Kabestão. Nada disso tá em questão aqui. Aliás, tem alguma coisa em questão aqui?

A questão é a diferença abismal entre o seu polpudo estipêndio e o meu magro e ocasional subsídio, somado aos pichulecos que eu tiro ralando nas customizadas.

Tão tá. Encerrada a questão social por hoje. Somos todos filhos de Deus. Ou de Satanás, na vila do leva e traz.

Depois dum silêncio que soa ensurdecedor em meio ao forte babado sonoro do bar, Kabeto joga:

Vamo falá do quê, então? De buceta?

A buceta é senhora, sentencia Park.

Dito isso, o coreano se levanta, dá tapinhas amistosos na ombreira do blazer do outro e se afasta com seu maço de cigarros na mão. O hábito de fumar nos bares e restaurantes virou uma forma de atletismo. A cada dez minutos a pessoa tem que se levantar pra ir fumar lá fora, o que a obriga a bater um pouco de perna. Kabeto aproveita pra namorar a ideia dos quinze dias de escrita, cento e cinquenta páginas de um romance de uma tacada só. É isso ou nada. Ele nunca que vai desenhar na cabeça um romance estruturado, fazer escaletas, esquemas, criar personalidades próprias pra cada personagem antes de partir pro corpo a corpo com a escrita. Nunca teve saco pra isso, e não é agora que vai ter. Sem contar que, em menos de uma década, ele vai emplacar sessentinha. Aí é que não vai ter gás pruma empreitada dessas. Fora que, depois de duas décadas bloqueado, criei intimidade com o meu bloqueio. Me acostumei com a leve depressão que ele me causa quando penso que eu devia estar escrevendo, em vez de só trabalhar feito uma mula durante quinze dias por mês e encher a cara nos outros quinze. Pelo menos o pó já era. Um bode a menos na minha sala. Sei que é idiota jactar-se de um vício abandonado, mas é o que faço pra mim mesmo cada vez que me lembro da cocaína. Sobrou o bloqueio criativo, tremendo bode. Que nome mais idiota e americanófilo: creative block. Ridículo. Mais ridículo é ser acometido de um creative block. E nem adianta escrever sobre isso, como volta e meia alguém me sugere. Deve ter uma pilha de romance, conto, filme, peça de teatro e oscambau sobre escritores com bloqueio criativo. Poesia, acho que não. Que poeta teria tido a estapafurdúncia ideia de inventar um eu lírico bloqueado? Tem a poética do looser, que perdeu tudo, isso tem de monte. Mas nunca ouvi falar de poeta que quer mas não consegue poetar. Escrever poemas é um ato compulsivo para os poetas. A coisa já desce pronta na cabeça dum poeta. No meu caso, não. Preciso de assunto, personagens, história, trama, narrador, narrativa e oscambau a quatro. Êta nóis. Etanol na cabeça. Kabeto abana a cabeça em funda concordância consigo mesmo: É isso aí, mermão. Se calhar, escrevo sobre romancista bloqueado mesmo, e foda-se. Podia ser sobre um romancista que foge de qualquer história, real ou imaginária. Não quer se meter em história nenhuma. O cara prefere encarar cada momento, cada cenário de sua vida como um fenômeno que começa, evolui e acaba em si mesmo, sem consequências, sem vínculo nenhum com passado ou futuro. E o cara, além de não conseguir escrever, não consegue fazer mais nada na vida, trabalho, relações sociais e afetivas, atividade política, exercício físico, nada. Um drop out clássico, como o Bartleby: I would prefer not to. Preferia não. Ele só quer ser deixado em paz com sua vida nula e sua arte bloqueada. É isso: bora lá construir um narrador na mais opaca terceira pessoa a descrever da forma mais plana possível a trajetória desse antipersonagem através do vácuo existencial que é a sua vida, feita de uma sequência de desacontecimentos desencadeados. Visto de fora, é um cotidiano medíocre, vazio de ações, opções e emoções. Visto de dentro, a mesma coisa, um cotidiano de merda, desinteressante às raias da nulidade. Pronto, fundei o desinteressantismo. Agora é ir fundo nisso, escrever dez páginas por dia, pelos próximos quinze dias, e um abraço. Esquece a primeira frase, Kabetônio. Vai ser o primeiro grande romance brasileiro sem primeira frase. Reinvento o nouveau roman e vou tomar steinhaeger no Farta. Se não rolar, deixa quieto. O bloqueio criativo é meu pastor, tudo me faltará.

Park na calçada. Mal chegou já tá de papo cuma garota que eu não conheço. Estranho poder de sedução tem esse 'heterossexual intermitente', como ele se define. Poderia ter dito também homossexual intermitente. Na verdade ele é um hétero cujo psiquismo se recusou a canalizar toda libido para mulheres. Houve uma falha de algum processo de repressão instintual na cachola pós-moderna dele. Fato é que o danado do coreano pega geral. Quando eu tinha a idade do Park, mais de vinte anos atrás, minha fama de buceteiro bem-sucedido passou a se autoalimentar, como toda fama que se preze. Cria fama e queima-te na chama. As mulheres sempre querendo conferir in loco et in corpus as lendárias estrepulias que o donjuanito aqui alardeadamente praticava na cama. Essa fama que me precedia nos lugares foi turbinada além da conta pela pecha de 'escritor maldito' que me colaram na testa depois do Strumbicômboli. Escritor maldito fodedor compulsivo. Me acostumei a trepar com mulheres que já fantasiavam foder comigo antes de me conhecer. E quando uma lá se fazia de difícil, eu pulava pra seguinte, na buena. Uma gleba considerável do leitorado feminino parecia me pertencer por jus fornicandi.

Depois dos quarenta, reprogramei minha autoestima pra admitir que, por mais que eu me esforçasse por jogar charme em cima duma mulher, podia vir uma tábua como resposta: plá! O território sobre minha jurisdição libidinal foi encolhendo a olhos e pênis vistos. Agora, com o taxímetro rodando na casa dos cinquenta, as coisas não estão ficando muito melhores, pra dizer o mínimo. Começo a experimentar o fenômeno da invisibilidade que acomete os velhos. Pra ter alguma chance con las chicas, tanto cas novinha quanto cas véia, tenho que bancar o dr. Charmoso o tempo todo, disparando sacadas geniais sobre tudo e qualquer coisa, além de produzir gags em série que possam levar o diafragma e a bexiga da mulher a um esgarçamento por excesso de gargalhadas. Inda mais agora que recaí no anonimato, com raros soluços de reconhecimento nos lugares por onde tenho andado. Evaporou-se minha fama de escritor maldito e fodedor emérito. Evaporou-se o próprio escritor, estiolado na porra do bloqueio criativo. O único espaço onde sou de fato conhecido e até admirado como escritor é nesta mesa do Farta. Não passa muito disso. E o gozado é que ainda carrego certa reputação de escritor junky pegador junto a certos espécimes do gênero feminino que conviveram comigo naquelas priscas e piciricas eras e não me veem há muito tempo. Quando me encontram, não conseguem esconder sua descomovida surpresa. Em vez do gárrulo garanhão, o que veem à sua frente é um tiozão bonachão, de cabelo rareando e pancetina proeminente. Uma fulana que encontrei no Pasquale, outro dia, e de quem eu me lembrava menos do que vagamente, se admirou muito de me ver 'tão bem', depois de tantos anos. 'Tão bem' queria dizer apenas vivo. 'Achei que você não ia durar muito', ela soltou, supondo que estava fazendo graça. 'Acho que morri e ainda não me dei conta', respondi. Mesmo assim, achei que lá no fundo do seu olhar ainda cintilava um fóton de interesse pela minha pessoa. Ou seja, ainda não tô completamente morto. Um olhar feminino a cada cinco que passam por mim ainda me ilumina de interesse erótico. Preciso apenas ter a sorte de encontrar a dona desse olhar com mais frequência. Porque o que começa a pegar na minha cinquentenariedade é a solidão, interrompida a intervalos cada vez mais longos por alguma dama da noite complacente. Acho que tô é precisando arranjar uma namorada. Uma buceta residente, no jargão do velho machismo tosco de que sou involuntário herdeiro. Mas não há de ser com uma dessas gurias na casa dos vinte, trinta anos, radfems perversas e polimórfica atraídas pela bissexualidade dos garotos modernos, tatuados, barbudos, com penteados esquisitos, como o Park. Que mulher jovem precisa de um cinquentão durango e praticante da mais monótona heterossexualidade?

Park volta pra mesa, de celular na mão, e declara, só pelo gosto de declarar:

Não pintou nada de novo sob o neon das bibliotecas.

De onde esse coreano foi tirar essa frase absurda? — se indaga Kabeto. Deve ser a conclusão de algum pensamento que se formou na mioleira metanfetaminada desse maluco e que ele esqueceu de verbalizar na sua totalidade.

E tem mais, Park continua, antes que eu possa dizer algo. A Mina tá vindo aí.

Ôpa-oba, diz Kabeto. Habemus múlier!

A essa altura steinhaeger-canábica da noite, seu pau também diz ôpa-oba. Difícil é prever o quão receptiva pra lábia kabética ela vai chegar. Será que a Mina ligou pra ele também? Sem o celular, que ele deixou de propósito em casa, não há como saber. Tem dia em que ela acorda feminista no ú*r*timo, e aí, meu velho, o melhor que um tipo como eu tem a fazer é ficar o mais longe possível dela.

Quê que tem o neon das bibliotecas, seu doido?

Mas antes que o outro encontre uma resposta, Kabeto engata, ao avistar o Tuchê:

Cê vai querer mais cachaça?

Park ignora. E joga na mesa:

O que eu queria dizer é que a última novidade bombástica na literatura foi o Strumbicômboli. Novidade estrambótica, mas grande novidade. Depois dele, o dilúvio.

Você ia dizer isso? Porra... — faz Kabeto, vendo Tuchê se afastar de novo. Valeu, Parkôncio. Tô mesmo precisando de quanto elogio eu puder colher nesse jardim de cactos, cardos e urtigas que virou a minha existência de escritor bloqueado. E velhusco ainda por cima.

Mesmo com a consciência de estar tendo o saco deliberada e jocosamente puxado pelo jovem amigo, Kabeto sente um breve arrepio na epiderme da vaidade. O coreano emenda:

Antes do Strumbicômboli, só o Ulisses do Joyce causou tanto assim no mundo inteiro.

Pronto! — se ri Kabeto. Mal me instalas no pedestal, e já de lá me apeias com o laço da galhofa, ó pá. Por que você não compara de uma vez o Strumbi com a Odisseia?

Park não se faz de rogado e delira à vontade:

No mundo contemporâneo, o Strumbicômboli ombreia com o Ulisses do Joyce e ultrapassa a Odisseia, que é só a história de um bando de gregos que passam o tempo a praticar iatismo no Mediterrâneo, atracando nas ilhas pra assar churrascos de carneiro e comer umas ninfas dadivosas, em meio a entreveros com feiticeiras e gigantes canibais de um olho só. O herói do Strumbi é o terceiro Odisseu a espantar o mundo, depois do grego e do irlandês. Se o mundo ainda não sabe disso, foda-se o mundo.

Kabeto desata uma gargalhada completa:

Agora sim! Voltei pro pedestal, em mármore eterno!

O Strumbicômboli é fodástico. Te baixou um santo muito doido ali, mano. Doidérrimo.

Na verdade, eu só retomei uma antiga tradição fabular que vem dos caldeus, passando por hebreus, fariseus, ptolomeus, pigmeus e ôrra-meus.

Exato, Park pontua. Sem falar nos zé-bedeus. E nos blablableus.

Grandes blablablbl...bleus abilolados, englola Kabeto.

Sim! — Park salta. Os grandes blablableus abilolados! Mestres do papo furado sem noção em mesa de boteco.

Sem algum nonsense pra temperar a razão, o senso perde o tesão, emposta Kabeto em rima fácil.

Park aplaude:

Maravilha!

Kabeto contraplaude:

Maravilha é a sua praia, meu alto bardo coreano que não para de soltar as mais definitivas frases de todo o universo inumerável sobre tudo e qualquer coisa.

Park vai tentar rebater a peteca encomiástica, quando avista o garçom-figura a dois metros de distância:

Tuchê! Quem te viu e quem te vê! Vem aqui me socorrê! Traz goró pa nóis bebê!

Rima é que nem bocejo, observa Kabeto consigo mesmo. Começou, não para mais. E contamina quem tá por perto.

Tuchê se aproxima, toalha de mesa enrolada na cintura, fazendo de avental, e uma touca onde se lê FARTA BRUTOS na testa. Tipo franzino, mulato elétrico, com trejeitos vagamente adamados.

Fala, seus bebum do caraio — manda o Tuchê. Repeteco na alemãzinha e na pinga?

Isso aí, diz Park. E mais breja no balde.

Acho que acabô a Boazinha. Mando descê uma Nega Fulô pra vareiá, japonês?

Não bebo pra vareiá. Bebo pra ficá bêbado — retruca o 'japonês'. Manda uma Salineira, então. E japonês é a pu... ríssima senhora sua genitora.

Tuchê não presta atenção, ocupado em anotar a comanda:

Quê?

Nada, diz Park.

Nada de cu é rôla, responde o garçom-figura. E se manda com o clássico giro de calcanhar.

Park repete pro amigo a eterna pergunta que não quer calar:

Que qui a gente tava falando, mesmo?

Kabeto ignora e acompanha os passos de outra garota que vem pela calçada oposta e está prestes a passar em frente ao terraço do bar, que ela escrutina com certa curiosidade, mas não tanta que a faça atravessar a rua pra conferir de perto a bagunça. Deve tá indo pros botecos da Roosevelt. Eis que ela entra também no campo de visão do coreano.

Bate bola, Park avalia, num tom neutro.

A menina que passa ajeita o cachecol vermelho e segue seu caminho, deixando-se ver agora por trás, bundinha rebolando saliente debaixo da minissaia justa de pano preto, grosso, pernas embaladas em meias de malha preta, botinhas pretas, de couro brilhante. Rouge et noir. A bundinha da passante tem uma orgulhosa consciência de si, de cada remelexo das nádegas. Sabe que vai deixando um rastro de olhos arregalados e sonhadores. A dama de negro e cachecol vermelho cruza a transversal à sua frente e segue por mais um quarteirão até virar à direita na próxima esquina. Tão raro ver uma mulher sozinha por ali à noite. E puta essa não parece ser. Kabeto nota que Park fixou seu olhar no ponto de fuga da bundinha evanescente. A garota na certa continua presente em suas retinas metanfetaminadas.

Mas eis que o 'japa' acorda:

E aí?

E aí o quê, japonês?

Japonês é a —

Puta que me pariu. Já lo sé. Eu só queria lembrar o que a gente tava falando.

A gente tava falando...

Lembrei: das hemorroidas do Baudelaire, solta Kabeto.

Park, de rosto imutável, dá corda:

Ele tinha hemorroidas, o Baudelaire?

Kabeto olha pra direita, pra esquerda. Por fim responde:

Quem tinha hemorroidas?

O Baudelaire, porra.

O Baudelaire tinha hemorroidas? — absurdiza Kabeto.

Park ri primeiro. Kabeto libera em seguida sua risada com retrocesso porcino: *rra-ronc rra-ronc*.

Park, num risinho de sarcasmo juvenil:

Humor de maconheiro velho. Puro bullshit. But I like it.

Melhor que o humor gélido da metanfetamina, rebate Kabeto.

Sabia que o melhor jeito de mandar MD é em cima duma mina pelada de rabo pra lua?

Acuma?...

Então, cê deita a companheira de bruços e bunda de fora, afasta as nádegas dela com os dedos da mão esquerda, assim... — faz Park, imitando um afastador cirúrgico com o dedão e o indicador. Daí, com a direita joga o MD bem no olho do cu dela.

Do cu dela... — repete Kabeto.

Isso. Se a olhota não estiver muito arregalada.

Entendi...

Senão o MD entra lá dentro e some.

Lógico.

Aí, tu cai de língua no MD, lambe, suga, beija, degusta até a última partícula da subs entranhada na última prega do cu-bandeja. Se tiver escoado pelo ralo, o jeito é metê a língua lá dentro.

Imagino que sim.

É o famoso emerdê: MD merdado.

Não podia ter outro nome, diz Kabeto balançando gravemente a cabeça. Emerdê no cu-bandeja...

Os dois explodem de rir.

Gostei, diz Kabeto. Volta e meia me pilho chupando um cu. Até de puta.

Nem preciso dizer que eu também. De putas e putos. Uma iguaria para o paladar libertino.

Estafilococos in natura.

O velho e bom estafilococôcus áureus temperado com salmonelas culúbricas, acrescenta Park.

Mas nunca pratiquei a intrusão lingual nos ânus que lambi e chupei. Não sou exatamente um grande coprófago.

Não sabe o que tá perdendo. É o melhor preâmbulo que pode haver pro sexo anal. Um cu expugnado por uma língua logo quer ser penetrado por um caralho. Isso devia ser ensinado nas escolas.

Fico um tempo a ponderar o que acabei de ouvir. Daí:

Cê tá falando sério, Parkão?

About?

About mandar MD num cu.

Claro. Tem até nome, isso.

Jura?

É o famoso ass royale.

Ah, vá…

Fala assim mesmo, à francesa: ruaiá*lll*e. Aliás, *le* ass royale, como o Travolta diz pro Jackson em Pulp Fiction: *le* Big Mac, com esse ê fechado, quase um ô: *Lœ* ass royale.

Lœ éss ruaiá*lll*e, arremeda Kabeto. O.k. Arquivado.

Caem os dois num silêncio ruminante. Kabeto, puxando um fio de assunto no ar:

Vem cá…

Hum.

Como é que se faz o ass royale num cu peludo?

O ideal é um cu bem depilado, né. E limpinho, na medida do possível. Mens insana in cullun sano.

Novo silêncio. Kabeto se afunda em deliberações conflitantes em sua cabeça.

Se um dia eu experimentar esse MD, diz ele, vai ser no ass royale da mãe joana.

O MD, deixa que eu te arrumo. A mãe joana fica por sua conta.

Mas que porra tem nesse MD, caralho? É um tipo dum LSD batizado com cocaína e anfetamina, né?

Nada a ver com cocaína, já te falei duzentas mil vezes, Kabeto. O nome científico é... — Park cotuca o celular em cima da mesa — ... metilenodioximetanfetamina!

Cumé que é?! Metinabucetindaninfetina?!

Metileno, dióxi, metanfetamina. Metilenodioximetanfetamina. Mais conhecido como MDMA. Ou só MD pros íntimos. Esse meu aqui tem umas moléculas espertas de dietilamida, invenção do meu trafica-cientista. Fica levemente alucinógeno. Se você tá a fim de delirar um pouco, você delira. Senão, só te dá o barato da macroconsciência expansiva metanfetamínica. A maior parte do tempo, você permanece no controle da coisa. Olha aqui... — diz Park lendo no celular: 'O MD provoca euforia psicossomática, empatia com o universo, amor pela humanidade, relaxamento do ego, aumento da consciência sensorial, da audição e da visão principalmente...'.

Caralho...

Não, o caralho não aumenta. Só se tiver o princípio ativo que você falou aí, o... meti no cu de sei lá que menina.

Da nocudaninfetina, Kabeto corrige.

Ouve só: 'Em pessoas emocionalmente mais sensíveis, a metilenodioximetanfetamina pode aguçar a percepção aural. Escotomas cintilantes podem aparecer nesse estado'.

Puta merda... Escrotomas?

Es*co*tomas. São pontos de luz que aparecem por trás da retina. Às vezes rola uma chuva deles. É bem louco.

Kabeto se lembra de cara da letra do 'Sweet Virginia', dos Stones: ... *trying to stop de waves behind your eye's balls* ...

Mas se você ficar tranquilo, até dá pra curtir, Park assegura. E passa logo.

E não dá bode, essa merda? Tipo overdose, sequelas neurológicas...

Droga é droga, né mermão? Se tu errá a mão, pode dar pressão alta, taquicardia, arritmia, febre alta, desidratação. No limite, pode até rolar um discreto óbito.

Como é que é um discreto óbito? Ninguém repara que você bateu as botas? Nem o botabatido?

Isso é muito raro. Não conheço nenhum caso. Sei é que MD faz infinitamente menos mal que álcool. Tá provado.

Quem provou? Os Freak Brothers?

E o MD, continua Park, não é uma droga ansiogênica, como o pó, a nicotina, a cafeína, que são fábricas de fissura.

Ele puxa a carteira do bolso, puxa o sacolé de plástico, captura o pó branco com a ponta do dedinho molhada de cuspe, passa debaixo da língua, esfrega nas gengivas, oferece:

A fim dum peguinha? Um tiquinho no steinhaeger vai bem.

Tô véio demais pra tomá metinabucetindaninfetina, apesar desse nome lindo.

Park inicia uma gargalhada que logo morre em sua garganta. Sua boca permanece entreaberta, os olhos fixos num ponto vago do ar, sem dar pelas três girls da mesa ao lado, que digitam suas senhas na maquininha estendida pelo Tuchê. Muito excitadas, vão decerto colar numa balada qualquer. O Farta foi só o esquenta pra elas. A noite ainda não viu nada, é o que elas parecem transpirar. Nenhuma delas olha pra gente. Nem pro oriental, o jovem, tatuado e moderníssimo coreano, que, de novo sem os óculos escuros, se dedica a mirar o além através de tudo e todos à sua frente. As três atravessam a almôndega humana do bar, ao mesmo tempo que seguem entretidas com seus celulares. É óbvio que o próximo passo é implantarem essa porra no cérebro das pessoas, futurologiza Kabeto consigo mesmo. Os hackers vão roubar dados diretamente do teu cérebro. E introduzir vírus muito doidos no seu psiquismo. O governo e as grandes corporações de internet farão o mesmo e terão controle total da sua cabeça. Mais pra frente, interfaces neurodigitais dos nanochips com as áreas do cérebro implicadas nos processos de aprendizagem tornarão possível conquistar conhecimento instantâneo em qualquer área do conhecimento, sem ter que frequentar aulas ou ler livros. Não será preciso nem mesmo digitar palavras-chaves no Google.

Park ainda não voltou do além. Kabeto tem uma ponta de alarme:

Park?... Ô coreano lesado, tá de sacanagem comigo?

Aquilo tem 99,99% de chance de ser de fato sacanagem do oriental. Além de poeta, o filho da puta é um ator nato. Mandou decorar até a própria pele pra compor seu personagem. Mas, e se não for? E se o cérebro dele estiver de fato derretendo? Bom, daí, foda-se. Quem mandou tomar essa merda?

Kabeto dá uma batucadinha no tampo da mesa:

Acorda, diacho!

Park demora uma raspa de segundo pra reagir. E a reação vem aos poucos, como se alguém girasse com lentidão o dimer que lhe acende o entendimento dentro da cachola coroada por aquele arranjo capilar inabordável. Seus lábios se comprimem num rictus que tenta passar por sorriso.

Cê tá bem, seu maluco?

Tive tava tendo uma chuva de escotomas...

Tivetavatendo? Escrotomas? Puta merda, Park. Não me vai ter um AVC escrotômico no Farta.

... cintilações... — viaja Park. ... cores brilhantes... beleza pura...

Que lindo. Paz e amor, bitchô, diz Kabeto, fazendo o V hipongo.

Tá passando...

Mesmo? Não quer que chame o Samu?

Por enquanto, chama o Tuchê. Pede mais uma cachaça pra mim.

Kabeto ri:

Vai se fudê, seu coreano xarope.

Uauff... bateu forte... — expira o coreano xarope. Não é a droga. É a minha cabeça que tá mais vulnerável...

Tô vendo, diz Kabeto.

Park mata a cerveja do seu copo num gole de camelo desidratado. Dois riachos de líquido amarelo lhe descem pelas comissuras.

Escrotomas. Tá doido.

Deso*r*bita e vo*r*ta pa Terra, zinfio. Nada de entrar em óbito discreto. Você ainda tem que pagar a sua parte na conta.

Entrei foi em órbita indiscreta. Mas já desorbitei. Tô em suave queda livre.

Kabeto sacode a cabeça.

Que foi, Kabeto? Você, coa tua maconha puxada no steinhaeger, tu chapa geral, de apagar em cima da mesa, que eu já vi. E não foi só uma vez. MD não faz isso. Maconheiro bêbado é que vira uma geleia amorfa.

Como diz a Mina, você é muito fófis, Parkinho.

Vai tomá no fiofófis, Kabeto.

13

Olha ela lá. A Mina chegou. Saindo do táxi. Se enrosca com conhecidos na porta. Vê a gente aqui na quina do terraço, abre um sorriso arreganhado — 'Oiê!' — em sincronia com acenos enfáticos.

A Mina. De Pouso Alegre, Minas. Ou seja, a mina se chama Mina e nasceu em Minas. Trimineira, essa Mina. Passou a infância e a adolescência em Pouso Alegre e veio morar com uma tia em São Paulo pra fazer jornalismo na PUC. Faz uns quinze anos que mora aqui. Teve o que ela chama de um 'meio-casamento' com um editor do Jornal da Pauliceia, onde entrou de foca com vinte e um aninhos, no último ano da faculdade. O cara, um quarentão, vivia num vai e volta entre a legítima esposa e a factual amante, que era a Mina. Quando tava com uma, pulava a cerca coa outra. Tinha um filho de dez anos que queria matar a Mina, mesma ideia que borbulhava na cabeça da esposa oficial. Mina acreditava que seu amante era bipolar, razão pela qual ia suportando o arranjo esquizoide que o cara propunha. Talvez a esposa achasse o mesmo, mas isso a Mina não sabe, pois nunca falou com a mulher. O que ela sabia era o que queria: casa, monogamia e filhos. Tudo conforme lhe ensinaram no colégio de freiras de Pouso Alegre. O editor jornalista pelo menos pagava o quarto e sala onde ela morava no edifício Copan. 'Teúda e manteúda, eu era pra ele', se definiu a Mina. E tesuda, acrescentei eu no trocadalhomatic ao ouvir a história. Mas, a partir de um certo ponto, a dona Mina deu de exigir presença, reclamar das ausências, encher o saco do cara como nunca tinha enchido o saco de ninguém antes ou viria a encher depois. 'Não sei como ele não me matou', ela me disse. 'Ou como eu e a esposa não matamos ele, ou nos matamos uma à outra.'

Acabou que o bostão pediu um tempo, e nesse tempo acabou voltando pra casa da ex, de onde não saiu mais, nem pras puladas de cerca com ela. Se pulava com outra, ela nunca soube. O cara saiu do Pauliceia e nunca mais a procurou, ligou, imeiou, nem nada. Quando a ficha da separação caiu, a Mina entrou em depressão profunda, tentou se matar com duas caixas dum tarja preta de final em ix ou ex ou ax e muito uísque. A faxineira achou ela capotada na cama de manhã e pediu ajuda. A síndica chamou uma ambulância, levaram a Mina pras Clínicas com um fiozinho de vida no corpo. Não fosse o dia da faxina, ela tinha ido pro saco. Do HC foi pruma clínica antroposófica, paga pela família, donde saiu com um resto de tristeza, mas saudável e com pique pra retomar a vida. Não conheci a Mina nessa época. Sei, por seu próprio relato, que, uma vez aprumada 'no emocional', ela mergulhou num caldeirão de beiços e braços e mãos e dedos e picas e xotas e cus, a feijoada sexual da modernidade pós-estudantil. Tornou-se deliberadamente um 'ser multifodal', na sua própria nomenclatura. Soltava a franga adoidado por esporte e ansiedade. Diz ela que foi assim até me conhecer. Aí lhe voltou a fantasia regressiva do domus conjugal monogâmico, com maridão, pimpolhos, almoço didumingo na mamma ou na sogra, prestações da casa própria, carro bacana, férias na Europa e Nova York, e por aí vai. Ou ia, porque, a exemplo do editor bipolar, também eu refuguei na hora de procurar apartamento pra instalar um casório de verdade.

Se não me casei, não foi por falta de tesão ou admiração por ela. A Mina é A mina. Ela me confessou um dia, bêbada, que as melhores fodas da sua vida foram com o editor lá do jornal que a deixou na mão. Diz que o sujeito comparecia no mínimo duas, em geral três, não raro quatro vezes na mesma noite, e tinha o refinamento libertino de lhe pedir pra não lavar a buceta antes de dormir. De manhã, quando acordavam, ele se encarregava de chupar aquela mina de porra até a última gota, sem esquecer de homenagear seu grelo com suma eficiência. 'Eu gozava que só uma cadela no quinto cio do apocalipse, tocada daquele jeito pelo tesão animal daquele homem', ela me contou, mais ou menos nesses termos. Daí, depois do desjejum ginecoespermático, o sujeito fodia com ela feito louco, ia tomar banho, se arrumava e tocava pro jornal, deixando a Mina na cama, desmilinguida pelo torpor pós-orgástico. Não durou muito aquele arranjo, mas foi o suficiente pro diabo do quarentão estabelecer um padrão fornicativo maníaco que eu nem sonho em superar. Nem hoje, nem dez anos atrás, quando conheci a Mina e era, eu também, um quarentão fissurado por sexo, além de bebum, cheirador e fumante inveterado.

De modo que, olha lá a Mina de papo e às gargalhadas cuns hipsters que ela encontrou na calçada. Cara larga, nariz de batatinha arrebitada, queixinho redondo, com covinha na ponta. O que pega um pouco ali é a papada que se forma abaixo daquela covinha quando ela se põe emburrada ou abaixa a cabeça por algum outro motivo, pra abotoar a camisa, por exemplo, ou catar funfa de dentro do umbigo. A idade, o sol e as risadas constantes que ela dá com facilidade lhe deixaram umas rugas em torno dos olhos, na testa e nas comissuras da boca que lhe conferem um tremendo charme de maturidade safada. Li em algum lugar que a palavra *ruga*, em latim, virou rua em português. A *ruga* latina era um sulco no terreno. A ruga do português moderno é uma rua traçada na sua cara. Com o passar do anos, você vai adquirindo tantas rugas quantas tiverem sido as ruas que você palmilhou na sua vida, sendo que as rugas mais fundas correspondem às ruas por onde você passou mais vezes, provavelmente por ter morado lá. Donde ser possível contar em quantos lugares uma pessoa madura morou pelo número de rugas profundas na cara dela. Dei de acreditar nisso, embora não espere que ninguém mais acredite.

O destaque desse rosto vai pros olhos castanho-escuros profundos que fazem ao mesmo tempo a graça e a leve desarmonia da sua figura. Hiperbólicos, aqueles olhos podem engolir qualquer coisa que as retinas desejarem. Eu sou uma dessas coisas que eles têm engolido com facilidade, sem nem piscar. A Mina, se tem papada, tem também o papo mais engraçado, esperto, desafiador e culto que se pode encontrar numa mesa de bar, e sem um pingo de intelectualismo babaca. Outra coisa que ela engole com facilidade é o meu pau, pra nossa grande satisfação mútua. Só meu coração não deixo ela engolir. Nem ela, nem ninguém. Meu pau renasce todo dia das cinzas de uma trepada ou punheta. Já meu coração, se for engolido, será digerido e cagado, e não vai mais se regenerar. Se a gente tivesse casado, ela hoje seria minha ex-mulher, é o que não canso de relembrar. Teria levado com ela um belo bife do meu coração. Lembro bem demais do dia em que a gente tava num meia-nove lascado, ela escanchada por cima de mim, me devorando o cacete, enquanto o degas aqui, no outro extremo, degustava seu bucetão guedelhudo que sempre me deixa de regalo um pentelho enroscado entre os dentes, quando, a horas tantas, comecei a dar uns tremeliques pré-gozosos. Ela sacou o lance e teve a iniciativa de desemboquetear o negócio de modo a apreciar a erupção espermática. Só que a porra me saiu feito um esguicho de baleia que acertou em cheio um olho dela. Mina gritou de pavor — Vou ficar cega! — e correu pra pia do banheiro pra lavar o olho galado, choramingando que ardia muito, que ela precisava correr prum PS oftalmológico, que a coisa era séria, que ela não tava brincando, não. Com a sensação de já ter lido uma cena igual a essa em algum lugar, tive uma crise de riso que só se ampliava quanto mais ela panicava. Eu não sabia que a minha porra era tão ácida. Deve ser do steinhaeger que eu tomo, sei lá. A Mina ficou com aquele olhão vermelho, achando que devia ter pego alguma doença venérea ocular, e puta comigo porque eu ria da sua desgraça. Ainda tive a falta de tato de sugerir que o maior risco ali era a menina do olho dela engravidar da minha porra louca. Dali uns meses, poderia nascer-lhe um olhinho bebê no meio da testa.

Mina, minha mina preciosa. Tá meio árabe hoje, com um keffiyeh palestino branco e preto em volta do pescoço e ombros, toda envolta nas lãs sintéticas da saia e da meia calça, ambas pretas, e no casaco dum cor-de-rosa suave, numa combinação quase esdrúxula, quase elegante, que é bem a cara dela. O casaco, desabotoado na frente, se abre pros peitões soltos debaixo da malha. Adoro essas mamas de mater alimentícia da Mina, onde muito mamei e ainda pretendo mamar. Deitada de costas, a peitaria lhe transborda pros lados. Tesão que me dá esse transbordamento peitoral. E a bunda, fornida na boa medida dos padrões pós-renascentistas, tem uma pele lisinha, quase sem estrias, com um rego fundo, inspirador das mais toscas sacanagens.

O que a Mina diria se me ouvisse descrevendo seu corpo como se ela fosse uma vaca holandesa, uma égua manga-larga, uma... uma mulher real, física, palpável, de coxa roliça, gostosa de pegar, encoxar, lamber, desde os pés — ela é fã de devoções podólatras, ativas e passivas — até o ponto de junção com o baixo ventre, onde a língua vai buscar os lábios sempre lânguidos da vulva e o calombinho excitável que tanto se compraz com bilu-bilus digitais, lambidas e sugadas amorosas, o conjunto todo exalando os mais pungentes olores marítimos que falam diretamente à libido dum cinquentossauro abusado.

O maior pecadilho daquele corpo, afora a estatura, que a incluiria na categoria superior das baixinhas, seria, na opinião de alguns de seus frequentadores, a, por enquanto, discreta barrigota, menos discreta quando ela senta. Bem verdade que, ao retornar de seus rehabs voluntários na Cantareira, a dita pança é quase imperceptível. Mas bastam algumas semanas de álcool e frituras no Farta, de pó e diabruras na madrugada, que lá vem de volta a barrigola. Com ou sem esse apêndice abdominal, a verdade é que a Mina é toda ela um banquete sexual prum macho da pós-meia-idade, como o Kabetão véio de guerra. Ela se atraca agora com uma menina num abraço espalhafatoso, já próxima da nossa mesa. A verdade é que as mulheres estão se amando cada vez mais. Daqui a pouco não sobra mais um fiapo de ternura pros peludos. Snif.

Um dia, nesse mesmo Farta, eu, Park e o Pisano, a gente no papo e nos copos, o assunto era mulher. Pisano é um cara rico de família, seu pai, sapateiro de profissão, descendente de imigrantes italianos, começou fazendo sapato na Mooca e acabou virando um grande fabricante de calçados finos, com loja nos principais shoppings do país e até uma em Miami, 'primeiro passo pra conquista do mundo', diz o roqueiro, orgulhoso do sucesso do papai milionário. Pisano tem orgulho evidente e veemente de si e de tudo que lhe pertence: de seu suposto talento como guitarrista, compositor e band-leader, de sua moderníssima bissexualidade alardeada e praticada à grande e à larga, de sua própria figura física, de uma magreza pop sempre envelopada nos mais finos e bizarros panos, e, acima de tudo, da übergata com quem se casou, dotada, ela também, de uma libido multiuso, a orgiástica Melissa, versada em buça e piça, como costumam rimar os maus poetas de ocasião, como eu, e outros ainda piores que eu.

O assunto na mesa era a rápida transição da figura-padrão da mulher, que saiu de objeto sexual e escrava doméstica, ou, no máximo, de musa etérea das almas românticas, a empoderada rainha dos animais, senhora de todas as luxúrias, de todos os negócios e ócios. Comentei que esse era um fenômeno notado até por caras mais jovens que eu, como, por exemplo, meus dois interlocutores à mesa, que já haviam nascido sob o signo de um florescente e difundido feminismo, dos anos 80 pra frente. Suas mães devem ter sido feministas em estágio embrionário, aventei. Pisano disse que esse não era o seu caso. Sua mãe, filha de italianos, educada em colégio de freira, era um dos últimos bastiões do puritanismo tradicionalista católico do ocidente. 'Gozado', eu disse pra ele. 'Eu podia dizer o mesmo da minha, que é muito mais velha que a sua.' Park jogou na mesa: 'E a minha mãe, então, que é coreana. O quadro mental e cultural em casa é de um patriarcalismo absolutista indiscutível. Meu pai sempre teve suas encrenquinhas fora de casa, uma ou outra operária da confecção que ele pegava e as visitas a puteiros discretos, mas minha mãe nunca abriu o bico pra reclamar. E jamais lhe passaria pela cabeça, nem em sonho, ter um amante'. Falei mais um pouco da dona Linda, que me parecia uma mistura das mães do Pisano e do Park. E do meu espanto de constatar que tão desinibidas e avançadas criaturas, como eles dois, tinham saído de fôrmas tão conservadoras.

Não demorou muito, a conversa escorregou pra sacanagem. Pisano mencionou suas experiências junto ao 'baixo clero feminino', citando a Mina pra ilustrar esse conceito. Ele disse que ela era 'o típico marisco da paella', querendo dizer com isso que, apesar de apetitosa, seria a sua segunda ou terceira opção sexual, bem atrás dos superiores camarões e das imperiais lagostas que costuma ter em suas orgias, por exemplo. Mas se mostrou magnânimo: 'Se bem que um marisquinho gordo e suculento, pra variar, ninguém dispensa, né?' — dando a entender que já tinha degustado aquele molusco específico em alguma paella perdida na noite surubenta de São Paulo. Os mariscos da paella eram as figuras do baixo clero feminino, essa era a refinada figura de linguagem saída da cabeça do Joe Pisano. Não lhe perguntei sobre o baixo clero masculino que sei que ele também degusta por aí. Percebi que mandava essa batota cafajeste sobre a Mina só pra me agradar, pois me acha o último mamute machista a palmilhar o planeta dos macacos. Aquele papo de vestiário de time de futebol de várzea só poderia me divertir. Ele não tinha avaliado direito o grau de ligação afetiva que eu tenho com a Mina. E ainda deu o detalhe sórdido: 'Como bom marisco de paella, a Mina pira no anal. É só chegar'. Senti uma quase irrefreável vontade de soltar: E a sua mulher, então, seu viado corno do caralho? E você mesmo? Não piram os dois no anal passivo? Caralho. Meio escrotinho, esse Pisano. Às vezes, escroto por completo. Eu nunca saí por aí batoteando que comi o cu desta ou daquela senhora. O.k., numa mesa de bar, tomando todas com um bando de vagabundo, posso até já ter me garganteado dessa maneira sórdida, fazendo jus ou não à verdade. Foda-se. O fato é que, depois daquela conversa gastrossexual com o Pisano, fiquei com vontade de comer marisco, acepipe que o Farta não oferece, nem ostra. E me veio forte a fantasia de praticar um fudeco anal com a dona Mina. Já tive fantasias desse mesmo jaez com a lagosta-rainha da paella, dona Melissa Primeira, a Grã-Tesuda d'Além e d'Aquém Farta Brutos. E quem não teve tais fantasias nos shows e fora deles, vendo aquela bunda hipnótica, arquetípica, fodomenal? Pra mim, são fantasias irrealizáveis, até *púrque*, como dizia o seu Justino em lusitanês castiço, numa remotíssima hipótese de rolar uma aproximação erótica entre mim e a Melissa, eu muito provavelmente teria que encarar também a rôla do maridão bi, como faz meu amigo coreano. Já pensou? Tá lá você se esbaldando com a lagosta suprema da paella, quando vem um robalo atrevido querendo entrar em cena, senão mesmo no seu orobó. Eparrê, zin fio! Tô fora. Mil vezes o marisco prosaico da Mina, saboroso e de facílima digestão.

14

Oi, meninos! — se achega Mina.

Porra, até que enfim, solta Kabeto, briaco. Achei que cê ia ficar cumprimentando estranhos até amanhã.

Você que tá estranho, seu véio bebum.

Park dá risada. Kabeto demora um pouco mais pra rir:

Nossa, Mina, que diagnóstico arrasador: estranho, véio e bebum.

E bofe quizumbeiro, Park lembra.

Bofe o quê?

Os rapazes riem.

É uma longa história, declina Kabeto.

Nem é tão longa. Tá mais pra bizarra, né, Kabetônis?

De pé ainda, Mina observa que nenhum dos cavalheiros faz menção de se levantar pra cumprimentá-la, muito menos de puxar-lhe uma das duas cadeiras vagas. De fato, o feminismo fez escola entre os machos mais evoluídos. Eles sabem que a nova mulher empoderada considera que as antigas deferências e precedências que se concedia à mulher eram apenas uma forma de reafirmar a superioridade condescendente do macho. Mas o diacho é que ela gosta quando os homens se levantam pros beijos e abraços à sua chegada ou partida. E aceitar a cadeira que o cara puxa pra você não significa que ele te considera uma lesma inepta nem a rainha de Sabá. É só um cara gentil, e, se for gato charmoso, pode vir a se provar também um amante gostoso. Entretanto, ela diz:

Rapazes, por favor, não se levantem.

Mina puxa uma das duas cadeiras livres da mesa, quando Park salta pantomímico feito um jack-in-the-box pra fazer as devidas e esquecidas honras à dama, que, no entanto, força o ombro dele pra baixo:

Senta.

E se abunda, ela também, tendo um amigo de cada lado. Kabeto se diverte:

Se você quiser saber, eu tava me segurando pra não fazer justamente isso que o Park fez: me levantar pra te saudar e puxar uma cadeira pra você.

Fofos, os dois, diz Mina, com meio sorrisinho irônico.

Juro, continua Kabeto. Mas tô ligado que a nova etiqueta feminista proíbe atitudes paternalistas em relação às mulheres. De modess que...

Quantos steinhaeger você já tomou, Kabeto?

O véio vai ser linchado pelas feministas um dia desses, diz Park. E eu não quero tá por perto nesse dia. Porque, se estiver, passo reto, nem olho.

Kabeto insiste:

A boa notícia trazida por esse feminismo antipaternalista é que eu não vou ter mais que estender meu blazer italiano de lã pura de carneiro, comprado em Montevidéu, sobre nenhuma poça de lama pruma princesinha qualquer atravessar sem sujar seus sapatinhos de cristal. A princesinha que chafurde na lama. Abaixo as princesinhas. Todo poder à plebeia empoderada!

Mina sacode lentamente a cabeça:

Kabeto... Menos, vai. Você é um dinossauro tosco e tá acabado. A gente gosta de você assim mesmo. Só não capricha muito na tosquice, tá ligado?

Kabeto arma seu sorriso de irmão mais velho:

Cê tá boa, mulher?

Tô, diz Mina, que se inclina pra beijar, não ele, mas o coreano, duas bitocas de bochecha, a princípio, seguidas de um selinho libidinoso nos lábios. Ao fazer menção de beijar Kabeto, Mina vê que a mão do véio mergulhou entre sua lombar e o encosto da cadeira pra pousar numa nádega. Mina arranca o caranguejo agressor da sua bunda com veemência. Ela prefere calar o impropério que lhe sobe pela garganta. Park assiste à cena apreensivo. Kabeto tá mais bêbado do que ele pensava. Mas o véio se apruma, cavalheiresco:

Foi mal...

Foi péssimo. Eu gosto de você, Kabeto. Meu amigo e tudo. Mas não suporto quando você encarna esse cafajeste rodrigueano do paleolítico moral da humanidade.

Uau! — faz Kabeto. 'Cafajeste rodrigueano do paleolítico moral da humanidade.' Tá na ponta dos cascos a nossa intelectual! Nenhuma feminista que eu conheço tem essa verve refinada.

Quero beber, ela proclama, ignorando Kabeto. Ah! Foi só falar...

Tuchê aborda a mesa e deposita duas garrafas de cerveja no balde de gelo e um copo americano pra Mina. Em seguida, ele colhe a mão de madame e deposita nela um beijo.

Merci, Tuchê. Te amo!

Tuchê faz o envergonhado. Kabeto exalta:

O Tuchê é o último gentleman do velho oeste!

Cês parece que bebe, pontilha Tuchê, ligeiramente envaidecido.

Kabeto aproveita:

Desce mais duas, Tuchê. E mais cachaça pro japa e steinhaeger pra mim...

Park estica o dedo médio na cara do Kabeto por conta daquele 'japa'. Mina encaixa seu pedido:

Pra mim um gim Gordons num copo alto cheio de gelo e uma tônica light à parte. E uma rodela de limão.

Falôôô, faz Tuchê. E fica de olho, broto. Se neguinho abusá, me chama que eu boto orde no terrêro.

Mina joga um beijo pra ele, que devolve uma piscadela já saltando.

Mina suga o que resta nos copitchos de chachaça e steinhaeger. Caiu na vida de novo, a piaba, avalia Kabeto. E tá com sede. Ótimo. Ele ergue a mão aberta no ar pra ela, pedindo um espalmar de amigos:

Me perdoa, vai. Sério, eu sou um —

Tá bom, Kabeto, corta Mina ignorando a mão do outro.

Kabeto desiste do cumprimento, mas não do mea culpa:

É que a gente tamo aqui bebemo, o coreano mandou MD, eu dei uns pega no bamba lá fora, é sexta, trabalhei que nem uma mula sem cabeça hoje, desde cedo até o fim do dia, o meu senso de noção ficou mais pro nonsense, tá ligada?

Mina não dá bola pro falatório do véio, encanada com outra coisa. Ela dispara olhares escrutinadores pelos quadrantes do bar e imediações visíveis ali do terraço. Mas o véio não deixa quieto:

Rica Mina do rei Salomão, o que pudermos fazer para reparar nosso deslize manunadegal, fa-lo-emos com presteza e devoção. Tô sem cartão no momento, mas sou Cássio Adalberto Castanho, reservista do exército da salvação, praticante de ginástica estático-inercial, palavras cruzadas, masturbação tântrica e necromancia a domicílio. Sou também escritor bloqueado nas horas vagas, a seu dispor.

Mina acaba rindo daquela papagaiada de bêbado. Franze o nariz de perdigueira e fareja o Kabeto:

Que cheiro é esse?... Laquê?... Cê tá usando laquê, Kabetucho?

Foi só uma aplicação. No meio da cara.

Num cridito. Cê anda baforando laquê, seu maluco? Que nem lança?

Mina fareja a cara do véio, que ameaça lhe dar uma mordida. Ela se assusta.

Melhor que pó, MD, maconha e heroína juntos.

Num enche o saco, Kabeto. Donde vem esse laquê?

De uma lata de laquê em spray. Depois te conto.

Park resume:

Um cabeleireiro atacou o véio com laquê, num salão do Baixo Augusta.

Puta! Jura? Tinha a ver com o quebra-quebra na Consolação?

Sem esperar pela resposta, Mina desata:

Meu, cês não sabem! A manifestação, da Paulista foi pra Consolação e virou quebradeira geral. O choque caiu de cacete, bala de borracha, gás, bomba, cavalo pra cima da galera. Sobrou até pra quem não tinha nada a ver com o peixe. Eu mesminha aqui tive que correr pra não levar cacetada dum cavalariano. Desci a pé desde lá de cima pela Bela Cintra. O bicho tá pegando na cidade. Trânsito paradaço. Vi uns bléqui blóqui com cano e corrente na mão, detonando tudo pelo caminho.

Vivemos dias de rebelião... — entoa novamente Kabeto, na certeza de que ninguém vai sacar a referência musical.

A luta contra a lata ou a falência do café! Gilberto Gil! — Park pula.

Porra... — exala Kabeto. Tiraria o chapéu procê, Parkão, se tivesse um. Ninguém mais nesse bar conhece essa música.

Engano seu. Velho acha que só ele sabe das coisas. Não fui contemporâneo da Tropicália, nem do Shakespeare, mas conheço os dois.

Nem eu, caralho. Eu devia ter uns quatro anos quando saiu esse disco do Gil.

Mina desencana subitamente do laquê. Um dardo mnemônico lhe espetou a consciência:

Você falou aí Cássio Alberto?

Adalberto. Cássio Adalberto.

Sempre achei que era Alberto.

Não, Adalberto. Também preferia que fosse Alberto. Mas eu era muito pequeno quando meu pai foi no cartório me registrar. Não pude fazer nada.

Não consigo imaginar você com outro nome além de Kabeto, Kabeto. Cássio Ada*lll*berto... Não é estranho você olhar um bebê recém-nascido e dar um nome desses pra ele?

Nome sempre podia ser pior. Podia ser... Austregésilo Pancrácio... Ranulfodino Epaminondas... Onanias de Arimateia...

Como chama o seu pai? — ela pergunta rindo.

Chamava: Adalberto. Meu avô era o Cássio. Meu pai quis homenagear o pai dele e a si mesmo no meu nome. Botou o nome do pai na frente, bom filho que ele era.

Teu pai morreu faz tempo?

Uns vinte anos.

Seu avô também, imagino.

Sim, mas não muito antes do meu pai. Meu avô com oitenta e oito, meu pai com sessenta redondos. Os dois de derrame. Tenho dois cadáveres derramados no meu nome, do avô e do pai. E olha que eu nem chorei sobre os cadáveres derramados.

Neto insensível, filho ingrato, manda Mina, que começa a se sentir à vontade na mesa. Vai dizer algo, mas soa um gorgulho eletrônico na bolsa. Ela puxa o celular, lê uma mensagem de texto curta, digita um o.k. e devolve o iPhone pra bolsa.

Kabeto não se segura:

Amigo, amante ou traficante? Ou as três entidades juntas numa só? Trabalho não é, uma hora dessa.

Até podia ser, viu. Pruma assessora de imprensa, toda hora é hora. É SMS, facebook, instagram, e-mail, esse whatsapp que tá pintando aí, muito louco, acabando com a telefonia oficial. E dá-lhe lançamento, evento, feira literária, autor chato me enchendo o saco porque acha que não saiu nota em tal jornal sobre o lançamento do livro dele ou porque não achou a porra do livro na Livraria da Vila nem na Cultura ou na Saraiva, esse trem narcisista típico de escritor. É só treta pra resolver, urgente, de noite, de madrugada, às sete da manhã, na hora do almoço, com jornalista, editor, escritor, produtor...

Com Nicanor, Leonor, Nabucodonosor... Com inquisidor, fodedor... — agrega Park, que ganha um sorrisinho complacente da mina chamada Mina. Ela completa:

Nem cagando eu tenho sossego. Juro que já fiz skype cum autor sentadinha na privada de manhã. Ele só me viu do peito pra cima. Por baixo era só cocô na privada.

Tava cos peito de fora? — quer saber o Toscobeto. Mina ignora.

Que sexy, manda Park. O cara ali, de cara pra você... e você... arriando a massa...

Cortando o rabo do macaco, emenda Kabeto.

Mina ri e mostra a língua em resposta. Não tá mais conseguindo se incomodar com o showzinho de boçalidade mais ou menos controlada do amigo.

Park, curioso:

Quem era, afinal?

O Paulo Coelho, Mina responde.

Sério? — faz Kabeto.

Mentira. Era o Dan Brown.

O do Código Miquelângelo?

Código Da Vinci, ignorante. Mas, não, não era ele. Era a *Djêi Kêi* Rowling.

Do Harry Potter?! — explode Park. Minha ídola!

Mina ri:

Cês acham que a Vício&Verso tem cacife pra sequer receber um SMS dessa gente?

Então quem era, porra? — Kabeto se impacienta de curiosidade.

Uma amiga, *porra*, Mina devolve. Confirmando que vai ver os Boleritos com a gente lá no Pyong. Uma menina que você precisa conhecer, Kabético.

Cê vai, né, Mister *Kêi*? — Park intima.

Claro que vai, diz Mina. Pra ver o show e conhecer minha amiga.

Que amiga? — cutuca Park.

Amiga nova. Você já viu ela no Covil. Só o Kabeto é que não. Mas vai ver, conhecer e tudo mais. Minha amiga é à prova de machistas.

Finalmente uma mulher moderna que aprova os machistas! — exulta Kabeto.

Park e Mina são obrigados a rir do trocadalho.

O.k., eu vou, diz o véio. Mas só por causa dessa amiga da Mina que não tem medo de machista. Ela é o quê, uma loba má?

Uma tigreza boa, diz Mina.

Mas quem é? — se impacienta Park. Nem lembro da última vez que eu tive lá no Covil...

Depois te falo. Vai ser uma surpresa pro nosso coroa libidinoso.

Cê vai adorar o show dos Boleritos, Kabetroncho. A Melissa tá cantando demais, propagandeia o amante apaixonado da crooner.

E se a gente se encontrasse depois do show? — proponho.

Você acabou de falar que vai, Kabeto! — Mina bate a mão na mesa.

Porra, Kabeto, reforça Park.

O.k., se eu falei que vou, eu vou. Agora, se eu não for fisicamente, vou de carona no coração dos meus amigos queridos.

Cuzão, cospe Park.

Cuzãozaço, manda Mina. Mas ele vai. Quer apostar quanto? Vai só pra conhecer minha amiga.

Vou é pra kíti começar o meu romance quinzenal. Pô, Parkão, cê me dá a ideia e já sabota em seguida?

Mas não é só amanhã que começa a sua quinzena de folga?

É, mas se eu cair no rock hoje, não vai ter amanhã.

Se você não for, Kabeto, vai ser uma das maiores mancadas da sua vida. Ouve esta tua amiga que te ama e só quer o teu bem.

Quantos quilos ela pesa, a tua amiga?

O suficiente.

Ó, fazemo assim: cês me ligam quando acabar a função lá na Coreia do Norte. Aí vou encontrar vocês. A noite ainda é uma Lolita.

Que cês me ligam, nada, Mina se insurge. Cê vai coa gente daqui, e tá acabado. Que papo é esse de romance quinzenal?

Ideia do coreano.

Até outro dia tava bloqueado. Agora vai escrever um romance por quinzena?

O véio ri:

É. Vou começar o primeiro agora. A cada quinzena de ócio, um romance. Doze romances por ano. Em dez anos, cento e vinte romances.

Tão tá, Kabetucho. Vem cá: cê nunca foi ao Pyongyang?

Se fui, não reparei.

Tem um bar separado da pista. Cê fica bebendo lá bonitinho. A cerveja é meio cara, mas nenhum absurdo. E você ainda vê o show num monitor. Volume de som ambiente no bar. Dá pra conversar, de boa. Se calhar, tem até steinhaeger alemão. Vodka russa tem, da melhor.

E eu boto todo mundo pra dentro, reforça Park. Di-grátis.

Graaande Tuchê! — saúda Mina, ao ver o garçom chegar com a bandeja carregada. — Vai chovê goró na roça.

Só o Tuchê faz chovê, manda Kabeto.

Procê vê, replica Tuchê, arrancando uma salva de gargalhadas da audiência.

O garçom abastece a mesa com um novo balde cheio de gelo fresco com cervejas, um copinho de steinhaeger, outro de cachaça, um highball com gelo, gim e limão, e uma lata de tônica light.

Fui, ele diz, dando sua giradinha de calcanhares. Mas volto, acrescenta, antes de se mandar de vez.

Depois de uma rodada de degustações etílicas, Park confronta Kabeto:

Combinado?

O quê? As dez páginas por dia, pelos próximos quinze dias?

Isso também, a partir de amanhã. Hoje, bora lá no Pyong ver os Boleritos.

E a minha amiga, Mina emenda. Vai ser o principal atrativo da noite pro Kabeto, se eu conheço esse animal aqui.

Não posso ver a sua amiga depois? Cê não tem foto dela aí no celular?

Não e não. Tem que ir ao Pyong pra conhecer ela. Não tenho foto dela.

Duvido que você não tenha foto da sua amiga.

Não sei se tenho ou não tenho. Só sei que não vou mostrar. E você vai coa gente no Pyongyang.

Kabeto dá uma bicadinha na borda do copitcho transbordante de steinhaeger. Estala a língua. E declara:

Não sei. E digo mais: sei lá.

Park dispara o comercial:

Sabe sim. Vamo lá, porra. Puta show que vai ser, meu. Os caras tão voltando de um tour pelo norte e nordeste. Tocaram em Manaus, Belém, São Luís, Salvador, Recife. Fizeram o mó sucesso com a mais refinada fusion de funk, reggaton, arrocha, hip-hop, R&B, embolada, rock, forró e o caralho. Diz que a galera pirô geral, mano.

Não dá confiújion tanta fiújion?

Park ignora, Mina reforça:

Eu vi o show do Recife inteirinho no youtube. Massa. A Melissa tá cantando um absurdo. E as músicas... as letras, principalmente... — e aqui Mina joga um olhar úmido pro letrista — ... uau!

Park dá um tapão no ombro do amigo por cima da mesa, quase derrubando uma garrafa de cerveja com o cotovelo:

Bora lá, Kabeto!

Caralho... — suspira Kabeto. Num tô mesmo pra show de rock hoje. Eu veria um stripitise, um show de sexo explícito...

O sexo explícito pode começar lá no Pyong pra você, Mina provoca. E de graça. É só você não falar muita merda pra minha amiga. Ela é uma boniteza...

Odeio mulher bonita.

Gargalhada geral. Kabeto acrescenta:

Única exceção é você, Minoca.

Fofo!

Park sugere, sério:

A gente para na farmácia pra te comprar tampões de ouvido de silicone. Eu ofereço.

Boa. Eu aproveito e compro o.b. Bora-bora?

Calma aí, protesta Park. Cê acabou de chegar. E é cedo ainda. O show tá marcado pra meia-noite. E não vai começar antes da uma. São nove e meia ainda.

Cês viram o Santo por aqui hoje? — pergunta Mina, ansiosa.

Cê já procurou o santo ali na igreja da Consolação? — manda Park. Tem vários por lá.

Kabeto sacode a cabeça em negativa: também não viu o trafica residente do bar.

Vai que ele não aparece, suspira Mina. Lá no Pyong eu tenho um canal. Mas teria que chegar bem antes de começar o show. Tipo já. Ele fica num boteco que tem do lado. O boteco fecha às onze e o cara ainda se manda antes disso.

Toma o teu ginzinho, toma, diz Park. O Santo vai baixar. É sexta, fia. Só não baixa se estiver preso. Ou morto.

Virou umbanda isso aqui? — diz Kabeto. Espiritismo?

Eu só quero que a branca baixe na minha horta, diz Mina, esticando o pescoço pra periscopiar o mundo em volta, dentro e fora do bar.

Park tem um insightezinho de baixa intensidade:

Cês já repararam que cada um nessa mesa manda uma subs diferente? O véio é da maconha, a Mina do pó e eu do MD. O véio é aquele disco do Gil com o Jorge Ben dos anos 1970, os dois chapadaços: *Beba beba beba beba beba Juru... Juru juru juru juru juru jurubebabeba...* A Mina é Nirvana, do Never Mind, anos 1990: *I'm worse at what I do best, and for this gift I feel blessed...* Eu sou Arctic Monkeys, anos 2000: *And do me a favor, will you break my nose... and do me a favor, and tell me to go away...* Cada qual seu bagulho geracional.

Mina aplaude:

Puta, que bem sacado, meu! Só que eu também mando MD. E dou uns pegas no bamba. Menos quando tô na vibe da coca. Aí é só álcool e pó. E já ouvi muito Arctic Monkeys. E tô ligada nesse disco do Gil com o Jorge Ben, antes dele virar Benjor. E o Kabetôncio aqui já foi o rei do pó. Mas, grande sacada, Parkinho. Que cabeça você tem, menino!

E que penteado, escarnece um enciumado Kabeto. E é o seguinte: quando esse disco do Gil com o Ben saiu eu era moleque ainda. Só fui me ligar nesse disco com dezessete anos, quando comecei a puxar fumo. É a mais sensacional jam session brasileira de estúdio de todos os tempos. Ouvi aquilo chapadaço umas quinhentas vezes.

Mina rói uma unha:

Cadê o Santo, meu santinho!...

Sem interesse no Santo e seus narcomilagres, Kabeto remói a informação que ficou em sua cabeça: a Mina precisa de o.b. Menstruada. E achou por bem comunicar isso à praça. Por quê? Pra dissuadir qualquer investida sexual por parte dos machos obsoletos que consideram impura a buceta menstruada? Como o único macho obsoleto em cena sou eu... Mas, se eu já trepei com a Mina menstruada... Bah, sei lá. O que eu sei é que o coração da Mina não sangra mais por mim. A xota sangra, mas por si mesma.

Fechado, né? — diz Mina. Bora lá os três pro Pyongyang.

Tá parecendo sitcom isso aqui, gente. Um sul-coreano indo pra capital da Coreia do Norte, a fim de ouvir Boleritos in the Night. O ditador bochechudo vai tá lá com as orelhinhas do Mickey que ele comprou na Disneylândia quando era criança?

Ele não sai do Pyong, assegura Park.

Imagino que sim. Ou então a turma lá confunde o Kimjongum com você e esse teu cabelo dadaísta.

Eu adoro o cabelo do Parkinho, Mina adula, passando a mão no topete norte-coreano do sul-coreano, tomando cuidado pra não desmanchar aquela obra de arte capilar.

E vai rolar uns fuzilamentos no palco entre os shows? — continua Kabeto. Eu li outro dia que o Kinzinho mandou fuzilar um tio dele com um míssil terra-terra. Não deve ter sobrado nem o nome do cara.

Vão rolar uns fuzilamentos, sim, corrige Park, ganhando em troca um discreto dedo médio em riste da parte do corrigido.

Mina se diverte:

O Kinzinho da Coreia do Norte é o cara. O ditador figura. Eu li que ele foi a todas as Disneylândias do mundo quando era moleque. E que ainda hoje não vai dormir sem ver desenho animado do Mickey, do Pato Donald e do ursinho Pooh. Pode?! Um fofo.

Um Ubu-Rei fofinho que gosta de brincar de bombinha atômica, diz Park.

Se ele resolver jogar bomba nos Estados Unidos, o lugar mais seguro vai ser na Disney, Mina comenta. Ele nunca jogaria uma bomba atômica. Em cima da Branca de Neve. Nem da Bela Adormecida.

Verdade, diz Park. E todo mundo sabe que o Kinzinho tem especial veneração pela Bela Adormecida. Tem um vídeo supermegaclandestino na deep web mostrando ele na primeira fila da plateia dum teatro gigantesco pra ver um espetáculo infantil com atores fantasiados de personagens da Disney.

Ele criança, nos Estados Unidos, especula Mina.

Não, ele em Pyongyang, já ditador.

Jura?! E aí?!

Aí que ele entra num delírio punheteiro na poltrona.

Que puta paia, manda Kabeto, sacudindo a cabeça.

Paia, nada. Eu vi o vídeo, porra. O Kinzinho tira a mandioca pra fora e começa a socar uma pra Bela Adormecida, na moral. A Bela tá de pernas e coxas de fora, num microvestido esquisito, com cauda longa de rainha, muito da acordada, por sinal. Ela vê o Supremo Chefe descascando a bananinha dele e logo abre a frente do vestido num repelão — dá pra ouvir o *rrac* do velcro — e seus belos peitos saltam pra fora, pintados, um com a foice, o outro com o martelo. A Bela Adormecida canta, daí, uma ária daquela ópera comunista que fala 'ó quão belo falo tendes, Amado e Tesudo Líder, com que fodeis a nossa querida nação com ereta determinação!'.

Kabeto gargalha:

Muito bom! Ela diz isso em que língua?

Em coreano, porra. Do norte.

É muito diferente do coreano do sul? — Mina quer saber.

É muito mais… nortista.

Kabeto:

Mas você me disse que não entende coreano, seu coreano de merda.

Tinha legenda no vídeo.

Em que língua?

Em russo.

Kabeto e Mina se mijam de rir.

E em castelhano também, seus cretinos.

Que puta absurdo! — arfa Mina.

Meninos, eu vi! Os hackers do Kinzinho já tentaram tirar do ar, mas não conseguiram. Os sites que postam o vídeo se multiplicam automaticamente na deep web, não tem como apagar.

Mas, e aí? — insiste Mina, curiosa. Que mais acontece no vídeo?

Kabeto desafia:

Puxa aí no celular pra gente ver.

Então, se esquiva Park, no meu celular não consigo. Precisa ter um aplicativo específico pra acessar a deep web.

Aaah... — Mina exala. Jura?...

Eu vi o negócio no celular tunado dum amigo do Pisano.

Kabeto boceja, diante do que, tá na cara, é mais uma cascata metanfetamínica do oriental. Mas a Mina continua ligada:

E que mais? Conta, conta.

Txa pra lá. Tem alguém dormindo na mesa.

Eu não tô dormindo porra nenhuma, protesta Kabeto, cabeça escorada no punho, abrindo mais um bocejo.

Tô ligado que é meio inacreditável isso tudo, prossegue Park. Mas, daí, já meio pelada, a Bela Adormecida salta do palco num mortal triplo carpado com pirueta retrogiratória e cai de joelhos diante do Amado Líder. Cai e logo abocanha a Suprema Piroquinha do Guia Genial. E chupa que chupa até colher na boca a Revigorante Seiva do Insuperável Líder.

Brincou! — salta Mina. Kabeto só ouve, com meio sorriso de integral descrédito.

Park se empolga:

E a plateia firme, rígida, apinhada de oficiais uniformizados, todos magrinhos. Todo mundo é magro na Coreia do Norte. Nunca se ouviu falar em colesterol por lá. O único norte-coreano gordo é o Kinzinho.

Kabeto e Mina se acabam de rir. Park dá um tempinho e retoma:

De cada lado do Kim Jong-un tinha duas assessoras supergatas de tailleurzinho com minissaia. O Mickey, daí, desce do palco com um cálice de cristal transparente onde a Bela devolve a porra armazenada em sua boca: *vlof.* A plateia explode em palmas delirantes. Uma das assessoras vem com uma tigela de porcelana cheia de água onde boiam pétalas de rosa. A outra assessora molha uma toalhinha com a bandeira do país estampada e passa a enxugar a piça melada do Infalível Guia.

O Mickey volta pro palco por uma escada lateral empunhando com devoção religiosa o cálice de porra com cuspe, seguido da Bela Adormecida, que não para de lamber ostensivamente seus lábios langonhados, demonstrando todo seu apreço pela porra do Grande Falocrata Peninsular que ela teve a suprema honra de mamar. No palco, rola mais um pouco de cantoria de ópera engajada e evoluções acrobáticas dos personagens da Disney em torno do cálice de esperma, que o Mickey deposita sobre uma coluna dourada de um metro e meio de altura, sob a luz intensa de um holofote. Os personagens fazem um meio círculo em torno do néctar seminal do Fero Comandante, se dão as mãos e entoam o hino nacional. Toda a plateia se levanta, mão no coração, muitos às lágrimas, entoando juntos a letra do bagulho.

Kabeto se diverte:

Park, você é o nosso Alfred Jarry! O cara mais improvável dizendo as coisas mais absurdas. Genial, genial.

Inflado, Park continua:

Daí, vem o Pato Donald empurrando uma mesa de rodinhas com um globo giratório, desses de sorteio, cheio de bolinhas numeradas. As milhares de pessoas uniformizadas da plateia, homens e mulheres, erguem a cartolina amarela com seu número, demonstrando a mais genuína ansiedade de ser o feliz agraciado pelo Grande Acaso Revolucionário. Um número na casa do milhar é formado com as duas dezenas sorteadas no globo. O abençoado pela sorte é uma espécie de marechal magérrimo e velhusco, provável herói da Guerra da Coreia, com o peito da farda carregado de condecorações que o fazem pender pra frente. Com seu quepe debaixo do braço, ungido pelo foco luminoso dum holofote, o marechal sobe ao palco debaixo de aplausos demolidores que fazem tremer toda a península da Coreia.

Que di-mais! — se emociona Mina.

Aí vem uma Minnie gatésima, num microvestido dourado, pega o cálice com milhões de espermatozoides ainda nadando lá dentro, e, numa solenidade de vestal grega, oferece o negócio pro marechal, que tá lá, com seu sorriso de beatitude oficial na cara, um joelho no chão, o outro erguido, na pose clássica do cavalheiro contrito. Ele toma nas duas mãos o Santo Graal espermático que a moça lhe oferece e olha pra gosma branquicenta com um tipo de alegria que, de perto, poderia ser confundida com disfarçado nojo, detalhe que um zoom da câmera não deixa de transmitir para os dois gigantescos telões instalados de cada lado do palco. A cara do velho militar brilha de suor gelado.

Kabeto tem outro ataque de riso que vai num crescendo insano:

Para! Para, Park, que eu vou mijá e cagá nas calças!

Não para, não! — ordena Mina. Mijá na calcinha eu já tô mijando.

Park continua:

O Marechal ergue, então, a taça até os lábios. Silêncio absoluto no auditório lotado. O velhote fecha os olhos, abre a boca e engurgita toda a porra do Masturbado Líder num só gole: *gulp*. Ele tranca a boca, arregala os olhos e tem um engulho apoplético, acompanhado duma go*r*fada que acerta em cheio as esplêndidas pernocas da Minnie dourada.

A multidão na plateia se levanta ao mesmo tempo urrando em protesto. 'Morte ao traidor da pátria!', 'Massacrem o revisionista insolente!', 'Arranquem as vísceras do anarquista reacionário vendido ao imperialismo ianque!', 'Longa vida ao Amado Chefe e seu Glorioso Falo que ejacula o mais radioso futuro para o nosso venerado país!'

Kabeto tem câibras abdominais de tanto rir. Mina, maravilhada:

E aí, Parkinhôôô? Que mais, que mais, que maaais!?!?

Depois de ver sua porra regurgitada pelo marechal caquético, o próprio Kim Jong-un sobe ao palco com uma pistola dourada na mão e estoura a cabeça do Marechal com um tiro no meio da testa: pá!

U-hu! — faz Mina, batendo palmas.

A plateia vem abaixo numa ovação histérica de mais de vinte minutos, diz Park. O Kinzinho ainda dá uns tiros pro ar pra comemorar a grande vingança contra o herege apóstata contrarrevolucionário que ousou vomitar sua porra sagrada. Recebe os aplausos sem se inclinar diante do público, apenas erguendo no ar o punho gordinho cerrado.

Puta merda... — faz Mina bestificada, como que assistindo um replay da cena descrita pelo amigo.

Tuchê! — brada Kabeto vendo o garçom por perto. Mais breja! E um steinhaeger. Na conta do Kimjongun!

Tuchê faz uma cara de 'o quê?!'.

Vamo fumá lá fora? — propõe a Mina. Ai, cê quase me mata com essa história porralouca do caralho!

Cês me acompanhariam até a esquina? — contrapropõe Kabeto. Daí, cada um fuma o que lhe compete.

Sei não, faz Mina, temerosa. E se passar uma viatura?

Park, impávido, colosso, amigo e corajoso, proclama:

Foda-se. Bora lá c'o véio. Se passar viatura, a gente pede uma carona pros hómi até o Pyong. E, de repente, eles têm pó. Sempre andam com bagulho no carro pra cheirar e plantar nos otários miguelões que enquadram na rua.

Mina toma do braço do oriental e se mandam os dois pra saída, ela de gim tônica, ele de breja na mão. Junto com a inevitável dose de ciúme, Kabeto constata que lhe baixa a paranoia de vir a dar merda justo dessa vez com a justa.

15

Fomos, fumamos, voltamos, sem ocorrências policialescas. Não deixa de ser um alívio quando as fantasias perversas e autodestrutivas da paranoia são abolidas pela realidade em pessoa. Há quanto tempo já tô nesta mesa bebendo? Com pó, uma hora cronológica demora uns vinte minutos pra passar, em média, de modo que em sessenta minutos psíquicos lá se vão três horas cronológicas. Quantas vezes, em meio ao cafunguelê, eu não vi o dia nascendo lá fora, perplexo: 'Que porra é essa? Donde tá vindo esse sol? Cheguei aqui não eram nem dez da noite...'. Com a maconha é o contrário. Esperar um farol abrir, quando você tá chapado, pode durar séculos: 'Que houve com essa porra? Travou no vermelho?'. Tenho a sensação de estar aqui de papo com o Park, e agora também com a Mina, há cerca de um século e meio. Mas vejo que não são nem dez horas ainda. Dez pra. Em associação com o álcool, o fumo tem ainda a faculdade de narcotizar rapidamente seus consumidores. Você acaba dando uma capotada muito antes do nascer do sol. É só tomar cuidado pra não capotar também com o carro, se estiver dirigindo, o que já me aconteceu, na Rebouças, bem defronte pra avenida do Hospital das Clínicas. A maconha, droga viajandona e sonífera, te leva a fazer bem menos merda do que o pó. O sono e a preguiça física te salvam. Já de pó, trincadão e mamado, você só pensa em cheirar mais e mais e continuar bebendo forte até o dia raiar, a manhã avançar, e mais além. Já emendei dois dias de cafunguelê e só fui parar no fim da tarde do terceiro. E porque o pó tinha acabado. No meu passivo etílico se contavam uma garrafa de Stoly, outra de Cuervo oro, meia garrafa de Jack Daniel's mais zilhões de latinhas de cerveja. Já faz mais de dez anos que parei de cheirar e ainda me rejubilo com os benefícios da lei seca cocaínica que sigo à risca desde então, com raras e leves recaidinhas quando me vejo em alguma quebrada mais chegada no alcaloide. Mas, atrás do bagulho, nunca mais fui. Uma hora dessas eu já estaria travadaço se estivesse cheirando. E com gás pra arrebentar tudo até de manhã, na farra, no movimento, na putaria grossa. Tenho saudade alguma disso. Continuo encarando uma farrinha, mas com bem menos frequência e detonation. Se exagero no álcool, e ainda dou uns tapas na pantera, como hoje, Morfeu me chama pra cama antes do dia raiar. Mesmo encharcado de álcool, ainda pego umas horas de noite pra ao menos pegar no sono. Faz toda a diferença no dia seguinte. A vecchiaia bruta é uma merda. Imagina só quando for brutíssima. Vou poder tomar só um dedal de Biotônico Fontoura por semana. E dormir o dia inteiro em seguida, de fraldão geriátrico. Maconha, só em gotas, uma vez por mês. Pra dormir dois dias seguidos depois. Espero que alguém me providencie um steinhaeger estupidamente gelado antes de encarar o sono eterno.

Mina se remexe, inquieta. O Santo não baixa e ela vai acabar perdendo o canal de pó do Pyong. Kabeto tenta entreter a amiga:

Mina, pede pr'esse coreano genial te mostrar a última letra genial que ele fez pros geniais Boleritos in the Night.

Mina repete, imitando voz de robô antigo:

Co-re-ano ge-nial, mostre-me a ú-ltima le-tra ge-nial que vo-cê fez pros ge-niais Bo-leri-tos in the Night.

Daí, pro Kabeto, noutro tom:

Você temquetemquetemque conhecer minha nova amiga, Kabeto. Não vou te falar nada sobre ela, quero que descubra a figura por si mesmo. Só te digo o seguinte, se já não disse: ela é a maior fanzoca do Strumbicômboli. A guria simplesmente ama o seu livro. E sempre quis te conhecer. Já viu você em foto, na tevê, no youtube. Te acha o mó charme. Já se masturbou pensando em você. Pronto, falei.

Kabeto se deixa entorpecer de vaidade por alguns segundos.

Cê tá de sacanagem comigo.

Tô não. Cê tem que conhecer ela, seu idiota. Hoje! Depois, me diz se valeu ou não a pena. Para de beber um pouco. Toma água. Cheira uma pra arribar, se o bostinha do Santo vier.

Como ela chama mesmo?

Audra.

Audra?

Audra. Linda e louca.

Nome lindo. Audra. Aberto, aéreo, luminoso.

Pois é. E ela tá te esperando, luminosa, aérea e, se você não vacilar muito, aberta também.

Merda, rumina Kabeto em silêncio. Com que cabeça agora eu vou pra casa dar um durmão e acordar lépido e frangueiro pra faturar o primeiro lote de dez páginas de seja lá que merda for, sabendo que uma Audra espera por mim lá nesse Pingpong Young do caralho. E, se a Mina tá nessa alcovitagem toda, é porque ela mesma tá se pondo fora da minha mira, tipo 'arranjei mulher pra você, me deixa em paz'. Mas não seria sacana comigo a ponto de inventar uma mulher que não existe, ou que seja uma estrupícia de marca maior. Ou seria?

Mina açula:

E tem chope daquele tipo que você gosta. Ipa, né?

Ôpa. Ipa? Oba.

Daquela marca com nome alemão. Como é mesmo...?

Minha preferida é a Shoshotstein. Tanto a blond, quanto a morênen.

Mina ri, generosa. Park só balança a cabeça, condescendente:

Só pensa nisso, o véio.

Em que mais vale a pena pensar? — devolve o dito véio.

Em outras coisas, responde Park. Alguém já não falou que o homem é o animal que pensa em outras coisas?

Foi seu colega Mario Quintana quem falou, afirma com segurança didática o escritor bloqueado.

Sim, meu colega, registra Park. Como eu e você, ele também era homem, portanto animal, e pensava em outras coisas.

Mina, sentindo-se meio alijada da conversa por não ser homem, não se considerar um reles animal e possuir uma cabeça focada que não costuma gastar tempo e energia pensando em 'outras coisas', volta a insistir com Kabeto:

Se você achar tudo uma merda no Pyong, é só se agarrar pela alça e vazar.

O melhor mala é o que se autocarrega, sentencia Kabeto.

Taí uma verdade, Kabetucho. Você é um mala autoconsciente. A autoconsciência da sua condição de mala já é um tipo de alça. Por isso que a gente aguenta você.

Kabeto e Mina trocam um 'five' espontâneo.

Mina segue chuchando a curiosidade libidinal do véio:

Eu jurei pra ela que você ia no Pyong, Kabeto.

Ela quem?

A Audra. Se você não for, vai ser um desprestígio pra mim.

Sua amiga é do rock também?

Ela é da ribalta. Atriz. Mas, na vida, é do rock bandido. A mina é da ZL, tá ligado? Zona Lost. Vila Zelina, pra lá da Mooca, manja?

Onde tem o crematório, né?

O crematório é na Vila Alpina. A Vila Zelina é do lado. Muito lituano e russo por lá. A família dela é lituana.

E ela faz o quê, essa tua amiga? Digo, além de oral, vaginal, anal, facial, DP, ménage...

Park ri e proclama:

Kabetudo, você é o decano da baixa putaria literária nacional. Ou da alta, se preferir.

Da baixa tá de bom tamanho pra mim.

Mina reata:

Cê quer ou não quer saber o que ela faz?

Ela quem?

A Audra, seu cabeça de cabrobó.

Você já disse que ela é atriz, aposto que de teatro malditinho, desses que até a bilheteira fica pelada.

Mina escarra uma risada estomacal.

Mais ou menos isso. Só que muito melhor que isso. A Audra é uma puta atriz. Instintiva. Daquelas que não nasceu, estreou.

Miná... vem cá: cê acha que alguma atriz instintiva de vinte anos...

De vinte e sete.

... de vinte e sete anos, que não nasceu, estreou, e tal, você acha que ela vai dar trela prum tiãozão cinco-ponto-três? Descambando pro ponto quatro? Conheço o tipo. Ela vem, ela diz que te leu, ela cita alguma coisa que você escreveu, tira uma selfie com você, mas, daí, quando você acha que ganhou a mina, bate um sino e ela se despede cum sorriso de netinha feliz e te deixa pendurado nos beiços, se sentindo mais velho que o código de Hamurabi.

#Essa não é a Audra, posso te garantir. Não rotula a minha amiga que você nem conhece, Kabeto.

Verdade, desculpe. É Audra do que mesmo?

Pergunta pra ela. E que diferença faz pra você o sobrenome dela?

Ué, vai que eu já ouvi falar dela...

Que falardela nem mortadela, Kabets. Você é o cara mais purfa de teatro, de música, de seriado, de tudo que tem de moderno. Até de literatura, se for ver.

Sou um homem inatual, esqueceu? Cafajeste rodrigueano, como você bem disse. Do jurássico inferior, né?

Bem inferior. Kabeto, já ouvi mil vezes esse papo do homem inatual. Mas, sabe o que você é de verdade, Kabeto? Você é simplesmente desatualizado. Isso que você é. Parou de se interessar pelas coisas modernas. Vive metade no passado, metade em lugar nenhum. O homem purfa.

Purfa e sem metafísica. Que nem o Esteves da tabacaria, completa Kabeto.

Isso, que nem o Esteves da Tabacaria.

Tudo bem, não sei nada de teatro, mas o teatro também não sabe nada de mim.

Mentira. Quarenta grupos de teatro pelo Brasil adaptaram e montaram o Strumbicômboli. No mínimo.

Foram só oito. E faz tempo pra caralho. E eu não vi um puto pingar no meu bolso.

Mas pegou umas atrizes, fala a verdade.

Uma só. E não foi muito bom pra ninguém.

Park, que se entedia cada vez mais com esse papo, intervém:

Eu sei quem é essa uma que você pegou — solta o coreano.

Quem? — Mina dispara.

A Sarah Bernhardt — manda Park

Mina desopila. E contribui pra galhofa:

Ou era a Marquesa de Santos?

A Marquesa de Santos não era atriz, corrige Kabeto. Mas comi também.

Risadinhas gerais.

E foi bom lá com a Sarah Bernhardt? — provoca Mina.

Médio. Ela tinha quebrado a perna no Rio de Janeiro. Ficou feia a coisa. Tavam falando em amputar.

Tô ligada.

Cê conheceu a Audra no bar do Covil, foi isso? — Kabeto pergunta.

Foi amor à primeira vista, diz Mina.

Imagino.

A gente se viu várias vezes depois, no Pyong, em casa de amigo, baladinha, no próprio Covil.

Continuo imaginando.

Mina tenta encerrar a questão:

Você vai com a gente ver os Boleritos pra conhecer a Audra, e fim de papo, tá ligado?

Ela vê as horas no celular. O Park tem razão: é cedo pro show. Mas já é tarde pra encontrar o meu canal de pó que tem por lá. Ela diz, tamborilando na mesa:

Já vi que vou ficar na saudade, hoje, penso ío. Mas arrisco.

No que depender de mim, você não vai ter saudade de nada.

Calma que o Santo vai baixar, reforça Park.

Todos bebem, todos olham em volta, a Mina com seu radar virtual de localizar traficantes. Kabeto combina consigo mesmo que, se eles pararem mesmo numa farmácia a caminho do Pyongyang, é bom ele se prover dum azulzinho, além dos tampões de ouvido. Com essa amiga da Mina em perspectiva, além da própria Mina, vai saber. De novo lhe vem a lembrança da xota supostamente menstruada ao seu lado na mesa. Quase sente o sabor ferruginoso de sangue humano na língua.

Mina desconfia daquele mutismo súbito do véio. Só pode tá pensando merda. E com aquele sorrisinho sórdido de canto de boca e o olhar zoiudo pra cima de mim que ele acha que eu não tô percebendo. Bêbado acha qualquer coisa. Tanto que acabou de botar a mão na minha perna. Ela afasta a mão do véio:

Me poupe, Kabeto...

Ou me apalpe? — ele replica, rindo da suposta graça do trocadalho patético que cometeu.

Com certo enfado, Mina se pergunta se aquele é o ponto irretornável em que o véio passa total do ponto e não volta mais. Se for o caso, melhor mesmo ele não ir ao Pyong. Como que corroborando seus receios, Kabeto tenta um novo assédio à sua perna lanosa. E volta a ser rechaçado, com mais veemência física agora: um murro forte no ombro.

Ai, porra!

É a maconha, Park diagnostica. Bebida com maconha. O cara perde a noção.

Kabeto tenta tirar de letra:

Eu poderia enumerar aqui os benefícios trazidos pela cannabis sativa, se conseguisse lembrar de pelo menos um deles.

A gag, velha de guerra, não surte nenhum efeito na audiência blasê da mesa. O gagueiro gagá dá uma bicada no steinhaeger, lava a ardência da aguardente com cerveja, libera um arrotinho quase discreto e retoma:

Essa tua amiga, ela...

Não vou dizer mais nada, Kabeto. Cê vai lá com a gente conhecer a Audra ao vivo e a cores. Ela é bem colorida, cê vai ver.

Negra?

Cê já viu lituana negra, Kabeto?

Não vi, mas gostaria de ver. Enquanto isso, vou drenar o joelho.

Antes de sair, o véio despeja:

Se eu encontrar uma lituana negra, peço ela em casamento na mesma hora. Na igreja mais ortodoxa que tiver.

Entre a última mijada que ele deu naquela mesma privada e a de agora, alguém canetou uma frase na parede atrás da privada, na vertical, pra dar a impressão de que as letras estão caindo lá dentro, num reforço gráfico do sentido da frase:

a
v
i
d
a
n
ã
o
v
a
l
e
n
a
d
a

A frase, que parece em vias de mergulhar na bosta mijada na privada, provoca certo incômodo existencial, que ele leva consigo de volta à mesa, na qual avista de longe Mina e Park se beijando na boca. Ele se aproxima e senta sem que os beijoqueiros se deem conta da sua presença. Talvez aquele mantra rabiscado na parede, a vida não vale nada, o tenha tornado invisível de verdade. Até que:

Kabeto?... eu tava aqui falando com o Park... — começa Mina, ao notar finalmente a presença do homem invisível.

Tô vendo, ele responde no tom mais neutro que consegue empostar.

Mina ignora e prossegue:

Tava falando de um livro que um agente ofereceu lá na editora, outro dia, sobre um escritor bloqueado, veja você.

Jura? — diz Kabeto, sumamente desinteressado no bloqueio alheio.

É um autor suíço, escreve em francês. Esqueci o nome dele. Mas a história se passa em algum lugar dos Estados Unidos.

Como chama?

O livro? Hum… Esqueci também.

Hãhã.

Trabalhar em editora é assim mesmo: muito livro, muito título, muito autor, muito assunto. Não tem memória que dê conta.

Park se interessa:

Cê lembra a história do livro?

É um policial. Um jovem escritor bloqueado vai procurar ajuda de um velho escritor consagrado que ele adora. Parece muito com a tua história, Kabeto: primeiro livro genial, seguido de um longo bloqueio criativo.

O velho BC, murmura Kabeto, desinteressado.

Mas é Park quem estimula a amiga:

E aí? Que que rola?

O consagrado convida o bloqueado pra morar na casa dele.

São gays? — Kabeto se acende.

Não. Só brodagem entre mestre e discípulo. Aí, uma hora lá, alguém descobre o cadáver duma adolescente de quinze anos enterrada no quintal da casa do consagrado. O cara vai em cana, acusado de homicídio. Ele foi amante da menina, décadas atrás, quando tinha trinta e tantos anos e já era um escritor famoso. Junto com o cadáver, encontram também os originais do romance mais famoso do cara, que tinha acabado de sair na época.

E aí? — se liga Kabeto.

Aí, o escritorzinho bloqueado sai a campo pra investigar o crime. Ele quer ajudar o amigo e guru literário a se livrar da acusação de assassinato, pedofilia, e o caralho. É aquele tipo de narrativa que vaivém no tempo.

E como acaba?

Não sei, li na diagonal até a metade.

Deve ter algum final feliz idiota, rosna Kabeto. O escritor mais velho é inocentado e o jovem bloqueado desova outra obra-prima.

Park pega esse papo de pretexto pra virar o disco:

Falando em escritor bloqueado, cê tem que ver a experiência literária performática que o seu amigo aqui fez hoje, Mina. O laquê tem a ver com isso.

Experiência?… — se interessa Mina.

Park conta sobre o périplo performático do amigo, de gravador em punho, descendo a Augusta e entrando em academia de ginástica e salão de cabeleireiro pra zoar com o povo.

Mostra um pouco pra ela, ele pede ao véio, apontando pro bolso do blazer onde repousa o gravador.

Kabeto puxa o aparelho e dá um play. Mina ouve boquiaberta a gravação no cabeleireiro:

... vossas filhas clonadas, elas hão de ser as mais lindas e livres e fodonas criaturas do universo conhecido. Empoderadas. Não é assim que se fala agora? E seus filhos, uns galãs bem-dotados e biologicamente programados pra serem cem por cento fiéis e submissos às suas namoradas, esposas e amantes, que os terão numa coleira permanente. O antimachista por excelência, tão ligadas?

QUE PORRA É ESSA?! FORA!!!

O grande projeto de empoderamento das mulheres é repovoar o planeta com os clones saídos do caldeirão genético de vocês mesmas, caras ouvintes. Ou seja, a ordem falocrática em que vivemos está prestes a se tornar o reino vulvocrático das mulheres, como nunca se viu na história da humanidade.

CIRO! TOCA ESSE SUJEITO PRA FORA!

XÔ! ÁREA! VAZA!

Kabeto desliga o gravador. Mina, abismada:

Kabetô... que que deu nocê hoje, fio? Você não era escritor? Virou artista performático?

Agora faço literatura oral performática e livre-associativa. Provoco os personagens a se manifestarem espontaneamente sobre tudo que me passa pela cabeça na hora. É o método hegeliano, segundo o meu amigo Lorenzzo. Fenomenologia do espírito, tá ligada?

Impressionante...

E o pior é que ele nunca vai botar isso no papel, diz Park.

Você devia fazer logo um videoblog, Mina sugere. Ia causar na internet.

Já dei essa ideia pra ele, diz Park.

Com o perdão da sinceridade, Kabetucho, você devia é bloquear o performer e voltar a investir no escritor.

A literatura morreu, diz Kabeto guardando o Sony no bolso do blazer. Viva a literatura.

Esse teatro espontâneo que você provoca, sei lá, até tem umas coisas engraçadas, reconhece Park. A sua aparição repentina cria uma tensão dramática interessante no ambiente, sem dúvida. O que pega é esse teu machismo remelento...

Mina intervém:

Esse papo de nova mulher fodona e novo homem na coleira e sei lá mais o quê. Isso é uma paródia da paródia da paródia do feminismo. Não vejo a menor graça.

Eu gosto de humor sem graça, joga Kabeto. Prefiro, até.

Já percebemos, Mina espezinha.

Tô falando sério. Humor sem graça é mais parecido com a sem-gracice da vida como ela é, machismo incluso.

Kabeto registra na cara dos parças a escassa adesão à tese do humor sem graça. Resolve virar o disco:

O.k., recita aí a porra da letra do John Fante, Parkão.

Recita, não: canta, pede Mina.

Acho que vocês vão ouvir hoje mesmo a minha letra cantada lá no Pyong. O Pisano me disse que os Boleritos tavam ensaiando a música.

Tá, então recita. Faz tempo que não ouço ninguém *recitar*.

Recitar, pra mim, é da época do batatinha quando nasce, diz Kabeto.

Park se anima:

Me inspirei num negócio que eu li do Fante falando de Los Angeles da juventude dele, no começo do século passado. O texto abre com 'Those were the days...'. Tipo, 'Bons tempos aqueles'. Uma típica declaração de amor saudosista ao passado, à vida como ela era e não é mais, à juventude perdida, esse tipo de coisa.

Impressionante como o passado faz sucesso, em todas as épocas, manda Kabeto.

Que ideia mais doida, Kabetucho! — salta Mina. E o pior que é verdade! O passado faz muito mais sucesso que o futuro, se for ver.

As atenções se concentram no coreano, que parece ter mergulhado no infinito situado na calçada oposta. Nem pisca, o filho da puta. É preciso tanta concentração pra recitar um poema ou letra de música? Apesar do frio, que o poste do aquecedor a gás apenas atenua, a testa do coreano poreja de suor.

Park?... — Mina cutuca o coreano, preocupada, enquanto apanha uns guardanapos de papel da caixinha de aço cromado pra enxugar a testa do outro.

Caraca!... Parkinho, não brinca assim...

E pro Kabeto:

Quê foi que ele mandou?

Cerveja, cachaça. Mas é essa porra de MD que deixa ele assim.

Putz... Park?...

Sem resposta. Park continua entretido com o infinito.

Ele diz que a metanfetamina provoca uma chuva de pontos luminosos por trás da retina. Escrotomas.

Escrotomas?

Uma porra assim.

Já mandei muito MD, mas nunca tive nada com esse nome escroto.

A mioleira dele tá virando requeijão. Nem tá ouvindo. Ou tá de sacanagem coa gente.

Park?... Caralho, ele não tá ouvindo mesmo. Ou tá?... Parkinhô! Cê não vai recitar o poema?

Park fecha os olhos, balança lentamente a cabeça como se estivesse concordando aos poucos com algo que lhe sopram do além. Mina faz carinho no rosto dele.

Parkinho, fala comigo, fala?

O coreano abre os olhos, um mais que o outro.

Tá tendo escrotomas de novo, cara? — diz Kabeto, sem alarme, pois sabe que aquilo não vai dar em nada. Park balbucia:

... caleidoscópicos policromáticos... em alta velocidade... chuva de escotomas supersônicos...

Kabeto ri. Mina começa a relaxar:

Cê tá bem, Parkinho? Tá ou não tá, porra?

Park se levanta num repente de mola disparada, o que lhe causa forte vertigem. Despenca de novo na cadeira, se agarra ao copo americano e mata o restinho de cerveja no fundo.

Parkinho?!... Ai, meu Deus! — faz Mina, pousando a mão na testa úmida do poeta, como se quisesse sentir as vibrações de sua mente. Cê tá bem, menino?

Tô... bem... louco...

Kabeto solta sua risada:

Esse é o nosso coreano de estimação.

Um pouco de náusea, só... — murmura Park. Vem em ondas, como o mar... como já disse o Vinicius...

Não falei? — diz Kabeto. Tá tirando de nóis.

Vai dá um gorfão no banheiro, vai, Mina prescreve. Quer que eu vá com você?

Park não se mexe, de boca entreaberta. Daí, murmura:

Tá suave... Tá mais pra náusea existencial. Uma *nausée*... — ele diz.

Ah, bon? — Kabeto rebate, em bom francês. — Nausée de cu é rolá, mon ami. Como sempre diria o Tuchê.

Park apanha seu copinho de cachaça, faz a língua estalar no céu da boca, se levanta de novo, mais devagar agora, se apoiando na mesa. Anuncia:

Vou desaguar no Tietê.

Daí, dá um tempo e acrescenta:

Se eu não voltar em vinte e quatro horas, chamem o Capitão Cueca.

E cambaleia pro banheiro, roçando e esbarrando em pessoas e mesas no percurso.

Mina, ainda preocupada:

Cê não quer dar um pulo no banheiro pra ver como ele tá? Ele pode tá só fingindo que tá fingindo que tá passando mal.

Ele tá o.k. 75% o.k.

Como cê sabe?

Ele tá lúcido, fazendo piada, cê não viu? É assim mesmo: ele tá normal, de repente, desanda. Dois palitos depois, se apruma de novo. São os ciclos da droga na cabeça dele. É um vaivém estranhíssimo. Nunca vi nada parecido.

Mas MD, que eu saiba, não dá nada disso...

Na cabeça dele, dá. Ele é um personagem muito particular, esse coreano.

Mina estica o pescoço por cima da cabeça do véio pra monitorar a entrada do bar. Tuchê aparece com mais uma rodada de tudo. Se vira pra Mina, paternal:

Os cafa aí tão te tratando direitinho?
Tão, Tuchê. Por enquanto.
Mió pra eles.
Mina ri:
Fica sussa, Tuchê. Se precisar, eu mesma sento a mão neles.
Tá certo. E cadê o japa? Foi embora?
No banheiro. Ele é coreano, Tuchê. E fica puto quando chamam ele de japa. Os coreanos odeiam os japoneses.
Ué, por quê? Ês têm tudo olho puxado.
É Kabeto quem puxa a lousa:
Porque os japas foderam com os coreanos, do começo do século passado até o fim da Segunda Guerra Mundial. Invadiram a Coreia, estupraram a mulherada, mataram um monte de gente, roubaram tudo de valor no país.
Sério? — diz o Tuchê, de fato *touché*. Então, fala pro japa que eu peço desculpa pra ele.
Tranquilo, bró.
Tuchê dá seu giro de calcanhar patenteado, e parte com a bandeja vazia debaixo do braço, num passinho rebolante de urubu malandro.
Mina e Kabeto bebem, ela olhando em volta à procura de um certo santo que já devia ter baixado à terra. Park volta do banheiro de cara lavada e cabelos molhados.
Êba! — comemora Mina. Tá vivo, o homem!
Tomou banho de pia, o japa, diz Kabeto. E deve ter mandado um viagrão pra dá aquela arribada, palpita Kabeto.
Lavei a cara com água de balde, Park esclarece. E eu não mando essas merdas de véio brocha. Pra trepar, só o tesão me basta.
Mas quem é que tá trepando aqui? — manda Mina, desentendida. E pro Kabeto, de chofre:
E você, toma? Deve tomá. Tá na cara que toma. Pra dar tesão.
Kabeto se defende:
Mina, não é uma reles pilulinha azul que dá tesão num homem. Só ajuda a manter o pau duro. O tesão corre por conta do freguês. Tá escrito na bula.
Se leu a bula, é porque toma, ela estabelece.

Tomo às vezes. Outras vezes não. Outro dia mesmo fui pra cama com uma senhora que eu conheci numa festa. Situação clássica pra se mandar um bagulho desses. Mas, como não tinha, não mandei.

Que senhora? — Mina se acende.

Você não conhece. Nem eu conhecia.

E aí?

Kabeto toma um largo gole de cerveja. Breca um arroto. E responde:

Broxei.

O Farta treme com as gargalhadas na mesa.

Fófis, faz Mina, acariciando a bochecha do véio.

Kabeto puxa um pigarro e pontifica:

Sabia que os gregos antigos criaram uma técnica muito particular de provocar ereções? O Sócrates era grande fã dessa técnica, tanto que ela ganhou o nome dele: socratização.

Mina faz sua melhor cara de que-merda-é-essa.

Era uma técnica de retoestimulação mecânica, Kabeto explica.

Do quê?!

Seguinte: o Sócrates se fazia enrabar por um efebo, o que lhe massageava a próstata por dentro. Com isso, o filósofo atingia a pauduridade suficiente pra enrabar outro efebo já de ré à sua frente.

O popular trenzino, Park agrega.

Até pra comer mulher os caras se faziam socratizar. Já saíam pra gandaia com o efebo socratizador a tiracolo. Sempre que seu amo decidia comer alguém, tava lá o socratizador firmão à sua ré, carcando no cu dele.

Bom, se meu dedo falasse... — Mina solta, provocando risadinhas algo constrangidas na mesa.

Dedo mente muito, diz Kabeto.

Todos se mijam de rir. O piadista desbloqueado acrescenta:

A vantagem da socratização era que, se o socratizado, mesmo assim, brochasse, o efebo tirava do cu dele e ia lá dar conta do recado no lugar do amo. Era uma espécie de dublê de rôla do amo.

Mina se esbalda, aplaudindo:

A-do-rei! Mas o efebo limpava o pau antes de meter no outro ou na outra, né?

Kabeto deixa escapar:

Esse detalhe os textos clássicos não mencionam.

Homens... — Mina exala. Bundões. Cuzões. Babacas. Até o Sócrates.

Kabeto acaricia a cabeça da amiga:

Ninguém ousaria duvidar, Minoca. Nem o Platão.

Tá bom, chega desse papo idiota. Vai, Parkinho, diz logo esse teu poema do Fante.

É letra, não é poema.

O celular coreano do coreano gorgeia. Park pesca uma mensagem de texto:

Olha só a coincidência: é o Pisano confirmando que eles vão tocar 'Those were the days' no show.

Massa, diz Mina. Cê sabe a letra de cor?

Sei todos os meus poemas e minhas letras de cor. Minha memória só serve pra decorar poesia, minha e dos poetas que eu amo.

Como o coreano não publica nada, os poemas vão viver o mesmo tempo que os neurônios dele, diz Kabeto.

Mas e os do guarda-roupa? — diz Mina, que conhece o refúgio da obra poética do amigo e amante eventual.

É verdade, diz Kabeto. Tem o guarda-roupa da vovó-conforto. E das baratas mortas.

Vovó-conforto?... — estranha Mina.

Depois o coreano te explica.

Você tem que publicar seus poemas, Parkinho! Qualé o seu problema, filho? Eu convenço o Beloni a publicar na Vício&Verso. Já te falei isso, não falei?

Não tenho ânsia de publicar nada. Homero, Safo, Virgílio nunca publicaram nada. O próprio Fernando Pessoa só viu meia dúzia de poemas dele publicados em vida.

E é por isso que você não publica os seus poemas? — provoca o Kabeto. Pra se equiparar a Homero, Pessoa e companhia?

Não publico porque o mercado editorial virou uma vala comum de irrelevâncias.

Opa! — reage Mina. Eu não sabia que trabalhava numa vala comum de irrelevâncias.

Kabeto cutuca:

Publica as baratas mortas, então. Vai que elas fazem mais sucesso que as poesias.

Cês querem parar um pouco de me encher o saco?

Temos aqui um poeta irremediavelmente póstumo, manda Kabeto. Isto, se ele não tiver um acesso de loucura e botar fogo naquele guarda-roupa.

Já pensei nisso, de levar o guarda-roupa pro meio da rua e tacar fogo. Vão pensar que foram os black blocs.

Mina revira os olhinhos pra cima, bufa, e estapeia a espádua do oriental:

Vai, desembucha logo essa letra.

Fiz a letra em inglês, explica o bardo pop, vendo sua ouvinte dar mais uma geral ansiosa no entorno, à cata de santos disponíveis. Nenhum à vista.

Cê tá mais interessada no Santo ou na minha letra, Mina?

Droga e poesia não são coisas excludentes, são? — ela crava. Achava até que eram complementares.

O.k., faz Park, puxando um pigarro catarroso.

Ai, Parkinho! Que feio.

Que foi? Até Homero tinha catarro. Vivia escarrando pela Antiguidade afora.

Homero nem existiu, lembra Mina.

Nem por isso escarrava menos, Park replica. Bom, lá vai:

Those were the days
said the late John Fante
very proud of himself
like a dying elephant.
He had done his best,
it was time to rest.
Alright Bandini, we already know
that life is not a piece of cake
and can be a real earthquake.
And we've been already told,
that we're all going to die too,

whether we're young or old.
But, before we finally hit the hole,
one by one or all together,
in one of those very sad bad days,
I think and wonder inside my mind
about these days we're living here,
drinking rough whisky, cheap wine
and the worst beer, over and over
— Jesus Christ, what a hangover!
Sober or drunk, I keep asking myself
if in some distant future day,
if we're lucky to still be around,
we'll look back to these very nowadays
and say, gee, those were the days.
Or we'll just scream away
an echoing yabadabadoo
and ours sincerely do-be-do-be-do?

Mina bate palminhas:
Não sei se eu entendi direito, mas adorei! Traduz aí, vai.
No show eles vão cantar uma vez em inglês, outra em português, esclarece Park. A tradução não é muito literal. Ó:

Bons tempos aqueles
dizia, orgulhoso, o velho Fante,
feito um velho elefante.
Ele tinha feito seu melhor,
agora deu, chega de suor.
O.k., Bandini, meu prezado,
Tá todo mundo ligado
que a vida não é mole não,
pode virar terremoto, incêndio, furacão.
Também já nos deram a dica
de que vai todo mundo pras pica,
aos berros ou sem alarde,
de dia, à noite, cedo ou tarde.

Mas antes de bater as botas,
um a um, ou toda a cambada,
num desses dias de sorte azarada,
fico aqui dando tratos à bola
sobre nossa vidinha que se desenrola,
regada a vinho barato, uísque paraguaio,
e cerveja bundeira — ô ressaca do caraio!
Bebum ou careta, eu me pergunto
se num distante dia futuro,
caso já não tenhamos virado presunto,
diremos, saudosos, olhando pra trás:
bons tempos aqueles que não voltam mais!
ou se descabelados bradaremos
um sonoro yabadabadu!
e o nosso mais sincero dubidubidu!

Baixa um silêncio do tipo constrangedor na mesa.
Acabou? — solta Mina.
Prefiro a versão em inglês, comenta Kabeto.
Por quê? — Park encrespa.
Acho que é porque eu não entendo muito bem inglês.
Si fudê, Kabeto.
Mina manda:
Por que você só falou em uísque, vinho e cerveja?
Como assim, 'por quê?'
E o dry martini?
Que que tem o dry martini?
O Fante não era americano? Devia ser chegado num dry martini.

Sei lá, Mina. Não lembro de ninguém tomando dry martini nos livros que eu li dele. Acho até que o Fante nem combina muito com dry martini.

Acho que a Mina é que tá a fim de mandar um dry martini, sugere Kabeto.

Tô mesmo.

Não seja por isso. Tuchê! — Park berra com energia pro garçom que circula na outra ala do terraço. Que merda, ele pensa. Faço uma puta letra dessas, e um só me tira sarro, enquanto a outra tem vontade de tomar dry martini, que não tem nada a ver com nada. Vão catá coquinho no cemitério, ele resmunga em voz alta, coçando a tatuagem do antebraço direito.

Ué, por quê catá coquinho? — faz Mina, cândida. Pra botar no dry martini, em vez da azeitona?

Treze minutos e meio depois do pedido, chega na mesa a taça cônica com o líquido translúcido e denso onde naufragou uma azeitona empalada num palito. Mina dá a primeira bicada no dry martini, mitigando no gim seco a fissura por pó, o que já vinha tentando fazer com o gim tônica. Gim é a cocaína das bebidas, como ela costuma dizer.

Veio do Pisano essa onda dos drinques clássicos no Farta. Foi ele quem trouxe as bebidas e ensinou pro Peninha as receitas de dry martini, manhattan, negroni, bellini, kyr, e sei lá o que mais, com a anuência pouco entusiástica do Juvenal, pelo menos até a ideia emplacar, o que só ampliou e sofisticou a coquetelaria tradicional do botequim: capirinha de pinga, vodka ou tequila, com limão, kiwi ou maracujá, a simples e eficaz espremidinha e o rabigalo, que é cachaça com vermute tinto doce. Algum copeiro antigo do Farta inventou também, em priscas eras, um negócio batizado de mé-de-buça, que não consta do cardápio: pinga ou conhaque brasuca com licor de ovo e uns salpicos de canela em pó, com uma ou duas pedras de gelo. Mas nem Kabeto nem Park, o grande parça do Pisano, jamais pediram os drinques mais sofisticados. Nem mesmo os tradicionais de boteco. Caipirinha de limão, por exemplo, eu tomo só quando traço uma feijuca, seja no Farta ou onde for. E mé-de-buça, só o colhido na fonte das minhas colaboradoras sexuais. Meu negócio é breja e o goró forte dos deuses teutônicos: steinhaeger. Jawohl! Até uns anos atrás, o steinhaeger que tinha aqui era o nacional, uma bomba. Ideal pra desinfetar privada. Minha contribuição civilizatória para o Farta, muito antes do Pisano, foi fazer a cabeça do Juvenal pra ele comprar uma caixa de steinhaeger alemão, Schlichte, uma dúzia, que acabou saindo em bem menos tempo do que ele imaginava, a dez paus a 'dosa', como dizem as putinhas mirisolianas. Devo ter tomado sozinho metade da caixa em dois meses.

Esse Peninha, que virou barman, é um mulato boa-pinta, modelito hip-hop chique, de seus vinte e tantos anos, que já foi de tudo na vida, de marinheiro da mercante sediado em Maceió a entregador braçal de um distribuidor de gêneros alimentícios pra restaurantes, quando veio pro sul-maravilha. Foi assim que ele deu jeito de se enturmar na cozinha do Farta, onde acabou descolando um trampo de auxiliar da cozinheira. Esperto e expedito, logo escalou pra copa, como dublê de chapeiro e dispensador de bebidas pros garçons que vão levá-las pras mesas, e também direto pros bebuns que ancoram a barriga no balcão. Com o bar cheio, o Peninha não tem descanso. Movido a pilha atômica, esse cara. Pega às seis da tarde e vai até fechar, nunca antes das duas nos dias normais, quatro ou cinco às sextas e sábados. Pisano e Park acham que ele já foi garoto de programa e ainda faz uns bicos nas horas vagas e nos dias de folga. E vai saber se os dois já não andaram pegando o barman: o *cock* dele no *tail* deles.

De modo que a Mina sorve seu Gordons com um fio de vermute branco seco em êxtase religioso, estalando a língua e lambendo os lábios:

Uau. Delícia. Só agora começo a sacar melhor sua letra, Parkito. Genial, genial...

16

E o Santo, porra? Cadê a porra do Santo?

É a pergunta que só vai calar quando nevar na sua horta, né, Minoca? — comenta Kabeto, um pouco exasperado com a fissura da amiga, pois que fissura por droga a gente não aguenta nem a própria, quanto mais a dos outros.

Park tem a ideia elementar:

Por que você não telefona pra ele?

Porque ele não usa celular. Ou, pelo menos, não dá o número pros fregueses. Diz que já teve celular grampeado e tomou enquadro da polícia. Tráfico, só presencial.

Kabeto rumina: dez anos antes, ele puxaria uma lista quilométrica de traficas. Em vinte minutos, no máximo, estaria com o bagulho na mão. Antes do celular, a onda era o bip. Você ligava, deixava recado. O recado entrava no bip do cara: ligar para… Aí o trafica ligava pro número onde você tava, que podia ser um bar, a sua casa, a de um amigo, uma oficina, um velório, qualquer lugar com telefone.

Porra… — suspira Mina. Com esse puta frio, um pozinho era tudo de bom, hein?

Com um puta calor também, suponho, comenta Kabeto. E com chuva, sem chuva…

Tem o Suflayr, lembra Park, num tom vago. Posso ligar pra ele.

Mina não se anima:

O Suflayr não é do pó. Ele é mais das balinhas, que eu saiba.

Ali, rola de tudo. Ácido, ecstasy, MD. Pó, herô, crack. Cogumelo, maconha, haxixe, rapé da Amazônia, ayahuasca. K-2, B-25, inalante de buzina, de isqueiro, special K, chá de fita, cheirinho da loló…

Kabeto, desentendido:

K-2? Que porra é essa? Aquela montanha do Himalaia? E B-25?

É o bombardeiro que jogava napalm no lombo das criancinhas no Vietnã?

Park esclarece, científico:

K-2 é maconha sintética. Bagulho insano. B-25 é uma cola de acrílico que vende em loja especializada. Pra inalar. Pancadão. Dá um barato parecido com a zoeira do lança, só que muito mais esquisito. E trocentas vezes mais tóxico.

Caralho. E chá de fita? Que merda é essa?

Mina:

Não acredito, Kabeto! Nunca ouviu falar em chá de fita?

Felizmente, não.

Park retoma a lousa:

Os caras fervem fitas cassete e VHS velhas pra extrair os metais pesados: chumbo, manganês, mercúrio.

Puta merda, faz Kabeto. E por que alguém tomaria uma merda dessa?

Dr. Park elucida:

Pra ficar louco, ué. O Suflayr vende o concentrado num vidrinho. Dá pra ficar umas duas horas chapadão. Só não pode mandar demais, que o troço te rói os miolos. Acho que rói um pouco em qualquer quantidade.

Porra, o cidadão já tem que tá coa mioleira bem prejudicada pra se dispor a mandar um coquetel de chumbo com mercúrio, urânio, soda cáustica e mijo de jararaca...

Chá de fita e B-25, de fato, eu não recomendo. A menos que você curta ansiedade, náusea, vômito, hipertensão, convulsão, alucinações, pânico, confusão mental, paranoia, surto de raiva. Eventualmente rola uma parada respiratória de bônus.

Assombroso, Kabeto exala.

Tem gente que acha isso tudo mais divertido que a lucidez, arrazoa Mina.

K-2 eu mandei uma vez, e nunca mais, conta Park. Fiquei horas escornado no chão achando que ia morrer. Devo ter morrido algumas vezes.

Porra, diz Kabeto, esse Suflayr é um serial killer. Um genocida.

Quer ou não que eu ligue pra ele? — Park pergunta pra Mina. Problema é que tem que ir lá numa biquêra da Vila Saramandaia pegar. Não é tão longe. A essa hora o trânsito tá suave. Posso ir com você. Aproveito pra pegar mais MD, que o meu estoque tá no fim.

Mai nem morta que eu vou numa biquêra da Vila Saramandaia pegar pó com o Suflayr, que ainda por cima cobra caro pra caralho, não cobra?

Vai um teco de MD?

Pas ce soir, mon amour.

O coreano lembra de alguma coisa e dá uma risada engolida, olhando de esguelha pro Kabeto:

Cumé mesmo que cê chamou o princípio ativo do MD? E pra Mina: Ouve essa, indicando o Kabeto com as pestanas.

Era... ahn... metinocudabucetindamina?...

Park acha aquilo o máximo. Mina não vê graça nenhuma:

Num bota a Mina no meio disso.

Nem no meio da Mina? — chuta Kabeto, sabendo que lá vem porrada:

Kabeto... Cresça, garoto.

Park puxa o famoso minissaquinho plástico transparente da carteira:

Num tá a fim mesmo?

Não antes deu saber se vai rolar pó. Não curto misturar.

Park, dessa vez, joga uma pitada do pó branco no seu copinho de cachaça. É um pó mais cristalizado que a cocaína, conforme Kabeto repara, vendo também como o amigo gira a bebida com pó dentro do copinho antes de engolfar tudo num só trago.

Txô vê isso aí... — Kabeto estende a mão.

Park passa o sacolé pro Kabeto, que examina a substância por fora, abre o fecho de pressão, sente o cheiro da subs: químico, mas nada a ver com o cheiro de acetona do pó. Fecha e devolve o saquinho.

Num qué mesmo um teco, véi? Aí na sua cachacinha alemã...

Mina, que conhece a parada, opina:

Experimenta só pra ver como é, Kabeto. O pior da moca do MD é a estrica no fim da trip: você fica roendo os lábios, rilhando os dentes, tentando morder a testa. Coisa da anfetamina. Normal. Quem já foi do pó não estranha.

Park contesta:

Esse papo de estrica só rola com MD ruim, batizado com anfetamina barata.

Kabeto tem uma ideia marota:

Eu até experimentaria... se fosse pra degustar daquele outro jeito que o Park falou...

Que jeito? — pergunta Mina, sacando que lá vem merda.

O coreano abre um sorriso torpe:

Um jeito especial. Tarantinesco.

Tá mais pra taradinesco, manda Kabeto.

Mina desata uma gargalhada curta, embaladinha pelo gim do martini:

Vai, conta logo, Parkolino.

Park continua sorrindo, sem dizer nada.

Porra, alguém aí pode me dizer que jeito especial é esse de mandar a porra do MD?

É o seguinte... — começa Kabeto. — O coreano aqui pode te dar mais detalhes, mas é... ahnmm... basicamente, você despeja o bagulho na olhota depilada e limpa duma pessoa.

Mina franze o cenho:

Olhota? Que que é olhota?

Kabeto se diverte:

A olhota seria, salvo engano, aquele lugarzinho particular da anatomia humana onde o sol não bate.

Mina, num escândalo cômico pro coreano:

O cu?! Você bota MD no cu da pessoa?!

Park faz sua melhor cara impassível de Buster Keaton, assentindo com a cabeça.

É tipo um supositório em pó?

Não exatamente — diz o coreano, com suma seriedade. Você apenas salpica o pó no ânus.

Kabeto se arrebenta:

Salpica no ânus é muito bom! Se bem que uma pica salgada no rabo não deve ser tão bom.

Onde cê aprendeu isso, menino? No Marquês de Sade, foi? Me diz, me jura, Parkinho, me garante que isso não é verdade.

Chama éss *r*óial, diz Kabeto, pronunciando à inglesa, com o erre mole: no *r*oyal.

Éss rruaiale, corrige Park, afrancesando a pronúncia. Depois te explico melhor, Minoca. O ideal seria uma aula prática...

Kabeto solta uma risada mofina de cartoon. Mina ergue a taça do dry martini num brinde mudo e genérico, e mata o restinho da bebida no fundo da taça, ainda com a azeitona espetada no palito. Pra finalizar, apanha o palito e dá cabo da azeitona, cuspindo o caroço na própria taça vazia, sem excessiva elegância. Kabeto lembra da vez que ela fez a mesma coisa, só que no lençol da cama dum hoteleco de Pinheiros onde eles tinham se metido, bêbados, pra trepar, saindo duma festa e indo pra outra. E não era bem azeitona o que a Mina cuspia na ocasião, e sim o material genético que ela tinha acabado de sugar do pau dele.

Quantos apreciadores do dry martini não terão morrido com a traqueia perfurada pelo palito da azeitona? — ele diz, no contrapelo da lembrança erótica ainda vívida em sua cabeça.

Mina pontifica:

Não tem nada que dê barato e não comporte uma taxa de risco. De sexo à cocaína, do tabaco ao dry martini.

Da ostra a uma reles coxinha de botequim, agrega Park.

Bom, começa Kabeto, eu li que já tem gente pesquisando um jeito de conectar um nanochip no sistema nervoso central que estimula os neurotransmissores. Aí você vai ter todo o prazer das drogas e comidas, sem o perrengue tóxico.

Porra, Mina solta. Eu quero!

Esse nanochip armazena um programa diferente pra cada droga. Você pode selecionar, por exemplo, o programa da cocaína, e na mesma hora o programa manda o sistema nervoso central liberar doses extras de dopamina, adrenalina e serotonina na tua circuitaria neural.

'Circuitaria neural'... Que lindo! — faz Mina.

Vai ser uma beleza mesmo. Já pensou passar horas curtindo a pegada matadora da primeira carreira, sem trincar, sem noia, sem perder a fome? E de pau duro!

Bom, pra ficar de pau duro eu teria antes que mudar de gênero, Mina pondera.

E, na hora que quiser dar um *pause* na zoeira, continua explanando o dr. Kabeto, é só mandar o programa religar o modo normal no cérebro, sem efeito colateral, sem traficante, sem encrenca com a polícia, sem tirar a fome, o sono, o tesão. O nanochip junky vai ser a base do admirável mundo novo. Sem falar na clonagem humana, que vai possibilitar a possibilidade genética de...

Chega, Kabetón, Park interrompe. Sem possibilidades possíveis por hoje, tipo.

Mas Kabeto se animou de vez com o chip junky:

E vai acabar com o tráfico! Já pensou?

Mina se põe pragmática:

Tô aqui pensando que, se acabar o tráfico, vai rolar uma tremenda convulsão social. Imagina só as milhões de pessoas que vivem de produzir e traficar e reprimir as drogas de mãos abanando, de uma hora pra outra.

Kabeto hipotetiza:

Os traficantes passariam a ser os cientistas que produzem e implantam esse chip muito louco.

Park aventa:

Mas e se proibirem o chip junky? Se esse troço vier a existir, o mais provável é que proíbam, né?

Kabeto tem a resposta na ponta da língua:

Daí, em vez de recorrer a uma biquêra no morro, o junkinho vai bater às portas de uma clínica clandestina.

Vai dar merda, sentencia Park. Não é tão simples abrir a cabeça duma pessoa pra enfiar um chip nos miolos. Vai rolar chip malhado, overdose virtual... E se o usuário for preso? Vão querer arrancar o chip da cabeça dele numa delegacia. Não vai ser bonito de ver.

Enquanto o coreano fala, Mina observa as costas da mão do véio pousada na mesa. Repara nas manchas dérmicas mescladas à enervatura azulácea sob a pele. Mais uns aninhos, isso aí vai tá que é um papiro do antigo Egito, ela pensa. Tirei a sorte grande quando fui abandonada por esse estrupício. Como se adivinhasse seus pensamentos, Kabeto puxa a mão e a esconde debaixo da mesa.

Mudando de pato a ganso, cê tá escrevendo mesmo, Kabetucho? — diz Mina. Tentando, pelo menos?

Ele vai começar o próximo romance amanhã, se adianta Park. E vai terminar em quinze dias. Esse é o combinado.

Jura, Ká? Donde veio esse pique súbito?

Do nada.

Como assim, do nada?

Arte é uma coisa que você tira do nada e joga de volta pro nada, manda Kabeto, epigramático.

Mas é um livro que você já tava cozinhando na sua cabeça, tipo?

Hmmm... sim... e não. Ou seja, muito pelo contrário.

E é sobre...?

Sobre o que pintar na hora de escrever. Vou ver se transcrevo alguma coisa das fitas que eu gravei.

Desencanou de achar a primeira frase mágica?

Não. Mas vou achar. Tenho os próximos quinze dias pra isso.

Quinze dias pra escrever uma frase?

Com sorte, escrevo a primeira frase no primeiro minuto do primeiro dia. Senão, tento fazer o que vocês vivem me recomendando, que é escrever um romance sem primeira frase.

Boa. Começa direto na segunda frase, manda Mina, repisando a velha piadelha.

Pó dexá.

Chega Tuchê na mesa pilotando uma enorme bandeja com nova rodada de cervejas, steinhaeger, cachaça e um novo dry martini, que ele deposita diante da única dama da mesa.

Mina dá pulinhos na cadeira:

Tuchê! Você é um mago! O Harry Potter do Farta. Como você adivinhou que eu ia querer mais um dry?

Sou adivinho profissional, minha filha, diz o garçom, não sem algum orgulho. Logo vi que cê tava ca mó cara de *drai*.

Tuchê gargalha socadinho, fazendo eco às risadas da mesa.

Sempre fazendo a alegria das meninas, né, Tuchê? — manda Kabeto.

Cês me dão um trabaio... — faz Tuchê, no seu jeitinho desmilinguido de ser, antes de dar seu giro de calcanhar e sair num discreto rebolado rumo à longa noite de trabalho que tem pela frente distribuindo e recolhendo garrafas e copos pelas mesas no boteco apinhado de bebuns tagarelas, movidos a pó e demais melecas modernas.

Depois de um gorgulhante hiato etílico, Park convida Mina:

Bora fumá lá fora?

Vamo. Bora lá coa gente, Kabé? Cê fuma o seu bambinha.

O véio sacode um não de cabeça. Se fumar um bamba agora, ele dorme em pé na calçada. E fumar do careta, nem pensar. Já faz tempo que ele libertou os pulmões da fumaça dos sete mil e trezentos cigarros fumados religiosamente a cada ano, por mais de duas décadas, segundo suas contas. Isso deve dar quase duzentos mil cigarros fumados na vida. Melhor ficar aqui no quentinho do aquecedor a gás por fora e do steinhaeger por dentro. Mina segue o Park num rally através da muvuca nas internas do bar antes de ganhar a calçada. Não fosse aquele toldo vertical transparente, bastava pular a mureta do terraço, como todo mundo faz nos dias e noites quentes.

Kabeto tem um estalo: puxa o gravador, vira a fita e se prepara pra dar on e encobrir o início do lado A, o da subida da Teodoro. Foda-se a parolagem ali gravada. De todo jeito, deve tá tudo arquivado em algum neurochip natural da minha memória recente. Qualquer dia a catapultaquepariu da memória involuntária me joga esse material de volta pra consciência. Ele bota os óculos phonokinográficos virtuais e começa:

Rampf-rampf! Farta Brutos, sexta à noite. Muita cadeira vazia em torno das mesas ocupadas, enquanto os titulares pitam e parlamentam na calçada, em nuvens de vapor e fumaça. Numa dessas mesas de ocupação vacante descansa um livro dumas mil páginas: Graça infinita, do Foster Wallace. Como alguém traz um tijolão desses no bar, numa sexta à noite? Pra esconder um revólver, uma partida de pó, uma bomba com C-4 suficiente pra arrasar um quarteirão? Pra ler é que ninguém ia trazer aquilo num bar superlotado. Porra, eu falo por falar, mas e se tiver mesmo uma bomba ali dentro? Ou, então, o próprio romance é que é uma bomba, de tão ruim ou espetacular. Esse, pelo que ouço falar, caiu como uma bomba no meio literário. Muito falado, pouco lido. Se cair de um décimo andar na cabeça de alguém, pode matar. Se for chato feito carrapato no saco, e tiver que ser lido a contragosto, digamos que por alguém encarregado de resumir ou resenhar o livro, ou mesmo escrever a orelha e a quarta capa, como já fiz tantas vezes de frila pra editoras, também pode aniquilar um ser humano de tédio. E cá estou eu livre-associando de novo. Livro-associando, no caso. Foda-se o Foster Wallace. O coitado até já se fodeu por conta própria: se matou.

O que temos hoje aqui como freguesia? Burocratas, estudantes, frilances em disponibilidade, pessoas supostamente sensíveis que vão ao teatro e discorrem sobre arte, política e sociedade, sem economizar platitudes e incoerências. Tenho a pretensão de saber isso porque já me vi nesse tipo de companhia, aqui mesmo no Farta, e em tantas outras mesas de bar pelas décadas afora. São assistentes de alguma coisa, gerentes de qualquer coisa e operadores de coisas da economia digital que surgiram na semana passada e se tornarão obsoletas até o fim do ano. Cabe coisa pra caralho nesse mundo sem deus. Tem também atores e atrizes dando sopa por aí, ao contrário daquela atriz, que eu não lembro o nome, que estava naquela mesa ali e já foi embora. Linda daquele jeito, não deve estar dando nem tomando sopa. Mulheres bonitas estão sempre ocupadas em administrar sua beleza. E quantos filósofos enrustidos não deve ter só aqui no terraço discutindo se o ser é imanente ou transcendente, enquanto o garçom não traz a próxima cerveja. Poetas menores em eterno embate com a linguagem verbal que nem sempre é muito amigável com eles, isso tem de monte. Tá todo mundo discutindo os assuntos do dia, os escândalos políticos, as manifes, a crise da esquerda, o avanço arreganhado da direita, os empregos que periclitam, o feminismo, o machismo, a moda, e mais o diabo a quatro. Talvez o próprio diabo a quatro esteja por aqui. E que mais? Ah, sim: pelo menos um escritor em bloqueio criativo com um gravador na mão a registrar seu blablafluxo de consciência, julgando-se cavaleiro da humanidade de plantão no Farta hoje à noite.

Kabeto enquadra agora a figura da Mina que fuma com Park na calçada. Ela trabalha duro na Vício&Verso mediante um salário suficiente pra ser dona do próprio nariz e, por extensão, da própria genitália. Não perguntei nem vou perguntar se ela tá namorando alguém. Sempre espero que não esteja, por razões arquióbvias. Prefiro ver a Mina trepando à vontade com quem lhe aparece e lhe apetece na hora certa, que outra não é senão a hora do desejo, popularmente conhecido como tesão.

E olha só quem acaba de baixar na tenda dos milagres: o Santo! A Mina tá salva esta noite.

O Santo. Mulato magro e rijo, gorro de lã preta na cabeça raspada a máquina zero, miopia avançada atrás das lentes de fundo de garrafa — de champanhe —, redondas e esverdeadas, que lhe dão uma tremenda cara de peixe fora d'água. Botasse um chapéu de couro de vaqueiro nordestino com aba frontal dobrada, uma Mannlicher pendurada no ombro por uma tira crivada de estrelas, e ele virava o Lampião. Caboclo enfezado, santo de devoção dos fiéis locais e de outras freguesias. Ninguém sabe a gênese desse apelido, verdadeira piada pronta que colaram justo num traficante: Santo. Vai baixar, não vai baixar, reza que ele baixa, vai lá dar uma esmolinha pro Santo, etc-etc-etc. A mera aparição do Santo já configura um milagre. É ele quem abre as portas do céu pra moçada. O Santo adentra as internas do bar sem alarde e sem cumprimentar ninguém, seguindo um protocolo de invisibilidade para traficantes em locais públicos.

O recém-baixado Santo vai cumprimentar o Peninha no balcão, o que dá pra ver pela ampla passagem que separa o interior do bar do terraço. Minha impressão é que a mão santa do Santo passou alguma coisinha pra mão rápida do barman, não é difícil adivinhar o quê. Kabeto nota como Juvenal, instalado no caixa, registra a chegada da entidade cocaínica, agora a dois metros dele. O big boss do Farta sequer esboçou um cumprimento de cabeça, claro sinal de que é melhor o outro abreviar o máximo possível sua permanência no recinto. O taverneiro tolera o Santo ali por não mais que meia hora. Na calçada é que o trafica não exerce seu métier, pois não é doido: seria enquadrado em dois tempos. Pelo Juvenal, tal santo não baixaria ali. Mas com tanto consumidor do alcaloide andino entre os mais fiéis frequentadores do Farta, se ele tentasse impedir as santas transações que o outro oficia nos domínios fartabrutenses, veria esse contingente migrar prum valhacouto mais amigável com a traficância, mesma lógica seguida pelo finado seu Justino. E o Juvenal já sacou que a clientela cheirada bebe o triplo do que entornaria sem o alcaloide. A cocaína é o superamendoim do boêmio junky.

O Santo goza da prerrogativa de ser o único trafica acreditado nesta praça, por meia hora cada noite, de segunda a quinta. Às sextas e sábados, o Juvenal lhe faculta duas incursões de meia hora cada, com intervalo mínimo de duas horas entre uma e outra. Sei dessas consignas por inside information aqui no bar, leia-se Tuchê himself. Não sei quantos fregueses ele atende a cada aparição, mas deve ser coisa de uma dúzia de cafungueiros às sextas e sábados, sendo que o pino básico de meio grama sai por cem paus. O pino maior, de um grama, tá duzentão. Se cinquenta por cento disso ficar na mão dele, deve ser um negócio da China. Ou dos Andes.

Instalado numa banqueta no extremo do balcão, ao lado dos banheiros, seu posto habitual, tá lá o Santo acolhendo os fiéis que começam a rondar sua presença. Pra evitar alvoroço, ele estabelece as prioridades no atendimento usando um código sutil de olhares e gestos de comando: Você, agora. Você, péra um pouco. Você, volte pro seu lugar que depois eu te chamo. Os fregueses aguardam a sua vez tomando sua cervejinha e roendo as unhas de ansiedade. Quando agraciados pelo olhar convocador do Santo, se aproximam pra depositar seu óbulo na própria mão que lhes passa o pino. Muitos mal pegaram o bagulho já correm pro banheiro pruma degustação inaugural.

Mina, ao lado do Park na calçada, revira a carteira que tirou da bolsa. Pela contrariedade em sua cara dá para presumir a insuficiência de numerário lá dentro. Ela deve ter pedido uma forcinha ao Park, que também consulta a carteira, sacudindo a cabeça em negativa. Mina me avista e vem falar comigo pela fresta entre os toldos verticais. Antes que ela abra a boca, abro eu:

Eu vi que o teu Santo baixou.

Então, Kabeto. E eu acabo de ver que tô em baixa de grana viva.

Só tem grana morta? Liras, francos, pesetas, dracmas, cruzeiros e cruzados...

Mina dá uma risadinha misericordiosa, tentando disfarçar o melhor possível seu alvoroço neuroquímico.

Então, ela repete. Me falta um galo pra inteirar um duque.

Kabeto puxa a carteira e pinça uma de suas duas notas de cinquenta, que a Mina apanha num bote faminto:

Valeu, Mister K! Pago depois no cartão cinquentinha da tua parte na conta! — diz ela, xispando em demanda do único Santo de casa que faz milagre, vencendo com galhardia o aglomerado denso de corpos na entrada do bar. Fissura pura.

Sozinho agora na calçada, Park dá a última tragada no cigarro antes de petelecar a bituca pro meio-fio e encarar a volta pro terraço, por dentro do bar. Depois de certo tempo em que ficou negociando passagem através da almôndega humana que bloqueia a entrada, ele chega à nossa mesa, não sem antes trocar oi-oi e beijinhos de passagem cuma novinha. Que mel tem esse filho da puta desse coreano demi-viadô.

Altruísta, você, né? — diz Park pro Kabeto, ao se abundar na cadeira. Parou de cheirar, mas financia uma pobre viciada na fissura. Bom samaritano.

Samaritano, o caralho. Fui vítima dum achaque, só isso, responde Kabeto, que observa a Mina trocar breves e suficientes palavras com o Santo no canto do balcão, saltando em seguida pro banheiro. A troca de numerário por mercadoria foi imperceptível. Coisa de profissa.

Em sete minutos ela tá de volta à mesa, radiante:

Fui retocar a maquiagem.

Nós vimos, diz o Park.

Bora lá pro Pyong?

Puta… — Kabeto vacila.

Park pra Mina:

Acho que esse 'puta' do véio quer dizer 'não tô com o menor saco de ir na porra do Pyongyang, mas vou, de qualquer maneira, pra não ficar sozinho e desabucetado nesta noite congelante'.

Mina dá uma risada elétrica:

Soou assim nos meus ouvidos também. E pro véio, entoando à la Caymmi: *Cê nunca foi ao Pyong, nêgo? Então vá… então vá…*

Park repete:

Não precisa ficar na pista vendo o show, Kabeto. Fica no bar, mamando a sua cervejinha. É um bar supermaneiro.

Eu já tô num bar supermaneiro. E você já falou isso oitenta vezes.

Mina ataca:

Mas a minha amiga que você precisa conhecer não tá neste, tá naquele bar supermaneiro. E, ó: eu conheço o barman do Pyong. Meu chapinha. Mó gente fina. E é teu fã.

Ah, Mina, corta a bosta, como diria Buffalo Bill. Que meu fã, que nada. O dia que eu encontrar um barman fã meu, eu caso... com a irmã dele.

O barman do Pyong é gay, de modo que você pode casar direto com ele.

Brigado, mas acho que vou insistir mais um pouco na minha obsoleta heterossexualidade. Quando eu bater nos noventa, começo a pensar seriamente em casar com um barman gay. Talvez eu vá fazer isso em Pyongyang, onde ninguém me conhece.

Só mais uma coisa, Mina se lembra: nos fundos do Pyong tem um cercadinho pra fumantes ao ar livre onde tá liberado o beque, tipo.

Humm, faz Kabeto, interessado, sentindo a caixa de fósforo da bagana dentro da calça.

Puta bar, puta bar, Mina reitera, com ênfase cocaínica.

Bora! — dispara Park, já pedindo a conta pro Tuchê, de longe, com a mão que rabisca o ar. Aliás, vamo pagá no caixa que é mais rápido. Como dizia aquela tia do Shakespeare, a noite é uma criança.

Pervertida! — emenda Mina, demonstrando sua disposição pra encarar tudo e todas nesta noite que vai afundando desarvoradamente em si mesma.

Pendura a minha, cochicha Kabeto pro Tuchê, rumo à porta, enquanto os outros dois acertam a parte deles, a Mina já esquecida dos cinquenta paus que deve ao Kabeto.

17

Park, Mina e Kabeto no banco de trás do táxi, nessa ordem, o coreano numa alegria metanfetamínica, nossa amiga em êxtase cocaínico, agarrada de namoradinha no seu *Parkinho*, esquecida de mim, num tititi com ele sobre as referências roquísticas dos Boleritos, nomes e mais nomes de músicos, cantores e bandas, 99,5% dos quais britamericanos e assemelhados, of course. Kabeto vai mudo e por fora da conversa, de olho tanto nos desacontecimentos da rua pelo vidro fechado da janela quanto no casalzinho ao seu lado, que ele observa pelo reflexo no mesmo vidro. Uma hora lá, assiste a um beijo de boca e língua com provável sabor de cloridrato de cocaína matizado pela metilenodioximetanfetamina, puxado no gim inglês com acentos de cachaça brasileira, já arrependidíssimo de ter 'colado', como eles dizem, nesse programa de índio jovem, do qual ele já se vê desde logo excluído.

Beijo beijado, Mina revira a bolsa até pescar um pen drive que estende à frente pro taxista:

Moço? Dá pra plugar aí no teu som?

O cara pega a baratinha de plástico e a espeta na entrada USB do aparelho no painel. Um rockão pauleira invade os falantes do carro, com um refrão berrado em coro estridente, que o Kabeto entende como: 'Tô na cruz, tô na cruz/ puta merda, cataplus/ cataplus, cataplus/ puta merda, tô na cruz...'.

Dá pra botá mais baixo, amigo? — quase berra Kabeto pra ser ouvido. O taxista cutuca o sinal de menos no painel do aparelho.

Kabeto pra Mina:

Que merda é essa, com todo respeito?

Boleritos in the Night, responde a Mina, olhando pro Park pra ver a reação do coreano àquela afronta à banda da qual ele é ativo parceiro poético e sexual.

A letra dessa música aí não é minha, Park se apressa a esclarecer. É do Pisano.

Em matéria de bizarrice, prefiro aquela letra da tatuagem anal que você me mandou, lembra? — diz Kabeto pro amigo.

Aquilo era pra ser letra de rap, mas não rolou. E pro taxista:

Pode tirar, por favor, Park pede pro taxista, que executa a nova ordem com evidente satisfação, e devolve pra dona o breguetinho, braço dobrado pra trás.

Que poema é esse da tatuagem anal? — Mina se liga, guardando na bolsa o pen drive.

O taxista dá uma conferida pelo retrovisor, atraído pelo 'anal'. Só faltou farejar o ar.

O coreano não te mostrou? Depois ele te manda. Ou te mando eu por e-mail — diz Kabeto, num sorriso moleque, o que açula ainda mais o interesse da Mina. E do taxista, por supuesto.

Quero ouvir, ela exige, com ênfase cocaínica. Agora!

Agora?... — pergunta o bardo.

Agora não, aconselha o decano daquela malta coprolálica.

Já! — chuta Mina.

Park mastiga um pouco a saliva seca na boca antes de falar:

Bom, a musa inspiradora foi uma namorada que eu tive, que tatuou um ideograma com meu nome ali no-no... na... no... *no cu dela*, ele sussurra no ouvido da amiga.

Como assim?! — salta Mina. Mandou tatuar as pregas?!

Shshshs! — faz Kabeto.

Nas bordas, responde Park à Mina. Nas bordas do...

Park, corta Kabeto. Que horas são?

Park ri, gaiato. O motorista dirige, impassível.

Mina se diverte:

Acho que nunca li nenhum poema sobre esse detalhe da anatomia humana.

Nunca leu o Soneto ao Olho do Cu, do Verlaine e do Rimbaud?! — esnoba Park.

Pshshsh... — faz Kabeto de novo.

Nunca, responde Mina. Você aprendeu isso na escola, lá na Coreia?

Nunca fui à escola na Coreia. Vim com menos de dois anos pro Brasil.

É de tatuagem anal, esse soneto francês que você falou aí?

Não, mas tem uns filamentos parecidos com lágrimas de leite que choram pela olhota recém-fornicada...

Gente!... — faz Kabeto, preocupado com o taxista, que também nunca deve ter ouvido semelhante conversação anal-literária no carro dele. E recomenda:

Deixa o Verlaine e o Rimbaud em paz. Depois você diz pra Mina o seu poema, Parkão.

O coreano faz que não ouviu o apelo e se empertiga todo no banco pra soltar a voz numa pegada rapper:

Vejo bem, meu bem,
que no teu formoso rabo
meu nome de homem,
virou tatuagem.
Não sou nenhum nababo
pra tamanha homenagem
desse puíto fedegoso
onde gosto de atolar
meu fogoso nabo
até o cabo, até o gozo.

Mina sufoca uma gargalhada com a mão, Kabeto sacode a cabeça em desaprovação, atento ao taxista, impassível.

Park engata:

ouça aqui, meu bem,
me acate, não discuta,
sua filha duma truta.
meu nome no teu cu
é praga de urubu,
uma puta sacanagem,
vai foder com a minha imagem,
tenha a santa paciência,
ponha a mão na consciência!

Que merdoso destino
terá meu santo nome
à mercê das reviravoltas
que dá teu intestino?
Diga lá, pérfida perua,
de cu voltado pra lua:
Queres de mim dar cabo,
me tatuando no teu rabo?
Queres que outro cara
conspurque meu nome
ao passar teu cu na vara,
injetando-lhe fresca porra,
sua vaca, galinha, cachorra?
Como se não fossem o bastante
os constantes banhos de merda
e as lufadas estercorárias,
que teu lindo cu expele
a todo e qualquer instante
em fartas doses diárias!

Mina desata uma risada escandalosa:

Incrível! Para, que eu já tô mijando na calcinha!

O taxista contempla pelo retrovisor o esquete espontâneo que se armou no palco traseiro do carro, e só podia ser no traseiro mesmo, dado o assunto em pauta entre os passageiros. Kabeto nota que ele agora parece um pouco incomodado.

Kabeto confere a rua pra se descolar um pouco da cena interna. Mina e o oriental se atracam noutro beijo. Embora ela esteja encostada no seu flanco esquerdo, o reflexo do beijo no vidro da janela parece vir de outro planeta, do qual ele se acha a milhões de anos-luz de distância. É muito protagonismo desse coreano hétero-viado, ele range consigo mesmo, sentindo aquela cólica na alma que muitos chamam de ciúme. Lá fora há milhões de pessoas com ciúme de alguém. Aquele rapaz inespecífico ali na esquina, a moça de jeans agarrado na bunda que acaba de cruzar a rua, o velho de boina levando no laço uma presumível cadelinha de pelos longos e bem tratados, de alguma raça chinesa, com lacinhos cor-de-rosa nas orelhas, e a própria cadelinha — todos sentem ciúmes de alguém. O velhote ali, tipo elegante num sobretudo bege, que dá sua caminhada noturna ao lado duma velha meio corcunda apoiada em sua bengala-muleta, ele sente ciúme retrospectivo dela, que, em outros tempos, pode ter destroçado corações, inclusive o dele. E a velha? Na certa também tem ciúme dele, que não precisa de bengala pra andar na rua e ainda desperta alguns suspiros das velhinhas desacompanhadas. Debaixo duma marquise, Kabeto enquadra uma mendiga sentada em sua cama de papelão. Ela morre de ciúme de alguém que deveria estar ao seu lado, mas se acha neste momento com outra pessoa, talvez em bem melhores condições de vida. Sua miséria externa é só um reflexo dessa ciumeira toda que destrói seu coração.

O beijo acabou, lhe informa o reflexo no vidro da janela. Kabeto especula se aquilo que a Mina falou sobre estar se mijando na calcinha de tanto rir não seria mais que apenas força de expressão. Ela disse aquilo duas vezes, aliás. A xotinha dela deve tá marinada no mijo hilário. Caberá ao coreano provar daquela iguaria hoje? Entretanto, Park comunica à plateia:

Tem mais, gente...

Mais o quê? — Mina pergunta, já com um riso de canto de boca.

Mais uma estrofe de tatuagem anal... — joga o bardo.

Ninguém pisca. Ele insiste:

Vai?

Kabeto percebe a expressão dura do sinesíforo no retrovisor. Na certa, o sujeito chegou ao limite de tolerância pra com poemas sobre tatuagem anal. Mina continua na pilha da pozeira que mandou no banheiro do Farta, se segurando pra não dar mais um teco ali mesmo:

Manda aí, Parkinho! Você tá abrindo um novo campo temático na poesia contemporânea. Bora editar isso na Vício&Verso!

Kabeto reforça:

De fato, ele tá abrindo esse novo campo temático com a vaselina da poesia. Um feito literário, sem dúvida.

Mina desata a risada tensa do pó. Park dispara:

Tattoo no cu é expressão
de artística transgressão.

Um cu que se exprime
é de fato sublime.
— E um cu que se espreme?
Melhor passar um creme,
pra amenizar o geme-geme.
Agradecido, o cu não esquece,
e, assanhado, vira e mexe,
arreganhado se oferece.

Mina emite uma risadinha de desenho animado: hihihi! O taxista segue firme na direção, considerando muito seriamente a possibilidade de mandar instalar mecanismos ejetores nos assentos dos passageiros. Em algum site da internet deve ter alguém vendendo isso.

Muito foda essas letras, Parkinho, diz a Mina. Muito foda. Realmente, dava um puta rap malucão. Cê mostrou pro Pisano?

Mostrei, tipo.

E ele?

Fez uma cara assim, tipo. O Pisano anda cumas ideias estranhas de botar os Boleritos no mainstream e o caralho, e essas tranquêras que eu faço não se encaixam muito bem nesse projeto dele.

Tô ligada, diz Mina, abanando a cabeça com certo exagero. Com pó, toda a gestualidade da pessoa fica exagerada. Detalhes que você só observa quando para de cheirar pó.

Kabeto tenta se ligar no papo:

Mas, se puta-merda-cataplus-tô-na-cruz pode, por que toba tatuada não poderia?

O puta-merda-cataplus também tá com os dias contados. Pisano é o Pisano, mano. Ele encanou de sair do gueto dos malditos, tá ligado? Ele quer ver os Boleritos na grande mídia, rádio, TV, circuito dos grandes shows nas grandes casas. E na internet, claro, só que viralizando geral. Resumo da ópera-rock: ele quer sucesso, fama e dinheiro, a fórmula da babaquice contemporânea, também conhecida como celebrity system.

Porra, tá pisano na bola, o Pisano, trocadilha Kabeto.

Total, concorda Park.

Mina faz a realista:

Bom, que artista não quer sucesso, fama e dinheiro?

Park dá uma olhada estranha pra Mina e não diz nada. Quem diz é a própria Mina:

Ó, chegamo!

Pyongyang, capital da Rockonha Independente e do Principado de MD, LSD, Padê e Botá-pa-Fudê, situada nas redondezas do paralelo 18º01'50", ao sul da Pedra do Reino e ao norte de lugar nenhum. Muvuca densa promovida por esses seres biologicamente desejáveis conhecidos genericamente como *jovens*. Única exceção visível, quase gritante, é o Kabeto, o Véio. Park, que acaba de botar os óculos escuros, puxa seu crachá-abre-alas e se identifica pro armário humano de guarda numa porta lateral, a dois metros da principal, sob olhares fuzilantes e rangidos de protesto vindos da fila: 'Aê, seus pleiba fo*r*gado!'. 'Entra na fila, seus filho da puta!' 'Fura-fila do caraio!'

Como lídimos filhos da puta que somos, não entramos em fila alguma e logo damos de cara com uma artilharia pesada de broncas que só recrudesce à medida que avançamos por um corredor estreito e curto, no fim do qual já vemos o palco e os Boleritos em ação: uma baixista baixinha, não muito maior que o comprimento do seu baixo, o segundo guitarrista na hierarquia da banda, que é um hipster de barba e birote, a tecladista de óculos-gatinho metida num shortinho vermelho minúsculo de tecido molhado que lhe deixa de fora umas pernocas fortes de ginasta olímpica, a baterista obesa, punkuda, de cabelo moicano inspirado na linha dorsal de uma iguana gigante, vestindo uma camiseta regata com a estampa do esqueleto de um tórax, debaixo do qual seus balões mamários parecem reger o ritmo que ela imprime à batera. E os líderes da bagaça: Pisano na outra guitarra, a frontal, onde desenha solinhos com distorção pra justificar seu baixo virtuosismo musical, deixando os solos e riffs mais complexos a cargo do hipster barbudo, reconhecidamente mais talentoso que ele, e a Melissa, gata elástica, alta, magra, peituda, loira-mel, olhos verdes arregalados, empunhando o microfone fálico no qual solta uma voz densa e afinada. É a mulher arquetípica, de carne e ossatura perfeitas, metida numa espécie de minissaia de plástico transparente com uma armação geodésica que deixa ver seu tapa-vulva vermelho-choque e a bunda nua. Voilá los boleritos em ação. A música da vez, por relativa coincidência, é a do 'puta merda, tô na cruz, cataplus' que ouvimos no táxi, agora num volume timpanocida.

Nos dois telões que ladeiam o palco entram um close da Melissa num duo com Joe Pisano, o roqueiro ostentação, sob o bombardeio de canhões de luz, em meio a vapores de gelo seco colorizados pelos disparos luminosos. Que pernas, Kabeto suspira. São as pernas mais afinadas do Brasil.

... tô na cruz, tô na cruz, cataplus...

Pisano repisa no palco todo o catálogo de poses de guitar hero, em seu modelito junky-dandy, calça fusô de pano psicodélico furta--cor, camisa branca esvoaçante, de seda pura provavelmente. Rebel for sale. Mina acha esse cara um gato, arrogante, poseur, metido, mas 'gostoso que só ele', em suas palavras. A mim me parece uma bicha desossada. Pode ser inveja agravada por alguma homofobia da minha parte, mas foda-se, é o que eu acho.

Na beira da pista, Mina faz na orelha do Park um comentário que o tímpano supostamente entocado lá dentro acha impossível de discernir sob o big bang produzido pela banda hiperamplificada. Park sacode a cabeça e indica a orelha sinalizando que não ouviu picas do que ela disse. Kabeto faz sinal pros dois com o dedão em bico de bule apontado pra boca a sinalizar sua ânsia etílica. Mina aponta prum luminoso do outro lado da pista que sinaliza em neon vermelho: BAR. Depois, se põe na ponta dos pés a escrutinar as redondezas, em busca de alguém.

Park some de vista em meio à galera pululante ao ritmo do bumbo bombástico socado pela volumosa baterista punk, reluzente de suor sob os holofotes. Kabeto cava uma trilha no meio do mundaréu que se interpõe entre ele e a entrada do bar, por sorte localizada o mais longe possível do palco.

Uma porta vaivém de saloon dá acesso ao oásis do Pyong, todo ele pintado de preto: teto, paredes, chão, mesas, cadeiras, poltronas, sofás, a roupa das duas garçonetes e do barman, o suposto amigo da Mina. As únicas luzes provêm de tubos de neon vermelho espalhados pelo ambiente. A caminho do balcão, ele cruza com uma ruiva fogaréu de uma brancura cremosa de requeijão, magra, mas dotada de pernas musculosas a se despejar pra fora dum pretinho collant básico, cara enfiada na tela do celular, que a ilumina de baixo pra cima. Rosto longo, testa alta e redonda, nariz destacado, reto, elegante, lábios nem grossos nem finos batonados com veemência, num duo cromático com a ruivice capilar. Lindeza flamenca, saída duma tela do Vermeer. Encantadora. Incendiária. Apaixonante. Tesão alucinante.

Os olhos da garota do Vermeer se erguem do celular em sua mão e dão com os meus a contemplá-la. Olhos de um azul elétrico que registram a minha presença com alguma surpresa, ralentando a marcha. Será o Benedito que essa mina me reconheceu de algum lugar? Mas que catso de lugar? Eu jamais teria esquecido uma gata desse quilate se tivesse cruzado com ela em qualquer canto do planeta. Arzinho assertivo que ela tem, de mulher que olha de igual pra igual pra qualquer homem, de qualquer idade e condição. Ela retorna rapidamente seu olhar pra telinha luminosa e Kabeto segue em frente a caminho do balcão com a visão turvada pela cabelama chamejante daquela aparição impregnada em sua retina.

Kabeto não consegue se impedir de dar a clássica viradinha cafajeste pra secar a retaguarda do broto, que vai agora saindo do bar. Valei-me Nossa Senhora das Santas Nádegas.

É quando Kabeto escuta um comentário às suas costas:

Isso existe?

Me volto pro balcão e identifico o autor da frase: o próprio barman, carinha duns vinte e vários anos, magro e moderno, que chacoalha uma coqueteleira no ritmo da música dos Boleritos.

Achei que era alucinação minha, Kabeto diz pro rapaz. Até pode ser gay, esse cara, mas deve ter achado que seu comentário docemente machista ornava com o blazer de lã aqui do coroa, e acertou em cheio. Pego a única banqueta livre no balcão, bem na frente do barman. À minha direita, jovens que bebem e falam. À minha esquerda, outros jovens que falam e bebem. Sou o único que só bebe e não tem com quem falar, o que não me incomoda em nada. Acho bom ficar um pouco sozinho. E calado. Dois carinhas à minha direita apeiam de suas banquetas. Ótimo, mais espaço pra mim.

Tô vendo aí que tem chope ipa... — digo pro barman.

Vai um?

Manda.

O barman faz um breve meneio de cabeça e, em poucos minutos, de tulipa gelada em punho, dando bicadas na espuma da cerveja acobreada, amarga, forte, Kabeto já tem uma forte razão de ser e estar naquele lugar: é um homem a beber sua cerveja. Um homem que bebe justifica sua presença em qualquer lugar pelo mero fato de beber. E, porra, seu babaca, ele começa por se recriminar, a gata ruiva que acaba de passar por você parecia aberta prum chavequinho rápido. Na hora que ela te olhou, você devia... devia ter... Devia ter dito qualquer coisa espirituosa pra ela. Tipo o quê? Sei lá, tipo Elvis Presley não morreu. Libertas quae sera tamem. Celacanto provoca maremoto. Pirelli é mais pneu. Ou, então, uma que me bateu agora: Escuta, você, por acaso, não seria você mesma?

Cacete, se tivesse me ocorrido isso na hora, eu bem que tinha soltado. A diva flamenga podia estar sentada ao meu lado agora, a gente trocando ideia, eu de olho nos olhos azuis dela, na cabeleira ruiva dela, nas pernas brancas dela. E a garota do Vermeer me diria coisas incríveis em flamengo do século XVII, que eu entenderia sem problemas, depois de todo o álcool que já tomei hoje.

O show dos Boleritos passa numa grande tela plana presa no teto, acima da estante de bebidas. O som, de fato, se acha em níveis compatíveis com uma audição civilizada. Dá pra falar e ouvir o que os outros dizem, dá pra pensar alguma coisa. Tão lá os Boleritos finalizando o desgramado do 'Tô na cruz, tô na cruz, puta merda, cataplus...'. Que porra é cataplus? Um emplasto pra estancar o pus? Na tela, Joe Pisano agradece a ovação ululante da plateia turbinada e anuncia a próxima:

Agora a gente vai tocar uma música que acabou de sair do forno. O nome é Those were the days. É tipo 'Bons tempos aqueles'. O letrista, claro, outro não é senão o grande Mister Park, que tá por aí... Mister Parki!... cê tá por aí-íí?... Deve tá escondido em algum canto. Letrista, aliás, tá sempre escondido no canto de quem canta sua letra. Beijo procê, mr. Park!

Outro meu! — intervém a geotesudésica Melissa ao microfone, jogando um beijo pro ar.

Bora lá? — Pisano conclama, dando um pique repicado na guitarra: *pinhaouuu... uau-uau...*

A baterista baqueteia tudo que pode ser percutido na batera, a tecladista solta arpejos eletrônicos pelo ar, a baixota do baixo abala os alicerces com as bordoadas graves que extrai do instrumento, o cara da segunda guitarra dá pinceladas rítmicas nas cordas, compondo um caos suave de sons flutuantes. Pisano, com sua guitarra pendurada na altura do púbis, à la Keith Richards, é todo pose e efeitos sonoros. Antes de soltar de vez o gogó, ele arremata:

Esqueci de dizer que essa letra do Park é uma homenagem ao grande John Fante, escritor americano muito foda, autor de Pergunte ao pó. Já leram? É tipo antigão e tudo, mas tem que ler, tem que ler.

E pra banda:

One, two...

No que seria o *three*, a banda cai matando num rockinho-balada retrô. Melissa canta suave, puxando as rédeas do vozeirão: *Those were the days/ said John Fante / old and proud of himself/ like a dying elephant/ like a da-a-a-a-a-a-aín elephant...*

Aboletado junto ao balcão do bar, Kabeto segue mamando sua cerveja, acompanhada pelo Jack Daniel's caubói que o da bandana acabou de lhe servir, a seu pedido. Ele divide o olhar entre o show na tela e os entornos do bar refletidos no grande espelho atrás da estante de bebidas. Jovens, eles e elas. Desfile de estilos, da roupa à pele ao cabelo, piercings e tatuagens a granel, vários hipsters, de barba e camisa xadrez de lenhador do Colorado, metavagabas decotadas até o inferno, com suas caras emplastadas de maquiagem do teatro Kabuki, cabelos saídos da prancheta de designers capilares entupidos de MD, minissaias ginecológicas e muita meia arrastão detonada. Todo mundo entupido de estilo e transbordando de si mesmo. Mulherada impossível pro meu bico, mal-resigna-se Kabeto. Tô fora de qualquer faixa etária por aqui. Tutankabeto, como diz a Mina. Talvez se eu me inscrever naquela academia lá da Augusta, que eu até já esqueci o nome... fit qualquer coisa...

Alguém me cutuca o ombro esquerdo. Me viro, não vejo ninguém. Ouço a risada atrás de mim, à direita: Mina, que se materializa na banqueta ao meu lado:

E aí, Kabetox? Puxando solidão no meio da multidão?

A rima é boa, Minoca, mas no meu caso é mais que solidão. É a mais perfeita invisibilidade social. Só não serve pra sair sem pagar a conta ou entrar no banheiro das mulheres.

O barman, que opera um coquetel na bancada, levanta o olho pra mim ao ouvir isso. Kabeto continua, contando agora com a audiência atrás do balcão:

Tô começando a me acostumar com a invisibilidade. Faz bem pro espírito. Pro espírito dum escritor, digo. Na solidão, sua cabeça se povoa de uma porrada de personagens. Não falta personagem que vem te cobrar o certo que você não fez, pra chutar teu saco por tudo de errado que você fez e faz e fará, uma ou outra escrotidãozinha, tanta idiotice, quanta mancada. Sem falar que tem sempre o personagem filho da puta que vem te lembrar de que, qualquer hora, você vai pegar um câncer, viver o inferno da doença, torrar toda a grana da sua família em tratamentos inúteis e dolorosos, agonizar na angústia, entre mil tormentos, e daí morrer, sem ter tido ou feito nada do que desejou, sem ter sido de valia pra ninguém.

Nossa, Kabeto, que papo amargo de bebum destruído. Para com isso, mano. Cê tá muito bêbado. Certeza que não quer dar um teco pra se aprumar? Papai do céu não vai te castigar.

Não, valeu. Tô bem assim.

Fiquei sabendo que você acabou de cruzar com aquela amiga minha que eu te falei. E que ela te olhou e você não deu bola pra ela.

Eu?! Porra, que amiga?!

Aquela que acha você o maior escritor invisível do Brasil.

Caralho... — exala Kabeto. Não pode ser a ruiva flamenga que ele viu dez minutos atrás. Ou vinte. Nenhum escritor contemporâneo de mais de cinquenta anos, bloqueado ou liberado, teria tamanha sorte. Não pode, não deve ser a ruivinha premium que saiu do bar agora há pouco. Deve ser alguma tiazinha alterna em quem eu sequer reparei ao abrir caminho até aqui, dessas que amigas alcoviteiras, e alguns amigos também, já tentaram me empurrar. Teve uma psicanalista lacaniana, feminista até o enjoo, que me garantia que o pênis era mera figura de linguagem, algo como uma metáfora erétil da figura castradora do pai-patriarca, e deveria ser simbolicamente extirpado da paisagem humana. Abaixo o falo, viva a vulva, era o lema do coletivo radfem em que ela militava. Depois de ouvir isso, achei mais prudente deixar meu patriarquinha metafórico bem guardado na cueca.

Teve também uma antropóloga baiana radicada em São Paulo que parecia disposta a me antropofagizar com as mordidas supostamente lúbricas que me dava durante as trepadas. Tive bastante tesão por ela no começo, mas, a cada foda, mais mordidas, e mais fortes, nos braços, pescoço, orelha, peitos e até no pau. Fiquei cheio de marcas e hematomas, feito um faquir malsucedido ou um masoquista insaciável. Mais uma semana com ela e eu começaria a perder membros e massa corpórea. E ela a ganhar peso, sobrealimentada com a minha carne.

Daí me arrumaram uma jornalista que entendia um pouco demais da conta de tudo e qualquer coisa que pudesse ocorrer dentro e fora de uma sociedade moderna, desde o sexo, passando pelas formas modernas da luta de classe, até o ponto certo de cocção do suflê perfeito. Esse sabetudismo nem me incomodava tanto quanto a insistência dela em me fazer cônscio a todo momento da minha incomensurável ignorância. 'Você não faz ideia de onde fica Burkina Faso e o que tá rolando por lá agora, né, Kabeto?' — ela me disse no terceiro e último dia do nosso namoro, depois de uma trepadinha sem graça. Lembro que respondi: 'Minha filha, não sei direito nem pra que lado fica Osasco…'.

Teve até uma gentil bancária que bebia e falava com os mortos e queria me apresentar a alguns deles. Essa eu conheci na aula de pilates, onde fui parar por conta de uma hérnia de hiato que me aflige desde que me conheço por homo erectus. Era gostosa, sacana e me deixava completamente à vontade. Até dei uns peidos na frente dela, que se escangalhou de rir. Mas, fora da cama, eu não tinha assunto nenhum com ela. E os assuntos que ela puxava me produziam um efeito narcotizante instantâneo. Como ela sabia que eu era ou tinha sido escritor, quis me apresentar pro Machado de Assis, com quem mantinha contato numa rede social d'além-túmulo, espécie de Ghostbook. Marquei de ir, mas dei o cano. Fui tomar vermute com amendoim num hipotético boteco zurrapa do Largo da Lapa com Noel Rosa, grande mestre da palavra cantada que talvez tenha ensinado literatura a mais de um mandrião metido a escritor, tanto quanto Machado, ou até mais, quem sabe.

Esse intermezzo rememorativo, anos inteiros encapsulados num segundo, termina com uma nova risada feminina que ele ouve às suas costas, do seu lado esquerdo. Mina olha por cima do ombro dele, focando a pessoa que riu. Kabeto gira na banqueta e quase despenca dela quando se vê cara a cara com a ruivinha do Vermeer, suas coxas brancas muito mais expostas, agora que ela tá semissentada na banqueta ao meu lado, só com uma nádega daquela bunda deliciosa. Ele repara que o azul-escuro de seus olhos se destacam num campo de sardas discretas que ornam suas maçãs do rosto, sob a égide daquela ruivice escandalosa. As duas amigas se acabam de rir com a reação patetária do Kabeto:

Put!... Oi! — ele cumprimenta, instável na banqueta e em si mesmo. E dá-lhe beijinho nas sardas que a menina lhe oferece:

Prazer, Audra.

O prazer é todo nosso. Kabeto.

A ruiv'Audra sorri. E o coração do Kabeto para de bater duma vez por todas.

18

Alguma coisa acontece na kíti do Kabeto, no décimo sétimo andar do edifício Sta. Edwiges, como consta em letras de latão dourado na testa do portão de entrada. Alguma coisa sempre acontece em qualquer lugar com gente humana por perto. Não é possível não acontecer nada, porque esse nada em si já é um acontecimento, da mesma forma que o tédio é um sentimento tão real quanto o tesão, embora implique bem menos perda seminal.

Quem quer que seja admitido ou tida no cafofo do escritor bloqueado topa, logo ao entrar, com um pôster do Bukowski abraçado a uma puta rampeira na parede em ângulo com a porta. É o velho Buk quem dá as boas-vindas ao visitante, fazendo menção de te apresentar à sua amiga de meia arrastão furada, uma velha marafona desdentada, os dois de long neck na mão, rindo de alguma merda que alguém acabou de falar, o dirty old man provavelmente. Mas, ao fechar a porta, você dá de cara com o pôster duma buceta peluda em close fechado. É uma pintura realista a te dar as boas-vindas: L'origine du monde, do Courbet, numa boa reprodução comprada na loja do Museu D'Orsay, em Paris. Não é uma simples buceta. É uma linda, suculenta, penetrabilíssima buceta. Ele se casaria com uma xota dessas sem pestanejar, mas evitaria o erro de vir morar com ela aqui na kitinete. Porque não há casamento que resista a uma kitinete, eis uma das poucas lições que o Kabeto aprendeu na vida. E a Estela, sua ex-companheira, é outra que aprendeu a mesma lição nesta mesma kitinete.

Eu e a Estela, a gente tinha um penico de emergência pra quando a única privada da kíti estivesse ocupada pela bunda de um dos mijocagônjuges. O ocupante do pinico tinha que despejar seus excrementos na privada depois de cagar ou mijar, e depois lavar o canecão de ferro esmaltado em branco com a borda azul, o que era feito no minitanque da cozinha-lavanderia, ritual que se repetia algumas vezes por semana, contribuindo bem pouco prum clima romântico ou erótico no ninho conjugal. E se você saísse do banheiro e flagrasse o outro ou a outra arriando a massa no pinico, aí era o eroticídio total. Digo isso porque cheguei a flagrar um charutão marrom-escuro escapando da bunda branca da Estela quando saí do banheiro, onde tinha acabado de fazer a mesma coisa na privada. Ela tinha se acocorado em cima do penico, sem colar a bunda nele. Embora de costas pra mim, a Estela viu que eu vi, e eu vi que ela viu que eu vi, e foi um constrangimento só, agravado pelo fato de que eu estava pelado e precisava passar por ela pra pegar minha roupa, de modo a sair dali pelo tempo necessário a que ela completasse o serviço, lavagem do penico incluída.

A base da decoração aqui são estantes de madeira desmontáveis abarrotadas de livros, também empilhados aos montes por todo canto, até debaixo da pia, junto com o material de limpeza, e num minigaveteiro de rodinha no banheiro, ao lado da privada. Esse autêntico viveiro de ácaros confere ao cenário um certo olor a bolor de sebo antigo, do tempo em que se usava a palavra olor em sonetos vagabundos. A ampla cama de casal, com seu colchão king size, logo atrai o olhar das visitantes, que sentem o irrefreável desejo de se refestelar naquela majestade toda, o que várias fazem, vestidas ou peladas, atirando-se nele sem cerimônia.

Kabeto comprou a cama de madeira de lei, mogno, acho, numa loja de móveis usados da praça Marechal Deodoro, por imposição da Estela, que preferia se afastar o máximo possível dele na cama pra dormir, de modo a não sentir o que ela carinhosamente classificava de 'seu bafo podre de bebum maconheiro'. A Estela foi embora, como já contei, mas a cama ficou. E o bafo de bebum maconheiro também.

Kabeto já escreveu várias vezes sobre essa cama, referindo-se a ela, em crônicas escritas durante alguns anos prum jornal de bairro de Pinheiros, como 'minha praça íntima', 'meu acampamento sexual', 'minha jangada onírica' e 'meu deck metafísico debruçado sobre o infinito', entre outros brocardos retóricos que o bloqueado escriba nem sempre consegue evitar.

Fora isso, o que mais merece destaque na decoração? Nada de mais: armários embutidos, uma bancada de trabalho encostada numa parede, feita com uma porta de madeira nua deitada sobre cavaletes, com um notebookão velho em cima, rodeado de papéis, livros, grampeador, envelopes de camisinha, copo, cinzeiro...

Que mais?

Cadeiras desparelhadas, duas imensas poltronas gêmeas doadas por sua tia Almerinda, 'ainda muito confortáveis', apesar de quase tão antigas quanto a velha tia. São desproporcionais de grandes em relação ao espaço da kíti, o qual, por um efeito qualquer de sugestão visual, parecem ampliar. E tem o sofá-so-good, ou ssg, como já mencionei. O ssg se encaixa direitinho numa reentrância da parede. Grandes almofadões garantem confortável encosto pro ssg. É o mocó predileto do morador, que ali se joga pra ler jornal, tirar uma soneca e protagonizar punhetas e fodas. Um suporte amigável pro corpo humano, enfim. Grande ssg.

#Outros itens desimportantes, mas que meus óculos phonokinográficos insistem em registrar: um simplório aquecedor popular, nada mais que uma resistência atarraxada no centro de uma cuia de metal. Uma banqueta sustentando um ventilador chinês, inútil no inverno. Uma estreita mas comprida mesa retangular com uma das extremidades colada à parede, fazendo a divisória entre o quarto-sala e a cozinha-lavanderia, e que acomoda bem três pessoas, ou cinco mal acomodadas. Até foder ele já fodeu nessa mesa, no caso com uma portuguesa de uma ONG internacional de combate à infância — ôps, de combate à prostituição infantil — que ele conheceu na casa de alguém. Manoela, a Maneca, eis o nome da portuga. Além de ongueira, Manoela trabalhava em Lisboa numa pequena editora de livros infantis. Talvez ainda trabalhe, se a editora não fechou, com essa puta crise econômica em Portugal. Kabeto chegou a escrever uma historinha infantil pra essa editora, por encomenda da Manoela. Não, não era a história da menina Fiofó e das lombrigas, não. Tinha uma menininha também, mas essa era amiga de uma barata que escapava do mundo real pro virtual através de um scanner ligado num computador. A menininha seguia pelo monitor os passos da sua amiga baratinha no mundo virtual, tentando interferir nos eventos com movimentos e cliques do mouse. Era bonitinha, a história, mas não tinha sacanagem nenhuma. Nem muita graça também. Os portugas nunca editaram minha historinha. Tempos depois, quando escrevi a saga da Fiofó, recusada pelo Beloni, cheguei a cogitar de oferecer o texto pra Maneca. Quase dei um enviar, certa noite, bêbado, mas acabei desistindo, pois não estava tão bêbado assim. Fato é que a infância portuguesa teve que transcorrer sem a presença da menina Fiofó e das lombrigas Tetênia e Lolô que viviam em seu intestino e eram suas melhores amigas.

Sei que essa não é hora nem momento pra recordações sentimentais, mas o fato é que lembrei da Maneca, fazer o quê? Impossível esquecer dela pelada assentando a bunda farta na extremidade livre da mesa, de pernas abertas, a me oferecer a xota pentelhuda, olfatável a três palmos de distância. Ainda ouço seus comandos, no mais inflamado sotaque de musa lusa no cio: 'Vem-me ao pito, cabrão! Vem-me ao pito!'. E eu fui. E vi que o pito dela era bom. Puta pito.

Kabeto custou a crer que pito fosse buceta. Mas era mesmo, e o clássico perfume de bacalhau salgado dos mares do norte ficou impregnado no tampo da mesa, com notas levemente estercorárias de fundo, devido ao cu da portuga que ali ficou roçando durante a meteção. Volta e meia, eu dava uma cheirada profunda naquela extremidade da mesa. Num surto de fetichismo agudo, cheguei a socar uma em cima da mesa, cuidando pra que a porra caísse no local antes ocupado pela bunda da Manoela. E foi justamente na cabeceira sexual da minha mesa de copa-cozinha-jantar que a Mina estabeleceu sua base de operações cafungatórias, assim que entramos aqui. O pino do Santo, no entanto, foi despejado sobre uma bandeja de metal, de superfície lisa e reflexiva como um espelho. Essa bandeja era da Estela, e foi a única coisa que ela deixou pra trás quando nos separamos. A gente também usava essa bandeja pra cheirar, serventia que ela continua tendo pros meus amigos cafungueiros.

Mina estica e cheira uma das duas carreironas que produziu. Enquanto cheira, pode contemplar-se a cheirar na superfície espelhada, narcisa cafungueira. Da outra carreirona, Audra dá conta rapidinho com aquele nariz pictórico dela, que seria grande em outra cara, mas que na dela é perfeito. E olha só a cena: eu, de pé, vendo a função, mamando uma das long-necks que compramos a extorsivos sete paus a unidade numa conveniência vindo pra cá. Mal acabou de cheirar, a lituana flamenga de Vermeer chega em mim, tira a cerveja da minha mão, dá um golaço, solta um arroto assaz convincente, bota a garrafa na mesa e se lança de lábios na minha boca. Puta beijo etílico-alcaloídico com um retrogosto amargo, talvez proveniente da metinabucetindaninfetina que ela deve ter mandado lá no Pyong. Bom, muito bom. Achei que ela podia estar meio assim comigo, por eu ter pedido pra ela não botar música no celular, como ela estava prestes a fazer ao chegar aqui. Vamos ouvir um pouco do murmúrio da madrugada, vamos ouvir os batimentos dos nossos corações apaixonados, poetizei. E ela: Cê não gosta de música? E eu: Gosto, mas agora prefiro o murmúrio da madrugada urbana. Ela não riu. Pensei: perdi uns pontos preciosos aqui. Mas não. A coisa do tesão começou a andar a passos rápidos. E sem eu ter que ouvir merda de música pop nenhuma. No táxi já tinham rolado uns despudorados amassos entre nós três, com forte atuação de bocas, mãos e ao menos um dedo, o meu, buscando entrar nos entrefolhos de uma xota ali, acho que da própria Audra, mas pode ter sido da Mina também. Não sei o que o taxista, um cara jovem, achou da cena no retrovisor do carro dele. Talvez tenha pensado: o que esse coroa grisalho tem que eu não tenho?

Findo o show dos Boleritos, uma hora antes, Kabeto, Audra e Mina tinham ficado no bar do Pyong bebendo e conversando, todo mundo já bem altinho, eu só de álcool e beque queimado no tal cercadinho dos fumantes. Park não estava. Tinha mandado mensagem nos convocando pra 'colar' no loft do Pisano, pruma festinha privê, codinome tradicional pra sacanagem soçaite costumeira dessa galera. Sugeri pras meninas dar antes uma passadinha na kíti, prum esquenta, o que na minha cabeça significava sexo e drogas, nessa ordem. Na surubinha do Pisano é que eu não pretendia ir, nem fodendo, algo que, na certa, rolaria por lá. Mas isso a gente veria depois de passar uma horinha agradável por aqui. 'Sim!', a Audra topou de cara. 'Quero ter a honra de conhecer a famosa kíti do Kabeto!' Ela já tinha tomado todas e ido ao banheiro várias vezes com a Mina. Carregava de lá pra cá um copo plástico transparente com uma dose dupla ou tripla de Tanqueray, cortesia do barman do Pyong, que não deixou de dar sua xavecadinha na ruiva, gay ou não gay que ele fosse. Se hétero, ele deve tá acostumado a pegar as gatas avulsas no fim do expediente, esse cara. Taí um emprego bem mais charmoso prum escritor do que redator de revistas customizadas.

A Mina queria abreviar as conversações kitinéticas de modo a cair de cabeça o mais rápido possível na surubinha da alta cúpula dos Boleritos in the fucking night, no loft do Pisano, junto de seu amado Parkinho, o bardo das baratas mortas e das cachorras vivas, mesmo adivinhando que o coreano só teria olhos e pinto pra musa tutelar do solar dos Pisano, a pluribela Melissa. Mas vai saber: na hora do rolê, vale tudo. O que sobrar pra ela tá valendo. Sobra de pau, de buceta, do tesão de alguém. Sem falar que, na mira da Mina, está também a própria Melissa, com quem já andou colando um velcro de responsa, segundo ela mesma me confessou. 'Foi delícia. A danada sabe tudo!' E tem, claro, o Pisano, que, apesar de 'meio metido', é um cara 'bonito pra dedéu e tem o pau mais lindo desse mundo'. É o que a Mina acha, pelo menos. De modo que o bundalelê-privê chez Monsieur Pisanô é um balaio de atrativos pra jovens modernetes e descompromissadas, como a Mina e a Audra. E o Park, é óbvio.

Aquela horinha que a gente passou no bar do Pyong depois do show dos Boleritos merecia ter sido gravada. Mina e Audra de língua solta pelo pó, eu de porre e maconha, mas revigorado pela presença daquela diva do cabelo fogaréu, os três dando o mó showzinho de engenho e arte um pro outro. Audra se mostrou, de fato, fã de carteirinha do Strumbicômboli. Sabia de cor frases inteiras do livro. A certa altura, puxou no celular uma cópia eletrônica pirata do Strumbi e passou a ler trechos em voz alta, pro bar inteiro ouvir. Boa voz. Talvez seja também boa atriz. Lembro d'ela dizendo pro barman:

Cê ouviu isso? O moço aqui que escreveu. Strumbicômboli! Guarde esse nome com carinho. Puta romance foda pra caralho! Pior que crack: pegou, não larga mais.

As duas ficaram dando teco ali mesmo na mesa, desencanadas, tomando gim com cerveja. Até eu acabei encarando uns shots de gim. Àquela altura, depois de umas quatro horas bebendo sem parar, primeiro no Farta, depois ali no bar do Pyong, tanto fazia steinhaeger, bourbon, rum, gim ou diabo verde. Tudo a mesma porrada etílica. A ressaca vai ser braba, essa era e é a única certeza que eu tenho na vida.

* * *

De modo que a bel'Audra acabou de me beijar na boca. Muito bem. Mina cola nela por trás pra lhe chupar transilvanicamente o cangote branco de flamenga do baixo Báltico e da alta Vila Zelina, enfiando-lhe as mãos nos peitinhos por baixo do collant, que logo faz voar pelos ares confinados da lendária kíti-do-Kabeto. Desnudam-se, pois, os peitos pequenos da garota, de extrema brancura, em consonância absoluta com o resto do corpo. Aréolas mínimas com mamilos vermelho-pitanga salientes, um convite à chupança devocional. Essa aí parece que nunca viu a luz do sol. Vampiradinha. Atracam-se os três num jogo de arrancar as roupas uma da outra do outro da uma, até se verem completamente pelados, sem se importar com o frio que o aquecedor mambembe mal dá conta de atenuar, de modo que as peles logo se põem arrepiadas, necessitando do contato friccionante umas das outras pra se aquecerem. A cama tamanho-do-rei exerce seu habitual poder de atração sobre as gurias, que pra lá rumam enroscadas, homiziando-se aos risos e beijos e amassos debaixo do meu grande e fofíssimo edredom branco. Antes de me unir a elas, boto o aquecedor em cima duma cadeira e aponto a parabólica de lata pra cama, e seja o que o bom Dionisius quiser.

E lá vem a inevitável cena de sexo envolvendo genitálias sazonadas na boemia junkorroqueira, depois de muitas mijadas ao longo da longa noite lambuzada de abusos. Louvado seja o sexo todo-foderoso! Rechupemo-nos pois, irmãs, como fazia a macacada pré-histórica e, muito antes deles, os primeiros anfíbios sexuados que saíram das águas do paleozoico pra dar umas bandas pela terra despovoada.

Corpos pelados na cama, é disso que se trata. Corpos contraditórios e complementares, lipídeos oportunistas acumulando-se na morena e escasseando na musa báltica, pequenos excessos e carências que só contribuem pra tesudez nua de cada uma. Quanto ao Kabeto… Bom, não estamos aqui diante de nenhum nadador olímpico, de modo que voltemos a falar das girls. Audra tem esse ar de colegial safada que cabulou as aulas pra ir numa suruba. Mina parece mais interessada na sua nova amiguinha do que em mim. Tudo certo, porque meus olhos também crescem muito mais pra cima da ruiva.

Audra é a fresquíssima novidade aqui. No entanto, gadunho ao mesmo tempo uma nádega de cada uma. Na da ruiva, apalpo o ísquio lá no fundo da almofadinha de pele, carne e banha. A nádega da Mina é uma almofada bem mais fornida: nem resquício do ísquio sob o estofamento carnudo. Tenho a manha de roçar a ponta dos dedos médios das duas mãos no cu de cada uma. O braile no cu da ruiva é suave, o da morena, rugoso. Cheiro um dedo, cheiro o outro: dois perfumes perfeitamente distintos emanados do mesmo tipo de substância. O cu da Mina me parece menos merdoso, na contramão das minhas expectativas. Provisória conclusão sherlockiana: a ruiva deve ter soltado um barro lá no Pyong numa das idas cafungatórias ao banheiro. Essas musas realistas...

Não faço ideia das horas. Nem quero fazer. Sei é que o sol ainda não apareceu. É inverno, talvez tarde ainda algumas horas. Não tá fazendo nenhuma falta, o sol, reflete Kabeto, assistindo às duas se devorarem na minha frente. O véio não acaba de acreditar no quanto a sorte deu mole pra ele hoje. E lá vai o safado se esfregar nas duas, no que é muito bem acolhido: beijos e chupanças mil no meu Brasil feminil. Sôfregas e sôfrego, sofregamos em comum. O meu aquecedorzinho mambembe e essa sofreguidão libidinosa toda nos faz esquecer por completo do frio.

Lençóis amarelos e edredom branco em absoluta rebelião sobre a king-size. Até o king tá nu. Na mesinha de cabeceira, pra onde foi levada a bandeja com carreiras de pó esticadas, mais uns pedregulhos de reserva a serem ainda esmagados e pulverizados com o cartão do seguro-saúde da Mina. Boa oportunidade prum merchan da seguradora: Drogados! Contem com o sss: Seguro Saúde Subzavonts! Consulte um corretor na boca de fumo ou na biqueira de pó mais próxima.

Audra, a falsa magra: peitos exatos, de bom volume. Será que tem silicone aqui dentro? Não vejo marca de operação nem debaixo dos peitos nem nas aréolas. Concluo que são naturais. Pense numa grapefruit madura. Pense num par delas no tórax de uma branquela de vinte e poucos anos, coroadas por pitanguinhas rubras: eis as mamas-mías da ruiva. Mamilos e cabelos vermelhos — não me lembro de ter visto nada parecido antes numa mulher. Aposto como ela deve ter um cu rubro também. Já toquei com o dedo mas ainda não conferi o fenômeno no visual.

Isso tudo já era pra ter me deixado o pau estourando de duro. Mas o bicho parece não ter pressa. A ruiva bole no meu pau demibombê e arrisca umas chupadinhas nele. Retribuo bulindo no tufo triangular de pentelhos fulvos da parceira, aparado só nas bordas. Mesma cor dos cabelinhos que ela traz no sovaco. Mulher natural. Meu dedo médio constata que, das complicações carnais da vulva, mina a mais viscosa umidade. Ali é só chegá e carcá, como diria Petrarca.

A brancura báltica da garota de Vermeer é todo um Masp de tatuagens: um pássaro de asas abertas na lomba. Um cálix numa coxa. Deve ser o Santo Graal, por fim localizado. Espadas-de-são-jorge entrelaçadas num flanco, na altura das costelas, pegando parte da frente e do verso do tórax. Uma rosa azul no cóccix. Pra mim, isso é uma vernissage. Só não posso é me distrair muito contemplando as obras de arte em exposição na epiderme dessa menina. A ponta de uma espada-de-são-jorge lhe espeta um peitinho por debaixo: cruel. Mas ainda prefiro as esculturas às pinturas. Os peitos e a bundinha merecem salvas de canhões. Dou um jeito de relar meu pau flácido naquela brancura esférica, tento acomodar a minhoca no rego raso. Tal manobra faz o elemento dar uma arribadinha. Com a glande descoberta, roço o cu dela, de fato vermelhinho. Coço a íris anal com a ponta da chapeleta. Ao mesmo tempo passo a mão nos peitões da Mina, que faz um trejeito brejeiro, aprovando meu carinho mamário. A pele cor de avelã da minha velha amigamante também porta umas poucas e discretas tatuagens. A Betty Boop numa nádega, à direita de quem entra. A borboletinha na espádua esquerda. Uma procissão de estrelinhas em queda livre por um flanco dos quadris rumo ao púbis angelical. Difícil determinar se aqueles astros da grande noite libertina estão entrando ou saindo de lá.

Agora, que apareceu um pé da Mina bem na minha cara — nem sei como isso é geometricanatomicamente possível —, posso ver mais uma tatuagem: um raminho com três rosas vermelhas no tornozelo. De longe, parece um hematoma violáceo. Quando conheci a Mina, no fim de 2007, essa era a única tatuagem naquele corpo, seis ou sete anos mais jovem do que o atual, que, aliás, não deve nada àquele. Sempre achei a Mina gostosa, mais gordinha ou menos, dentro e fora das modas anacrônicas que ela garimpa em brechó, bazar das amigas,

25 de Março, internet, sempre recombinando estilos, com resultados que nem o mais moderno par de óculos kinográficos lograria descrever com precisão. Dia desses, do verão passado, ela tava de vestidão de frente única decotada, costas nuas, laço na bunda, com uma écharpe arcoírica enrolada na cabeça, coturnos detonados e uma coleira punk no pescoço. A entidade Mina é o resultado da mistura das formas e maneiras do seu corpo real com a autoimagem mutante e extravagante que ela tenta projetar através do seu jeito de se vestir, de ser e de estar no mundo. Outras pessoas podem ser qualquer pessoa, mas só a Mina pode ser a Mina. E agora ela tá mais uma vez peladona na minha frente. Em meio a tais reflexões, sinto uma pentelheira hirsuta e bem aparada roçando meu nariz. São os pentelhos negros dela mesma, a Mina, mar de sargaços, que, como todos sabem, fica no triângulo das bermudas, calças e calcinhas.

Descrever uma cena de sexo da qual estou participando de pau mole é meio foda, como tarefa literária. Até porque de foda justamente não se trata. Pau mole não existe, enquanto metáfora. Carece do referente, da solidez da madeira. Não existe pau, tora, cacete, mastro, vara ou verga que se apresente mole perante a nação. E se o pau mole não existe enquanto pau-em-si, muito menos o homem atrás dele, humilhado, frustrado, aniquilado em sua masculinidade. A piroca flácida é o diploma do seu fracasso. Entretanto, Mina se abre toda pra eu me afundar de língua naquela greta beiçuda. A língua obedece de pronto à convocação lúbrica, o pau não, problemão uro-ontológico com o qual não sei como lidar. Audra, feito um mecânico que se enfia debaixo do carro pra analisar a suspensão, tenta animar meu pau demi-bombê com chupadinhas mimosas e bilu-bilus linguais, no saco inclusive. Sinto cócegas, mas tesão de verdade, quase nada. Mas não é nenhum tipo de inibição adolescente tardia. É que sou todo um cansaço infinito, imemorial. Duas horinhas de sono me trariam de volta ao vigor do homem, tenho certeza. Mas o que eu poderia sugerir pra essas meninas? Fiquem aí jogando batalha naval, xadrez ou rouba-monte enquanto eu puxo uma palhinha regeneradora aqui. Daí, quando eu acordar, prometo destruir toda a civilização ocidental a golpes de caralho duro. É o que eu faria, se tivesse alguma chance de ser obedecido.

Os minutos passam, as ideias passam pela minha cabeça, as meninas passam mãos e línguas em mim, só não passa minha broxidão, que, a bem de uma relativa verdade, desabroxou um tiquinho, de modo que eu tento neste momento introduzir um pau inconvincente na xota da Audra, por trás, o cuzinho vermelho dela de frente pra mim, ao mesmo tempo que ela é quem se ocupa agora de devorar a buceta da Mina, que começa se abrindo à chupança de frente, mas logo se põe de cachorrinho pra ser sorvida na xota e no cu, tudo segundo os mais rigorosos protocolos da putaria intergalática. Já com a cabeça do pau bem encaixada no vestíbulo da vagina, sinto que a parte estritamente hidráulica da ereção até que dá mostras de vir a funcionar a contento — ou a contente, no caso. O que tá pegando é essa náusea alcoólica misturada com um sono avassalador. Sinto e pressinto que, se eu não correr pro banheiro neste exatíssimo instante e enfiar a cara na privada, esse cu vermelhinho vai tomar um banho de bolo estomacal puxado no suco pancreático com fortes acentos de ácido clorídrico.

Kabeto desforra as tripas, ajoelhado e quase que abraçado com a privada, velha amiga de todas as horas. Ao se pôr de pé, mal tem tempo de sentar no mesmo vaso pra dar baixa numa cagada mole, daquelas esparramadas que rebocam de merda as paredes internas da peça de louça de tal forma que a força da descarga nem sempre consegue limpar de todo, sendo que a água começa a escassear no prédio, o que tem acontecido nas horas mais inesperadas, por cortesia da bosta da companhia de água. E a pouca água que se apresenta parece ter sido captada diretamente da rede de esgoto, de tão pútrida. Não tenho coragem de usar o bidê, com essa água que mais sujaria que limparia meu respeitabilíssimo rabo. Me valho de uma garrafa de plástico de água mineral para os gargarejos e mando duas novalginas de um grama, providências que me põem em condições de voltar ao teatro da batalha erótica travada entre as meninas sobre o meu king-size. Cadê meus óculos de perto? Me lembro deles na minha cara quando tudo começou. Ainda torvo de cabeça e turvo de vista, vejo que a Audra, de bunda pra cima, continua se banqueteando no conjunto cubucetal da Mina. Uma cadela lambendo os fundilhos da outra. No princípio da evolução, caralhões de anos atrás, era isso que rolava direto, um bicho de fuça no rabo do outro, antes de mais nada. Como vejo agora, tal forma de reconhecimento mútuo continua rolando, de boa, prova de que a evolução é uma balela. Aliso a brancura cremosa da bunda báltica, que dá uma empinadinha convidativa. A olhota rubra da Audra continua atenta aos acontecimentos. Mas cadê pau pra dar conta disso tudo?

Kabeto abre o jogo:

Meninas, acho que meu pau não tá acreditando na sorte que ele deu nessa noite, e... e... resolveu tirar o time.

Relaxa, Kabeto, sussura Mina, de costas pra ele, em sua respiração alterada pela proximidade de um orgasmo clitoriano clássico, com o auxílio luxuoso de um dedo no cu, mimos que Audra gentilmente lhe regala.

O véio tem a ideia de cair de quatro atrás da ruiva e prodigalizá-la da mesma forma que ela faz com a Mina. Um trenzinho de minetes com beijo grego. Do meu pau me ocupo eu, socando uma bronha pouco promissora. Audra não parece perto de gozar, mas se diverte com minhas chupolambanças. Achando que eu tô em ponto de bala, ela convida num leve tom de súplica:

Vem...

Kabeto, que já começava a sentir enjoo naquela posição, aperta a base do pau, forçando o pouco de sangue alojado lá dentro a fluir pro cabeçote, e chucha, futuca, tenta penetrar a buça flamenga. A chapeleta acaba arrumando um jeito de se encaixar no refolhudo território. O resto do artefato, necas de pitibiriba: paumolecência a céu aberto. Até que, flop: cabeça pra fora, fim de papo. Crime de lesa-volúpia. Como é que pode? Indiferente ao meu drama, Mina urra e goza e se joga de bruços na cama, num abraço apaixonado com o travesseiro. Audra se joga sobre ela, como se fosse enrabá-la com um pau imaginário. A morena consegue se virar de frente pra ruiva, as duas se enroscam, se beijam, e eu aqui amargando o mais lamentável k.o. técnico.

Porra... — Kabeto deixa escapar.

Logo as meninas se dão uma pausa pra abastecerem as napas, desencanadas do pau dele e quase que dele inteiro também. Audra desfila sua nudez semianoréxica até a mesa da copa-cozinha virtual, donde guinda seu copo plástico de gim com gelo derretido. Dá um largo e transbordante gole. Tenta disfarçar um súbito cambaleio com passos de frevo briaco.

Mina abre a geladeira:

Eu tomaria uma breja agora... U-hu! Tem long necks!

Que mais me resta senão dar um tempo, já que não dei no couro. Relaxar, de olhos fechados. E dormir um pouco. Ainda esse enjoo que vem em marolas de um mar de vômito. Mas a dona cefaleia tá cedendo. Só que a dipirona vai acabar de me chapar. Mais uma frase feita pra minha coleção: o que é bom pra cabeça de cima nem sempre ajuda a de baixo.

Kabeto se deixa tombar de costas na cama, braços semiabertos, seu pinto deitado de ladinho sobre a coxa peluda, inoperante, mas ainda um tiquinho intumecido, de forma a não passar vergonha total.

O pior é que aquilo ali funciona que é uma beleza, diz Mina pra Audra, apontando de longe pra piroca desfalecida do anfitrião. A ruivosa se diverte com tudo. Entupida de cocaína, álcool e talvez algum MD que descolou no Pyong, não parece disposta a pôr sua periquita na gaiola:

Bora lá no Pisano, Miná?

Cê conhece ele?

O Pisano foi ver a gente no teatro.

Com a Melissa?

Com a Melissa, aquela gata. Tomamo umas no bar do teatro e ficamo de se vê. Meio metido a pop star, ele, né?

Ele é metido de um modo geral. Mas é o mó gato, cê não acha?

Acho. Vamo?

Fica aí, murmura Kabeto, de olhos fechados. As duas! Fiquem, aliás...

Mina vai até a cama, cata o edredom branco do chão e cobre a nudez peluda do primata abatido.

Não me deixem só... — Kabeto exala, longamente.
Já ouvi isso em algum lugar, diz Mina.
Ela acaricia a cabeça do véio:
Não vai me inventar de ficar deprimido porque brochou, né, Kabeto?
De olhos fechados ele responde:
Num tem perigo. Macho que é macho brocha, mas não apaga a tocha. Uma hora desabrocha. E, se não mete, encoxa.
Bom de rima ele é! — ri Audra.
Ou seja, de pau não é, isso que essa putinha ruiva quer dizer, né? — remói Kabeto em silêncio. Não contente, a putinha ruiva ainda crava:
E quanto tempo demora pra desabrochar, Kabeto?
Mina acode:
Deixa ele quieto. Ele vai dá uma lombra e daqui a pouco rebrota, né, Kabetudo? Relaxa, desencana, desencarna!
Kabeto tosse uma risada:
Desencarna é bom. *Dá um morrão aí, tio!*
As gurias riem. Mulheres peladas rindo. Posso ver as duas em seus corpos tão diferentes, um branquíssimo e alongado, com peitinhos, o outro azeitonado e compacto, com peitões. E cheiram que cheiram aqueles narizes, o reto, elegante, da Audra, o pequeno com uma batatinha na ponta, da Mina. E não cheiram só o pó agora, mas também um gás metano que se alastra no ambiente com seu perfume estercorário.
Audra, bolinando as asas do nariz, palpita:
Acho que ele tá querendo dizer alguma coisa...
Que a vida é uma merda, manda Mina.
A risadaria das duas vira susto em uníssono quando Kabeto ergue o tronco de inopino, escorado num cotovelo, feito um morto ressuscitando no velório. O novo Lázaro sai debaixo do edredom branco e vai arrastando os pés pro banheiro.
De novo, Kabeto? — manda Mina.
Pelo bem-estar geral da nação.
Mais chasquinadas galhofentas.
Volta logo, ordena Audra.

Kabeto se tranca no banheiro. As minas trazem a bandeja do pó pro único criado-mudo ao lado da cama. Mina constrói duas longas e toscas carreiras e já vai matando metade de uma, passando a nota enrolada pra companheira, que dá conta da outra inteira numa aspirada relâmpago. Ninguém nota o som dos jatos fortes de merda líquida contra a água da privada que vêm do banheiro. Audra tem um tremelique:

Puta, migá, esse pó é fuerte…

Acho que o Santo às vezes capricha, pra fidelizar a clientela. Ou esquece de batizar o bagulho.

Santo?

É o trafica do Farta. Cê tem que ir lá, Audrica. É a nossa praia, Mina convida, já arrependida do convite. Vai ser uma beldade a dividir com ela a primazia feminina na mesa dos rapazes.

Já fui no Farta, diz Audra. Mas a minha tchurma não sai do Covil. A pozêra é forte lá também, tá ligada?

Mina vê a outra aspirar a metade da carreira que ela tinha deixado no prato pra matar em seguida.

Vai manso aí, menina, ela diz, sentindo-se uma velha tia regulona.

Tá suave, responde a sobrinha doidivanas.

Não parece, pensa Mina, que nota a palidez enfermiça da amiga. E eis que o monarca absolutista daqueles domínios emerge da sala do trono, deixando atrás de si os últimos gorgulhos da privada. Dom Kabeto I, o Sulfuroso, contempla as duas peladas na cama e se diz que não é possível, tenho que comer essas duas, porra.

Tás vivo, hombre? — Audra saúda.

Puta merda… — ele diz, se jogando peladão no lendário sofá de colchões, o SSG, de onde expulsa o excesso de almofadas pra se meter debaixo do edredom vermelho. As pálpebras lhe caem pesadas como portas de aço basculantes, embora os ouvidos continuem atentos.

Isso! — Mina incentiva. Dá uma lombrinha aí.

O véio ressona alto, virado pra parede, como se fulminado por um sono instantâneo, profundo, inegociável. É o que parece, Mina avalia, enquanto Audra improvisa uma carreira tosca, de cascalho não batido, que mata em seguida. As duas já pensam em se vestir, quando veem Kabeto dar uma ressuscitada, sempre de cara pra parede:

Mina?… — ele começa, numa voz pastosa.

Quê?

Liga na farmácia da Roosevelt.

Tá passando mal, Kabeto? — ela se inquieta. Vira pra cá...

Kabeto não se vira.

O número tá na porta da geladeira, ele diz. Pede um viagra de 100 mg.

As mênades se escangalham de rir. É como se um morto levantasse do caixão pra pedir um viagra, de modo a adentrar a eternidade de pau duro. Kabeto continua, numa voz melada de sono:

Pede preles entregarem uma cartela de um comprimido só. Pega dinheiro da minha carteira que tá por aí, em cima de algum lugar. Ou no bolso de trás da minha calça. Tem cinquentinha lá, deve dar pro gasto.

Sim senhor.

Me acordem quando o bagulho chegar. Vou dá uma palhinha aqui...

Positivo.

Toca e vibra o burrofone do anfitrião sobre o tampo da mesa. Mina salta da cama e vai atender. Ela vê o número anunciado na telinha e solta:

Parkinhôôô! U-hu!

Manda esse coreano se fuder, babuja Kabeto.

Mina corre pro banheiro com o celular e fecha a porta.

Onde cês tão? — Park quer saber.

Nossa! Que fedor!

Quê? — diz a voz no celular.

Nada, não. A gente taqui na kíti do Kabeto. Vim com a Audra.

Tão trepando?

Não com ele. O véio deu um broxão. Mas eu e a Audra, a gente...

Entendi.

E você, Parkolino? Qui'q'cê qué co véio às duas da matina? Aliás, três e meia... — diz Mina, conferindo a hora na telinha.

Queria companhia pra saideira.

Mas cê não tá no Pisano?

Vazei.

Ué, a Melissa num tava lá?

Me deu um pé na bunda.

Como assim?! — Mina diz, de bunda na privada, mijando, feliz de ouvir que seu xodó coreano foi dispensado pela superdiva.

Park resmunga:

A vaca sagrada se trancou no quarto com o Pisano e um casal de canadenses que eu não conhecia. O cara é DJ…

E não sobrou ninguém na festa pra te consolar?

Sobrou: a Neca e a Sô…

Mina visualiza a Neca, baterista punk de cento e vinte quilos dos Boleritos e a baixinha lésbica do baixo, a Sô, mulher dela.

Mina solta a gargalhada afrontosa:

Que ótimo!

Ótimo? Pra quem?

Pra mim e pra Audra. Porque agora você é nosso. Vem já pra cá!

Quem taí?

Já te falei: eu e a Audra. E o véio, que capotou.

Ele não tá ouvindo você falar?

Não. Tô trancada numa câmera de gases mortíferos.

O véio não vai gostar que eu apareça aí. Se ele acordar…

Ele acabou de mandar a gente pedir viagra na farmácia da Roosevelt. De 100 mg! Cê tá onde?

Perto da Roosevelt.

Então passa na farmácia e compra o azulzinho pro velho. E pra você também, de garantia.

Mas cê não disse que o véio capotou?

Isso a gente vê depois. Se ele acordar, acordou. Vem logo! … Vem…

Será?…

Parkinho?

Hã.

Cê tá bem?

Depois de longos dois segundos e meio, Park balbucia, numa voz cava:

Eles vão pra Nova York e não me convidaram.

Quem?

O Pisano e a Melissa. Vão comprar equipamento, ver show… se divertir… sem eu nem mim.

Que se fodam, o Pisano e a Melissa. Vem que eu divirto você bem divertido. Meu equipamento tá à sua inteira disposição!

Não me convidaram, Park repete, macambúzio, ignorando a xavecada de que é alvo declarado. Mina insiste:

Vem me esquentar. E não esquece da porra do remédio. E traz umas brejas também.

Não tem cerveja aí?

Duas ou três longs, só. Acho que tem um pouco de uísque também, mas eu num guento mais tomar destilado.

Toma do outro lado. Como diria o Kabeto.

Mina dá uma pausa e:

Parkinho?

Quê?

Te amo.

Nossa...

Nossa o quê?

Há quanto tempo eu não ouço alguém dizendo isso, fora de filme e novela.

Pois é, te amo. Fazer o quê?

O.k., tô chegando.

Com a breja e o levanta-pau pro véio.

Tá.

Mina sai do banheiro estercorário, úmido e gelado pro quentinho da cama, com Audra. Aquele aquecedor primitivo até que funciona, afinal de contas. Kabeto parece apagado pra valer no ssg. Audra acaba de dar mais um teco. E um gole no gim. E outro na breja. E uma tragada funda no marlboro. Ela acolhe Mina num abraço pelado, colado, beijado:

Minina! Cê tá que é um picolé!

Esquenta eu, esquenta? — faz Mina, se aninhando no corpo igualmente frio da outra. Frio demais, ela acha. A cama tá quente, o corpo dela, frio. Por quê?

19

Toca o interfone. De novo. Mais uma vez. E ainda uma quarta, antes que a Mina resolva tirar da frente a xota ruiva que se dedica a chupar, enquanto tem sua xana lambida pela língua seca da Audra. Ela desembarca da cama deixando a mão escorregar da xota até os peitos daquele corpo que agora lhe parece de uma palidez translúcida, se aquilo não é efeito visual causado pela sua própria zoeira pó-etílica. Soa mais um toque. Ela atende o aparelho preso na parede, junto à porta de entrada:

Oi? [...] Pó subi, ela libera, com uma voz rouca de sexo e cigarro. Repõe com certa dificuldade o fone no suporte vertical grudado na parede e destranca a porta, que deixa entreaberta. Volta pra cama, mergulha debaixo do edredom branco e se enrosca de novo no corp'alvo gélido d'Audra, anunciando:

Chegou o remedinho levanta-pica do Kabeto trazido por alguém que ainda não precisa disso, de que sou heroica testemunha. Você vai gostar.

É aquele japa bonitinho dos Boleritos, né?

Coreano. Ele não é da banda, mas o letrista das melhores músicas dos Boleritos.

Tô ligada. Ele é coreano da Coreia mesmo?

Do Sul, apesar daquele cabelo dele. Mas veio bebê pra cá.

Vi ele no bar do Covil uma vez. Todo tatuado, né? Um fofo.

Fofo, mas fica durinho que só vendo. E chupando.

As duas racham o bico. Audra pula da cama pra recolher do chão e vestir sua sunguinha tapa-grelo.

Pra quê isso?

Mal conheço o rapaz. Um mínimo de decôro, né?

E os peitinhos?

Meus peitinhos são naturalmente decorosos.

Mais galhofagem. Audra esfrega os braços de frio e volta pra debaixo do edredom:

Num tem mesmo outro aquecedor nessa biroska? Cocaína me deixa dura de frio, até no calor. *brr*

A porta da frente se abre de mansinho:

Mina sussurra:

Já vai esquentar!

Helô-ôu... — entoa uma voz masculina, de tenor com picos de sopranino, uma voz meio púbere, a Mina acha, que o torna mais sedutor. Isso, mais a aparência dele, de um cara dez anos mais jovem, lhe dá a impressão de estar trepando com um garoto pauzudo e sacana.

Park entra portando uma sacola transbordante de latas de cerveja e outra, bem menor, com a caixinha do engoma-piroca encomendado pelo véio.

Papai Noel chegô-ou! — ressoa a mesma voz. Licença?... Opa!... — faz a voz, no que os olhos de seu dono divisam as cabeças de Audra e Mina despontando do edredom, juntinhas as duas. É uma bed party, isso aqui? Se me avisassem, tinha trazido meu pijama.

Mina, num gesto abrupto, levanta o edredom e mostra um flash da dupla nudez que ali se esconde.

Hoje estamos dispensando o pijama, ela anuncia.

Park se arregala todo. Na obscuridade do quarto, a sunguinha preta da Audra, em absoluto contraste com a brancura do seu corpo, lhe parece um perfeito triângulo piloso.

Oi, né? — diz Audra.

Oi!... Lembra de mim? Fui ver sua peça lá no Covil, manda Park com sua carga, sem saber o que faz primeiro.

Mina saca no ato que o safado do coreano chapou na beldade ruiva.

Bota a cerveja na geladeira, ela comanda. Atrás de você.

Primeiro um beijinho, ele decide, avançando pra cama. Mas tropeça numa coisa:

Porra! — esbraveja, caindo de quatro no chão. Seus óculos lhe saltam da cara e voam longe. Pra onde, ele não consegue ver. As latinhas amarelas de skol rolam pelo chão, junto com o saquinho do remédio.

Que é isso?!... — expele sonolento o Kabeto, recolhendo a perna que tinha escapado do ssg pro chão e acabado de passar involuntária rasteira no coreano. Escorando a custo o tronco num cotovelo, Kabeto alisa a perna no local do chute. E comenta:

Puta merda!

Caralho... — faz Park ainda de quatro. Achei que eu tinha trupicado num jacaré.

As gurias pulam da cama pra catar as latinhas do chão. Mina cata duas em cada mão e toca pra geladeira. Audra recolhe várias latinhas espalhadas pelo chão em volta e bota no saco plástico em que elas vieram, tirando antes a caixinha do remédio lá de dentro. Atira a caixinha na direção da mesa da copa-cozinha, mas erra o alvo e o negócio cai no chão, do outro lado. Park percebe que Kabeto também tá pelado debaixo daquele edredom vermelho.

Cervê-já! Cervê-já! U-hu! — ulul'Audra, eufórica, levando o saquinho com as skol.

Pô, Parkinho, skol...?

Só tinha skol na conveniência, ele responde, de quatro.

Kabeto enxerga uma caixinha de remédio jogada no chão e rasteja até lá, embrulhado no edredom. Tenta decifrar as letras na embalagem. Mal consegue identificar o nome do negócio:

Cadê meus óculos, cacete?

E pro coreano, de súbito:

Que cê tá fazendo aqui?!

Park ri:

Boa noite procê também. Então, as suas amiguinhas me pediram pra trazer uma encomenda da farmácia. Tô trampando de entregador de madrugada, tá ligado? Comprei uma motoca com caçamba.

Kabeto se levanta com imensa dificuldade, enrolado no edredom vermelho, e caminha até a cama, cegueta, tateando os lençóis, o criado--mudo com a bandeja do pó em cima, e o chão em volta:

Cês viram meus óculos?

As meninas ajudam a procurar:

Como eles são? — diz Mina.

É tipo uma armação de plástico com duas lentes e duas hastes que você engancha nas orelhas. Cada lente é chamada de óculo. Como são duas, são os óculos, explica Kabeto.

Mina ri:

Idiotinha. Acordou, é?

Só minha perna direita, depois de chutada impiedosamente pelo invasor oriental. O resto continua em coma profundo.

Sentado no ssg, Kabeto posiciona a embalagem o mais perto da luz do abajur assentado no chão:

Que porra é essa, Park?... Falúx?... Com pê-agá...

Ele mostra a caixa pro coreano míope que enfia o nariz na embalagem de papelão fino:

Acho que... sim... falúx. Foi o que o cara da farmácia falou. Acento no u.

Só se for no seu u. Comigo não, violão.

Kabeto, tomaí e não enche o saco. É um treco orgânico, mal não vai fazer. No máximo seu pau vai ficar verde. Que nem o do Hulk.

Park dá uma piscada pra Audra, que se diverte com ele. Mina percebe, mas descarta. Não tá a fim de aperrear com nada assemelhado a ciúmes a uma hora dessa.

Porra, Park, cadê o viagra 100 mg que eu pedi pras meninas?

A Mina me pediu pra trazer, meu chapa, mas não tinha na farmácia da Roosevelt. O carinha lá garantiu que isso aí é mó porrada. Lançamento. Diz que deixa o viagra no chinelo. O princípio ativo vem duma pimenta indiana, uma porra assim.

Te contaram que eu brochei?

Contaram.

Mina, muito à vontade com peitos, bunda e xota de fora, esfrega as mãos:

Esquece isso e toma logo a pimentinha indiana aí, Kabetudo. Vamo apimentá essa noite, tipo.

Pimenta indiana no pau dos ôtro é refresco, né? — devolve o tiozão. Ele examina a caixinha com suma desconfiança.

As minas caem na galhofagem. Park detalha:

É uma droga fitoterápica.

Kabeto chuta:

Sei. Que nem chá de minhápica...

Êba! — Audra salta, louquinha e até meio vesga, Park acha. Tá vesga de tão doida, calcula.

Kabeto vacila:

Não sei se vou tomar um fálux ou falúx por via oral. Não na minha idade.

Não sabe o que tá perdendo, diz Audra, chuchando com a língua a parede interna da bochecha, num vaivém com a mão direita.

Kabeto tenta outra vez ler os dizeres da embalagem do Phallux em meio aos borrões impostos pela presbiopia.

Tá escrito 20 mg aqui? É isso? Se é pra ancião, eles deviam botar uma letra maior. Cadê meus óculos, porra...

Também não acho os meus, diz Park, desolado. Tem um poltergeist roubando óculos aqui.

Não tinha mesmo de 100 mg? — repete Kabeto.

Tem cinco cápsulas aí, não tem?

Txô vê... Tem uma cartela de... Isso: cinco. Não, seis. Meia dúzia de fodas virtuais guardadinhas em cada casulo plástico da cartela.

Então, meu: seis pílulas vezes 20 mg dá 120 mg. Tá bom, né? Deve levantar até pau de fóssil de dinossauro.

Mina, na galhofa:

O Kabeto é nosso dino de estimação.

O elogiado encrespa:

Catso. Não acredito que só tinha essa bosta de fitoteraminhápica na farmácia. Isso é tudo placebo.

Experimenta. Bota na cabeça que teu pau vai ficar duro. Você, com tal fito, terá pica.

Nossa! — faz Mina. Esse é o trocadilho mais esquisito que eu já ouvi, Parquinho.

Mina ri, Audra também, só que com certa dificuldade, como se lhe custasse muito esforço cada risada.

Se terá ou não terá pica, é o que logo veremos, manda Mina, na função de esticar mais duas carreirinhas. Audra insiste pro coreano mandar 'uminha'. Mas ele declina, com o olhar rútilo de metanfetamina turbinada.

Bom… — começa Kabeto num esforço paleontológico pra se pôr relativamente bípede, refazendo em custosos segundos os milhões de anos da evolução humana. Por fim bem-sucedido, escancara um monumental bocejo espreguiçado pra comemorar. Seja o que o anticristo quiser, ele completa, rumo ao banheiro enrolado no edredom e com o Phallux na mão. Park e as meninas notam que, apesar do majestoso manto régio, a bunda do escritor bloqueado ficou de fora. Audra acha uma boa bunda masculina. Redonda, firme. E glabra.

Com essa mesma bunda, sentada na privada, Kabeto mija, peida e libera mais um barro mole. Diarreia alcoólica. Aproveitando o momento excreto-introspectivo, ele puxa da caixinha uma cartela com cinco cápsulas de material transparente, deixando ver um pozinho verde encapsulado dentro. O papelucho dobrado da bula continua intocado. Kabeto nem cogita ler aquelas letricas sem seus óculos pra perto. Ele apenas refaz o cálculo: 20 mg vezes seis, igual a 120 mg. Beleza. Já mijado, cagado, peidado e bidezado, o intrépido amante destaca e engole cinco cápsulas, uma de cada vez, com o resto de água da garrafa plástica que mantém no banheiro, que fica a zero, razão pela qual não manda a sexta cápsula, com medo de engasgar. Enfia a cartela de volta na caixa, com a sexta cápsula ainda no casulo. Cem miligramas tá de bom tamanho. Se não fizer efeito, não são mais 20 mg que farão, ele calcula. Atira a caixinha sobre o topo do gaveteiro. Sente uma voragem a sugar seus olhos pra dentro das trevas do sono. Impossível esperar acordado o negócio bater, o que pode nem acontecer. Fitoterápico de cu é rôla, como já teria dito o Tuchê a uma hora dessa.

Tomou? — pergunta Mina, de novo na cama, onde tornou a se meter com Audra, as duas de latinhas de skol e cigarro entre os dedos.

Tomei.

Tomou, tá tomado! — aplaude Audra.

Cê tá legal, Kabeto? Que cara de zumbi amanhecido, observa Mina.

Com muito sono ainda… muito sono… — reboceja Kabeto. Acho que eu vou trocar mais uma ideia c'o Morfeu ali no meu berço e já volto.

Kabeto topa com Park agachado e cenho franzido, seu olhar em panorâmica pelo chão em volta.

Que cê tá procurando aí, seu bicão?

Meus óculos, porra.

Se achar o meu também, bota em cima do notebook, please. E pras meninas acamadas: A cama é toda de vocês. Mas comportem-se!

Reinstalado no trocadilhesco sofá-so-good, debaixo do edredom vermelho, só a cabeça grisalha de fora, Kabeto dá as costas novamente pra cena do crime.

Ué? Tomou o remedinho e vai dormir de novo, Kabeto? — Audra reclama.

Só até bater... — ele suspira, já a bordo da barca do sono. O barqueiro pelo menos não é o Caronte, até onde ele pode ver nas internas oníricas.

Mina defende o véio:

Deixa ele. Uma sonequinha pra regenerar as forças vai ser tudo de bom pra ele. Remédio fitoterápico demora mais pra bater.

Audra não parece convencida:

Mãs... e se o negócio bater quando ele estiver dormindo? Eu nunca trepei com um cara dormindo. Já vi caras terem ereção dormindo, mas trepar com eles dormindo, nunca.

Pois devia ter aproveitado. É comum o pau acordar antes do cara. Se você for lá com jeitinho, pra não acordar o belo adormecido, pode render coisa boa. O homem acordado atrás do pau muitas vezes estraga a trepada.

Pode crer. Mas trepar com um cara dormindo, sei lá, viu. Vai saber com quem o sacana tá fodendo no sonho dele. Vira um ménage. Só que você não sabe quem é a terceira pessoa envolvida.

Mina gosta da ideia:

De repente, é você mesma. É com você que o macho pode estar sonhando enquanto você tá comendo ele.

Massa! Mas você nunca vai saber isso.

Na hora não dá mesmo. A menos que ele fale seu nome dormindo. Se ele falar o nome de outra, você vai ter a certeza de que não é com você que ele tá sonhando.

Também dá pra perguntar pro cavalheiro, quando ele acordar, com quem ele tava sonhando.

Duzentos e noventa e nove mil por cento dos cavalheiros vão dizer que tavam sonhando com você. Se não disserem, não são cavalheiros. São cavalões sinceros duma figa.

Uma ideia perpassa a mioleira da Mina:

Outra pergunta se coloca...

Coloca, coloca... — faz Audra, sensualizando.

Em quem *você* estará pensando enquanto tá lá chupando o pau do cara?

Ih, complicô. Se o cara estiver com outra no sonho, e você fantasiando outro sujeito com aquele pau, daí serão quatro no lance. Puxa.

Puxa mesmo, Mina concorda.

O próximo cara que eu pilhar dormindo de pau duro do meu lado, eu traço, pensando em outro cara. Ménage à quatre! Ulalá!

Kabeto ainda ouve fragmentos dessas frases e, depois, um hiato de silêncio verbal preenchido pelos sons ao redor: estalidos da argolinha de lata de cerveja, a sucção salivosa de um beijo, gemidos gozosos de corpos em cópula, o ressonar forte dele mesmo, Kabeto, que em poucos minutos sucumbe de vez ao sono comatoso de bebum cinquentenário e já não ouve mais nada. A consciência entra em k.o., mas a onisciência, sorrateira que só ela, não se furta a dar seus rolezinhos por aí.

Achei, diz Park.

Achou o quê? Ah, faz Mina, ao ver o outro colocar os óculos. Fica sem, Parkinho. Melhor. Você não vê minhas rugas, minhas olheiras, minha papada. Nem as pregas do meu cu. Afe! — Mina exala, levando as duas mãos à boca. Não acredito que eu falei isso!

Sem a menor noção do que dizer, Park tira os óculos.

Audra bate palmas irônicas:

Que poética, você, migá!

É o que dá passar tanto tempo com esses cavalões. A baixaria cola em você.

Park repõe os óculos na cara:

Desculpe, mas prefiro ver tudo. As pregas, sobretudo.

Não falei? — diz Mina.

Audra tem um estalo: corre pelada até a mesa, onde deixou sua bolsa, puxa o celular, clica numa playlist, e uma voz feminina desata a cantar em inglês um rock básico, de ritmo simples e repetitivo, com um refrão que ela reforça em dueto esganiçado com a cantora americana, sem dar a mínima pro *shshshshsh!* que a Mina tenta lhe impor:

Hang on to your cock, little boy, 'cause I'll suck all that dirty cum out of your balls, little boy, and I'll pump all your bloody blood out of your fucking heart, and I'll drink a hundred bloody marys with it...

Audra informa:

Gangbang Katty! I love her!

Também me ligo nessa maluca, manda Park. As letras são do caralho. Magina uma Emily Dickson, uma Silvia Plath, uma Ana Cristina César dizendo que vai sugar toda a porra das bolas do namorado, vai lhe drenar todo o maldito sangue do coração pra fazer cem bloody marys com ele. Grande Gangbang Katty, a Cátia da Suruba. Puta nome, aliás, pra cantora de funk proibidão, hein?

As energias seguem fluindo com a mais lúbrica liberdade na kíti suspensa da Babilônia. Mina, enroscada no corpo de Audra debaixo do edredom, chama Park pra cama com fisgadas de indicador no ar, clichê máximo da sedução barata, e quase sempre eficaz. Ele puxa o edredom branco de cima delas num repelão, expondo a dupla nudez daquelas anjas de misericórdia sexual que vão resgatar seu ego ferido da negra fossa da rejeição amorosa. Melissa tá agora com o maridão e outro casal na cama em plena suruba, mas o prêmio de consolação que o destino lhe reservou não é de se jogar pro totó. A peladice da Audra, que ele aprecia pela primeira vez, é de cair o queixo — *blam!* —, mesmo com aquela sunguinha tapa-grelo safadérrima que a despe mais do que veste. A peladice da Mina, mais corriqueira e já singrada em viagens pretéritas, transmite um erotismo acolhedor, do tipo que floresce mais na amizade que na paixão. Vendo que ele não se decide sobre como dar início aos trabalhos, as garotas se apoderam de seu corpo magro e tatuado e se incumbem, elas mesmas, de dar início aos procedimentos surubísticos, com muito beijo e pegação, despindo o herói peninsular de tênis, meias chulepentas, casaco, malha, camiseta. Descalço e de torso nu, mas ainda de calça, Park se deixa subjugar gostosamente. Audra pira com as tatuagens quiméricas nas costas esqueléticas do bardo, nas quais faz cafuné como se fossem pets fantásticos:

Nossa... isso aqui parece uma alucinação de ácido! E olha que eu nem mandei acê hoje. Ou mandei? Nem lembro...

O tatuador que fez isso de fato tomava ácido todo dia, esclarece o coreano. Era a ração que ele dava pros dinos e répteis mitológicos da cabeça dele.

Mina empurra o coreano de costas na cama e se dedica a lhe desatar o cinto da calça. Audra, transfixada pelo painel de imagens no peito e na barriga do glabro oriental, balbucia:

Minino... qui qui é isso?... Que viagem!...

Se você fosse fã do Camilo Pessanha, saberia o que é isso. *São tatuagens opulentas no meu peito! Troféus, emblemas. Em cima, dois leões alados. Aqui na barriga, entre corações engrinaldados, um enorme, soberbo amor-perfeito.*

Massa! — derrama-se Audra.

É a primeira estrofe dum soneto do Pessanha.

E isso aqui no seu pescoço?

É o meu brazão. Tem de oiro, num quartel vermelho, um lis; e no outro uma donzela, em campo azul, de prata o corpo — aquela que é no braço como um broquel.

Isso também é do Pessanha, tipo?

Positivo: é a segunda estrofe do soneto.

Que louco, Park. Você mandou tatuar no seu corpo as imagens poéticas dum soneto...

Yep. Grande Camilo Pessanha, português desterrado em Macau, opiômano e putanheiro que se fartava no regaço de suas concubinas chinesas, chorando lágrimas literárias por uma remota musa perdida em Coimbra que o fez cruzar os mares como Vasco da Gama em busca de distância e esquecimento.

Massa... — torna a balbuciar a brasilituana, cujo vocabulário apreciativo é um tanto restrito.

Completada a tarefa de puxar pra fora a calça do poeta, Mina se depara com uma cueca-sunga preta que causa um escândalo cômico nas gurias:

Ai!!! Quiquié isso??? — se espaventa a ruiva.

Puta que pariu! Que doidêra, Parkinho! — reforça Mina, um pouco alarmada com o grau de birutice do amigo.

Elas se referem à caveira sorridente estampada na frente da sunga preta do poeta e cuja boca de radiografia odontológica coincide com uma abertura por onde desponta um pau em estado interessantíssimo, na avaliação das meninas, apesar do surrealismo atroz da coisa toda.

Licença?... — pede a ruiva, antes de cair de boca na língua roliça da caveira.

Gulosa! — diz a Mina, num ciúme divertido, aproveitando pra manipular a bundinha da colega, rêgo, cu e buça, tudo ali no jeito. Não é à toa que os homens ficam chapados de tesão pelo conjunto dessa obra de Deus Todo-Foderoso, pensa Mina, em chave masculina.

Audra dá mais umas relambidas no famoso totem sem tabu, que come xota e come cu — como diria Kabeto, se acordado estivesse —, antes de ceder a vez pra Mina, que lambe & chupa mais um pouco a pingola da caveira, sob as vistas da ruiva. Quem entrasse aqui agora e visse aquela cena, haveria de dizer: Caraio! Mulheres loucas chupando um pau vomitado por uma caveira?! Essa tal de realidade tá ficando cada vez mais inverossímil!

Mina tira o pau da boca, ou a boca do pau, e afasta a cabeça para contemplar a caveira peniana:

Tira isso, Parkê!

Tirá o quê? O meu pau?!

Mina ignora a pergunta derrisória e já vai puxando a cuecaveira pra baixo. Ao se ver livre da peça bizarra, o pau oscila no ar feito um trampolim distensionado. Park e Mina veem Audra se debruçando outra vez sobre a bandeja de prata pra cheirar direto do montículo branco, sem a mediação do cartão do seguro-saúde. Péssima notícia pra napa dela. Pelo próprio barulho rascante das aspiradas dá quase pra sentir os micropedregulhos rasgando-lhe a mucosa da narina. Audra passa as costas da mão na napa, o que lhe deixa um rastro de sangue na brancura da pele. Ela não se constrange em limpar o sangue da mão e do nariz no lençol. Nada mais natural que um campo de batalhas eróticas sofra algum derramamento de sangue, seja de uma buceta menstruada ou deflorada, seja de um cu arrombado sem lubrificação, ou de um nariz hemorrágico de cafungueira bêbada e sem paciência nem coordenação motora suficiente pra bater direito o pó antes de esticar uma linha, pondera Park, tomando a iniciativa de puxar pra baixo e pra fora do corpo da brasilituana a sunguinha tapa-grelo.

O quadro é instigante: mulher madura, mulher nova, compondo um hot dog etário do qual ele é a presumível salsicha. Numa das reviravoltas coreográficas da putaria, Park se vê cara-a-cu com Audra, que, por sua vez, encara de frente o pau dele, num meia nove lateral. Com a ponta da língua, o bardo peninsular bolina o clitóris saliente da branquela, enquanto, a meros dois dedos contados de distância dali, Mina deita língua e baba farta no orobó rubro da menina. E, por falar em dedo, Park acaba de introduzir seu indicador na vagina suculenta da homenageada, tendo grande dificuldade, por sua vez, de brecar a gozada que está a ponto de dar na boca da jovem atriz. E tão próximas se encontram as bocas do coreano e da brasucárabe que elas acabam se encontrando naquela terra de ninguém entre o cu vermelhim e a buceta fulva da ruivAudra. Logo as bocas linguarudas retornam às respectivas devoções orais, com Audra abandonada às delícias do beijo grego que a Mina lhe proporciona e do bilu-bilu clitoriano com intrusão digital dispensado pelo letrista de rock coreano, sem deixar de chupetar a boa rôla disponível na cena.

Tem balinha aí, mr. Park? — manda Audra, cansada daquela chupança. Ecstasy, ácido, MD?

Mina responde pelo amigo:

Esquece, Audrica. Já tá no pó e no goró. Tá bom, né? Dá uns pega no capim do véio pra relaxar, fia.

Eu gosto de misturar tudo com tudo, a ruiva declara, sentada na cama agora a masturbar o pau tinindo do bardo coreano, a quem torna a perguntar — Tem? —, antes de voltar ao trabalho de sopro no artefato, o que, em sua nova posição, de cabeça baixa, lhe provoca um perigoso engulho, quase uma golfada.

Fora da visão da amiga, Mina abana pro Park um discreto *não!* com o dedo. A doida percebe o dedinho proibitivo e insiste, infantil:

Ba-li-nha! Ba-li-nha! — e dá-lhe boquete no único pau em cena.

Ter seu pau chupado assim, pensa Park, por uma bacante junky nos cafundós de uma madrugada que parecia perdida, tem lá seus altos méritos, negar, quem há-de. Mas tudo aquilo lhe parece um tanto mecânico, inclusive seu pau duro. Não tem ali doencinha do amor, a loucura da paixão. Fosse com a Melissa, ele já teria gozado umas três vezes. Fora que eu jamais me apaixonaria loucamente por essa menina, pensa Park. Nem por Mina, que ele encara como uma irmã mais velha com quem mantém eventuais relações incestuosas, muito menos numerosas do que ela gostaria que fossem. Aqui é só playground. Audra manipula seu pau como um fantoche que tá ali só pra divertir as garotas, sem pathos nem marrecos na lagoa. Ela insiste:

Cadê o MD? Cadê? Me dê!

De pau irremediavelmente duro, Park estica o braço e puxa sua carteira do bolso traseiro da calça que jaz no chão. Pinça de lá o sacolé de plástico com fecho de pressão. Num bote de jararaca briaca, a ruiva do balacobaco apanha a prenda das mãos dele, molha de cuspe a ponta do indicador, mete o dedo lá dentro, sugando em seguida a espessa crosta de pó microgranuloso que ficou ali grudada, algo como o triplo do que o Park costuma mandar de cada vez. E já vai repetir a dose, quando Mina lhe sequestra o bagulho das mãos:

Tó, guarda isso, ela ordena pro amigo.

Com o sacolé em mãos de novo, Park tem uma ideia:

Meninas, atenção: é chegada a hora de introduzir vocês nas delícias do ass royale.

A fundo, no meu ass, não! — brada Mina.

A lituana da ZL desata uma risada troncha, curiosa de saber que porra é aquela:

Éss ruaiale? Que quié isso? Um cu de rei?

Pode ser de rei ou de rainha. Trata-se de uma refinada prática bilíngue e cunalíngua.

Interrogação na cara da lituana. Mina diz pra ela:

Abobrinhada pura. Não dá trela.

É tipo um rito neopagão, continua Park, sério.

Audra, desconfiada:

Tem cu no meio?

Lógico que tem, se antecipa Mina. O cu duma pessoa vira tipo uma bandeja pra outra pessoa lamber o MD. Eles já me contaram.

Audra balbucia:

O cu?... vira uma bandeja?!

Park didatiza:

Meu dentista me falou outro dia que tem mais bactérias na boca do que no cu. No beijo grego, por exemplo, que a Mina tava te aplicando agora há pouco, quem sai contaminado é o cu, não a boca. Claro que estamos falando de um cu limpinho. E depilado. Como o seu, aliás.

O meu não é depilado, Audra informa. Ele é pelado de nascença. Mas num tô *inteindeindo* como um cu pode virar uma bandeja. Uma coisa enrugada, que pisca o tempo todo e tem um buraco no meio... Como pode?

É justamente isso que faz metade da graça do ass royale. A outra metade fica por conta do MD mesmo. Cês vão entender melhor na prática.

Mina se insurge:

Comigo não, violão. Tô com prisão de ventre há três dias. Fazer meu cu de bandeja pode dar merda. Literalmente.

Park se volta pra Audra, que parece mais interessada pela experiência:

Vem cá. Deita de bruços, bundinha pra cima. Isso...

Park se encanta com aquelas esferas brancas cindidas por um rego que pede uma lambida em regra, o que ele não demora a fazer, se esmerando nas paletadas no brioco, já limpinho das lambidas que Mina lhe aplicou. A bunda e sua dona têm um surto de arrepios de prazer anal. Em seguida, ele enxuga a saliva do rego e do cuzinho vermelho com uma ponta de lençol:

Pronto. Tá tudo limpim, sequim. Agora, fica aí quietinha.

Mina observa seu amado Parkinho separar as nádegas da menina com os dedos de uma só mão, expondo o ânus rubro. O operador do ass royale lhe pede:

Mina, faz assim como eu tô fazendo, ó: dedão prum lado, dois dedos pro outro, feito um afastador cirúrgico.

Assim?... — faz Mina, mantendo as nádegas da outra afastadas, conforme Park ensinou.

Menos, menos... É pra fazer as pregas esticarem só um pouquinho... Não é pra deixar o cu beiçudo, tá ligada?

Mina tem um acesso de riso, replicado por Audra:

Cu beiçudo!?

Park se impõe:

Meninas, muita serenidade nessa hora. Vai, Mina, de novo. Isso! Tá bom. Fica assim. Tudo bem aí, Audra?

Tudo... acho... Só não tô me sentindo muito...

Que foi? — Mina se inquieta.

Nada. Uma vertigenzinha. Passou.

Park abre o sacolé e despeja um pouco do pozinho branco ao redor da rosca anal.

Parkinho, você é sempre muito mais louco do que eu imaginava, diz Mina.

Por quê?! — Audra se inquieta, sem ver o que se passa atrás dela.

Quietinha... — Park comanda.

Mas o cuzinho dela dá uma piscadela, fazendo com que metade do pó se internalize.

Não pisca! — suplica Park.

Audra estoura de rir, piscando loucamente aquele cu. A bunda treme e escapa do controle dos dedos da Mina. Park tenta recuperar o comando da situação:

Quietinhas, as duas! O.k., vamo lá... — e atocha a língua até a metade na região onde o sol não bate.

Massa!... — Audra arfa, deleitosa. Delícia!... Tô sentindo o MD entrando em mim...

E a minha língua no seu cuzinho, não tá sentindo, diz Park, desocupando a língua por um momento.

Ao emergir da colonoscopia lingual, Park dá de cara com a cara da Mina, que lhe acerta um beijaço na boca, de língua:

Sappore di merda, define Mina pra si mesma ao emergir do beijo.

Park chucha o cu molhadinho da Audra com a ponta do indicador, arrancando gemidinhos lânguidos daquela ruivice toda, tão convidativos, os gemidinhos, que Park se autoriza a cavalgar as coxas da diva gauche, passando na chapeleta o cuspe espesso e de baixa viscosidade que lhe resta na boca. Urgia ali mais cuspe, e de melhor qualidade. Ele olha pra Mina com o pedido silencioso que ela não demora nem um segundo pra entender e cumprir, caindo de beiço e língua na glande do amigo, onde deixa uma capa de saliva bem menos peguenta que a dele. Faz o mesmo na rosquinha da já um tanto capotada amiga, e aí... ô abre alas que o coreano vai entrar! O cabeção lustroso abre caminho sem perda de tempo pelas pregas lubrificadas ultrapassando com atitude o umbral apertadinho do esfíncter. Park segue à risca o protocolo do enrabamento exemplar, jamais recuando a rôla até que ela esteja bem carcada. A enfiada inaugural é crítica. Se você der aquela puxadinha pra ajeitar o pau lá dentro, os sensores anais da pessoa enrabada vão entender que ela tá cagando e aí, bom, é melhor isso não acontecer. Portanto, só depois de uns bons dois minutos entalado lá dentro é que ele começa a bombar devagarinho, puxando e enfiando, puxando e enfiando a rôla no cu da parceirinha.

Ai... aiaiaiaiai... ai!... — faz Audra, com um fiapo de voz pastosa. Tá ralando, querido! Num tem um gelzinho aí, não?... Aiaiaiaia-ai--ai!... Não bomba, não bomba...

Park deixa tombar um longo fio de cuspe algodoento nos três quartos de pau que ficaram pra fora, gosma espessa que ele tem que puxar da boca com a mão. Mina contribui com mais algum cuspe. Park introduz a pica até a metade, agora com mais facilidade. Avança e para, pra não provocar o indesejado peristaltismo na parceira. Mesmo com todo esse vagar, ou talvez por causa dele, Park sente o gozo na agulha. Dá pra controlar. Mas daria igualmente pra so*r*tá a cachorrada a qualquer momento. Audra implora:

Vai logo...

De modo que Park começa a dar uma gozada a prestações. No primeiro jato, a lubrificação se torna perfeita no segmento superior do reto, facilitando umas bombadinhas mais fortes que convocam nova esporrada, mais densa, que deve vir de algum caixa dois gonadal. Ele arfa e quase relincha de tesão, bomba mais, mete mete mete, para, mete mais um pouco, e começa a sentir que Audra, de olhos fechados, distensionou o corpo todo.

Parkinho, a menina não tá legal... — adverte Mina.

Ainda sentindo as últimas fisgadas do orgasmo, Park nota a boca mole e torta na cara virada de lado da sua parceira. Capotou geral, conclui Park. Ele tira o pau daquele cu rápido demais. Vem junto uma golfada fecal, que escorre pra buceta e dali pro colchão pelado. Merda galada. Park corre pro banheiro, onde tenta lavar o pau esmerdeado num fio de água marrom que escorre da torneira da pia, enquanto a

Mina, que foi atrás dele, cata uma toalha de rosto e sai na vula de volta pra cama. Quando Park retorna, vê a Mina se esforçando pra remover o grosso da caca aderida na bunda e xota da pessoa demasiadamente humana ali prostrada. Ele ajuda Mina a virar o corpo desossado da menina de costas, no espaço ao lado da vasta king-size, cabeça apoiada num travesseiro. Park cobre aquela brancura gelada com o edredom, tisnado de sangue e agora também de merda. Com a toalha dobrada, Mina tenta limpar minimamente o colchão. A toalha emporcalhada vai pra debaixo da cama.

Mina corre de novo pro banheiro, de onde volta com outra toalha, dessa vez de banho, que ela torna a passar no rego e na xota da amiga, antes de dobrá-la pra dar mais uma geral no colchão. A toalha de banho também vai parar debaixo da cama. Park a tudo assiste, sem saber que assistência prestar ali.

Mina contempla a palidez mortuária da menina, emoldurada pelo vermelho da cabelama:

Audra?...

E pro Park, na bronca:

Isso era hora de fazer sexo anal coa menina, mané?

Ela tava a fim! E você ajudô, até...

Mas ela ainda não tava passando tão mal.

Mina alisa a palidez da amiga, tirando fios de cabelo grudados a suor frio da cara dela.

Fala comigo, Audrinha? Cê tá me ouvindo?

Pra grande surpresa dos dois, a paciente abre metade de um olho e responde, com dificuldade:

... no peito... uma pressão... funda... o coração...

Que que tem o coração?! — Mina se alarma.

... muito rápido... dando pinote... o ar... o ar...

A respiração dela tá... não tá legal... — diz Mina, atarantada.

A pressão também deve tá lá embaixo, diagnostica o dr. Park. Vou pegar sal.

Ele salta pra cozinha, a quatro passos dali e volta com o saleiro. Audra respira pesado. Park salpica o sal na boca entreaberta da paciente. Ela parece bem mais pra lá do que pra cá, embora seja difícil avaliar o quão pra lá ela se encontra e qual a velocidade da transição de um estado ao outro. Uma over a caminho, pensa Park. Mas diz, atenuando:

Rebordosa braba.

E o qui qui a gente faz?... Audra?...

Audra tenta falar de novo, mas o ar parece insuficiente para tanger suas cordas vocais. Mina aproxima a orelha de sua boca.

... um elefante...

Elefante?

... sentado no meu peito...

Ai, meu Deus. Audrica, não brinca assim coa gente...

É revertério, Park insiste, num tom de falsa tranquilidade. Misturou e mandou tudo a noite inteira. Normal.

Normal?! Ela tá morrendo!

Não tá, não. Só tem que tomar bastante água.

Isso. Vai pegar água, ordena Mina. E pra moribundinha:

Audra?... Volta, vai... volta pa nóis, fia... Audrá!

De olhos quase fechados, Audra tem uma hemorragia nasal. O sangue lhe escorre feito mijada pela boca e queixo, e dali pros peitos e barriga.

Puta merda! — Mina se apavora, usando uma ponta do edredom branco pra estancar a sangueira. E agora?!

Isso aí é de cheirar sem bater o pó, diagnostica Park voltando da geladeira com uma garrafa plástica só com dois dedos de água mineral no fundo.

E se for um derrame, tipo? Um AVC! — Mina se alarma, lúcida agora, como se todo o álcool e o pó de seu organismo tivesse evaporado de repente.

AVC dá hemorragia nasal? — Park cogita.

Não dá?

Sei lá. Mas não é derrame, não. É do pó mesmo. Fica sussa.

A menina tá morrendo, Parkinho...

Mina sai em demanda de novas toalhas, molhadas e secas, pra dar conta daquela sangueira. Na volta, depois de uma faxina rápida na sangueira, aplica uns tapinhas na cara marmórea da ruiva:

Audrááá! Volta!

E pro coreano:

Parkê! Faz alguma coisa, porra!

Fazer o quê?!

Vai buscar água!

Taqui a água...

Mina e Park erguem o tronco da ruiva. Mina consegue introduzir o bico da garrafa na boca da desfalecida, mas o pouco de água que resta na garrafa escorre pra fora da boca. Audra engasga. E, de brinde, solta uma violenta golfada de vômito em cima do edredom.

Puta merda... — faz Park.

Mais água, Mina comanda.

Park, atarantado, se põe a campo, sem saber por onde começar. Aquela garrafa é tudo que tinha de água na geladeira. A torneira da pia da cozinha verte um filete de água amarronzada que parece ter saído direto do Tietê. Ele se lembra vagamente de ter lido uma matéria sobre um rodízio de água que a Sabesp vem praticando na cidade sem avisar o distinto público. A companhia nega o racionamento, mas tão aí as torneiras dizendo o contrário. Ele procura por um filtro inexistente. Volta a abrir a geladeira, bem provida de latas amarelas de skol. Atrás das cervejas, no fundo da geladeira, acha uma latinha de energético, aberta. Pelo peso, tem metade do conteúdo. *High Energy*, apregoa a lata, com um raio vermelho estampado.

Tó, faz Park, entregando a lata pra Mina, que ainda mantém o tronco da outra semierguido.

Não tinha água? — Mina reclama.

Não.

Nem da torneira?

Com a água da torneira você não teria coragem de lavar a sola do seu sapato.

Mas que porra que eles botam no energético? Será que ela pode tomar isso?

É só cafeína e sódio. Manda bala.

Mina tenta encaixar a lata do energético na boca mole da paciente. O líquido chôcho escorre pelas comissuras dos lábios pálidos pros peitinhos de princesa do Báltico no exílio, mas alguma coisa parece entrar em seu organismo, provocando uma sucessão de soluços, arrotos e borborigmas que não parecem anunciar nada de muito alvissareiro.

Ela ofega e resfolega, molhada de suor frio, sacudida por pequenos espasmos convulsivos que se resolvem numa nova golfada de vômito sobre o outrora níveo edredom que a agasalha.

Caralho!... — exala Park, que não consegue se impedir de antever a reação do amigo quando acordar e der com sua cama, lençóis e edredom naquele estado.

Mina chacoalha os ombros da amiga:

Audraaaa! Porra! Se entrega não, cara! Acorda!

Mina entra em desespero:

Olha só! Ela tá uma cera. Cê acha que ela... tá... tipo, morrendo?...

Acho que não, diz Park, aplicando três toques na estrutura de madeira da cama, por via das dúvidas.

Morta que estivesse, Audra surpreende de novo ao ressuscitar só pra dizer, de olhos fechados:

... meu coração tá... não tá... tá... não tá... — e não diz mais nada.

Audra! Audrá!... Porra, Parkê, ela apagou de novo!

Audra parece atolada no zero absoluto. Que ela não se afogue no próprio vômito como aqueles roqueiros dos anos 60/70 costumavam fazer cada vez que tomavam um pico de heroína, pensa Park, preocupado de verdade agora, mais do que quando viu a ruiva sangrando, defecando e vomitando, que são, afinal, indicadores de vida pulsante.

Pela fresta de uma pálpebra se vê o branco da esclera do olho dela. Terror de filme B.

Mina pira:

Ela tá indo embora, Parkinho! Faz alguma coisa, caralho! Acorda o Kabeto!

Park mira o amigo, de barriga pra cima agora, roncando como um velho bulldozer nos estertores da sua vida útil.

Melhor não. Acho que esse aí é mais útil dormindo.

Acorda ele!

Park vai dar umas sacudidas naquele volume embrulhado no edredom vermelho, sem causar nenhuma reação visível além da interrupção temporária dos roncos, que recomeçam em trinta segundos.

Kabeto?... — ele chama. E pra Mina: Deixa quieto.

Mina decide agir. Primeiro, enxuga os resquícios de sangue e vômito do peito da cadavérica lituana. Daí, joga seu peso sobre as mãos superpostas em cima do plexo da outra e bomba-bomba-bomba, como já viu mil vezes em filmes.

Faz um boca a boca nela! — ordena pro Park.

Eu?! Não sei fazer isso…

Park sente engulhos só de olhar praquela boca vomitada.

Audrááá! Acorda, porra! E pro Park: Chama o Samu! Um-nove-dois!

Não é um-nove-um?

Um-nove-dois! — Mina explode. E vai logo, porra! Ela tá gelada. Não tá respirando direito… Audrááá!!!!

Não grita! — grita Park.

Mina passa a toalha naquela boca vômito-ensanguentada, desabilita a tecla nojo em seu código de paladares, tapa as narinas dela e parte prum boca a boca na moribunda.

Com o dedo trêmulo, Park se esforça pra digitar um nove dois na touch screen escorregadia do aparelho.

Vai logo, Parkê!

Mas, ao que tudo indica, o coreano tá tendo uns escotomas desencadeados pelo MD que ele acabou de sorver em dose extra no ânus da desfalecida, por via oral e, depois, peniana. Até que:

Alô?… É Samu?! … Ó, tem uma pessoa morrendo aqui! … Não sei o que é. Teve um troço. … Do coração? Não sei. … Overdose? Pode ser, tipo. … O endereço. Sim, peraí… txô vê aqui…

Park vasculha a papelama anárquica na mesa de trabalho do Kabeto, donde pesca uma conta de luz. Recita rua, número, andar, apartamento.

Plano de saúde? Txô vê…

Park foca o cartão vermelho no prato, ao lado do pó, mas Mina se adianta:

Esse é meu.

Mina limpa as mãos numa ponta ainda não emporcalhada do edredom e corre atrás da bolsa da Audra, puxa uma carteira de zíper com seus cartões, um deles, azul, com bordas douradas: Golden Health International. Mas Park já está concluindo a ligação:

Em quantos minutos? … O.k.! — ele responde, desligando.

Ela tem plano de saúde! — diz Mina com o cartão azul na mão. Parece daqueles fodões.

Já era. O Samu tá vindo aí.

Audra, ou quem quer que esteja dentro de seu corpo em estado vegetativo, emite um longo gemido rouco. Mais sangue escorre do seu nariz. Pelo cheiro, é possível que tenha havido também uma liberação suplementar de substância fecal.

Tá viva! — Mina comemora. Lá vou eu pegar mais toalha.

Quase uma hora depois, estão os três vestidos, Audra desacordada na cama, traja um velho roupão de banho felpudo com as iniciais CA, do nome de batismo do Kabeto. Não há mais dejetos visíveis, só manchas úmidas recendendo às matérias vis que foram ali vertidas, num blend com o perfume pungente do desinfetante. A essa altura, a adrenalina psicodramática da cena tensa já neutralizou as químicas recreativas que ambos mandaram antes do piripaque da Audra. Park ainda sente na língua o sabor metanfetamínico do MD ao cu cru, herança do ass royale. A bandeja de pó não está mais à vista. Mina percebe que sobraram duas latinhas de cerveja pelo chão, resquício até que modesto da farra interrompida.

Mas os dois novos personagens no ambiente não dão bola pra resquício nenhum. Já sacaram e perguntaram tudo. O que prum mortal comum é desespero e tragédia, pra eles é rotina, inclusive o cheiro de vômito e de merda. São os dois paramédicos do Samu que vieram atender o chamado de urgência, sem urgência alguma de chegar, no entanto. Pelo tempo que demoraram, dava pra pessoa ter mais dez ataques do que quer que fosse e morrer algumas vezes. De luvas cirúrgicas, acabam de atar o corpo vivo da desfalecida na padiola, com correias largas de nylon. Seu rosto de garota do Vermeer ganhou uma máscara respiratória ligada por um tubo sanfonado a um pequeno cilindro de oxigênio. Por uma agulha presa com esparadrapo no seu braço lhe escorre pra dentro de uma veia o líquido branco de uma bolsa de plástico transparente que Park sustenta no ar.

Kabeto dorme fundo e solto no sofá de colchões, de novo deitado de lado e de costas pra cena. Um dos paramédicos, o Américo, como informa seu crachá, negro e bem mais parrudo que seu colega magrelo, é um tipo calmo que inspira confiança. É ele quem comanda:

Bora, Vanilson?

Esse Vanilson é dono de esquecíveis feições de branquelo de classe média baixa, ao contrário do negro Américo, com sua cara larga e expressiva de Mussum dos Trapalhões.

Mina bombardeia os dois de perguntas, acompanhando cada detalhe do atendimento:

Ela estabilizou mesmo? Certeza? Será que não vai voltar a arritmia? E a taquicardia? Parou? Não era bom medir de novo? Mas por que ela não acorda?

Américo responde, com sua calma terapêutica:

Aplicamos sotalol, estabilizou bem o coração. Tamo dando soro com diazepam. Ela vai dormir mais um pouco.

Cê jura que vocês não podem levar ela pro Sírio? Eu só vi depois que ela tinha o seguro da da... do do Golden num-sei-que-lá... cadê?

A senhora já explicou. Infelizmente o Samu só pode levar o paciente pra hospital público, municipal, estadual, federal, o que puder receber. No caso, vamos pra Santa Casa.

E a Santa Casa tá boa mesmo? Não vão cuidar dela na garagem, no corredor, no banheiro, né?

Mina vê que o Américo não gostou nada da observação, embora não trabalhe na Santa Casa. Talvez a mulher dele seja enfermeira lá, amigos, algo assim. Mas ele responde com educação:

Eles têm um PS ponta firme. Outro dia mesmo levamo um cidadão baleado num assalto. Três tiro, ele tomou, e a Santa Casa tirou ele do saco.

Vem cá, Américo... é Américo seu nome, né? — diz Mina de olho no crachá do cara.

É, sim senhora.

Então, você acha que a minha amiga pode ter algum problema de saúde crônico? Tipo uma doença cardíaca?

Isso quem vai dizer é os médico lá no hospital. Deu pra perceber no estetoscópio que ela tem um tipo de arritmia, como eu disse. Sua amiga nunca falou disso com vocês?

Eu praticamente conheci ela hoje, diz Park, segurando a bolsa de soro. Não tenho muita intimidade com ela...

Mal diz isso, o coreano tem um rápido flash do seu pau saindo sujo de merda do rabicó da ruiva. O que poderia ser mais íntimo que isso, em termos físicos? Mas, quem vê cu não vê coração, ele mesmo formula.

Mina, que acabou de pensar mais ou menos a mesma coisa, diz pro Américo:

Eu conheço ela faz pouco tempo também. A Audra nunca me falou de problema cardíaco nenhum.

O cardiologista vai ver isso no hospital. E pro colega: Vai na frente, Vanilson.

Mina abre a porta da kíti. Vanilson à frente da padiola, Park, com o braço erguido, de porta-soro, Américo sustentando a maca pela cabeceira, rumam todos pra lá. Ao passarem pelo corpo deitado sob o edredom vermelho, com uma cabeça masculina grisalha despontando do pacote, ele comenta:

E esse aí? Tudo bem mesmo com ele?

Como se tivesse ouvido a pergunta, Kabeto engrola pedaços de palavras vindas dos cafundós da mente, sem abrir os olhos, e vira outra vez de barriga pra cima, com um leve esgar libidinoso num canto da boca e uma indisfarçável ereção sob o edredom.

Américo solta:

Bom, vivo parece que ele tá, né?

Seu colega Vanilson, que se virou pra ver a cena, reforça:

E sonhando cas anjinha.

Os dois soltam risadelhas silenciosas e já vão passando pela porta, secundados por Park que ergue o soro, como um troféu.

Mina corre pra abrir a porta do elevador. Audra é acomodada de pé lá dentro. Não sobra muito espaço pra Mina:

Vou na próxima.

O Américo dá um positivo e ela corre de volta pra kíti, tomando a providência de estender o edredom branco sobre a cama, com o lado sujo voltado pra baixo. O lado A se mostra miraculosamente branco. Meno male. Lencóis e fronhas e um travesseiro, e todas as toalhas da kíti que ela pegou pra dar uma faxina relâmpago antes da chegada do Samu, tá tudo embolado e entuchado debaixo da cama. Na correria, apanha a bolsa de lona da amiga, onde enfia as roupas dela, por sorte secas e limpas. Já de saída, bate o olho em Kabeto e sua ereção subedredônica. Se ajoelha agachada ao lado dele. Enfia a mão por debaixo do edredom e dá uma conferida no material. Apalpa, dá uma chacoalhadinha. Não resiste: levanta a lateral do edredom e cai de boca naquele caralho autônomo, movido a sonho e substâncias fitoterápicas. Chupa, lambe, chupa mais um pouco. Pena que isso não levantou na hora certa. E rechupa, e relambe aquela piroca tão familiar, mas tão renovada agora. A respiração dele se acelera. Vai gozar, filho da puta. Com quem ele tá sonhando? Tá no ar mais um ménage à trois onírico. Vai ver ele tá com a própria Audra na cabeça. Vou chupar mais um pouco pensando no Parkinho. Ménage à quatre.

Pela porta aberta da kíti, que ficou aberta, ela ouve o clanc-clanc do elevador que chegou no andar, reenviado pelos paramédicos. O pau do Kabeto tá mais duro do que nunca. Pau, madeira, tronco. Se orgulham tanto desse croquetão, os caras. Magina se alguém me passa pelo corredor agora e vê a cena: uma fulana chupando o pau dum cara dormindo. Ou morto. Uma necrófila refocilando na dita dura. O que ela faria? Diria boa noite pra pessoa e continuaria a chupar o pau do morador do 171?

E aí, Parkinho amado… goza logo na minha boca, ela formula, de olhos fechados, sorveteando o pau do véio mas com o coreano na mira libidinal.

Apesar de chafurdar num sonho erótico, como é óbvio e palpável, Kabeto/ Park não goza. Então, banoite, tudibom, conclui Mina, que recobre o corpo do velho amante com o edredom vermelho. Antes de sair, bota o aquecedor perto dele. Pelo menos o véio não vai congelar e pegar pneumonia.

Já na porta, Mina vê o amigo de circo ainda armado. Desperdício…

20

Tecnicamente dormindo ainda, mas já naquela zona pastosa entre o sono e a vigília, Kabeto recebe a visita de um abantesma feminino, audriforme, de uma brancura luminescente, com longos cabelos ruivos molhados de Ofélia afogada. Esse abantesma fêmea lhe sorveteia a verga dura, disponibilizando suas pontiagudas tetas pra manipulação e mamadas ludolúbricas. Não é a primeira vez que esse abantesma fêmea visita seus sonhos nas últimas horas, mas disso ele não se dá conta. Aquele é um momento único na história universal do onirismo erótico. Logo a buça fulva da aparição monta em cima dele e encaçapa seu pau duro com a buceta mais acolhedora que ele já conheceu, na realidade ou em outros sonhos. Mas ele parece longe de gozar, o que pode ter a ver com esse cheiro azedo de fossa séptica que vai se insinuando por suas narinas vigilantes, um fedor de lixo, esgoto, latrina entupida de merda e mijo e sei lá mais o quê de biológico e degradado. Vômito? Com certeza.

Kabeto abre os olhos pruma kíti inundada de luz que vaza pelo vidro da porta-janela de cortina aberta. Tá lá a sacada. Além dela, a Era do Gelo. O sofá-so-good continua quentinho, graças à boa alma que trouxe o aquecedor pra perto de mim. Torço o torso e o pescoço pra checar a cozinha, ao lado da porta de entrada, com a buceta da petite amie do Courbet me dando o bom-dia de costume. Não é a primeira vez que ela me vê acordar de pau duro, essa buceta. Ela já foi minha fiel parceria de grandes onaníades. Não pergunto pra onde ela vai e o que faz quando não estou em casa. E ela não se importa com as bucetas de carne e osso que vêm aqui tentar se divertir comigo, mesmo sabendo que, quanto menos mulher eu trouxer pra cá, mais ela será requisitada como inspiração punhetística.

De olhos abertos e sentidos alertas, brado aos céus: de onde vem esse fartum de podridão orgânica? Vai ver, morri nessa madrugada e já tô em decomposição. Mas e esse pau duro? Posso ter morrido enforcado. Cadáver de enforcado tem ereção e ejacula, reza a lenda. E se o cara foi enforcado num galho de árvore, da terra debaixo de seus pés, regada com sua porra póstuma, brotará um pé de mandrágora, planta muito estimada por feiticeiros e alquimistas.

O que faço com esse pau duro? Tinindo de tesão, o desgraçado. Punheta now, claro. E onde é que eu vou gozar, deitado no sofá-so-good? Nenhum jornal pelo chão preu esporrar em cima. Vai ser na outra mão mesmo, de conchinha. O que tá pegando é essa dor de cabeça. Nem a novalgina que eu tomei resolveu. E acho que acabou. Que desperdício de paudurescência. Imagino que a Mina e a Audra diriam o mesmo se me vissem agora. Aliás, vaga lembrança dum lesco-lesco cas mina. Tenho um flash do cu ruivinho daquela menina. Outra vaga lembrança: a de ter broxado. Essa tá de alguma forma associada à figura do Park. Sim sim, o coreano me apareceu aqui no meio da madrugada, se é que não é coisa da minha cabeça. Teria vindo fazer o quê aqui, aquele coreano abusado? Não lembro, mas ele me aparece muito nítido na memória. Ele e as meninas. Veio aqui, esperou eu dormir e passou a vara nelas. Deve ter faturado algum ânus, a julgar pelo aroma de merda no ar. O meu é que não foi. Espero. Tô sentindo alguma coisa a caminho, mas de saída. Pode ter sido o da Mina, que já tava toda derretida por ele. Minha kíti virou uma sentina atulhada de dejetos humanos alheios. Sentina, palavra que quase ninguém mais usa. No entanto, estou dentro de uma.

Também posso ver no telão da memória os peitões morenos da Mina com suas grandes aréolas marrons e mamilos de chupeta. Disso eu me lembro bem, não só dessa noite, claro. E também dos peitinhos da Audra, de um branco absoluto, rijos, pontudos, de minúsculas aréolas rosadas em torno de pitanguinhas vermelhas. Esses são memória recente, pra não esquecer nunca mais. Xantocroide até o cu fazer bico, aquela menina. Xantocroide, que palavra. Como uma excrescência dessas foi brotar na minha cabeça logo ao acordar, e de pau duro? Coisas da memória involuntária.

Soco soco soco, do verbo socar uma bronha. Bato bato bato, do verbo bater punheta. Mas cadê gozar? A porra entalou nas glândulas paradoxais da minha libido. Temos aqui um escritor de talento e gozo bloqueados. Era só o que me faltava.

Dia nublado lá fora. O sol nasce bem aí na frente nessa época do ano. Já nasceu faz tempo, fraquinho, de inverno, e ainda amortecido por uma maçaroca de nuvens cinzentas. Perfeito prum jumping terminal sacada afora, chão duro adentro. Dezessete andares. So long, folks. But not today, not today.

Kabeto desiste da bronha e rola do ninho de colchões pro chão, onde fica de quatro antes de se valer de uma cadeira próxima pra arribar toda essa ressaca sobre as pernas. O celular em cima da mesa informa: cinco pro meio-dia. Hora mais simbólica pra se pôr de pé e começar o dia: justo quando ele já vai pela metade. Os antigos achavam que o meio-dia era a hora mais tenebrosa do relógio, pois é quando o homo erectus não deixa sombra no chão. Sem sombra, sem alma. Ou seja, morto estás.

Ops, sem metafísica matinal, please. Entretanto, olho pro meu pau duro e sheikespirianamente pergunto: que faremos da metade que nos resta desse sábado, eu e meu dileto pau duro? Muito pau fica duro aos sábados, e o Vinicius de Moraes já escreveu longo poema sobre isso. Mesmo assim, o danado me inspira frases: Ó vigorosa verga que oscilais no vácuo de um meio-dia inútil de sábado nublado e frio em São Paulo. Bela bosta de frase. Pelo menos é na segunda pessoa do plural, o que lhe dá certa solenidade. Ó gônadas amadas, ides ou não ides liberar essa porra, porra. Me olho no espelho de corpo inteiro afixado na parede oposta ao ssg. Penso em me fotografar com o celular e pedir prum amigo pintor tirar daí um retrato a óleo de corpo inteiro do artista enquanto Príapo cinquentenário. Daí, peço a um escultor pra me imortalizar em bronze, e, às autoridades competentes, permissão pra ser entronizado em praça pública. Uma rolinha virá pousar na minha rôla-poleiro, na qual não deixará de depositar sua homenagem fecal.

Falar em cagar no pau, deve ter sido isso mesmo que rolou por aqui ontem. Tá foda de respirar aqui dentro com essa *puzza* no ar, como dizia o seu Guido, italiano de Gênova, casado com a tia Almerinda. Era sapateiro, o seu Guido, como o pai do Pisano, aliás. Mas não fazia sapatos finos, nem botou loja chique em shopping. Nasceu pobre e morreu remediado. A palavra *puzza* pegou lá em casa: todo fedor era a 'putsa', como o genovês pronunciava. Tinha um curtume não muito longe de casa, que, dependendo do vento, fazia minha mãe praguejar: 'Que putsa! Quando vão interditar aquela nojeira?'. E quando ela ou meu pai entravam no meu quarto pra me acordar de manhã, não era raro eu ouvir: 'Que putsa que tá o quarto desse menino! Que foi que ele comeu ontem?'.

Perambulando pelo ambiente, Kabeto vê agora sua sombra projetada na parede oposta à porta-janela por um súbito raio de sol que deu jeito de se esgueirar por uma fresta na cúpula de nuvens carbonizadas sobre a cidade. Plúmbeas. Pensei que só tinha nuvem plúmbea no monte Parnaso. Mas tá cheio delas sobre São Paulo hoje, encobrindo um sol tímido de solstício de inverno, inclinado no céu nessa época do ano. Tá lá a estampa impermanente da minha pornossombra de perfil: a linha vertical, abaulada no abdome, donde desponta, logo abaixo, uma reta em ângulo agudo. Uma retinha, vá lá. Kabeto não se lembra de já ter visto a sombra do seu pau duro. Quantos machos da espécie poderiam jurar já ter visto a sombra de suas rôlas rijas? E no solstício de inverno!

Ó rôla rija, pica pétrea, pau porreta, caralho do bandalho, já vimos do que você é capaz, meu rapaz, admiramos sua máscula pujança, agora dá um tempo, tá ligado? Desliga, tá ligado? Quero mijar e é complicado mijar com vosmecê duro, tá ligado? Te espreme a uretra, o mijo sai a jato — tipo — tá ligado? Mina acha que eu não devo usar 'tipo' e 'tá ligado?', que tais juvenilidades idiomáticas não cabem na minha boca passadista. Entretanto, que se foda.

Kabeto se diverte um pouco balangando a invergável verga no ar e formulando frases. Me sinto um Shake-spear: Balança-a-lança. Só me falta escrever uma obra-prima, mora. Ele pega o mote e entoa uma melodia genérica: *Balança a lança, nhonhô, balança a lança, piá, balança a lança pra sinhá se achegá*. Assim nascem as imortais cançonetas apócrifas do folclore nacional.

O jato de luz vai minguando e some de repente, com o retorno do sol à sua casamata de nuvens maciças. Essa 'casamata de nuvens maciças' lembra ao Kabeto o desafio de escrever um livro nos próximos quinze dias, dez páginas por dia. Hoje é sábado, primeiro dia da minha quinzena free. Porque hoje é sábado há um frenesi de dar bananas e um escritor que vai de tonta. Menos vícios e mais Vinicius. Ó, Vinicius, por que demorais? O estro e a arte do poeta invoco neste instante pós-pifânico, e não pra cometer poemas, mas sim pra deitar no papel eletrônico a prosa prosaica do prosador que tá com nada e ainda tá prosa.

Pior que essa trocadilhada só mesmo essa putsa que se instalou na parte que me cabe da atmosfera terrestre. Tenho que ver logo isso, antes que acabe intoxicado aqui dentro. Ou contraia peste negra, uma porra assim. Depois de sanear o cafofo, pego e faturo a minha cota diária de dez páginas de seja-lá-que-merda-me-vier-à-cabeça. Ou apenas transcrevo aquela fita pra ver que bicho dá. Vai que uma frase puxa a outra pra além daquelas situações que eu vivi e descrevo, e viram uma história de literatura.

Num impulso, dou o passo e meio que me conduz à minha mesinha de trabalho, onde sento diante do notebook, ouvindo o zumbido forte da ventoinha. Preciso abrir e limpar essa ventoinha. Deve ter um emaranhado de sujeira felpuda grudada na hélice, frases tortuosas entrelaçadas a metáforas malsucedidas e pensamentos confusos. Um toque no mouse convoca a tela branca do Word. Quando larguei o computador ontem de manhã, antes de ir pra Tônia, eu devia estar tentando escrever alguma coisa que já apaguei, um insight de merda, uma frase tão poética quanto descartável. E pode ser que eu nem tenha escrito nada. Me acontece muito isso: sentar diante do computador com uma ideia na cabeça, e, ao colocar os dedos no teclado, a ideia se desmancha no ar.

E agora? Vou ficar aqui, de pau duro, tentando escrever, é isso? Sem ser como metáfora, Kabeto nunca escreveu de pau duro, que ele se lembre. Quem, de pau duro, já escreveu alguma coisa que não seja numa sala de bate-papo sacana de internet vendo foto de putaria e trocando mensagens com uma certa CASADA FAMINTA? *Oi, gostosa, me manda no reservado uma nude tua pra eu socá uma procê, meu anjo.* **Mas tô sem internet, então esquece.**

Não, não vou sentar aqui pra escrever de pau duro. Só se eu escrevesse *com* o pau duro. Podia beber uns pigmentos pra colorir o esperma e a urina e partir pruma escrita abstrata à la Jackson Pollock em cima de umas folhas grandes de desenho. Action penis painting.

Fotografaria essas folhas e publicaria um livro com elas. Um romance abstrato peniscrito. Novidade absoluta no campo das letras artísticas. Pra lançar jatos de esperma colorido, por exemplo, você tem forçosamente que estar com tesão, como sabe qualquer peniscritor tarimbado, e não apenas de pau duro, como eu agora. O pau duro é o instrumento, o tesão é a inspiração. Podia também usar o próprio pinto de pincel — ou brocha, a depender do estado da coisa —, molhando a chapeleta numa tinta não tóxica. Foutre ton encrier, já disse o outro.

Caralho, essa é a mais renitente, resistente e resiliente ereção que o Kabeto já experimentou na puta da sua vida genital. À sua frente, o computador zumbe e zomba: E aí, xará, quem é que vai assumir o posto aqui no teclado? Você ou o cabeçudinho aí? Foutre ton ordinateur, mon ami!

Enfim. Melhor deixar pra lá esse negócio das dez páginas de romance por dia. Não vai rolar. Não hoje, e, sobretudo, não agora. Porque esse pau duro tá começando a me incomodar pra valer. Se a conexão com a internet estivesse ativa, eu podia puxar uma imagem masturbável na tela, de algum dos cem bilhões de sites de sacanagem à disposição das pirocas e xotas solitárias do planeta. Uma hora eu acabava gozando. E o pau arrefeceria, como de hábito. A alternativa seria ligar pruma disk-puta. Hoje é tudo pela internet, mas ainda deve ter nos classificados do jornal umas profissa oferecendo seus préstimos. Completo, oral/ anal/ facial, atendo domicílio, hotel, motel, faço dominatrix, ménage e podolatria. Mas não tô com essa grana toda pra esbanjar. E vai saber se eu já não teria resolvido meu problema quando a puta chegasse aqui.

Esquece, esquece. A situação é que temos aqui um pau duro matinal, de um vigor inusitado, infenso a punhetas e à mera passagem do tempo. E também à náusea cefaleica de uma ressaquinha braba. Bem verdade que essa nem tá sendo das mais destruidoras, do que é prova este meu pau duro. Tivesse ele aquelas duas bêbadas de ontem à noite à disposição agora, ou só uma delas... E nem precisava ser a ruivinha do balaco. Eu até preferia a Mina mesmo, minha velha parceira sexual. A gente tem uma intimidade total na cama, tudo rola fácil. Às vezes, fácil demais, falta uma loucurinha. Mas, daí, na próxima, a loucurinha bate. Agora seria ideal. Tenho pau pra qualquer tipo e grau de loucura. Seria até presunçoso, além de literal demais, dizer que tenho o mapa da Mina. Já essa ruivinha do Vermeer, Nossa Senhora, que tesão absoluto. De dá medo. Ave. Nem sei por onde começar ali.

Bom, se eu ficar pensando em sacanagem é que essa porra desse pau não vai abaixar nunca. E ô fedor azedo de cu do mundo que taqui, puta que me pariu. Vômito à la merde pourri pour le déjèneur. Melhor abrir um pouco a porta da sacada. Porra, tá mais frio hoje que ontem, parece e — Ai! Caralho!... Que qui é isso??...

Aconteceu que, ao passar rente à cama coberta com o edredom branco, a ponta do dedinho do pé direito do Kabeto relou numa coisa dura, metálica, enfiada ali embaixo. Ele tateia, puxa e topa com sua bandeja metálica. Tem um montículo de pó em cima, além de uma nota de vintão enrolada em forma de canudinho, que ele desenrola e mete na carteira em cima da mesa, por via de todas as dúvidas. Por que não levaram o pó, por que esconderam a bandeja debaixo da cama? Devem ter saído às pressas daqui. Alguém passou mal? Sim, alguém passou mal, só pode ter sido isso. E alguém de fora foi chamado pra atender, donde a necessidade de esconder o pó. Caralho. O lado B do edredom deve esconder o segredo nauseabundo daquela putsa. Melhor deixar quieto, por ora.

O pó da bandeja, ele vai correndo despejar na lata do lixo antes que o caminho de rato neural do pó se acenda na sua cabeça ressacada. Na cozinha fede menos, sinal de que a fedentina vem mesmo da cama e seus entornos. Kabeto prefere não acreditar que suas amigas tenham vomitado e cagado na cama dele. Mas, antes, uma cagadinha de minha própria autoria.

Mijado e cagado — a bosta lhe saiu dura agora, mal sujou o papel higiênico, pra mijar ele teve que se debruçar sobre a privada, como a fornicá-la —, Kabeto deposita a bunda pelada na cadeira e puxa uma página em branco do Word. Sem seus óculos de leitura, caçando com dificuldade as letras no teclado devido a um forte astigmatismo complicado por uma presbiopia galopante, ele crava em corpo 16 um possível título de romance:

UM PORNARCA NA FUZARCA
romanchanchada

Pronto, ele pensa. Se não consegue atinar com uma boa primeira frase, ao menos taí um bom título: Um Pornarca na Fuzarca. Romanchanchada. É o romance que eu vou escrever nos próximos quinze dias — de pau duro. Quinze ou vinte. Trinta dias, digamos. Não é possível que algo de genialmente burlesco e sumamente patafísico não saia desse título. O escritor bloqueado vislumbra o desbloqueio libertador no fim do túnel. Graças ao seu pau extraduro!

Agora é só faturar a primeira frase matadora e jogar no lixo a síndrome de Grand, com o Grand junto.

A porra da primeira frase. Quantas primeiras frases Kabeto já terá escrito e jogado fora nesses últimos vinte anos? Milhares. Escrevia umas cinco ou seis por semana, nos primeiros anos do bloqueio. Não necessariamente uma por dia. Às vezes lhe baixavam seis no mesmo dia. Seis aspirantes à primeira frase do seu próximo romance genial. Agora, escreve uma coisa ou outra em mesa de bar, num guardanapo de papel que acaba dormindo eternamente no bolso da calça, ou até sendo destruído pela máquina de lavar. Ou quando chega na kíti de madrugada, em graus variados de bebedeira, e topa com o note ligado. Ao acordar, deleta o que escreveu. Esse papo de primeira frase é uma obsessão que virou superstição que virou ritual que virou uma vaga esperança de que um dia venha jorrar todo um romance de uma frase irretocável, absoluta, epifodânica. De modo que, volta e meia, me sai uma nova aspirante à primeira frase de romance. Ou eu ouço alguma de boca alheia e arquivo por um tempo na memória. Como essa frase que ouvi outro dia de um sujeito num boteco, em Pinheiros: 'Eu não gostava tanto dela quando ela era viva'. Puta primeira frase, apesar da repetição do *ela*. Tão boa que a segunda frase não teve coragem de dar as caras. Ou seja, não era tão boa assim, senão teria engendrado a segunda, a terceira e todas as demais frases de um romance genial. Quem teria sido, em todo caso, essa mulher que mais valia morta do que viva no coração dum cara? As pessoas vivas costumam ser chatas, impertinentes, inconfiáveis. Algumas são também perigosas. Mortas, viram um doce de coco. Seria esse o caso dessa mulher? Juntas, as milhares de frases que já passaram pela cabeça ou pelo computador do Kabeto renderiam uma tremenda noveleta aleatória.

Catso, por que não tive essa putideia antes? Por que não fiz um arquivo com todas as minhas primeiras frases? Um romance só de primeiras frases de romances jamais escritos. Não poderia haver ideia melhor que essa. O André Breton aplaudiria de pé e verde de inveja uma tal obra. Não seria difícil, aliás, montar uma cascata subteórica pra embasar esse procedimento, calcado na escrita automática perseguida pelos surrealistas. Puta merda: perdi de escrever um puta livro. Seria um marco fudido na literatura brasileira. Um polo de atração turística nas estantes. O último grito das vanguardas literárias do planeta, celebrando a morte do romance, senão da própria literatura.

Essa história de primeira frase é muito louca. A primeira frase do meu primeiro livro, o Strumbicômboli, surgiu, na verdade verdadeira, no final da redação de todo o texto. Surgiu, aliás, depois de todo o processo de editoração e revisão, quando a editora já ia mandar o bagulho pra gráfica. Na última hora possível de mexer no texto, enfim: 'Já era plena manhã, a realidade arranhava a superfície sonora do dia, e isso não fazia a menor diferença, nem pra ele, nem pra ninguém que ele conhecesse neste mundo, ou no outro, que ele logo viria a conhecer'. O texto do romance, já escrito, ficou parecendo uma derivação natural do potencial genético dessa primeira frase. Foi, pois, uma primeira frase a posteriori. Muitas pessoas vieram me dizer que 'o seu livro engata já na primeira frase'. Eu mesmo passei a acreditar que aquela frase já tinha se delineado no meu espírito antes de eu me sentar pra escrever o livro. Ela já estaria lá no fundo da minha cabeça, em estado de latência, até o ponto final do romance, quando então se revelou em toda a sua perfeição verbal e foi instalada em seu devido lugar. A gente acredita no que quer acreditar.

Agora vai ser diferente. Quem tá no comando é o título: Um Pornarca na Fuzarca. Todo o resto virá por gravidade mística nesses próximos quinze, vinte, trinta dias. Que não passem de trinta: quinze para o primeiro tratamento, mais quinze pra revisão, o que posso fazer tranquilo lá na editora da Tônia, ou aqui mesmo, nas muitas horas de folga das customizadas, que andam minguando em ritmo crescente por conta da crise-que-vem-por-aí. Tempo não vai me faltar. Já dinheiro...

Quando o Park me cobrar o romance, terei o bicho na mão, pra grande pasmo do coreano. Se é que ele vai lembrar do nosso trato, nada mais que uma tirada de mesa de bar. Um Pornarca na Fuzarca, romanchanchada, novo gênero literário instituído por mim, espécie de sátira tropicalista ao próprio tropicalismo, ou geringonça que o valha. Quando o livro sair, farei por merecer aquela estátua priápica em praça pública, com rolinhas me cagando na rôla empinada à guisa de poleiro: a piroca do Pornarca na Fuzarca.

Novo ímpeto fisiológico reconduz Kabeto ao cagote. É um custo sentar na privada de pau duro. *Ai ai, que boca estreita que o pinico tem, quando mijo o cu fica de fora, quando cago o pau fica também...* — entoo com minha voz de tenor asmático. Merda cagada, mole e fedida pra caralho dessa vez, suas tripas se aquietam em boa paz, descontados dois ou três peidos aguados de despedida. Dando a descarga, vejo que a água tá normal agora. Dona Sabesp abriu as comportas lá do reservatório, depois de horas de racionamento clandestino. Meno male. No santíssimo bidê regenerador, o jatinho de água gelada no rabo sujo lhe desperta os últimos setores entorpecidos da consciência. Aproveita pra banhar em água fria seu pau duro, a ver se amaina aquela rigidez hedionda. E nada. O pau continua duro. E gelado. Picolé de pica — picalé. E cadê toalha pra enxugar o rabo? Nenhuma à vista, nem no armarinho das toalhas limpas. Que fim levaram as minhas toalhas, porra? E o meu roupão? Me roubaram todas as toalhas e o roupão que foi do meu velho?! Será possível que tiveram um surto de MD com pó e me jogaram tudo pela janela? O filho da puta do algo me diz que o sumiço das toalhas tem tudo a ver com esse puta fedor ambiente.

E é de pau ereto que ele vai em busca da única toalha que se lembra de ter visto, a da cozinha. Enxuga com ela o complexo cu, saco & piroca dura, antes de saborear seu café da manhã: um milagroso comprimido de novalgina que achou no armarinho da pia do banheiro, engolido a seco, já que a água da Sabesp, mesmo mais translúcida a essa hora da manhã, não lhe inspira confiança. Devora as duas últimas cream crackers que encontrou no pacote aberto, já sem nenhuma crocância, o que resulta numa pasta visgosa de farinha com saliva e água a lhe grudar no céu da boca. E se delicia com um nescafé que prepara em dois minutos, o tempo da água ferver no micro-ondas. Não deu tempo de fazer o super da quinzena. Nem ele tá em condições de descer pra padaria com a piroca naquele estado. 'Fala, Jair', diria pro copeiro. 'Me vê uma média, um pão na chapa e uma bucetinha, no capricho.' Porque, aqui, só uma buceta resolve. Definitivamente. O continente da buceta nem tem que ter grandes atrativos, pois a ereção já tá consumada. O continente da buceta só tem que estar com tesão genuíno pela coisa. Buceta úmida, contrátil, aglutinante, embora eu mesmo, repito, não esteja propriamente com tesão. Mas uma buceta desejante me faria gozar. E amolecer o pau. Punheta, já vi que não adianta. Tem que ser mesmo uma bucetávida por encaçapar uma picafoita. Nem precisa agitar antes de usar.

Depois de se agasalhar com o casaco de moleton tão cinza--desbotado quanto aquelas nuvens me espreitando lá fora, Kabeto, nu da cintura pra baixo, se coloca outra questão da maior urgência: onde caralho de porra de merda foram parar seus óculos de leitura? Por que fugiram assim das minhas vistas? Foram espiar algo à minha revelia? Algo que seria melhor eu não saber que eles viram?

Assentando a bunda nua na velha bergére de tecido grosso e ensebado, Kabeto empunha seu obsoleto celular pré-smart, da época em que o Pitecanthropus erectus ainda distinguia um telefone de um computador, matutando pra que buceta ele poderia ligar e pedir socorro. Simples assim: buceta. Fareja de novo a podridão no ar. Logo vai ter que ver isso. Não terá nenhuma boa notícia, isso é batata. Por enquanto, seu dedão trabalha no miniteclado físico do seu velho celular, um aglomerado de teclinhas minúsculas que exigem retinas de menina. Seleciona um destinatário: Mina.

'Oi, amor, você ligou pra Mina. Deixe seu recado depois do bip que eu te ligo assim que puder, beleza? Tudibom.'

Mina, é o Kabeto. Bom dia. Boa tarde, aliás. Ó: tô precisando muito falar com você. Ao vivo. Tipo urgência máxima. Me liga! Beijo! Na boca!

Mina, Mina, Mina, rumina Kabeto. Definitivamente, sua amiga predileta lhe quebraria um puta galho agora, sem demandar conversinhas moles e rituais preambulares. Era só apresentar a estrovenga nesse estado interessantíssimo e mandá fumo, pra resumir a coisa sem excessivo lirismo. Um boquetinho rápido de entrada seria de bom-tom, com ou sem batom. Depois era só meter, bombar e gozar. Porque hoje é sábado.

Preciosa Mina. Ela presta atenção no que você diz, ou faz você achar isso. Chinfrosa, liberadona. Pratica um feminismo soft pros padrões atuais, ou seja, acha todo homem um porco machista escroto do caralho, mas não clama pela castração sumária de todos eles. E ainda tem um ótimo repertório cultural, onde não falta até mesmo um certo viés acadêmico, da época em que ensaiou uma pós em letras na PUC, com um projeto de tese sobre Adelaide Carraro e Cassandra Rios, as escritoras eróticas cafonas de um remoto passado pré-internético. A Mina é uma mulher de luzes, diria um inteleca machista. Não é à toa que se deu bem como assessora de imprensa de uma pequena mas muito ativa editora. Ela até podia estar trabalhando numa grande editora, mas não quis. O Beloni lhe paga um salário um pouco inferior ao que ganharia numa grande editora, onde não teria a liberdade de horários que tem na Vício&Verso e ainda teria que se haver com uma hierarquia burocrática pentelha. Na V&V, acima dela só tem o dono, com quem trata diretamente. Mina sabe jogar com naturalidade sua sedução pragmática pra cima dos editores de cultura dos jornais, revistas, TVs, provedores de internet e blogs literários influentes, com boa taxa de retorno, como ela diria. Ou seja, consegue divulgação de graça para os livros da V&V. Mina sabe fazer média com a mídia, como ela diz.

Além de toda essa desenvoltura humana e profissional, minha amiga tem aquilo de que Kabeto mais necessita nessa hora: buceta. Vamos ver aqui outra possível doadora de uma buceta numa tarde fria e cinzenta de sábado...

Kabeto seleciona um nome e manda chamar. Soa o primeiro toque: glugluglugluglu. O segundo. O terceiro. Kabeto sente crescer em suas fossas nasais o fedor ambiente que vai se tornando insuportável. O quarto gorgeio eletrônico ainda não acabou de soar quando entra uma voz jovem de mulher.

Alô?

Cris? É o Kabeto, Cris!

Quem?!...

O Kabeto! Esqueceu de mim?

Silêncio do outro lado.

Cris?

Por fim a Cris responde:

Quê q'cê quer comigo?

Kabeto credita o tom inamistoso da interlocutora a qualquer cagada que ele deve ter cometido num passado não muito remoto, provavelmente bêbado pra caralho. Só não lembra direito que cagada teria sido essa. Joga um verde:

Cris, liguei pra te pedir perdão. Queria que você me desse a chance de fazer isso pessoalmente.

Silêncio estático do outro lado. Kabeto vai pro tudo ou nada:

Quero te ver, baby. Já! Agora! Tipo loucura mesmo. Sonhei com você a noite inteira. Acordei tinindo de tesão. Vem cá. Depois a gente sai pra comer uma puta feijoada que tem aqui perto... Cris?

Uma espécie de peido bucal se faz ouvir do outro lado:

Dá um tempo, Kabeto. E sem essa de baby pra cima de mim, tá? Me esquece.

Pé-pé-pé-peraí, Cris! Que misquece o quê, menina! Não consigo te esquecer...

Que foi, Kabeto? Acordou de pau duro, não tem ninguém pra trepar, lembrou de mim, foi?

Como foi que ela adivinhou? — Kabeto se pergunta, abismado e priápico. Mas diz:

Pô, Cris...

A voz feminina destampa do outro lado:

Tô há seis meses de mala pronta te esperando pra gente ir pra Ilhabela. Lembra?

Puttt! Então foi isso. Lembrei. De tudo. Ela tinha me pagado um boquete no carro dela, no estacionamento duma festa na Granja Viana, eu bêbado pra caralho, ela médio bêbada. Daí, na volta pra São Paulo, ela me deixou em casa, mas eu não quis que ela subisse. Já tinha gozado, queria mais era tomar minha novalgina e capotar. Daí, não sei por que cargas d'água suja da Sabesp eu tive a ideia de convidar essa Cris pra ir comigo à Ilhabela à tarde. Assim que eu acordasse ligaria pra ela. Eu tava com a chave da casa dum amigo, o que era verdade, e ainda tinha uma semana de folga da minha quinzena off. Tudo verdade. Só que, ao acordar pela quinta e última vez no começo da noite, ardendo de ressaca, com o celular sem bateria, esqueci do assunto. Mais tarde ouvi as mensagens de texto e de voz que ela tinha me deixado no celular — a voz dela é fanha, monocórdica, paulificante —, me cobrando o convite pra Ilha Bela, mas deixei pra lá. E esqueci do assunto. De modo que, agora, eu não tinha o que dizer. Então, disse o seguinte:

Pô, Cris, foi mal. Perdi a chance de ir com você pra Ilhabela por causa daquela carraspana que eu tinha tomado. Lembra? Eu tava pra lá de Quixadá. Passei mal pra cacete, fiquei de cama até o dia seguinte. Me deu a típica amnésia alcoólica. Mas, viu, bêib— ops, Cris, então, ahn... vamo trocá uma ideia agora, ao vivo, aqui na minha kíti, vamo? Só não vai reparar num cheirinho meio estranho, mas eu vou passar um desinfetante, e... e... Cris?...

Desligou, filha da puta.

Kabeto escancara a porta-janela da sacada, deixando entrar o polo sul inteiro dentro da kíti, e começa a dedar a lista de contatos no celular, enquanto acaricia o pau duro e cada vez mais insensível com a mão esquerda. Ele tem a mais estranha sensação de saber a causa desse paudurismo extemporâneo e gratuito. Tá lá no fundo do poço da amnésia alcoólica — essa de agora, não a de seis meses atrás.

Preocupado agora pra valer com a sua saúde peniana, Kabeto zanza pela kíti, seguindo as direções indicadas pelo seu pau improvisado em guia radiestésico. Ele resolve enfrentar seminu a sacada frigorífica, pondo fé em que o frio possa desencorajar tamanha ereção indesejada, mesmo ao preço de uma pneumonia galopante.

A sacada da kíti é um ponto privilegiado de contemplação do universo. No verão, é comum as mulheres se empolgarem com essa vista: São Paulo aos seus pés, desde a zona oeste, passando pela ZN, até a ZL. Seja, desde o Jaguaré, na extrema esquerda, passando pela Casa Verde à frente, até a Mooca à direita, com a igreja da Consolação e a praça Roosevelt, marcos do Centro, bem aqui embaixo. A zona sul, às costas do prédio, pra mim não existe. E nem eu pra ela. Estamos quites. Não sei se dá pra ver a Vila Zelina, na ZL, berço da ruivinha do barulho, que fica pra lá da Mooca. Acho que as moças que eu trago pra sacada sentem a compulsão de se jogar nos meus braços basicamente porque, se elas se jogarem pro lado de lá do parapeito, darão com as fuças no cimento da calçada depois de um voo vertical de dezessete andares. Meus braços, piroca inclusa, são mais seguros e confortáveis do que isso.

Não fosse essa constrangedora ereção extemporânea e descontextualizada, Kabeto até daria um viva ao cinza frio do dia. É o tipo do dia 'desobrigante', como ele gosta de dizer. Aquele em que você não sente a obrigação de sair na rua, nem se culpa por ficar na cama, debaixo das cobertas, sozinho ou acompanhado, por todo o tempo que você quiser ou puder ou aguentar. A merda é que este dia desobrigante em particular não tá dando conta de desobrigar seu pau de permanecer duro, infenso à força gravitacional de um sabadão inútil. O sábado é uma ilusão, já disse o Nelson Rodrigues, que, como Hesíodo, sabia tudo sobre os trabalhos e os dias, e sobre as mulheres e os homens. Negócio é esquecer a porra do pau duro, decide Kabeto, já dentro do quentinho fétido do apê. Mas, ao andar pela kíti, ele dá um esbarrão doloroso com a ponta do pau contra um canto de sua mesa de trabalho. Em seguida, dá uma pauzada no espaldar de uma cadeira, e uma relada de glande na grade do ventilador chinês, e mais outra no batente da porta do banheiro. A cada esbarrão solta um 'Ai!, porra!' ou um 'Ai! Caralho!' ou apenas um 'Puta que pariu!'.

Vanda é o próximo nome que ele seleciona nos contatos armazenados no celular. Chamando. Entra a gravação:

'O número que você chamou está desligado ou fora de área no momento. Por favor, tente mais tarde.'

Kabeto ouve o recado pré-gravado até o final na esperança de que a Vandinha, de alguma maneira, entre na tal área e atenda a porra do telefone. Só que não. Kabeto desliga, exalando um cavo 'Puta merda...'.

Outro nome surge no horizonte das possibilidades: Leia, que ele não vê há um ano ou mais. Designer gráfica e capista. Durante uma certa época, a Leia fez uns frilas pra editora da Tônia. Mulher interessante, engraçada. Você podia falar as maiores barbaridades, que ela só dava risada. Lembro que a gente se dava bem na cama: eu dava meu pau, ela dava a bucetinha dela, a gente se dava por uma noite, e era isso. Eu teria namorado essa Leia. Fiquei meio ligado. Mas a capista era uma escapista e sumia no dia seguinte. Reaparecia meses depois, quando pegava um novo frila na TF. Aí saía comigo pra beber e foder depois. Trabalho entregue e pago, ela dava novamente às de Vila Diogo, em vez de dar pra mim. Talvez fosse dar pro Diogo em pessoa lá na vila dele.

Primeiro toque. Antes do segundo, uma voz de mulher:

Alouuuu...?

Kabeto acha aquele *alôouuuu* estendido da Leia a coisa mais gostosa de ouvir.

Leínha querida! Amor da minha vida!

Kabeto?!

Em carne, osso e pau duro por você, meu amor.

Uma risada safada alegra a ligação.

Nossa! Que delícia ouvir isso!

Então, vem já pra cá, minha flor! Vamos viver essa delícia juntos. Cê não vai se arrepender. Te juro!

Leia ri:

Jura mesmo?

Juro! Vou te dar a maior surra de pica que você já tomou na sua vida, sua vagabunda. Cê vai ficar roxa de tanto gozar. Palavra de escoteiro.

U-hu! Acordou romântico hoje, Kabeto?

Tinindo de romântico. Vem! Cê lembra onde eu moro?

Siiiim! Quem já foi à famosa kíti do Kabeto jamais esquece.

Maravilha! Vou avisar o porteiro pra deixar subir a primeira loirinha mignon estonteante de um metro e cinquenta e quatro que aparecer na portaria.

Um metro e cinquenta e oito! Não me diminui ainda mais, pô!

Íxi! Me confundi. Um metro e cinquenta e quatro é o tamanho do meu pau agora.

Leia dá sua risadinha caridosa. E corrige:

E eu não tô mais loira.

Tudo bem, ninguém é perfeito.

Você é uma bola, Kabeto!

Então, vem batê essa bola comigo! O prédio cê sabe qual é, né? É o do lado da padaria. Décimo sétimo, um sete um. Vou avisar o porteiro lá embaixo e deixar a porta destrancada aqui em cima. É só chegar e entrar. Te espero na cama, debaixo do edredom, pra esquentar.

Mas Leia exala um suspiro desanimador, antes de informar:

Só tem um probleminha...

Ahn?... — faz o priápico cavaleiro, manipulando sua piroca insensível. Que probleminha? Txa comigo que eu resolvo seus probleminhas. Um por um!

Novo suspiro do outro lado:

É que eu tô no Rio, Kabeto.

Que rio? Pinheiros? Tietê?

No Rio de Janeiro.

É o que ele temia.

Mas que catso cê foi fazer no Rio de Janeiro, Leínha?!

Tô morando aqui agora.

Não brinca!

Meio que me casei com um carioca.

Meio que se casou com um carioca? Como assim?

Como, 'como assim'? Tô morando com ele, ué. Aqui no Rio.

Menino do Rio... calor que provoca arrepio...

Mais ou menos isso mesmo, Kabeto. Que o Havaí seja aqui. Aliás, ó que coincidência: vi o Caetano na praia ontem, em Ipanema.

E ele viu você?

Sabe que até viu? Ele olha tanto quanto é olhado. Tá lindão. Inteiraço.

Porra, Leínha, faça-me o favor. Se você me dissesse que tava com o Caetano, eu entenderia. Ele é baiano. Mas com um *cariuóca*?

Qual é o seu problema com os cariocas?

Inveja. Pura. Mas com tanto paulista bacana dando sopa por aqui, você foi me arrumar justo um... um abominável guanabarino?

Ele não é abominável.

Ele é o quê, então?

Dentista. E surfista.

Dentista surfista?! Putaqueopariu! E ele atende onde? No Arpoador? Anestesia a boca dos pacientes com chicabom? Com raspadinha de limão? Trata canal em cima da prancha?

Kabeto não espera pela réplica e continua:

Ó, não tem conversa, Leninha —

Leínha.

Leínha: manda o carioca tomar chá-mate gelado com biscoito Globo na praia por minha conta e corre pro Santos Dumont — agora! Onde cê tá aí no Rio?

No Leblon.

Leblon. Ótimo. Chama um táxi. Em vinte minutos, meia hora cê tá embarcando na ponte. Em quarenta minutos, cê tá em Congonhas. Mais vinte minutos de táxi cê tá aqui. Mais dois minutos de elevador, e pronto: *love! love! love!* Como diria o Caetano.

Vai dar, não, Kabeto. Aliás, vou ter que desligar, que o abominável guanabarino acabou de chegar.

Caralho…

Estoura uma gargalhada do outro lado.

Tá rindo de quê?

De nada. Te cuida, Kabeto! Báá-ái!

E clic, sem mais. Outra bola que lhe sai pela linha de fundo. Ô, vida. Tem caralho demais nesse mundo, resmunga Kabeto, quase em voz alta, olhando em desalento pro próprio caralho duro. De repente, o estalo:

A Lesley!

Sim, a Lesley. Tipo num tem tu, vai tu memo. Cadê o telefone daquela piranha junky? Ofereço pra ela um resto de uísque, cerveja, maconha e pau duro. Podia oferecer também o pó das meninas, se não tivesse jogado fora. Qualquer coisa viro aquela lata do lixo do avesso e recupero um pouco do pó, mesmo sujo e com gosto de lixo. Bom, o cheiro aqui também não tá melhor do que dentro dum caminhão de lixo. A Lesley é trash pra caralho, nem vai reparar na fedentina. Não sei onde ela tá morando. Tomara que não na Cracolândia, que não é longe. Se ela estiver na Cracolândia, já deve ter trocado o celular por umas pedras. Vamuvê. Taqui… LÉLÉSLEY… chamar… Tomara que a doida tenha tomado pelo menos um banho na última semana.

Dois, três, quatro toques: entra a voz pastosa de alguém que não parece passar muito bem. Mal dá pra notar que é alguém do sexo feminino:

Ãlôôãn...

Lesley?

Respiração ofegante do outro lado. Crise de asma? Ou tá trepando. Morrendo. Ou...

Queque-quem é?

É o Kabeto, Lesley.

Quequem?

O Kabeto. Ex da Mag. Lembra?

Silêncio mortuário do outro lado. Como é possível essa maluca não lembrar de mim? Trepamo uma pá de vez, comigo ainda casado com a Mag, sua amiga na época. Não a melhor, mas amiga. Tinham estudado juntas em algum lugar. Bêbada, drogada, a Lesley liberava geral aquela buceta, sobretudo pra quem lhe oferecesse o necessário pra continuar bêbada e drogada. Grana ela até tinha alguma, de família. O pai é inglês, ou filho de ingleses. Era um pai temporão, se ainda estiver vivo deve tá beirando os noventa. A Lesley deve ter seus quarenta e pico. A mãe era alcoólatra viciada em anfetamina e jogatina. Perdedora profissional de dinheiro. Teve a quem puxar, a Lesley, que herdou os olhos dum azul profundo do pai dela. Quando conheci a Lesley, ela tinha um corpo de bailarina. Magra, esguia, musculosa. Era, de fato, bailarina profissional, anos de formação, integrou um grupo de dança meio famosinho. Mas foi se apaixonar por um bailarino jankaço que acabou sendo expulso do grupo, levando a Lesley com ele. O cara já fazia umas performances pagas envolvendo dança moderna e sexo explícito em boates e festas particulares, e convidou a Leslie a se juntar à trupe dele, que era basicamente o cara e uma garota de programa. A call girl se deu muito bem com a Lesley nos pocket-shows eróticos que o bailarino coreografava e nos quais atuava de zangão fodedor. Fui ver uma performance dessas com a Mag, uma vez, na casa dum milionário no Morumbi. O bailarino comia as duas, que também se devoravam, e ainda se deixava entubar pela putinha de strap-on, enquanto enrabava a Lesley, numa apoteose anal. No fim, eles sempre convidavam um membro hirto da plateia prum número final improvisado. Podiam ter ficado ricos com aquilo, se não cheirassem, bebessem e se aplicassem tudo e mais além do que ganhavam, numa vida de flats e restaurantes caros e carro com chofer e viagens pras cucuias do Himalaia ou pra Londres, de onde voltaram heroinômanos de carteirinha da prefeitura londrina, com direito a shots gratuitos nos stands oficiais da saúde pública. Viraram também traficantes de herô e ecstasy nas baladas top da jovem burguesia dopada da Vila Olímpia e arredores. Chegou a ser presa, numas de passar bagulho prum guanaco à paisana num bar de Moema. Tomou processo, os pais gastaram os tubos e as manilhas em advogado e suborno pra aliviar as acusações contra a filha. A Lesley virou chave de cadeia. Nem a Mag aguentava mais a companhia da Lesley, e olha que a Magnólia não era exatamente uma anacoreta asceta das montanhas do Nepal. Só que eu sou um fraco, e a Lesley parecia mais gostosa do que nunca, e, volta e meia, eu ligava pra ela, ou ela pra mim, e a gente ia prum hoteleco ou motel com pó em cima pra passar umas horas na maior fodelança cafungueira e alcoólatra. Sempre de camisinha, por exigência dela, no que me parecia o último sinal de alguma sanidade mental de sua parte.

Agora, ao celular, a Lesley acabou lembrando:

Ah, si-si-sim sim sim, Kakaka-kabeto, da MaMaMag. Claclaro. Leleleeembrei. E a Mamag, como que que que tá ela?

Tinha ficado gaga de vez, a Lélésley da cuca. Me lembro dela um pouco tartamuda, mas não tanto. Alguma coisa desandou feio ali. Respondo:

Não tô mais com a Mag, Lesley. Faz mais de dez anos.

É-é-é? — E emendou direto: Cê nãnãnã-não te-tetem pópó, Kakakabeto? E-e-e-emedê? E ááácido? Pépé-pedra cê tem?

Pedra? — me fiz de desentendido.

Cracracra-crack. Te-tem?

Tenho não, Lesley.

Vãvã-vamo co-oomigo nananana Luz pegá? Cê tátátá de ca-carro?

Na Luz, que cê diz, é... na Cracolândia?

E-e-eu tetenho um cacaca-canal lá. É vavavavapt vupt. Jájá mo-momo-morei lá, nonono momovimento. Mas mememe saíram de lá. Só vovou lá agogora praprapra pepepegá pé-pé-pedra. Fififica sussussa.

Lesley, eu tenho um pouco de fumo. E uma linda ereção todinha pra você. Prêt-à-fudê. Vem pra cá. Onde cê tá morando?

Meme arraaanja duduas pé-pé-pedras de cracracraaack quequeque eu chuchupo e-e-esse teteu papapau duduro quaaantas veve-vezes vovocê quiquiquiser, ela gagueja, sem me dizer onde mora nem perguntar onde eu moro. Pópópó serve, concedeu.

Larguei do pó, Lesley.

Ela não registra e insiste:

Claclaclaclaclaro que-que vo-você tetem pópó, Kakakabeto. Cê sempre teteve. Procucucura o ca-aaaixa dois nonono fufundo duduma gagagagagaveta, quequerido.

Isso é fato: todo cocainômano sempre tem um caixa dois no fundo de alguma gaveta. Eu vivia achando petecas de pó esquecidas em caixinhas e gavetas e bolsos de casacos pendurados no guarda-roupa. Não mais. Reiterei:

Lesley, eu não tô mais—

E bibibi-bicabornato, cêcê tetem aí? — ela cortou, treslouquaz. Praprapraaa eu bobobolar um frifrifri bêbê-bêise? Tôtôtô papassando a-aí. Cê mmmm-me papaga o tátátáxi? Quaqual o-o-o endedereço mesmo? Cê tetem pó-pó, não tetem? Eu levo o bibibiiica-carbonato. Tô papapa-passaaando a-aí. O-onde é mememesmo? Cê tetem biiicacacarbonato?

Pera aí... — eu digo, quando devia era desligar, dando a entender que vou ver se eu tenho o que ela quer. Vou ver é se vale à pena encarar a Lesley. Piradaça demais. Ficou muito mais gaga do que já era, a desgramada. Não lembro dela tão gaga. Tá gaga e gagá de crack. Se eu mencionar o pó na lata de lixo e der meu endereço, em dez minutos ela tá na minha porta, espevitada feito um perdigueiro famélico. Vai cheirar a lata de lixo inteira, pó de café e fungo de iogurte junto. Vai fazer de tudo pra me arrastar numa incursão pela Cracolândia. Se eu disser que não vou, vai correr pra sacada e passar uma perna pro lado de lá do parapeito. E só vai sair dali pelo lado da vida se eu disser que vou com ela na Cracolância pegar umas pedras de crack. Faz uns cinco anos que eu não vejo a figura. Talvez seis ou sete. O crack não tem grande fama como conservante da beleza feminina. Talvez ela pare de gaguejar com crack. Talvez não. Mó roubada, em todo caso.

Kabeto manda:

Iiiih, menina! Vou ter que desligar. Cê acredita que acabou de explodir minha panela de pressão?! Cê não ouviu?! Acho que implodiu, então. Espalhou feijão pela kitinete inteira. Uma desgraça. Tá pegando fogo. Depois te ligo. Amanhã. Depois de amanhã. Beijo. Tchau, linda. Tudibão.

Kabeto desliga ainda ouvindo um 'Pépépépéraí!' vindo do outro lado. Só agora ele lembra de alguém ter lhe dito que a Lesley era HIV positiva. Putz, como só fui lembrar disso agora? Ela deve tomar o coquetel antiviral, do contrário não estaria viva. Me pergunto se ela já tinha aids na época em que a gente dava umas trepadas. Devia ter e saber que tinha. Por isso não trepava sem camisinha. Dizia que tinha engravidado um número absurdo de vezes e não queria repetir a dose. Mas era mesmo pra não me passar o 'bichinho', como dizia o povo bigay que ela frequentava. Gentil da parte dela.

Toca o celular: LÉLÉSLEY, no visor. Kabeto não atende. Ela não deve tá nem aí pra pa-pa-pau nenhum, duduro ou momole. A minha ligação deve ter acendido algum luminoso de crack à vista no cérebro dela.

O.k., mas que faço eu com esse papapapau dududuro? Eita, se bobear essa gagueira pega. Como é possível um pau duro insensível desse jeito? É como se eu tivesse acabado de foder uma boneca de neve.

Po-porra.

Mas, afinal, essa podridão no ar, de onde vem? Kabeto tenta seguir suas narinas, que, em outros tempos, sempre o levaram ao traficante mais próximo. Dessa vez, toma cuidado pra não relar o pau na decoração. Ronda a cama. O edredom branco continua branco e esticadinho por cima do king-size. Achega o nariz ali: vômito com forte retroacento estercorário. Retoacento. Não tem coragem imediata de levantar o edredom. Mas o fedor não emana só dele. Debaixo da cama… um cadáver? Um defunto ou defunta marinando em vômito e merda e sangue?

A hipótese cresce em sua cabeça. De quem, o cadáver? Do Park, que exagerou no MD e teve uma parada respiratória. Da Mina, que se entupiu de pó e sofreu uma isquemia fatal. Da Audra, que misturou todas as drogas conhecidas e ainda por inventar e cujo corpinho de beldade báltica decretou falência múltipla de todos os órgãos. De quem?

Ele conta até três, cai de joelhos, e se abaixa pra ver debaixo da cama. Nenhum cadáver, só toalhas emboladas. Puxa uma pra fora, de banho, trescalando vômito e merda. Ergue no ar a toalha estampada com essas substâncias e quiçá outras mais. Deixa escapar sua própria golfadinha sobre os tacos do assoalho. Ajeita a toalha de modo a não tocar na caca grudada no tecido felpudo e limpa a pocinha do seu próprio vômito. Irritado, e se irritando ainda mais por dar consigo assim tão irritado bem no primeiro dia de sua quinzena sagrada, Kabeto desenha a cena que se passou ali não muitas horas atrás. Alguém deu um go*r*fão na cama, certo? E a merda? O mais provável é o coreano ter se improvisado em proctologista de uma das moças, ou das duas, sodomita voraz que ele é, e acabou provocando um acidente peristáltico. Um ou dois. O edredom esconde as marcas ainda frescas dessa escatopeia junky. Quem acudiu o vomitador usou todas as toalhas da casa pra limpar a sujeirada, socando elas debaixo da cama. Sublime. Vontade sua é de matar aquele viado daquele coreano e as duas vagabundas bêbadas, drogadas, piradas do cacete que ele teve a imprudência de trazer pra cá, mesmo uma delas sendo sua melhor amigamante. Vontade de matar a si mesmo, o velho sátiro bobão que, ainda por cima, teve a desfaçatez de brochar cas vagabas.

De pau duro, Kabeto repete: broxa! brocha! Com ch e x, pra não deixar margem a dúvidas. Quem sabe humilhando seu pau ele não murcha? Não, não murcha nada, nadinha. É que pau é surdo, ou só ouve o que lhe interessa. Kabeto entucha de novo a toalha enxovalhada debaixo da cama. Que se foda. Depois ele pensa no que fazer com essa porcariada. Não eram muitas, as toalhas, todas velhas, mas eram as toalhas dele, porra. E o que tem, afinal, debaixo desse edredom?

Cadê meus óculos, caralho? — ele impreca em voz alta.

Cego de nascença, o único caralho presente não se dá ao trabalho de responder. Desolado, Kabeto senta sua bunda nua e gelada diante do computador, decidido a tentar mais uma vez o ato monossexual, ilustrado agora por imagens pornô. Tudo que esse ambiente vomitado e cagado precisa agora é de um pouco de esperma fresco. Ele procura algo com mão ansiosa e olhos apertados nos três andares do gaveteiro debaixo da sua porta-mesa de trabalho. Esbarra no mouse, a tela se alumia. Tá lá o possível título de um até agora impossível romance:

UM PORNARCA NA FUZARCA
romanchanchada

Enxergando mal, acha na última gaveta um pen drive que espeta na entrada USB do notebook. No monitor, entra uma lista de arquivos. Ele recua e aperta os olhos, tentando dar um pouco de foco à sua visão de Eurico, o presbíope, e clica na pasta IMAGENS, da qual puxa, uma a uma, fotos que ele só reconhece por serem muito familiares: a Maria João, bebê, em cima de um cobertor aberto sobre um gramado. Ele mesmo cabeludo e adolescente, recostado num muro alto e carcomido, uma perna dobrada, o pé apoiado na cal velha e roída do paredão, olhando prum lado a soltar a fumaça do cigarro que tem na mão. Duas púberes na praia: Adalgiza, com os peitinhos despontando debaixo do sutiã dum biquíni antigo, um duas-peças pudico mas terrivelmente sensual aos seus olhos envelhescentes, e a Lolô, irmã mais nova dela, gordinha, bochechuda e espinhenta, de peito chapado, desenxabida que só ela dentro do maiô inteiriço, a sem-gracice em pessoa. Eram minhas primas, filhas da tia Abigail, irmã da minha mãe. A prima Giza foi a primeira paixão avassaladora da minha vida. Nunca me declarei, mas ela sabia que eu arrastaria todos os bondes, pianos e locomotivas do planeta por ela. Quando a Giza ficou inexplicavelmente noiva, aos quinze anos, dum cara de vinte que era também primo dela, só que por parte de pai, passei um ano inteiro fantasiando um suicídio espetacular, como o Werther do Goethe, que eu tinha lido na época. Aos dezesseis, ela deu à luz o primeiro dos cinco ou seis filhos, já casada com o primo mais velho, representante comercial da Pirelli em Campinas. Lolô, por sua vez, virou doutora emérita em biologia molecular e mora em Upsala, casada no papel com uma bióloga indiana. Continua bochechuda, como vi numa foto recente que ela me mandou por e-mail. Sempre achei que a Lolô ia dar pra titia. Mas deu pra lésbica, o que é bem mais interessante. E sem deixar de ser tia dos filhos da irmã.

Ver a foto da Giza no frescor dos seus treze, catorze anos, me agravou a ereção. Me lembrei do quanto eu, com a mesma idade que ela, me acabava de punhetear este mesmo caralho duro em seu louvor. Sei que ela mora há muito tempo numa cidade do norte do Paraná que eu nunca lembro o nome. Maringá? Talvez. Sei que ela já morou em Londrina, mas não mora mais lá. Minha mãe me mostrou outro dia uma foto recente dela. É uma senhora sorridente e gordota, que não deve saber o que é um caralho duro há um bom número de anos, mas isso pode ser apenas uma suposição preconceituosa da minha parte. Ali, naquela foto, no entanto, com aquele biquíni antigo... hmmmm... quase vou cometendo um punhetão pedófilo aqui. Afe. Aliás, taí uma ideia. Vamo vê se... hm...

Nada. É o mesmo que masturbar um pepino gelado. Nada sai de dentro dele, que também não amolece.

Próxima foto: uma turminha numa mesa de bar, da qual Kabeto só reconhece seu amigo Felipe, que já morreu. Como essa foto veio parar no meu computador? Não faço ideia. Os computadores têm memória própria, uma vida particular só deles, e falam um idioma que só eles entendem.

Noutra foto, de novo a João com dez anos de idade no alto de um escorregador se precipitando na direção do fotógrafo, que, se bem me lembro, sou eu mesmo. São todas fotos antigas escaneadas que me foram enviadas por e-mail.

Próxima: Uma paisagem com morros silhuetados por um pôr do sol em tons de vermelho sanguíneo. Tá com jeito de ser a serra da Canastra. Fui lá com a Estela uma vez. O rio São Francisco nasce lá nos altos da serra. Foi uma boa viagem. A pousada era simplérrima, mas a comida de forno a lenha era supimpa. E eu tava apaixonado pela Estela. A gente saía pra dar umas caminhadas e trepava em todo o lugar, junto a uma cerca, num mirante a cavaleiro dum vale, no meio do mato, na beira duma cachoeira... Ha! Olha ela aqui na foto seguinte: de camisa xadrez amarrada na cintura com metade dos botões abertos, sem sutiã, praticamente exibindo aqueles peitos lindos, com morros ao fundo. Morros e peitos femininos, belas protuberâncias da natureza. Essa já é uma foto digital, de boa definição.

Me deu tesão na Estela. Será que ainda tá casada com aquele cara que eu vi com ela no cinema? Eu teria orgasmos múltiplos com a Estela dessa foto, de sei lá quantos anos atrás. Mas nem o telefone atual dela eu tenho. Inda bem. Ali já deu o que tinha que dar.

Kabeto para por aí, desiludido da possibilidade de topar com algo que sirva de gatilho para disparar uma ejaculação liberadora. Sempre se superando em seus recordes pessoais de irritação consigo mesmo e com a porra do seu caralho que não libera a porra, Kabeto arranca o pen drive e busca outro na gaveta. Acessado, o diretório do novo pen drive não tem pastas. Só uma sucessão de arquivos de imagem: 230.0998.jpg, 07.jpg, 35.jpg, 134.765.gif. Ele clica um desses números: uma puta arregaçando a buceta peluda pra câmera. Ele lembra dessa imagem. Se estivesse de óculos daria pra ver com nitidez as pregas do cu logo abaixo da buça, ambos acidentes anatômicos igualmente destacados na imagem. Mais um clique: negra na chupança com uma loira, as duas de buceta raspada. Apesar da baixa nitidez com que consegue ver as imagens, Kabeto tenta de novo socar uma bronha. A foto seguinte, a que lhe parece mais inspiradora, exibe uma ruiva sendo enrabada de ladinho num sofá branco por um Hércules negro de caralho apocalíptico e um saco com gônadas do tamanho de bolas de tênis. Kabeto chacoalha com frenesi sua empedernida rôla, que parece ainda mais dura agora. Mas, gozar que é bom, picas. O máximo que ele consegue é irritar a pele do pau.

Porra, qui qui tá acontecendo aquiiiiii!

É quando um fogo-fátuo se acende na sua memória: o remédio! O remédio que o coreano trouxe, um tipo de viagra natureba. Ele não lembra direito se tomou aquilo ou não. Vem-lhe à mente a imagem de uma pílula ou cápsula ou drágea verde. Uma, não: várias. Viagra, Cialis, tanto os de marca quanto os genéricos, jamais lhe provocaram nada parecido com essa ereção granítica imperturbável. Ele até já brochou depois de tomar sildenafila, pois lhe faltava tesão, simplesmente.

Em todo caso, vamo lá encarar o epicentro dessa fedentina. Vai ver, é o que me impede de gozar. O cérebro se recusa a associar o prazer erótico com essa putsa infernal. Kabeto pula da cadeira, num rompante de coragem, e vai lá puxar o edredom de cima da cama num gesto vigoroso, como se quisesse pegar a nojeira de surpresa, o que lhe daria uma suposta vantagem no embate que fatalmente se seguirá. Impressa no seu majestoso colchão king-size, a constelação de manchas marrom-esverdeadas, com salpicos de vermelho escuro, diz tudo: vomitaram ali, com uma cagadinha de bônus, e algum sangue pra arrematar o serviço.

Puta que la merda, Kabeto exala, num desânimo mortal. Entretanto, surpresa: cá estão seus óculos de leitura despontando do espaço de um dedo entre o colchão e a cabeceira. Lentes um tanto ensebadas, mas não de vômito, merda ou sangue. Kabeto lava os óculos no banheiro, seu pau esbarrando na pia. Se olha com eles no espelho. Esse velho caquético sou eu? Olha pro pau: esse pau marmóreo é meu?

Com as meninas dos olhos calçando as lentes de aumento agora, Kabeto vê a realidade ganhar definição e parte pro ataque: estende no chão o edredom com a parte conspurcagada pra cima e joga nele o resto dos panos vomitados e cagados que puxa de debaixo da cama: lençol e toalhas — suas únicas toalhas. Só o roupão com suas iniciais é que ele não acha em nenhum lugar. Cadê o meu roupão, porra? Afanaram. Putos de merda. Ele amarra as pontas do edredom numa baita trouxa. Fazer o que com essa porra? Jogar pela sacada afora é uma possibilidade que ele considera seriamente, por ser a mais prática. Problema é que a fachada do prédio fica rente à calçada. O trouxão ficou bem pesado. Se acertar alguém lá embaixo, esmaga um crânio, enterra a pessoa na calçada até o pescoço.

Levar esse trambolho nauseabundão pruma lavanderia tá fora de questão. Teria que ser uma lavanderia hospitalar. Melhor mesmo era um incinerador. Puta sacanagem. As toalhas, tudo bem, já tavam velhuscas. Mas o edredom é novo ainda. Era. Agora parece saído da batalha de Salamina, cheirando a salame podre. Comprei numa liquidação, no fim do inverno quase sem frio do ano passado. Neste inverno brabeira veio super a calhar. Só que o frio continua e o edredom virou lixo sanitário. Pelo menos ainda tenho o edredom vermelho do sofá-so-good. Nele, ninguém cagou, vomitou, sangrou. Agora, o outro... A Neuza, que vem uma vez por quinzena fazer a faxina e cuidar da roupa, não daria conta de lavar isso. Nem vinte por cento do moletom caberiam no minitanque ou na máquina de lavar roupa de casa de boneca.

Kabeto se mete numa calça de moletom, ele e seu pauduro, e parte pro plano B — o plano A seria não ter nascido —, que é atochar de algum jeito o trouxão morfético numa das lixeiras de quinhentos litros do seu andar. Podia pedir pro porteiro um saco grande, dos que eles botam na lixeira, mas teria que descer pra pegar. O porteiro não pode largar a portaria sozinha. E eu é que não vou descer lá com o pau desse jeito. Então, foda-se. Não vou fazer nada ilegal. Só vou jogar o lixo na lixeira, embrulhado num edredom de três metros por quatro. Não tá cheirando muito bem, mas ninguém vai morrer por isso. O prejuízo é só meu, que fico sem o edredom com um ano só de uso. Ele era a razão de ser da minha cama king-size nas noites frias.

E vam'q'vam! Piroca dura como rocha pra cima, pirrocha, a cabeçorra presa no elástico da cintura, ele sai pro corredor a passo de lebre. Vira a esquina à direita, que dá pra outro corredor com kitinetes, no fim do qual tem o hall das duas lixeiras coletivas, a verde de orgânicos e a vermelha de recicláveis, ao lado da escada. Jesus, o porteiro da noite, já me disse que os lixeiros esvaziam as duas lixeiras ao mesmo tempo na boca dentada do caminhão do lixo, sem distinção de cor. A mais vazia delas é a vermelha, dos recicláveis. Vou torcer pra que não me caia nas mãos nada que tenha sido feito com esse edredom reciclado. Tampa retirada, Kabeto entucha o trouxão lá dentro. A trolha fica metade pra fora, como a eflorescência supracutânea de um câncer gigantesco — gigandantesco. Se ele instalasse aquela lixeira transbordante de edredom branco numa Bienal, não sairia de lá sem ao menos uma menção honrosa.

Ao contornar de novo a esquina do corredor, topa com a vizinha coroa, não muito menos ou mais velha que ele, vindo lá do fundo. É fatal se cruzarem. De quimono por cima da camisola, havaianas com meias, a mulher está indo dispensar seu modesto lixinho acondicionado num saco de supermercado. O que poderia ter ali? Papel higiênico sujo, absorvente usado, cascas de banana, laranja e ovo, invólucro de biscoito, lata vazia de sardinha, saquinho de chá e filtro de café usados. Absorventes íntimos ela não deve usar já faz uns bons anos. A vizinha é simpática. Já se aproxima sorrindo. Quando estão bem próximos, o pau do Kabeto se desprende do elástico da cintura, armando o circo na calça do moleton. A mulher olha praquilo de boca meio aberta. Ela deixa escapar:

Que saúde, menino!

Igualmente, absurdiza Kabeto, se fazendo de sonso. Ele inclina o tronco pra frente, manda um 'Bom dia' sorridente e segue seu caminho. A vizinha responde com um 'Boa tarde', e fica tudo por isso mesmo.

Ao botar a mão na maçaneta da porta da kíti, Kabeto ouve a mulher soltar um gritinho de estilhaçar vidro à prova de bala, seguido dum 'Que horror!'. Posso ver a cara dela diante da lixeira vermelha que vomita aquela massa amorfa de tecido cheirando a nada menos que vômito de uma qualidade desconhecida, como se regurgitado pelas tripas de satanás.

Porta fechada, de volta à atmosfera mefítica da kíti, ele não demora a escutar o shlep-shlep dos passos havaianos da vizinha pelo corredor. As havaianas passam pela sua porta ralentando o ritmo. Com a mais absoluta certeza ela verruma a madeira da porta com um olhar indeciso entre a repulsa e o desejo pelo coroa priápico com quem acabou de cruzar nesse mesmo corredor. Deve haver uma relação ignominiosa entre aquela ereção gloriosa e o edredom do quinto dos infernos, que ela, se fosse mais atirada, pagaria pra ver. Ouço o ruído distante de maçaneta e porta abrindo e fechando. A vizinha voltou a se trancar em sua kíti, onde deve estar agora sentada no sofá com um gato no colo, no qual faz cafunés nervosos, diante da TV que passa qualquer porcaria na qual ela não presta a menor atenção. O gato, castrado, recebe o afago com a costumeira pachorra felina. A mulher sente uns calores e a gana insana de ir, de uma vez por todas, bater na porta do vizinho empirocado e se jogar nos braços dele 'Me come, seu filho da puta, me esfola toda com esse teu caralho medonho! Vomita, caga em mim, se for esse o seu desejo imundo!' — é o que aproximadamente a vizinha diria pra ele.

E se eu fosse lá checar isso agora? Toc-toc-toc. 'Oi! Então. Vi, agorinha há pouco, que você reparou no meu pau duro dentro da calça. É uma longa história, mas o fato é que ele continua duro. Sente o drama. Tá vendo? Você teria alguma sugestão a respeito?'

Resolvia o meu problema. E arrumaria outro maior. Imagina aquela coroa carente achando que vai casar comigo, me caçando, me tocaiando, me espionando dia e noite, aprontando barracos na portaria, na entrada do prédio — no Farta! 'Me comeu, praticamente me estuprou, e agora quer me largar? E fica trazendo todo um séquito de vagabundas pra kíti dele, debaixo do meu nariz! E quando a farra acaba o que sobra é um edredom emporcalhado de vômito e cocô e sei lá que porcaria mais? Não senhor! Você não sabe com quem foi se meter, seu escritorzinho bloqueado de merda!'

Melhor continuar priápico mais um pouco, pondera Kabeto, pendurando os óculos de leitura no pau. Talvez esse ogro aprenda a ver a vida com outros olhos, mesmo porque o dele é cego.

21

A saga escatológica do edredom pode ter acabado, mas não as atribulações do homem da lança-que-balança. Com balde, desinfetante e um pano de chão que achou no fundo do armário dos produtos de limpeza, ele se aplica em higienizar seu microcosmo emporcalhado, cujo epicentro é o colchão e adjacências. Passa nas grandes manchas do colchão um pano úmido impregnado dum líquido roxo que deve ter sido muito usado como sangue de alienígena em filme B de ficção científica e agora serve de 'removedor & desinfetante: a fórmula ideal', como informa o rótulo. Um faxineiro de pau duro, eis ao que os fodidos fados me reduziram neste inútil sabadão fedendo a vômito e fezes.

Na sequência, o pau-pra-toda-obra recolhe latas de cerveja, esvazia cinzeiros, varre o chão, de novo pelado da cintura pra baixo pra deixar o bicho solto. A essa altura o cabeçudo já aprendeu a evitar cantos, quinas e arestas. Santo Agostinho dizia que o pecado original era o fato de que, pra ficar de pau duro e procurar enfiar o celerado numa buceta, o homem tem que ser movido pela 'luxúria'. Somos todos filhos da luxúria que nos leva a fazer outros filhos luxurientos, o que tem garantido até agora a sobrevivência da espécie. Mas vem aí a genética pra decretar a extinção do método bíblico com que os humanos têm se reproduzido por milênios, conforme já andei falando aqui por academias e cabeleireiros da Pauliceia. Homens e mulheres vão se reproduzir sem cometer o pecado original, coisa que só me ocorre agora. Estamos fadados à santidade. Não duvido que logo se torne proibida a reprodução por coito gozoso, rasgado, a todo vapor. Eu devia ter citado Santo Agostinho lá na Total Fitness ou no Salloon Mirella. Teria feito sucesso. Devia ter falado de como o catolicismo antecipou a ciência genética, criando uma personagem feminina que concebeu um filho sem ter trepado com o marido. Ela deve ter contado pra ele que tinha sido fecundada por um arcanjo, e o cara acreditou. Tá certo. Tinha mais é que acreditar mesmo. Enfim, o que eu quero dizer é que não estou incorrendo no pecado original agora. Não tô nessa rigidez peniana por luxúria. Foi a porra daquele remédio que o Park trouxe. Fitoterápico! Lembro agora. Funcionou, o filho da puta. Taqui o resultado: pau duro sem tesão.

Kabeto leva ao banheiro a sua sanha de limpeza, inspeciona cada cantinho, cada vão, até que, no meio dumas miudezas em cima do gaveteiro de plástico, topa com uma caixa de remédio, Phallux 20 mg, com as inscrições bem visíveis através dos dois graus e meio das lentes de seus óculos de leitura. Ele puxa a cartela da caixa: cinco casulos vazios. Um sexto ainda guarda a piluleta verde.

Taqueopariu. Mandei cinco dessas verdinha... *extrato de Piper cubeba*... que punhetíssima porra é essa?

É quando lhe vem a ideia de ligar pro Marcão, seu amigo médico. Se veem pouco, já se viram bem mais. São desses amigos que ficam, mesmo sem a prática rotineira da amizade, dos tempos do colegial. A última vez que se viram foi no enterro do Felipe, já faz uns aninhos. Entra a voz gravada, serena, doutoral, sugerindo que ele deixe seu recado depois do bip.

Marcão, me liga, pelamordideus. Questão de vida ou morte.

Kabeto tenta purgar sua impaciência num mais do que necessário banho depois de toda aquela faina faxineira. Deixa à mão o celular e um lençol limpo pra se enxugar, e entra na chuva morna-fria do velho Lorenzetti em sua potência máxima. Ensaboa o cacete e tenta outra punheta, conseguindo apenas irritar ainda mais sua pele fina. Ao fechar a torneira, decide selecionar o modo neutro no chuveiro e submeter sua ereção a uma ducha gelada com o chuveirinho. Nenhum sinal de esmorecimento no membro enfezado. Ele mal sente a água gelada bater no vermelhão da pele. Ao sair do box, ainda raspa a chapeleta na borda do batente de alumínio, quase uma lâmina cega:

Aaaai!... Caralho de merda! — impreca, ao mesmo tempo em que soa o trimmmm dos velhos telefones de campainha que o celular imita.

Ele ouve a voz do outro lado e responde:

Fala, mãe.

Mesmo que eu não reconhecesse a voz dela, quem mais no mundo me chamaria de Cássio Adalberto ao telefone? — pensa Kabeto enquanto circula pela kíti falando com a velha no celular encaixado entre a mandíbula e o ombro, num torcicolo preênsil, e se enxugando no lençol, no qual pisa de vez em quando. Numa dessas cai de joelhos no chão. Ajoelhado e de pau duro, sem ter pra quem rezar, apanha o celular, que também foi pro chão, e se põe de pé de novo. A mãe reclama:

'Que foi, Cássio Adalberto? Derrubou o celular? Tá bêbado a essa hora do dia?'

Segue-se uma longa explanação sobre uma tia que vai fazer oitenta e oito anos e sobre o Dick que tá cheio dos achaques de cachorro velho e precisa ser levado ao veterinário pra avaliar se é o caso de 'sacrificar o coitado'. Ouvir isso olhando pro seu próprio pau vítima duma ereção atípica lhe dá um calafrio na alma. Será preciso sacrificar esse coitado também?

No final, vem o convite-intimação pra ir almoçar lá no Belenzinho com ela. Manipulando distraidamente seu pau duro, ele responde:

'Ficamos assim, mãe. Se eu for, eu vou... O.k., o.k., se eu for, eu ligo... O.k., se eu não for, eu ligo também... Sim, senhora... É que hoje, teoricamente, tá meio complicado pra mim... Por quê? Porque... Porque eu tô com um probleminha de saúde. ... É, um probleminha... Não é coração, não... Também não são os copos... Que cirrose, o quê, mãe. Eu nem tenho mais fígado, pra ter cirrose... Tô brincando, mãe, tô brincando. Já liguei prum médico amigo meu, deixei recado. Ele tá pra me ligar a qualquer momento. Deve tá tentando me ligar, aliás. Talvez eu tenha que fazer uma operação... É, uma cirurgia. ... Aonde? No hospital, ué. ... Ah, é no... ali no... aparelho urinário, sabe? Bexiga, e tal. ... Não, senhora, não é nenhuma indecência, dona Linda. É só uma operação pra mudar de sexo. ... Desculpe, desculpe... — diz Kabeto, depois de soltar uma risada. ... Eu sei que não tem graça, desculpe, desculpe... ... Ahn-hã. ... Ahn-hã. ... Hã-hã. ... Sim senhora... ... Ih! Peraí, mãe! Tão chamando aqui. É o Marcão, meu amigo médico. Depois cê me conta mais da tia Almerinda. Já te ligo. Tchau, mãe!'

Kabeto clica no teclado analógico do burrofone, que exibe um MARCÃO na tela.

Fala, dottore!

E aí, animal? Que cê andou aprontando dessa vez?

Porra, Marcão, cê não sabe o que me aconteceu! — começa Kabeto alcançando a embalagem do Phallux ao lado do notebook.

De fato, não sei. Sou médico, não sou ocultista.

Marcão ri da própria piadinha. Ele é o maior fã do seu próprio senso de humor. Kabeto faz eco pra agradar o amigo de quem muito necessita agora. Explica:

Cara, tomei cinco cápsulas, pílulas, drágeas, sei lá, de 20 mg cada, dum tipo de viagra fitoterápico aí que me deixou de pau duro há horas.

Fitoterápico? Putz. Quanto tempo faz que cê tomou isso?

Faz umas... sei lá, seis, sete horas? Tomei e dormi, de pau mole. E acordei cum taco de beisebol em cima do saco.

Que mico, Kabeto.

Mico, não. Gorila! King Kong! Cê não sabe como é que tá isto.

Como chama esse negócio que você tomou?

Falúx ou Fálux. Com pê-agá e dois éles. Phallux.

Marcão solta a mais sincera gargalhada:

Cê tá de sacanagem comigo...

Te juro. Foi comprado numa farmácia, com nota fiscal, tudo direitinho.

Nunca ouvi falar. Qual é o princípio ativo dessa porra? Vê aí na bula.

Kabeto, de óculos, puxa o papelucho dobrado da caixinha:

É... humm... extrato de piper cubeba.

Cu de quem? — faz Marcão, rindo.

Da sua mãe, seu filho da puta, é o que Kabeto se segura pra não sugerir. Apenas repete:

Extrato de piper cubeba... também chamado de cubebina... Cê já ouviu falar dessa merda?

Cubebina, sim, sim, já li alguma coisa. Tem um farmacêutico brasileiro aí fazendo pesquisa sobre essa cubebina, mas não sabia que já tinham lançado no mercado.

Lançaram. Taqui na minha mão. E na minha pica.

Se você quer saber, eu acho esse negócio de remédio fitoterápico um perigo. Tem muita coisa mal testada que eles jogam no mercado natureba. Em geral, não funciona pra nada.

Nesse caso funcionou. Até demais. Acordei de ressaca, com enjoo, dor de cabeça, sem o menor tesão, e de pau duríssimo. E a coisa não relaxa de jeito nenhum!

Você é uma besta mesmo, Kabeto. Como é que vai tomando um remédio que nem conhece, de alegre? Cê leu a bula antes, pelo menos?

Eu não conseguia achar meus óculos de leitura. E tava com pressa. Tinha duas gatas peladas na minha cama esperando meu pau levantar.

E agora, achou os óculos?

Achei.

O que fala aí sobre superdosagem?

Mesmo de óculos, Kabeto tem que forçar muito a vista pra decifrar as letrinhas miúdas da bula.

Hummm... Não tô vendo nada sobre superdosagem. Ahn... txô vê aqui...

Onde cê arrumou essa bomba, Kabeto? Num camelô de rua?

Te falei: foi comprado numa farmácia, de madrugada. Nem fui eu que comprei, foi um amigo.

Amigo? Cê tá trepando com amigo agora?

Não, Marcão, eu não tô trepando com amigo nenhum. Nem com a senhora sua mãe. Meu problema não é esse. Meu problema é essa porra de pau duro que não amolece nem fodendo.

Nem fodendo? Você traçou as duas gatas e seu pau não baixou?

Não cheguei a traçar ninguém. Eu tinha broxado com as duas, por isso mandei o remedinho. Esse amigo só me trouxe o negócio da rua.

Que história mal contada.

É a história que eu tenho pra contar no momento.

E as mina? Cadê elas?

Quando acordei, já tinham ido embora. De modo que não comi ninguém, ninguém me comeu. Eu tomei o Phallux e capotei, morto de porre e de sono. Achei que ia dar uma dormidinha, acordar tinindo e farrear cas mina. Essa era a ideia. Mas quando acordei, de pau durão, já era meio-dia. Elas tinham se mandado.

Por que você não liga pra elas? Fala pra elas voltarem. Daí, o tesão volta também. Cê dá uma em cada mina, e pronto, seu pau vai dormir em paz.

Já liguei pra elas e pra mais umas trocentas minas. Todas inoperantes ou fora de área no momento.

Soca uma, porra. Esqueceu como se bate punheta?

Já tentei punheta, água fria. Fiz uma faxina geral aqui na kíti. Até falei coa minha mãe pelo telefone...

De pau duro? Falou com sua mãe de pau duro, animal?

Falei. E nada da porra do pau amolecer.

Marcão espirra duas vezes e tem um acesso de tosse do outro lado.

Marcão?...

O amigo se recupera aos poucos:

Também tô fudido. Mó gripe.

Bom, Marcão, e aí? Qui quieu faço?

Isso aí tá com cara de ser um priapismo clínico. Tem que ir no médico.

Eu tô falando com um médico.

Sou endocrinologista, não urologista. Esse tipo de priapismo involuntário pode evoluir prum quadro de trombose, gangrena...

Gangrena? No pau?

Não é muito bonito de ver.

E como é que se trata priapismo clínico?

Normalmente, com bisturi.

Puta merda! Bisturi?!

O cirurgião abre os corpos cavernosos, na longitudinal, pra retirar o sangue coagulado.

Puta que pariu! Tô fudido. E quando começa a gangrenar?

Depende muito da pessoa. E do pau da pessoa. Mas, passando de quatro horas, costuma ser problema. Seu pau tá ficando azulado, por acaso?

Não, tá vermelho. De tanto eu esfregar o filhadaputa. Quê que eu faço, Marcão? Me ajuda, porra! Posso passar no seu consultório? Eu levo a bula do Phallux procê ler...

Não atendo aos sábados. E não posso fazer nada por você no consultório, Kabeto. Vai correndo num pronto-socorro. Cê não tem seguro-saúde?

Tenho um seguro de merda, de milico, herança do velho. Só posso ir numa merda de hospital militar em Carapicuíba. Não vou aparecer de pau duro num hospital militar em Carapicuíba. O médico provavelmente é um capitão.

Bate continência com o pau pra ele ver.

Kabeto acaba rindo:

Caralho, porra, qui quieu faço, Marcão?

Chama uma puta. E dá umas bombadas no cu dela, que é mais apertadinho. Tô falando sério. Dá uma boa gozada no cu da puta.

E eu vou sair de pau duro na rua atrás duma puta? Tô sem grana pruma puta decente.

Pega uma indecente. São as melhores, aliás.

Marcão...

Entra na internet, Kabeto, num site de encontros imediatos do primeiro grau. Pega uma amadora jeitosa. Quem sabe cê acha uma aí mesmo no treme-treme onde cê mora.

Tô sem internet, Marcão. E sem um puto pra consultar um urologista. Pensei que um amigo médico pudesse me ajudar.

Kabeto, olha aqui. Eu atendi oito horas no consultório, ontem. Na sequência, dei plantão noturno de seis horas no Servidor, enquanto o senhor tomava todas e fazia surubinha de pau mole com duas gatas. Raramente eu tenho um fim de semana inteiro pra descansar, como este.

Marcão?...

E ainda tenho que dar metade de tudo que eu ganho pra minha ex-mulher, todo santo mês. Portanto, não vem jogando seus problemas no meu colo, tá ligado?

Kabeto faz um silêncio dramático, seguido dum suspiro enérgico, antes de dizer:

O.k., Marcão, desculpaí. Aproveita o teu fim de semana em paz, amigo. Se o meu pau grangrenar, eu corto ele e te mando de presente. Falô?

Cara, vou te dar um conselho de amigo: se você não quer gastar com médico e não tem um plano decente, corre pro PS da Santa Casa. Eles atendem até mendigo lá. Diz que é uma emergência, mostra o teu chouriço na recepção. Quem sabe alguma enfermeira ou enfermeiro não quebra esse galho procê. De graça e sem bisturi! — aconselha Marcão.

Kabeto suspira forte:

Porra, Marcão. Cê acha que eu vou ficar de pau duro em fila de mendigo na Santa Casa? Porra...

Melhor que amputar o pau.

Valeu, Marcão.

Kabeto desliga e faz menção de atirar o celular na parede. Desabafa olhando pro aparelho:

Vai tirar da cara do corno do teu pai, amigo da onça, filho duma puta!

Aproveitando que não jogou o celular na parede, faz outra ligação:

Alô? Mãe?... Sim, tô melhorando. Aos poucos. ... Tá, tá. Ó, vou almoçar aí, tá?... Sei que já é uma hora. Chego aí em trinta — ... Não, mãe, não consigo chegar no Belenzinho em quinze minutos. ... Tô sabendo que a senhora é diabética, e que — ... Entendo perfeitamente que a senhora não pode esperar pra comer. ... O.k., em meia hora eu tô sentando aí pra comer com a senhora. Vou de táxi. ... Não vou atrasar, não. Se eu atrasar, vai dando de comer pra diabete que eu logo apareço. ... Tchau, mãe.

Mal desliga, Kabeto tem uma ideia. Uma ideia que, ele teme, pode resultar tremendamente trabalhosa: levar o colchão vomitado e desinfetado pra arejar na sacada. E é o que ele se põe a fazer. Passar aquele trambolho pela porta-janela é que é foda. A coisa pende perigosamente pro lado do parapeito e quase despenca. A parte de baixo chega a se erguer... ops... tá foda impor um contrapeso ao king-size. Corro o sério risco de ser catapultado pra fora da sacada. Foi uma luta conseguir que o colchão tombasse pra banda da porta-janela, que ficou praticamente vedada ao ar, à luz e até aos ruídos da cidade. Voltei pra kíti de marcha à ré. Mas o cheiro aqui melhorou muito. Tá que é puro desinfetante. Agora, com a porta-janela vedada pelo king-size, me sinto naquela pent-house do Elvis em Las Vegas, sem contato com o mundo externo. Minha kíti virou a batcaverna do escritor bloqueado. Ele nota que aquela forcejada de carregador da Lusitana fez seu paudurismo arrefecer um pouco. É possível, pois, que seu ilustre falo não vá gangrenar a ponto de se ver alvo dum bisturi. Um pouco de pensamento positivo nessa hora não vai fazer mal pra ninguém.

A providência a ser tomada agora é vestir uma calça baggy que ele não usa há anos, mas que lhe vem sugestivamente à memória. A calça foi um presente de sua mãe, que achava aquilo a coisa mais masculina e elegante do mundo. Ele só usou aquela abominação uma única vez, pra ir justamente à casa da mãe, numa véspera de Natal, e nunca mais. Agora, vem a calhar a calça bufante, com pregas frontais, risivelmente antiquada.

Kabeto veste a calça sem cueca e experimenta poses diante do espelho de corpo inteiro grudado na parede. A calça dá uma enfunada obscena na altura da braguilha. Ali, só mesmo uma cueca apertada pra segurar o bicho. Cavalo comedor, cabresto curto, reza o ditado turfístico. Meu pobre cavalo come muito menos do que gostaria, e não tá empinado desse jeito por vontade própria. Mas vale o ditado assim mesmo.

Pronto pra sair, carteira, celular, caixa de fósforos com uma bagana boa, malha, camisa de flanela e camiseta por baixo, o blazer de lã por cima de tudo, num arranjo que lhe parece da mais troncha deselegância. Já com o pé na porta, lhe ocorre correr pro computador pra registrar uma possível primeira frase do seu romanchanchada:

'Quando ele acordou naquela manhã nublada e fria, sem um puto na carteira, viu que seu pau estava tão duro quanto ele.'

Parece razoável, essa frase, ele se congratula. Só não é cem por cento verdadeira. Ainda tenho uns pixulés na carteira e posso tirar mais alguma coisa com o cartão num caixa eletrônico. Não tô tão irremediavelmente duro quanto o meu pau. E não é impossível que eu consiga arrancar da minha mãe o suficiente pra pagar um urologista razoável. Kabeto relê a frase no monitor do notebook. Pode estar ali a primeira frase provisória do meu romance quinzenal.

Mas, depois de três segundos e meio de soturna reflexão, começa a achar a frase uma solene merda. Seleciona e deleta tudo, sem dó. Levanta e caminha inclinado pra frente em direção à porta, simulando um grave problema de coluna. Lembra de uma bengala que pertenceu a seu pai largada em algum canto da kíti. E sai em três patas feito um velhinho padecendo de cifose avançada.

22

Belenzinho, rua Herval, não longe do metrô. Mais exatamente na sala do sobrado bigeminado da dona Deolinda, ou apenas dona Linda, mãe do Kabeto. Soa a campainha. Dona Linda vem da cozinha em seu passinho arrastado de chinelos velhos pra atender a porta. É uma velha seca e rija, apesar de certa dificuldade de locomoção. Ela espia pelo olho mágico da porta e vê Kabeto de bengala vestindo aquela calça larga de pregas que ela deu pra ele há anos. Com aquela calça o filho fica parecendo um homem de verdade. A velha parece hesitar uns segundos antes de abrir as duas fechaduras da porta, mais o trinco de cima e o de baixo. Às vezes ela reluta em aceitar que aquele sujeito lá fora, grisalho, boêmio com tendências libertinas, irresponsavelmente irresolvido na vida, e ainda metido a escritor de insânias, seja seu filho.

Kabeto entra na casa da sua segunda infância — a primeira passou em Pinheiros, do outro lado da cidade — depois de trocar uma espécie de não beijo com a mãe, mero raspão de bochechas, a da velha lisinha e decorada de manchas senis, a do Kabeto uma lixa da barba de dois dias.

Oi, mãe, saúda o filho com emotividade zero na voz.

A mãe inspeciona a rua em frente, a vizinhança e o céu, desconfiada do quê, nem ela sabe. Só depois retribui a saudação do Kabeto com seu desenfático:

Oi. Atrasado como sempre, né, Cássio Adalberto?

Kabeto entra bengalando o chão e se afunda numa das duas poltronas gêmeas da sala de estar, de fofura irregular, que montam guarda dos dois lados de um sofá de três lugares voltado pra TV de tela plana, o item mais moderno da decoração. O cavalo de sua calça larga forma naturalmente um volume que esconde outro volume interno, aprisionado precariamente na cueca. Ajeitando-se na poltrona, ele se lembra daquela punheta inaugural naquela mesma poltrona, em cima do caminhão do exército que fazia mudança de Pinheiros pro Belenzinho. Ou terá sido na outra poltrona, gêmea desta?

Que foi isso, Cássio Adalberto? Tá com a espinhela caída de tanto tempo que você gasta sentado nos bares? — resmunga dona Linda, revelando um discreto sotaquinho interiorano.

Tive um pequeno acidente.

Acidente? Que acidente? Caiu de bêbado na rua?

Acidente vascular.

Dona Linda sacode a cabeça com incredulidade:

AVC?...

Não é cerebral, Kabeto responde, embora tenha a ver com um tipo de cabeça.

Quê? E essa bengala, Cássio Adalberto? Não era do seu pai?

Era.

Logo vi.

Tava comigo desde que eu quebrei o pé, lembra?

Vê se devolve.

Devolvo, devolvo. Quando sarar disso aqui, eu devolvo.

Eu uso bengala na rua. Gosto de variar.

Claro. É bom variar de bengala.

Você fica pegando as coisas aqui de casa sem me avisar. Isso não tá certo.

Muita bengala sai pra passear sozinha quando o dono não usa.

Dona Linda não demonstra apreciar em demasia o humor do filho. Kabeto, de seu lado, dirige o olhar pra mesinha ao lado da sua poltrona, onde repousa um porta-retratos com a imagem de um oficial do exército em uniforme de gala, quepe e paletó impecáveis, insígnias, condecorações, as ombreiras ostentando sua patente: três estrelas gemadas com círculos azuis no centro. Sobrancelhas espessas, queixo quadrado, nariz reto, compondo o quadro da mais virtuosa austeridade-honestidade-hombridade. Não é difícil identificar ali a matriz genética das feições do Kabeto, sobrancelhas, queixo, nariz. Só o retrocesso capilar não aparece, escondido pelo quepe. Trata-se do finado coronel Castanho, ou só 'o Coronel', como o chamava e ainda chama a sua eterna e nada alegre viúva. Dificilmente uma mulher que chama o marido militar pela patente terá tido com ele alguma intimidade sexual maior que um papai & mamãe procriativo no escuro, ela de camisola, ele só com a calça do pijama arriada.

O que você tem, afinal de contas, Cássio Adalberto? Que raio de acidente vascular foi esse?

O Marcão, sabe o Marcão, aquele meu amigo médico? Então, o Marcão me disse pelo telefone que eu devo ter tido uma... um tipo duma... trombose no no no... no baixo ciático.

Nunca ouvi falar disso.

Diz que pode gangrenar.

Gangrena no ciático?

No baixo ciático.

Isso tá com cara é de doença venérea.

Kabeto deixa escapar uma risada. Danada essa dona Linda, ele rumina. Chegou perto da questão. Ela emenda:

Em vez de trabalhar pra ganhar dinheiro e cuidar bem da saúde, fica pegando doença na rua.

Peguei foi em casa mesmo.

Alguma porcaria que você comeu?

Foi mais uma porcaria que eu não comi. Duas, aliás. Se tivesse comido, não estaria assim.

Se trabalhasse mais e gastasse menos tempo na rua é que você não estaria assim.

E eu não trabalho, dona Linda?

Trabalha metade do mês. De *redator.* Pff. O resto é gandaia direto.

Antes fosse, penso eu em precavido silêncio.

Falando em grana... — começa Kabeto.

Nem vem, Cássio Adalberto. Não vou te dar dinheiro pra você tratar de doença venérea nenhuma.

Que doença venérea o quê, mãe. Mania de ver sexo em tudo. Parece psicanalista, a senhora.

Um homem da sua idade! Um velho já. Tinha que se dar o respeito.

Kabeto ouve, tentando decidir se a mãe usou certo a expressão ou se não seria 'se dar *ao* respeito'.

Seja lá o que for isso, melhor ver logo. Vai num médico do Montepio. Do Anhangabaú sai ônibus direto pra Carapicuíba. E me traz a receita que eu compro remédio com desconto pra terceira idade.

Esse Montepio é uma bosta. Não é plano de saúde, é plano de doença e morte. Só tem médico velho e aquele hospital militar horrível de Carapicuíba fedendo a mijo e clorofórmio.

Olha esse palavreado, Cássio Adalberto.

Mãe... — tenta recomeçar o filho. Mas a mãe já lhe deu as costas rumo à cozinha:

Vai lavar as mãos pra almoçar, vai. Vou tirar a comida.

Kabeto cafunga o ar. E dá uma estratégica puxada de saco na mãe:

Tá cheirando bem.

Quando dona Linda some de vista, ele acaricia por cima da calça o seu maledeto priapismo clínico. A coisa desentumeceu um pouco, mas ainda tem muito sangue aprisionado ali dentro. O inibidor da tal enzima que deixa o sangue refluir do pau já deve estar caminhando pro fim da meia-vida, mesmo com a superdose que ele tomou. Fudidaço esse extrato de pimenta indiana. Como chama mesmo? Foderato de cubucetina? Porra, rumina Kabeto, o que eu tenho mesmo que fazer é enfiar essa poronga hirta numa xavasca dadivosa. Vir almoçar na casa da mãe não foi o passo que mais o aproximou duma buceta foderável, ele raciocina. Mas não tem nada pra cozinhar na kíti, ele tava sem saco de fazer um súper e sua grana tá escassa pra bancar sua sagrada quinzena sabática. Ao contrário do que pensa sua mãe, Kabeto é o boêmio mais organizado desse mundo. Ele calcula até quantas brejas e steinhaegers tomará nos quinze dias de ócio. Agora, se tiver mesmo que consultar um urologista, uma mordidinha na véia viria a calhar. Caso contrário, vai ter que passar seus dias livres mais sóbrio do que gostaria, considerando que seu limite de penduras no Farta já foi atingido faz tempo.

Tá na mesa! — dona Linda anuncia da cozinha.

Kabeto se levanta e passa por um ícone entronizado em cima da velha e relustrosa cristaleira de cedro escuro: uma velha máquina de escrever Remington Rand, Model 1, que tinha sido do pai dele, meu avô Cássio, escriturário graduado de uma casa comercial, de tecidos, onde tinha começado como vendedor. O velho do velho, que cheguei a conhecer, tinha ganhado a máquina quando se aposentou, presente da firma, em fins dos anos 1940. Era a máquina de uso no trabalho durante sei lá quantos anos. A Remington passou do pai pro filho militar. Ele batia naquela máquina memorandos e relatórios do exército quando trabalhava em casa, à noite, nos fins de semana e em seus dias de folga no quartel. Kabeto via e ouvia aquilo, fascinado. O pai datilografava com gosto, relatando as atividades e processando os trâmites do seu mui honroso Grupamento Tático de Artilharia, sediado em Quitaúna. Isso, antes de alcançar um cargo comissionado no quartel-general do 2º exército, no Ibirapuera, ápice de sua carreira, em plena ditadura. Aí os assuntos que ele datilografava passaram a ser mais complexos. E sigilosos. Eu era adolescente na época, começava a entender as coisas, mas não associava meu pai com repressão e tortura, apesar de ele trabalhar a poucos quarteirões do Doi-Codi e na mesma instituição que moía gente viva pendurada no pau de arara, sentada na cadeira do dragão, levando cacetada de todo lado, sofrendo estupros sádicos, de todo jeito e maneira de causar tormentos e, pavores, dores lancinantes, horas e dias a fio. Nunca conversamos sobre esse assunto. Meu pai não fazia discursos pró-ditadura, embora fosse um anticomunista ferrenho. Sei que ele não ia gostar nada dessa Comissão da Verdade que inventaram aí, embora nenhum ex-preso político fosse denunciá-lo como repressor. Mas não teve que se preocupar com isso, morto que está há mais de quinze anos.

Kabeto passou a imitar o pai datilógrafo tão logo se alfabetizou: tec tec tec... tec tec... tec... tectectectectec. *rrrrrr* — *plim!* Enchia folhas e folhas de papel com palavras, frases que ia aprendendo. Chegou a começar um diário. Pegou rápido a manha da datilografia, sentia prazer em caçar letras com a ponta dos dedos, mesmo sem conseguir usar os dez, como faziam os datilógrafos mais lestos. Com doze anos, escrevia à máquina com dois, depois três dedos de cada mão, médio, indicador e polegar, o que faz até hoje no computador.

Kabeto senta o dedo na letra K da Lettera. A haste que carrega a letra, emperrada, não consegue atingir o rolo. Metáfora banal do seu bloqueio? E se eu voltasse pra máquina de escrever? Ele sempre teve nostalgia por aquela engenhoca mecânica que oferecia resultados imediatos, sem eletricidade, sem a macarronada de fios dos computadores, sem a mediação de programas e aplicativos complicados e oscambau. Era como escrever direto na impressora, como se diria na era digital, sem ouvir o estalido seco do tipo contra o papel preso no cilindro de borracha, com intermediação apenas da fita que fornecia a tinta pra imprimir a letra. Voltar à máquina de escrever me remeteria à minha juventude, pré-bloqueio, portanto. Escrevi muito nessas traquitanas, antes de ter meu primeiro computador já quase aos trinta anos. É uma ideia. De repente, mando arrumar essa Remington mesmo. E mantenho um contato patrilinear com as letras: do vovô Cássio ao meu pai, o coronel Adalberto, do meu pai pra mim, Cássio Adalberto, vulgo Kabeto, o escritor bloqueado. Se não é uma ideia.

Antes de seguir pro comedouro da casa, na copa-cozinha, Kabeto dá mais uma conferida no porta-retratos. Reza a lenda familiar que meu pai conheceu minha mãe num baile de formatura de cadetes no Clube Militar, ele um tenente de vinte e um anos, ela uma colegial de quinze — ia fazer dezesseis dali um mês. Tinha ido ao baile com os pais, a convite de uma colega de escola, filha de milico. Com essa idade, muita garota já namorava firme o cara com quem viria se casar dali a dois ou três anos. Conversaram, dançaram e, no fim da noite, se olhavam com ardor. De saída, com os pais, veio o tenente, já apaixonado, beijar as costas da mãozinha delicada de unhas grandes e perfeitamente manicuradas que ela lhe estendeu para o que deveria ser um casto aperto de mãos. Quando Linda recobrou sua mão beijada, veio junto um papelucho dobradinho que ele tinha dado jeito de encaixar ali. O bilhete foi rapidamente transferido pra sua bolsinha prateada de festa.

Foi, pois, com o coração aos pinotes que a jovem Linda, chegando em casa naquela noite, trancada em seu quarto, puxou da bolsinha a evidência do seu crime de paixão à primeira vista. Seu coração dava coices no peito só de ouvir o crepitar do papel sendo desdobrado uma, duas, três, quatro vezes, desvelando a frase que mudaria sua vida: 'Entre teus olhos e os meus, há uma ponte de amor. Tenente Adalberto Castanho'. O que Linda fez ao ler aquilo tinha tudo a ver com o clichê melô da frase do tenente: derramou lágrimas da mais pura e intensa comoção romântica.

Dois anos depois, mal completados seus dezoito anos, Linda subiria ao altar pra que o já primeiro tenente Adalberto Castanho se sentisse autorizado a enfiar várias coisas em seu corpo: no dedo, a aliança matrimonial, na carteira de identidade, o sobrenome, e na vagina seu pau latindo de tesão, o que, algum tempo depois, resultou na concepção e nascimento do atual escritor bloqueado, primeiro e único da prole Marujo-Castanho.

Copa, separada da cozinha por uma bancada-armário de um metro de altura. Sentados em ângulo à mesa de fórmica forrada com uma alvíssima toalha branca, Kabeto e sua mãe almoçam estrogonofe de frango com arroz e batata palha de pacote. Cardápio de gala na classe média remediada do Belenzinho. Pra beber, guaraná. Álcool a mãe não deixa entrar em casa de jeito nenhum, seguindo as diretivas do finado coronel, abstêmio do quepe aos coturnos. Se bem que raras vezes vi meu pai de coturno. Saiu tenente do CPOR e logo virou um militar de gabinete, pisando tapetes e carpetes com sapatos pretos burocráticos.

Kabeto acha um longo fio de cabelo branco no estrogonofe. Dona Linda percebe:

Meu não é. Eu só cozinho de lenço na cabeça.

Num falei nada, murmura Kabeto, dispensando no guardanapo de papel o fio besuntado de molho de creme de leite, com maizena e ketchup. E volta ao ataque:

Então, mãe: a senhora não teria quinhentas pratas pra me arrumar? Se eu tiver que morrer com a grana duma consulta particular, meu orçamento, esse mês, tipo vai pras cucuias.

Tipo, tipo! Deu pra falar *tipo* agora, Cássio Adalberto? Que nem os jovens da novela? Cê acha que tem quantos anos? Quinze?

Vinte, na verdade, penso e, inadvertidamente, digo.

Cássio Adalberto, te dei mil reais não faz um mês. Onde você enfia o dinheiro?

Ué? No bolso dos comerciantes e do governo, onde mais?

Minha mãe não precisa saber que 'comerciantes' engloba traficantes de maconha e, hoje em dia, eventualíssimas prostitutas, nos períodos mais prolongados sem a presença de amadoras dadivosas.

Poupar nem pensar, né?

Dinheiro é pra gastar, mãe. A gente fica infeliz ganhando, tem que ficar feliz gastando. Mais ou menos assim é que caminha a humanidade.

Debaixo de viaduto e de ponte tá cheio de gente que pensava assim.

Eu moro debaixo do teto da confortável kitinete que meu pai me deu. E a senhora se abriga neste aprazível sobrado e tem uma sólida pensão de viúva de coronel do glorioso Exército brasileiro. E o aluguel de duas casas. Nunca vai lhe faltar nada. Vá passear, gastar seu dinheiro, conhecer a Europa. E me arruma quinhentinha agora.

Trabalhe mais, Cássio Alberto. Pare de gastar com álcool, drogas, mulheres e sei lá mais o quê.

Sei-lá-mais-o-quê, no meu caso, inclui condomínio, papel higiênico, pão, manteiga, água, luz... — diz Kabeto, que, a bem da verdade, deveria agora incluir o poderoso Phállux na lista.

Não seja cínico, Cássio Adalberto. Você lembra do que o seu pai falava sobre dinheiro, não lembra?

Lembro, mãe, lembro, faz Kabeto, preparando-se para o exercício budista da suprema paciência diante das espinafrações monocórdias e repetitivas da dona Linda, e de sua mais do que exasperante conformidade comportamental e ideológica às normas sociais e morais vigentes em 1937, ano em que nasceu, sendo que seus pais ainda se guiavam muito pelos usos e maneiras toscas e pós-medievais vigentes na Cavilha da Rebuçanha, em Trás-os-Montes, no cu do judas português.

Dinheiro não nasce em árvore, é isso que seu pai dizia.

Acho até que foi ele que inventou essa expressão, não foi? — rebate Kabeto.

Você tem que parar de fazer piadinha sem graça o tempo todo e arrumar um emprego fixo decente, Cássio Adalberto. Pra ter dinheiro de verdade.

A senhora já viu alguém arrumar dinheiro de verdade com emprego fixo decente?

Você é bom de bico, Cássio Adalberto, mas batente que é bom... E ainda me foi largar a faculdade no último ano! E faculdade particular! Seu pai jogou dinheiro no lixo com você.

Mãe... estamos comendo...

Pagou a faculdade pra virar o quê? *Redator*. Pff. Um reles datilógrafo. Tivesse um diploma decente, uma boa carreira, não estaria nessa miséria.

Quem tá na miséria, mãe? Tô só pedindo uma ajudinha pra pagar um médico melhor do que aquelas múmias corocas do convênio.

Ajudinha. Vai pedir ajudinha na porta da igreja, vai.

Ô dona Linda, foi pra isso que a senhora me chamou pra almoçar?

Pergunta cretina, essa do Kabeto. Claro que foi pra isso. A viúva do coronel tá com a corda toda:

Nem família conseguiu formar, Cássio Adalberto. Nem família. Só quis saber de sirigaitas, de drogadas. E ainda teve uma filha com uma delas, justo a mais maluca de todas que você já arranjou. Escolhida a dedo!

Escolhida a dedo e a pau, retém Kabeto na ponta da língua. E totalmente sem intenção procriativa ou conjugal. Tenho culpa que espermatozoide é cego e burro? Imagina só se eu digo isso pra dona Linda, que continua girando a manivela das recriminações maternas:

Bela mãe você foi arranjar pra sua filha.

Nisso, dona Linda não tá de todo errada, admite Kabeto pra si mesmo. A Renata podia ser maluca, irresponsável e a pior mãe do mundo, mas era bela, não bela mãe, mas uma bela jovem.

E nem casar, casou. Foi tudo no improviso, no pecado...

Kabeto sente ganas de retrucar que a parte do pecado e do improviso é a melhor de qualquer relacionamento entre pessoas que sentem atração sexual recíproca. Mas continua só ouvindo a mãe rezingar:

E a sua filha, então, que te odeia. Só podia, aliás.

Puta que pariu, dona Linda, dá um tempo, porra, tô comendo, caralho, vai se fuder, cacete! — ele, mais uma vez, só pensa, enquanto mastiga o frango silencioso do estrogonofe.

Porque não foi bem educada, a menina, prossegue a mãe. Não teve o carinho, a atenção dos pais. Toda educação que ela teve fui eu e seu pai quem demos. Quem pagou o cursinho caro pra ela entrar na São Francisco foi seu pai. Porque da mãe de verdade, ou dos avós maternos, não vinha nem telefonema. Ha! Deixa pra lá, Deus que me perdoe.

Não é verdade que a João não teve amor de pai, retruca o filho enxovalhado. Quando ela nasceu foi uma felicidade pra mim. E eu sempre procurei, na medida do possível…

Você achou bonito virar pai, só isso, Carlos Adalberto. Ficou orgulhoso da sua masculinidade. Cantou de galo no terreiro. Mas educar que é bom, necas de piribitiba.

Deus do céu… — Kabeto exala.

Deus do céu, digo eu. Olha só o que a menina virou. Uma … Deus me livre, diz dona Linda se persignando.

Sim, mãe, olha só o que ela virou: uma puta advogada. Graças a esse mesmo Deus. E, claro, a você e ao Coronel.

Não me chame de você!

Escapou, desculpe.

Dona Linda mastiga na boca fechada a palavra 'lésbica'. Pra ela, foi isso que a sua neta virou, condição que quase anula todas as outras conquistas da Maria João. Instala-se um insuportável minuto de silêncio mastigativo.

Passa o guardanapo nessa boca suja de molho, diz, por fim, dona Linda. Do outro lado também.

Kabeto passa o guardanapo de papel nas duas comissuras da boca.

Podia ter virado um bom advogado, você também. Um exemplo pra sua filha.

Esse é um antigo argumento que sua mãe já deixou escapar várias vezes. Maria João virou lésbica porque não tinha um pai presente no qual se espelhar. Vai daí, passou a fantasiar que ela mesma era o homem que o pai deveria ter sido. Se Freud tivesse conhecido dona Deolinda Marujo Castanho, tinha desistido de inventar a psicanálise e se contentado com a neurologia.

Meu negócio é escrever, diz Kabeto. Um dom que não serve pra muita coisa, reconheço.

Sim, porque seu negócio é a vagabundagem. Desde que se conhece por gente você é a preguiça personificada. Diz que é escritor, mas não escreve nada que preste.

Minha mãe, uma crítica literária? — Kabeto se diverte, de bico calado.

O velho Dick late no quintal com sua garganta rouca. Kabeto ensaia dizer mais alguma coisa. Desiste. Sabe que ali nada vai mudar, nunca, nem na cabeça da mãe, nem na dele. Nem na do velho pastor-alemão no quintal, único ser com quem dona Linda mantém algo parecido com relações afetivas genuínas.

Não entendo, Cássio Adalberto, não entendo como um homem de cinquenta e três anos, que teve todas as chances de estudar e ser alguém na vida, não consegue ganhar direito o próprio sustento. Juro que eu não entendo.

Eu ganho meu próprio sustento. Só peço algum pras emergências. Como agora. Preciso de um médico decente, nada além disso.

Médico decente pra tratar das suas indecências? O que te falta é paz de espírito. É isso que bota a cabeça da pessoa no lugar: paz de espírito. E paz de espírito só atinge quem leva uma vida correta.

Eu achei que ela ia completar com um 'meu filho'. Mas minha mãe nunca me chama de 'meu filho'. Também não me lembro de ter chamado dona Linda de 'mamãe'. Ela continua:

De uma vida correta e da religião. Eu cansei de te dizer isso. Sem paz de espírito e fé em Deus uma pessoa não é nada. Dentro dela é só caos e escuridão.

Kabeto só abana a cabeça, matutando em silêncio: o dia que eu tiver esse tipo de paz de espírito, morro de tédio. Antes desse dia, vou com Maiakóvski no bar da esquina me matar de vodka. Preciso de caos e escuridão. Luz, só a que eu decidir acender em casa. E o vapor metálico que a prefeitura acende nas ruas, à noite. Com o king-size tapando a porta-janela da kíti terei acesso a quanta escuridão eu desejar. Minhalma vive na escuridão e tem medo de todas as coisas. Mas é onde ela se sente em casa. Paz de espírito, só no cemitério. Aliás, cemitério, não: quero ser cremado. Vou deixar uma grana reservada pra isso. As cinzas, podem jogar na primeira lata de lixo. É onde encontrarei a paz de espírito.

Dona Linda deve tá lendo alguma coisa sobre paz de espírito. Seus sermões 'filosóficos' são estribados numa sólida cultura de autoajuda que remonta ao 'Como fazer amigos e influenciar pessoas', do Dale Carnegie, livro que cansei de ver nas mãos dela desde que me conheço por gente, cada vez mais remendado com fita durex por conta das consultas diárias acerca da importância do sorriso nas situações adversas ou das desculpas sinceras pelos agravos infligidos a outrem. Sim, a outrem, palavra que li pela primeira vez no próprio Carnegie.

Sua sorte, Cássio Adalberto, prossegue minha mãe, ela também com um pouco de molho rosê nas comissuras, sua sorte é a sua filha pelo menos ter se dado bem na vida. Financeiramente, digo. Apesar de tudo...

E dá-lhe sinal da cruz, seguido de um longo suspiro.

Mãe, a João...

Tá, tá, tá, corta dona Linda. Deixa pra lá. Tô muito velha pra consertar os pecados do mundo.

Depois de engolir o naco de frango que estava mascando, a velha emenda:

E, você, trate de achar uma companheira decente pra casar, Cássio Adalberto. Na velhice, um homem tem que ter uma mulher que cuide dele, que limpe a sua baba.

Kabeto ri:

A minha baba? Que baba?

Espere a velhice chegar e você vai ver a baba escorrer da sua boca. Quando o coronel teve o primeiro derrame, eu é que tive de limpar a baba dele. Xixi, cocô, fraldão, comida na boca, era tudo eu que limpava, trocava, dava, cuidava. Porque você, o filho único, nem pensar em encostar a mão no pobre coronel.

É verdade. Eu morria de aflição de ver meu pai entrevado daquele jeito, sempre cheirando a mijo e cocô, sempre com baba escorrendo da boca mole.

Dona Linda destramela:

É muito triste ficar velho sozinho, Cássio Adalberto. Velho e doente. Muito triste, muito. Trate de fazer um pé de meia, em vez de gastar todos os caraminguás que você ganha na vagabundagem. Já te falei mil vezes: presta concurso para fiscal de renda, como o teu primo Afonsinho. Há vinte anos ele também estava sem eira nem beira na vida. Prestou concurso, entrou na carreira e hoje tem família, filhos, casa própria, casa na praia, dois carros.

Grande primo Afonsinho.

É só você se preparar pro concurso. Você é vagabundo, mas é inteligente.

Obrigado.

Tem pra fiscal de renda municipal, estadual e federal. Sabia que em qualquer idade se pode prestar concurso pra cargo público?

Mãe, podemos falar de outro assunto? Hoje é sábado...

Sim, podemos falar do seu alcoolismo, por exemplo.

Assunto muito apropriado prum sábado, Kabeto reconhece em obsequioso silêncio.

Você tem que beber menos, Cássio Adalberto. Muito menos. Parar de beber, de uma vez por todas. Tem que ficar longe de drogas, drogados e vagabundas.

Longe da erva, das perva e da cerva, murmura o filho.

Quê?

Vou pensar no concurso de fiscal de renda, mãe. E, qualquer dia desses, viro abstêmio. E fiscal de renda, que é pra encher o rabicó de grana com as propinas, que nem o primo Afonsinho.

Cássio Adalberto! Olha essa boca!

A senhora tá falando isso pelo primo Afonsinho ou pelo rabicó?

Ninguém nunca falou rabicó nesta casa!

Bom, agora é a terceira vez que falam. E foi a senhora quem falou.

Muito engraçado. Se você soubesse ganhar dinheiro como sabe fazer gracinhas...

A partir daqui, a voz da mãe vai caindo prum distante background na cabeça do Kabeto. Ao longo daquela torturante catilinária, ele experimenta uma crescente sensação de alívio peniano. A verdade é que seu pau vai amolecendo a cada frase que a mãe diz. Ele olha de relance pro Jesus no quadro da Santa Ceia na parede, e, por um instante, acha que o filho daquela suposta virgem da Galileia lhe deu uma piscadela cúmplice, anunciando o milagre da desentumescência do pênis priápico.

A voz da mãe volta a assumir o primeiro plano em seus pavilhões auriculares:

E cuide mais da saúde e da alimentação. Você está muito magro, Cássio Adalberto.

Magro? Com essa barriga? — ele argumenta, dando tapinhas na pança cevada na cerveja com steinhaeger e frituras de botequim.

E trate de dormir melhor também, que a sua cara tá péssima. Tá com olheira caindo pelas bochechas. E não se esqueça de ligar pra tia Almerinda, que faz aniversário amanhã.

Novos latidos de cachorro velho.

Olha o Dick, coitado. Vou ter que levar ele no veterinário. Não tá enxergando mais nada. Catarata avançada. E tá com um tumor horrível no ânus. Precisa ver o que ele sofre pra fazer cocô. E perde tanto sangue, pobrezinho...

Ufffffa... — exala Kabeto, com alívio.

Ufa, o quê, Cássio Adalberto?

Tá passando...

O que que tá passando?

O negócio vascular.

Hm! — faz dona Linda, com cara de quem fareja patifaria no ar.

Tá provado, pensa Kabeto. Mãe é o brochante universal. Priapismo clínico? Converse com sua mãe sobre virar fiscal da receita municipal, estadual ou federal. Pra completar, peça pra ela te contar tudo sobre o tumor anal do seu velho e decrépito pastor-alemão.

Terminada a refeição e jogados os pratos sujos na cuba da pia, Kabeto vai escovar os dentes no lavabo, onde mantém uma escova no armarinho. Ao mijar, constata que sua turgidez caralhal cedeu lugar a uma malemolência borrachenta bem menos incômoda. Meu pau tá livre do bisturi, comemora. Mas continuo muito necessitado duma bucetinha clínica.

Ele encontra a mãe na sala, ligando a TV. Logo aparece o Chaves, com aquele boné orelhudo de Pateta. Ela repete o mantra de todo fim de refeição:

Não vai tirar uma soneca, Cássio Adalberto? Faz bem pra saúde e pro espírito.

A véia tá encanada hoje com o bem-estar do meu corpo e, como se não bastasse, também do meu espírito. Isso é que é mãe. Meu quarto continua lá em cima. Virou quarto de hóspedes. Quem dormia ali de vez em quando era a tia Almerinda, cunhada da minha mãe, que vinha jantar com ela e acabava ficando pra dormir. Mas há uns anos, desde que ficou presa numa cadeira de rodas, não aparece mais pra esses jantares geriátricos.

Não, mãe, já tô indo, respondo. De modo que, se a senhora puder me adiantar aquela grana pro médico...

Sem dizer nada, a mãe toca de volta pra cozinha. Kabeto ouve um tilintar de moedas dentro de um recipiente de vidro ou porcelana. Já de porta aberta pra sair, Kabeto vê dona Linda retornar com a mão em concha portando algo.

Toma, ela diz, despejando nas duas mãos em bandeja do filho um punhado de moedinhas de cinco, dez e vinte centavos. Nenhuma moeda de um real. Nem sequer de cinquenta centavos. É só um farelo monetário que ela guarda numa cumbuquinha.

Três reais e vinte centavos, contadinhos, ela diz. Pra condução. Era três até outro dia, mas o prefeito aumentou pra três e vinte. E deu esse furdunço todo que tão fazendo aí. Como se fizesse grande diferença. Isso é coisa de vagabundo baderneiro. No tempo dos militares no poder não se via essa anarquia. O coronel ia morrer de desgosto, se vivo fosse, ela conclui, fazendo o sinal da cruz.

Kabeto balança a cabeça tentando aparentar humilhada resignação. Pensa em devolver as moedas, em protesto. Mas acha melhor embolsá-las, pra não melindrar dona Linda. E pra pagar o ônibus da volta, afinal de contas.

Tchau, mãe, ele diz, sem hipótese de beijo e sem olhar pra ela, num ressentimento infantiloide tantas vezes reencenado. Ouve a porta bater atrás de si e a chave girar nas duas fechaduras, mais o trinco de cima e o de baixo. Nada entrará na casa da dona Linda, nem o século XXI, que já tá há treze anos tentando.

23

No assento junto ao corredor do ônibus lotado, Kabeto dá umas espiadas desinteressadas nas janelas dos dois lados, pelas eventuais frestas entre os passageiros. Já estamos no Brás, não longe do Centro. O Brás sempre foi pra mim um lugar de passagem, indo ou vindo do Belenzinho. É o mesmo cenário cinza-comercial da avenida Celso Garcia que seus olhos se cansaram de captar em travellings de ida e volta, desde aquela punheta aos onze anos no caminhão da mudança, na ida, até hoje, aqui e agora, voltando da rua Herval. Caralho. Quarenta e dois, quase quarenta e três anos se passaram, e cá tô eu envolvido com o meu pau duro outra vez a bordo de um veículo em movimento. Antes era tesão púbere literalmente a céu aberto. Agora é priapismo clínico debaixo do teto do ônibus. A história não se repete, mas o pau tá se repetindo. Vai e volta, essa porra dessa ereção. Deve ser a fase final do priapismo. Espero que seja. Meus dois canais cavernosos também esperam, um ao lado do outro, atentos. Tô lá vendo a chaminé de tijolo aparente de uma antiga fábrica, à direita, quando entra um barrigão na minha frente. Se eu fechar os olhos vou ver melhor a Celso Garcia do que vejo agora, do assento do corredor desse ônibus apinhado. É tanta memória que Deus me livre.

Eles diminuem os ônibus nos fins de semana mais do que proporcionalmente à queda na demanda, como todo mundo sabe. Até de noite os buzungas passam lotados. Mas este aqui tá um pouco demais da conta prum sabadão à tarde. E o trânsito, mais infernal que o costume. Deve ser por causa das manifestações-relâmpago que estouram por toda parte, você nunca sabe quando vai se ver engarrafado num via interditada por uma delas. Essa deve ser aí na frente, perto do Gasômetro.

Celso Garcia. Seja lá quem tenha sido — já soube, esqueci —, virou uma avenida que não muda nunca. Mudam as casas comerciais, lojas, restaurantes, botecos, oficinas, escolas, construções que vêm abaixo, outras que sobem, a pista foi duplicada, mas a Celso em si, com a igreja, o largo, a fuligem eterna, a pobreza mal remediada, os nordestinos fugidos da miséria do agreste e da caatinga pra esqualidez asfaltada do sul-maravilha, o trânsito sempre arrastado, um pouco melhor pros ônibus, hoje em dia, com o corredor exclusivo, mas sempre uma merda nas longas horas do rush — a Celso não muda nunca. Nos tempos do pega-pá-capá entre ônibus, carro, camionete, perua e caminhão a dar com pau, era muito mais foda ir do centro pro Belenzinho. Hoje tem até metrô. O progresso, afinal, provou-se uma fatalidade, como previu o Mário de Andrade. Encarei buzão durante toda a adolescência, depois tive carro, daí, deixei de ter, e agora, véio, volto a encarar um coletivo repleto de humanidade despossuída. Bom, eu tenho uma kitinete e vou herdar a casa da rua Herval, e mais os dois sobrados de Pinheiros, na vila da rua Paes Leme onde moramos por alguns anos, primeiro no menor, de dois quartos e geminado dos dois lados, depois no maior, com três quartos e abertura lateral. Com os aluguéis dos três posso viver uma velhice modesta mas sem grandes sobressaltos, daqui uns anos, quando dona Linda se for. Não sou nada despossuído, na verdade. Sem contar que, daqui a seis anos e uns meses, se eu já não tiver pedido a conta ao Criador, emplaco sessentinha e paro de pagar ônibus. Vou travellingar de graça pela Celso Garcia, o dia inteiro, se eu quiser. Talvez não me sobre mesmo nada muito mais interessante pra fazer. Esse pessoal que briga nas ruas e avenidas por causa dos vinte centavos a mais na passagem devia ouvir o manjado conselho que o Nelsão Rodrigues dava aos jovens: Envelheçam. Depois dos sessenta, você pode levar sua decrepitude pra qualquer lugar do município usando transporte público di-grátis, como diz a plebe rude.

Tá foda. A mera trepidação do ônibus tá fazendo o negócio aqui arrebitar feio de novo. Puta merda. Pelo menos tô sentado, senão sei lá como ia ser, eu, de pé, no meio dessa lata de sardinha, com o pau roçando em todo mundo. O ônibus já estava cheio quando ele entrou, mas teve a sorte de ver um sujeito se levantar bem na sua frente. O assento ainda tava quente da bunda do cara. Bunda de pobre, tão quente quanto bunda de rico. A cada ponto o buzão enche mais. Agora é o cara ao lado dele no banco, junto à janela, que faz menção de sair:

Dá licença?

Kabeto se retrai no assento, jogando os joelhos o máximo possível pro lado do corredor lotado pra dar passagem. O outro passa espremido pelas rótulas kabéticas. Uma garota de seus vinte e muito poucos anos, moreninha escura, muito da gostosinha, faz menção de ocupar o lugar vago, mas espera Kabeto mover sua bunda pro lado da janela. Só que ele prefere permanecer no assento do corredor, pois vai descer logo, e mantém aberta a catraca das pernas pra lhe dar passagem. Uma mulher que acabou de entrar no ônibus, com pinta de evangélica radical, cabelão grisalho a lhe escorrer em cascata pelas costas, saião pelas canelas, se adianta, matreira, e barra ostensivamente a passagem da moreninha. Com sua bolsa enorme, um sacolão, na verdade, com algo pesado dentro, ela se esgueira pelo espaço que Kabeto mantém aberto, quase esfregando seu bundão evangélico na cara dele, antes de se despejar no assento ao lado da janela, com o sacolão no colo. A moreninha metralha o coroa vacilão com seu olhar realçado pelo rímel, como se fosse ele o culpado por ter facilitado aquela flagrante usurpação de um direito seu por parte da evangélica safada. Se ele tivesse pulado pro assento da janela quando o outro saiu, ela já estaria sentadinha ali, com sua bunda a salvo das encoxadas e passadas de mão que deve levar todo dia no ônibus, sem desconfiar, no entanto, do estado peniano de seu companheiro de banco. Já disse o Senhor aos seus discípulos: no buzão, é cada um por si, ninguém é por ninguém, mermão. Agora ela vai ter que continuar de pé dentro desse vagão de gado cheio de boys abusadores. Vida de pobre é uma merda, mas é deles o reino de Deus, por supuesto. Mas, e se o reino de Deus for uma merda também? Aí, fodeu geral.

A moreninha permanece de pé, bem ao lado do Kabeto, se segurando na barra horizontal superior com um braço levantado, enquanto defende sua bolsa junto à barriga com o outro. Suas peitolas dentro do sutiã protuberam debaixo do pulôver cor de cenoura, a menos de um palmo da cara do escritor bloqueado, porém sentado, que se esforça ao máximo pra não imaginar aquelas tetas morenas nuas. Pior: nuas e sendo chupadas por ele. Caralho, se aflige Kabeto, lá vai meu pau arrebentando de tanto sangue. Mas é sangue novo, não é o coagulado da grangrena, ele tenta se tranquilizar. Rebote da Piper cubeba, decerto. Ah, se essa mina topasse descer comigo desse ônibus, agora... A gente correria praquele pulgueiro do outro lado da avenida, que eu vejo daqui: HOTEL ESTRELA DO NORTE — *familiar*. Deve ser uma merreca a diária ali. Talvez eles cobrem por hora. Quarto gelado e úmido, banheiro sujo, privada sem assento, lençóis ensebados, televisão velha num suporte afixado na parede, janela dando pruma parede de reboco velho. Mas é nesse pulgueiro que eu chuparia esses peitinhos com salivosa lentidão, correria a língua em torno das aréolas escuras antes de mordiscar com suma delicadeza cada mamilo arrebitado, antes de disponibilizar minha rôla pipercubebada pra livre sucção e posterior intrusão vaginal ou anal, o que ela aceitasse primeiro.

Chega, chega. Pelos pentelhos da virgem santa, não posso mais pensar nem de leve em sexo. Eu devia era perguntar pra essa evangélica ao meu lado se ela não me levaria ao culto da sua seita monetarista, onde o diabo seria exorcizado do meu corpo pelo pastor, mediante o pagamento de um dízimo em espécie, embora ele talvez aceite cartão de débito. Claro, vou comprar a bíblia autorizada pela seita, que deve custar milão, no mínimo, pois é abençoada por Deus em pessoa, através da figura do pastor. Aliás, aposto como o sacolão aí da mulher tá cheio dessas bíblias pra vender. Ela é uma escrava da seita a serviço do pastor e foi pegar as bíblias numa dessas gráficas aí do Brás pra levar lá no culto, em Parelheiros, digamos.

Puta merda, pau duríssimo de novo. Taqueopariu. Por que fui fantasiar sacanagem com a moreninha aqui? Pelo menos agora a ereção tá associada a pensamentos impuros. Ou seja, se eu der jeito de pensar em coisas elevadas, evito a gangrena e o bisturi. E nem precisam ser elevadas. Podem ser apenas horríveis. Por exemplo, o tumor anal do Dick. Como sofre aquele pobre cachorro pra fazer um simples cocô.

Vou descer no próximo ponto, a Sé. Dali bato perna até em casa ou, pour quoi pas?, até o Farta. É meio cedo pra dar entrada num templo etílico, mas hoje é sábado. Melhor o Farta. Vai ser bem na hora de transição entre a muvuca da feijuca e o povo da noite. Pego lugar fácil, quem sabe na própria mesa da diretoria. Vou fazer o quê na kíti, agora, com resquícios daquela fedentina desinfetada ainda pairando no ar e a porta-janela da sacada barrada pelo king-size? O.k., são as condições ideais pro escritor maldito que me propuz a ser, mas sei lá. Não tô numas de começar romance quinzenal nenhum. Não hoje. Faço isso amanhã. Quem escreve um romance em quinze dias, escreve em catorze. Pode ficar um pouco menor, mas é só aumentar o tamanho do tipo que dá o mesmo número de páginas.

O luminoso de *parada solicitada* já tá aceso. Mesmo assim, ele aperta o botão na barra vertical pra sinalizar aos circunstantes que vai descer. Manda um 'Licencinha?' pra morena e se levanta, cedendo o assento quente de sua bunda à garota. No troca-troca de posições, o inevitável acontece: seu pau duro roça na bundinha dela, prestes a se sentar. A guria ergue um olhar de profunda indignação moral pro Kabeto. O filho da puta do coroa tava com o circo armado o tempo todo! Estuprador lazarento! — é o que ela tem ganas de gritar vendo aquele tarado forçar passagem pelo corredor apinhado de gente em direção à saída, o que provoca a imediata reação das pessoas cujas bundas, coxas e quadris ele vai relando pelo caminho. Na catraca, mete a mão no bolso e puxa o punhado de moedinhas contadas, que deposita na mão do cobrador. O cara joga as moedinhas na caixa sem conferir. A cidade ardendo em chamas por causa dos vinte centavos de aumento da passagem, e esse cobrador alienado nem se dá ao trabalho de conferir as preciosas moedinhas da dona Linda?

Com grande alívio, Kabeto pula da escadinha pra calçada quando a porta do ônibus se abre num suspiro de ar comprimido. Já do lado de fora ele se arrepende de ter deixado a bengala na casa da mãe. Ando de novo encurvado como o idiota do corcunda de Notre Dame. Vou acabar ferrando a coluna por causa desse pau duro. Passa por um ponto de táxi, com três carros brancos estacionados junto ao meio-fio, os taxistas vendo jogo de futebol numa velha TV acondicionada numa caixa com porta e cadeado, presa no abrigo do ponto. A tela informa que o Parmêra acaba de tomar o segundo gol do Flamengo.

Agora, fodeu — exala um taxista, óbvio palmeirense.

Essa frase fica ressoando em sua cabeça: Agora, fodeu. Sim, seu Ptolomeu, correto, seu Galileu, não tem dúvida, Bartolomeu: agora fodeu. Meu pau protesta: Eu ainda não fodi ninguém, porra! Meu pau tende à mais obtusa literalidade quando duro.

Kabeto avista não longe dali um aglomerado de craqueiros pipando suas pedras escancarado, a uma pedradinha de distância de um quiosque da guarda civil. E se ele fosse lá comprar uma pedra de crack dum daqueles zumbis? Se é que você não precisa ter uma carteirinha de craqueiro oficial pra comprar a droga e passar o dia pipando, de boa, ao lado dos canas. Uma pipada naquela merda hipercocaínica na certa lhe provocaria uma brochada. Única providência a tomar é acender esse beque da caixa de fósforos e rumar pro viaduto do Chá, donde pego a Xavier de Toledo, cruzo a São Luiz, subo o finalzinho da Ipiranga, passo na frente do Copan, e pá, já tô na minha área. Dois tapinhas e não se fala mais nisso.

Enfim o Farta Brutos. O bar espera por ele no coração da tarde cinzenta. Bela frase que lhe vem à cabeça antes de cumprimentar o Juvenal por cima do balcão. Sente a mão áspera do outro. O sócio noturno do bar carrega a máquina de lavar, debaixo do balcão, com os copos, pratos e talheres sujos que as bandejas dos garçons descarregam em cima. Alguém deve ter faltado na copa. Essa mão que ele me estendeu tá áspera é de tanto contar dinheiro. Juvenal enverga com distraído orgulho uma camiseta do Palmeiras por cima da pança rotunda e por baixo dum casaco de lã aberto na frente. Perfeita deselegância hooligan. Aposto que ele tá de chinelão com meia atrás desse balcão.

Fala, porco sofredor! — manda Kabeto. Já digeriu o dois a zero?

É... — começa o Juvenal. Tô pensando em mudar de time. Torcer pelo Real Madrid, que tem aquele português fenomenal.

Que Madri, que português, Juvenal. Muda pro Flamengo. Cê viu os gols do Jackson e do Brayan? Tinha pra mais ninguém. Rubro-negro na cabeça. Fala sério. O Brasileirão tá aos pés da cariocada.

Desde quando cê é flamenguista, Kabeto?

Desde nunca. Nem gosto de futebol. Tô só te enchendo o saco.

Mas cê fala como quem viu o jogo.

Vi de passagem.

Juvenal continua carregando a máquina. Kabeto:

Cê viu o coreano por aí?

O japonês? Vi não, diz Juvenal, só agora reparando na postura encurvada do freguês:

Tá ca espinhela caída, Kabeto?

Tô com o espinhelo arrebitado.

Quê?

Cê é mineiro, Juvenal?

Sou de Janaúba. Minas. Mas fui criado em Guanambi, na Bahia, do outro lado da divisa.

Kabeto desfecha o bote, numa típica manobra diversionista:

Grande Guanambi. Aliás, você não me descontaria um pré-datado, Juvenal? Tipo quinhentinha? Pra daqui a quinze dias? Cheque meu mesmo, limpeza.

Num vai dar, meu querido.

Duzentinho?

Os ombros e a cabeça oscilante do Juvenal respondem que infelizmente...

Cenzinha? Dez? Dôi real?...Cinquenta centavos?... — Kabeto brinca e provoca.

Juvenal abre um gavetão debaixo da caixa registradora. Puxa de lá um minimaço de comandas apanhadas num pregador de roupa. No gavetão, Kabeto vislumbra mais pregadores gadunhando dívidas de outros fregueses. É o velho espeto, agora em versão pregador.

Cê já tá muito espetado aqui, Kabeto, diz o Juvenal.

Espetado, não. Pregado, né? Pelo menos ainda não tô como Cristo na cruz. É só pregador de roupa. Logo mais eu acerto isso tudo, fica sussa.

É bom que seja logo mesmo. Passou do milão aqui, tá ligado? — diz o ilustre filho de Janaúba, com seu sotaque de Guanambi, correndo o dedão pelas comandas no pregador. Tá mais do que na hora de zerá isso aqui, né, Kabeto?

Tá, Juvenal, tá mais do que na hora — faz Kabeto, erguendo um dedão positivo com o mindinho esticado na horizontal, gesto que significa tudo e nada ao mesmo tempo. E encerra o papo com o mais desenfático 'tô ligado', dando-lhe as costas, rumo à sua mesa preferida, por sorte vazia, rente à mureta do terraço coberto do bar. Nos tempos do seu Justino ele já teria sido convidado a se retirar do recinto com algum grau de truculência e advertido de que só tornaria a pisar ali de novo quando tivesse grana no bolso pra saldar as penduras. E ainda teria que deixar alguma coisa em garantia, um documento, relógio, celular. De qualquer forma, reconhece Kabeto, foi pouco habilidoso da parte dele pedir grana emprestada justo pro Juvenal. Saldar aquele milão pregado, nem pensar. Não nos próximos quinze dias. Nem nos seguintes, pois só vou ver a cor de grana nova daqui a trinta na TF. Com milão, ele pagaria um bom médico pra se tratar do seu priapismo. Ou uma boa puta. Melhor deixar como tá e ver o que acontece. E só acontece mesmo o que tá escrito no grande pergaminho celestial, como diria o velho Jacques, em seu fatalismo pragmático.

E é Tuchê, e não Diderot, quem vem interromper suas altas reflexões econômico-filosóficas:

Breja com istanhágui, Kabeto? Ou só breja? Melhor pegar leve, né? Fora que o istanhágui tá caro...

Kabeto entende o recado, mas insiste:

Manda o steinhaeger também, Tuchê. Um a mais, um a menos...

Tuchê abaixa o tom pra emendar:

Ó, não me leva a mal, mas o Juvenal, ele... tipo...

Cabei de falar com o Juvenal. Tá tudo certo, Tuchê.

Tá tudo certo, não, Kabeto. A coisa tá feia, não dá mais pra pendurar.

Fica frio, Tuchê. Tá tudo dominado.

Tá não, Kabeto. Tô cas orêia quente de ouvi o Juvenal: 'Cobra os cara, cobra os cara!'.

E 'os cara' sou eu, né? Só eu.

Num é só ocê, mais você é o que tá mais pendurado aqui.

Fica sussa, Tuchê. E desce a breja e o steinhaeger.

Sem falá no meu déis-purça, né, mano? — continua Tuchê, em modo argumentativo. S'ocê num paga a conta, eu num vejo a cor do déis-purça. Fico na pió.

Isso não, Tuchê. Se eu não pago nada, você também não perde nada.

Reação de 'acuma?!' do garçom. Kabeto puxa a lousa estrambótica:

Faz as conta: quanto é dez purça de nada?

Tuchê espreme os miolos:

É... nada, ué.

Exatamente. Nada é o quanto você tá deixando de ganhar. Eu nada pago, você nada perde, e a vida continua.

Tuchê solta uma risada involuntária por entre seus dentes ruins.

Enrolão qu'ocê é, hein, Kabeto? Ó xente, cabra da mulesta...

Negócio é rir pra não chorar, meu chapa. E se a crise aparecer por aqui, não deixa ela entrar.

Tuchê ensaia dizer alguma coisa, mas substitui as palavras por um longo suspiro de genuíno desalento, dá seu clássico giro de calcanhares, e sai sacudindo lentamente a cabeça. Kabeto se pilha de olho na bunda magra do Tuchê em seu leve rebolado, enquanto patola distraído seu pau intumescido, detalhe que aquele papo de grana tinha eclipsado por alguns minutos em sua consciência. Porra, ele rumina, preocupado. Eu nunca tinha olhado pra bunda do Tuchê antes, muito menos de pau duro. Preciso mesmo consultar um médico, e com urgência, mesma conclusão a que chegou o Serafim Ponte Grande, depois que lhe veio a estrambótica ideia de enrabar o Pinto Calçudo. Eita.

Celular em punho, Kabeto ajeita o pau duro pra cima dentro da cueca e busca um contato no celular: Park. Logo ouve que 'Este telefone está desligado ou fora da área de serviço'. Desliga e aciona outro contato: J. Depois de vários toques, uma voz feminina pré-gravada informa: 'Sua chamada está sendo encaminhada para a caixa postal e será cobrada depois do bip. Deixe sua mensagem para...' Entra outra voz feminina, grave, séria: 'Maria João'. Soa o bip. Kabeto raspa a voz e manda:

João, é o pai. Me liga. Beijo.

Kabeto se dá conta de que está quebrando vários recordes inusitados neste sábado. Pra começar, se viu de pau duro diante da vizinha, no corredor do prédio. Se calhar de pegarmos o elevador juntos, como já aconteceu, vai ser um constrangimento só. Depois, foi a vez do chofer do táxi que o levou ao Belenzinho. Viemos falando sobre as manifestações. 'Tudo baderneiro. Tem que sentá o côro nesses bleque bloqui do caraio. Tinha mais é que mata uns, pra assustá. Os político, a gente sabe, nenhum presta. Tinha é os milico que voltá pro poder', eu tive que ouvir, de pau duro. Allright. Daí, veio minha mãe quase octagenária, durante todo um almoço de recriminações sob as vistas de Jesus na Santa Ceia. Só aí tive um primeiro sinal de arrefecimento do priapismo clínico. De volta à civilização, de ônibus, tive a companhia, no banco, de um desconhecido genérico e de uma evangélica traficante de bíblias, sem falar na menina dos peitinhos em cuja bunda acabei inadvertidamente relando o pau quando me levantei pra descer e ela passou espremido por mim pra sentar no meu lugar. Ali, eu podia ter me fodido. Vai que a piaba se põe aos berros contra o abusador. O que eu ia dizer se a turba indignada me detém e me pilha de pau duro? Linchamento sumário, sem dúvida. Na sequência, trouxe meu pau duro a pé até aqui, onde troquei uma ideia com o intranscendente Juvenal sobre futebol e dívidas, arqueado pra disfarçar o pau duro. Por fim, abundei-me à mesa da diretoria, sem mais nenhum diretor além de mim, e tive uma conversa meio nonsense com o Tuchê sobre grana, e ainda olhei pra bunda dele enquanto acarinhava meu pau duro. E, agora, pra coroar meu périplo priápico, ouço a voz da minha filha na gravação da caixa postal e deixo um recado pra ela — sempre de pau duro. Ela vai ouvir meu recado sem se dar conta de que seu pai tava de pau duro enquanto falava pensando em serrar-lhe uns trocados. Um pai duro de pau idem. Bem verdade que eu também estava de pau duro quando a concebi. Se estivesse de camisinha, não teria ligado pra filha nenhuma de ninguém. Acho que a grande mágoa da vida da Maria João foi perceber que seu nascimento tinha sido um acidente de percurso. E ainda aquela maluca vai e diz pra filha, num dos raros encontros que tiveram, o quanto eu tinha insistido pra ela, Renata, abortar. E que, não fosse por ela, a mãe, a João não tinha nascido. Lembro que a menina tinha acabado de entrar na faculdade, nem tinha completado dezoito anos ainda. Veio jogar a revelação na minha cara, praticamente me acusando de ter tentado matá-la. Nossa relação andava até amistosa e mais frequente nessa época. Saíamos pra almoçar, jantar. Íamos ao cinema. Depois desse episódio, o dilúvio. Renata, sua filha da puta. Kabeto, seu filho da puta. Que merda.

Tuchê chega com a primeira rodada: Serramalte und steinhaeger Schlicht, dupla matadora. Trocamos um diálogo intenso:

Falô, eu digo, assim que ele estaciona tudo na mesa.

Falô, ele responde, antes de se afastar.

Kabeto apalpa de novo, por dentro do bolso da calça larga, o objeto de suas inquietações, sentindo que a coisa entumeceu mais um tanto por conta própria. Talvez uma punheta funcionasse, agora que o mastruço se mostra sensível a ideias de natureza sexual. O ideal dos ideais, porém, seria o velho método da fornicação com uma fêmea da espécie. Qualquer fêmea, uma hora dessas. Um simples boquete já quebraria um puta galho.

Enquanto aventa tais e quais hipóteses, o que só lhe deixa o biroldo mais assanhado, Kabeto passeia o olhar pelos arredores, avaliando o único exemplar no ambiente com quem lhe apeteceria resolver seu problema ali mesmo, no banheiro do Farta: uma fulaninha de jeans agarrados na bunda, botas de cano alto e uma jaqueta artesanal de pele de algum tipo de cabrito montês artificial, que acaba de se levantar da mesa passando por ele num generoso cânter rebolativo rumo ao banheiro. Kabeto experimenta uma fisgada cruel no pirilau arrebitado. Foder é o verbo que não para de conjugar-se a si mesmo em seu imaginário erótico: vá se foder-se-lhe. Outro vocábulo que lhe seria muito útil, se materializado agora à sua frente, é um substantivo: grana. Com uma grana extra sobrando no bolso, cataria uma puta decente no Balneário, a poucos quarteirões dali, e a desfrutaria lá mesmo num dos quartinhos dos fundos. Começaria pelo cu da puta, conforme recomendação expressa do dr. Marcão. Porque esse cilindro consistente e irrequieto que ele traz dentro da calça outra coisa não é senão o famoso pau-pa-cu. Na verdade, grana pruma quenga rampeira num fodedouro barato que troca os lençóis da cama uma vez a cada dois meses, ele até teria. E é o que ele vai acabar fazendo, se nada mais inspirador e barato lhe aparecer pela frente.

Liga de novo pra João. Depois da mensagem pré-gravada, deixa um recado mais contundente:

'João, me liga. Preciso falar com você. Urgente.'

Desliga. Manipula ansiosamente o celular, que faz girar com a mão direita no tampo da mesa em sentido horário. Depois, com a canhota, em sentido anti-horário. Na falta dum cu decente pra foder, vêm-lhe à cabeça as sábias rotineiras e brochantes palavras de sua mãe:

'E trate de fazer um pé de meia, em vez de gastar a rodo na vagabundagem. E trate de beber menos, muito menos. Aliás, pare de beber, duma vez por todas. E fique longe de drogas e drogados. E veja o seu imposto de renda. Qualquer hora vai preso por sonegação! E não esqueça de recolher a contribuição previdenciária. Sem isso você não vai ter uma aposentadoria decente. E cuide mais da saúde e da alimentação. E...'

Dessa vez, nem a voz da genitora ecoando nos pavilhões do seu superego se mostra capaz de amainar-lhe a paudurice. Chega de novo o Tuchê com a breja e a cachaça alemã. Tá de cara amarrada, o filho da puta. Não vou olhar mais pra bunda desse magrelo pobre e infeliz. Tem coisa bem melhor passando pela calçada, rente ao terraço: uma super loira gostosérrima de meia-calça preta e minissaia de lã vermelha, de braço com um careca bombado, padrão MMA, metido numa jaqueta de couro preto e cachecol amarelo enrolado no pescoço taurino. O careca flagra o coroa a escanear as formas voluptuosas da mina dele, e dá uma encarada no bisoiudo, que logo desguia o olhar pra longe. Mas quando o casal passa por ele, Kabeto se volta pra focar a estupenda bunda da moçoila. Seu pau lateja na cueca:

Ai-ai... — geme o infeliz priápico, que resolve ligar de novo pra João. Olha aí a gangrena peniana de novo no radar.

João, me liga, filha. É urgente!

Surfando numa espiral ascendente de ansiedade, ele volta a dar rodopios com o celular na mesa, como se, com isso, pudesse conjurar o Grande Acaso a seu favor. Ou acelerar o tempo até o ponto em que a porra da Piper cubeba deixe seu pinto em paz.

É o terceiro ou quarto steinhaeger que eu tomo hoje? Vamos, responda, seu bebum desmiolado! Pode ser que seja o quarto. E daí, qual o problema?

O quarto?! Você já tomou quatro steinhaegers, seu puto? A dezoito paus a dose?! E quantas cervejas? E pôs o que no estômago, pra forrar? Uma coxinha, um pedaço de pizza e uma porção de amendoim. Isso, ao longo de quantas horas de bebeção?

Melhor nem fazer esse tipo de contabilidade culpabilizante. E nem tô lá muito bêbado. Não me sinto bêbado. Tô meio normal até. O álcool não tá batendo direito hoje. Talvez tenha a ver com a Piper cubeba. Ninguém sabe do que essa Piper cubeba é capaz. Quem sabe ela não enxuga o álcool do sangue e manda pro pau da pessoa? É o teu pau que fica bêbado. Dei também uns pegas no bamba na outra esquina. A maconha normalmente potencializa o álcool, mas não dessa vez. A merda é que continuo oscilando entre a meia-bomba e o paudurismo. Qualquer rabo de saia que cruze meu campo de visão já me provoca uma arrebitada, pois logo me ponho a imaginar o rabo sem a saia. Parece feitiço, macumba, ficção. Nada que uma boa buceta não resolva. Podia ser de uma boa puta, essa buceta. Puta boa é o que não falta nesta cidade. Mas vai sair caro, porque tem que ser linda e gente fina, e não quero pressa na cama. Duas horas, no mínimo. Tomando drinque, papeando. Num motel com piscina no quarto, de preferência. Iríamos e voltaríamos de táxi. Ou isso, ou uma amadora amistosa que me caia do céu bem em cima do meu pau. Money, Maria João: ligo mais uma vez. Um TED, um DOC, cairia na segunda e taparia o buraco na minha conta. Em dois cliques A João resolve isso pra mim. Tenho que tratar esse priapismo, de algum jeito. Vai que essa porra volta a empinar direto, como hoje, quando acordei. Já me vejo no PS da Santa Casa, na fila dos mendigos, eles de pau mole, eu teso feito um tronco de eucalipto.

Deixe o seu recado depois do bip...

João? Cadê você, criatura? Tô aqui numa sinuca de bico, sem grana e precisando de um médico urgente. É sério! Me liga, João!

O crepúsculo já vai indo em definitivo pras cucuias, com mais gente que entra, e senta, e bebe, e fala, e ri, e bebe, bebe, e come alguma coisa e vai pra calçada fumar, e volta pra mesa pra beber e falar mais, até se levantar e sair em definitivo da taverna do finado seu Justino, cedendo lugar pra outras gentes que pr'ali convergem a fim de beber, falar, comer, fumar na calçada e, eventualmente, cheirar no banheiro quando o Santo der as caras, o que não deve demorar, se bem conheço a rotina. Embora isso não me diga mais respeito, continuo ligado no assunto. Sábado é o dia em que o homem do pó cumpre seus dois plantões de meia hora no bar. Gosto de ver essa rotina se cumprir. Se o Santo baixa nas horas devidas, a Terra continua a girar sobre seu eixo mais algumas horas.

Enfim, é debicando seu provável quinto steinhaeger gelado que Kabeto vê uma espécie de casal entrando no Farta: ela, uma gordelícia trash-fashion pós-clubber, ou o diabo hipster que o valha, num mantô violáceo com enormes botões da cor e do tamanho de uma fatia central de laranja-baía, com o pescoço rechonchudo envolto num longo xale preto de tricô, pesadas camadas de rímel e delineador nos olhos e um batom fúcsia luminescente. Meus óculos phonokinográphicos tão funcionando que é uma beleza, fala a verdade? Muito fofa, a gordinha, com sua cara de boneca safada. Kabeto cola o olho gordo na protuberância glútea da menina, delineada até mesmo debaixo do pano grosso do mantô. Seu imaginário rampeiro logo despe aquela bunda, se oferecendo pra ele e sua heroica ereção. O rapaz do casal é um gay festivo, com sua magreza espremida numa justíssima calça st. tropez boca de sino, todo ele pose e atitude, dos sapatos de boneca, amarelos, ao destrambelhado topete pós-ventania no topo da cabeça raspada nas laterais. Lembra um pouco o Robert Smith, e tão maquiado quanto, com base, cajal e um batonzinho básico, como ele provavelmente diria. Sem falar nos brincos pingentes nas orelhas, um diferente do outro, de metal dourado numa orelha, de vidrilho na outra, mais uns colares de contas coloridas de filho de santo em torno do pescoço. Protegendo sua magreza do frio, um pulôver feminino de trama grossa, cor de beterraba-quando-nasce, e uma gola careca que deixa entrever a camiseta rosa-fúcsia que traz por baixo.

Atraído pela bipolaridade invertida e multicromática do casal, e sem as travas do superego, que foi até a esquina ver seu eu tava lá e não voltou, Kabeto tira linha ostensiva com a garota, que, por sua vez, tenta mas não consegue disfarçar certa dose de interesse animal por aquele coroa zoiudo. O carinha, mesmo não sendo alvo das atenções explícitas do paquera grisalho, parece ainda mais receptivo que a parceira. Kabeto, no que já está virando um tique incontrolável, alisa sua protuberância viril por cima do pano da calça, acobertado pela fralda da toalha da mesa. E segue escrutinando as formas roliças da menina, em especial seus peitões apertados num pulôver justo, de malha fina, sem sutiã, como ele pode constatar agora que ela tirou o sobretudo, que fica do avesso sobre o encosto da cadeira exibindo o forro acetinado. Seus peitões balangam com liberalidade debaixo da malha.

Naquela bunda, ora assentada, naqueles peitos, naquele carnão meu pau bem podia encontrar o sossego do guerreiro. Mas tudo indica que se trata de uma lésbica impossível pro bico dum escritor cinquentão, bloqueado, heterossexual demodê e ainda por cima, ou melhor, por baixo, padecendo dum filho da puta dum priapismo fitoterápico, de que foi acometido depois de protagonizar uma calamitosa broxada dupla com duas desfrutabilíssimas espécimes do gênero feminino.

Umas duas dúzias de momentos depois, Kabeto mata o steinhaeger do copinho num golaço definitivo, despeja o que resta da garrafa de cerveja em seu copo americano, se levanta e vai de tonta, porque hoje é sábado, derramando cerveja na mão, até a mesa da dupla. Nesse curto, mas um tanto tortuoso trajeto, vê que o olhar do gay escaneia o baixo-ventre da sua calça baggy. Fazendo uma reverência teatral diante da dupla, manobra diversionista que lhe serve pra disfarçar a ereção, diz a primeira coisa que lhe vem à cabeça:

Vocês, por acaso, não teriam marcado um encontro aqui com um escritor bloqueado, meio gagá, meio bêbado, e que meio que detesta beber sozinho ao cair da noite, né?

A gordinha e o gay se olham, um delegando ao outro a tarefa de dar alguma resposta praquele cidadão grisalho, metido numa horripilante calça baggy, mas com um blazer de lã alinhado, obviamente alcoolizado e com um poder de sedução sem origem aparente. Estaria dentro daquela calça baggy o motivo? — ele e ela parecem se perguntar. O carinha dá uma avaliada ostensiva em Kabeto. A modernete rechonchuda prefere olhar pra lugar nenhum, que, no caso, fica ali na calçada em frente. Uma não olhada ostensiva, Kabeto avalia. Ou provocadora? É o rapaz quem decide a parada, indicando a cadeira vazia:

Senta...

Kabeto percebe as reticências do convite, mas agradece — Valeu! — e se abanca defronte pro rapaz e ao lado da garota, à sua direita. Mão estendida os copos de cerveja na mesa, cumprimenta:

Prazer, Kabeto.

Ela estende sua mão gordinha, macia e lisa. Mão perfeita pra tocar uma punheta, desgraçadamente pensa Kabeto, sentindo o pau querendo perfurar o pano da maldita calça baggy. O carinha até que tem um aperto viril, apesar da pulseirinha de fitas entrelaçadas, cada qual de uma cor do arco-íris gay. Nenhum deles declina seu nome. É pra menina que Kabeto pergunta:

Você, por acaso, não é baterista daquela girl's band pós-punk, a...? Como é mesmo?... Gomorretes Insalúbricas?... Sodominas de BH?...

Sua interlocutora aperta uma risada com as bochechas. O carinha também não ri, mas não parece desinteressado. A gordinha responde:

Não sou baterista. Sou bancária.

Jura? Cê trabalha em banco?

A maior parte das bancárias e bancários que eu conheço trabalha em banco. Tipo, cem por cento delas e deles.

Kabeto acha enorme graça no sarro que lhe é tirado. Enfia um sorvete mímico na testa. Ela o olha com benevolência circunspecta, e desata, pra minha surpresa:

Nem gosto de punk music. Me ligo mais em metal. Black Sabbath, Metallica, Motor Head, Iron Maiden, Sepultura. Os próprios Titãs, que andam bem metaleiros...

Quer dizer, só música clássica, mando eu.

Ela sorri agora. Ponto pro tiozão.

A bancária capta a onda erótica que dimana do coroa atrevido e estranhamente charmoso, além de bêbado num grau ainda sociável, parece. Que mandinga é aquela? Ao mesmo tempo, intui que debaixo daquela figura meio clownesca de bebum pós-madurão — a calça baggy é imperdoável — há um predador que a espreita arrancando com o olhar cada peça da sua roupa, à espera do melhor momento pra meter-lhe um caralho pela buça adentro. É só no que ela pode estar pensando, diante do malucão que ergue seu copo em brinde:

Tão, tá. Saúde, sexo, sucesso e heavy metal pra todos!

Com seus copos americanos de cerveja, gay & girl aderem ao brinde bem pouco empenhados em comemorar seja lá o que for. Por um instante os olhos da bancária se fixam nos olhos úmidos de tesão do Kabeto, que acaba desviando o olhar na direção do garçom:

Tuchê! Desce mais uma breja aqui e três steinhaeger! Na minha conta!

Mais uma continha polpuda para o pregador, remói Tuchê revirando os zoinho pra cima e sacudindo a cabeça recriminativa. A conversa decola, desinibida, sob a batuta oculta na calça baggy do Kabeto, de modo que, ao chegar com sua bandeja carregada de bebidas, minutos depois, Tuchê topa com um trio animado à mesa, Kabeto em pleno exercício de um de seus maiores talentos, que é o de instaurar intimidade instantânea com desconhecidos em bares, e, mais ainda, com desconhecidas por quem se interessa, como aquela súbita bancária que vai se tornando cada vez mais irresistível. Assim que Tuchê dá seu giro de calcanhar evasivo, Kabeto se volta pro rapaz:

Desculpe, como cê chama?

Gessy. Com gê e ípsilon.

Gessy. Belo nome. Perfumado.

Gessy ri e devolve:

Belo nome pra sabonete, você quer dizer.

Kabeto ri. O outro completa:

É apelido, bobo.

Bobo? — pensa Kabeto. O carinha aí me chamou de bobo? Ótimo. É a senha pra eu me comportar como o perfeito bobo da corte boêmia:

Conheço uma mulher chamada Jéssy. Com jota e xota.

O carinha e sua amiga se entreolham. Lá vai o Kabeto e seu inescapável machismo delirante, ele próprio se recrimina. Mas a dupla desata uma gargalhada quase estrondosa. Riem do quê? Do quão patético lhes soa o meu humor? Gessy rebate a peteca:

Que inveja da sua amiga! Tudo que eu queria era mudar de acento e ter xota. Mas me virando com o que temos.

Um clima bandalho se instaura na mesa. Risos, risotas, gargalhadas. Alguma coisa aqui desanda prum lado promissor. Kabeto devolve pra Gessy:

E esse apelido seu, veio da onde? Do sabonete mesmo?

Veio. Mas é abreviatura. Meu nome de batismo é Gessiléverson.

Porra! — Kabeto deixa escapar, quase regurgitando o esôfago. Depois de tosses e resfôlegos, diz: Gessiléverson é di-mais! Se você fosse mulher provavelmente te chamariam de Palmolívia.

Gessy adora:

Palmolívia é perfeito pruma drag! Vou adotar!

Kabeto se diverte:

Aliás, puta nome pruma dupla sertaneja: Gessiléverson e Palmolívia.

U-hu! — uiva Gessy. Que ideia mais ótima de boa, minino! Vou formar essa dupla comiga mesma. Gessyléverson e Palmolívia! E se voltando pra amiga: Cê não acha, Lhufas?

Lhufas?! — solta Kabeto, incrédulo e inoportuno.

Lhufas não responde. Apenas sorri, irônica. Kabeto sente ganas de atacar os peitos bojudos da garota, mas se esforça em democratizar suas atenções, de modo a que Lhufas não se sinta pressionada por sua urgência urolibidinal. Vai daí, puxa papo com o carinha:

E aí, Gessy, que q'cê faz na vida? Bancário também?

Afe! Deus me livre e guarde! O único vestígio humano que existe em todo o sistema bancário nacional é a Lhufas aqui.

Kabeto ri:

Lhufas é apelido, né?

Ela abana um óbvio sim.

Gessy faz o marketing da amiga:

Lhufas, minha melhor amiga, em carne, osso, charme e simpatia.

E alguns quilos de pizza não assimilada, mas nos lugares certos, completa Kabeto em sua mente faminta. Gessy dá sua própria ficha:

Sou performer numa boate trans. Faço a Doris Gay, a prima pobre da Doris Day, mas com a voz da Gloria Gaynor.

Gessy se apruma na cadeira, encarna a Doris Gay e solta um falsete desmunhecado, com a garrafa de cerveja de microfone, girando a outra mão com o indicador esticado no ar, até abaixar o braço e apontá-lo pra longe:

Go on now go, walk out the door, just turn around now, 'cause you're not welcome anymore...

E, pra encerrar sua flash-performance, faz um rápido boquetinho no bico da breja-micro. Kabeto ri solto, decidido a ignorar o recadinho que lhe é soprado na letra da música, em tradução mental simultânea: Vamos lá, abra essa porta e caia fora, se mande agora, pois você não é mais bem-vindo. A gordinha se diverte em silêncio com a desenvoltura do amiguinho, que segue solando:

Canto isso trêis vêiz por semana no Roskoff. Manja o Roskoff?

O-o... velho e bom roscofe? — tateia Kabeto.

Gessy ri. E explica:

O Roskoff, com k e dois efes, é um clube LGBT perto do largo do Arouche. Inferninho de trashveco, tá ligado?

Trashveco?!

O lema da casa é: 'Roscofe de trashveco não tem dono'.

Genial! — exulta Kabeto

O vice-lema é: 'Quem não tem cona, caça com cono'.

Kabeto começa uma risada nasal que vira uma franca gargalhada:

Porra, Gessy, você é uma dadaísta a bradar em inglês nos desertos da América!

Quêêê! — se espaventa lady Gay.

E dá pra viver de imitar a Gloria Gaynor no Roscoff, Gessy?

Não, né, esclarece o performer. Na real, puxo expediente das dezoito à meia-noite, de recepcionista num apart-hotel, aqui pertinho no Bexiga. Hoje, tô de fo*r*ga.

Daí, desanda a cantar:

Vou cair na dança
rebolar na lança
amarrar um pileque
passar muito cheque
fazer muita lambança!
trashveco, meu bem
— Vem, vem que tem!
— nunca se cansaaa-ah!

Kabeto aplaude:

Uau. Muito bom. E que coincidência: essa letra me faz lembrar o Balança-a-lança, também conhecido como Shakespeare.

Nossa, num inteindi lhufas.

Que que tem eu? — se diverte Lhufas.

Tem nada a ver com Shakespeare, continua Gessy, ignorando a amiga. Esse é o hino do Roscoff. A letra é minha. A música é duma colega, a Pina Chupette.

A graaande Pina Chupette, comenta Kabeto, assumindo a farsa surrealista em que se vê personagem.

Você conhece a Pina Chupette?! É cliente dela?

Não tive a honra. Sou apenas um admirador. Do nome dela.

Lhufas, a bem-nutrida representante do sistema bancário nacional, ri, satisfeita. Eu diria que ela também entrou de cabeça na farsa. It's playtime. Seu vago e difuso interesse erótico pelo coroa malucão só faz aumentar e tomar forma: a de um caralho duro que o sujeito parecer trazer por baixo daquela calça baggy.

Kabeto usa o pouco de lucidez que lhe resta pra formular consigo: Caralho, qui queu faço aqui de pau duro com um performer gay chamado Gessy e uma bancária lésbica que atende por Lhufas? Vontade que dá de perguntar se ela não teria três irmãs, a Tchongas, a Picas e a Porra Nenhuma? Pediria pra Lhufas convocar as três lá pra kíti, onde faríamos uma tremenda suruba patafísica de soma zero.

Kabeto percebe que em dois minutos ele não terá mais o que dizer praqueles dois. A gordinha terá sido apenas um sonho calórico de uma noite de inverno. Ele já começa a pensar numa desculpa pra voltar à sua mesa, quando soa o trinado do celular. Ninguém ali pode ver ou mesmo intuir que, num quarto de um confortabilíssimo apartamento de alto padrão da rua Tatuí, nos Jardins, tem uma mulher ligando pro Kabeto de um iPhone 5 de última geração recém-comprado em Nova York. Trata-se de uma morena solar, embora aquele bronze todo tenha sido adquirido numa clínica de bronzeamento artificial. De pé, nua, ela anda em semicírculo em torno duma larga cama de casal, jogando o cabelo negro prum lado e pro outro, sob constantes vinte e quatro graus de temperatura ambiente entregues por um sistema de condicionamento de ar inaudível, contra os oito graus de fora, segundo os mais abalizados termômetros.

A morena ouve o segundo toque de chamada com seus olhos escuros, com certeza castanhos, a focar com ternura desejante outra nudez que compartilha aquele espaço com ela, a de uma jovem muito branca adormecida de bruços na cama. Tanto a brancura do corpo na cama quanto a morenice da mulher ao celular recebem a luz difusa e multicromática de uma mandarine assentada no chão, coberta por um panô indiano. Naquela penumbra sensual alumbra a bunda branca, dotada de algumas espinhas e uma sugestão de estrias na junção das nádegas com as coxas. A cabeça dessa criatura é que não se deixa ver, amortalhada numa faixa de sombra.

Só depois do quarto toque a impaciente nudez ao celular ouve por fim o alô familiar do outro lado:

Pai? — diz a morenice de ventre piloso aparado com esmero, num tom sussurrante, de modo a não acordar a diva decapitada.

Fala, João, começa Kabeto, deixando um hiato de silêncio pra resposta da interlocutora, que demora a se fazer ouvir:

Como assim, 'fala, João'? Foi você que me ligou. Quatro vezes!

Eu? Te liguei quatro vezes? Só me lembro de uma... ou duas...

Quatro. Táqui no meu celular. Cê já tá pra lá, né?

E por que eu não estaria: É pra isso mesmo que eu bebo: pra ficar mais pra lá do que pra cá. E porque hoje é sábado. Então, filha, é o seguinte...

Ele vê que Gessy e Lhufas viraram audiência involuntária da conversa, embora ouçam apenas débeis migalhas de uma voz potente emanada do celular do coroa:

É dinheiro, de novo? — joga a morena pelada, num tom de enfado antigo.

Kabeto não se deixa perturbar:

Liguei pra saber como você tá. Mas já que você tocou no assunto...

Um bafo de ódio atravessa a onda de rádio que flui da filha pro pai.

Tchau, pai. Amanhã você me liga, quando estiver sóbrio. Se é que isso ainda acontece com você.

Maria João desliga. Sempre que tem desses entreveros com o pai bêbado, lhe vem uma raiva antiga, encharcada de tristeza atemporal. Chorar até morrer desidratada. Mas a raiva exorciza a tristeza e ela se controla, de olhos secos. Aquele traste humano que forneceu um espermatozoide vadio pra fertilizar um óvulo distraído de uma riponga doida que viria a ser sua mãe, três décadas atrás, não vale sequer uma lágrima sua. Aquele espermatozoide e aquele óvulo não faziam a menor questão de se encontrar. Foram forçados a tanto por duas genitálias desmioladas e descompromissadas que fodiam só por foder. O fato é que ela foi concebida, virou feto — quase abortado, tivesse prevalecido a vontade do pai —, e nasceu. A mãe, que fez questão de ter o nenê, com menos de um ano de nascida a filha se mandou com um cara pra Patagônia. Mas a João cresceu, e bem crescida, graças à dona Linda e ao coronel, seu avô. Bem cedo se aprumou na vida, a menina, aplicada nos estudos, ambiciosa, obstinada.

O corpo branco se remexe na cama.

Jô?... Tudo bem?...

A morenice da anfitriã se junta à brancura da hóspede na cama de lençóis conturbados pela trepada recente.

Tudo, amor, responde a João, enxugando as lágrimas no lençol. Era só o idiota do meu pai enchendo o meu saco.

Seu pai?...

É. Você achou que eu não tinha pai? Até mãe eu tenho. Só que nunca vejo.

E o pai, você vê?

Vejo, de vez em quando. Quando sou obrigada, ou quando ele me procura atrás de grana.

Advogado também?

Era pra ser. Mas largou a faculdade particular no último ano pra se dedicar à cocaína e às vagabas que ele pegava, uma delas a minha mãe biológica. Esquece. Vem cá, faz a morena se enroscando de jiboia lúbrica no corpo de requeijão da branquela, toda braços, pernas, boca e mãos a flanar pelos recantos mais aprazíveis do corpo da outra, mais jovem que ela alguns anos, tateando surpresas pelo caminho.

A morena degusta um mamilo vermelho da branquinha, cuja cara a sombra ainda anula. Lambendo os beiços, a chupeitista se debruça na beira da cama pra puxar uma garrafa de champanhe rosê de um balde no chão. Com a outra mão, pinça uma flûte tombada debaixo da cama. Enche a taça comprida, estreita e levemente oblonga até a espuma transbordar sobre seus dedos. Dá um gole e passa a flûte pra amante. A sombra bebe num gorgulho sôfrego. A morena mergulha ela mesma na penumbra onde está a cabeça da outra, e logo um beijo molhado se faz ouvir entre as duas mulheres sem cabeça.

O célebre trashveco performer do Roskoff e sua amiga Lhufas, funcionária de algum Bradesco da vida, percebem o esforço do Kabeto pra desamarrar a cara:

Quem é João? — Gessy pergunta.

Uma pentelha.

O outro solta uma gargalhada curta:

É uma biba, esse João?

Minha filha. Maria João. A ideia do nome foi da mãe, em homenagem à avó portuguesa do pai. Ou seja, a João carrega o nome da tataravó.

Lhufas se liga:

Como ela é, a sua filha? O que ela faz? Quantos anos?

Trinta. Um mulherão, solta Kabeto pra atiçar as libidos presentes. Advogada de empresas, fudidaça. Se formou na São Francisco, fez doutorado nos Estados Unidos, em Yale. Nem passou pelo mestrado. E ganha os tubos.

Que maravilha! — se deslumbra Gessy.

Viaja pelo mundo todo a trabalho. Ultimamente, vive indo pra China.

Gessy e Lhufas parecem impressionados. Ele diz:

Quem te olha não diz que você é esse paizão coruja todo.

Eu, paizão coruja? É a primeira vez que alguém me diz isso.

Mó coxinha deve ser sua filha, arrisca a gordinha-esquema.

Total, diz Kabeto. Só vota no PSDB. Careta pra caralho. Mas pega mulher.

Ah, é? — Lhufas se acende.

Lésbica de carteirinha.

Jura? — Lhufas se eriça, de leve.

Pegadora implacável, a João. Puxou o pai. E a mãe, que era uma riponga galinha pra caralho.

Que tanto você se remexe nessa cadeira, menino? — se alvoroça Gessy, adivinhando a ereção que o outro tenta ajeitar dentro da calça. Tá com o bicho solto, é?

É vontade de fazer xixi e preguiça de ir ao banheiro.

Sei, faz Gessy, vertendo malícia por todos os seus poros andróginos.

Nisso, Lhufas avista o Santo, cabeça enterrada no capuz do moletom se esgueirando pra dentro do bar. Ela dá um toque com o pé em Gessy por baixo da mesa, relando sem querer a canela do Kabeto, e aponta o recém-chegado trafica com o olhar. Gessy tem um primeiro choque dopamínico que o bota de pé e no encalço do Santo do dia, já instalado em seu canto do balcão.

Grande Santo tutelar do Farta Brutos! — manda Kabeto pra Lhufas, que não para de dar roidinhas em suas unhas curtas pintadas de preto.

Cê é chegado no padê? — ela pergunta.

Já fui, demais da conta. Duas décadas de cafungation, direto. Tô há uma década sem cheirar, mas com a subs sempre por perto.

Entendi, balbucia a gordinha, as asas das narinas fibrilando, o olhar atento à transação que dá pra ver pelas raras frestas em meio à pequena multidão encapsulada no bar. Compreensível que ela esteja mais interessada no pó do que em mim. O pó fala direto com todo o sistema nervoso central dela. Não tem como competir.

De posse do pino santo, Gessy volta pra mesa e, ainda de pé, convida, se dirigindo ao Kabeto também:

Bora lá dá uns tirinho?

Eu?...

Cola em nóis, tio, insiste Gessy, magnânimo e sedutor

Tio é foda... — ri Kabeto.

Gessy ri, dengoso:

Tô te tirando, véi. De boa...

Lhufas se levanta, sem saber se torce ou não pro coroa recusar o convite. Quem é afinal esse loquaz cavalheiro de blazer de boa lã? Fala bem mais do que ouve, mas é capaz de engajar a mesa toda numa conversa atraente, engraçada. Ele te faz se sentir engraçada também. Grande vendedor de si mesmo, sabe adular seu público. Agora, ou muito me engano, ou esse coroa tá de pau duro. Um tarado? Se não for violento...

Bora, comanda Gessy, tomando a dianteira da expedição rumo ao banheiro.

Kabeto hesita. Por que diabos andróginos ele se meteria num banheiro de bar com Doris Gay e uma bancária heavy metal lésbica pra cheirar pó, sendo que ele não cheira mais porra de pó nenhum? A resposta, óbvia, é: Io voglio una donna! — como alguém dentro dele brada, sob inspiração felliniana. De carona nas próprias pernas, Kabeto segue a duplinha-esquema, atraído pelo magnetismo rotundo e carnal daquela bunda feminina à sua frente, rumo ao par de cagotes do Farta Brutos, onde Gessy adentra o feminino, que acaba de desocupar, seguido por Lhufas e Kabeto, que se esforça ao máximo pra ficar invisível, mas topando todas, porque hoje é sábado e ele sente lhe dar um frenesi na banana, frase que lembra alguma coisa que leu em algum lugar.

Lá fora, sirenes remotas lhe trazem a lembrança das manifestações contra os vinte centavos a mais no preço da passagem e contratudoquetaí. É a história, essa cadela estridente, se fazendo ouvir na grande noite boêmia, pra fazer uma frase kerouaquiana. Juvenal, detrás do balcão, me vê e agita no ar as minhas contas gadunhadas pelo pregador. O recado é claro: 'Qué fazê merda no meu bar, primeiro paga o que deve, caloteiro!'. Escrotinho, esse Juvenal. Um comerciante dinheirista e fominha como qualquer outro. Ele sabe que, cedo ou tarde, eu sempre pago as penduradas. Mais tarde do que cedo, em geral, mas pago. Não dou calote em bar que eu frequento. Milão eu tô devendo aqui, fora a conta de hoje. Mais do que um salário mínimo. Sei lá quanto tá um salário mínimo, mas deve ser menos que isso. O Tuchê já me disse que ganha dois 'salários', mais o serviço rateado entre os funcionários do Farta. Quanto dá isso líquido por mês? Sei lá. Só sei que o Tuchê tem uma Brasília da hora, toda recondicionada com peças originais e cheia dos acessórios reluzentes. Sei também que essa gordinha é uma delícia. E sei que estamos perigosamente duros, eu e o meu pau. Os banheiros deste bar já viram muito nesta vida, e vão ver mais alguma coisa agora, disso tenho trêmula certeza. Foda-se, Juvenal, você e a porra da história. O universo inteiro tá resumido na bunda da gordinha. *Se essa bunda, se essa bunda fosse minha... eu mandava, eu mandava ela sentar... no meu pau, no meu pau empinadinho... muito a fim de seu buzanfã traçar...*

Se essa bunda, de fato, fosse minha, como seria a nossa relação?

'E aê, bunda, vamo pegá uma tela? Tá passando aquele Spielberg novo. Diz que os efeito visual são da hora, mora.'

'Bunda, vem cá: você toparia ter filho comigo, constituir família, abrir um crediário nas lojas Bahia?'

'Bunda, vamo descê pro Guarujá nesse finde? Pegá um sol. Comê uns camarão?'

'Tá com fome, bunda? Bora lá traçá um mac no Pasquale.'

'Bunda, ó bunda, um dia desses ainda te levo na Suíça pra gente comê um fondue.'

'Bunda, a vida não tem o menor sentido. Vamos sentar, beber e conversar a sério sobre isso.'

'Bunda, definitivamente, I love you!'

A trinca passa o trinco no banheiro das mulheres, e, com esse pífio joguinho de palavras, tem início seja lá o que for rolar aqui, com seis pés chapinando no mijo em torno da privada. O coturno da Lhufas parece mais adequado à tarefa de pisotear excrementos, apesar das pontas soltas do cadarço dum pé se embeberem de mijo empoçado. Eles podiam passar um pano com desinfetante aqui de hora em hora, às sextas e sábados, pelo menos. Juvenal, muquirana do caralho que não contrata um faxineiro só pra cuidar dos cagotes. É o que ele devia fazer, em vez de esfregar na minha cara as contas do pregador.

Lhufas abaixa o assento e a tampa da privada, que ela higieniza com um chumaço de papel higiênico, enquanto Gessy, ao lado, aguarda ansioso com o pino aberto na mão. Higienização apenas aparente que só remove os germes mais distraídos. Pra realizar a faxina, a gordola se inclina à frente, empinando pra trás a bunda revestida de lã sintética que roça meu pau saliente logo atrás dela. Tô cansado, bêbado, pregado, em mais de um sentido naquele bar, mas o tesão tá acordado, sob a forma dum pau duro, meu parceiro involuntário nas últimas horas. Tá a mil, o filho da puta.

Não me afasto, nem a bunda dela reclama. Encaixo a bundadela no meu regaço pubiano. Roço: *roç-ross-rozzz*. Brincamos de rola-rôla-no-bumbum, de comum e rebolate acordo. Quem diria. Tô achando que miss Lhufas não deve ser tão lésbica assim. O departamento de antropologia da Myself University já tinha detectado essa bipolaridade sexual que grassa na atualidade, a cuja qual, segundo o dr. Raul Pompeia, é a mesma em todas as épocas. Virou moda quase obrigatória entre jovens liberais da classe média pra cima, desde a média baixa não evangélica até os trêfegos rebentos da burguesia ilustrada. Gente jovem, na média, que vê o sexo como um vasto playground, sem fazer distinção entre picas e xotas no vai da valsa sexual. Tudo vale a pena se a sanha não é pequena. Taí o Park, a Mina, o Pisano, a Melissa, e agora a Lhufas a comprovar tal teoria. Os cérebros humanos sofreram mutações éticas e libidinais profundas ao longo de duas ou três gerações, desde 'Crazy man, crazy', do Bill Haley — *Go, go, go everybody, Go, go, go, go, go, go* —, em 54, até o *cataplus, puta merda tô na cruz* dos ino*llV*idáveis Boleritos in the Night, cataclismo musical que ainda ecoa na lixeira acústica da minha memória, feito um mantra pesadelesco.

Lhufas prolonga a faxina na tampa de plástico tosco da privada, trocando o primeiro chumaço de papel higiênico, já emporcalhado, por um novo, indiferente à impaciência do seu amigo que não vê a hora de iniciar os trabalhos propriamente cocaínicos. Tal excesso de zelo não passa de pretexto pra continuar de bunda grudada no meu cacete ocluso mas obtuso o suficiente pra que ela possa sentir o danado contra suas carnes ainda vestidas. Bunda quente em pica dura tanto bate até que, assim espero, fura. É o que eu pretendo fazer: picafurar aquela bunda, que eu apalpo, aliso, puxo pra mim, aperto, esfrego, cutuco. Jogo aberto: habemus putaria. Devo ter não muito menos que o dobro da idade dessa mina. Mas um cara de pau duro tem qualquer idade, já diziam Casanova e o Don Juan de la Esquina. E sendo que eu sou também um cara de pau, de pau duro. Bela bunda temos aqui. Rabão. Fantasio o cu da bunda, mas anseio o molusco bivalve de beiçolas penugentas encrustado abaixo dele, o popular xibiu. Só peço aos fados que não seja depilado.

A gordola reage às minhas péssimas intenções com reboladinhas aprobatórias, jogando com meu pau pra lá e pra cá. Que maravilha. Mais dois minutos desse bundalelê e eu acabo engomando a baggy que dona Linda me deu. Cá estamos, quem diria?, eu e a brisa, eu e a Lhufas. Aliás, a Lhufas e a brisa, que esse negócio de brisa não é mais comigo, como não canso de repetir a mim mesmo. Um ex-viciado tem que recitar esses mantras de autoajuda todos os dias, inda mais quando tá coa boca na botija, como eu agora. E sendo que a botija é uma tampa de assento de privada de bar, onde Gessy derrama agora o pó do pino de cenzinha, o menor. Lhufas se põe ereta mas deixa a mão distraída passar em revista o protúbero objeto do desejo atrás dela. Pega, apalpa com força, sentindo a consistência do tesão que ela pensa ter suscitado no coroa. Gessy, de olho enviesado na cena, trata o bagulho com seu cartão de crédito, e logo surgem três lombrigas brancas, a primeira das quais o próprio artesão aspira com uma nota de cinquenta fornecida por Lhufas, que logo recupera seu canudo emitido pelo Tesouro Nacional pra atacar a segunda linha branca, de novo inclinada sobre a privada, sua bunda de novo grudada no meu pau. A bancária e o performer massageiam as respectivas napas, dando fundas e curtas aspiradas pra internalizar a farinha nas fossas nasais e otimizar o rendimento do insumo, como diria um economo-cocainômano.

Gessy toma da amiga a nota enrolada e a oferece ao suposto escritor, pasmo de ver o quão enfunado se mostra o bag da minha calça. Mas o coroa declina da oferta com um gesto educado de recusa. O recepcionista e trashveco nas horas vagas mata metade da terceira carreira, deixando o resto pra Lhufas, que, inclinada outra vez pra aniquilar o que sobrou de pó na tampa da privada, me proporciona mais uma curta bundadela na minhápica. E assim pirocaminha a humanidade. Tudo cem por cento explícito agora. Não há mais possibilidade dum mal-entendido aqui. Ela não vai sair gritando pelo bar *Socorro! Fui atacada no banheiro das mulheres por um senhor de calça baggy com um pênis ereto dentro!*

Kabeto passa a trabalhar a peitaria da moça, por cima da malha, no início, e logo por debaixo, dedos sintonizando mamilos duros petulantes, pontudos, que pretendo lamber e chupar assim que der pé, pau e piço com essa mina. Lhufas entorta o pescoço pra direita oferecendo a boca batonada pro beijo de língua que o coroa lhe proporciona sem deixar de trabalhar suas peitolas com sôfrego carinho. O sabor de cocaína na língua da guria me atiça a velha gana cafungueira. Um resquício do pó que desceu pra língua da Lhufas entra sorrateiro no meu sistema nervoso e ativa a circuitaria neural cocaínica adormecida. Lembro do quanto a primeira carreira cheirada era o portal do paraíso dopamínico pro meu cérebro. Entretanto, o bicho pegou de vez aqui com a gordinha, formula-se Kabeto, esquecido da entidade Gessy, que, se contorcendo todo — ou toda? — de tesão, calcula como e quando tentará se amalgamar àquela almôndega sexual à sua frente, a três dedos de distância. Atracado com sua nova musa, Kabeto toma a única atitude que lhe parece cabível no momento, que é puxar o zíper da braguilha e sacar seu cacete de cabeçote desencapado: a lança que balança a fim duma lambança. Lhufas bota a mão pra trás de novo e sente o drama. Mas é Gessy quem, lesto e presto, se ajoelha no chão mijado e abocanha e suga a prenda, *sug-sug-sug*, lambendo e relambendo com voracidade máxima o novo personagem em cena.

U-hu! — se baba Gessyléverson, num breve hiato na felação. Depois de mais uns instantes de intensa degustação peniana, ele oferece:

Num qué dá uma no meu cu, querido? Rapidô. Fiz tchuca, tá que é um sinteko.

Hoje não, bregado... — diz Kabeto, sem conseguir evitar que o outro volte a lhe degustar a piroca.

A hora é de tomar alguma atitude que restabeleça um mínimo de heterossexualidade na cena, o que Kabeto faz simplesmente puxando a saia da garota pra baixo, por trás. A meia-calça e a calcinha têm o mesmo destino, revelando a mais polpuda e suculenta bunda que alguém poderia desfrutar à beira de uma privada no hemisfério sul naquela hora. Quase nenhuma celulite, até onde sua benevolente presbiopia permite observar sem óculos. Só uma pequena constelação de espinhas em torno dum rego profundo. Lhufas se inclina por cima da privada, braços esticados e mãos espalmadas na parede à sua frente, de ré pro coroa animado. Nessa posição, ela parece um mano levando um enquadro da polícia na rua. Aproveitando o lustre que Gessy acabou de lhe dar na chapeleta, Kabeto se insinua de pica em riste pelas brenhas baixas daquele bundão, logo achando uma fenda penugenta mais molhada que o pau dele. A fenda leva a um canal lubrificado de pura lubricidade sacana, só porque hoje é sábado. Pra mergulhar em segurança em águas desconhecidas, num banheiro de bar, mister se faria vestir o mergulhador com o escafandro apropriado. Mas não tenho camisinha, e madame já foi entubando o bruto sem tocar no assunto. Vai ver, tem aids, apesar das gordurinhas excedentes que carrega. Deve estar pensando: se o coroa não emborrachou o mandrová, problema dele. Gessy tudo vê sem demonstrar nada mais que volúpia e anseio de entrar no jogo. Se o amiguinho gay da bancária também não se alarma com a nudez da minha piroca, é por que ali tem. O quê? Gonococus, treponema, HIV, por exemplo. E se eles forem membros de uma seita satânica de disseminadores de DST's pelo planeta? Putaria em águas turvas aqui. Mas meu pau tá pouco se fudendo, ocupado em foder aquela buceta gostosa, engastada nos baixios de uma bunda fenomenal, com um cu que o fodedor examina afastando com delicadeza libertina as big-nádegas complacentes. Me parece um cu muito do saudável. E apetitoso. Marrom escuro, engruvinhado e penujento, do tipo inapropriado para a prática do ass royale, ao menos em tese. Um cu bem cuzão mesmo. Cuzaço, que me dispara o estro pornô, no melhor estilo parkoniano:

porra, gata, assim não vale
nesse teu cu tão peludo,
nem mesmo um doido de tudo,
mandaria um éss ruaiale.

Bom, hein? Tomara que eu não esqueça. Tenho a forte impressão de que, se quisesse comer esse cu agora, rolava fácil. E na base do bareback também. Na melhor das hipóteses, eles não têm doença nenhuma e decidiram que sou um coroa igualmente são, descontado o priapismo clínico. Fiquemos, pois, com a melhor das hipóteses. Dou fortes e fundas estocadas na buceta de Dame Lhufas, sem paranoias ou culpas. Tá bom demais isso aqui.

Tesão… — eu suspiro, enterrando até o cabo la poronga mía na xavasca da gordinha.

Batem na porta. Acho que já tinham batido antes.

Vai, Bebeto… vai logo, roga a voz gozosa da Lhufas.

Bebeto é o cu do qual você saiu, sua vaca adiposa, é o que eu não digo, mas penso, em modo cafajeste. De todo modo, sem essa de 'vai logo'. Vou devagar e sempre, cioso de não provocar algum sangramento contaminante na mucosa vaginal da parceira. Leio na parede um *Deus* é mulher. Me vem à cabeça que o Park ia gostar de me ver aqui na mais fogosa bissexualidade, fodendo a retroxota duma bancária metaleira, depois de ter fodido a boca dum trashveco. Yes! — como diria a Molly Bloom. Um perfume sazonado de fêmea sexual lhe sobe às narinas: *profumo di tchaca e cullo*. E ele fode que fode aquela buceta, com toda a calma e volúpia possíveis naquele banheiro. Aperta e apalpa as nádegas da parceira, roça a íris do cu com a ponta do dedão, enfia meia falange lá dentro, a seco. Na verdade, tá bem meladinho esse cu. A ponta do dedão entra fácil. Com a mão livre, Kabeto senta um tapa seco numa rotunda nádega tremebunda.

Ãiãiãi!... — murmura a bunda espalmada. Que tesão!...

Foi um tapão pra valer, um arco reflexo que ele não pôde brecar. Deixa um vermelhão na pele branca e lisa dessa bunda gorda com seu puíto futucado agora até o nó do meu dedão intrujão.

Kabeto senta a mão de novo, na mesma nádega, ao lado do primeiro vermelhão. A nádega fica parecendo um tomate gigante. Lhufas emite novos gemidos de libertina supliciada, enquanto desentubo o cu dela, dou um boa cheirada na ponta do dedão — delícia: cu puro — e sento-lhe nova palmada com essa mão, dessa vez na intocada nádega esquerda. Afogueado dum tesão bestial, como há muito não sentia, Kabeto pensa, afinal, em transferir a pica da xota pro cu, num movimento rápido e eficiente. Mas vê que Lhufas, apoiada num só braço, liberou a outra mão pra se siriricar com frenesi e já apresenta as primeiras aflições de um orgasmão a caminho. Não é hora de mudar de assunto. Até mesmo porque ela dá umas roçadinhas de dedo no pau que lhe fode a xota, sutil homenagem libertina ao caralho que a faz tão feliz. Ela morde o próprio braço esticado contra a parede pra não soltar os berros prenunciadores do gozo que lhe sobe vulcânico da buceta em chamas. A malha que recobre o braço funciona como abafador, mas só até certo ponto. Quem estiver lá fora esperando pra entrar há de estar ouvindo a trilha sonora da putaria aqui dentro. Como sempre acontece quando uma mulher começa a gozar pra valer com seu pau dentro dela, Kabeto vira passageiro do próprio orgasmo. Em segundos a porra vai jorrar. É já ou nunca: ele puxa o pau pra fora, não quer gozar lá dentro. Gessy saca a manobra e comanda:

Goza na minha boca! — prostrado num só joelho, feito Romeu diante da sua Julieta peniana, que, ao escapar de dentro da origem do mundo, volta ao aprisco bucal do viado chupinteiro. Kabeto tem estertores de pré-gozo. Estrebucha, urra, relincha. A porra vem vindo, com força. Ele arfa e geme e corcoveia e termina por despejar fortes jatos de matéria biológica pra dentro da goela espermofágica de Dóris

Gay, o trashveco-sensação do Roscoff. Aquele não é o epílogo com que ele sonhava, mas, mesmo assim, Kabeto tem lágrimas de alívio que lhe escorrem pela cara deformada pelo gozo. E é através dessas lentes lacrimosas que ele flagra outro rabisco na parede: *Deus* é gay. Afinal, Deus é mulher ou gay? Pouco importa. A buceta molhada da gorda, que ele manipula com a mão esquerda, a boca do viado que ele fode até as amídalas, aquilo é tudo de que ele precisava: putaria em estado puro. Não há paudurismo que resista. Gozo gozado, o sangue começa a tirar o time dos canais cavernosos. Seu pau, enfim a salvo da gangrena e do bisturi, sai melado de cuspe e porra da boca de Gessyléverson, aliás, Palmolívia. Seu paudurismo arrefece, embora não tão rápido como de hábito. Continuam batendo na porta do banheiro, batidas repetidas, fortes, irritadas. Isso é um clássico dos banheiros do Farta, muito requisitados pra atividades heterodoxas, em geral, mais demoradas que as meras atividades fisiológicas. Kabeto vê de esguelha o pau da Dóris Gay, finalmente pra fora da calça, na mão dele, cuspindo porra também. O putinho tava se masturbando o tempo todo. Um pau pequeno, cincuncidado, sem marcas de doenças pavorosas, até onde ele pode ver. Lhufas acaba de gozar na siririca e nas artes e ofícios do meu dedo médio entuchado em sua vagina, de onde meu pau acabou de sair. Essa minha mão esquerda se divertiju hoje: primeiro o dedão no cu, depois o médio na buceta. Os outros três dedos ficaram a ver navios, mas não reclamaram. Gozêra geral na área. Dóris Gay sabe o que fazer com um caralho na boca, há que se reconhecer.

Ni qui o ponteiro do seu manômetro neurovegetativo volta ao normal, Kabeto guarda seu amaninado instrumento na cueca, fecha o zíper da baggy, destranca a porta e se manda sem trocar um olhar, uma palavra, um nada com seus mais recentes parceiros sexuais.

Ao sair, dá de cara com duas garotas esperando pra entrar, a da frente nervosinha:

Ô meu! O banheiro das mulheres!

Ao que o regozado Kabeto rebate:

O mundo todo é das mulheres!

Sem esperar pela reação da fulana, que deve estar com a bexiga estourando de mijo, e ainda por cima dá de novo com a cara na porta, pois Lhufas ou Gessy tornou a baixar o trinco, na certa pra dar mais uns tirinhos antes de sair, Kabeto ruma pra mesa que ocupava com a duplinha-esquema. Topa com os três copinhos de steinhaeger que ele tinha pedido pro Tuchê. Sentindo-se poderoso e capaz de engurgitar todo o álcool do universo e vomitar apenas poesia pela boca e esperma pelo pau, como um perfeito aedo das candongas neoclássicas, Kabeto mata um dos copinhos da cachaça alemã numa só talagada, very macho-man. E dá ainda uma boa bicada em cada um dos outros dois copitchos. Pronto, tamos abastecidos, ele se diz, estalando a língua ardida de álcool. Segue, daí, pra porta do Farta, passando pelo caixa, onde vira só a cabeça pra comandar, sem deter o passo:

Bota só mais essa no pregador, Juvenal!

No umbral apinhado de gente, dribla os corpos ali estacionados e ganha a rua, quebrando à esquerda, de novo à esquerda, e logo à direita naquela ruazinha que vai dar na outra, e noutra ainda, até desembocar na praça Roosevelt. Tem a impressão de que o Juvenal lhe disse alguma coisa em voz alta e num tom pouco amistoso. Foda-se o Juvenal.

24

Noite alta de teto baixo. Kabeto vai, altíssimo ele também, raspando nas nuvens rasantes o que lhe resta de cabelo no cocuruto, calculando se não vai ter uma hipotermia aqui ao relento. Decide que, pleno de líquidos inflamáveis, nenhum frio pode com ele, mesmo esse, de cão siberiano pegar pneumonia. Ele precisa andar, levar seu reconquistado pau mole pra passear. Um pouco de exercício no frio é exercício revigorante. E, puta merda, nem peguei o telefone da gordinha. Devia ter perguntado em qual agência do Bradesco ela trabalha e abrir uma conta lá. E já nem lembro se ela disse mesmo que trabalhava no Bradesco. Que bunda, que bunda. Cheiro daquele cu ainda no meu dedão. E o da buceta no dedo médio. Nenhum Chanel nº 5 se iguala a esses autênticos perfumes amorosos. Cu, buceta, cu, buceta, cu, buceta. Não tem como errar. Tivesse grana, pegava um avião pra Paris. Lá, pleno verão, seu bloqueio se dissolveria em Sancerre e ostras na Place de l'Odéon. Vinte anos atrás, mais ou menos, eu tava em Paris, num janeiro com temperaturas negativas todos os dias, muita neve, fazia tempo que os caras não tinham um inverno tão rigoroso, é o que não se cansava de comentar na rua, nos cafés e suas TV's ligadas, na boulangerie, no metrô, em toda parte. Tinha ido lá com a Mag gastar dinheiro, passar frio e ter discussões intermináveis sobre o que um queria e a outra não queria fazer, e vice-versa, to Louvre or not to Louvre, comer um crepe barato de almoço na rua e jantar num restô legal, ou o contrário, essas cretinices de casal. Quando acabava o metrô, a gente encarava as ruas geladas na sola mesmo até conseguir um táxi, que, às vezes, nem rolava, pra chegar tarde da noite no studiô fuleiro cedido por um amigo meu que morava em Paris e tinha voltado ao Brasil de férias. Era fuleiro, mas tinha um armário-cozinha, banheiro e chauffage, tudo funcionando mais ou menos. Ficava em Montreuil, meio longe da Paris que interessa. A Mag, com seu tino de produtora, rearranjou sofá, poltronas, almofadas e colchões, afastou móveis, reaproximou outros, e fez o mocó ficar bem mais confortável. Com a chauffage a mil, dava até pra suar de calor. A gente tomava vinho, fumava haxixe, ouvia música e trepava de pingar suor. A coisa da música era motivo de encrenca. Ela queria rodar os cd's que tinha comprado na FNAC, uns africanos technotribais, um grupo caribenho que obrigava o teu esqueleto a sair pulando contra a tua vontade, e a Madonna, que ela venerava e tava de disco novo. No Brasil eu já tinha ouvido a porra da 'Material Girl' mais vezes do que qualquer ser humano jamais aguentou ouvir aquila merda, a Madonna inclusive. Eu queria botar os cd's de jazz do Denião, esse meu amigo: Monk, Coltrane, e o meu pianista de jazz favorito, o Bill Evans, que ele também idolatrava. A Mag me mandava 'tirar essa velharia remelenta', eu rebatia dizendo que não estava hospedado numa danceteria pra ficar ouvindo aquele baticum infernal, e assim passavam nossos dias parisienses. Meus pés congelavam na rua, mesmo de bota de montanhista comprada lá mesmo, com três meias grossas nos pés. Se estivesse com esse par de sapatênis de mauricinho pobre aqui eu teria congelado os pés a ponto de ter de amputá-los, como esses caras que sobem o Everest e enfiam o pé e os dedos das mãos na jaca gelada. Felicidade suprema era entrar num restaurante, num café. O calor, o stripitise de sobretudos e malhas, bon soir, monsieur, dame, o chocolat chaud, o vinho, o *calvadôss*, o rango... Ruim era a conta em euros e a volta pro frio, com toda aquela roupaiada de novo cobrindo o corpo e a batalha pra alcançar o metrô antes do fechamento, ou conseguir um táxi na rua, já que nossos celulares não funcionavam lá e toda gente chamava táxi pelo telefone.

Mas aqui não é Paris e eu finalmente tô bêbado pra caralho. Bêbado, mas funcional: penso e ando. É o que basta pra seguir vivendo. Levanto a gola do blazer e vou em frente. Não vejo mais nenhum mendigo pela rua. Aquele cara que eu vi na Augusta ontem, ou anteontem, dormindo na calçada de colherinha com sua miséria solitária, ao lado daquela dentadura depositada na própria calçada, a um palmo de sua cabeça, o que é feito dele? Em Paris é que não está agora. Me ocorre que aquela dentadura podia não ser de seu uso, que o cara apenas tinha achado aquilo sabe-se lá onde e trazia com ele como uma companheira sempre sorridente. Se calhar, o infeliz já foi pro saco, de frio, de inanição, de solidão. Morreu e foi devorado pela dentadura faminta.

Avenida da Liberdade?!... Mas, como?... Alguém podia me explicar como foi que o Kabeto veio parar aqui? E por que eu tô assim tão bêbado, cercando o mó frango pela calçada? Ah... craro, Cróvis: tô bêbado porque bebi pra caralho. Só pode ter sido isso. Aquele steinhaeger todo sorvido em escala industrial lá no Farta, com cataratas de cerveja. E sendo que eu já tinha tomado uns breguetes antes e dado uns pegas no meu beque, o que ajuda bem a potencializar o álcool. Mas como vim parar na Liberdade, já descambando pras bandas do Glicério, é um mistério. Por aqui só dá restaurante japa, coreano, chinês, alguns abertos, outros fechando ou já fechados.

Lembrei: a Lesley. Sim, o telefonema da Lesley enquanto Kabeto deambulava a esmo pela Martins Fontes, trançando perna em direção ao Centro. Ele viu que era a trivarrida Lélésley da cuca e, mesmo assim, atendeu. Steinhaeger decisions. Ela queria se encontrar com ele, disse que lhe bateu uma saudade louca de mim depois daquele telefonema dele da tarde. Parecia mais calma, menos fissurada por crack. Ou então fez um esforço louco pra parecer assim. Contou que morava no Glicério, o que explica eu estar aqui na Liberdade, a poucas quadras de lá. Deve ter mencionado a rua, o número, mas ele não lembra de nada. Maldito steinhaeger que me fez dar ouvidos praquela cracuda do quinto caralho do apocalipse. Bendito steinhaeger que me fez esquecer o endereço dela. O que a figura quer de mim é grana pra comprar crack. Faz qualquer negócio por isso. Piranha química. Posso comer a piaba a noite inteira, se eu quiser, seu fedegoso cu e tudo, bastando jogar na mão dela a grana pras pedras de crack. Mas, e a tal da aids? Tô vendo que a Lesley me mandou um SMS. É o endereço dela. A Piper cubeba se manifesta sob a forma de um leve formigamento peniano. Porra, camisinha taí pra essas coisas. É só passar numa farmácia aberta e comprar. Será que ela tá muito detonada, a Lesley? Eu bem que dava mais uma boa foda hoje, só com mulher. Buceta, cu, boca, tudo cem por cento feminino. Era o que faltava pra arrematar a minha terapia antipriápica.

Kabeto sente a canga pesada do sono e da fadiga. Me afastando da Liberdade pela rua Américo de Campos abaixo, cruzo a Conselheiro Furtado e emboco na rua São Paulo, rumo ao coração do Glicério — o coração das trevas. Pobreza e crime me espreitam nas esquinas. Li outro dia que o Marcola cresceu aqui, arrombando carros e assaltando pedestres. Estou em pleno domínio do PCC. Uma buceta fissurada por crack me espera em algum lugar do Glicério, se eu não for assaltado e assassinado antes. Só tenho que achar a farmácia aberta pra comprar camisinha.

Que camisinha, o quê. Vai pra casa, imbecil.

Quem disse isso? O que sobrou do teu superego, idiota. A kíti tá a uns quarenta minutos de pernada. E a uns dez, de táxi. Zonzeira, ânsia de vômito... de sexo. Cê ainda tem algum dinheiro na carteira? Perdido estás no Baixo Glicério, meu caro Kabeto. Passo por um bar-garagem com uns bebum lazarento, umas mina de microvestidinho ou shortinho congelando na noite madrasta, de perna e quase tudo de fora. Putaria nível z. Duas ali são di-menó, as mais gostosas. Tá na cara e nos corpitchos infantiloides delas. Uma deve ter treze, catorze anos. Todas de pele escura, mulatas, caboclas. Quase todas aloiradas. Uma de cabelo azul, outra, vermelho. Sai de lá de dentro um som massacrante, num volume e de uma estridência de enlouquecer uma ostra, distorcido pelas caixas de som estouradas. As meninas dançam e gritam, todos bebem em copos americanos cerveja e uns gorós esquisitos. Em cima de uma das duas ou três mesas do lugar vejo uma garrafa de Coquinho, cachaça doce com gosto de coco. Já tomei um porre daquilo, milênios atrás, e não sei como não vomitei o cérebro. Como é possível alguém trocar palavras, conversar, debaixo dum bate-estaca demolidor desses? Perto disso o puta-merda-cataplus dos Boleritos parece Mozart. Inda bem que tá esse som insuportável, senão eu ia acabar querendo dar uma entradinha ali, trocar uma ideia com as meninas, ver qual é a delas e, qui lo sá, praticar uma pedofiliazinha à la carte antes de voltar pra casa. Tem uns fodedouros megafuleiros por aí tudo. Tipo quinze real a hora. E você pode entrar até com uma bebê de colo que ninguém vai reclamar.

Passo reto pelo puteirinho Petistil me perguntando que catso tô eu fazendo aqui? A Lesley, sim, a Lélésley. E se eu voltar dez passos e entrar lá naquele puteirinho infantojuvenil e perguntar, na moral, se alguém ali não me venderia umas pedras de crack? É uma ideia. Já chegaria na Lesley arrasando. No segundo minuto já estaria comendo a doida por trás, de olho no cu sujo dela, enquanto a diaba piparia ansiosa aquela desgracêra. Eu ansioso por sexo, ela por droga. Puta merda, pau duro de novo. Cataplus.

Não, nem fudendo. Tá lôco, mano? Uma sirene distante. Meu celular toca no bolso. Não atendo. Um minuto depois, soa o aviso de uma mensagem da Lesley que acaba de entrar: 'Tá chegando? Onde vc tá?'. Ele desliga o celular. A Lesley não vai ficar mais fodida do que já é na puta da vidinha dela. Assim que arrumar uma pedra pa pipá, ela se esquece por completo de mim e do mundo.

Seus sapatênis idiotas o levam de volta pra avenida da Liberdade, subindo por uma paralela, a Barão de Iguape, mais movimentada e sem muquifos com putinhas menores de idade congelando seminuas no cu do Glicério. Não queria passar na frente daquilo de novo. Aquelas meninas, com aquelas pernocas, peitinhos e bundinhas... Vai que me dá a louca. Vade retro, cuzão! Tô muito bêbado e cansado dessa tensão toda das últimas vinte e quatro horas, a broxada dupla com as menina na kíti, meu despertar priápico, o pavor de ter que retalhar os canais cavernosos pra remover o sangue coagulado, a kíti vomitada e cagada, Lhufas e Gessy no banheiro do Farta, a bunda master da gordinha, o boquete profissa do viado. Forte, o roquenrol, hoje, como gostava de dizer a Mag a respeito das baladas mais pesadas. Então chega, pelamordedeus, chega dessa andança sem fim em demanda da buceta duma doida craqueira perdida numa noite suja. Só mesmo depois de mandar trocentos steinhaegers pra cogitar seriamente a hipótese de comer a Lesley num muquifo do Glicério onde ela deve viver entocada feito uma cadela danada, sabe-se lá na companhia de quem.

Subo ou desço a Liberdade? Ele refaz na cabeça o caminho que pegou pra vir do Farta até aqui. Praça Roosevelt, Consolação até a biblioteca, viaduto Nove de Julho à direita, passando em frente à Câmara, a rua Dona Maria Paula a seguir, aquele outro viaduto por cima da 23 de Maio que vai dar na praça João Mendes, a partir de onde enveredou por uma rua escura e semideserta rumo à Liberdade. Nessa rua, que não sei o nome, dou de cara com o velho e desativado

Cine Joia, que passava filmes japoneses, Kurosawa, Kaneto Shindo, Ozu, Mizoguchi. Na minha juventude, quem era vidrado por literatura tinha que conhecer e cultuar o cinema de arte, e o japonês era um dos mais incensados. Os filmes autorais eram a literatura do cinema. Em matéria de filme japa, eu me amarrava mesmo era em filme de samurai, mistura eletrizante de western com capa-e-espada no Japão feudal. Me impressionava aquele jeito duro, rosnado dos caras falarem e o miado doce e submisso das vozes femininas. Onibaba, Os sete samurais, Sanjuro, Yojimbo. Depois o Cine Joia deu de exibir cineputaria popularesca com shows de sexo explícito nos intervalos, sina geral dos cinemões do centro, boa parte dos quais viraram depois templos do pentecostalismo monetarista. Hoje não sei o que é feito do Joia. Parece abandonado. Melhor do que virar caça-níqueis a serviço dum pastor de ovelhas otárias.

Kabeto lembra também de ter passado por umas putas bem rampeiras no comecinho dessa rua sombria. Eram putas sombrias também, mas tinha uma lá, mulata bunduda, que lhe falou ao pau. Quanto podia custar meia hora com aquela num pulgueirinho desses que tem por aí? Pegar uma puta daquelas podia ser bem mais simples, satisfatório, barato e até mais saudável que encarar a Lesley, ele calcula. Muito mais. Já pensou, sair com a Lesley de táxi pra pegar crack na Luz? Não tem como a pessoa resistir aos apelos imperiosos duma fissura danada. Sei bem o que é isso. A fissura pode te matar, se você não ceder às suas demandas. E dá-lhe grana pra bancar a drogaria. Fora o risco de dar alguma cagada, assalto, estilete na barriga, enquadro da polícia. Daí, com o crack na mão, a gente voltaria pro mocó dela, uma kitinete ou quarto e sala dum treme-treme de três andares, sem elevador, ou com o elevador quebrado. Já pensou, eu e a Lesley pelados na cama gélida dum quarto esquálido, sujo, fedido, meu pau sem camisinha, porque até agora não vi nenhuma farmácia aberta, metendo nela de tudo que é jeito e maneira, enquanto a doida passaria a noite inteira cachimbando suas pedrinhas diabólicas... Loucura, cagada. Mas que tá me dando tesão só de pensar nisso, não posso negar. Nem eu nem o meninão irrequieto entre as minhas pernas. Xô, tesão.

Enfim, a Liberdade. A avenida, digo, pois a verdadeira liberdade total e absoluta nem sei se existe pra alguém em algum lugar. Daí, pego aquele viaduto que vai dar na Brigadeiro. Dali, é só descer um pouco, ou subir, não lembro, e pegar a Treze de Maio, depois a Rui Barbosa, e desembocar na rua Santo Amaro. Aí, mais um viaduto, aquele sobre a Nove de Julho, e, pronto, tô na Roosevelt, quase em casa. É só contornar a praça, pegar a ruela ao lado do antigo colégio alemão, dobrar à esquerda no segundo quarteirão, à direita no próximo, entrar no prédio, dar um alô pro Jesus, pegar o elevador, girar a chave na fechadura da kíti, e voilá: home, sweet fucking home, com cheiro de vômito desinfetado e tudo. Bora lá. Seu pau tá quieto na cueca agora, graças ao trato que Lhufas e Gessy, bons samaritanos, deram no meninão. Se a Mina me ouvisse chamando reiteradamente meu pau de meninão, sacudiria a cabeça em lento desalento.

Se liberdade absoluta não existe, felicidade, pelo menos, é pensar que o sofá-so-good espera por ele, suspenso no décimo sétimo andar de um prédio, a cavaleiro da cidade glacial. A cama, porém, tá impraticável, visto que deixei meu king-size pra arejar na sacada. Que porra do caralho preto, afinal, terá rolado naquela noite entre a vermeérica Audra, a Mina das arábias mineiras e o bardo bissexual da península da Coreia, enquanto eu me afundava num coma profundo no ssg, a dois passos literais do palco das putarias? Nada de muito higiênico, com certeza. A lembrança daquele cheiro lhe provoca uma ânsia gástrica e o faz se debruçar na mureta do viaduto sobre a 23 de Maio pra dar uma gorfadinha. De pronto ele recolhe a cabeça, de modo a não ser identificado pelo motorista do sedan que tomou a vomitada no para-brisa. O trânsito na 23 é constante, mesmo de madrugada. De qualquer forma, uma vomitada no para-brisa é bem melhor que um paralelepípedo varando o vidro e acertando em cheio a sua cara. Duvido que um motorista que acabou de tomar um banho de vômito despejado de cima do viaduto coloque as coisas nesses termos comparativos: Ah, tudo bem, é só vômito. Se fosse paralelepípedo, tijolo ou garrafa ia ser bem pior. O corpo dum suicida bêbado, então...

Kabeto se empenha em brecar no gogó uma nova onda de ânsias, ganhando fôlego pra caminhar até a primeira transversal, logo depois do viaduto, onde, entrando à esquerda, na direção dos quarteirões residenciais, ele calcula que dará pra mijar e vomitar de boa numa das ruelas tranquilas que tem por ali. Até uma cagadinha, se for o caso. Kabeto vai tentando cercar o frango etílico que serpenteia à sua frente. Tem plena consciência do seu andar cambaleante, de pileque e cansaço: caricatura de bebum da última decadência. Mas ele não tem como andar de outro jeito. O andar oscilante do bebum é o jeito natural que o cérebro dele tem de manter o equilíbrio e evitar que ele se esborrache no chão. Só um bêbado pra entender a lógica que governa os passos do outro bêbado. Como estou fazendo comigo mesmo agora.

Kabeto consegue vencer o primeiro quarteirão da rua, uma ladeirinha íngreme que o deixa de bofes de fora. Pega a direita na primeira transversal, outra ladeira que vai desembocar na Brigadeiro, um pouco acima da Treze de Maio, pelo que ele consegue se lembrar. Nessa nova ladeirinha convivem prédios novos com grupos de velhos sobrados, no geral bem conservados. A classe média teve meios de se manter nas pernas por aqui, ao contrário das quebradas mais fuleiras da Liberdade e do Glicério por onde acabei de perambular, onde se via por toda parte os sinais de uma pobreza desgracenta de gente sem grana pra pintar casas e prédios, arrumar janelas quebradas e cuidar de eventuais jardinzinhos fronteiriços. As casas e casarões remanescentes de lá viraram, quase todos, cortiços lazarentos. Pra essa turma, o próximo estágio é morar na rua, nas cavernas debaixo dos viadutos, na soleira de estabelecimentos comerciais sob toldos e marquises, sempre na vizinhança da sarjeta, como o beleléu da dentadura. A certa altura da nova subida, arfando enquanto sociologiza, Kabeto envereda por uma viela à direita que continua subindo, em curva aberta pra esquerda, na direção da Brigadeiro, segundo indica sua torva bússola mental. Movimento zero na viela. Kabeto acende o beque. Dá duas bolas, tosse, tosse, quase vomita de novo. Continua a escalar a ladeira, pulmões à míngua de ar, as pernas bambas, o coração aos pinotes. Estaciona junto a uma caçamba de entulho pra mijar no espaço entre ela e o para-choque dum carro estacionado. Enquanto banha de mijo o para-choque dum Sentra, contempla com alívio o pau desfalecido na mão. E solta o ébrio brado retumbante:

Todo poder ao pau mole!

Não há repercussão nenhuma nos ares daquela zona intermediária entre a Liberdade e a Bela Vista. Os paus moles em volta dormem seu sono de classe média bem de vida em casas geminadas e prédios. Kabeto olha pra cima e vê uma lua pela metade. Tá crescendo ou minguando? A lua gira, o céu gira, os prédios giram e o bololô de cerveja com steinhaeger, coxinha, pizza e amendoim também gira em seu estômago, ensaiando uma rápida ascensão rumo à boca. Kabeto enfia a cara na caçamba e se prepara pra despejar seu minestrone gástrico por cima do entulho de alguma reforma. Uma lasquinha de segundo antes da primeira go*r*fada gloriosa, Kabeto foca um cadernão espiralado de capa dura jogado entre pedaços de reboco, caliça, ripas de madeiras, canos enferrujados, papelão e uma privada da era geológica da porcelana lascada. Já sem controle do seu tubo gástrico, ele tem o tempo exato de esticar o braço e recolher o cadernão antes de banhar o entulho com a baixa gastronomia mal digerida al sugo biliar.

Por fim, vencido o ápice do mal-estar, Kabeto bota os óculos de leitura e analisa o cadernão com seu olhar vesgo de bêbado pré-terminal. A capa tem uma estampa qualquer, algo como cristais coloridos flutuantes, e as páginas, umas trezentas, calcula, estão, da primeira à última, tomadas por um texto escrito à esferográfica em letra miúda, quase indecifrável. Forçando a vista, lê a primeira frase no alto da primeira página:

'Eu anão do circo ela muié do mágico e era uma vez.'

A frase, sem pontuação, circunda seu cérebro como uma auréola de luz giratória, mágica.

Porra!... — ele diz em voz alta. Genial... Caralho... Ge-ni-al!!!

Genial? Aquela frase estroncha, sem uma mísera vírgula? Não seja por isso:

'Eu, anão do circo, ela, mulher do mágico e era uma vez', repete Kabeto em voz alta, com as devidas pausas virgulinas. Perfeito! Tem uma estranheza, uma esquisitice, essa frase. Não parece a primeira frase de um diário, mas de um relato autobiográfico com intenções literárias, que pode ou não ser ficcional. Literatura íntima, como se diz agora. Pura autoficção. Tá na moda. Nem precisaria ler o resto. Essa primeira frase já é uma obra completa. Genial. Se bem que, de porre, você é capaz de achar que um único peido molhado soa melhor que a 5ª Sinfonia de Beethoven, como Kabeto ainda tem a lucidez de ponderar.

'Eu, anão do circo, ela, mulher do mágico, e era uma vez.'

Ou muito me esgano com as duas mãos, ou já tenho a primeira frase do meu novo romance, brada Kabeto a si mesmo do alto do próprio ego reconstituído. E, se calhar, tenho na mão o resto do texto também. É impossível que algo que se inicie com essa puta frase não seja tão du-caralho quanto até o fim. De modo que vamos ativar aqui um GPS mental e tocar pra casa. Começo a sentir a falta dum smartphone com aplicativo pra chamar um táxi, como vejo a moçadinha fazendo hoje em dia. Ó lá um táxi...

Táxi!

Fiadaputa, me viu e nem piscou. Pé na estrada, então. Ôpa, outro:

Táxi!

Parou. Aleluia. Um anjo com luminoso de táxi na testa. Já não tava me aguentando mais em pé.

Kabeto acorda no seu aconchegante sofá de colchões empilhados, o famoso sofá-so-good, único trocadilho confortável o suficiente pra se deitar nele. Tá escuro pra caralho. Não é possível que eu tenha dormido o dia inteiro e já seja noite outra vez. Ou é possível? Não... é que a porta-janela tá vedada com o meu colchão king-size que eu botei lá fora pra arejar. Quando foi isso? Ontem, anteontem, no século passado, retrasado... No ar, se percebe ainda um resquício da fedentina biológica matizada com desinfetante, mas não só isso. Entre a garganta e as fossas nasais se entranhou um gosto álacre de vômito, seu próprio vômito, sem dúvida. Kabeto faz um esforço monumental em meio à névoa dolorida da ressaca pra se lembrar de como foi que acabou a noite de ontem. Seu famoso pau acordou durango que só ele e demanda espaço vital. Só aí ele percebe que dormiu de roupa. Conseguiu tirar o sapatênis, o que já foi uma grande conquista. Mas, dessa vez, é só tesão matinal mesmo, nada de priapismo clínico, espero. Acendo a luz do abajur que repousa no chão, ao lado do SSG. Tiro calça e cueca e dou início à drenagem gonadal mentalizando a rotunda bunda branca da gorda Lhufas. Na minha fantasia onanista, tô de camisinha. Porra, na real carquei sem a galocha, e agora, no devaneio, tenho o cuidado de emborrachar o madrová? Vai entender os caprichos do imaginário onanista contemporâneo. E é no cuzinho apertado da gordalhufas que eu vou entrando sem pedir licença. Estranho cu dotado de cinco dedos e uma palma da mão que sobe e desce num ritmo crescente de pistão alucinado. E não é que lá dentro do cu da menina a minha glande topa com uma língua chupintosa que me lustra com brio o capacete? Só pode ser a língua do Gessy que entrou na composição esdrúxula dessa fantasia punheteira. A língua do viado no fundo do cu da gordinha lésbica. Cacete... *ãi... uhh... fff...* — lasco eu sapecando o punhetão. A coisa vem que vem e eu logo esporro na mão esquerda em cuia, poupando edredom, o pano azul, embolado num canto, e o colchão de cima do ssg da divina meleca. Me ponho a custo de pé e sigo pro banheiro, conduzindo minha oferenda seminal aos deuses tutelares do novo dia. Lavo a mão na pia e me sento na privada pra mijar, evitando encostar o pau ainda borrachudo na louça fria. O fluxo da micção puxa, enfim, os últimos capítulos da longa jornada do herói até a kíti no meio da noite dura da cidade. Lembro de que tinha uma caçamba de entulho no meio do caminho. Sim, no meio do caminho tinha uma caçamba. Acho que vomitei dentro dela. Sim, e que mais? Alguma outra coisa aconteceu ali naquela caçamba. Uma coisa importante. Mas que catso de coisa?

Dor de cabeça, zonzeira e náusea me embotam e embostam a memória. Ressacão do caralho. Administrável, porém. Dor de cabeça mediana. Pensei que ia acordar bem pior que isso. Ontem, quando abordei o estranho casal Gessy e Lhufas, eu já tinha bebido legal. E ainda mandei mais um tanto com eles, não lembro quanto. E tinha só beliscado umas porcarias... pedaço de pizza de calabresa... uma coxinha...

Ôpa! Peidão seguido de um jatinho de merda mole. O bidê me olha solidário: Deixa comigo, ele diz. Se a Sabesp nos tiver restituído água limpa eu dou conta desse teu rabo sujo. E cadê toalha? Putz, dá-lhe lençol novamente. Kabeto maldiz aquele bando de filhas e filho da puta que lhe arruinaram todas as toalhas da casa.

Mijocagado e de bunda relativamente enxuta — a água saiu cristalina, aleluia! —, o Lázaro renascido, depois de achar uma última e abençoada novalgina numa gavetinha debaixo da pia, que engurgita com água da pia, caminha pra geladeira, a ver se ainda sobrou algum suco de caixinha. A água de coco ele lembra que acabou. Ou quem sabe se uma latinha de — ops, Kabeto tropeça numa coisa jogada no chão. Ele vive tropeçando em coisas jogadas no chão da kíti. A coisa essa é um caderno espiral. Acha seus óculos de leitura em cima da porta-mesa, e examina o caderno, dos grossos, capa e contracapa soltando uma espécie de poeira de construção. Centenas de páginas escritas à mão com esferográfica. Caralho, que catso é isso aqui? Ele tem a mais absoluta certeza de que esse caderno não tava aqui quando ele saiu pra casa da mãe, na tarde de ontem. Será que alguém entrou aqui e me deixou isso? A vizinha! Aquela coroa de pijama e quimono que me viu de pau duro no corredor. Sabe que sou ou fui escritor aclamado na Vila Madalena e arredores, e veio me trazer sua obra manuscrita pra minha douta apreciação e posterior encaminhamento a uma editora, como fazem todos os aspirantes a escritor quando topam com um escritor publicado e relativamente conhecido. Acham que os escritores publicados são sócios da editora que os publica, ou, no mínimo, que têm grande influência por lá. Posso ter esquecido de trancar a porta quando saí, o que faço pelo menos uma vez a cada três saídas, em geral, a vez em que saio fumado daqui. Eu tava preocupado com aquele pau duro que não abaixava nem a pau. Não é mesmo impossível eu ter deixado a porta aberta, até porque eu não lembro se a porta tava trancada quando baixei aqui de madrugada. Teria sido difícil acertar a chave na fechadura, e eu me lembraria agora disso. Mas, como a vizinha poderia saber que, vez por outra, eu esqueço a porta destrancada? Vai ver ela tem uma webcam instalada no corredor pra me controlar e, cada vez que me vê sair, vem checar se a porta tá trancada ou aberta. Se for isso mesmo, teremos um tórrido caso de amor, com muito sexo maduro sob a estreita vigilância do gato dela. Depois, terei que envenenar a coroa pra ter sossego no meu prédio.

Eita, Kabestão. Só absurdo te passa pela cabeça, né...

O máximo que sua memória lhe oferece como pista é a imagem daquela caçamba estacionada junto ao meio-fio. Lembro agora duma go*r*fada que eu dei num viaduto da 23 de Maio. O vômito voador banhou em cheio um carro que passava na avenida. Mas o que tem isso a ver com esse caderno?

Ah, so good que é esse meu sofá, se delicia Kabeto, reacomodado no seu mocó de estimação, de posse do cadernão. Faz bem menos frio agora, se não é o colchão na porta-janela funcionando de escudo térmico. Meus peidos também devem ajudar a climatizar e odorizar o ambiente. Melhor meu peido que o vômito de algum outro mortal.

Em meio a tais confabulações, e à luz focada do abajur que dá um ar de clandestinidade à cena, Kabeto se põe a folhear o cadernão que parece ter brotado dos tacos do chão da kíti. Trezentas e cinquenta páginas anunciadas pelo fabricante na capa, todas elas escritas à mão, frente e verso, numa letra minúscula, sofrível, mas regular e, no geral, legível, com algumas poucas vírgulas espargidas ao léu e quase sempre tombadas nos lugares errados do texto. Começa a ler *da capo*, já atribuindo vírgulas mentais àquela barafunda de palavras:

'Eu, anão do circo, ela, mulher do mágico, e era uma vez.'

Puta! Que genial isso! Mas, porra... já li isso em algum lugar... Como pode?...

E eis que a memória libera uma bolha de reconhecimento em sua consciência: a caçamba! Yes! Ele quase vomitou nesse caderno de madrugada! Na certa leu essa primeira frase ali mesmo onde achou o caderno, à cotê de la caçambá. Que demais! Naquela primeira frase se condensa a famosa contribuição milionária de todos os erros, de sabor naïf e brutalista, capaz, no entanto, de ensejar uma puta narrativa vigorosa, intelectualiza Kabeto. 'Eu, anão do circo, ela, mulher do mágico, e era uma vez.' De cara o narrador já se anuncia e descreve: é um anão e vive num circo. Apresenta também uma 'mulher do mágico' com quem o anão deve ter tido um rolo que rendeu aquele 'era uma vez'. Taí o tipo da frase inaugural que Kabeto buscava urbe et orbi, nos úberes e nos orobós. E tá bem ali, ao seu alcance. É só sentar ao computador e transcrever a frase. Com as vírgulas, fica perfeita.

A segunda frase, mais especulativa, corrobora a hipótese de o anão ter tido um caso com a mulher do mágico, o que aguça ainda mais a tensão narrativa: 'Nunca qui eu sabí se ela me amava só por causo qeu tenho uma piça de atôrpornôgro vinte2 cetímetro enfezado ou por causo que eu sou foda pa caraio tá ligado? Foda na vida e foda na foda. Meu nome é Altair e já vô avizano que o desgracento do pau meu enfeza facim que só veno. Pau pa cu, diz o povo'.

Gente! Qui quié isso?! Kabeto desata a rir. 'Atôrpornôgro' é tão despirocado que fica ótimo. Pau pa cu é clichê velho de guerra, mas na voz desse narrador parece novo em folha. Tá na cara, desde logo, que o autor quer fazer literatura. Porra, 'vinte2' centímetros de cacete? É o Kid Bengala anão, esse cara? Que porra de manuscrito doido é esse que, na segunda frase, o autor já enfia um pau totêmico de vinte e dois centímetros na história? Temos aqui, portanto, um anão de pau grande amado pela mulher do mágico. 'Sou foda pa caraio,' se vangloria o tal do Altair. Tão tá. Mas que porra é essa, afinal? Autobiografia, diário, invencionices dum mitomegalômano, pura ficção? Vai saber.

O anão-narrador se pergunta a seguir se Joelma — esse é o nome da mulher do mágico — o amaria se ele fosse um anão de pau pequeno ou só 'normáli', como ele escreve. E, ainda, se ela amaria um sujeito grandão de pau pequeno. O pau do mágico era normáli, segundo a Joelma, que gostava era de macho de pau grande, pelo que o anão insinua num de seus escarrados autoelogios. Pouco lhe importava que o macho roludo que a comia fosse um anão. Ela até achava anão a maior 'fofolice'. E conta pro seu fofolete que teve uma outra história com anão, ali mesmo no circo, antes d'ele se incorporar à trupe. Mas o pau do outro não era isso tudo, conforme ela diz que mediu, embora não diga quanto media. Aqui já ficamos sabendo que Joelma tem o provável hábito de puxar a fita métrica pra medir os caralhos com o quais se diverte. Talvez o próprio ato de medir o pau que ela mesma fez endurecer já constitua um jogo erótico em si. Os vinte e dois centímetros do Altair, 'quando enfezado', atingiram o ápice da sua escala fálica. E ainda por cima pendendo do púbis dum anão 'arretado de testudo', que Kabeto entende como 'inteligente', mas pode se referir ao formato da testa do cara. Um anão-cabeça. Tudo bem que 'ditrás meio que dói no começo', como ela mesma conta, sempre de forma repentina dentro do corrido do texto, sem um 'disse ela' nem nada que discrimine o quem-é-quem nos diálogos. O leitor é que tem de ficar esperto pra sacar isso. E esse nome, Altair? Que autor daria esse nome prum anão, ironia tão chinfrim quão inverossímil. Mas, taqui, o preto no branco. Ou, na verdade, o azul da esferográfica contra o azul clarinho da página pautada. Altair, o anão que come a mulher do mágico com sua ferramenta assombrosa. Mas não é de todo impossível que o anão tivesse tal nome de batismo. Quando descobriram que a criança seria um anão, já era tarde, e Altair ficou. Um baixinho chamado Altair. O.k. O tamanho do pau do anão deve representar um quarto da altura dele. Quanto mede, em média, um anão? Um metro e... dez?... vinte?

Kabeto tenta se lembrar de qual foi a última vez que aferiu o tamanho do seu pau. Talvez tenha sido aos quinze anos, com a fita métrica da sua mãe. Kabeto nem se lembra ao certo quanto deu. Não deve ter sido muito, senão lembraria. Dona Linda nunca desconfiou de que sua fita métrica de rolinho, a toda hora em suas mãos, tinha se prestado a medir a piroca do seu filho único, inseguro quanto à relevância da sua genitália.

Joelma. Puta esboço de personagem vai se desenhando aqui. Mulher do mágico. Mulher e assistente de palco. Fissurada no anão e seu pirocão. A primeira página ainda não acabou e Kabeto já tá ameaçando armar o circo de novo por debaixo do edredom. Joelma! Kabeto sente no peito a heroica pancada: já me pegou essa porra desse texto. Decolou de vez. Se ninguém arrancou nenhuma, tem aqui trezentas e cinquenta páginas escritas à esferográfica, de alto a baixo, da primeira à última página. Já vou transcrevendo de cabeça essa zoeira, à medida que viro as páginas. Ou bem tô tendo um acesso demencial de wishfull thinking, ou taqui meu novo romance em estado bruto, um presente das musas que me veio às mãos pela obra do grande acaso, corporificado numa caçamba de entulho. Uma mão salva a outra: eu salvei o caderno, o caderno vai salvar minha carreira de escritor. E um mamão me salvaria agora, batido com suco de laranja, junto com uma média espumante e um pão na chapa.

Na padoca, saboreando em êxtase seu café da manhã de verdade, com o caderno ao seu lado em cima do balcão, Kabeto se entrega ao trabalho mental de arranjar uma justificativa ética pro seu novíssimo projeto literário. O melhor que consegue é o velho 'Achado não é roubado na porta do mercado'. Mercado das letras, no caso. É o que basta no momento. Saboreando o pão torradinho com manteiga, que solta migalhas sobre as páginas do caderno a cada mordida, ele não consegue parar de ler e ouvir na cabeça, num sotaque popularesco padrão, misturando prosódias de norte a sul, as frases xucras do narrador — um anãorrador, como ele não podia deixar de trocadilhar —, frases que ele já reelabora mentalmente num padrão coloquial balizado pela norma culta, mas uma Norma Benguell culta, nua na praia, n'Os cafajestes. Uma norma culta pelada e tesuda, é o que preciso fabricar aqui, pois nada mais nu, despudorado, escancarado que esse relato manuscrito que tenho agora em cima do balcão da padaria. Brinco de imaginar a Joelma com o corpo da Norma Benguell naquele puta filme em branco e preto dos anos 1960, ao menos por ora, enquanto não topo com alguma descrição física da personagem.

Essa caligrafia caótica do anão Altair, ou de quem se faz passar por ele, deixa entrever o nascimento de um autor com uma gana filha da puta de dar baixa em sua memória, convulsionada, caótica, vulcânica, vertendo lava narrativa num estilo ejaculativo-espasmódico sensacional. Na visão de mundo simplória desse cara, vazada numa forma tosca mas eficiente, ele chega a soluções até que bem modernas, como a manha de embutir os diálogos no texto corrido, de maneira a dar fluência cinematográfica às cenas, desde que você fique muito atento pra não confundir as vozes, vale lembrar mais uma vez. E acontece que eu tô muito atento, demais da conta. E, nem cheguei ainda na página 20 do caderno. As páginas são numeradas com capricho nos cantos superiores externos. Vou ter trabalho de lidar com as barbaridades e bizarrices gramaticais e ortográficas do texto, que às vezes me parecem propositais, em meio a trechos grafados num portuga até que razoável. Coisas como isso aqui: 'Eu entrei na amizade da piaba por cauzo que ela tinha precizão de um arguén pa dizabafá o peito dela e achô tão suficiente a minha pesoa que foi cumigo memo que ela veio se abri todinha'. Puta merda, como é que alguém escreve assim e não se chama Guimarães Rosa?! Um Rosa misturado com o Adoniran Barbosa da 'táuba de tiro ao álvaro'. A ver o que fazer com isso, quando eu sentar na frente do computador e atacar esse manuscrito, página a página, o que vou começar a fazer em menos de meia hora.

Porra! — Kabeto deixa escapar, com a boca cheia de pão. Puta que pariu!

Jair, o copeiro da padoca, tem um pequeno sobressalto:

Tudo certo aí, Kabeto?

Tudo, meu caro Jair, tudo mais que certo: tudo perfeito!

Tão tá... — faz Jair, acostumado com as esquisitices do freguês jornalista e escritor que não poucas vezes já lhe apareceu às sete da manhã inteiramente bêbado pra tomar café da manhã antes de subir pra casa dele no prédio ao lado.

Indiferente às elucubrações do servente da copa, Kabeto debica a média coberta de espuma de leite que lhe deixa um bigodinho fugaz, sentindo que tem alguém muito vivo e palpável dentro daquelas páginas atuando como narrador, cercado de outros personagens tão vivos e palpáveis quanto ele. Kabeto também se sente mais vivo do que nunca, hoje, agora, aqui, nessa padaria mística onde todas as suas fomes estão em vias de se saciar. Taqui o pão, o mamão batido com suco de laranja, e um caderno espiral contendo um puta material bruto pedindo pra se transformar num megaputa romance do caralho. Ouro luzindo sob a ganga bruta. Temos aqui um anão semialfabeto, cheio de orgulho peniano e garra narrativa no comando do texto. Ele é *o* cara: puta pica, puta pique. E eu cuma puta gana de botar isso tudo numa bitola cult, com pegada transgressiva. Etelvina, tô achando que acertei no milhar. Mas, ao contrário da letra do samba clássico, ainda tenho muito que trabalhar aqui. Transcriação. Transrecriação. Cleptorretransrecriação. É disso que se trata. Literatura é fraude. O escritor assalta a vida dos outros pra escrever, a História, o próprio idioma. E é daí que vem toda a verdade que tu deita no papel. A minha verdade, no caso, taqui nesse manuscrito. Não precisei viver ou imaginar tudo isso. Outro se deu ao trabalho de viver por. O acaso só teve a função de me passar essa bola.

Relê a primeira frase. 'Eu, anão do circo...'. Sim, sim, sim, saladin, que puta primeira frase. Matadora. Já anuncia todo o clima dramático das 'sucedências' da história, como diz o narrador, tirando uma de Guimarães Rosa, que ele na certa nem sabe quem é. Tudo é dito, cuspido, berrado com tamanha sofreguidão que até parece calculada. Não tem tempo morto aqui. E a barra é pesadíssima. Santa barra pesada que vai me tirar do gancho onde o escritor que havia em mim se acha pendurado feito carcaça de boi nos trilhos suspensos de um frigorífico, imóvel, sem poder ir à parte alguma. Meu talento em suspensão voltará agora à terra em grande glória, o novo Messias das letras brasucas. Adeus, bloqueio filho da puta.

25

Banho tomado, cueca e bunda limpas, camiseta nova, calça e abrigo de moletom que também tão pedindo um bom banho, Kabeto se abanca em sua mesa de trabalho, arena onde tem escrito artigos memoráveis pras customizadas — 'O joelho: arma mortífera', pra revista do muay thai, ou 'O futuro dos retentores frente ao advento inexorável do carro elétrico', pro 'órgão inforrecreativo dos fabricantes de retentores', são alguns dos exemplos que me encheram de orgulho pré-suicidário — tendo ao lado, no chão, o valente aquecedor a resistência, item que nenhum bom par de óculos phonokinográficos deixaria escapar só por ser irrelevante pra narrativa, ainda que não para o escritor, num domingo gélido, a bordo de uma kitinete. Ao lado do notebook, Kabeto ajeita o caderno aberto na página 1. E crava no teclado a epifania em forma de primeira frase do seu novo romance, achado numa caçamba de entulho:

'Eu, anão do circo, ela, mulher do mágico, e era uma vez.'

Yeah! Pau no cu do Grand, do Camus e de toda a cultura ocidental! Foda-se Machado, Proust, Joyce, Guimarães Rosa. Viva o Altair! Viva...

Que viva o Altair, o quê. Viva eu, que achei essa porra na caçamba dos ovos de ouro e vou fazer com eles um lindo omelete dourado, elabora Kabeto diante da primeira frase na tela como se fosse um quadro, uma escultura, um objeto de arte deslumbrante. Ele não tem a menor dúvida: essa é a primeira frase de romance brasileiro mais genial desde a frase inaugural do 'Amanuense Belmiro', do Ciro dos Anjos: 'Ali pelo oitavo chope chegamos à conclusão de que todos os problemas eram insolúveis'. Bom, essa é imbatível, convenhamos.

De modo que, encharcado duma sensação muito parecida com a mais pura euforia, e que outra coisa não é senão euforia pura, o reavivado escritor, num ritual selvagem de desbloqueio, se joga no manuscrito, disposto a transcrever de enfiada as vinte e duas páginas iniciais já lidas. Reler a abertura do manuscrito só faz reafirmar sua primeira impressão de que aquilo não pode ter saído da cabeça dum cara tão xucro quanto demonstra ser o narrador em primeira pessoa do manuscrito. Xucro até ele é, mas com a manha da prosa de ficção. Ele sabe, por exemplo, a hora certa de passar a bola pra outros personagens, o que dá um colorido, uma vivacidade, uma verossimilhança incríveis à narrativa.

Verdade ou mentira, vou tratar esses relatos como literatura do mais alto nível. Tá tudo aqui: personagens fantásticos, história fodástica, narrativa de toque intuitivo mas competente. Agora é meter a mão aqui, mexer, burilar, calibrar, recombinar essa surpreendente orquestra de vozes e cenas que o cara canetou aqui. Tenho as armas e as ferramentas da cultura livresca pra isso.

Tomei uma decisão importante, agora que já transcrevi as duas primeiras dezenas de páginas lidas. Daqui por diante, vou sincronizar leitura e transcrição, como se tudo estivesse surgindo na minha cabeça naquele exato momento, o que não deixará de ter sua verdade, pois terei acabado de receber o impacto da primeira leitura, como se tivesse acabado de viver isso tudo que vai aqui narrado. Sinto que isso vai resultar numa escrita vibrante, vigorosa, cheia de momentum, por frescura que isso possa parecer. Além de acelerar bastante o meu trabalho. Não sei se vai dar pra acabar tudo em quinze dias, aliás, treze, mas vou tentar passar pro computador o máximo que eu puder, antes de cair de novo no inferno banal das customizadas, lá na Tônia.

De cara, Kabeto já vai limando redundâncias e as inúmeras repetições de substantivos, adjetivos e expressões, enxugando digressões confusas, concertando cochilos de continuidade, mexendo nas formas estilísticas e nas estruturas narrativas do bagulho, com cuidado pra não higienizar demais a tosquice da linguagem e a crueza dos fatos narrados. Minhas intervenções tem que dar mais ritmo e legibilidade ao papo-prosa do anão, essa é a ideia. Nada de ficar inventando moda aqui, seu Kabeto, nada de tessituras dramáticas complexas, firulas líricas, metalinguagem. Negócio é tacá o pau e ver aonde vai dar, até o derradeiro ponto final. Escrevo depois um texto anônimo pra orelha do livro chamando a minha escrita de... digamos... de prosa espontânea neorrealista pós-bitinika, ou merdíssima que o valha.

À medida que a coisa aqui avança, vou percebendo coisas fundamentais no manuscrito, como é natural e esperado. Exemplo: no começo do relato, o que parece fluência narrativa vertiginosa vai cedendo à sensação de linearidade excessiva. Vou tentar mexer nisso, mas sem parar muito pra pensar. Aqui tem que ser na base do tácale pau. Nada de dar marcha à ré e mexer no que já foi transcrito. Se eu fizer isso, chafurdo de novo no atoleiro do bloqueio. Outra coisa que me sinto tentado a fazer é desentranhar os diálogos do texto corrido, com as devidas aspas. Posso usar também travessão. Ou as duas coisas. Pra que dificultar a vida do leitor? Não custa também criar certos traços físicos e de personalidade dos personagens que o narrador negligencia. E desbaratinar os que o anão explicita, pois vai que é gente real e o caralho. E nada me impede de plantar uns cacos, uns acréscimos que pareçam desdobramentos naturais dos fatos narrados no manuscrito. Já vi que o autor trata certos lances fundamentais com ligeireza desproporcional à sua importância na história. O texto em si, atulhado de erros crassos de ortografia e gramática, é bico de consertar. Além de que, bem trabalhados, podem virar estilo. O estilo salva o homem. E que manancial de expressões amalucadas que esse cara tira de trás da orelha a cada página, feito um mágico de festinha infantil. Acabo de topar com um 'afodei-me ca vagaba'. É uma dessa atrás da outra. E foda, esse anão. E, se não for anão, porra nenhuma, é mais foda ainda como escritor.

Tenho que aproveitar ao máximo os treze dias que me restam de folga no trampo, contando com este domingão. Mas vou tentar a proeza de transcrever tudo nesse prazo, aqui na bat-caverna do colchão vomitado. Isso daria umas trinta e cinco páginas do manuscrito por dia. Cada página esferografada dessas dá, mais ou menos, meia página no Word. Daria, então, umas dezessete, dezoito páginas de transcrição por dia. Vinte, incluindo os meus pitacos. É pauleira, mas nada do outro mundo. Depois dou uma heroica revisada final, coisa que posso fazer lá na TF mesmo. É um projeto factível, se eu não arredar o pé daqui enquanto esse manuscrito não tiver virado o *meu* romance do anão dentro do *meu* computador. Quando tiver que arredar — pra comprar toalhas novas, por exemplo, comida e bebida —, vou num pé e volto no outro, como dizia meu pai.

Nem acredito que num mês ou dois, no máximo, vou ter um romance pronto, incluindo a revisão. Mas Kabeto acredita. Dá bem mais trabalho do que ele pensava. Tem que pensar o tempo todo no negócio. E tem que colar a maldita bunda na cadeira. Nem sei direito que dia da semana é esse. Segunda? Terça, já? Que diferença faz? Acabei de acordar com o filho da puta do sabiá-laranjeira dando o ar de sua graça precoce às três e vinte e cinco aqui no meu celular. Boa hora pra se acordar, se você tá dando um gás num romance. Muito estimulante. Capotei não eram nem dez ontem. Ótimo. Faço um nêsca em três minutos e pau na máquina. Quando der vontade de cagar, daqui umas duas horas, cago e desço pra padaria. Mando um café da manhã de responsa e subo de volta pra trabalhar. Quando der fome, como alguma coisa, aqui ou na rua. E já de volta pro eito! Se der sono, durmo. E acordo pra trabalhar, a hora que for, do dia, da noite, da madrugada. Não tô vendo ninguém. Enquanto não tiver grana pra saldar minhas penduras no Farta não volto lá. A Mina sumiu, o coreano me ligou uma vez, eu disse que estava escrevendo, ele parece ter acreditado, pois não me ligou mais. Acho que meus amigos não têm a menor urgência em me ver. Que se fodam. Já vi amigo e amiga demais nessa vida.

Foda vai ser voltar pras customizadas. Como sonhar é de graça, Kabeto se dá a liberdade de imaginar que o livro do anão vai ficar pronto logo, vai ficar do caráleo — tá ficando! —, será lançado por uma boa editora e dará o que falar na imprensa e nas redes sociais, e é capaz de emplacar seu tanto. Um sucessinho viria a calhar agora. Não falo em vendas nas livrarias, mas nos benefícios derivados: críticas boas, convite pra convescotes literários com cachê maneiro, proposta de produtores de cinema e teatro pra adaptações, chamados pra escrever crônica em jornal e revista, roteiros pra cinema e TV. Raparigas interessantes rondando o meu terreiro. E eu vivendo só de literatura, mesmo com a prosa de ficção em baixa no mercado e na cultura. Foda--se. Ainda tem uns malucos que frequentam livrarias e passam horas e dias de cara enfiada num livro. Eles é que vão me sustentar daqui pra frente. Foi mais ou menos o que aconteceu com o Strumbicômboli. Não ganhei grande coisa com as vendas do livro físico. Mas cheguei a levantar uma nota legal dum produtor de cinema que comprou os direitos de filmar o Strumbi. Cedi por dez anos. O cara morreu dois anos depois e o diretor que ele tinha escolhido pra dirigir a porra, o Teco Miller, resolveu abrir uma pousada no Pantanal e esqueceu o projeto. Melhor assim. Aqueles dois iam fazer uma merda de filme mesmo. Tinham mais é que morrer ou abrir pousada no Pantanal.

Tá funcionando bem demais o lance de transcrever o manuscrito no mesmo passo em que vou lendo a bagaça. É como se eu desse baixa nas ideias que me vêm na hora. É como fazem os escritores, em geral. Já fui um deles e sei como é. Só não consigo calar a pergunta que vem e revém na minha cabeça: que porra é essa afinal? Ficção? Autoficção? Esse anão existe de verdade? Que importa isso pra literatura, onde só vale o que tá escrito, como no jogo do bicho? O fato é que, apesar dessa precariedade toda da escrita, as 'sucedências' (sic) e a própria narrativa têm uma força incrível. E é óbvio que o tipo que empunhou a esferográfica entrou numas de virar escritor. Na minha mão, vai virar um puta escritor. Quer dizer, ele não — eu. Porque o degas aqui desbroquiô geral, tá ligado? À santa caçamba de misericórdia, à bendita alma que jogou esse caderno fora, à excelsa criatura que escreveu isso e às sábias fiandeiras do destino, meu muito obrigado. E obrigado a mim mesmo por ter conseguido salvar esse diamante bruto da go*r*fada vil que eu já ia dando em cima dele, o que na certa teria me desencorajado de apanhar o caderno pra ver do que se tratava, e muito menos trazer pra casa uma maçaroca de papel marinada em vômito.

Belo desafio técnico, esse de botar um cabresto estiloso nessa narrativa destrambelhada que vai rolando escada abaixo, com fatos e personagens e tempos embolados. Já vi que uma coisa que me ajuda é ir contando a história pra mim mesmo, como se a estivesse contando pra alguém. O começo, já devidamente cleptorretranscriado, é um longo diálogo do anão Altair com Joelma, a mulher do mágico. Mas não dá pra saber se é um diálogo só, ou uma montagem de conversas que rolaram em tempos diferentes. Numa dessas conversas, fica patente que eles estão no circo. A mulher do mágico diz pro anão que precisa voltar pro 'caramujo', que eu ainda não sei o que é, e se aprontar pro show da noite. Eu apostaria que 'caramujo' é um tipo de trêiler, desses de trupe de circo. Ela diz que precisa fazer o alongamento pra conseguir se espremer dentro do 'cubo'. Só pode ser o truque clássico do cubo que o mágico exibe vazio pro público e deposita em cima duma mesinha com um pano que desce até o chão. Daí, ele dá uma varetada de condão, e — tchan! — a assistente gostosa irrompe do cubo como uma ninfa contorcionista nascendo de um ovo quadrado.

É como fico sabendo que Joelma, além de mulher e assistente do mágico, é também exímia contorcionista. O anão conta que ficou vidrado naquela mulher no dia em que ela, ainda adolescente, apareceu no circo, fugida de casa, onde era abusada pelo padrasto. 'Logo peguemo amizade', ele conta. O anãorrador (o trocadalho grudou, não tem jeito) descreve Joelma como uma 'moreninha de cara espaiada, beiçuda, testuda, zóio puxadim feito amêndoa deitada, peitim durim que nem romã verde, bunda piquininha e redondinha, de pele lisinha que é um veludo, rego fundo, cuzim mimoso, buça rechonchuda de beiçola grande que fica aparecendo no maiô de putaria que ela usa no picadêro'. Essa frase ficou bem jeitosa, e tá lá na cleptoretranscriation.

Kabeto se delicia com essas descrições do anão que, na certa, saíram num primeiro e único jorro da mãozinha dele. Com tesão escorrendo pelas entrelinhas, Altair conta que Joelma 'faz o que quer daquele corpim de muié borracha dela'. Nessa conversa inaugural com Joelma, Altair a toda hora dá voz à contorcionista, que, por sua vez, dá baixa em lances cruciais da sua história de vida. Ela tinha esse padrasto — *paudastro*, como ela diz — que a *esturpou* dos doze aos dezessete anos, idade que tinha quando fugiu com o circo e conheceu o mágico, que a adotou como concubina oficial e sua assistente no picadeiro. Esse padrasto pedófilo de quem Joelma era escrava sexual ganhava o seu dinheiro como corretor de gado: vendia boiadas inteiras dos fazendeiros pros frigoríficos, na região do Pontal do Paranapanema. Não era rico, mas tirava o pro gasto mais um tanto pra torrar em putaria. Tinha uma perua 'chevrolé', um sítio perto da cidade em que eles moravam, não mencionada no manuscrito. Brutamontes metido a libertino, o paudastro da Joelma era dado a sacanagens incestuosas que arrancariam aplausos do Marquês de Sade, como obrigar mulher e filha a ir pra cama com ele. Tem aqui uns detalhes interessantes, que eu transcrevo mais ou menos talequale, só com uma guaribada gramatical básica, sem 'corrigir' propriamente o texto:

'O desgracento fazia a mãe bebê uísque até ficá zurêta. Daí mandava ela vim de língua na minha crica, e ni qui ela empinava a bunda ele vinha e carcava no cu dela por detrás. Gostava era de ouvir ela gritá de dô, o fiadaputa. A mãe gritava muito de dô, purque sofria das hemorroide. Gritava até mais do que precisava porque sabia que ele gostava era de ouvi ela gritano. Ele tentou pegá meu rabo tamém, dês que eu tinha doze. Era criança de tudo, eu, muito magrinha. Na frente ele já tinha forçado e feito, com muita grande dô quieu senti, só dô, mai nada. Atrás, só enfiava o dedo, pincelava a cabeça do pau, lambia, chupava. Isso de chupá meu cu, era direto. Enfiava a língua lá dentro. Pior que eu gostava. Me dava uns arrepio. Um dia veio com vazelina e tentou enfiar o pau dele à força. Eu berrava. Me rebentô a porta do cu. Minha mãe, mocoronga infeliz, chorava e rogava pra ele parar, mas nada fazia pra impedir. Me feriu feio, o desgracento, sangrô muito, me levaram pro posto. Deram nestesia, costuraro meu cu, me dero uma pomada. O paudastro expricô pro médico que eu que tinha feito aquilo ni mim mesma cuma beringela, vê se pode, de tão sonsa que eu era. Fiquei muda, só ouvindo. O médico do posto num deve tê criditado, mas ele ia fazê o quê, se eu num tive corage de contá a verdade, nem minha mãe. Mai, ni qui eu fiz catorze, ele quis vim por ditrais di novo e ameaçô de me batê se eu não deixasse, e de ir dizê pa mãe que eu era uma putinha vagabunda que dava pa molecada toda da rua, chupava o pau de todo mundo, e tudo mais. Pió que era verdade. Daí, conseguiu enfiá no meu rabo, com muita vazelina. Não doeu tanto, pruquê eu já tinha dado a bunda pra mais de um minino da escola e da rua. Acho que já tava de cu laceado. Mas a coisa do paudastro era uma jamanta, comparada com a pingola dos minino que eu dava. E eu não queria, não tinha vontade de fazê nada daquilo com ele. Eu odiava ele. Mas tive que continuá dando pro desgracento, pruquê o desgracento é que pagava as conta lá em casa, que também era dele. Sofri muito na mão daquele hómi. Ele vinha pra cima de mim bêbido, locão di tudo, e bombava fundo e forte e demorado no meu rabo, feito o porcão que ele era. Prazer nenhum, eu sentia naquilo. Paudastro pau d'água esturpador de creanssa da porra. Depois me doía muito pa cagá. Fio duma puta. Não lhe bastava gozá. Ele tinha que fazê a muié, a creanssa, sofrê. Porcão medonho que ele era.'

O anão conta que ouviu esse relato tentando disfarçar seu paudurismo diante da pobre vítima daquela besta-fera *esturpadora*, o tal do *paudastro*. Impossível pra ele não se imaginar enterrando seus vinte e dois centímetros de caralho duro no cu daquela franguinha desvalida, como fazia o boiadeiro criminoso. Faria isso com jeitinho, sem machucar demais a *creanssa*. Ao mesmo tempo, jurava pra si mesmo que, se um dia cruzasse com o paudastro da Joelma, matava o filho da puta na mesma hora.

Esse anão é muito louco, se diverte Kabeto. E essa escrita fonética dele, isso não é só inguinorança, não. É zoeira da cabeça do autor dessas mal traçadas e geniais letras escritas à mão. E o meu livro vai ficar mais louco ainda.

O autor renascido sente fome. A quem interessar possa, vou pedir uma pizza. E meia dúzia de brejas de 600 ml. Não quero sair do meu covil vedado pelo colchão. Por enquanto, esse arranjo uterino elvispresleyano tá me dando inspiração e foco na tela do notebook. Com pizza e cerveja, e um fuminho de sossega-leão, pra dar conta da ansiedade, tá tudo certo.

'Eu anão de circo, ela, mulher do mágico...'

O anão c'est moi. Perdeu, baixinho. ”

Sobre o autor

Reinaldo Moraes nasceu em São Paulo, em 1950. Em 1981, lançou seu primeiro romance, *Tanto faz*, e, em 1985, *Abacaxi*. Após dezessete anos sem publicar ficção, lançou o romance juvenil *A órbita dos caracóis* (2003), a coletânea de contos *Umidade* (2005), a história infantil *Barata!* (2007), o romance *Pornopopeia* (2009) — finalista dos prêmios Oceanos e São Paulo de Literatura — e a coletânea de crônicas *O cheirinho do amor* (2013). Quase dez anos depois do lançamento de seu último romance, *Maior que o mundo* é o primeiro livro de uma trilogia.

ESTA OBRA FOI COMPOSTA PELA ABREU'S SYSTEM EM ADOBE GARAMOND
E IMPRESSA EM OFSETE PELA LIS GRÁFICA SOBRE PAPEL PÓLEN SOFT DA SUZANO
PAPEL E CELULOSE PARA A EDITORA SCHWARCZ EM NOVEMBRO DE 2018

A marca FSC® é a garantia de que a madeira utilizada na fabricação do papel deste livro provém de florestas que foram gerenciadas de maneira ambientalmente correta, socialmente justa e economicamente viável, além de outras fontes de origem controlada.